꽃은 춤추고
바람은 노래한다

꽃은 춤추고 바람은 노래한다 4

라넬라 장편소설

초판 1쇄 찍은 날 | 2020년 12월 24일
초판 1쇄 펴낸 날 | 2020년 12월 31일

지은이 | 라넬라
펴낸이 | 권태완 우천제

편집책임 | 박은정
편집 | 박가연 유안진 심성경 손혜진 장현아 이예린

펴낸곳 | (주)케이더블유북스
등록번호 | 제25100-2015-43호
등록일자 | 2015. 5. 4
WFN | 제3-068호

주소 | 서울특별시 구로구 디지털로31길 38-9 에이스테크노타워 1차 401호
전화 | 02-867-4626 팩스 | 02-866-4627
E-mail | cl_production@kwbooks.co.kr

ISBN 979-11-293-6601-6 04810
979-11-293-6597-2 (set)

꽃은 춤추고 바람은 노래한다

라넬라 장편 소설

IV

Contents

15장 격동 _7

과거 초련(初戀) _36

16장 꽃은 춤추고 바람은 노래한다 _146

에필로그 _198

외전 1 봄 _201

외전 2 그녀의 소원 _346

외전 3 그 여자가 죽은 후 _443

15장
격동

에르셀라는 현 상황을 어떻게 받아들여야 할지 감이 안 잡혔다.

"입이 짧으신가 보군요."

건너편의 줄어들지 않은 음식을 쳐다본 후작이 말했지만, 에르셀라는 포크를 쥐지 않았다.

무슨 생각으로 이러는 걸까.

후작이 콘라드어로 무어라 하였냐고 묻는 비센테에게 에르셀라는 끝끝내 사실대로 말하지 못했다. 그러나 솔직하지 못했다는 자책감이 무색하게도 한밤에 차려진 호화로운 식사는 장소나 분위기나 밀회라 부르기엔 모자란 감이 있었다.

와인으로 입안을 적신 후작이 양 팔꿈치를 테이블에 괴었다. 그는 말없이 에르셀라를 응시함으로써 그녀의 대답을 기다렸다.

에르셀라는 그의 시선을 견디지 못하고 단도직입적으로 말했다.

"저희 측에 원하시는 것이라도 있으십니까?"

"원하는 것?"

에르셀라의 뒷말을 따라 읊던 칸더스 후작이 경쾌한 웃음을 터뜨렸다.

"서운합니다, 레이디. 식사를 대접하고 싶었을 뿐인데, 청탁으로 보시다니요."

그는 억울하다는 표정을 짓다가 곧 다시 웃었다.

"오히려 그라니아가 콘라드에 원하는 게 있을 테지요."

순전하게 지금의 상황을 즐기는 것 같으면서도 그는 정곡을 찔러왔다.

"……알고 계셨군요."

"콘라드에 도착한 날이 예정보다 일렀고, 그대가 먼저 폐하를 뵙길 원하였으니 그리 어려운 예상은 아니었답니다."

칸더스 후작에게서 우월감은 찾아볼 수 없었다. 정말로 당연한 거라는 듯 그는 일견 심심해 보이기까지 했다. 후작의 시선이 여전히 에르셀라의 손길이 닿지 않은 포크와 나이프를 훑고 지나갔다.

"식사하실 생각이 없군요."

"밤이 늦었습니다."

"하면 들어보지요. 그라니아의 용건이 무엇인지."

이만 본론으로 넘어가자는 함의를 받아들여 칸더스 후작은 질질 끌지 않았다. 그러나 에르셀라가 원하는 건 칸더스 후작과의 대면이 아니었다.

"폐하를 뵙고 직접 말씀드리고자 합니다. 저는 후작의 뜻에 따랐으니, 약조를 지켜주세요."

"용무가 무엇인 줄 알고요."

"듣기에 황당한 용건은 아니니 걱정 않으셔도 됩니다."

"그 용건이 황당한지 황당하지 않은지 구별해 내는 것이 저의 직무인데."

그가 장난스럽게 말했다. 비센테의 말대로였다. 그녀를 배려하고 있지만, 위정자만이 가질 수 있는 특유의 여유가 그에게서 자연스럽게 묻어 나왔다. 모든 관계에서 자신이 우위를 차지하는 게 당연한 사람처럼.

하지만 그것은 그녀에게 위압감을 주지 못했다.

"이 점은 레이디께서도……."

"저는 콘라드에 레이디로서 온 것이 아닙니다. 이 이후 저를 사신으로 예우하지 않을 시, 그라니아에 대한 모욕으로 간주하겠습니다."

그녀가 겪은 사람 중 그런 사람이 없던 것은 아니었다. 가장 어려운 사람은 여전히 따로 있었다. 그래서 그녀는 두렵지 않았다.

"콘라드가 중요하게 여기는 명분을 그라니아에 쥐여 주길 원한다면 그리하십시오."

내내 느긋하던 후작의 미소가 자취를 감추었다. 그는 아까보다 낮아진 목소리로 입술을 뗐다.

"협박처럼 들리는군요."

"본국의 폐하께 있었던 일을 거짓 없이 고하는 게 어찌 협박이겠습니까."

호를 그리던 입술이 내려가며 완전한 무표정을 자아낸다. 한 꺼풀 벗겨진 가면에 에르셀라가 담담히 말했다.

"약조를 지켜주세요."

"……."

"아일레스 폐하."

비센테는 칠흑같이 깜깜한 밤중에 눈을 떴다. 정신은 깨어 있었으므로 사물을 분간하는 건 어렵지 않았다.

그는 방과 이어진 응접실에서 에르셀라를 기다렸지만, 에르셀라는 한참 지나도 오지 않았다.

그는 일어서서 검을 들었다. 말하지 못할 사정이 무엇일까, 그 뜻을 모르기엔 그는 너무 자라 있었다.

남녀 간의 문제에 그가 끼어들 틈이 없다는 건 알지만 문제는 칸더스 후작이었다. 하르젠을 닮아 비센테는 지나치게 감이 좋은 편이었고, 수하에게 왕의 나이를 확인한 에르셀라도 아예 모르는 눈치는 아니었다. 그가 왕이라면 에르셀라의 계획은 순탄하게 흘러가지 않을 터였다.

방을 나온 비센테는 그림자에 묻혀 걸었다.

남자는 코끝을 찡그리다 식탁에 괸 팔을 풀어냈다. 바르게 앉은 그는 입가에 단정한 미소를 걸쳤다.

"어떻게 알았습니까?"

"아무리 소문을 찾아 헤쳐도 칸더스 후작께서 오만하다는 평은 없었던지라."

"그럼 나는 오만하다는 것처럼 들리는데."

"폐하."

"후작이 곤란해질 말은 이만하겠습니다."

그는 칭호를 낮춤으로써 레이디에 대한 존칭을 끝냈다. 아일레스는 저 혼자만의 유치한 연극을 그만두는 게 아쉬웠지만, 짧은 시간 즐거웠다는 것에 위안하기로 했다.

"한데, 그것만으로? 내가 로델로 공작이었으면 어쩌려고요."

"이제 막 즉위하신 콘라드의 왕께선 올해로 스물여섯이 되셨다고 들었습니다. 로델로 공작은 마흔여섯이지요. 아무리 동안이라 한들 스무 살이나 어리게 보일 리는 없지 않겠습니까."

"로델로 공자는 스물다섯인데, 그를 보냈을 수도 있지요."

"그라니아의 후작인 저를 어찌 백작 이하의 자가 맞을까요. 그리 큰 결례를 아무렇지 않게 저지를 정도로 콘라드가 무지하지는 않을 것을 믿었습니다."

콘라드는 그 정도로 무지하지 않다. 그라니아가 콘라드를 평소에 어떻게 생각하는지 알려주는 대목이었다.

가시 숨긴 장미였나. 가시가 왕의 자존심을 건드릴 법한데 아일레스는 그저 웃음만 나왔다. 그는 자신이 저 여인에게 한 방 먹었음을 부정하지 못했다. 지적해도 잘못은 그가 먼저 저질렀으니 안 하느니만 못할 것이다.

"실례했습니다."

아일레스는 유쾌하게 사과를 전했다. 너무나 가뿐해서 듣는 이가 잘못 들은 게 아닌지 의심할 정도로.

"아일레스, 그대의 앞에 있는 이가 콘라드의 왕입니다."

아일레스. 그는 풀네임이 아닌 단조로운 이름으로 자신을 소개했다. 그러나 과시하지 않는다고 그 이름이 의미 없어지는 것은 아니었다. 그가 식탁을 두어 번 두드리자 문이 열리고 젊은 남자 한 명이 들어왔다.

"어서 오시오, 후작. 자, 우리의 대화에 증인이 되어줄 칸더스 후작입니다."

"그라니아의 사절을 환영합니다. 폐하의 말씀대로입니다."

칸더스 후작이라 불린 남자는 고개를 숙였다.

"반갑습니다…… 후작."

에르셀라는 실제 칸더스 후작을 보자 보고가 잘못되지 않았음을 실감했다.

그때, 부드러운 음성이 들렸다.

"이제 그라니아의 사신이 짐에게 제안하려는 게 뭔지 알고 싶은데."

그녀는 칸더스 후작이 들어온 뒤 꽉 닫힌 문에 시선을 던졌다. 언뜻 저 문밖으로 기사 서넛이 보였던 것 같은데.

에르셀라는 빠르게 요동치는 심장을 뒤로하며 말의 포화를 쏘았다.

"본국의 폐하께서 그라니아의 알렉시스 왕자와 콘라드의 카일라 왕녀의 국혼을 제안하셨습니다."

어디선가 숨을 단번에 들이마시는 소리가 났다. 칸더스 후작이 사레가 들린 듯 헛기침을 토하고 있었다.

"느, 느닷없이……."

카일라 왕녀가 화두에 오를 줄 몰랐는지 칸더스 후작은 눈을 쉼없이 껌뻑였다.

"카일라를?"

아일레스는 애정 한 톨 담기지 않은 딱딱한 목소리로 딸의 이름을 입에 올렸다. 짤막한 부름에서조차 그가 카일라 왕녀에게 무정한 게 보였다.

"콘라드에 이로울 것이 딱히 없는 것 같은데. 칸더스 후작, 짐의 착각이오?"

딸의 이름을 저울에 올려두고 단숨에 값을 매긴 아일레스는, 이 결혼이 제게 손해라는 것을 알자 흥미가 떨어졌다. 하지만 그것도 잠시였다.

"아즈렐을 되찾으실 수 있을 겁니다."

"……."

"그라니아는 예물로 아즈렐을 내놓겠습니다. 백 년의 한이 녹아 있는 땅을 가지시면 폐하는 콘라드 백성들의 신임을 얻을 것이며, 마찬가지로 양국 간의 평화를 이룩했다 하여 성명을 드높이실 겁니다."

나쁘지 않사옵니다. 칸더스 후작은 자동으로 튀어나오려는 그 말을 간신히 참아냈다. 아일레스가 어떤 왕인지 알면 그리 간언하지 못한다. 그는 두근대는 가슴을 진정시키며 아일레스를 보았다.

"왕녀를 주고 땅을 돌려받으라는 거군요. 근데 그게 왜 짐의 위명을 드높이는 일일까요."

숫제 차분한 겉모습과 다르게 아일레스는 꽤 호전적인 편이었다. 왕자일 때, 레나르트와 시작했던 분쟁을 즉위하자마자 종식시켜 칼레르를 획득한 것만 봐도 그랬다.

"전쟁으로 빼앗긴 땅은 전쟁으로 빼앗아야 칭송하기 좋지 않나?"

범인이 따라갈 수 없는 사고에 에르셀라의 낯빛이 희게 질렸다.

"피를 흘리지 않고도 아즈렐을 얻을 수 있는 방법이 있는데 어째서……."

"사실 피를 흘리지 않을 방법이야 많습니다. 가령 그대가 내게 온다면, 나는 기꺼이 카일라를 그라니아로 보낼 의향이 있는 것처럼."

"폐하!"

"어때요, 협상이 조금 쉬워졌나요?"

아일레스는 칸더스 후작의 외침에도 아랑곳하지 않았다. 여자의 푸른 눈동자가 동그랗게 커지는 것을 보는 것이 그렇게나 즐거웠으므로.

"……진심이십니까?"

에르셀라가 굳은 눈초리로 그를 보았다.

"적어도 전쟁보다는 그렇습니다."

아일레스의 목소리에는 무게 한 점 스며들어 있지 않았다. 그러나 경악으로 물든 칸더스 후작의 외양에 에르셀라는 그가 농을 치고 있는 것이 아님을 깨달았다.

에르셀라는 어째서냐고 물으려다가, 힘없이 웃었다. 만난 지 고작 하루. 무얼 보고 저런 제안을 했을지 너무 뻔하지 않은가.

"내가 그대의 겉모습에 현혹되어서 실망이라도 한 얼굴이군요."

"……현혹되실 만한 외모는 콘라드에도 있을 것입니다."

"없진 않겠지만, 애석히도 아직 찾지 못했습니다."

"……."

"그리고 당신은 지금 아니면 잡을 기회가 없을 이국인이고."

"저는, 저를 팔아 거래를 하기 위해 이곳에 온 것이 아닙니다."

"이 제안이 당신에게 나쁜가요?"

"……."

"나는 그대에게 지위도, 재물도, 이름도, 명예도, 오라비가 남긴 조카를 지킬 수 있는 힘도…… 다 줄 수 있는데."

그래도 이 제안이 당신에게 나쁜가요?

달콤한 언사가 귓가에 닿았다 조롱처럼 흩어졌다.

"그대에게 반한 몫으로 이쯤이면 괜찮다고 생각하는데."

콘라드 왕가에서 유일한 적통 남자로 태어나, 탄탄대로 왕의 길을 걸어온 사람은 다정하면서도 왕다운 위엄이 느껴졌다. 알 수 있었다. 본능을 거부하지 않고 다스릴 줄 아는 사람이라는 것을. 여인에게 사랑을 느낄 순 있어도 일을 그르치진 않는다는 것을.

아일레스는 오점 없이 완벽한 왕으로 군림할 터였다. 하지만 그렇기에 알았다. 그는 결코…….

에르셀라는 문득 그에게 누군가를 투영하고 있는 자신을 알아채고 이를 악물었다.

"피는 피를 부릅니다. 콘라드의 병력이 어디까지인지는 모르겠으나 그라니아를 침범하면 콘라드도 무사치 못할 것입니다."

"그런데 때마침 손을 내밀더군요. 가르텐 공작이."

발가락이 곱아들었다. 아일레스가 가르텐 공작과 밀약이 있었다는 것까지 말할 줄은 몰랐기 때문이었을까. 아일레스는 대단한 비밀도 아니라는 듯이 관대하게 말해주었다.

"숨길 필요가 없어서요."

그때 육중한 문이 열리며 기사들이 우르르 밀고 들어왔다. 일곱이 넘는 기사가 비센테에게 칼을 겨누고 있었다.

"돌아가지 못할 테니까."

"이게 무슨 짓입니까!"

비센테를 겨냥한 칼끝에 에르셀라가 벌떡 일어섰다.

"멈춰요."

즉시 비센테 쪽으로 달려가려는 에르셀라를 아일레스가 말로써 저지했다. 아무런 위협도 담고 있지 않은 고작 세 음절에 에르셀라는 발을 굳혔다. 지배자의 명을 거스르는 순간 비센테가 어떻게 될지가 두려웠다. 비센테를 잃을지도 모른다는 공포가 이성을 다스렸다.

"……아들을 놓아주십시오, 폐하."

"안 됩니다! 성내에서 검을 들고 있었습니다!"

"그게 어떻게 죄가 되는가!"

왕을 알현하는 자리가 아닌 이상 검을 착장하고 다니는 건 죄가 아니었다. 만일 칼날을 보였다면 문제의 소지가 있겠지만 비센테는 착장만 한 상태였다.

"그대들이 무슨 짓을 하고 있는 건지 아는가! 돌아가면 그라니아는 이 일을 좌시하지 않을 것이며, 그대들도 죄값을 치러야 할 것이다!"

"나는 이미 돌아가지 못한다고 말했어요."

아일레스는 안타까워하며 한 발 다가왔다.

"……폐하."

에르셀라가 비센테를 둘러싼 무리 쪽으로 손가락을 쳐들었다.

"놓으라고 명을 내리십시오. 저들이 검을 겨누고 있는 사람이 누구인 줄은 아십니까?"

"글쎄요."

에르셀라에게 바투 다가온 아일레스의 고개가 살짝 기울어졌다.

"아무나 붙잡고 물어보세요, 그대. 콘라드 왕인 내가 베른하르트의 후계자도 아니고 피사리데의 공자도 아닌 일개 기사를 알아야 하는지."

"당신……."

뒷목에 와 닿는 감촉이 그녀의 입을 다물게 했다. 에르셀라가 피할 새도 없이 그가 그녀의 머리카락을 감아쥐었다.

아일레스는 금색 머리채를 정성스레 그러모으며 위로 살짝 올려다보았다. 그런 다음 한참을 빤히 바라보다 만족스러운 듯 미소 지었다.

"무례하십니다."

에르셀라는 아일레스의 손을 세게 쳐내며 한 걸음 뒤로 물러섰다. 왕의 손을 떨쳐낸 행동에 칸더스 후작이 발끈했다.

"폐하!"

"아아, 괜찮소."

아일레스는 심상하게 만류하며 기사들에게 하명했다.

"경들은 칼을 내리시오."

그가 다시 에르셀라를 돌아보았다.

"이제 되었습니까."

"이게 콘라드가 그라니아에게 보이는 예의입니까?"

"다소 과격하지만 그렇습니다."

제가 벌인 짓으로 전쟁까지 불거질 수 있었음에도 아일레스는 의연했다. 마치 그것을 바란다는 듯이.

"그대들이 돌아가면 어찌 될지 나도 아니까 보내 드릴 순 없겠군요."

"……."

"하지만 죽이면 더 곤란하겠죠. 서신에는 발을 잡아두라는 요구만 있었으니까."

'서신?'

에르셀라가 모르는 얘기에 아일레스는 차근차근 설명해 주었다.

"그리 활을 날리고 통로를 막아도 설마 통신 수단 전부가 막혔을까요. 다행스럽게도 서신은 도착했습니다, 레이디. 수신인은 적혀 있지 않았지만 가르텐 공의 세력인 걸 모를 리가요. 그들이 사절의 발을 묶어두길 바랐으니, 전 그 요청대로 한 것뿐입니다. 판테츠 백작이 올 줄로만 알았기에 처음엔 이상했는데, 여러모로 내가 모르는 사정이라도 있는가 보군요. 관심은 없지만."

"그래서, 사절단은 그라니아에 언제 돌아갈 수 있습니까?"

"그야…… 새로운 왕이 즉위할 때?"

아일레스가 말끔하게 해답을 내놓았다.

"하지만 피사리데는 위험해지겠죠. 그러니 다시 한번 말하지만 내 후궁이 되는 것도 나쁘지 않을 거예요."

"어머니, 저자의 말을."

비센테는 기사들을 비집고 나가려 했지만, 길은 그들에 의해 즉시 막히고 말았다.

에르셀라는 비센테에게 보이도록 고개를 저었다. 우락부락한 기사들이 비센테의 앞에 일렬로 서 있었다. 비센테가 아무리 뛰어나다 해도 훈련받은 정예 기사 다수와 맞설 순 없었다. 에르셀라는 아일레스를 보았다.

"후회하실 겁니다."

"그런가요?"

"폐하는 타국의 내전에 가담할 필요 없이 아즈렐을 손쉽게 얻으실 수 있습니다. 전쟁을 택하여 과연 이로울 게 있다고 보시나요?

얻는 건 같으나 수많은 백성을 잃게 되실 겁니다."

"같지 않습니다, 레이디."

청천벽력 같은 아일레스의 말에 섬뜩한 긴장이 등줄기를 타고 미끄러졌다.

"아즈렐이 아닙니다."

그는 천연덕스럽게 웃고 있었다. 애석하다는 듯이.

"나는 승리의 대가로 그라니아의 북서부 땅을 받기로 했습니다."

케니언스의 내리뜬 눈이 체스 판 위를 배회했다. 칼릭스는 어딘가 즐거워 보이는 왕을 표정 없이 바라보았다. 그의 배다른 형제는 매사에 의욕 없어 하다가도 체스 판 앞에만 서면 진지해지곤 했다. 아우의 빤한 시선에 케니언스의 입술이 호를 그리며 올라갔다.

"그리 애틋하게 보니 몸 둘 바를 모르겠구나."

장난기 밴 목소리가 미식미식 줄을 잇던 정적을 걷어냈다.

툭. 말을 새로운 자리에 놓아둔 케니언스가 고개를 들어 올렸다. 실없는 담소에도 예사로 웃던 칼릭스는 흔한 미소도 내비치지 않고 있었다. 케니언스는 좀처럼 반응이 없는 아우를 걱정스럽게 쳐다보았다.

"안색이 안 좋아 보이는구나."

그 호의는 거짓되지 않았다. 그의 형은 반쪽짜리 혈육을 진심으로 염려하고 있었다.

"시의를 부르마."

"괜찮습니다. 괜찮아요…… 형님."

칼릭스는 다정한 선의를 고민 없이 밀어냈다. 끝에 붙이는 지칭을 폐하로 할지 형님으로 할지 머뭇거렸지만 그것도 찰나였다. 생각보다 쉽게, 힘겹지 않게 그는 왕을 제 형제로 받아들였다.
"네게서 한 번에 형님 소리를 들으니 기분이 이상하구나."
매번 아우가 저를 부르는 호칭을 정정해 주어야 했던 케니언스는 정작 선선히 나온 호칭에 낯설어했다.
칼릭스는 왕에게서 눈을 떼고 말을 이동했다. 케니언스가 보기에는 썩 옳지 못한 곳이었다.
"두기 싫으면 말해도 돼. 억지로 강요하는 건 아니야."
종잡을 수 없는 수에 케니언스가 이마를 긁적였다.
칼릭스는 말이 듬성듬성 빈 제 진영을 물끄러미 보았다. 퀸과 나이트를 잃은 왕이 외톨이인 양 있었다. 대부분이 케니언스에게 잡아먹힌 뒤였다. 그러나 그보다 나을 뿐, 아우의 형세를 맞춰주듯 상대 진영에도 빈자리가 많았다. 무슨 생각인지 케니언스가 왕비를 포기하지 않고 나머지 말을 버렸던 탓이다. 평상시 그가 두던 수와는 확연히 달랐다.
"시작이 있으면……."
칼릭스는 어느 때보다 허술한 상대 진영을 파고들 기세로 보았다.
"끝도 있어야 한다고 생각해요, 형님."
왕의 진영은 들어오라는 듯 아귀를 벌리고 있었다. 케니언스가 두기 싫으냐고 한 소리 한 것이 무색하게도 왕의 수도 그다지 바람직하지 못했다. 여러모로 난해한 대결이었다. 무언가 잘못된 건 알지만 누구도 그만두려 하지 않는.
케니언스는 칼릭스의 바람대로 말을 움직였다. 진중한 형세는 무너지는 돌탑 위로 포기하지 않고 돌멩이를 올리려는 사람과 닮아 있었다.
"그래, 끝을 봐야 하지. 아우야, 너는 아바마마와 체스를 둔 적이 있느냐?"
칼릭스의 기다란 손가락이 허공에 뻗은 채 멈추었다. 그는 뜯금

없이 옛이야기를 끌어오는 왕을 이해할 수 없었다.

"기억도 안 나는 과거에 말이다. 나를 막아서는 시종의 어깨 너머로 행복해하시는 아바마마의 얼굴을 보았다. 베델 빈과 체스를 두는데, 웃음기가 성안에 가득하시더군."

그가 부왕과 좋은 기억이 있을 턱이 없다. 바우레스는 아주 어릴 적, 케니언스의 어머니가 죽은 뒤부터 1왕자의 궁에 발길하지 않았다. 선왕이 1왕자를 등한시한다는 소문이 자자하자, 변화는 성내에서 일하는 자들에게 가장 빠르게 찾아왔다. 왕의 눈을 피해 케니언스를 소홀히 대하는 건 그들에게 고민거리도 못 되었다. 딸과의 성혼이 예정된 왕자의 취급이 하루아침에 곤두박질치자 곤란해진 건 로베르트 후작도 마찬가지였다.

그리운 기억은 아닐 것이다.

"나는 아바마마가 기뻐하셨던 연유가 체스가 아니란 것을 알면서도 체스를 익혔다. 내가 베델 데먼셔는 아니지만 그래도 한 번쯤은 나와의 대결을 즐거워해 주시리라 생각하면서 말이야."

"……."

"한데 기대에 부푼 마음이 애석하게도 아바마마는 나와 체스를 둬주지 않으셨지."

체스를 두지 않았다. 그와 반대로 칼릭스는 부왕과 체스는 물론 많은 시간을 보냈다. 베델이 공부를 좋아했으므로 학자를 불러다 셋이서 강론을 듣기도 하였다. 왕은 수십 번 익힌 강론을 사랑하는 빈을 위해 기꺼이 다시 귀에 담았다.

"만나 뵙길 깊이 청한다는 편지는 전해지지 못하고 언제나 내 품으로 돌아왔지. 그러다 딱 한 번 내 시종이 편지를 돌려받지 않은 적이 있었다."

"……."

"베델 데먼셔를 당신 손으로 처형하신 이후에 말이다. 물론 제정신은 아니셨지만."

칼릭스는 알 만하다는 얼굴이었다. 인자했던 아버지가 실핏줄이 그득한 눈으로 자신을 노려보던 모습은 지금까지도 잊히지 않았으므로.

"베델, 네가 감히!"

그는 칼릭스를 보며 비명처럼 소리 지르다가도 술기운에 몸이 나른해질 때면 어김없이 눈물을 보였다. 그렇게 베델, 베델 하며 울다 지쳐 바닥에서 잠드는 게 일상이었을 정도로 베델이 죽은 뒤 왕의 정신은 초췌했다.

"체스도 잘 못 두시더군. 그렇게 좌절에 빠져 사시다가 피사리데 후작의 세 치 혀에 놀아나 헤르미아도 루델시아로 보내셨지. 점점 야위어가시니 아비라 걱정이 되긴 했는지 내가 너를 언급한 적이 있었다. 칼릭스, 당신께서 사랑하는 자식을 불러오리까. 이렇게 물었었지. 그러자 그분께서 비웃으며 말씀하시더구나."

"……."

"그 애가 누구의 자식인 줄 알고."

사랑하는 여인을 평생 의심하여 살게 된 왕은 그 여인의 족적 또한 못 미더워했다.

"그래서 깨달았지. 부왕은 평생 너를 믿지 못할 것이며, 네가 부왕을 찾지 않은 이유도 마찬가지일 거라고."

칼릭스는 자신에게 박히던 혐오를 선명히 기억했다. 그는 어서 증명해야 했다. 자신이 그의 자식임을, 어머니가 결백함을.

그러나 어떻게 증명한단 말인가. 베델을 빼어 닮은 외양만으로는 아버지를 설득할 길이 없었다. 하물며 그도 베델을 의심했고, 자신을 못 믿었다.

"모함이 아닐지도 모른다고 너도 생각했던 거겠지. 베델이 가끔 밤중에 몰래 궁을 빠져나갔던 건 사실이니까. 그러니 너 자신이 사실 라덴 슈네이트의 아이가 아닐까, 그리 생각하는 것도 무리는 아닐 거야."

"그래서 동정하셨어요?"

그래서 살려두셨어요? 자격도 없으면서 전부 자신이 물려받을 것이라 착각했던 게 불쌍해서? 형제의 우애 운운하지만 케니언스의 애정은 애초에 그만할 수 없었다. 아비에게 차별받았는데, 어떻게 그가 자신을 동생으로서 사랑할 수 있겠는가.

"저는 한 번도 착각한 적 없었어요. 폐하께서 베푸는 관용이 우애가 아닌 연민으로부터 온다는 진실을요."

새삼스럽지도 않았으므로 칼릭스는 무덤덤했다. 그는 케니언스에게 피가 섞인 형제 관련하여 기대한 게 없었다.

"정확히 하자면 동정은 아니지. 내 비겁한 행동에 대한 변명이라면 모를까."

씁쓸하게 되뇐 케니언스는 서랍 안에서 무언가를 꺼내 체스 판 위로 던졌다. 체스 말이 판에서 튕겨져 나갔지만 칼릭스는 신경 쓸 겨를이 없었다.

"……정말로 형님이 가지고 계셨군요."

그것은 그가 왕족임을 입증할 유일한 증좌였다. 한때 눈을 뒤집고 찾아도 없던 베델 데먼셔의 기록. 어머니의 일기장이 그녀가 죽어서야, 그가 왕위를 빼앗기고서야, 눈앞에 존재했다.

"이걸 어떻게……."

자기가 생각해도 멍청한 질문이라 칼릭스는 더 말하지 않았다. 베델이 일기를 썼다는 사실은 알려져 있지 않았지만 에샤힐드, 그 철같은 여자가 못 알아낼 건 없었다. 베델 데먼셔가 죽었으니 빼돌리기도 어렵지 않았으리라.

칼릭스는 세월을 먹어 해진 일기의 겉면을 보며 허탈감을 느꼈다. 그리도 바라던 것이었거늘 손을 대기가 두려웠다.

"넌 내 자식이 아니다."

아버지라 여겼던 자의 목소리가 귓전을 맴돌았다.

창밖으로 밤이 깔리려는 때였다.

시간이 얼마나 남아 있을까. 베델의 일기를 가지고 있다는 왕의 진의를 확인하기 위해 궁에 머무른 날이 오늘로써 삼 일째였다. 가르텐 공작과 상의도 없었다. 칼릭스는 자신이 무리했음을 인지하고 있었다. 초조함이 발끝을 갉작인다. 그러나 손 뻗으면 닿을 진실을 외면할 수도 없었다.

칼릭스는 천천히 시간에 마모된 일기장을 들어 가까이 가져왔다. 너덜너덜한 종잇장을 넘기는 손끝에 전율이 오르려는 그때.

와아아아아……!

우레와 같은 함성이 고막을 꿰뚫었다.

벽을 뚫고 넘어오는 괴성 속에 희미한 말굽 소리가 섞여 들렸다. 낙뢰가 땅으로 처박히는 소리와도 같은 고함에 칼릭스가 번뜩 고개를 쳐들었다. 케니언스가 굳은 얼굴로 창밖을 바라보고 있었다.

수도 성문을 닫을 준비를 하던 병사는 눈을 질끈 감다 홉떴다. 어두컴컴한 저 멀찍이서 모래 폭풍이 회오리치고 있었다.

그사이 눈이 침침해졌나. 병사는 눈을 거칠게 비볐다. 그러다, 뒤이어 귀를 집어삼키는 함성에 온 정신을 놓아버렸다.

"어……."

도르래를 잡아당기던 팔이 느슨해졌다.

"어어!"

한발 늦게 사태 파악을 한 그가 허겁지겁 옆의 동료를 부르려는 순간.

"이보게, 자네도 저게…… 억!"

모래 폭풍을 헤치고 날아온 화살이 가슴에 박혔다.

"으아악! 자, 자자, 자네!"

"뭐야! 무슨 일이야!"

"여기 사람이…… 으악!"

사람의 죽음에 우왕좌왕한 나머지 대열이 흐트러졌다. 빛살처럼 빠르게 쏘아진 화살이 병사들의 몸에 자비 없이 꽂혔다.

"기습입니다!"

"도와……!"

동료의 죽음에 크게 당황한 병사들이 어쩔 줄 몰라 소리만 지르고 있을 때였다. 누군가 크게 명령했다.

"이 멍청한 새끼들! 빨리 막지 못해?!"

그와 동시에 성문을 연결하고 있던 줄이 뚝 끊기며 굉음이 세상을 점령했다.

쿠우웅!

천지를 뒤흔드는 굉음을 일으키며 성문이 닫혔다. 집채만 한 먼지바람이 파도처럼 솟구치다 바닥에 내려쳐졌다.

콜록, 콜록, 쿨럭.

구름처럼 피어난 흙먼지에 여기저기서 기침을 토해냈다. 시야가 덮이고 귀가 지잉 울렸다.

"먼, 먼지가!"

"거기 누구 없소?!"

"누구든 윗분께 어서……!"

"젠장!"

카일 로베르트는 욕설을 뱉으며 줄 끊은 도끼를 땅에 던졌다. 모래바람을 맞은 눈이 미치도록 따가웠으나 머뭇대는 건 멍청한 짓이었다. 굳게 닫힌 성문으로 화살이 빗발치며 꽂혔다. 카일은 거칠게 눈을 비비며 허리춤에 있는 검을 빼 들었다. 분명 이다음은.

부우우우—

개전을 알리는 호각 소리가 들린 건 그때였다.

한 병사가 하늘을 가리켰다.

"저길 보십시오!"

"화, 화살이!"

"제기랄!"

수백 발의 화살이 하늘로 미친 듯이 솟구쳤다. 카일이 욕지거리를 퍼질렀다. 곡선을 그린 화살이 힘을 잃고 비처럼 땅으로 떨어졌다. 화살을 맞은 병사들이 속절없이 고꾸라지며 땅으로 처박혔다.

쾅!

단말마의 비명과 함께 카일의 옆으로 궁병이 떨어졌다. 허옇게 눈을 뒤집고 있는 병사의 사지에서 핏물이 흘렀다. 땅을 헤친 피가 카일의 군화까지 번졌다.

카일은 병사의 참혹한 죽음에 이를 악물었다.

"대열을 유지하고 경비대원들은 인근 주민을 피신시켜라!"

"알겠습니다!"

우왕좌왕하여 대열이 흐트러지면 막기 힘들어진다. 카일은 침착하게 병사들에게 명을 내렸다. 민간인부터 대피시키되 병력을 분산시키지 말아야 했다.

'상황을 살펴야겠어.'

안전지대를 따라 걸으며 그는 성벽으로 올라가려고 했다. 그때 가까워지는 발굽 소리에 카일의 걸음이 정지했다.

"부단장님!"

말을 탄 기수가 전속력으로 달려오고 있었다. 기사단 일원인 레머 아카인이었다.

"레머 경!"

"습격입니다! 적들이 사방에서 오고 있습니다!"

"알고 있어! 성문은?!"

"왕성 포함해 전부 봉쇄했습니다! 넘어온 적들이 있으나 소탕 중입니다!"

레머의 말대로 저편에서 날끼리 부딪치는 소리가 희미하게 들렸다.

"적은 수라 처치하기는 쉬울 것입니다. 그런데……."

"그런데?"

카일이 말을 잇기를 망설이는 레머를 다그쳤다. 레머는 혼란스러워하며 입을 열었다.

"정확한 정보는 아니나 적군의 선봉장이 단장님, 베른하르트 공작 각하라는 소문이 있습니다."

영지로 내려갔다 전해지는 베른하르트 공작이 왜 저곳에 있는가. 뻔하지, 뭐.

카일이 입꼬리가 어슷하게 올라갔다.

"그러게 소용없다니까."

그 여자를 비웃어주고 싶은 심정이었다.

막을 수 있다고? 순진하긴. 그녀가 그렇게나 노력했는데도 공작은 보란 듯이 반역을 일으켰다. 그녀가 틀리고 그가 맞은 것이다. 애당초 방구석에서 곱게 자란 아가씨가 원하는 대로 일이 흘러갈 리가 없지 않은가. 그것도 전쟁이. 세상이 그렇게나 쉬웠다면 지금쯤 피사리데고 베른하르트고 왕이고 뭐고 그가 다 죽여 버렸을 것이다.

카일은 이 자리에 에르셀라 피사리데가 없어 유감이기까지 했다. 아쉬웠다. 이 광경을 두 눈으로 똑똑히 지켜보게 했어야 했는데.

"축하합니다. 당신, 곧 조카나 남편 둘 중 하나를 잃게 생겼다고."

그가 알 바는 아니지만.

"부단장님! 저는 각하가 왜……!"

콰앙-!

고막을 집어삼키는 굉음에 레머가 멈칫했다. 히이잉, 거센 땅의 진동에 말이 앞발을 들어 올렸다.

"카일 경과 레머 경이십니까!"

그들을 알아본 기사가 성벽에서 후다닥 내려왔다.

"워, 워- 그렇습니다!"

고삐를 조여 말을 진정시킨 레머는 이어진 상황 보고에 아연해졌다.

"공성 병기입니다!"

"공성 병기?"

"투석기가 다섯입니다!"

"그게 어떻게 가능……."

그때, 콰앙! 굉음이 한 번 더 고막을 후려쳤다.

"……해! 망할!"

놀라 허리를 들어 올린 말에 레머의 몸이 위태롭게 휘청거렸다. 레머의 얼굴이 사정없이 구겨졌다.

공성 병기? 잘못 들은 건가 싶어 카일을 보는데, 카일은 놀랍게도 킬킬거리고 있었다.

"이제 알겠지? 공작이 왜 그랬는지 그게 중요한가? 저 새끼들은 그냥 대역 죄인이야!"

"부단장님, 어디 가십니까!"

파죽지세로 퍼붓는 공격에 카일은 레머의 부름을 뒤로하고 성벽 위로 달음박질쳤다. 성벽에 다다른 그가 날아오는 화살을 검으로 쳐냈다. 두 동강 난 화살이 아무 곳에나 내동댕이쳐졌다. 카일은 무너지려는 호흡을 다잡으며 병사를 진두지휘 중인 헤르만에게 다가갔다.

"대기!"

"하아, 하아."

"발사!"

"헤르만! 헤르만 경!"

제 이름 부르는 소리가 가까워지자 헤르만이 몸을 돌렸다. 카일을 알아본 그가 반색했다.

"카일 경, 오셨습니까! 베른하르트 공작과 가르텐 공작이 반역을 일으켰……!"

그는 심상치 않은 카일의 기색에 침음을 흘렸다.

"……알고 계시는군요."

"오다 들었어. 그보다 상황은 어떻지?"

"수성전으로 들어갔습니다. 그러나 저 측에는 공성 병기가 있어 장기전은 어려울 것 같습니다. 대열이 자꾸만 흐트러집니다."

"투석기라면 이쪽에도 있잖아."

"예. 저희 쪽도 대비하고 있습니다만, 원군이 늦어지면 불리해질 겁니다."

"파발은 보냈나?"

"어수선한 틈을 타 성 밖으로 기수 셋이 빠져나갔습니다. 전서구도 있는 대로 날려 보냈으나 방금 공격에 몇 마리나 살아남았을지는 미지수입니다."

"일단 나가서 맞서지 말고 무조건 대기하고 있어. 나는 폐하께……!"

또다시 성벽을 들이박는 공격에 지축이 흔들렸다. 카일이 말을 멈추고 균형이 무너진 몸을 바로 세웠다. 파괴력이 상당했는지 병사들의 전열이 흐트러졌다.

쉴 틈을 주지 않고 퍼부어지는 공격에 카일은 입안을 세게 물어뜯었다. 성벽 외곽을 보니 적병들이 날개 형태로 진을 치고 있었다. 달빛에 반사된 신형이 눈앞에 빼곡했다. 어림잡아 칠천이었다.

'이쪽에만 칠천이라면 적어도 도합 일만이다.'

수도 상비군은 팔천이니 문을 열면 불리한 전투가 될 것이다. 시간을 지체해선 안 된다. 카일은 다시금 내리꽂히는 화살촉을 피하며 등을 돌렸다.

"폐하를 뵙고 오겠다!"

기사단장이 적으로 돌아선 지금 그가 최고 지휘자였다. 왕의 의사를 묻는 것도 그여야 할 것이다. 카일은 자꾸만 나오려는 욕설을 짓씹으며 계속해서 달렸다.

"레머, 말을 빌리겠다!"

"예? 예!"

그는 즉시 레머 아카인이 타고 온 말을 건네받았다. 말 위에 올라타 성문까지 내달리는 내내 오로지 한 생각만이 그의 머리를 지배하고 있었다. 왕이 저들을 반역자로 선포하면 사살 명령이 내려질 것이다. 하지만 그러면 그 여자가 지키려고 했던 사람은…….

"미친. 내가 알 게 뭐야?"

피사리데 여자의 사정 따위 그가 봐줄 게 못 되었다. 가족을 잃는 게 뭐? 그는 숱하게 겪은 일이다. 어머니, 누이의 목숨이 실처럼 끊기지 않았는가. 피사리데 때문에!

한데 이제 와 저 여자 입장을 생각한다고? 그 심정을 아니까? 말도 안 되는 논리였다.

'성자 다 됐군, 성자 다 됐어.'

카일은 자조적으로 비관하며 말을 몰았다. 고민거리도 아니었다. 반역을 일으켰으니 베른하르트 공작은 사형을 면피하지 못할 것이다. 여기서 죽으나 옥에 가서 죽으나 죽는 건 마찬가지지 않은가? 포박하여 죽을 시간을 끌어봤자!

"포박은 개뿔. 저 괴물을 어떻게 잡냐고, 내가."

얼굴을 때리는 찬 바람을 맞으며 카일이 말고삐를 내려쳤다. 추격당하듯 말이 날쌔게 달렸다. 그는 바람에 저항하고자 몸을 낮췄다. 그리고 생각했다.

전쟁? 그는 전투는 겪어봤어도 전쟁 경험은 없었다. 반면 베른하르트 공작은 어떠한가. 그는 열다섯에 출정하여 열여덟에 혁혁한 공로를 세우고 귀환한 자였다. 그에 대한 선왕의 치하가 수도에 끊이질 않았다. 대규모 접전지에서 사만에 육박한 적군을 쓸었다던가.

총사령관도 아니었던 그가 전공의 대부분을 가졌다. 베른하르트 공작가였기에 상관이 군공을 낚아채지 못한 것도 있을 테지만, 전적으로 그가 승리의 주역이라는 점은 변하지 않았다.

단 한 번의 교전으로 레나르트의 군세를 꺾은 것도 미친 것 같은데, 몇 년 후에는 레나르트와의 전쟁을 종식시켰다.

그런 그를 카일이 잡는다? 로베르트의 이름과 가르텐의 도움, 왕의 배려로 부단장의 자리에 오른 카일은 알았다. 맞붙으면 진다. 상대는 오히려 그걸 원하고 있을지도 몰랐다. 걷잡을 수 없는 열패감에 악다문 턱이 부르르 떨렸다.

"성문을 열어라! 로베르트 경이다!"

경비병이 임시로 열어둔 성문 사이로 말이 통과했다. 왕의 거처에 당도하자 카일은 말고삐를 팽팽하게 잡아당겼다. 말을 세운 그가 안장에서 바닥으로 뛰어내렸다. 한시가 급했다.

'어디 그따위 열등감에 질 줄 알고!'

객기 부릴 때가 아니었다. 자신의 위치에서, 자신이 할 수 있는 일을 해야 했다. 성내를 활개 치던 카일이 지나가던 시종을 잡아 붙들었다.

"이봐! 폐하는 어디 계시지?"

"응, 응접실에 계십니다!"

"반역이 일어난 걸 모르시나?"

"아시지만, 그게……."

"……."

"칼, 릭스 대공 전하와 같이 계십니다."

"대공?"

영문 모를 대답에 카일이 고개를 갸웃했다. 칼릭스 대공은 궁에 있어서는 안 되는 사람이었다. 괜히 있다가 인질로 붙잡히면 어쩌려고?

그러나 이어진 말에 더 이상 깊이 생각할 여력을 잃었다.

"그리고 아무도 들이지 말라는 엄명이 있었습니다."

"미쳤어?!"

"경? 제, 제가 아니라 폐하께서……."

"……."

"못! 못 들은 것으로 하겠습니다!"

시종은 화급히 카일의 발언을 없던 일로 했다. 이 위급한 시국에 부단장까지 없으면 무척이나 곤란했다.

"듣든 말든 빨리 안내해. 기회가 된다면 그 머리통을 해부해 보고 싶군."

"어이고! 제발, 그 입 좀!"

불손한 발언을 서슴없이 하는 카일을 시종이 숨 넘어갈 듯이 쳐다보았다.

카일 로베르트는 개의치 않았다. 칼릭스 클라이엔테 대공이 궁에 있다는 것은 양날의 검이다. 인질로 삼아 반군을 무력화할 수 있으나 반대로 칼릭스가 왕을 죽이면 모든 게 끝장이었다. 그것만은 막아야 했다.

세상이 요란했다. 그리고 체스 판을 사이에 둔 왕과 대공은 그 요란한 세상과 맞지 않게 정적이었다. 괴괴한 공기가 침강해 발밑을 굴러다녔다.

케니언스는 벌써 세 번이나 뵙길 원한다는 로베르트가 장남의 청을 물리친 채였다.

"읽어보거라, 칼릭스. 네가 알고 싶었던 이야기가 모두 그 안에 있다."

그는 칼릭스가 일기장을 보기 전까지는 축객할 마음이 없었다. 일기장을 든 뒤로 무미한 생물체가 된 칼릭스가 살포시 일기장의 겉면을 쓸어 만졌다. 그는 실을 잇듯 자연스레 종이를 넘겼다.

팔이 흔들리며 소매 안의 단도가 들썩거렸다.

"북부의 산등성이를 지나……."

아일레스의 손가락이 허공을 갈랐다. 마치 보이지 않는 지도가 그 자리에 있기라도 한다는 듯이.

"서부까지."

레나르트와 맞닿아 있는 북서부는 로베르트와 피사리데의 영토였다. 그뿐인가? 포괄적이나 라페인, 다트너의 영토도 어느 정도 포함되어 있을 터였다.

'가르텐 공작이 과욕을 부렸구나.'

이를 계기로 눈에 거슬리는 가문을 치워 버리겠다는 계획이 눈에 선했다. 외세를 끌어들이는 것까지 모자라 영토까지 내어 주다니.

콘라드를 꾀자고 자기가 무슨 짓을 한 건지 자각은 하고 있을까. 콘라드의 도움을 받아 새로운 왕을 옹립하면 그라니아는 콘라드의 영향에서 자유로울 수 없다. 설마 그걸 감내할 만큼 권력에 눈이 멀어 있을 줄은 몰랐다.

"어떻게 하시겠나요, 그대."

아일레스는 여유로움이 밴 몸짓으로 한 발 뒤로 물러났다. 그리고 춤 신청을 하는 신사처럼 팔을 뻗었다. 선택할 기회를 주겠다는 듯이.

"돌아가도 피사리데는 없답니다."

밤이 깊었으므로 공격은 중지한 상태였다. 동이 트면 공격을 개시할 것이다. 북부에 포진해 있는 원군을 콘라드가 막아주면 반군의 승리였다. 그러나 막사는 파발꾼이 가져온 소식으로 혼란했다.

"대공이 궁에 있다니!"

쿵!

가르텐 공작이 주먹을 탁자에 내리꽂았다. 둔중한 마찰음이 막사를 더욱 침묵으로 이끌었다. 격정에 젖은 가르텐 공작의 눈꺼풀이 바르르 떨렸다. 대공의 돌발 행동에 분노가 걷잡을 수 없이 불거졌다.

"대공 전하께서 대체 왜 그런 짓을……."

막사 안의 다른 인원도 대공의 막무가내 행동에 당황을 숨기지 못했다. 말 잘 듣는 아이처럼 고분고분했던 대공에게 뒤통수를 얻어맞을 줄은 꿈에도 몰랐다. 혹시 일이 틀어진 것인가. 험악한 분위기 속에서 누구도 선뜻 입을 열지 못했다. 가르텐 공작이 하르젠에게 불같은 시선을 겨누었다. 대공이 궁에 왕과 함께 있다는데도 그는 지나치게 차분했다.

"공작과 할 말이 있으니 그대들은 나가 있게."

심상치 않은 기운에 판테츠 백작과 일행이 시선을 교환했지만 이윽고 별말 없이 나갔다.

둘밖에 남지 않자 가르텐 공작은 하르젠에게 가까이 다가붙었다.

"자네, 알았나?"

"내가 무슨 수로."

감흥 없다 못해 여상한 음성에 공작은 피가 거꾸로 솟았다. 지나치게 태연했다. 세상만사가 저와는 아무 상관 없는 것처럼. 반란의 주역이라고는 믿기지 않게 상반된 태도에 공작이 으르렁거리며 하르젠의 어깨를 붙들었다.

"무슨 꿍꿍이로 반란을 앞당겼지? 마침 그 계집이 콘라드에 안전하게 계실 때군."

"그렇게 들으니 공교롭군. 관심은 없지만."

씹어뱉은 도발도 그의 동요를 끌진 못했다. 험악하게 눈을 부릅뜬 가르텐 공작이 하르젠의 어깨를 놓았다.

"원하는 대로 다 맞춰줬어. 약속대로 자네 일을 해. 그렇지 않으면 그 계집에게 붙여둔 살수에게 콘라드 땅을 벗어나자마자 그녀와 네 아들을 죽이라 명할 테니."

콘라드의 영역이기 때문에 당장 죽이라고 명하지 못하는 게 한이었다. 말을 맞추지 않고 그라니아 사절을 죽이면 추문에 휩싸이는 건 콘라드 쪽이었으니, 아일레스는 당연히 그것을 원하지 않을 것이다.

"딴생각하지 말게."

흉흉한 기세로 경고를 뱉은 가르텐 공작이 막사를 나갔다.

막사 안은 풀벌레 소리 없이 고요했다. 탁자에 켜둔 등불이 하르젠의 얼굴 위로 꺼질 듯이 일렁거렸다. 천막 사이로 세찬 바람이 불어와 그의 머리칼을 매만졌다. 그뿐이었다.

하르젠—

그 어디에도 이명이 들릴 까닭은 없었다. 없음에도 그 빌어먹을 소리가 떠나가질 않았다. 정신을 앗을 것만 같은 환청에 그는 잠이 부족한 날이 몇 주째 이어졌는지를 생각했다.

하르젠—

바람처럼 흘러드는 목소리. 눈을 감는다. 혼몽한 꿈결이 이성을 점령했다. 아득한 기억 속으로 그녀가 그를 부르고 있었다.

거짓으로 점철된 삶을 처음으로 두렵게 만들었던 여자가.

그의 에르셀라가.

과거

초련(初戀)

여자는 해가 저무는 광경을 바라보곤 하였다.

푸르렀던 천공이 붉은 낙조에 잡아먹힐 때까지, 타오르는 노을이 찾아드는 밤에 어스러질 때까지.

여자는 들판에 앉아 있다가, 노을이 질 무렵에 자리에서 일어났다. 꺼져가는 석양빛을 등지고, 텅 빈 시선으로 허공을 헤매는, 그 무엇도 어려 있지 않은 얼굴로.

그가 기억하는 이델 칼테아의 모습이었다.

어느 날 홀연히 나타나 작은 마을의 구성원이 된 묘령의 여인은 모든 것이 신비의 대상이었다.

천민 같지 않게 귀해 보이는 외모도, 일하지 않고도 굶어 죽지 않는 것도, 하루 만에 사람들의 이목을 끌 만큼 미색이 뛰어났음에도 인근의 탐욕스러운 영주가 그녀를 성에 들이지 않은 것도.

사람들은 그녀가 신의 축복을 받았다고 믿었다. 그게 아니면 어떻게 한낱 천민의 몸에 기품이 배어 있으며, 어째서 신관이 주기적으로 그녀에게 식량을 주러 작은 마을까지 걸음하였으며, 지배자의 음험한 욕정을 피할 수 있었겠는가.

루델시아의 보살핌이 아니라면 있을 수 없는 일이었다. 하여 신의 구원을 소망하는 사람들은 매일매일 그녀가 사는 허름한 오두막으로 찾아갔으나, 여자는 여러 묻는 말에 항상 침묵했으므로 번번이 수확 없이 돌아와야 했다.

시간의 바퀴가 돌아가도 달라지는 건 없었다. 그녀는 벙어리라도 된 양 입을 열 생각 자체를 않았으며 눈동자도 살아 있지 않은 듯 생기가 없었다. 그에 사람들은 실망하여 다시는 그녀를 찾지 않았다.

찾아주는 이 없이도 여자에게 깃든 신의 선의는 계속되었다. 그녀는 철저히 고립되었으나, 불합리한 일도 불운한 일도 겪지 않았다.

그녀는 사람들의 관심에서 차차 멀어졌으며 완전히 잊히는 듯했다.

그들이 여자의 부른 배를 목격하기 전까진.

순결을 잃은 처녀의 모습에 좁은 마을이 뒤집혔다.

신께서 그리 보살펴 주셨거늘 어찌 신을 배반할 수 있단 말인가? 경멸의 눈초리와 맹렬한 비난이 쇄도했다. 그럼에도 그들의 악의는 여자에게 조금도 미치지 못했다.

여자는 아이를 낳았다. 아비가 누구인지, 어디 있는지는 그녀에게 그리 중요한 게 아닌 듯 그녀는 아이의 생부를 찾으려는 노력도 하지 않았다.

그렇다고 아버지의 몫까지 아이를 키운 것도 아니었다. 여자는 아무것도 하지 않았다. 갓난아기가 이대로 죽는 것은 아닐까 염려한 아낙네들이 돌아가며 아이를 돌보았을 정도로 아이도, 자신도 돌보지 않았다. 그녀가 유일하게 하는 일이라곤 들녘에 나가 앉아 있는 것이었다.

그날도 다를 것은 없었다. 이델 칼테아는 홀로 해 저무는 들녘에 앉아 있었고, 오늘도 제게 기우는 그림자 하나 알아차리지 못했다.

그녀는 마치 죽어가는 나무 같았다. 단단해 보이지만 속은 완전히 곪아 있는. 폭풍이 와도 굳건히 설 수 있던 나무는 몸 안의 벌레에게 갉아 먹혀 썩기 직전까지 와 있었다.

소년은 이델 칼테아의 곧은 등을 바라보았다.

이상한 여자.

마을 사람들은 그녀를 그렇게 불렀다. 그의 생각도 그들과 다르지 않았다. 소년이 보기에도 그녀는 이해받기 힘든 유형의 사람이었고, 어떨 때는 자기만의 세상에 갇힌 사람 같기도 하였다.

그 세상에서는 오로지 하나만이 이델 칼테아를 점유하고 있었기에, 미친 여자 혹은 더러운 여자라는 치욕스러운 비난에도 그녀는 담담해 보였다.

거무스름한 땅거미가 수풀을 기었다. 이델은 황금빛 노을에 먹혀 있었다.

소년은 그녀를 부르기 위해 입을 열었다. 그러나 말소리가 나오지 않았다. 어머니, 그 지칭이 입안에서 조각조각 와해되었다.

이델이 돌아본 건 그때였다. 가까운 거리에 사람이 있다는 걸 알고 있었는지 놀란 기색이 아니었다.

"너였느냐."

오늘의 그녀는 비교적 온전한 정신인 듯했다.

"날 데리러 왔구나, 네가."

그에게는 이름이 있었으나 이델이 그 이름을 불러주는 경우는 거의 없었다. 서운함은 들지 않았다. 지어놓고 잊었든, 의도하여 그리했든 상관없었다.

"오다가 에우리피테가 만개해 있어서……."

이델 칼테아가 소년을 보았다. 다만 환각에 취해 있는 듯한 눈은 딱히 그를 보는 것 같지도 않았다.

"그 애 생각이 났어."

그는 이델이 말하는 사람이 누구인지 알았다.

"……아름다웠다. 정말 아름다웠지."

황홀경에 젖은 혼잣말에는 그의 대답이 필요치 않다는 것도.

"가장 순도가 높다는 신의 황금 잔을 녹여도 그 애의 머리칼만큼 찬란하지 못할 거야. 신의 축복을 받아 마르지 않는다는 오르세 강도 그 애의 눈동자만큼 푸르지 못할 거야. 에우리피테의 개화도 그 애의 웃음만큼 사랑스럽지 못할 거야."

"……."

"그토록 황홀했단다. 그토록 아름다웠단다."

연극 대사처럼 과장된 억양은 이야기 속 사람이 신이라도 된 듯이 고양되어 있었다.

"나의 베아트리스는."

지고하신 루델시아의 왕족이 한낱 천민의 입에 오르내렸음에도 이질감은 들지 않았다.

칼테아. 그녀가 이전에 가졌던 성(成)이 얼마나 진실할지는 모르겠지만 적어도 칼테아를 입에 담는 이델에게서 위화감은 느껴지지 않았다.

당연하게도 그녀가 본래 대귀족이었다는 것에 생겨나는 자긍심은 없었다.

이델 칼테아, 그 이름이 허언이면 그녀는 단순히 미친 것이고, 진언이라 하여도 그녀는 과거의 영광에 기대 살아가는 불쌍한 인간일 뿐이었으니까. 그녀가 누구였던 이델은 베아트리스 왕녀를 만날 수 없을 것이다.

"하지만 너는 날 만나러 오지 않아."

이델은 베아트리스 왕녀가 앞에라도 있는 양 말했다.

"왜 날 찾아오지 않니, 베아트리스. 나는 너에 대한 소식을 조금이라도 알고 싶어서……."

"……."

"나의 긍지를 버렸는데."

이델의 끝없이 침잠한 눈동자가 소년을 향했다. 저 소년은 그녀의 꼬리표이자 증명이었다. 그녀가 긍지를 버린 것에 대한.

베른하르트 공작이 이두르인을 토벌하러 루델시아에 파견되었을 때였다. 마을 곳곳에 공작의 시중들 여자를 모집한다는 소식이 퍼졌다. 이델 칼테아는 그 시중이 순수한 의미가 아님을 알고 있었다. 전장에서 남자들이 여자를 품는 건 비일비재했고 어디까지 도덕성을 버릴 수 있는지도 모르지 않았다.

천박한 욕망이었다. 예전 같았으면 거들떠보지도 않았을 질 낮은 음욕. 하지만 이델은 처음으로 그러한 욕망을 비웃지 못했다. 그녀는 오로지 하나의 생각에 묶여 있었다.

그라니아의 대귀족이라면 피사리데 후작 부인의 소식도 잘 알지 않을까.

이따금 신관이 그녀를 보살피러 왔지만 그뿐, 베아트리스에 관한 소식은 들을 수 없었다. 물으면 왕의 배려는 여기까지라는 대답이 돌아왔다.

하여 이델은 고뇌했다. 아니, 고뇌도 아니었다. 베아트리스의 소식만 알 수 있다면 아무래야 좋았다. 천하다 낮잡아 보던 욕망에 기대서라도 알고 싶었다. 그 간절함이 그녀가 그라니아 귀족에게 몸을 주도록 만들었다.

베른하르트 공작은 퍽 체면을 차리는 이였다. 그는 여자를 산 주제에 이델이 창부가 아닌 몰락 귀족 출신인 것에 몹시 흡족해했다. 그 때문에 이델은 꽤 많은 소식을 접할 수 있었다. 단연 기억에 남는 소식은 베아트리스가 딸을 낳았다는 것이었다. 그때 든 감정은 그 어떤 허무에도 비할 수 없었다.

"그렇게 해서 알아낸 게 고작, 네가 잘 살고 있다는 것이라니."

너를 왕으로 만들기 위해 모든 것을 걸었던 나를 버리고 너는 행복하다니.

딸의 이름이 에샤힐드라 하였다. 아기를 낳으면 이름은 신어로 지어주자는 약속도 베아트리스는 잊은 것이다. 공작의 이야기 속 왕녀는 그녀와 달리 비참하게 살고 있지 않았다. 이델은 자신을 배반한 왕녀가 행복하다는 말을 듣고자 긍지를 버린 것이 아닌데도.

그 이후로 많은 것이 달라졌다. 떳떳하지 못한 처지로 전락한 그녀에게 무수한 돌멩이가 쏟아졌다. 사람들은 그녀를 천한 여자 취급하길 주저하지 않았다. 신의 축복을 받은 고결한 여자는 온데간데없었다.

가슴이 천 갈래로 찢어졌다. 이 고통은 저들로 인한 것이 아니었다.

"말해보거라. 네 눈에도 내가 더럽고 비참해 보이니?"

그리 묻는 이델은 세상을 발아래에 둔 듯 오만했다.

"다들 나에게 그리 말한다. 네 친부 되는 그 사람까지. 귀족으로서 자존심을 짓밟히는 건 어떤 느낌이냐고 묻기도 했는데, 우스운 말이지. 내가 진창에 있는 건 그 때문이 아니야. 나의 비참함은 육신에서 오는 것이 아니란다. 신을 등 돌렸다는 죄책감에서 비롯된 것도 아니지. 그런 것들은 나를 굴종시킬 수 없다. 나의 비참함은 오로지 베아트리스를 잃은 것에서 왔단다. 그 애가 나를 버렸을 때."

그러나 한편 슬퍼 보였다.

"정말로 좋아했어. 가족처럼 사랑했어. 나 자신보다 소중하게 생각했어."

"……."

"네가 날 버릴 줄도 모르고!"

악에 받친 비명이 수풀을 가르며 울려 퍼졌다.

"베아트리스, 네가! 어떻게 네가, 날!"

그는 광기로 번뜩이는 안광을 무덤덤하게 응시했다. 그녀는 반쯤 미쳐 있었고, 미친 여자의 말을 흘려 넘기는 건 어렵지 않았으므로.

일상은 똑같았다. 신관이 가져다준 책을 읽고, 해 질 녘이면 이델이 있는 곳으로 갔다.

그러던 중 그날은 찾아왔다.

"어젯밤 기사가 왔어."

그 여자가 처음으로 그에게 웃어준 날이었다.

"공작가의 기사인데, 널 어떻게 알고 찾아온 건지는 모르겠지만 이제 와 그게 중요한 건 아니겠지. 그 사람에게 가렴."

그 사람이라 하면 그라니아의 공작, 그의 친부를 말하는 것일 터였다.

"그 사람에게 가서 빌어. 그 나라도 혼외자 취급은 별로지만 지금보단 나을 거다. 어쩌면 모르지, 거둬 가서 애지중지 키워줄지. 그럴 사람은 아닌 것 같았지만."

이델은 오래전 잊은 공작의 잔상을 떠올리려는 듯 미간을 좁히다, 말끔히 풀었다. 그러고서 그의 어깨를 붙잡았다.

"그래도 빌어. 안 된다 해도 빌어. 그 사람에게 네 쓸모를 증명해. 내가 봐도 네 얼굴은 제법 쓸 만하니 귀한 여식에게 몸이나 대주며 살 수도 있겠지. 더럽겠지만 그래도 살렴. 그렇게라도 살아. 나는 이제 널 책임져 줄 수 없으니까."

이델이 덧붙이며 어깨에서 손을 떼었다. 여섯 살 아이에게 하는 말은 역겨웠음에도 그녀의 얼굴에 떠오른 건 죄의식이 아니었다.

"어쩌실 생각이십니까."

그는 처음으로 질문을 던졌다. 이델은 후련해 보이는 얼굴로 웃었다.

"죽으려고."

그녀는 그날 죽었다.

허공에 맺힌 천 자락이 느릿하게 펄럭였다. 천장 틈으로 스며 들어온 햇살이 천 자락을 지나 그의 얼굴을 내리비췄다.

세상이 환했다, 눈이 부시도록.

온통 빛에 잡아먹혀 눈부신 세상 속, 살랑거리는 이델의 몸을 따라 시선이 아지랑이처럼 흔들렸다. 천장에 매달린 몸, 평온함에 감긴 눈, 늘어진 다리. 보이는 것이 암시하는 바는 명료했다.

이델 칼테아가 죽었다. 마침내 갈망했던 이를 놓아버리며. 죽음으로써 갈망을 벗어났다.

경직된 동공이 잘게 떨려왔다. 그는 고장 난 물레방아에 물을 들이붓듯 멈춘 사고를 이어나갔다.

생각을 해야만 했다. 미친 여자가 미친 짓을 한 것에 저는 무얼 하면 되는지. 마지막까지 귀족답게 죽지 못한 여자를 불쌍히 여기면 될까. 어리석었다며 우스워해야 할까. 그러나 느닷없이 죽음을 통고하고 제멋대로 죽은 여자에게 어떤 감정을 느껴야 하는지, 그는 영영 알 수 없을 것 같았다.

의문은 결론에 도달하지 못한 채 매듭지어졌다. 그로서는 알아야 할 이유가 없었다. 이해 가능한 사람이 아니었으니 이해를 포기했다. 끝에 달하지 않을 이해를 단념하며 그는 이델의 죽음을 받아들였다. 눈뜨자마자 보았으니 그것은 어려운 일이 아니었다. 그리고 그 사람이 찾아왔다.

베른하르트 공작이.

헌앙한 풍채의 초면인 남자가 그의 턱을 잡아챘다. 어린아이가 감당하기엔 거친 손길이었으나 소년은 뿌리치지 않았다. 말하지 않았지만 알 것 같았다. 눈앞의 남자가 베른하르트 공작이자 그의 아버지였다. 그의 외양을 면밀히 보는 공작의 입가에는 기이한 희열이 감겨 있었다.

"네 나이가 올해 몇이지?"

"여섯입니다."

"한시름 덜었군."

그것이 아버지인 공작과의 첫 대화였다. 그는 마치 상품이 훼손되지 않았다는 것에 안도하는 사람 같았다. 신기했는지 공작은 손아귀에 들어온 턱을 좌우로 돌렸다.

"내가 누구인지 아느냐?"

"베른하르트 공작이십니다."

"너와 어떤 관계인지도?"

"제 생부 되십니다."

"내가 왜 널 찾았는지 아느냐?"

"당신께 제가 필요하기 때문입니다."

그 대답에 공작은 나직이 희소했다.

"머리가 나쁘진 않아 다행이구나. 눈치가 빠른 것도 같고."

일절 부정(父情) 따윈 없어 보이는 감상이었으나 아무렇지 않았다. 기대한 게 없으니 실망하지 않았다. 기복 없는 표정을 내려다본 공작이 만족스러운 듯 그의 턱을 놓았다.

"그 계집이 귀족이었다는 말이 거짓은 아니었나 보지? 천것처럼 굴었다면 실망했을 텐데 그러지 않아 마음에 든다."

공작은 제 핏줄이 천하게 자랐음에도 천하게 행동하지 않는 것이 흐뭇했다. 피가 어디 가진 않는군. 만족감이 뱃속에 가득 찼다. 무려 공작이 아비란 것을 알았음에도 들떠 하지도, 재물을 밝히지도, 경박하게 눈을 희번덕거리지도 않는다.

공작은 그 격 있는 태도가 저로부터 나온 것이라 확신했다. 기대하지 않는 것에 불과했음에도.

소년은 한순간 이델에게 감사해야 할지 고민했다. 어찌 됐든 천민 같지 않은 몸가짐은 이델을 보고 자랐던 탓이었으며, 글을 읽고 쓸 줄 아는 것도 그녀의 지분이 컸다. 글은 주기적으로 방문하는 신관에게 배웠지만, 만약 이델이 태생부터 천민이었다면 그가 글을 깨우칠 일은 없었을 것이다.

그러나 이미 죽은 사람, 듣지 못할 인사를 전하여 뭐 할까. 고민은 짧게 막을 내렸다. 그는 공작을 바라보았다. 미미했지만 여전히 희열에 들뜬 낯이었다.

"얼굴이 다르긴 하구나. 머리 색이 '그 아이'보다 짙기도 하고. 뭐, 생김새는 자라면서 달라지는 경우가 다반사니 괜찮을 것 같지만 말이다. 자란 채로 내놓으면 모르겠지. 이세르타가 신경 쓰이긴 하지만 애초에 일을 자초한 것은 자신이니 별말은 못 할 거다."

영문 모를 혼잣말을 뱉으며 공작은 유유히 마차로 걸어갔다. 당연히 그가 자신을 따라올 것이라는 듯, 공작은 어떠한 강제성도 띠지 않았다.

소년은 이대로 달아날까도 생각해 보았다. 공작과 기사보단 그가 이곳의 지리를 잘 알았다. 이대로 마을 외곽으로 숨어들어 교란한 뒤 산길을 헤쳐 간다면 저들을 따돌릴 수 있으리라.

다만 그 후의 생까지는 알 수 없었다. 짐승 밥이 될지, 굶어 죽을지, 추위에 죽을지, 착취당하여 죽을지. 살 경우는 희박했다.

살아야 하는지도 잘 모르겠다. 그는 이델 칼테아처럼 살아야 할 이유를 가지고 있지 않았다. 그러나 떠오른다. 그래도 살라는, 저는 미련 없이 죽은 주제에 살라는 모순적인 말이.

그것은 자식에게 가진 한 끝의 정일 수도 있었고, 그 여자의 마지막 양심일 수도 있었다. 뭐가 됐든 그는 달갑게 여길 수 없는.

그는 망망한 모순에 갇혀 마차로 발을 내디뎠다. 그래, 이 모순이 해결될 때까지만.

그늘에 갇힌 그림자가 지면에 길게 쭉 뻗었다. 공작이 문득 뒤를 돌았다. 그리고 냉연히 불을 당겼다.

"이름을 새로 가지게 될 것이다."

누군가를 대신하는 삶의 도화선에.

"너는 내 유일한 아들로 남겠지."

그렇게 그는 타인의 미래를 훔쳤다.

하르젠 베른하르트.

이름의 본 주인은 세 살에 역병으로 죽은 공작의 친자였다. 나이는 달만 차이 났을 뿐 그와 같았다.

공작이 역병을 핑계로 죽은 아들의 수명을 삼 년이나 더 늘려놓았던 것이다. 그사이 공작은 자신이 뿌린 씨를 찾아 헤맸다고 하였다.

공작 부인은 더 이상 아이를 가질 수 없는 몸이었고, 사생아가 가문을 잇는 치욕만은 면해야 했던 그는 아들의 죽음을 은폐하기로 결정했다. 제 핏줄을 그 자리에 앉힐 수만 있다면, 그리하여 사람들이 사생아를 정당한 후계자로 여기기만 한다면 천륜은 공작에게 고려 대상이 아니었다.

"이제부터 한 치의 실수도 용납하지 않겠다."

베른하르트의 후계자는 실패해선 안 된다. 그것이 가문의 격언이라도 되는 양 되풀이하던 공작은 그를 바로 시엘린 성주로 앉히고 베르덴에 유폐했다.

베르덴의 역병은 가라앉은 지 오래였지만 대외적으로 베른하르트의 후계자는 역병 후유증을 앓고 있었기에 세인들은 다소 가혹한 공작의 결정을 그럴 만하다며 수긍했다. 그들로서는 안심이었다. 병균이 잠복해 있을지도 모르는데 완치됐다는 진단을 어찌 믿겠는가. 베른하르트 공자가 괜히 수도에 와 역병을 퍼뜨리기라도 하면 큰일이라고 그들은 생각했다.

그리하여 공작의 인정 없는 결단은 합리적이라고 받아들여졌고, 시엘린 성주로서 베르덴에 머무르고 있는 소년을 의심하는 이는 아무도 없었다.

기실 성안의 누구도 그를 알아보지 못했다. 공작이 아들의 죽음을 알고 있는 자들을 처리해 두었기 때문이다. 성안의 시종들은 저보다 한참 어린 소년을 마땅히 상전으로 대우했으며 복종했다.

명실상부 역사가 흐르는 고성의 주인은 넓은 성, 좁은 세상에 갇혀 후계 수업을 받았다.

공작이 배정한 선생들은 그에게 군림하는 법을 가르쳤다. 남들 위에 서는 법을 토대로 검술, 창술, 승마, 전술을 어린 제자가 완벽하게 구사할 때까지 몰아붙였다. 학문도 마찬가지였다. 숨 돌릴 틈 없이 훈련과 배움이 이어졌다. 토할 듯이 호된 일과를 보면 그들의 머릿속에는 오로지 '완벽한 후계자'밖에 들어 있지 않은 듯했다.

공작이 가끔 베르덴에 다녀갈 때면 훈련 강도는 더욱 높아졌다.

지쳐 쓰러져 잠드는 게 일상이었다. 그럼에도 기척에 곧잘 눈을 뜨곤 했다. 이델이 죽은 뒤부터였다. 이델이 줄을 감고 목을 매고 의자를 넘어뜨릴 때도 깨지 않았던 잠이 이제는 약간의 소리에도 달아났다.

그렇게 신경이 예민해진 채로 잠드는 일이 일상이 되고, 몸과 정신을 갉아 이름의 대가를 치르는 고통도 종내 아무렇지 않아졌다.

성주님, 그 호칭에 시선을 주고 하르젠, 그 명칭에 대답하는 횟수가 잦아졌다.

마치 그 모든 것이 처음부터 제 것이었다는 듯이.

시엘린에 온 지 이 년이 지난 후였다.

"라페른에 루델시아교를 바탕으로 한 학교가 완공되었다는군요."

그와 대련 중인 노기사가 돌연 생각난 듯 말했다. 하르젠은 검을 맞부딪히다 말고 딴소리를 늘어놓는 사내를 물끄러미 쳐다보았다. 노기사의 이름은 헤세로 과거 멸문당한 밀라드가의 직계 후손이었다. 그의 검술 선생이기도 했다.

"헤세 경."
평연한 부름에 헤세가 너털웃음을 쳤다.
"라페른은 공작 각하께서 얻어낸 영토이지 않습니까. 아버지와 관련된 소식은 알아두는 게 도련님께도 좋겠지요."
"지금은 대련 시간입니다."
하르젠은 얼굴 한 번 찡그리지 않고 말했다. 헤세의 눈빛에 안타까움이 스쳤다. 막냇손자와 같은 나이였음에도 헤세는 이 무뚝뚝한 도련님이 장난이나 농담하는 걸 본 적이 없었다. 어린 나이에 감당하기 버거운 훈련도 소년은 싫은 소리 없이 감내하고 있었다. 지금도 기계처럼 가검을 들고 서 있지 않은가.
올해 새로 부임한 노기사는 무른 구석이 있었으나, 무른 구석과 별개로 헤세는 알았다. 이 어설픈 연민은 저 소년에게 전연 도움 되지 않을 것임을. 태생부터 주입된 목적만을 염원하며 가문을 위해 살아가는 것이 저 소년의 운명이었다. 그 운명대로 소년은 훌륭한 기사가 될 것이다. 훌륭한 군주가 될 것이다. 사람들에게도 그리 기억되리라.
감히 헤세 그가 동정할 상대가 아닌 것이다. 그러니 이 얄팍한 동정은 뜯어내는 게 맞았다.
"제가 경솔했습니다. 아름답다 소문이 자자하신 피사리데 후작부인도 개교 행사에 참여한다는지라 주책을 부렸나 봅니다."
그는 조야한 변명을 둘러대며 머쓱히 땅만을 쳐다보았다. 그러나 이어져 귀를 울린 말은 예상과는 조금 다른 내용이었다.
"여기서 얼마나 걸립니까?"
헤세는 당혹감에 말문이 막혔다. 대상을 빠뜨렸지만 분명 베르덴에서 라페른까지 얼마나 먼지 묻고 있었다. 기묘한 건 그것이 단순한 질문 같지 않다는 점이었다. 마치 라페른에 한번 가보고 싶다는 투였다.

왜? 라페른 신학교란 이국의 종교를 바탕으로 세운 학교였다. 아버지 베른하르트 공작을 언급해도 관심 없어 했으면서 대체 어디에 끌렸단 말인가.

당황이 목을 넘어 얼굴까지 비쳤는지 하르젠은 질의를 거둬들였다.

"잊으십시오. 쓸데없는 질문이었습니다."

"가보시렵니까?"

충동이었다. 의식을 거치지 않은 충동이었으나 헤세는 물리지 않았다. 베른하르트 공작의 귀에 들어가면 결코 용서받을 수 없을 걸 알지만 그래도.

"이 늙은이가 책임지고 그곳에 데려다 드리겠습니다."

이 거대한 성 밖으로 한 번은 벗어나게 해주고 싶었다.

마차는 새벽 일찍 성내 사람들의 눈을 피해 베르덴을 빠져나갔다. 헤세 밀라드 경과의 대련을 핑계로 댔으나 하르젠은 이 무모한 야유가 영원한 비밀로 남을 수 없음을 알았다. 그 많은 사람이 속아 넘어가기엔 계획은 즉흥적이고 허술했다. 필연적으로 공작은 알게 될 것이고, 그때가 되면 그의 선생도 무사치 못할 것이다.

그것을 헤세 밀라드도 모르는 것 같지는 않았다. 그는 들키지 않는다고 장담하지 않았다. 책임을 말했을 뿐이다.

하르젠은 노기사의 결의를 이해할 수 없었으나 잘라내진 못했다. 제 어리석음이 어떤 결과를 초래할지 알면서도 그 여자를 봐야겠다는 일념이 떠나가지 않았다.

봐서 어쩌고 싶은지는 모른다. 그저 이델 칼테아가 죽어서도 그리워했을 베아트리스를 봐야 한다는 집념이 그를 짓눌렀다.

마차는 한때 신의 땅이었던 라페른에 바퀴 자국을 남기며 멈추었다. 보편적인 골조의 건물이 황량한 땅의 한가운데에 우뚝 서 있었다.

"주변에 아직 마을이 들어서지 않아 썰렁하지요? 원래 사람 냄새가 처음 나는 땅은 그런 겁니다. 그래도 머지않아 마을이 들어서며 차차 활기차지겠지요."

그때만큼은 헤세도 검술 선생이 아닌 인자한 노인이 되어 있었다.

하르젠은 푸석한 땅을 내려다보았다. 이론적으로는 헤세의 말이 맞을 것이다. 그러나 잡풀 없이 허한 땅에 활력이 돋는 청사진은 쉬이 그려지지 않았다. 끝내 그는 시선을 떼어냈다.

"개교 행사까지 시간이 있습니다. 그 전에 저는 학교장을 뵙고 오지요."

헤세가 신학교장의 허락을 얻을 동안 그는 건물 내부를 둘러보았다. 아직 개교 전인지 학생처럼 보이는 사람은 없었다.

빈 교실을 지나치다 느껴지는 인기척에 하르젠은 창밖으로 고개를 돌렸다. 가지런히 정렬된 마차와 함께 몇몇 귀족이 앞마당에 모여 있었다. 금발의 여인은 보이지 않았다. 다시 걸었다. 아직 시간은 있었으니.

내부는 창이 많지 않아 바깥보다 어두웠다. 그림자와 빛에 번갈아 잠기며 모퉁이를 돌자, 그의 걸음이 멎었다.

사람이 있었다.

학생이라 하기엔 지나치게 조막만 한 여자아이가. 누군가를 찾는지 길게 늘어뜨린 금발이 휙휙 돌아가는 고개마다 흔들거렸다. 많게 보아야 다섯 살이었고, 저토록 어린 학생이 있을 리는 없으니 어느 귀족의 딸일 것이다. 당연하게도 마주쳐서 이로울 것은 없어 그는 되돌아가고자 했다.

그때였다.

완전히 몸을 돌리기도 전에 여자아이가 뒤를 돌았다.

"……어?"

제 뒤에 사람이 있을 거란 생각을 못 했는지 그를 발견한 눈이 몹시 놀라 있었다. 그리고 이곳으로 달려오기 시작했다.

그가 미처 발 돌릴 틈도 없이, 잰걸음으로.

피해야 한다는 생각은 울 것 같은 얼굴이 가까워지며 얼어붙기 시작했다. 정확히는, 푸른빛으로 일렁이는 눈동자에.

하르젠은 그 자리에 멈춰 가만히 제 쪽으로 달려오는 여자아이를 바라보았다.

흩날리는 금발, 글썽이는 푸른 눈. 그것만이 뇌리에 박혀 그의 옷자락에 닿으려는 손길은 보이지 않았다. 알아차렸을 때는 이미 늦은 뒤였다.

닿는다, 그 생각에 그는 반사적으로 뒤로 이동하려 했다.

그리고…….

철퍼덕-

"……."

작은 몸이 그의 발치에 철퍼덕 엎어졌다. 기세 좋게 달려와 제 발에 걸려 넘어지는 건 예상 밖이라 하르젠은 잠시 멈칫했다.

피하기 전에 스스로 넘어졌으니 그의 잘못은 아닐 것이다. 그럼에도 개운하지 않은 이유는 명확하다. 그는 분명 가만히 있었으나, 그것은 다른 말로 잡지 않은 것을 의미했다. 충분히 잡을 수 있었음에도.

손이 껄끄럽게 비어 있었다. 바닥에 너저분히 헝클어져 있는 금발을 보자 찝찝함은 아까보다 배로 불어났다.

그러나 이 꺼림칙한 기분은 선량한 양심에서 비롯된 것이 아닌 무의식적인 기피였다. 아마 시간을 수 초 전으로 되돌린다 하여도 현재 상황은 크게 달라지지 않았을 것이다.

"으……."

옅은 신음에 하르젠이 한숨을 내쉬었다. 넘어질 때 소리가 자못 컸으므로 아플 법도 했다.

우려나. 어깨가 떨리는 걸 보니 우는 듯도 하여 그는 난감함을 느꼈다. 울음을 터뜨려 사람들이 달려오기라도 한다면 하르젠은 그들의 추궁을 피할 도리가 없었다.

그러나 우는 아이를 달랠 수도 없었다. 그런 적도 없거니와 달랜다는 선택지는 아예 존재하지 않았다. 지금 당장 그가 해줄 수 있는 건 없었다. 차라리 학교장을 만나 그 사람이 아이를 찾도록 하는 게 나을 거라는 판단이 서자 하르젠은 망설임 없이 등을 돌렸다.

"가지 마!"

뭉개진 발성은 정확히 하르젠이 몸을 돌리는 순간 들려왔다. 하르젠은 약간의 당혹감을 느끼며 소리가 난 쪽을 돌아보았다. 엎드린 상태에서 고개만 들고 있는 소녀가 하르젠을 간절히 올려다보고 있었다. 예상과 다르게 운 흔적은 보이지 않았다.

"가만…… 안 되는데……."

소녀가 울먹이며 말했다. 아직 어눌한 발음이 절박함을 뿜어내고 있었다. 하르젠은 이럴 때 어떻게 해야 할지 몰라 가만히 멈추어 있었다.

"잠시, 잠시만……."

소녀는 눈앞의 사람이 당장 가버릴 거라고 생각했는지 고사리 같은 손을 몇 번 꼼지락대더니 벌떡 일어섰다. 그리고 지저분해진 옷에 울상을 지었다.

"내 치마……."

바닥에 먼지가 가득했는지 옷은 거짓말로도 깨끗하다 할 수 없었다. 뾰로통해하며 그를 올려다보는 눈이 왜 잡아주지 않았냐고 원망하는 것도 같았다.

잠시 후, 소녀는 치마를 탁탁 털었다. 하르젠은 그 어설프면서도 제법 씩씩한 일련의 장면을 지켜보았다. 그 손으로 털면 먼지가 얼마나 털리겠는가 싶었는데 역시 드레스는 원상 복구되지 않았다. 그래도 아까보단 나아졌다고 생각했는지 여자아이는 불만스러운 표정을 풀고 그를 바라보았다.

"오라버닌 여기 사람이야?"

여기 학생이냐고 묻는 듯했다. 아니었지만 하르젠은 고개를 끄덕였다. 수상스러운 구석이 있는 사람보단 학생이라고 기억되는 편이 나았다.

하르젠의 긍정에 한순간 아이의 안색이 밝아졌다가 이내 어두워졌다. 그러다 그녀는 어물어물 뜸 들이며 입을 열었다.

"저기…… 나……."

"……."

"나 말이야……."

"……."

"사실 내가…… 길을 잃어버렸거든……."

대단한 비밀이라도 되는 것처럼 조심스럽더니 길을 잃었다는 허무한 말이었다.

"어머니가 어디 있는지 몰라……."

간절하게 반짝이는 눈빛에 책임을 느끼기 전 하르젠이 고개를 돌렸다. 그러나 소용없는 짓임은 소녀가 기어코 말로써 책임을 지웠을 때 깨달았다.

"어머니 좀…… 찾아주지 않을래?"

"저도 모릅니다."

제 어머니를 그가 어떻게 알고. 하르젠은 가차 없이 거절했다.

"아, 난 에르셀란데……!"

그의 침묵이 불안했는지 소녀가 부랴부랴 자신의 이름을 꺼냈다.

얼결에 물어보지도 않은 이름을 알게 된 하르젠은 설핏 눈살을 찌푸렸다. 이름을 댄다고 하르젠이 그녀의 어머니가 누구인지 알 리 없었다. 다만 무작정 이름을 대는 행동을 거꾸로 유추하면 그녀가 수도에서 이름만 대면 알 만한 귀족의 자식이라는 답이 나왔다.

문제는 그것이 그에 한에서는 오답이라는 점이었다.

하르젠은 저 밖에 있는 귀족들에게 그녀를 데려다줄 수 없었다. 고작 이런 일로 모습을 드러냈다는 사실을 들키면 공작의 노여움은 그를 비껴 가지 않을 것이다.

기회 없이 내쳐지면 그가 이제껏 해왔던 게 무용지물이 된다. 하르젠은 아직 공작에게 자신의 쓸모를 입증하지 못했다.

'역시 헤세 경을 찾는 게…….'

하르젠은 다시금 멀어지려다 문득 떠오른 귀찮아지는 생각에 머뭇거렸다. 남겨두고 갔다가 더 큰일이 날지도 모른다는.

학교는 생각보다 넓었고, 아이가 다니기엔 충분히 복잡했다. 현재 그녀에게 학교는 미로와 다를 게 없을 것이다. 어머니를 찾아 헤매다 이보다 더 으슥한 곳으로 가면 어떻게 되겠는가. 왜 자신이 그것을 고민하고 있는지는 모르겠지만, 이미 붙잡힌 발길은 쉽사리 떨어지지 않았다.

"데려다드리겠습니다."

하르젠은 결국 에르셀라라 자신을 소개한 소녀에게 손짓했다. 교문 앞까지만 데려다주는 건 괜찮을 것이라 생각하며.

"아!"

드디어 어머니를 볼 수 있다는 희망이 생겼는지 에르셀라가 쪼르르 달려와 손을 잡았다. 손을 휘감는 낯선 느낌에 하르젠이 움찔했다. 에르셀라가 배시시 웃었다.

“고마워.”

“잡으라는 말은 아니었는데.”

“정말 고마워.”

그의 말이 들리지 않는 건지 에르셀라는 손을 놓지 않았다. 말랑한 감촉이 불편한 한편 하르젠은 스스럼없이 따라오는 에르셀라가 약간 어이없었다.

그가 누구인 줄 알고. 부모가 모르는 사람을 따라가지 말라는 말은 안 했는지 에르셀라는 연신 해맑았다. 하기야 부모 말을 잘 듣는 아이였으면 애초에 길을 잃지도 않았을 터다.

여자아이의 보폭에 맞추느라 걸음 속도는 아주 느렸고, 걷는 내내 아이는 말이 많았다.

“하녀가 있었는데 없어졌거든.”

“…….”

“어디 가면 안 된다고 했는데 심심해서.”

“…….”

“그래서 어머니가 날 잊었어.”

고요한 복도에 아이의 조잘거림만이 들렸다. 아직 긴 문장을 말하기엔 힘들었는지 문장은 내뱉는 족족 짤막했다.

어딘가 어색한 말을 요약하자면 ‘어디 가면 안 된다는 하녀의 충고를 듣지 않고 쏘다니다 길을 잃어버렸다’는 뜻이었다. 에르셀라는 같은 얘기를 말만 바꿔 종알거렸다.

연신 팔을 앞뒤로 흔들며 걷는 게 소풍이라도 나온 듯한 모양새였다. 하르젠은 덩달아 흔들리는 제 팔을 느끼며 후회했다. 이제라도 놔두고 헤세를 찾는 게 나을까.

“이름은 뭐야?”

소풍에 친구가 필요했는지 에르셀라가 해사하게 물었다. 하르젠은 못 들은 척 무시하고 조금 빠르게 걸었다.

손을 잡고 있었기에 에르셀라는 하르젠의 보폭에 맞춰 뛰어야 했다. 에르셀라가 종종걸음으로 따라잡자 하르젠이 다시 속도를 늦추었다.

틈 없이 메워지는 침묵이 에르셀라의 상상을 어느 쪽으로 끌고 나갔는지는 다음 말로 인해 알 수 있었다.

"이름이…… 없어?"

이번에는 신이 난 게 아니라 처진 목소리에 하르젠의 시선이 그녀 쪽으로 미끄러졌다. 에르셀라가 또 울 것처럼 있었다.

"그럼 노예야?"

"……."

"이름이 없으면 노예랬는데."

발상이 어쩌다 그리로 튄 것인지 모르겠다. 그라니아에서 노예는 흔하지 않았다. 노예는 사람이 아닌 재산으로 인정되어 일해도 삯을 받지 못한다. 돈을 받지 않는 일꾼. 주인이 다르게 쓰고자 한다면 돈을 받지 않는 용병으로 거듭날 텐데, 어느 왕이 허락하겠는가. 적어도 왕명으로 수도에 대귀족들이 집결해 사는 그라니아에서는 아니었다.

렌투아는 조금 다르다고 알고 있지만 그곳의 노예들에게도 이름은 있을 터였다. 주인이 사람 취급을 안 해서 그런 것일 뿐.

결과적으로 맞는 말은 아니었다. 그러나 하르젠은 딱히 해명하지 않고 제의했다.

"불쾌하면 손을 놓지요."

"불쌍하다……."

그와 동시에 에르셀라가 말했다. 울었던 건 노예라 불쾌해서가 아니라 불쌍했기 때문이었나. 넘어져도 울지 않았던 소녀는 그가 불쌍하다는 생각에 울고 있었다. 놀란 듯 동그래진 눈에서 눈물방울이 또르르 굴러떨어졌다. 자연적으로 귀찮아질 듯한 예감이 그가 입을 열도록 만들었다.

"헤세입니다."

선생의 이름을 대 거짓말했다는 죄의식은 당연히 없었다. 어차피 까먹을 이름, 잊힐 만남에 진솔하여 뭐 하겠는가.

없을 줄로만 알았던 이름이 사실은 있다고 하자 푸른색 눈동자는 한 번 더 커졌다. 문득 저 눈이 어디까지 커질 수 있는지 실없이 궁금해졌으나, 말 그대로 실없는 의문이었다. 실낱같은 호기심은 금세 사라졌다.

"이름, 끅……."

이제는 하다하다 딸꾹질까지.

"이름, 끄윽, 이……."

"있습니다."

점 찍지 못할 듯한 문장을 하르젠이 대신하여 말을 받았다. 별안간 에르셀라는 손을 빼내고 자신의 얼굴을 쓱쓱 문질렀다. 이름이 있으면 노예가 아니라는 생각은 여전했는지 울 필요가 없다고 생각한 게 분명했다.

다만 손을 놓는 것까진 좋았으나 문제는 눈물 닦은 손으로 다시 그의 손을 잡았다는 것이었다. 축축하게 미끈거리는 손이 그의 손을 적셔왔다. 하르젠이 설핏 인상을 쓰다 한숨을 내뱉었다. 빨리 누군가에게 던져주고 베르덴으로 돌아가는 게 심상에 이로울 것 같았다.

웃음을 찾은 소녀는 다시 말 많게 떠들었다. 옹알거리는 말소리 사이사이를 딸꾹질이 채우는 이야기를 들으며 하르젠은 마음을 비웠다.

"에르?"

에르셀라가 하르젠을 놓은 건 맞은편에서 소녀의 애칭이 들려왔을 때였다. 작은 손이 스르르 빠져나가고, 사라진 체온을 의식할 새 없이 소녀가 그에게서 멀어졌다.

"어머니!"

아까완 비교도 안 되게 신이 난 목소리가 경쾌한 발소리와 어우러졌다.

하르젠은 비어져 있는 손을 물끄러미 바라보았다. 얼핏 조금 전과 다른 기분이었지만 미묘한 차이는 곧 그의 앞에 있는 여자를 보자 사라졌다.

"세상에, 에르. 넘어진 거니?"

더럽혀진 드레스에 놀란 여자가 다급하게 딸의 상태를 살폈다. '그 애는 말이야'로 시작하는 이델의 찬양이 귓가에 감겨왔다.

이제 보니 여자의 외양이 딸에게 그대로 옮겨져 있었다. 하여 티끌의 의심조차 들지 않았다. 딸이 한 명 더 있다는 얘기는 듣지 못했지만, 그는 직감했다. 저 여자가 베아트리스였다.

에르셀라가 그녀의 귓가에 무언가 작게 속삭였다. 그러자 뒤늦게 그의 존재를 알아챈 여자가 딸의 손을 잡고 하르젠을 향해 다가왔다.

"길을 찾아주려 했다니 친절하구나."

"아닙니다."

"아니긴. 덕분에 내 딸을 찾을 수 있었어. 네가 학교장께서 거두셨다는 아이니? 우리와 같이 가련?"

그녀는 이델에게 듣던 것과 다르지 않았다.

"……괜찮습니다."

그러나 하르젠이 보기엔 특별할 것 없는 사람이라 이델이 왜 그랬는지에 대한 답은 아직도 미궁에 있었다. 왜 당신은 저 사람이 없는 게 괴로워서 죽기까지 했을까.

"그러니?"

베아트리스가 갸웃거리다 어색하게 웃었다.

"그럼 우리 먼저 갈게. 일이 있거든."

하르젠이 고개를 끄덕여 긍정을 표시하자, 베아트리스는 상냥하게 받아주며 뒤를 돌았다.

만나면 알 것 같았던 의문은 여전히 제자리였다. 외려 겨우 이런 거였나 하는 허망감을 느꼈다. 역시 하르젠은 이델의 맹목적인 사랑을, 영원히 알지 못할 것 같았다.

헤어지는 그를 향해 에르셀라가 손을 번쩍 들어 휘둘렀다.

"고마워."

"에르."

조금의 품위도 없는 잔망스러운 인사에 베아트리스가 나긋하게 타일렀다. 그러자 소녀가 어머니의 눈치를 보며 팔을 내렸다. 그리고 이번에는 들키지 않게 등 뒤로 손을 흔들었다.

하르젠은 장난스럽게 흔들리는 손을 그저 보다, 그들이 사라지자 반대편으로 걸어갔다.

그는 그 이후로 베아트리스 왕녀를 떠올리지 않았다.

마찬가지로 인상 깊지 않았던 그녀의 딸과의 만남도 머릿속에서 차츰 희석되어 완전히 잊었다. 그렇다고 생각했다.

그날로 외출을 도운 헤세와 하르젠의 측근 대다수가 종적을 감추었다. 빈자리는 허전할 새 없이 빠르게 다른 사람으로 대체되었고, 당연하게도 그들의 소식은 하르젠에게 전해지지 않았다.

며칠 새 사람들이 대거 행방이 묘연해졌지만 이 일에 이의를 제기하는 사람은 없었다. 의문은 떠오를라치면 물에 젖어 가라앉았으므로. 그럼에도 인위적인 평온은 사람들의 마음 한편에 남아 있는 두려움까지 없애주지는 못했는지, 시엘린은 안정과 두려움이 공존한 채 아슬아슬하게 유지되고 있었다.

불안정과 질서, 그 괴리 속에서 하르젠은 무모했던 노기사를 생각했다. 성에 있는 내내 손자의 재롱을 그리워했는데. 어쩐지 사랑하는 손자를 보지 못했을 것 같다는, 그런 예감이 든다.

헤세는 약속대로 책임을 졌지만, 이 모든 일은 하르젠이 라페른에 가지 않았다면 일어나지 않았을 일이기도 했다.

제멋대로 군 대가를 몸소 보여줌으로써 공작은 경고하고 있었다. 네 치기 어린 행동에 죄 없는 사람들의 목숨이 달려 있노라고. 그에게 직접적인 위해를 가하는 방식이 아닌, 주변인을 이용해 그의 목줄을 쥐는 식으로.

하르젠은 반발하지 않으며 공작의 뜻을 겸허히 받아들였다. 라페른에서 있었던 일을 지우고 헤세 밀라드도 다시는 떠올리지 않았다.

찰나 흐트러졌던 하르젠의 일상은 정상 궤도를 찾아 돌아갔다. 비정상적인 성에 고립되어 비정상을 정상으로 받아들이는, 그러나 누구도 다치는 사람 없는 그의 일상으로.

그날 이후 하르젠이 공작의 심기를 어지럽히는 일은 일어나지 않았다.

열다섯 살이 되었을 무렵 공작은 하르젠을 수도로 불러들였다. 하르젠을 태운 마차가 수도 저택 앞에 섰다.

"하르젠!"

전력으로 달려온 한 여자가 그를 힘껏 끌어안은 것은 하르젠이 막 마차에서 내렸을 때였다.

"잘, 잘 지냈니? 내가 얼마나……."

목이 멘 듯 여자의 입술이 꾹 닫혔다. 막힌 목으로는 울음이 연신 터져 나오고 있었다.

"……얼마나. 얼마나, 보고 싶었는지…… 모를 거란다."

더듬더듬 입을 연 여자가 저보다 키가 큰 하르젠의 품에 얼굴을 묻었다. 줄줄 흐르는 눈물에 의복이 젖어들었지만 그녀가 누구인지 몰라 하르젠은 밀어내지 못했다.

"아, 아가…… 네, 네가, 그리되고…… 엄마는, 엄마는……."

그제야 하르젠은 그녀가 누구인지 알게 되었다. 그러나 지금 반응을 보니 마주쳐선 곤란한 상대였다.

"……미안해서 살 수가 없었어."

막연히 공작이 언질해 두었을 거라고 여겼는데. 어쩌자고 제 아내에게도 비밀로 해둔 것인지.

"널 베르덴에 두고 오고 하루하루가 지옥이었어."

여자는 눈앞의 소년이 아들이 아닐 가능성은 생각하고 있지 않은 듯했다. 지금도 하염없이 그의 얼굴을 쓰다듬는 걸로 보아 확신할 수 있었다.

"이렇게 무사한 걸 보니 무슨 말을 해야 할지……."

헤어져 있던 날이 길었기 때문일까. 그녀는 그의 뒤바뀐 인상과 골격을 성장 탓이라 여기고 의심하지 않았다.

하르젠은 제 아들 하나 알아보지 못하는 여자를 보며 잿빛 기억 속에서 그녀의 이름을 들추었다.

이세르타. 그런 이름이었던 것 같다.

"미안해. 미안해, 아가. 널 아프게 해서 미안해……."

두 손으로 얼굴을 가린 채 이세르타는 깊은 죄책감을 토해냈다. 마르지 않는 눈물이 체내의 수분을 몽땅 뽑아낼 듯했다.

"살아줘서…… 네가 이렇게 잘 살아 있어줘서…… 너무 고마워."

그것이 너무도 애처로워 보여서. 진실을 알면 또 산지옥으로 끌려들어 갈 것 같아서.

"하르젠……."

당신의 아들은 오래전 죽었다고.

하르젠은 행복에 겨워하는 얼굴에 대고 말하지 못했다.

"곧 출정하는데 굳이 밝혀 분란 만들 일 있느냐. 허약한 사람이니 네가 전쟁에서 다녀온 후에는 죽어 있을지도 모르지. 널 아들로 알고 죽는 편이 이세르타에게도 더 나을 것이다."

공작은 이세르타를 위해서라고 했으나, 속을 들여다보면 그리 선한 이유는 아니었다. 단순히 십이 년간 감춘 진실을 이세르타가 알게 되는 순간 쏟아질 원망이 피곤할 것 같아서였다. 하르젠의 눈에는 기만 그 이상 그 이하도 아닌.

이러한 기만으로 이세르타만을 위한 연극이 열렸다. 그녀가 주인공이지만 이세르타는 모르는, 그러나 알게 된다 해도 변하는 건 없는 우스꽝스럽고도 가여운 참극이.

상대가 기만하면 기만당할 수밖에 없는 사람. 이세르타는 아무것도 모른 채 아들이 돌아왔다는 까닭만으로 마냥 행복해하고 있었다.

"지금 입궁하니?"

로비에 있는 하르젠을 발견한 이세르타가 다급하게 계단을 걸어내려왔다.

요사이 레나르트의 출정과 기사 작위에 관한 건으로 하르젠은 베른하르트 공작을 따라 궁에 드나들고 있었다.

"이거…… 마음에 드니?"

하르젠과 가까워지자 이세르타는 별안간 손수건을 내보였다.

"네게 어울릴 것 같은 수를 둬보았단다. 사냥회에서 전해주는 것도 좋겠지만…… 사정이 여의치 않으니."

하르젠은 몇 주 뒤에 출정할 예정이라 다음 해 열리는 사냥회에 참가할 수 없었다.

곧 다시 떨어져야 한다는 사실에 무척 아쉬워한 이세르타는 틈만 나면 선물을 보냈다. 남편의 뜻에 토를 달 수는 없으니 이렇게 해서라도 그녀는 자식과 헤어져 있던 시간의 틈을 메우고 싶어 했다.

하르젠은 이세르타가 주는 손수건을 선선히 받아들였다.

"감사합니다."

"마음에…… 안 들어?"

"……."

"옛날에는 선물을 주면 웃어주었잖니."

커가면서 성격이 달라진다는 걸 알면서도 이세르타는 하르젠에게 종종 예전 자신이 알던 모습을 발견하길 원했다.

"내가 주는 것이라면 뭐든 좋아해 줬는데."

그러나 일종의 유대감이 느껴지지 않자 이세르타는 씁쓸하게 웃었다.

애정 가득한 눈은 변하지 않았지만 하르젠은 그녀의 아들이 되어줄 수 없었다. 이세르타의 사랑은 그의 것이 아니었기에 하르젠은 그 사랑을 받는 법, 되돌려 주는 법을 몰랐다.

"그러면 너는 고맙다며 꽃을 주었지. 비록 후원에 피어 있는 꽃을 꺾어 온 것이지만 말이야. 하지만 그것만으로도 네가 얼마나 사랑스러웠는지……."

"……."

"……기억하지 못하는구나."

이세르타의 입매가 부드럽게 휘다 흐릿하게 무너졌다. 이제껏 그 기억만으로 지옥 같은 나날을 버텼는데, 그녀만의 기억이었던 것이다. 세 살이었던 아이에게 많은 것을 바란 것일까.

이세르타는 하르젠이 이곳에 돌아왔을 때를 상기했다. 보는 것만으로도 가슴이 아파왔던, 어머니가 아닌 남을 보는 듯한 시선이 아직도 잊히지 않았다. 이세르타는 새려는 눈물을 꾹꾹 눌러 담았다. 괴로운 생에서 아이만이 유일한 햇살이었다. 이것쯤은 견딜 수 있었다.

"괜찮아. 내가 기억하니까. 기억하지 못해도 엄마는 괜찮아."

그래도 널 사랑한단다. 소리 없이 따라붙는 뒷말에 하르젠은 차오르는 말을 목 뒤로 눌러 넘겼다.

저는 당신의 아들이 아닙니다.

뱉는 순간 그녀를 나락으로 떨어뜨릴 수 있는 고백이었다.

날이 저물어 퇴궁하는 길이었다. 이세르타가 했던 이야기 탓인가. 마차가 지나가는 길목 어귀에 화훼상이 내놓은 꽃들이 눈에 띄었다. 아침에 받은 손수건을 생각하자 결정하기까지 오랜 시간은 걸리지 않았다. 그는 마차 벽을 두어 번 두드렸다.

"멈춰라."

마차가 멈추고 하인을 시켜 꽃을 사게 했다. 하인은 아무 꽃이나 골라 오라는 주인의 말에 아연했지만 이내 아연해진 대로 화훼상에게 다가갔다.

잠시 후, 화훼상의 추천을 받은 하인이 꽃을 엮은 다발을 가지고

왔다. 하인은 주인의 마음에 들 것인지 걱정인 듯했지만 애초에 하르젠은 꽃다발의 모양 같은 건 어떻게 되어도 상관없었다.

이것은 그저 손수건의 대가였다. 어렸을 때 대가로 꽃을 받았다는 말대로 그리하는 것뿐이다.

"……들어오렴."

이세르타가 있다는 방문을 두드리자, 평소보다 느린 허락이 떨어졌다. 축축한 음성에 하르젠의 미간이 약간 좁혀졌다.

그러나 문을 젖히고 시야에 들어온 광경에 그는 차마 문턱을 넘지 못했다. 누군가와 다투기라도 한 것인지 물건이 이곳저곳에 엎질러져 있었다. 그리고 저 구석에는 엎드린 채 울고 있는 이세르타가 있었다.

"……넌 누구니?"

처음으로 듣는 다정하지 않은 목소리에 하르젠의 표정이 경직되기 시작했다.

"내…… 아들……."

이세르타가 그를 원망스럽게 바라보았다. 몇 꺼풀로 둘러 있던 애정은 전부 벗겨져 한 꺼풀도 남아 있지 않았다.

"아니라고, 아닐 거라고 믿으며 남편에게, 네 아버지에게…… 물어봤단다, 얘야."

그럼에도 천성적으로 다정한 성품은 가려질 수 없는지 이세르타는 끝까지 쌀쌀맞지 못했다.

"그런데 남편이…… 남편이 화만 내고 제대로 대답을 해주지 않는구나……."

하르젠은 문 뒤로 꽃을 감추었다.

"대답해 줄래……? 내 아들은…… 그때 죽은 거니?"

툭.

"네."

꽃다발이 바닥에 떨어졌다.

"네."

하르젠은 다시 한번 그녀에게 현실을 자각시켜 주었다. 그녀의 아들은 죽고 없다고. 자신은 진짜가 아니라고.

쐐기를 박는 대답에 이세르타의 몸이 사시나무 떨듯 떨리기 시작했다.

"그, 으읍……."

"……."

"……것도 모르고 난……."

"……."

"바보같이…… 난……."

"……."

"세 살짜리 아이가 역병에 걸려 살 리 없는데, 살았다고…… 등신같이, 흐으, 믿었구나……."

웃는 듯 우는 이세르타가 바닥에 몸을 웅크려 말았다. 힘껏 스스로를 보호하듯 감싼 이세르타를 하르젠은 다가가지도 멀어지지도 못한 채 지켜보았다.

연극이 끝났다.

진실을 알아도 그녀가 할 수 있는 건 아무것도 없는, 그녀만 불행해지는 연극이.

감추어진 사실을 알아도 죽은 아들은 살아 돌아올 수 없었다. 그러나 아들의 죽음을 십이 년간 은폐한 공작에게 복수할 힘도 이세르타는 가지고 있지 않았다.

"시엘린성으로…… 날 보내줄래?"

다행히도 이세르타는 이룰 수 없는 목표에 골몰하지 않았다. 그녀는 지극히 안온하고 현실적인 방법을 선택했다.

이세르타는 고개를 들어 하르젠을 보았다.

"그 아이와 마지막으로 함께 보냈던 곳에서 내 아들을 추모하다 죽고 싶어."

그녀는 어제의 다정함과 다르지 않은 태도로 밝게 웃고 있었다.

"그리하겠습니다."

하르젠은 그 말 그대로 공작을 설득해 이세르타를 베르덴으로 보내주었다.

그리고 출정하여 전장에서 지낸 지 삼 년이 지났을 때, 이세르타 베른하르트 공작 부인이 베르덴에서 숨을 거뒀다는 소식을 접했다.

이세르타는 죽었지만, 하르젠은 그녀의 추억이 담겨 있는 시엘린 성을 이세르타가 생전 살아 있던 형태로 보존하도록 명했다.

손수건의 대가는 그것으로 충분하리라 생각하면서.

올해 열여덟 성년을 맞은 베른하르트 공자의 성년회는 필요 이상으로 거창하게 열렸으나 아무도 과하다고 평하지 않았다. 레나르트와의 전쟁에서 전공을 세웠으며, 승리의 주역인 그에게 왕의 치하가 아낌없이 쏟아졌다. 그렇기에 연회장 안은 베른하르트 공자와 면을 트려는 사람들로 차고 넘쳐났다.

그러나 흡사 전쟁터를 방불케 하는 복작거림이라 하르젠의 입장에서 유쾌한 그림은 아니었다.

이렇게 많았던가.

초대장을 직접 쓰지 않고 부관에게 맡겼기에 어느 가문에게 보내졌는지는 그도 아는 게 없었다. 가슴팍에 달린 가문의 문양과 생김새로만 대략적으로 누가 누구인지 판단했을 뿐이었다.

"춤은 안 추시나요?"

"아쉽게도 소질이 없습니다."

다가오는 귀족들을 적당한 거리감으로 상대하다 보니 두어 시간이 지났다. 갑자기 떠들썩해지는 주위에 하르젠의 시선이 소리가 나는 곳으로 미끄러졌다.

"피사리데 영애네요."

잊고 있었던 여자와 눈이 마주친 건 그 찰나였다.

하지만 맞물렸다고 생각했던 시선은 여자의 몸이 돌아가며 어긋나버리고, 뒤늦게 주변이 눈에 들어왔다. 어떤 남자와 춤을 추고 있는 여자의 모습이.

십 년 만인가. 계산해 보니 라페른에서 헤어진 지 그쯤 되었다.

하르젠은 십 년이 지나도 조그마한 여자를 신기하게 쳐다보았다. 머리로는 자란 것을 아는데 그의 눈에는 그때와 다를 게 없어 보였다.

"후작 영애가 아주 잘 자랐네요."

"네, 기대대로 잘 자라주었어요. 내년이면 열여섯이라지요? 봄이 오기 전에 성인식을 치르겠군요."

피사리데가의 차녀를 두고 귀부인들의 대화가 오갔다. 소녀가 이듬해 성년을 맞이할 거라는.

하르젠은 그것도 신기했다. 영영 그대로 머물러 있을 것 같았는데 아니라는 게.

"청혼서가 쏟아지겠어요."

그 순간 입가로 가져갔던 잔이 멈추었다.

"부디 좋은 남편을 만나야 할 텐데."

유리잔에 부딪힌 와인이 잔물결을 이루며 흔들렸다.

"쏟아져도 결혼은 지금 춤추는 데먼셔 영식과 하지 않겠어요? 데먼셔 영식은 괜찮은 신사기도 하죠."

하르젠은 잔 안의 붉은 물결을 응시하다, 파문이 더 확산되기 전에 잔을 기울였다.

다섯 번째.

여자가 빙글 돌았다.

연속으로 추는 춤에 지치지도 않는지 홀을 활보하는 여자는 즐거워 보였다. 그것만 보면 성년회의 주인공은 그가 아니라 그녀가 아닐까 싶을 정도로.

이곳에서 유일하게 아는 얼굴이기 때문인가. 다른 이와 대화를 나누다가도 시선이 그쪽으로 새었다.

혹은 모를 일이다. 이델의 이야기 속 어린 왕녀를 그녀에게 투영했기 때문일지도.

그편이 더 그럴듯하다고 생각하며 하르젠은 시간을 확인했다. 연회의 1부 끝이 얼마 안 남아 있었다. 인사하러 오지는 않을 듯했다. 아직까지 춤에 몰두해 있는 것을 보니.

사람들과 무례하지 않게 멀어지며 하르젠은 조금 전의 대화를 상기했다.

내년에 성년을 맞는다는 베아트리스의 딸. 그리고 결혼.

이름이 에르셀라인 것은 알지만 베아트리스와 연관해 기억하는 쪽이 편리했다. 애당초 베아트리스의 딸이 아니었더라면 하르젠은 에르셀라를 잊고도 남았을 터였다.

춤이 그치는가 싶더니 그녀의 다리가 휘청였다. 요란하게 넘어지는 불상사는 일어나지 않았지만 헛디딜 때 발목을 접질렸는지 이후의 움직임이 부자연스러웠다.

그러다 하르젠은 문득 앞으로 나가 있는 자신의 발에 한차례 눈을 깜빡였다. 전력으로 뛰어오다 코앞에서 엎어졌던 모습이 뇌리에 남았었는지 저도 모르게 몸이 반응해 있었다.

하지만 그것도 잠시, 발은 이내 흐려지는 춤곡과 함께 제자리로 돌아갔다.

그리고 그때였다. 에르셀라가 다가오고, 또다시 삐끗하고, 그가 그녀를 받쳐 세운 것은. 그 일련의 과정에서 당혹감을 느낀 것은.

자라 있었다. 영원히 자라지 않을 것 같았는데.

머리로만 인지했던 시간이 체감되기 시작하자 에르셀라가 조금 더 자세히 보였다. 가쁜 숨을 헐떡이고 이마에 땀이 맺혀 있는 것까지 빠짐없이 전부.

“베른하르트 공자를 뵙습니다. 피사리데가의 에르셀라입니다. 성년을 맞이하신 것을 진심으로 축하드려요.”

자신을 도와준 사람을 보다 그가 누구인지 알았는지 그녀가 숨을 가다듬고 말했다.

“그렇습니까.”

역시 기억하지 못하는 듯해서 하르젠은 조금 웃었다.

“초대해 주셔서 감사드립니다.”

“즐거우셨다니 다행입니다.”

얼마나 즐거우면 성년회의 주인도 잊었을까.

“그건…….”

말 속에 담겨 있는 미묘한 어조를 느낀 듯 에르셀라의 얼굴이 곤혹으로 물들었다. 불편했는지 이 자리를 어서 벗어나고 싶어 하는 속이 투명하게 보였다. 뒤이어진 대화는 의미 없이 변두리만 맴돌았다.

"그럼 전 이만 가보겠습니다."
"한 곡 추시겠습니까. 물론……."
이만 떠나고 싶어 하는 여자를 향해 그가 손을 내밀었다.
"다른 남자와 춤추다 잘못 디딘 발이 괜찮으시다면."
심술이었던 것도 같다.
"그런 적 없으니 당연히 출 수 있어요."
미숙함을 들킨 게 억울했는지 목소리가 뾰족했다. 그는 소리 없는 핀잔을 그대로 받으며 맞잡은 손에 힘을 실었다. 에르셀라는 끄는 대로 끌려왔다. 하르젠은 약간의 저항도 없이 새처럼 날아오는 여자에 묘한 기분을 느끼며 박자에 맞춰 이동했다. 그러면서도 계속 바라보았다. 습관인지 불편해하다가도 눈이 마주치면 간간이 웃는 에르셀라를.
항간에는 베아트리스를 가장 많이 닮았다는 말이 있던데. 그런 듯도 아닌 듯도 했다.
"저…… 혹시 이번에 개선식에서 1왕자 전하를 뵈었나요?"
대답은 한 박자 느리게 나왔다.
"예."
"그렇다면 그 자리에 1왕자비께서도 있으셨나요?"
그 물음이 자연스레 피사리데가의 장녀가 현재 1왕자비 자리에 있다는 사실을 상기시켰다. 그는 그렇다고 대답했다.
"그분이 저희 언니거든요."
허공에 한 번 원을 그린 에르셀라가 밀담 같지 않은 밀담을 소곤거렸다.
"그렇습니까."
저자의 평민도 알 이야기를 대단한 비밀인 양 포장하는 것은 여전하다고 생각하며 그는 심상히 대답했다.

없다시피 한 반응에 에르셀라는 실망한 눈치였다. 그녀의 눈매가 힘없이 처졌다.

"사실 언니가 궁에 들어간 후로부터 당연하겠지만 잘 못 만나고 있어요. 아직은 신혼이라 제가 찾아갈 수도 없고, 그 전에 언니가 불러줘야 갈 수 있는데, 이상하게 불러주질 않아요. 아무래도 식구들 눈치를 보고 있는 게 아닐까요?"

이번 대의 왕실은 빈말로라도 정답다 할 수 없으니 그럴 수밖에 없을 것이다. 머리에 하나씩 간계를 품고 사는 왕족을 식구라 칭하는 건 예상하지 못했으나.

어찌 됐든 보고 싶은 마음은 절실해 보였기에 그도 그에 맞는 대답을 해주었다.

"보고 싶다면 도와드리겠습니다."

이 정도는 도와줘도 상관없겠지.

다음 날, 하르젠은 승전한 기념으로 바라는 것을 하나 들어주겠다는 왕에게 1왕자비의 후작가 방문을 허해주실 것을 요청했다.

왕의 후의를 고작 왕자비를 위해 써버린 것에 공작은 마뜩잖아했지만 책망하지는 않았다. 다만 아무런 연고 없던 피사리데를 도와준 건 문제라고 생각했는지 간간이 주의를 주었다. 매사 하는 말은 변함없이 같았다.

"너도 사내라 미색에 혹할 수는 있겠으나 그래 봤자 계집일 뿐임을 명심하여라."

여자로 인해 가문이 망하는 꼴은 죽어도 못 본다며 공작은 내내 말하곤 했다. 판에 박힌 조언은 공작의 불안에서 기인했다. 몸 팔던 여자의 자식이니 그도 혹시 모른다는.

그렇기에 하르젠이 베른하르트에 가장 적합하다 여기면서도 공작은 끝까지 의심을 거두지 않았다.

그러나 공작이 걱정할 필요 없이 하르젠은 그의 원대로 살 생각이었다. 어느덧 자란 그에게 이제 남은 것이라곤 가문밖에 없었다.

"안 열어보십니까?"

그의 수하가 탁자 위의 상자를 가리켰다.

"피사리데 영애가 보낸 거 아닙니까? 언니 일에 대한 보답으로. 왜 아까부터 지켜보기만 하세요?"

"나보다 네가 더 궁금해하는 것 같은데."

"그럼요. 여자에게 선물이 왔는데 안 궁금한 남자 있으면 나와보라지요."

실없는 소리를 잘 하는 수하의 말을 흘리고 하르젠은 괴었던 손을 풀어 내렸다.

상자를 열어보니 뭐라 평하기 애매한 물건이 담겨 있었다. 레녹스도 마찬가지였는지 내용물을 확인하자마자 투덜거렸다.

"어허, 이제 보니 이 아가씨 세상 물정 모르시는가 봅니다."

말린 화초를 가리킨 그가 혹시나 하며 경악했다.

"설마 이거 책갈피입니까? 요새 어떤 남자가 이런 걸 쓴다고. 그나마 이 보석은 값져 보이네요."

상자 안에는 말린 화초, 커프스단추, 초콜릿 등 공통분모라고는 찾을 수 없는 것들이 들어 있었다.

"귀엽긴 한데 답례치고는 수지가 맞지 않습니다. 경께서 어떻게 했는지를 안다면…….”

“모르겠지.”

하르젠은 일축하며 그의 말을 잘라냈다. 처음부터 답례를 바라고 한 일은 아니었다. 또한 곧 루만 가문을 물려받을 수하에겐 소박하겠지만, 에르셀라가 보내온 보석은 귀족 영애의 용돈 범위 안에서 꽤 거액을 요했다. 물려받은 재산이 있는 것도 아닌데 이 정도면 성의 표시는 한 것이다.

“편지도 있군요.”

레녹스의 말대로 수북한 화초 더미 아래 하얀색 편지지가 있었다. 하르젠이 편지를 열었다.

안녕하세요, 베른하르트 영식.

일전에 언니를 볼 수 있게 도와주셔서 너무 감사드려요. 덕분에 언니와 아름다운 추억을 만들 수 있었습니다. 그래서 답례를 하고 싶은데…… 좋아하시는 걸 몰라 제가 좋아하는 것들로 넣고 말았네요.

책갈피는 직접 화초를 말려 만들어본 건데 마음에 드실지 모르겠어요. 물론 정성이 없다 여기셔도 할 말은 없지만요.

하지만 사람들에게 물어봐도 아무도 영식께서 뭘 좋아하는지 모르던걸요. 뭘 좋아하시나요? 다음에는 좋아하는 것을 선물해 드릴게요.

몇 분이 흘렀을까. 레녹스가 언뜻 곁눈질했을 때 장문의 편지는 아니었음에도 하르젠은 여전히 편지를 읽고 있었다. 미미하지만 입꼬리도 올라가 있었는데, 좋아서 짓는 미소라기엔 어딘가 애매했다. 오히려 곤란한 축에 속해 보였다. 그 짧은 줄글에 심기를 언짢게 하는 내용이라도 적혀 있던 것일까. 그렇다면 그 영애는 어떤 면에서 참 대단했다.

자신이 다 떨떠름하여 레녹스가 괜한 헛기침을 했다.

"흠. 그래도 참, 누가 선물을 자기 취향대로 고른답니까. 어…… 근데 곧 다른 남자와 결혼하는 여자에게 제가 성질 내는 것도 이상하군요. 선물이 제게 온 것도 아니고."

한마디로 볼썽사나웠다. 하여튼 간에 그만둬야…….

"혼서는 성인이 되고 나서 보내는 걸로 알고 있는데."

대화의 초점이 결혼은 아니었던 것 같은데. 의아쩍었지만 레녹스는 입을 열었다.

"예의에 어긋나지만 미리 보내는 일도 허다하게 있답니다. 피사리데 영애에게 설마 청혼하는 사람이 없으려고요. 그런데 혼사에 관심을 다 가지시고 웬일이세요?"

하르젠은 대답하지 않았으나, 그의 침묵이 대수로운 일은 아니었다. 익숙하게 받아들이며 레녹스는 어깨를 으쓱거렸다.

"하긴 결혼하실 때가 되긴 했죠."

부르신다는 전언에 하르젠은 공작의 집무실로 들어갔다.

"왔느냐?"

"예, 아버지."

공작은 만면에 근심을 띠고 있었다. 하르젠은 그 근심의 연유일 탁자 위의 편지를 내려다보았다. 편지 입구를 봉인한 밀랍에는 왕실 인장이 새겨져 있었다.

"네게 온 청혼서다. 누구인지는 말 안 해도 알겠지."

근년간 공작의 골칫덩이였던 왕실의 청혼서였다.

하르젠이 열다섯 살에 궁에 드나들었던 때부터였다. 국왕이 넌지시 헤르미아와의 결혼 의사를 물은 것은.

베른하르트가 중립을 표방하고 있기도 했지만, 공작에게 더 큰 문제는 따로 있었다. 신분을 감추고 있는 처지에 왕녀와 결혼해 어쩌다가 발각되기라도 한다면 왕족을 능멸했다는 책임을 면치 못할 것이다. 하여 공작은 그동안 갖은 핑계를 대며 거절해 왔다. 그러나 이번은 다른 모양이었다.

"더 이상 거절할 명분이 없다."

그는 결국 꺾였다.

"썩 나쁘지만도 않다. 왕녀가 회임하면 그 아이에겐 왕족의 피가 흐르는 셈이 되니. 네 부족한 혈통도 보완이 되겠지."

욕심이 났거나.

"나는 오늘 폐하께 결혼을 승낙한다는 답신을 보낼 예정이다. 그러니 너도 그런 줄 알 거라."

하르젠은 입을 열었다. 예, 그리 대답하기 위해서.

"……."

그런데 정해진 대답이 나오지 않았다. 예, 그 한마디가 목 안에 묶인 듯 아무리 애를 써도 뱉어지지 않았다. 그 대신 공작이 원치 않을 말이 나왔다.

"결혼은……."

"하르젠?"

"피사리데가의 차녀와 하고 싶습니다."

그를 거스르고 위반하는 발칙한 거역이. 인정받기 위해 노력했던 시간들을 기어이 무너뜨리며.

굳어버린 공작에게 하르젠은 담담히 자신의 의사를 알렸다.

"혈통은 피사리데의 것으로도 충분하다고 생각합니다."

이변 없이 그의 뜻과 정면으로 반하는 거역에 공작의 눈이 가늘게 찌푸려졌다.

"……내 그따위 것에 혹하지 말라 누누이 경고했거늘."

사늘한 언사는 숫제 분노였다. 공작은 이제껏 말 잘 듣는 착한 아이처럼 순종하던 그의 아들이 실망스러운 행보를 걷는 것이 믿어지지 않았다. 치밀어 오르는 괘씸함을 가라앉히며 그는 다시 한번 경고했다.

"적이 많은 가문이다. 고작 계집 따위에 네 앞길을 망치지 마라."

"말씀대로 고작 계집일 뿐입니다."

"하르젠!"

고함을 내지른 공작이 탁자 위를 내려쳤다. 진동자처럼 바르르 떨리는 주먹이 그의 역정을 대변하고 있었다.

공작은 서느렇게 부릅뜬 눈으로 하르젠을 압박했지만 하르젠은 그 노여움 또한 피하지 않고 받아들였다. 허락해 준다면 받아들일 수 있었다. 그게 뭐든. 하지만 의외로 공작이 보인 태도는 격정의 분노가 아니라 자애로운 이해였다.

"……그래, 한창 치기 어릴 때니."

끓어오르는 화를 진정시킨 공작의 어조는 흠결 없이 차분했다.

"치기 어린 네 나이를 생각해 이번만 용서하겠다. 하지만 두 번 다시 나를 실망시킬 경우엔 나도 고민 좀 해봐야겠구나."

그의 가치를 생각해 이쯤의 일탈은 눈감고 넘어가 주겠다는 말이었다. 자로 잰 듯 뚜렷했던 용인의 경계가 흐려졌다.

하르젠은 그것이 의미하는 바를 알았다. 마침내 그가 공작의 최상의 패가 되었다는, 무언의 인정이었다.

하지만 왜.

이상하게도 막상 받은 인정은 기쁨을 가져다주지 않았다. 충족감이 없다. 생기지 않는다. 그것을 바라왔다고 생각했는데. 그런 것에 기뻐할 여력이 없을 만큼 온 신경이 다른 곳에 몰려 있었다.

치기 어린.

그 뒤로 따라붙은 단어 하나가 낯선 문장을 만들어냈다.

치기 어린…… 감정.

당연히 그런 것일 리 없다. 이 일에는 합리적인 어떤…… 그 순간 위화감이 머리끝에서부터 그를 덮쳤다.

이것이 치기 어린 감정이 아니라고 단정할 수 있을까.

에르셀라가 그에게 필요한가 하면 아니었다. 피사리데가 그의 앞길에 도움이 되는가 하면 그렇지 않았다. 이것은 그저 철저히 이성을 배반한 그의 고집이었다.

베아트리스의 딸이라서.

곧 결혼할 것 같으니까.

그러니 초조해져서.

어디에도 논리 따위는 찾아볼 수 없는, 세워둔 기준과 정해둔 법칙을 모조리 망가뜨리는 아집.

만일 에르셀라가 저 두 가지 중 하나라도 해당되지 않았다면 그는 공작의 뜻에 따랐을까. 답은 허무하도록 쉬웠다.

그랬겠지.

베아트리스의 딸이 아니었다면 존재를 몰랐을 것이고, 다른 남자와 결혼한다는 소식이 들려오지 않았다면 이리 무모하지 않았을 것이다. 하지만 에르셀라는 베아트리스의 딸이었고, 성인이 되어 다른 남자와 결혼을 할 예정이고.

하르젠은 그런 에르셀라가 갖고 싶었다.

"……기어이. 나를 거역하는구나, 네가. 차라리 다른 걸 말해!"

고작 그러한 이유로 공작의 앞에 무릎을 꿇었다.

"아들로서 처음으로 부탁드립니다, 아버지."

이제껏 입에 올리지 않았던 아들의 자격까지 내걸며.
"저는 그분 말고 원하는 것이 없습니다."
그때의 하르젠은 딱 그만큼 에르셀라가 간절했다.

공작의 허락이 떨어졌다. 다만 제 손으로 피사리데에 혼서를 보내는 관용까지 베풀고 싶지는 않았는지 혼서 건은 그의 관할로 넘어왔다.
하르젠은 엉망진창이 된 탁자를 보며 얼굴을 쓸어내렸다. 방금 열여섯 번째 실패한 청혼서는 탁자 밑으로 밀려나 있었다.
어느덧 부피를 키운 실패작들은 대개 적을 내용을 망설이다 잉크가 번진 것들이었다.
하르젠은 결혼에 왜 이런 복잡하고 어려운 과정이 들어가 있는지 이해가 안 갔지만, 없으면 혼담이 오갈 수 없다는 부관의 말에 실패를 거듭하는 중이었다.
하지만 언제까지 망친 편지를 쌓아둘 순 없는 노릇이었다. 얼마 안 있으면 동이 틀 시간이었다. 저 멀리 기슭을 따라 올라오는 새벽빛에 하르젠은 자조 같은 헛웃음을 지었다. 업무를 본 것도 아니고 겨우 편지를 쓰다가 밤을 지새운 게 어이가 없었다. 그 말도 안 되는 일이 지금 일어나고 있었다. 시답잖았지만 늦장 부린 변명이야 있었다.
사랑하지도, 필요하지도 않은 여자에게는 어떤 혼서를 보내야 할지 모르겠어서.
그도 그럴 것이 피사리데의 막대한 부와 권력은 베른하르트도 가지고 있었고, 그 반대도 성립했기에 권력, 재산, 명예는 서로 내세울 게 못 됐다. 사랑도 아니었으니 연서를 쓸 수도 없다.

'그러면 뭐라 써야…….'

그러다 문득 지금 뭐 하고 있는 건가 하는 생각에 그는 눈가를 찡그린 채 웃었다.

더 한심한 꼴은 면해보고자 하르젠이 열일곱 번째 편지를 펼쳤다. 열의 없이 조건만을 나열한 줄글보다 그의 뜻만 전하는 게 나을 듯했다. 그는 펜을 들어 글을 적어 내려갔다.

……에르셀라 피사리데에게.

펜은 거기까지 움직이다 멈추어 섰다.

에르셀라 피사리데에게.

막힌 글은 유려하게 이어지지 못하고 머뭇거림의 공백만 늘릴 뿐이었다. 펜촉에서 새어 나온 잉크가 조금씩 번질 기미가 보였지만, 거기서 더 나아가지지 않았다.

에르셀라 피사리데에게.

끝내 가까스로 완성된 글은 청혼서의 양식에 일절 맞지 않는 짤막한 내용이었다.

에르셀라를 곁에 둘 수 있는 방법이기도 했다.

하르젠 베른하르트가 에르셀라 피사리데에게, 청혼합니다.

사랑하지 않지만, 필요하지 않지만, 거짓은 아닐.

이델이 친애하던 친구의 딸을 갖고 싶어 하는 것이 정상이라 생각하진 않았다. 왜 원하는지도 어렴풋하였다. 에르셀라를 통해 무얼 하고 싶은 건지 모든 게 불분명했다.

처음엔 베아트리스를 닮은 그녀에게 이델 칼테아의 복수를 하고 싶은 줄 알았다.

말도 안 되는 생각임은 자연적으로 알아챘다. 복수 대상이 옳지 않았고, 베아트리스 왕녀보다 에르셀라를 원하는 것에 위배됐다. 그러면 뭘까. 왕녀를 열망하던 어머니의 간절함을 대신 이루어주고 싶어서? 그러나 그것도 아니었다.

바다 구멍에서 진주 발견하듯 몇 차례 헤매다가 그럴듯한 해답을 찾게 된 건 어느 날이었다. 사람이 아닌 환상에 초점을 맞추면 의외로 쉽게 풀렸다. 베아트리스가 아닌 에르셀라여야 했던 이유가.

어린 날의 기억이 꽤 짙었는지, 이델 칼테아가 그 시절의 베아트리스를 사랑했던 이유를 알고 싶었던 것 같다. 과연 천진한 소녀의 사랑스러움은 뭔지.

하르젠은 턱을 괸 채 여자의 얼굴을 빤히 쳐다보았다. 시선을 느낀 여자가 책에서 고개를 들다 싱그럽게 웃었다. 아직 하르젠을 대하는 게 어려웠던 에르셀라는 어색함을 무마하기 위해 종종 저런 식으로 웃곤 하였다.

"왜 봐요?"

어디가 사랑스럽다는 거지.

"……아무것도."

모르겠다.

에르셀라는 슬금슬금 시선을 도르르 굴리다 책으로 떨어뜨렸다.

하르젠은 계속 보았다. 멋쩍음은 잊었는지 에르셀라는 금세 책에 집중하는 듯 보였다.

좋아하는 목록에 책갈피가 있어 막연히 책을 좋아하나 싶었는데,

그 이상으로 에르셀라는 책을 많이 읽었다. 아니면 모를 일이다. 그와 둘만 있을 때만 부지런히 책 읽는 시늉을 하는 것일지. 그렇다 하기엔 독서할 때의 눈빛은 몹시도 진지했지만.

하르젠은 일인극의 관객이 된 기분을 느끼며, 에르셀라의 책을 가져왔다.

모든 게 너무도 여유 있게 진행된 나머지 빼앗긴 것도 인지하지 못하던 에르셀라는 이내 하르젠의 손에 들려 있는 책에 소스라치게 놀라고 말았다.

"왜 남의 책을……!"

에르셀라가 화급히 만류하려 손을 뻗었지만 이미 책을 읽은 하르젠의 표정은 애매하게 변한 뒤였다.

뭐에 만날 그렇게 집중하나 했는데 그림 동화였다. 오른쪽 페이지에는 왕자가 공주를 위해 딴 별들을 모아 선물하는 장면이 그려져 있었다.

"……이런 거 좋아해?"

"그, 런데요?"

설마 책을 갈취당할 줄 몰랐던 에르셀라가 부끄러움 반 원망 반으로 하르젠을 쏘아보았다. 그리고 덧붙였다.

"그라니아에서 백만 권 이상 팔린 책이에요."

기껏 한다는 말이 자신이 읽고 있는 책이 얼마나 인기 있는지였다. 이렇게 인기가 많은데 안 좋아하는 게 이상한 거라는.

"연령대가 어른은 아닌 듯해서."

그 백만 권은 어린아이에게나 팔렸다는 의미였다. 당연했다. 동화는 애들이나 읽는 거니까.

동화의 모험 이야기에 빠져 말괄량이처럼 구는 여자아이를 좋아하는 사람은 없다고 에르셀라는 열다섯 이후로 틈틈이 듣곤 하였다.

하르젠은 책장을 한 장 한 장 얄밉도록 우아하게 넘겼다. 저 뒤에는 남녀가 입 맞추는 장면도 있을 것이다. 가면 갈수록 수치심이 불어나 에르셀라는 눈을 꼭 감았다.

파티에서 열렬히 숙녀처럼 굴었는데 허사로 돌아가고 말았다. 지금까지 그녀가 뭘 읽든 관심 없다가 갑작스레 기습하는 법이 어디 있단 말인가. 사실 처음에는 교양 있는 책을 읽다 최근에서야 몰래몰래 시도해 본 것인데 다 들켰다.

에르셀라는 뭐라도 말했다. 그래야만 했다.

"낭…… 낭만적이잖아요."

얼마나 낭만적인데.

"읽어보면…… 분명, 생각이 달라질 거예요."

마성의 책이 따로 없는데.

"현실에는 없어서 더 즐거운…… 그런 거죠."

어째 점점 수습이 안 되는 것 같아 에르셀라가 체념의 고배를 마시려던 때였다.

"아예 써보지."

"……."

"그리 재미있어하시는데."

진심인가? 그러나 장난기가 도는 옅은 미소가 하르젠의 입가에 번져 있는 걸로 보아 놀리는 것일 확률이 컸다.

하르젠에게 휘말리고 싶지 않았던 에르셀라는 방긋 화사하게 웃으며 대답했다.

"좋은 의견 감사해요, 기사님."

"경험은 해보셨는지, 영애."

그는 대충 보조를 맞춰주었다.

"그런 건 안 해도 쓸 수 있답니다. 읽은 게 얼마인데요."

이제는 스스럼없이 실토하는 모습에 하르젠이 피식 웃었다. 단편으로 엮은 동화였는지 이야기는 거의 종장에 다다라 갔다.

“도와줄 수도 있고.”

“필요…… 없어요.”

“그러시다면. 그렇다고 다른 이와 하면 곤란해.”

기껏 열렬히 구애했는데 베른하르트 공작 부인이 될 여인이 추문에 휩쓸리면 아무래도 난감했다. 국왕 바우레스가 건재했으니 적당히 눈속임하는 노고는 해야 했다.

“……안 그래요.”

말이 느려진 듯한 건 기분 탓인가. 어쩐지 에르셀라의 뺨이 발그레한 것도 같았다.

놀림이 과했나. 하르젠은 마지막 장을 넘긴 뒤 에르셀라 쪽으로 다시 고개를 돌렸다. 그러자 하얀 목에 새겨진 적나라한 붉은 잔상이 눈에 맺혔다.

저 목덜미를 시작으로 점점이 일어난 열꽃이 어디까지 퍼져 있는지 알았기에 옅은 미소는 자취를 감출 수밖에 없었다.

“아!”

하르젠이 보이는 희미한 당혹감에 어리둥절해하던 에르셀라가 뒤늦게 상황을 파악했다.

에르셀라가 허둥지둥 머리핀을 뽑아내기 시작했다. 그러나 하녀가 꽉 동여맨 머리를 풀어내는 속도는 더뎠다. 옥신각신 자신의 머리와 실랑이를 한 끝에 완전히 풀어진 머리칼로 에르셀라는 이곳저곳을 가렸다.

“하녀가 너무 꽉 매었나 봐요. 아파요.”

민망했는지 덤으로 몇 마디 투정도 보태며.

“친구들이 얼마나 놀리는지 모를 거예요.”

아, 이 나라의 풍습이 그러하던가. 그것이 에르셀라는 싫은 모양이었지만 그는 나쁘지 않다고 생각했다.

"부럽다. 나도 머리 푸는 게 더 좋은데."

그 모습을 독점할 수 있다는 건.

하르젠은 마지막 페이지로 돌아왔다.

그들은 오래오래 행복하게 살았습니다.

동화는 아름다운 결말을 맞이한 채 끝나 있었다.

그런 순간이 온다.

"어! 일찍 왔네요?"

돌아오면 반겨오는 에르셀라가 더는 낯설지 않은 순간이.

"오늘 나……."

한달음에 와 하는 종알거림을 듣는 것으로 하루를 마무리하는 순간이.

"언니는 제 앞에서 시녀 얘기밖에 안 해요. 언니 얘기도 듣고 싶은데. 무슨 일 있냐고 물어보면 심심해서 그렇다는 말만 하고. 언니 입에서 심심하다는 말이 나왔을 때 얼마나 놀랐는지 알아요? 언니에게서 그런 말은 처음 들어보거든요."

조잘조잘. 에르셀라가 하는 이야기라고는 그런 것들이었다.

가족과의 추억, 친구들과 있었던 일, 오늘 뭘 하고 지냈는지. 소소하고 자질구레한 것들. 알지 않아도 될 것 같은 것들.

"이건 옛날에 있었던 일인데요. 별채에서 언니랑 둘이……."

하르젠은 하나하나 경청했다. 그런 것도 에르셀라의 입을 타면 듣기 좋았기에. 문득 에르셀라가 볼멘소리로 투정했다.

"당신은 얘기해 줄 거 없어요? 만날 나만 얘기하는 것 같아."

토라진 듯 그를 보는데 화답할 수 없어 결국 시선은 에르셀라를 비껴 갔다.

"……별거 없었어, 나는."

떠다니는 기억을 뜰채로 떠올려 봐도 건져지는 건 없었다. 다채로운 그녀의 세상에 비하면 시시한 것도 같다.

에르셀라는 하르젠을 말끄러미 보고 있었는데, 웃음을 띠지 않은 채였다. 말간 눈이 채근하는 것도 같아 곤란함이 짙어지려는 순간이었다.

"……졸리다."

스르륵 에르셀라가 품에 안겨온 것은.

"잘래요, 손잡고."

졸음 가득한 눈을 접으며. 배시시 웃으며. 안 놔줄 듯 그를 한껏 껴안고 있었다.

"방금 애 같다고 생각했죠?"

품에서 에르셀라의 웃음소리가 바스러졌다.

"애 맞아요. 그러니까 나이에 안 맞게 동화책이나 보지."

그가 했던 말을 인용하며 에르셀라는 키득키득 천진하게 웃었다. 흔들리는 작은 몸이 어쩐지 세차게 그를 두드리는 듯했다.

"그러니까 싫어도……."

"그러자."

선선히 그러자 할 줄은 몰랐는지 에르셀라의 눈이 놀란 듯 동글어졌다. 하르젠은 허리에 둘러진 그녀의 팔을 풀어 손등을 덮었다. 이내 손 사이로 손가락이 미끄러져 들어갔다.

"그러자."

손을 잡고 서로를 마주하며 누운 밤.

쌕쌕 숨소리를 내며 잠이 든 에르셀라를 밤새도록 보았던 것 같다. 실처럼 엉킨 손 사이로 전해지는 체온이 따듯했다. 방 안으로 스며드는 새벽 별빛이 차갑지 않을 만큼.

공작이 내려친 뺨에 그의 고개가 돌아갔다. 하르젠이 공작의 집무실로 들어서자 일어난 일이었다.

"네가."

"……."

"자꾸만 선을 넘는구나."

입안이 터진 듯 혀에 피 맛이 감겼다. 물에 탄 잉크처럼 퍼지는 피비린내를 삼키며 하르젠은 고개를 숙였다. 1왕자비를 베른하르트저로 들일 때부터 각오했던 일이었다.

"무슨 수로 왕비를 구워삶았나 했더니 헬레나 왕비의 집안일을 처리해 줬다지?"

가문에서 운영하는 상단에 관한 일로 왕비가 곤궁에 처해 있다는 사실을 알고 길을 터주었고, 그에 대한 답례로 1왕자비의 출입 허가를 받았다.

그것을 눈앞의 사람이 결코 반기지 않을 걸 알았지만 하르젠은 에르셀라의 편의를 봐주는 법을 이런 식으로밖에 알지 못했다. 제 뜻으로 데려온 이상 책임은 다할 생각이었다.

"네가, 미쳤구나."

살이 한 번 더 쓸렸다. 공작은 더 참지 못하고 체내에 가둬둔 노기를 드러냈다.

"별 볼 일 없는 가문의 종노릇이나 하며 감히 그 이름에 먹칠을 해? 네가 그러고도 내 아들이야!"

가쁘게 시근덕대는 숨이 그가 얼마나 노여워하고 있는지 보여주고 있었다.

예전 같았으면 추스를 화였지만 환후가 깊어진 요즘, 약간의 부아만 올라와도 공작은 참지 못했다.

"드릴 말씀이 없습니다. 제 실책입니다."

변명 한 구절 싣지 않은 대답에 뉘우침은 없었다. 그것에 더욱 분개한 공작은 불현듯 머리로 쏠리는 피에 뒤통수를 붙들었다. 일자로 닫힌 입술은 신음 한 음절 내보내고 있지 않았지만 몸에 무리가 간 것이 분명했다. 오래 버티기 힘들 거라는 주치의의 확진대로 공작의 몸은 날로 노쇠해져 가고 있었다.

얼마 안 남은 것이다. 태산 같던 사람이 허물어질 날이. 그가 그 자리에 오를 날이.

공작의 족적을 밟으며 살아가는 게 소명이니만큼 하르젠은 자신의 잘못을 알았다. 한순간의 치기로 치러야 할 대가가 작지 않다는 것도.

피사리데 후작을 설득하는 일은 어렵지 않았다. 피사리데 출신 왕자비를 왕비위에 올려놓는 것. 본디 카사로 데먼셔가 하기로 되어 있던 일을 대신 하면 되는 것이었으니.

"송구합니다."

다만 그토록 끔찍이 아끼는 가문을 이용해 그가 무슨 짓을 하는지, 그때는 공작이 모르기를 그는 바랄 뿐이었다.

이 시각이면 여자가 자고 있을 것이라 생각한 것이 화근이었다.

"어디…… 다쳤어요?"

방에 들어선 그를 보는 에르셀라의 안색이 밀랍 인형처럼 창백했다.

하르젠은 무의식적으로 제 뺨을 쓸다 아직 식지 않은 열기에 한숨을 집어삼켰다. 자리를 피하기엔 에르셀라가 지척에 와 있었다.

"아버님이…… 그러신 거예요?"

이 저택에서 그에게 손찌검을 할 수 있는 사람은 한 명밖에 없다는 걸 알았는지, 공작을 꼭 집어 말하는 에르셀라는 망설임을 보이지 않았다.

"아니, 훈련하다가."

그러나 피딱지가 붙은 혀는 거짓을 입혀 말했다. 에르셀라가 알아봤자 변하는 건 없었다. 그런 변화를 원하지도 않는다. 숱하게 겪은 일을 이제 와 표면 위로 띄울 필요를 그는 느끼지 못했다.

"왜……."

거짓말해요?

그런 그를 이해할 수 없다는 듯 에르셀라의 눈 모양이 허물어졌다. 입술로 덧그린 뒷말은 질책이었으나 소리가 되어 나오지 않았기에 그 또한 답하지 않았다.

하르젠은 에르셀라를 지나쳐 걸었다. 이 얘기는 그것으로 끝났다고 생각하며.

그 생각이 잘못됐음을 깨달은 건 다음 날 저녁 정찬 무렵이었다.

식사하던 도중 에르셀라가 두서없이 말문을 열었다.

"아버님, 그 이야기 들으셨나요?"

"무얼 말이냐?"

공작은 떨떠름하게나마 응했다. 그만 마주하면 주눅 들기 급급했던 아이가 오늘은 약간 달랐다. 항시 온화했던 태도에 살얼음이 끼어 있음을 알아챈 건 이다음이었다.

"레데아 백작께서 장남에게 손찌검을 했다는 소문이요."

부드러웠다. 한순간 잘못 들은 건가 싶을 만큼.

"훈육을 그리하는 집안이 있다는 말은 들었지만……."

그녀가 무얼 하려는지 하르젠이 알아차리기 전이었다.

"너무 경박하지 않나요?"

물에 잠식당하듯 주변 공기가 매섭게 침몰했다. 일제히 하던 일을 멈춘 사용인들이 숨을 죽인 채 에르셀라와 공작을 지켜보았다.

"너 지금 무슨 말을……."

산산이 으깨진 공작의 낯에도 에르셀라는 그만하는 일 없이 바늘 돋친 언사를 꽂아댔다.

"이 일이 알려지면 누가 그 집안과 혼담을 나누겠어요. 자식에게도 함부로 올라가는 손인데, 아들의 아내 되는 이쯤이야."

마치 더럽고 천박한 거지를 가엽게 여길 줄 모르는 귀족처럼 그녀는 공작을 보고 있었다.

"그냥 때리겠죠."

경멸이었다.

바로 자리에서 일어난 하르젠은 무작정 에르셀라를 끌고 나왔다. 공작의 분풀이가 미치기 전에 그 자리에서 데리고 나와야 한다는 생각뿐이었다.

"아파요."

통증에 대한 호소에 하르젠은 에르셀라의 팔목을 놓았다. 그가 신경질적으로 눈가를 문질렀다.

"뭐 하자는 건데."

"……."

"내가 그런 거 아니라고……."

"제가 잘못한 건가요?"

날카롭게 말이 끊겼다. 아픈 손목을 매만지며 에르셀라가 되물었다.

"제가 잘못한 거예요?"

글쎄. 에르셀라의 발언은 레데아가의 사소한 치부에 불과했다. 하지만 누가 모르겠는가. 그것이 공작을 겨냥한 맹랑한 비난임을. 작정했는지 빗댄 일화도 은근하지 않고 직선적이었다.

그의 기준으로는 명백히 위험수위를 넘겼다. 쓸데없기도 하였다. 공작의 시간이 얼마 안 남은 지금은 더더욱.

"그래."

잘못이라면 잘못일 것이다. 묻으면 나무토막에 불과할 장작에 불을 지폈으니.

에르셀라가 특별한 경우였을 뿐 자식의 몸에 흠집 내길 주저하지 않는 부모는 발에 차이듯 흔했다.

"아버님이 그런 거잖아요."

하르젠은 침묵했다. 무거워지는 적막이 원망스러운 듯 그녀가 그를 보았다.

"또 때리면…… 맞을 거예요?"

"그래."

"왜?"

왈칵 일그러진 얼굴은 곧바로 울음을 터뜨릴 듯했다.

"잘못한 게 있으면 용서를 구하면 되잖아요. 바보같이 왜 때리는 대로 다 맞아요? 맞으면 아프잖아요. 아버님이 죽으라고 하면 죽을 거예요? 대체 왜……."

"당신과 내가 다른 게 뭔지 모르겠군."

무슨 감정이었는지 그는 알지 못했다.

책망하는 에르셀라가 조금 가소롭기도, 판이하게 다른 사고가 성가시기도, 무의미한 언쟁이 피곤하기도 했다. 저 자신도 이유 모를 짜증이었다.

"당신 또한 아버지를 거스르지 못해 여기 와 있는 것 아닌가?"

"나는……."

"틀려?"

가혹하게, 여지없이 몰아붙이자 푸른 눈망울에 물기가 넘치듯 차올랐다. 눈 한 번 깜빡이면 떨어질 눈물을 매달고 에르셀라가 힘껏 소리쳤다.

"아니요! 안 틀려요! 당신 말이 다 맞아요! 그러네요!"

부릅뜬 눈으로 그를 잔뜩 노려보던 에르셀라는 이내 홱 뒤를 돌았다. 일부러 세게 내딛는 발소리가 자신이 얼마나 화가 났는지 알리는 듯했다. 그 작은 체구로 얼마나 시끄러운 소릴 낼 수 있겠느냐마는.

끌고 나왔을 때 저도 모르게 힘이 실렸는지 펄럭거리는 소매 사이로 새빨갛게 변한 손목이 보였다. 내일이면 생길 멍 자국이 눈에 선해 의원을 부르려던 하르젠은 문득 멈칫했다.

뒤돌아선 에르셀라가 그를 보고 있었다.

"그래도 다치진 마세요."

그의 앞에서 울지 않으려 애쓰던 것이 무색하게도 서럽게 눈물 흘리며.

"속상해요."

그것이 울음을 터뜨리는 아이 같아서 하르젠은 아무 말도 할 수 없었다.

귀가 후 발길이 자연스레 후원으로 향했다.

에르셀라는 멀찍이 떨어진 곳에서 정원사가 해주는 설명을 듣는 중이었다. 2주간 사용인이 보고한 에르셀라의 동향은 한결같았다.

"왕자비 전하께 방문을 삼가달라는 서신을 보낸 후 요새는 일이 끝나면 후원에만 가 있으세요."

공작의 화가 어디에서 기인했는지 안 듯했다. 저 나름대로 내린 결론이 이것이겠지.

아예 벙어리가 되기로 결심한 것인지 근래 에르셀라는 통 입을 여는 법이 없었다. 그를 보면 머뭇거리다가 뚱해하다가 이불을 머리 끝까지 덮곤 했으니.

하르젠은 에르셀라가 그러는 대로 놔두었다. 편의는 챙겨줄 수 있으나 에르셀라의 감정까지 책임질 의무는 없다고 여겼다.

그것은 누구와 결혼했든 다르지 않았을 것이고, 그랬기에 하르젠은 에르셀라를 두고 돌아서려고 했다. 저 멀리서 그를 발견한 에르셀라가 아니었더라면.

그의 시선이 어느 한곳에 멎었다.

에르셀라가 오고 있었다. 치맛자락을 든 채 비틀비틀. 가만히 있다간 그가 가버릴까 걱정이었는지 평소보다 빠른 걸음으로.

화가 난 줄 알았는데.

그래서 오지 않을 줄 알았는데.

오고 있다.

하르젠은 한 발짝 앞으로 나아갔다. 제게로 오고 있는 위태로운 걸음걸이가 그때처럼 넘어질 것 같았다.

그렇게 거리가 좁혀지며 에르셀라가 가까워졌을 때, 잰걸음으로 달려오던 두 다리가 휘청거리며 땅으로 기울었을 때.

"어?"

그가 에르셀라의 허리를 붙잡아 하늘 높이 들어 올렸다.

그다음, 일련의 순간이 판화처럼 그의 눈에 담겼다.

느슨히 걸려 있던 머리핀이 바닥에 떨어지고, 바람에 걸린 머리칼이 허공에 물결치고, 태양을 등진 금발이 반짝 빛나고…….

에르셀라가 쏟아졌다. 햇살이 되어, 그에게로.

하르젠은 찰나 멍해졌다.

"나한테……."

세상이 환했다.

"미안해서 온 거 맞죠."

눈이 부시도록.

그가 느리게 눈을 감았다 떴다. 가슴 깊이 무언가 벅차오르는데, 그게 뭔지 알 길이 없었다. 한참을 해처럼 떠 있는 여자를 보며 하르젠은 늦은 대꾸를 건넸다.

"……그냥."

궂은 날씨에 갈 곳을 잃은 선박처럼 대답은 불명료했다. 영 솔직하지 못한 대답을 들으며 에르셀라는 가늘게 말아 문 입술을 꾸물거렸다.

"음—"

경쾌한 흥얼거림이 노래하듯 이어졌다.

"음—"

애써 참는 듯하나 얼굴은 즐거운 기색이 완연해 있었다. 어쩐지 저도 모르는 속을 훤히 들킨 기분에 하르젠은 에르셀라의 시선을 조금 피했다.

에르셀라는 알게 모르게 형성된 우위를 잠시간 즐기다 못 이기는 척 넘어가 주었다.

"알겠어요. 그럼 그냥인 걸로-"

봐주겠다는 듯이 그녀가 말했다.

기분이 좋은지 에르셀라는 공중에 뜬 다리를 사뿐사뿐 왔다 갔다 했다. 그것이 쑥스럽거나 기분이 좋을 때 나오는 버릇이라는 걸 에르셀라와 지내면서 자연히 알게 되었다.

가뿐히 움직이는 다리를 따라 머리카락이 뺨과 어깨에 흘러내렸다. 살갗에 실바람이 스며든 듯 간지러워 하르젠은 에르셀라와 멀어지고 싶었다.

그것을 모르는 에르셀라는 연신 싱글벙글하다, 쑥스러운 듯 입을 열었다.

"같이 방으로 갈래요? 보여줄 게 있어요."

침실에 도착한 뒤 서랍을 뒤적이던 에르셀라는 곧 무언가를 가지고 그의 앞으로 다가왔다.

"하르젠, 이것 봐요! 제 숙부 되시는 로이든 자작님이 주신 오르골이에요."

에르셀라가 자랑하듯 내보인 것은 남녀 한 쌍이 춤추는 자세를 취하고 있는 오르골이었다.

오르골을 두 손에 올려둔 에르셀라의 눈은 별처럼 반짝이고 있었는데, 부담스러울 정도로 뭔가를 기대하는 시선에 하르젠은 마지못해 물었다.

"……뭐 하면 되는데?"

"태엽을 돌리고 소리를 들어야죠!"

그는 그 말대로 따랐다. 에르셀라에게서 오르골을 가져온 하르젠은 태엽을 감기 시작했다. 그렇게 열 번을 돌렸을까. 이제 됐나 싶어 그는 손길을 거두었다.

그리고 그때.

오르골 덮개가 열리며 괴생물체가 그의 코앞까지 껑충 뛰어올랐다.

하하하하하—

동시에 종처럼 말간 웃음소리가 방 안을 울렸다.

그의 고개가 삐딱하게 젖혀졌다. 자세히 보니 괴생물체는 살아 있는 생물이 아닌 두꺼비 생김새를 한 모형이었다. 스프링에 매달려 달랑거리는 두꺼비 모형을 확인하자 하르젠은 날카롭게 인상을 찌푸렸다.

"에르셀라."

한숨처럼 여자의 이름을 불러본다. 에르셀라는 칭찬이라도 받은 아이처럼 밝게 화답했다.

"콘라드에서 유행하는 장난감이래요."

장난감. 그의 나이가 이제 열아홉이었다. 가지고 있기에 어울리는 나이도 아니었을뿐더러 태생부터 이런 것을 가져볼 일이 없던 하르젠은 에르셀라의 기행이 얼떨떨하기만 했다.

"로이든 숙부님이 이번에 콘라드로 여행을 가셨을 때 사 온 것 중 하나인데, 제가 이걸 달라고 했어요."

그러나 그것도 잠시.

"우리 아이가 좋아할진 모르겠지만요."

이어진 에르셀라의 언사에 그의 표정이 굳었다. 아주 이상한 소리를 들은 사람처럼 하르젠은 되물었다.

"아이?"

에르셀라는 입을 꾹 다문 채 두어 번 고개를 끄덕였다.

"의원 말로는 태기가 있대요. 그런데 어떻게 전해야 할지 모르겠어서……."

그제야 때에 맞지 않은 장난감이 회임 소식을 알리기 위한 포석이었음을 알 수 있었다. 그만 보면 데면데면하게 굴던 이유가 이 소식을 어떻게 알려야 할지 고민한 결과라는 것도.

"신기하지 않아요? 아니, 이상해. 아이라니."

발갛게 상기된 뺨이 들썩인다. 들뜬 듯 두 손으로 볼을 감싼 에르셀라는 기뻐 보였다. 그와 그녀의 아이, 그것에.

하르젠 역시 이른 감은 있지만 후사는 필요했으니 나쁘지 않다고 생각했다. 그의 과업이자 공작의 열망이기도 하였다. 그때까지만 해도 그는 선 밖의 관망자처럼 그 소식을 재단했다.

이어진 열띤 목소리만 아니었더라면, 끝까지 무심했을 터였다.

"이러니까 진짜 가족 같아요."

가족.

거기까지는 생각하지 않았기 때문인가. 익숙하지 않은 어감이 생경했다. 좋아서였는지 아니면 싫어서였는지는 알지 못했다. 그저 몸 안의 숨통이 틀어 막힌 듯 호흡이 제멋대로였다. 이걸 보면 불편한 것 같기도 한데.

그의 속을 모르는 에르셀라는 웃을 뿐이었다.

"지금 표정 완전 이상한 거 알아요?"

그리 말하며 신이 난 양 삿대질까지 하고 있다. 웃음소리 또한 제자리였다.

이게 웃을 일인가. 그는 이해할 수 없었다.

그러나 에르셀라의 웃음이 보기 나쁘진 않은 것 같아 그러도록 내

버려 두었다. 자신이 작게 미소 짓고 있다는 것도 모른 채.

* * *

"왕명이다."

리누스 회전으로의 출전 명령이 떨어진 건 어느 날 밤중이었다.

"갈 수 없습니다."

통보 형식으로 접한 출정 소식에 하르젠은 가장 먼저 에르셀라를 떠올렸다. 임신한 뒤로 점점 기력이 약해지는 모습이 마음에 걸렸다.

"그럼 왕이 총애하는 왕녀를 거부하고 무사할 줄 알았더냐?"

"갈 수 없습니다, 아버님."

"내 명이기도 하다. 넌 거부할 수 없어."

"선택지가 저밖에 없음을 압니다."

그 말에 공작이 서슬 퍼런 고함을 질렀다.

"애당초 네가 왕녀의 청혼을 받아들였다면 이런 일도 없었겠지!"

"왕녀의 부군이 되어 왕가에 종속되는 것은 아버지도 원치 않으셨던 일입니다. 가문의 중립이 깨진 것은 유감이나……."

"됐다."

그의 말허리를 잘라낸 공작이 냉엄하게 말을 이었다.

"출정해라."

"부인이 아직 심약합니다."

"하르젠, 선택지가 너뿐이라고 자만하지 말거라."

"……."

"내 아우 파센 백작의 아들이 제법 늠름하게 자랐다더구나."

생전 입에 잘 담지 않던 파센 백작을 언급하는 것이 겁박에 지나지 않음을 알고 있다. 그 모자란 치의 아들을 후계로 내세우기엔 공작은 베른하르트를 지나치게 사랑한다는 것도. 그럼에도 하르젠은 터무니없는 공작의 말을 그냥 넘기지 못했다.

"작위를 물려받지 못한 널, 그 가문에서 어찌 대할까. 당장 제 핏줄부터 빼내려 하겠지. 그걸 원한다면 남아 있거라."

"……."

"너만 믿고 시집보낸 그 아이가 사실 공작 부인조차 되지 못한다는 걸 알면 그쪽에서 어찌 나올지 나도 궁금하구나."

공작은 강경했다. 사실 그간 지나치게 너그러웠던 것일 뿐, 마음만 먹으면 공작은 그럴 수 있는 사람이었다. 이번만은 그의 방종을 허락하지 않겠다는 듯 공작의 음성은 단호했다.

"피사리데. 그 고귀한 핏줄의 여인이 네 아내가 된 것이, 베른하르트 덕분임을 잊지 말아라."

그 말이 그르지 않다. 원래대로라면 차지하지 못할 여인이었을 테니.

"네 혈통, 네 당위성, 네 무훈. 그것이 모두 내가 널 후계자로 선택했기 때문임을 명심하여라."

"……."

"선택해라, 하르젠. 너는 다 잃을 테냐."

"……."

"기어코 내 피가 절반도 안 섞인 혈육에게, 그 자리를 내놓을 테냐."

어쩌면 처음부터 정해져 있던 결론이었을지 모른다. 이 이름을 가진 채로는 저 남자를 거역하지 못할 테니. 거짓으로 가득 찬 삶으로는 그를 이길 방법이 없었다.

"가겠습니다."

무력감에 허덕이며 하르젠은 뜻을 굽혔다.

전장의 막사 안, 기사들의 대담이 요란했다.

총사령관에게 올릴 보고를 추리고 이야기가 사적으로 새었다. 사담 중에는 가족, 고향 내용도 있었지만 대게는 유쾌하지 못했다.

"좋았냐?"

그들 대부분의 관심사는 하룻밤의 인연이었다. 총사령관이 없는 틈을 타 여자를 취한 경험이 이리저리 막사 안을 나돌았다.

전시에 여자를 군영에 들이는 것은 군법에 위배했지만, 쉬쉬하며 행해지는 일에 대고 바른말을 하는 사람은 없었다. 총사령관부터가 그런 종자였으니 군법 운운하면 외려 우스워지는 꼴이었다.

때문에 여자를 산 적 없는 하르젠도 남녀 간의 정사 이야기는 익숙했다.

비루한 짓거리에 가담한 적은 없으나, 그건 스스로가 고결해서라기보다는 일종의 불쾌감에서 비롯된 것이었다. 공작과 이델 칼테아의 관계를 생각하면 역겨움이 속을 그득 메웠다.

"베른하르트 경께서는……."

"아아! 아닙니다!"

어떤 이가 저속한 추담에 그를 끼어보려는 듯했지만, 주변인의 눈초리에 그만 제지당했다.

결혼하셨잖아. 그게 뭐 어때서, 지도 결혼했으면서. 야, 좀!

큰 소리로 소곤대는 소리가 여과 없이 귓가에 스며들었다.

"미안해. 금방 올게."

결혼하셨잖아. 그에 소란을 저지하지 않은 보람 없이 에르셀라가 떠올랐다. 주위가 시끄러우면 괜찮을까 싶었는데 이번에도 그른 듯했다.

"소란스럽군."

사람의 목소리 또한 상념을 거둬가 주질 않자 그제야 하르젠은 그들을 축객했다. 엄연히 주인 없는 막사였지만 이곳에서 제일 높은 지위의 그를 거역할 이는 없었다.

"송구합니다. 쉬십시오."

머쓱함을 느낀 대여섯의 장정이 한꺼번에 막사를 빠져나갔다. 사람이 주르르 비어버린 막사 안은 한산했다. 그곳에서 의미 없이 칼날을 점검하고 있으려니 아침에 도착한 편지가 시야에 어른거렸다.

"부인께서 보내신 듯합니다."

전령의 말대로 편지 봉투 모서리 부분에는 에르셀라의 이름이 적혀 있었다.

오늘로써 다섯 통째였다. 그러나 그가 내용을 확인한 적은 한 번도 없어 그 안에 어떤 말이 적혀 있는지 알 길은 없었다. 여느 때와 마찬가지로 밀랍으로 봉인된 부분을 만지작거리다 서랍에 넣어 밀어두었을 뿐이다.

그리한 까닭은 단순했다. 에르셀라를 생각하고 싶지 않았다. 편지를 읽고 답장을 보내며 생각을 키우지 않아도 베아트리스의 딸은 틈만 나면 머릿속에 흘러들었다.

기다리고 있을까, 하면 그럴 것이다. 결혼한 여자가 남편이 없는 저택에서 혼자서 있기란 쉬운 일이 아닐 테니. 그래서인지 더 떨치기가 어려웠다.

마지막으로 본 울 듯한 얼굴이 잊히지 않았다.
그러나 전시 중에 떠올리기엔 적절하지 않은 생각이었다.
그는 날카롭게 벼려져 있는 검을 칼집에 넣으며 에르셀라를 머릿속에서 지워냈다.

❋ ✦ ❋

호각 소리가 울리고 두 진영의 병사가 산만하게 섞였다. 부옇게 일어난 흙먼지를 맞으며 적군의 목을 칼로 베어냈을 때였다.
"으아아아!"
뒤편에서 잡아챈 기함에 반사적으로 말고삐를 돌린 하르젠은 칼을 휘둘렀다. 아니, 휘두르려고 했다.
'……금발?'
햇빛에 반사된 머리칼이 그의 시야에 나부꼈다. 투구 없이 바람에 휘날리는 머리칼은 햇살 아래에서 완연한 금빛으로 빛나고 있었다.
시간이 느리게 흘러가는 듯도 잠시, 적장이 멈칫한 짧은 틈을 놓치지 않고 기사가 일격을 가했다.
우악스레 휘둘러진 칼이 그의 손목에 박히듯 스치자 하르젠은 순식간에 말에서 미끄러지며 낙하했다. 메마른 대지에 온몸을 부딪치자 격통이 일었다. 칼에 서늘하게 베인 손목에서 피가 흘렀지만, 그는 즉시 지면을 짚고 반쯤 일어섰다. 그리고 자신을 찌른 검의 주인을 보았다.
여자였다. 페넌을 차고 있는 걸로 보아 기사인데, 레나르트에 여자 기사가 있다는 말은 들었지만 보는 것은 처음이었다.
금발에 벽안을 하고 있는 여자를 보자 절로 통증이 더해졌다. 망설였다. 여자라서가 아니라 고작 몇 가닥의 머리칼 때문에. 그는 적을 앞두고 있는 상황에서 방심한 스스로가 어이없었다.

그녀는 곧 그에게로 말을 몰았다.

하르젠은 필연적으로 떨어진 칼 쪽으로 몸을 낮췄다. 궤적을 그린 여자의 검이 아슬아슬하게 그의 목 부근을 스쳤다. 쏟아지는 검격을 받아치며 빈틈을 파고들자 여자가 말에서 굴러떨어졌다.

하르젠이 그녀를 베어 죽임과 동시에 전투를 끝내는 호각 소리가 울렸다. 숨을 몰아쉬며 고개를 내리자 여자의 목에서 솟아오르는 핏물이 눈에 밟혔다. 천근의 갑옷에 짓눌리는 듯 가슴이 갑갑했다. 에르셀라가 아니었음에도.

“경, 괜찮으십니까!”

전투의 흔적이 남아 있는 주변을 보고 라크만 경이 그를 향해 말머리를 돌렸다. 가까이 다가오던 그는 곧 하르젠의 발밑에 있는 시체에 눈썹을 모았다.

“레나르트엔 계집도 군력으로 차출된다더니, 진짜였군요.”

반쯤은 충동이었다.

“호칭을 바로 하라, 라크만 경.”

“예?”

“계집이 아닌 기사다.”

평소엔 그저 넘겼던 단어도 아무렇지 않게 지나치질 못했다. 그 모든 게 에르셀라에게 쓰일 수 있다는 생각에.

황당해하는 듯한 기사를 지나치며 그의 걸음이 막사로 향했다. 확인해야 할 것이 있었다.

막사로 돌아간 하르젠은 그 즉시 서랍 안을 뒤적였다. 그러나 편지는 잡히지 않았다. 미친 듯이 서랍을 헤집는 그의 행동에 종기사가 당황하며 물었다.

“겨, 경! 무엇을 찾으십니까?”

"본가에서 온 서신을 찾고 있다."

"그거라면 혹시 몰라 보관함에 따로 두었습니다. 한데 안 읽으신다고……."

전부 흘리며 그는 보관함을 열었다. 차곡차곡 쌓인 편지를 보다, 맨 위에 놓인 편지를 거칠게 뜯었다.

하르젠, 잘 지내나요?

주인만큼이나 여린 필치가 한눈에 들어왔다.

당신 덕분에 나는 오늘도 무탈한 하루를 보내요.

전령이 잘못되지 않았다면 리누스와 가까운 테베령에 계시겠지요. 그곳은 숲이 없어 먼지도 많고, 공기도 안 좋은 곳이라 들었는데, 안녕한가요?

다치진 않았어요? 전쟁이 일어나면 부상은 필연적일 수밖에 없다는 건 알아요. 하지만 그래도 다치지 마세요. 어깨에 있는 흉터를 보면 너무 아파 보이는걸요. 그때마다 당신은 괜찮다고 하지만 저는 조금도 괜찮지 않아요.

혹시 기억해요? 기사가 되고 싶다던 내 말?

그땐 내뱉고서 창피했는데, 당신이 돌아오기를 기다리다 보면, 가끔 무도회장에서 멋모르고 한 말이 간절해져요. 정말 차라리 저도 기사였다면 얼마나 좋았을까요? 그랬다면 당신 혼자 그곳에 가지 않아도 됐을 텐데.

물론 실제로 전쟁터에 있을 당신이 보기엔 철없는 생각이겠지만, 그만큼 누군가를 기다리는 건 너무나 고되어 어쩔 수 없답니다. 그러니 어서 오시길-

보고 싶습니다.

-에르셀라가.

나머지 편지의 내용도 처음과 다르지 않았다. 다치지 말라. 기다리고 있다. 그리고.

보고 싶습니다.

그 한 줄의 글이 마법을 부린 듯 그의 뇌리를 좀먹었다. 붙들린 듯 시선이 떼어지지 않았다.

그제야 왜 이제껏 에르셀라의 편지를 외면해 왔는지 알 것 같았다. 왜 그렇게 필사적으로 지우려 했는지도.

나는 네가 보고 싶었구나.

그것을 확인하고 싶지 않았는데. 단 몇 줄의 글을 확인하자 외면했던 진실이 유수처럼 밀려왔다. 보고 싶었던 것 같다. 지금도. 그때 후원에서도.

그때 후원도 보고 싶어서 찾아갔다. 에르셀라가 없는 방이 무척이나 허전해서.

그리움에 절반쯤 잡아먹힌 이성을 가지고 무모한 짓을 저지르려던 것은 그래서였다.

“경은 자신이 지금 무슨 말을 하고 있는지 알고 하는 말인가?”

“칸델 산맥은 산세가 험준하고 협곡 지대입니다. 레나르트군은 적군이 그 난공 지대를 관통할 것을 생각하지 않습니다. 그 허점을 파고들면 분명 소득이 있을 겁니다.”

어마어마한 계획을 태연자약하게 말하는 하르젠을 향해 레제스 총사령관은 곤혹스러움을 감추지 못했다.

“이곳에 온 지 고작 3개월 남짓한 자의 말을 내가 따라야 하는 이유가 뭐지?”

“뚫어야 합니다. 선두는 제가 서겠습니다.”

“희생이 많다. 불허한다.”

"성공하여 밀어내면 종전입니다."

"그로 인해 수많은 피해가 속출한다고 해도?"

"사령관님."

"경은 지금까지 함께 싸웠던 동료들을 사지로 몰아넣을 셈인가?"

말라죽었던 이성이 되살아난 건 그때였다. 목소리에 밴 질책에 그제야 자신이 무슨 짓을 저지르려 했는지 깨달았다. 생사를 함께한 동기의 목숨을 가축보다도 못한 취급을 했다. 그들에게도 돌아가면 반겨줄 가족이 있다는 것을 죄 잊어버린 채.

"경의 말대로 한다면 분명 전쟁은 이르게 끝나겠지. 하지만 길게 가져간다 해도 그라니아가 이기는 싸움이다. 어차피 이길 싸움이라면 나는 희생을 최소화하는 게 맞다고 보는데. 이의 있나?"

총사령관의 말은 틀리지 않았다. 최소의 희생으로 최대의 성과를 내는 길이 있다면 그 길을 가는 것은 언제나 맞다. 짧은 시각에 머무른 눈먼 결정이 아니라.

"……실언했습니다."

레제스는 묵묵히 실수를 인정하는 그를 유감스럽게 보다 독려하듯 어깨를 두드렸다. 그리고 달래는 듯이 조언을 건넸다.

"경은 지금도 잘해주고 있고, 가문도 가문이니만큼 이변이 없는 한 이 자리에 오를 걸세. 그러니 너무 초조해하지 않아도 돼. 공로가 욕심나는 건 알겠지만, 동료의 희생을 감수할 만큼은 아니라는 걸 잊으면 안 되네."

"명심하겠습니다."

그의 바람은 총사령관의 염려와는 결이 달랐지만 하르젠은 구태여 변명하지 않았다. 사감으로 일을 그르칠 뻔했다는 건 변하지 않는 사실이었다.

사치스러운 그리움에 매몰되어 수많은 목숨을 버리려 했다. 에르셀라가 그만한 가치가 있느냐 자문하면 글쎄, 그건 아니었다. 그러나 저울에 재지 않아도 분명할 진실이 어쩐지 신경 쓰였다. 어둑한 이면을 파보았자 결과값은 같을 텐데도 껄끄러움이 가시질 않았다.

하르젠은 위화감을 애써 묻으며 어제로 돌아갔다. 편지를 받고, 답장을 하지 않는 어제로.

공작의 별세를 알리는 서신이 도착한 건 그로부터 한 달 뒤였다.

가문 유일의 후계가 전장에 있으니 국법대로 가문으로 귀환토록 한다.

오전의 교전이 끝난 뒤 귀환을 허락하는 레제스 총사의 명이 떨어졌다.

그 사람이 죽었다고. 하르젠은 다소 현실감 없는 공작의 죽음을 뇌까리다 곧바로 말 머리를 돌렸다.

그리고 죽였다. 제롬 파센을.

평생의 후회로 남을 피였을 줄도 모르고.

하르젠은 눈앞의 남자를 보았다. 충직한 자였다. 자신의 사욕으로 주종의 맹세를 깨뜨리고 파센 백작을 저택 안으로 들이기 전까진 그랬다.

"네 의무가 무언가."

서늘하게 내리꽂히는 언사에 시드론 헤브가 머리를 조아렸다.

"아내가…… 아팠습니다. 한데, 파센 백작께서 도와주신다고 하여 그만, 저지르면 안 되는 짓을 저질렀습니다."

변명을 묵살하며 그는 다시 물었다.

"네 의무가 무엇인지 물었다."

"……베른하르트 저택을 외부 침입으로부터 지키고, 공작 부인을 최우선으로 보호하는."

"지킨 게 하나도 없군."

나른하게 뇌까린 말은 실상 죄목 고지였다. 위기감을 느낀 시드론이 바닥에 머리를 박기까지는 그리 오랜 시간이 걸리지 않았다.

"죽여주십시오!"

하르젠은 죽여달라 읍소하는 수하가 무가치한 생물체라도 되는 양 응시했다. 건조한 시선은 언뜻 동요 없이 무감정해 보였다.

그러나 오랜 시간 그를 모셔온 케이런은 알았다. 그는 화를 내고 있었다. 평소라면 치죄하고 끝냈을 것을 데려다 추궁까지 하며.

"케이런."

"예."

"이자의 가족을 찾아내 전부 죽여라. 친인척도 포함한다."

그것은 너무 과합니다. 그 말을 할 새도 없었다.

"주군! 부디 그것만은!"

하르젠이 시드론의 목을 베었다. 순식간에 벌어진 일이었다. 케이런은 목이 꺾인 채 고꾸라진, 이제는 시체가 된 동료를 내려다보았다.

핏자국이 이어진 곳에는 베른하르트의 새 주군이 있었다. 선대보다 좋은 주인이 될 것이라 확신했던 남자가.

그렇기에 케이런은 기다렸다. 그의 주인이 스스로 뱉은 말을 거둬들일 때까지. 그는 기다렸다. 하지만 아무리 기다려도 명령을 철회하는 자비는 내려지지 않았다. 케이런은 순간 눈앞이 아찔해졌다.

화가, 어느 정도지?

평정을 유지하고 있는 겉모습에 안도했는데, 사실 그게 아니란 걸 안 순간 불안이 등뼈를 치고 올라왔다.

암묵적으로 파센 백작의 침입을 허용한 죄를 무사히 덮고 넘어갈 수 있을 리 없으니 시드론의 죽음은 예정된 것이었다. 하지만 그의 가족들까지 죽이는 것은 과한 처사였다.

케이런은 입을 열었다.

“가신들의…… 반발이 심할 겁니다.”

“본보기로 두어서 나쁠 건 없겠지.”

그러나 참혹한 명은 거두어지지 않았다. 케이런은 입을 다물었다.

시드론 헤브의 자식은 이제 고작 열셋이었다. 그 아이가 열 살일 때 검술 놀이 상대가 되어준 적도 있었다. 케이런은 다시 입을 열었다.

“부인이 아신다면 크게 놀라 하실까 걱정입니다. 가뜩이나 회임 중이시기도 하고……. 지난번 파센 영식의 시체를 직접 보셨기도…… 하셨으니.”

시드론 헤브의 일가가 처형당했다 떠벌릴 생각은 없으니 그 사실이 에르셀라의 귀에 들어갈 일은 없었다.

공작 부인을 걸고넘어진 건 뭐라도 해보고자 하는 발버둥에 불과했다. 정확히 하자면 공작 부인보다는 그녀가 품고 있는 아이에 기대를 걸었다.

“처분은 나중으로 미루는 게 어떠십니까?”

의외로 소득은 있었다.

“……그러지.”

번복이 떨어진 것을 보면.

케이런은 안도하며 묵례했다.

“방을 정돈할 하인을 불러오겠습니다.”

케이런의 말에 하르젠은 군데군데 피로 얼룩진 방 안을 둘러보았다. 피는 탁자 위 문서에도 몇 방울 튀어 있었다. 파센 백작에 관한 처분이 담긴 문서였다.

종이에 말라붙은 핏자국을 응시하자 불현듯 생각났다. 제롬 파센을 죽인 날 섞여들었던 시선 하나가.

하르젠은 눈을 감았다.

그들의 일상은 변하지 않았다.

비록 작위를 물려받은 그는 자주 바빴고, 산달에 가까워질수록 에르셀라는 힘들어했지만 기본적으로 일상이 바뀐 건 아니었다.

에르셀라는 여전히 종알거렸고, 그는 경청했다. 예전처럼 반복되는 날이었다. 그랬기에 하르젠은 그녀의 세계에 일어난 균열을 알아차리지 못했다.

조잘거리다 굳는 표정을, 그에게 종종걸음 치며 다가오다 멈춰 서는 것의 의미를 알지 못했다.

그사이 아이는 태어났다. 사내아이였다. 에르셀라가 어설픈 자세로 아기를 안아보았다.

"조심, 조심……."

기다렸다는 듯 아이의 유모가 에르셀라를 부축했다. 작은 여자가 작은 아이를 안고 있으니 여간 조마조마한 게 아닌 듯했다.

하르젠은 에르셀라의 품에 안겨 있는 아기를 쳐다보았다. 태어난 지 일주일째였기 때문일까. 손끝으로 아이의 볼을 툭툭 건드리니 괴상한 감촉이 느껴졌다. 그가 짧게 감상을 내렸다.

"흐물흐물하군."

"말랑말랑한 거겠죠."

제 자식을 연체동물 취급하는 어투에 에르셀라가 핀잔을 놓았다. 그렇게 툭툭 막 다루면 안 된다는 으름장도 함께였다. 그러다 문득 에르셀라는 긴장한 얼굴로 물었다.

"혹시…… 별로예요?"

주어는 배제되어 있었지만 아이를 뜻하는 것이었다. 질문의 의도를 몰라 하르젠은 의아한 듯 에르셀라에게 시선을 주었다.

"자식인데 별로 안 좋아하는 거 같아서요."

에르셀라가 조심스럽게 말을 이었다.

"……이름도 안 지어주고."

"그건……."

하르젠은 말을 잇지 못하고 멈추었다. 그러고 보니 이름을 지어주지 않았다. 그럴 생각도 못 했다는 게 맞을 것이다.

"……."

그가 갑작스럽게 닥친 과제에 어색해하며 고민하고 있을 때였다. 깊은 잠에 들어 있던 아이가 깨어나며 아이의 눈이 스르르 열렸다. 그러자 가느다란 눈 틈 사이로 푸른빛이 드러났다. 한눈에 보아도 누구의 것을 물려받았는지 알 수 있는.

그것을 물려준 이를 담아 더욱 찬란한 색을 띤 아이의 눈동자를, 하르젠은 오래 쳐다보다 입을 열었다.

"비센테로 하지."

이름의 뜻은 알고 있었다. 자신보다는 이 아이에게 어울릴 거라는 것도. 그 이름대로 자라기를 바라기도 했다.

피사리데 후작이 작고했다.

베아트리스 아베트리나 크리스티, 루델시아 왕녀가 그에게 만남을 청한 건 부군의 장례를 마친 뒤였다.

테이블을 사이에 두고 그와 베아트리스가 마주한 채 앉았다. 베아트리스가 그를 따로 부른 것은 처음 있는 일이었다. 그녀를 만날 때면 언제나 에르셀라가 있었고, 더군다나 지금은 후작의 상을 치른 직후였다.

"바쁜 사람을 오라 가라 한 것은 아닌지 모르겠군요."

검은 상복을 입은 베아트리스는 혼곤해 보였다. 이델 칼테아가 찬미했던 머리칼은 푸석푸석했고 눈 역시 생기 한 점 돌지 않았다. 그런 베아트리스의 모습을 짧게 감상한 하르젠은 고개를 저었다.

"아닙니다."

형식적인 대답에 열없는 미소가 돌아왔다. 베아트리스는 차를 따른 잔을 하르젠 앞에 놓아주었다. 그마저도 힘이 없었는지 잔은 딸깍, 불안정한 소리를 내었다.

"공을 이리 부른 것은 다름이 아니라……."

말소리 대신 숨이 흘러나왔다. 찻잔을 만지작대는 그녀의 손가락이 중간중간 멈칫거렸다. 하지만 그것도 잠시, 베아트리스는 숨 대신 말을 이었다.

"라페른 신학교에서…… 우리, 만나지 않았나요?"

짐작보다는 확신에 가까운 물음에 하르젠은 선뜻 대답하지 못했다. 십여 년도 더 된 만남을 기억하고 있는 건 그의 예상 밖이었다.

"긴가민가했는데 그때 길을 잃었던 에르를 찾아준 사람이 공…… 맞나요?"

하르젠은 별다른 변명 없이 고개로 수긍했다. 하고 싶은 말이 있는 듯해 부러 눙쳐 넘기지 않았다. 한데 긍정의 표시를 받은 베아트리스의 낯은 몹시도 이상했다.

"그럼…… 혹시 이델 칼테아라는 사람도 알고 있나요?"

하르젠은 저도 모르게 멈칫했다. 아무런 연결고리 없이 불쑥 제시된 그 이름은 지나칠 수 없는 것이었다.

"아는군요."

이델 칼테아. 그 이름에 대해 부정이 없자 베아트리스는 확신하는 듯했다. 그녀의 얼굴은 곧 절박함으로 변했다.

"처음엔 에우리피테를 보고 의심했어요. 그건…… 보관법도 그렇고, 그라니아 국민이라면 잘 모를 텐데 베른하르트 영식이 알고 있다고 하니 참 의아하더군요. 하지만 내가 루델시아에서 왔으니 그럴 수 있겠다 생각했어요. 신부의 환심을 사기 위해서라면 충분히 있을 수 있는 이야기이지요. 공작의 위치라면 알아보려면 알 수도 있었을 테고. 그런데…… 그대가 아들에게 지어준 이름만은 지나칠 수가 없더군요."

자신이 의심하게 된 경위를 차근차근 설명하는 베아트리스는 정말로 간절해 보였다. 온화함에서 비롯되던 여유로움은 깨지기 일보 직전이었다.

"이델…… 그 애와 한 약속이 있어요. 자식을 낳으면 고대어로 이름을 지어주자고 그랬는데…… 나는 아들을 낳으면 비센테로 짓겠다고…… 그런데, 그걸……."

아, 그래서였나.

하르젠은 그제야 이델 칼테아가 제게 시답잖은 이름을 붙인 이유를 알게 되었다. 별 뜻 없이 그 또한 베아트리스에게서 기인한 행동이었다는 게 그 여자다워 웃음도 나지 않았다. 어떻게 당신은 끝까지 저 사람만을 생각했나. 그런 이델 칼테아가 새삼 대단하기까지 했다.

베아트리스를 그리워하는 마음에서 이름을 지었으면서, 미워하는 마음에 그의 이름을 평생 부르지 않았다는 건 모순이었지만.

"그런데 그 애를 위험에 빠뜨린 내가 염치없이…… 어떻게 그러겠나요."

쇠가 목을 긁는 소리가 났다.

"내가, 어떻게……!"

베아트리스가 괴로운 듯 고개를 떨구었다. 검은 상복 위로 눈물이 배어들었다. 그것이 이델을 위한 눈물이란 것을 안 순간 또다시 이델 칼테아가 떠올랐다.

"어쩌면 비약일지도 모른다고, 그렇게 생각했어요. 상식적으로 공작이 알고 있다는 건 말이 안 되니까. 하지만…… 내 친구를 찾지 못한 지 벌써 스무 해가 넘어요. 너무 찾고 싶어서…… 한 줌의 희망이라도 놓고 싶지 않아서……."

아이러니했다. 이델은 베아트리스가 저를 찾지 않는다고 생각해 괴로워했는데, 실은 정반대였다는 것이.

이 사실을 알았다면 이델 칼테아는 분명 기뻐했을 테지만 영영 알 수 없게 됐으니 쓸데없는 감상이었다.

"베른하르트 공작이 어떻게 에우리피테를 알고 신어를 아는지는 몰라요. 이델도……."

"선대께서 이두르를 정벌하실 때 루델시아에서 태어나 그곳에서 자랐습니다."

"어떻게……."

순간 바깥에서 잡힌 희미한 소리에 베아트리스의 목소리가 낮아졌다. 그녀의 입술은 공기의 움직임도 느껴지지 않을 만큼 방 안의 분위기가 엄숙해질 무렵에야 다시 열렸다. 그렇게 나온 말에는 꽤 많은 것이 생략되어 있었다.

"이델은 어디에 있죠?"

간접적으로 혼외자임을 알렸음을 모를 리가 없었다. 그러나 베아트리스는 오로지 이델의 행방만을 물었다.

그 아무렇지 않은 배려가, 곤란하여 말문이 막힐 때면 웃으며 다독여 주는 에르셀라를 연상시켰다. 그래서였을까. 하르젠은 베아트리스에게 솔직하게 말하지 못했다.

"대부인을 그리워하다 사고로 돌아가셨습니다."

당신을 기다리는 데 지쳐 스스로 목숨을 끊었다고.

"……."

어느 정도 이델의 죽음을 예상했던 듯 베아트리스는 더 이상 눈물을 흘리지 않았다. 그녀는 단지 모든 것을 내려놓은 듯한 얼굴로 말할 뿐이었다.

"그렇게 말해주어 고마워요."

희미한 미소는 왜인지 그에게 건네는 감사로 느껴졌다.

왕이 승하했다. 피사리데의 에샤힐드가 왕비가 되었다. 당연히 그리되기까지 마냥 건전한 방식만이 사용된 것은 아니었다. 모략과 간계로 얻어낸 승리이니 그 과정이 우아할 리 없다. 저급하며 유치한 방식은 내심 의도한 것이기도 했다.

하르젠은 파센 백작의 만행을 묵인한 왕을 평탄히 죽도록 놔둘 생각이 없었고, 결국 그는 왕이 사랑하는 이들을 잃은 채 비참한 죽음을 맞이하게 한 것으로 원하던 바를 이루어냈다.

수도에는 고요한 파란이 일었다. 썩 고상하지 못한 쟁취는 많은 부작용을 초래했다.

로베르트, 게리안, 루더스, 체스티안. 도륙당했다는 표현이 이상하지 않을 만큼 적지 않은 수의 인원이 죽음의 물살에 떠밀렸다. 데면서 또한 예외는 아니었다.

"각하, 죽은 인원이 너무 많습니다. 지금도 여론이 좋지 않은데, 데면서까지 수도에서 몰아내면 각계의 비난이 쇄도할 것입니다."

수하의 말을 전부 흘리고 수도 밖으로 쓸었다. 다만 그리한 까닭이 마땅히 해야 할 일이었기 때문인지.

"몸이 약한 애입니다. 차분해 보여도 가끔은 덜렁댑니다. 어쩌다 넘어지면……."

……아니면 다른 이유였는지.

구분하려 들면 모든 것이 흐릿했다. 어느 순간부터 그랬다. 모래바람이 뇌간을 휘젓고 다니는 듯이 판단이 엇나갔다.

칼릭스 클라이엔테는 살려두었으면서 카사로 데면서는 살려두지 않았다. 그것이 시사하는 바 또한 번지르르한 변명으로 덮었다.

그리하여 단 한 가지는 그도 알았다. 적어도 이것이 에르셀라를 위한 일은 아니란 것을. 건재하던 가문이 하나씩 숙청당할 때마다 죽어가는 에르셀라의 눈빛을 보면 모를 수가 없었다.

하르젠은 이해하려 했으나 그 역시도 잘되지 않았다. 무엇이 그녀에게 잔인했는지, 무엇이 그녀에게 경멸스러웠는지, 무엇이 그녀에게 두려웠는지. 그걸 이해하기엔 그녀와 그의 선상이 판이하게 달랐다. 그 다름에 짜증이 일기도 했다.

어느 날은 그랬다.

세차게 비가 쏟아지는 날, 헐레벌떡 달려온 사용인이 그에게 알렸다. 에르셀라가 후원에 있다고. 고개를 돌려 비가 거세게 쏟아지는 창밖을 본 하르젠은 곧바로 후원으로 달려갔다.

사용인의 말대로 에르셀라는 후원에 있었다. 비가 추적추적 내리는데 한참을, 빗속에서 웅크린 채 울고 있었다.

울고 있었다. 여자가, 베아트리스의 딸이.

……에르셀라가.

그 현실을 인지하자 심장이 빗줄기를 따라 낙막하게 추락했다. 한계 없는 수렁까지 떨어져 마침내 그의 세상 전부가 저 여자의 눈물 아래 놓여 있는 기분이었다.

눈물이 비가 되어 그의 세상을 온통 적셔도 그는 무력하게 서서 받아들일 수밖에 없는.

그것이 어쩐지 오늘만으로 끝나지 않을 것 같다는 느낌이 들었을 때 하르젠은 처음으로 두려워졌다. 한 사람으로 인해 송두리째 흔들릴 자신의 세상이, 그것을 저어할 수 없는 자신이, 저 여자의 존재 자체가, 전부.

왜.

그는 자문했다. 그에게 저 여자는 그저 이델 칼테아가 미친 듯이 사랑했고 증오했던 여인의 딸일 뿐이다. 이유는 그뿐이었다.

아내, 부인. 이런 것들로 에르셀라를 정의하지 않았다. 그저 베아트리스의 유물. 이델 칼테아의 아들인 그가 베아트리스의 딸인 에르셀라를 가진 것에 불과했다.

그런데 왜.

여전히 답을 알지 못한 채 하르젠은 에르셀라를 향해 걸었다. 이성은 절뚝거려 이미 온전한 정신은 아니었지만 그래도 하르젠은 걸었다. 에르셀라가 오지 않으니 그가 가야 했다.

머리가 조금 맑아졌을 때, 그는 어느덧 에르셀라의 앞이었다.

겉옷을 벗은 그가 그것을 비가 오는 대로 맞고 있는 여자의 머리 위에 둘렀다. 그리고 에르셀라 앞에 체념하듯 앉았다. 빗줄기에 여기저기 흙탕물이 튀었지만 상관없었다. 무릎에 팔을 대고 턱을 괸 그가 에르셀라를 관찰하듯이 보았다.

이 미련한 행동에도 끝이 있을 테지. 하도 황당해 어이없게도 화마저 가라앉아 버렸다.

뒤늦게 그의 존재를 알아차렸는지 에르셀라의 초점 없는 눈이 멍하니 여닫혔다. 왜 여기에 있느냐는 눈빛이었다.

"왜……."

벌어진 입술 사이로 에르셀라의 물음이 흘렀지만 그야말로 왜 이러는지 묻고 싶었다.

전쟁에 가지 않았어야 했는지, 편지를 보냈어야 했는지, 제롬 파센을 죽이지 말았어야 했는지. 가끔은 그녀에게 따져 묻고 싶기도 하였다.

그러나 결국 부질없는 짓이었다. 이 감정은 애초에 그녀가 아닌 자신을 향한 화였고, 그는 답을 알고 있었으니.

출정하지 말았어야 했다. 답장을 했어야 했다. 죽이고 싶더라도 죽이지 말았어야 했다. 순간의 잘못된 선택에 대한 후회였다.

왜 그때 그러지 못했는지. 그랬다면 너는 지금 울지 않았을지. 그런 것들에 대한.

나는 그냥 네가 재잘거리는 게 좋았고.

다가오는 네가 예뻤고.

그런 네가 좋아서, 그래서…….

툭.

비가 그치고 눈이 마주친 건 이마에 맺힌 빗방울이 흘러 에르셀라의 속눈썹에 내려앉은 순간이었다. 속눈썹에 걸린 빗방울이 차가웠는지 에르셀라의 눈이 놀란 듯 깜빡였다. 떨구어 보낸 빗방울이 작은 웅덩이에 떨어지고 파동이 일었다.

그 순간 다시 눈이 마주치고…… 느리게 뛰는 심장 소리에 하르젠은 숨을 죽였다. 착각인가 했지만 숨을 죽일수록 빗소리에 섞여든 낯선 소리는 더욱 선명해져 갔다.

조금씩 고동치는 심장의 움직임에 그의 눈빛이 깊게 침잠했다.

축축한 풀 내음에 그녀가 햇살처럼 쏟아졌던 날이 끌어 올려졌다. 구름 사이를 비집고 나온 햇살이 그때처럼 에르셀라에게 부서져 내리고 있었다.

저에게 향해 있는 말간 시선에 하르젠은 그만 시선을 내렸다. 에르셀라를 보기 어려웠다. 왜? 그는 자문해 보았지만 머리카락에서 뚝뚝 떨어지는 빗방울이 멎을 때까지도 답을 찾을 수 없었다.

잠시 울렁이던 속을 진정시킨 하르젠은 다시 고개를 들었다. 에르셀라는 들풀로 엮은 화관을 만지작거리고 있었다. 하르젠이 그것을 빤히 주시하자 에르셀라가 민망한 듯이 얼굴을 붉혔다.

“리엔이 가끔, 이렇게 하는 걸 봐서…….”

“…….”

“심심해서 엮고 있는데…… 비가 왔어요.”

비가 오는데도 왜 안 들어왔는지에 대한 변명을 찾지 못한 에르셀라는 눈치를 보다 이상한 제안을 했다.

“한번 써볼래요?”

비를 쫄딱 맞은 채 하는 말이 정상은 아니었다.

에르셀라는 침묵을 긍정으로 받아들였는지 그의 머리 위로 화관을 씌워주었다. 그 행동에 하르젠이 어쩔 수 없다는 듯 피식 웃자 에르셀라는 어딘가 멍한 얼굴로 변했다. 넋이 나간 듯도 해 그가 의아해하며 고개를 기울였다.

"왜 그리 봐."

"너무 잘……."

"잘?"

"……아니에요."

에르셀라가 푹 고개를 숙였다. 잘 어울린다는 뜻인가. 어딘가 이상했지만, 대충 그렇게 뒷말을 어림하며 그는 화관을 에르셀라의 머리 위로 되돌려 주었다. 둘러주었던 겉옷 위에 화관이 우스꽝스럽게 안착하자 그가 놀리듯 말했다.

"잘 어울리는데."

"……뭐야."

울다, 웃다, 뾰로통해하다, 하나만 하지.

그러나 이것도 보기 좋다고 생각하며 그가 무심코 입을 열었다.

"예쁘네."

무의식적으로 나온 진심을 놀리는 걸로 받아들였는지 에르셀라는 입술을 비죽였다.

"항상 먼저 말해주는 법이 없어요."

에르셀라는 그가 못마땅한 듯 부루퉁해하다, 갑자기 무언가 생각났는지 걱정하기 시작했다.

"감기에 걸리면 어떡하죠? 내일 어머니 봬야 하는데."

하르젠은 차라리 걸렸으면 하는 심정이었다. 에르셀라가 불안하게 이리저리 돌아다니는 것보다 침대에서 꼼짝 못 하는 게 더 나을 것 같았다. 그러나 다음 날 감기에 걸려 뜻하지 않게 침실에 갇히게 된 건 그였다.

새벽에 오르기 시작한 열은 점심이 지나도록 떨어지지 않았다.

하르젠은 해가 떠오른 후에도 침대에 누워 있는 제 모습에 낮게 실소했다. 이제껏 문제없던 몸이 고작 비 좀 맞았다고 감기에 걸렸다. 아주 어릴 때를 제외하곤 앓아본 적이 전무했기에 그는 현 상황에 회의감마저 들었다. 심지어 한 번도 낸 적 없던 병가까지 냈다.

전부 여자의 노고가 빛을 발한 결과였다. 입궁하려는 그를 절대 안 된다며 극구 만류한 뒤로 에르셀라는 열이 오른 새벽부터 지금까지 자리를 비우는 법이 없었다.

그 때문에 하르젠은 꼼짝없이 침대에 누워 그녀의 열과 성을 다한 간호를 받아야만 했다.

일정한 간격을 두고 하르젠의 열을 재웠던 에르셀라는 이번에도 그의 이마에 손을 얹어보았다. 아직도 열이 끓고 있었다.

"왜 아직도 뜨겁지……."

에르셀라는 죄책감에 울상이었다. 본디 제가 걸렸어야 할 감기가 그에게로 옮겨 간 것 같았다.

에르셀라가 무슨 생각을 하는지 빤히 보여 하르젠은 나직하게 숨을 내쉬었다.

"괜찮아."

"안 괜찮아 보이니까 그런 거잖아요. 어떡해, 나 때문에……."

"곧 나으니까 좀 떨어지고. 네가 옮으면 그게 더 문제야."

"어떻게 그래요. 열이 이렇게 많이 나는데."

눈물을 매단 목소리는 자못 그의 옆에서 떨어지지 않기로 다짐한 듯 들렸다. 실제로 에르셀라는 오늘 후작저에 가기로 한 일정까지 취소한 상태였다.

하지만 귀족으로 자란 자의 간호가 훌륭할 리는 없어 사실상 에르셀라는 있으나 마나였다.

물기를 덜 뺀 물수건을 턱턱 이마에 얹어 괴롭히는 건 차치하고라도 쉴 새 없이 눈물을 글썽여 외려 불안해지는 쪽은 그였다.

차라리 감기가 옮기 전에 나가주었으면 좋겠는데.

기실 에르셀라가 나갔으면 하는 이유가 그것에만 있지는 않았다. 시선을 옆으로 흘리니 이제는 제법 자란 여자가 보였다. 하르젠은 그것이 못내 거슬렸다. 소녀티는 진작 벗어버린 성숙한 여인의 얼굴선도. 갈수록 진해지는 체향도. 치장하는 날이 아니면 따로 뭘 뿌린 것 같지도 않은데 살 내음이 짙었다. 맡을수록 미칠 노릇이라 단둘이 있을 때면 의식을 놓지 않으려 무던히도 노력해야 했다.

그러니 지금도 좀 나갔으면 하는 심정이었다. 잠식당한 열기에 판단력을 잃기 전에.

더운 숨을 간신히 눌러 삼킨 하르젠이 인상을 썼다. 목구멍이 죄다 열에 잡아먹힌 듯 갑갑했다. 전선 한복판에서도 잔병치레 한번 한 적 없었던 탓인가. 그는 가장 안전한 장소에서, 그것도 황당한 이유로 걸린 감기가 이제는 그저 웃음만 났다.

그래도 저 여자가 걸리는 것보다는 이게…….

시야에 들어온 발간 눈꼬리에 상념이 허물어진 건 그때였다.

시선이 붉은 기가 도는 눈 밑 뺨을 지나 입술, 목덜미, 쇄골로 흘렀다. 망연한 의식 와중에도 그것들이 유독 선명하게 보이자 상당한 당혹감이 그를 지배했다.

"……."

보통 이런 상황에서도 욕정을 느끼나?

"……하르젠?"

약에 취한 듯 몽롱했던 정신이 깼을 때는 이미 에르셀라의 손목을 끌어당긴 뒤였다. 당기는 힘에 의해 상체의 반이 침대에 들어와 있는 에르셀라가 의아한 듯 고개를 갸웃거렸다.

"뭐 필요한 거 있어요?"

순진한 목소리에 팔에서 힘이 빠지며 자조가 찾아왔다. 아픈 와중에도 정염에 사로잡혀 아무것도 모르는 여자를 침대로 끌어들이려 했다는 게 우스워서.

미친 새끼. 짐승도 아니고.

소리 없는 욕설을 뇌까린 그는 이내 에르셀라를 놔주었다. 근본 없는 인간으로 전락한 느낌에 주체할 수 없을 만큼 기분이 가라앉았다.

하르젠은 아까부터 불편한 것은 없냐며 이것저것 캐묻는 에르셀라에게 그녀가 즐겨 읽던 동화를 읽어달라고 말했다. 그거라도 듣고 있어야 난잡한 상념이 물러갈 것 같았다.

에르셀라는 하르젠의 뜻밖의 요구에 처음엔 당황했지만 아프면 그럴 수 있다고 납득하며 동화책을 가져왔다.

"옛날 옛날에……."

동화의 첫 장을 읽기 시작하는 목소리에 귀를 기울이며 하르젠은 기이함을 느꼈다. 지극정성인 여인을 보니 조금 더 앓아누워도 괜찮을 것 같다는, 그런 실없는 생각도 잠깐 해보았다.

"그때 공주와 왕자의 눈이 마주쳤어요. 왕자는 물었지요……."

햇살이 방 안에 한가득 담겨 있고, 햇살의 온기만큼이나 다정한 목소리는 조곤조곤 동화를 읽고 있다. 새가 노래하며 부리로 쪼아대듯이 가슴이 간지러웠다.

"왕자는 공주의 손등에 입을 맞추며 웃었습니다……."

나쁘지 않은 병가였다. 찰나가 영원하길 바란 것도 같다.

그런 날이었다. 아무 문제 없이 어제와 크게 다르지 않은 날.

그는 아직 가문과 영지, 그리고 피사리데 관련한 일로 다망했고, 에르셀라는 회복이 더뎌 몸을 완전히 추스르지 못했다.

따라서 실금이 간 에르셀라의 세상이 가시화된 순간 또한 아무렇지 것 없는 보통의 날이었다. 에르셀라만 제외하면 그랬다. 증세는 후원의 일을 기점으로 나타났다.

에르셀라는 많이 웃었고.

그만큼 많이 울었다.

들쑥날쑥한 감정 기복에 주치의가 하는 말은 매양 같았다.

"우울 증세가 심하십니다."

의원은 산모의 경우 간혹 그럴 때가 있지만 정확한 원인은 찾을 수 없다며 면구스러워했다. 할 수 있는 것은 그저 약을 지어 먹이는 것뿐이었다.

그사이 에르셀라의 식사량은 점차 줄었다. 식사를 내오는 족족 거부하니 그가 시간을 내서 억지로 먹였지만 게워내기 일쑤였다. 그마저도 거들지 않으면 게워내는 것조차 힘들어했다.

먹지 않으니 자연히 몸은 말라갔다. 회복 기간에 식사를 거르는 것은 좋지 않다고 의원이 주의를 주었지만 에르셀라는 웃을 뿐 그의 말을 듣지 않았다.

차도를 보이지 않는 나날 속 무슨 연유로 그러는지 하르젠이 물었다.

"살 너무 많이 찌지 않았어요? 곰…… 같죠."

이상한 답이 돌아왔다. 엉뚱한 데로 튄 대꾸를 이해하기 힘들었지만, 그는 우선 에르셀라에게 맞춰주기로 했다.

곰? 그냥 살찐 토끼 같은데.

"안 그래."

토끼가 살이 쪄봤자 곰이 될 리는 없었다.

"그런데 왜……."

에르셀라는 조급증이 난 아이처럼 손끝을 만지작대기만 했다. 원하는 대답이 있는 것 같은데, 솔직히 그로서는 알기 힘들었다. 에르셀라가 처한 상황, 느끼는 불안감을 정반대의 입장에 놓여 있는 그가 알기는 어려웠다.

하르젠은 에르셀라가 그의 관심을 자신의 외양과 연관 짓고 있을 줄은 조금도 생각하지 못했다.

그 불가해한 사고방식에 근접하게 된 것은 그러던 어느 날이었다.

"안아주세요."

양손을 꼭 모아 쥐고 하는 말은 모든 자존심을 내려놓은 부탁이었다. 맞잡은 손이 안쓰러울 정도로 떨리고 있었다. 알고 있는 듯했다. 지체 높은 가문의 여인인 그녀가 하기엔 격 떨어지는 청임을.

하르젠 또한 안아달라는 말을 원론적인 뜻으로 받아들인 것은 아니었기에 잘 알고 있었다. 그녀가 두려워하는 게 무엇인지도, 그때야 알게 되었다.

그간 보아왔던 이델 칼테아나 이세르타 같은 여인이 아니었기에 잠시 일반적인 여성의 선에서 생각하지 못했다. 하지만 생각하지 못했다고 그의 대답이 달라지는 것은 아니었다.

"몸을 생각해."

마를 대로 마르고 약해질 대로 약해진 몸을 누르고 헤집을 수 있을 리가 없었다.

"……."

그 대답이 설령 에르셀라에게 수치감을 안겨준다 하더라도 그의 선택은 변하지 않았다.

단번에 당한 거절에 에르셀라는 입술을 질근거리다 고개를 떨구었다.

"외로워요."

전보다 얇아진 목덜미를 확인한 하르젠은 끝내 에르셀라를 외면했다.

그 이후로 에르셀라는 다시는 매달려 오지 않았다.

이제 에르셀라는 웃었고.

그보다 많이 울었다.

의원은 차도를 보이지 않는다는 말만 되풀이했다. 구설에 오르지 않는 선에서 다른 지역의 의원까지 불러들여 치료하게 했지만 이전과 다르지 않았다.

하면 뭐가 문제인가.

"각하, 듣고 계신지요?"

게이런 클레이먼트 자작이었다. 회의 중 한눈판 정신이 돌아오자 주변이 보였다.

가신들이 모인 자리에서 못 볼 꼴을 보였지만 그는 개의치 않고 손안의 보고서를 차례대로 넘겼다. 대강 내용을 파악한 뒤 서류철을 덮은 그가 가신들에게 물었다.

"처리하는 데 얼마 정도 남았지?"

"방계를 처리하는 일은 이만하면 되었습니다. 문제는 피사리데를 도우며 파생된 부차적인 일들인데……. 이번에 공작 부인 일로 너무 서두르신지라……. 또한 가르텐가도 칼릭스 대공에게 가담한 전적이 있으니 시일을 두고 몰아냄이 어떠신지요? 그대로 두기엔 영 껄끄러운 자입니다. 바로만 아니라면 세간의 인식도 나쁘지만은……."

"덮지."

"예?"

게리언 자작은 귀를 의심했지만 하르젠이 두 번 말하는 일은 없었다. 그가 들은 게 맞다는 의미였다. 주변인과 시선을 교환한 게리언이 황급히 반박했다.

"안 됩니다, 각하! 덜미를 내어 주지 않기 위해서라도 잔당은 처리하는 게 좋습니다."

클레이먼트 자작의 주장대로 새 왕은 지금 아무것도 아닌 것처럼 보이지만 어느 정도지지 기반이 있는 만큼 세력을 불리는 것도 불가능하지 않았다. 세력을 키우면 공신을 노릴 공산이 컸다. 뒤탈을 남겨두면 왕의 표적이 될 테니 여기서 덮는 게 얼마나 어리석은지도 잘 알았다.

그럼에도 마지막에 외면한 말이 잊히질 않았다.

"외로워요."

망연한 상실감에 젖어 있는 눈동자가 덧없이 비어 있었다.

"이쯤에서 끝내겠다."

이 결정이 미래에 어떤 재앙으로 돌아올지 알 수 없었지만, 여전히 에르셀라를 이해하지 못했지만 그는 덮었다.

그러나 에르셀라는 웃지 않았고.

울었다.

꽃망울 터지듯 눈물은 예고 없이 시작된다.

"당신이……."

울음을 삼키지 못하고 끅끅대는 소리. 제 몸에 달라붙은 작은 몸. 끌어안으면 부서져 버릴까 하르젠은 감싸 안지 못했다.

"당신이……."

줄줄 새는 눈물이 그의 어깨를 적시고, 목을 감은 팔이 바들바들 떨린다.

하르젠은 그 모든 걸 가만히 받아들이다 여자가 흐느끼기 전에 얼굴을 기울여 입을 맞추었다.

말하지 않아도 된다.

그것을 어떻게 표현해야 할지 모르는 사람처럼 살을 빨아들이고, 숨을 앗고, 눈물을 삼켰다.

어쩌면.

"당신이 나의 최선이었어요."

그 뒷말이 듣고 싶지 않아서였을지도.

최선.

언제부터였을까. 그 말이 입버릇처럼 굳은 게.

견디고 견디다 못해 나온 말을 듣고 있자면 그들의 결혼은 최선이 다인 듯했다. 최선을 빼면 아무것도 남지 않았을 것 같았다.

그 뒤로 떠오른 건 실없는 의문 하나였다.

베른하르트의 허울이 없었다면 넌 나를 선택했을까.

어리석은 물음은 이내 막을 내렸다. 그러지 않을 것이다. 베아트리스의 딸이 아니었더라면 자신이 에르셀라를 선택하지 않았을 듯이.

그들이 결혼한 이유는 별거 없이 단순했다. 결국은 베른하르트였다. 하르젠이 에르셀라를 욕심낼 수 있었던 이유가, 에르셀라가 그의 청혼을 받아들였던 이유가 모두 거기에 있었다.

속이 진창처럼 뒤섞였다. 보잘것없다고 여겼던 껍데기가 이제 보니 그의 전부였다. 선대의 말대로 그가 이루었다 생각했던 모든 것이 가문으로부터 나왔다. 그것이 손 사이로 빠져나가는 모래만큼이나 허무했다.

나는 이제 네가 베아트리스의 딸이 아니어도 상관없을 것 같은데.

"사랑하고 싶은데……."

그녀는 아니었다.

"사랑하고 싶은데, 나도!"

이제는 웃지 않는 에르셀라의 절박한 음성 위로 눈물이 쏟아졌다.

사랑받길 바라서 그리 이름을 지었거늘. 사랑하려고 노력해도 그게 안 된다는 말이 그들의 관계를 일러주는 듯했다. 그럴듯한 허울을 벗기면 아무것도 아닌 사이. 하면 뭐라 대답해야 할까.

"죽고 싶어요."

사랑한다.

그러나 영영 전하지 못할 고백이었다.

죽고 싶다는 말에 나오는 것은 헛웃음이었다. 무력감에 짓눌리며 그는 그때처럼 생각했다. 그녀를 위해 자신이 할 수 있는 일이 뭔지.

이델의 죽음은 방조했고, 이세르타의 죽음은 도왔다.

그러면 너는.

열기 한 점 없는 허탈함 속에서 선연한 화가 밀려들었다.

죽여주면 될까.

에르셀라에겐 죽고 싶다는 말이 그리도 쉬운데, 그것을 듣는 하르젠은 조금도 쉽지가 않았다.

죽고 싶다. 그 나약한 말이 그를 끝 모를 나락으로 끌고 들어갔다.

어느 날은 그랬다.

차라리 아이를 죽이면 편할까도 잠시 생각했다. 그의 앞에 있는 아이만 아니라면 전처럼 돌아갈 수도 있을 것 같았다.

그러나 경직된 아이의 눈동자를 본 순간, 그것이 두려움이란 걸 알게 된 순간. 자신이 어떤 얼굴로 아이를 보고 있었는지 알고 하르젠은 자조했다.

"이리 와."

끔찍한 생각을 지우며 팔을 뻗자 비센테가 조심스레 다가왔다. 팔에 닿는 낯선 감각에 하르젠은 잠시 멈칫했다. 그는 어색하게나마 비센테를 안아 들었다.

"버리지 않을게."

또한 버려지게 하지도 않을 터였다.

기사단을 사직하고 에르셀라를 빌레네로 내려보낸 그는 틈틈이 비센테를 지켜보았다. 쓸모를 입증하면 어미가 돌아봐 줄 날도 있을 것이라 여기며 아이에게 그가 배운 것들을 가르쳤다. 피아노와 신어를 배우게 한 것은 알량한 환심이라도 얻으라는 마음에서였다. 음악, 신화. 피를 싫어하고 온화한 것들만 사랑하는 여자이니.

그녀의 오라비 피사리데 후작이 하르젠을 찾아온 건 그로부터 일 년이 지난 후였다.

가문의 경조사를 제외하면 카르온 피사리데와 사석에서 만나는 일은 드물었다. 가장 최근 만남이 베아트리스의 장례를 치른 날로, 본디 에르셀라만 아니라면 남이나 마찬가지인 자였기에 왕래 또한 얼마 되지 않았다.

하르젠은 궁에 심은 밀정이 최근에 보고한 소식을 상기해 냈다. 귀족 회의에서 왕비의 폐위가 처음으로 거론되었다던가. 연이은 유산에 이어 몇 년간 아이가 생기지 않았으니 그런 발칙한 주장이 나오는 것도 무리는 아니었다.

“도움이 필요해.”

카르온은 그의 예상과 어긋남 없이 말했다.

“사정이 좋지 않아. 알다시피 폐하께서 피사리데에 우호적이시지도 않으니.”

그의 선에서 한두 번은 막을 수 있었겠지만, 피사리데는 이미 두 번의 기회를 놓쳤다. 더군다나 세 번째에 후사를 낳으리란 보장도 없으니 왕과 관료들이 탐탁지 않을 법도 했다.

“차라리 후궁을 들이지.”

하르젠은 폐위를 잠잠하게 만드는 것으로 가장 보편적인 방법론을 제시했다.

그것이 한편으로는 피사리데 일에 관여하지 않겠다는 간접적인 의사 표명임을 안 카르온은 고개를 가로저었다.

“그건 안 돼. 아버지가 밀어붙여 하신 결혼이야. 가여운 분이시다. 나더러 그분이 후궁이 아이를 낳고 그 아이가 왕위에 오르는 광경을 지켜보도록 놔두라고?”

“폐위보단 나을 테지.”

하르젠은 냉정하게 일축했다. 왕이 다른 여인에게서 난 아이를 보고, 또 그 아이가 왕위에 오르는 걸 지켜보는 것은 왕비에게 잔인할 수는 있겠으나 어떤 면에서도 폐위보다는 나았다.

최악보다는 차악을 선택하는 게 맞을 것이다. 그럼에도 카르온은 둘 중 무엇도 선택하려 들지 않았다.

다른 일에는 철저하게 이성적인 그가 왕비 일에는 그렇지 못하다는 건 익히 보아 알고 있었다. 그러나 왕에게 후궁도 허용하지 않을 만큼 독불장군으로 나오는 건 의외였다.

"전하께서 더 이상 불행해지시길 원하지 않아. 그분의 긍지만이라도 지켜 드리고 싶다."

불행하길 원하지 않는다면 왕비는 폐위되는 게 어찌 보면 더 나았다. 호화로운 밀실에 갇혀 살기보단 드넓은 숲의 저택에서 지내는 게 그녀에게도 좋을 터였다. 그곳은 적어도 왕의 폭언도 폭력도 없을 테니.

애석하게도 뼛속까지 귀족인 남자에겐 용납할 수 없는 일인 듯했지만, 저 또한 카르온과 다르지 않다는 걸 알았으므로 비웃을 마음은 없었다.

하르젠은 이제 베른하르트의 살 한 점, 뼈 한 조각 버릴 수 없었다. 에르셀라의 최선으로 남는 법이 이것밖에 없었다.

"그렇다면 더 이상의 대화는 불필요하겠군."

의견이 합치할 기미가 보이지 않았다. 더 있어봤자 쳇바퀴만 돌게 뻔해 하르젠은 자리에서 일어서려 했다. 카르온이 입을 열어 그의 발목을 잡은 건 그때였다.

"앉지. 대화는 길어질 테니. 베른하르트 공작께서 부적절한 방식으로 작위를 승계한 게 맞다면."

의미심장한 말을 건넨 카르온은 다소 유감이라는 듯이 표정을 찡그렸다.

"어머니는 아니야. 어쩌다 내가 들은 것일 뿐. 제법 흥미로워 지나치질 못했거든."

흥분한 어머니의 목소리는 처음이라 의아했는데, 뜻밖에도 꽤 큰 수완을 건져 올렸다.

"확실시해야 할 것 같아서 그 뒤로 조사를 해보니 몇 가지 이상한 점이 보이더군. 곰곰이 생각해 보면 웬만한 성인도 죽어나간 역병을 그 어린아이가 걸리고 살아남은 것 자체가 너무 기적이었지, 신도 없는 이 나라에서. 그렇지 않나?"

"그리 말하면서도 뭐 하나 내미는 게 없는 걸 보니 확증은 찾아내지 못한 모양이군."

하르젠은 마치 그게 뭐 어떠냐는 얼굴이었다. 허튼소리 할 자는 아니니 그럴듯한 증좌 정도는 확보해 두었을 것이다. 그러나 그 또한 확증이 아니면 무의미했다. 이제 와서 들추기엔 너무 늦었으며, 당위성 없는 의혹은 힘을 잃고 사라지게 마련이었다.

카르온은 대범한 짓을 저지르고도 얼굴색 하나 변하지 않는 하르젠의 태도에 기막혀했다.

"확실히 왕족모독죄로 몰아가기는 쉽지 않겠지만, 소문 정도야 만들 수 있지. 저잣거리에 퍼지도록 노래로 만들 수도 있고. 뜬소문일지라도 워낙 만만치 않은 스캔들이라 사람들의 흥미를 끌기에는 나쁘지 않을 거야."

"그게 네가 할 수 있는 유일한 것이겠고."

소문 따위야 원체 신경 쓰지 않으니 개의치 않았다. 그러나 카르온이 의도한 것은 그의 신경을 조금 긁는 것이 아니었다.

"괜찮아. 그 구실로 에르셀라만 데려올 수 있다면."

하르젠이 카르온을 표정 없이 내려다보았다.

"네가 도움이 되질 않는데 그 애를 뭐 하러 거기에 남겨두지? 흠 있는 네 옆에 두기엔 여간 불안한 게 아니기도 하고. 영원한 비밀은 없는 만큼 언제 죽을지 모르는 곳에서 살도록 두고 싶지 않아. 그러니 공작가보다 조금 부족해도 다른 가문에 보내는 게 나을 거라고 생각하는데. 그렇지 않나?"

"말은 위해주는 듯하지만 취급이 물건만도 못하군."

서늘한 경멸이 카르온의 귓전을 낮게 울렸다.

"사랑하고 있어."

"그렇다 해도 네가 왕비로 올린 가족보단 덜하겠고."

정곡을 꿰뚫은 말에 카르온이 씁쓸하게 미소 지었다.

"사랑에도 순서가 있어. 에르셀라보다 전하가 더 눈에 걸렸을 뿐이야."

"그래. 에르셀라에게 산나르를 물려준 건 네 최소한의 양심이었을 테지."

카르온에겐 그 역시 사랑이었다.

에르셀라를 산나르의 영주로 두어 정체성을 잊지 않도록 하는 것도 목적이었지만, 기본적으로 베른하르트에서 홀대받지 않게 하기 위함이었다. 그럼에도 그 마음이 에샤힐드를 위하는 마음만 못했다.

머리 꼭대기에 선 자기혐오가 무게를 이기지 못하고 가슴으로 흘러내렸다. 무게를 재보면 차이 날 애정이 괴로워 카르온은 눈을 가리듯 이마를 덮었다.

"비겁하단 거 알아. 하지만 네가 필요한 게 현실이야."

위급할 때마다 삐거덕거리는 양심을 돌보았다간 아무것도 이루지 못할 것이다. 잘라낼 수 있다면 카르온은 언제든 자를 수 있었다.

"네 말대로 이게 그 앨 물건 취급하는 것이라도 일단은…… 그래."

결국은 또 에르셀라를 대가로 한 거래였다.

하르젠은 눈물에 잠겨 온몸이 젖어버린 여자를 생각했다. 가문 간의 혼약에 낭만이 있을 리 없다. 그러니 그들의 결혼 또한 결혼이라는 명목하에 가문 전체가 에르셀라를 그에게 판 것에 불과했다. 오라비는 알면서도 그런 누이가 필요하니 넘어간 것이고, 그 또한 그런 방식으로 에르셀라를 얻으려 했다. 결혼이란 이름으로 보기 좋게 포장하며.

연심이 아닌 거래에 의해 성사된 결혼에 에르셀라의 의사는 없었다. 그 역시 그녀의 가문의 의사는 고려했을지언정 에르셀라의 마음을 고려하진 않았다.

그 새삼스러운 사실이 하르젠의 속을 비릿하게 채웠다.

물건 취급한 건 저였나.

한 사람의 의사로만 결정된 결혼이었으니 그 안은 빌 수밖에 없었다. 겉은 그럴듯해도 속이 부실하니 그 관계는 무너질 터였다.

지금이 그렇듯.

"네가 그 현실에 발맞추지 못하겠다면 나는 다른 현실을 찾을 수밖에."

다른 현실이란 결국 에르셀라를 통해 이루어질 현실이었다. 이혼하고 다른 남자의 품에 억지로 안기는 것일.

만일 제 오라비가 다른 누이를 위해 자신을 희생시키려 한다는 것을 알게 되면 어떤 마음일까. 그 여자에겐 가족밖에 없을 텐데. 그 가족에게마저 상처받는다면…….

거기까지 생각하자 선택의 여지가 없었다.

일 년 만에 복직한 하르젠은 기꺼이 총사직에 임명되어 레나르트와의 전쟁에 출정했다. 그 뒤로는 모든 것이 빨랐다. 전선을 북쪽으로 밀어버리는 것, 레나르트의 굴복을 받아내는 것, 마침내 종전까지.

그가 가진 무훈 중 가장 뛰어나다 회자되는 공적은 에샤힐드를 위해 바쳐졌다. 위대한 공적이 고작 후계 하나 생산하지 못하는 왕비의 자리 보전에 쓰이자 세간의 조롱이 빗발쳤다. 기사로서의 명예도 모르냐는 질책이 거셌지만, 가족이 안전해 에르셀라가 기쁘다면 그것으로 되었다.

실제로 빌레네에서 머둔 게 효과가 있었는지 에르셀라는 병색에 차도를 보였다. 제법 웃었고, 눈물이 적어졌다. 비센테를 봐도 울지 않았다.

다만 에르셀라는 외면했고, 비센테는 어미의 외면을 받아들였다. 하르젠은 그 모든 것을 모르는 척 넘겼다.

그들이 만들어낸 암묵적인 규율이 깨어지는 일은 없었다.

"내가 죽으면, 당신에겐 좋겠죠."

왕비 에샤힐드는 태연히 자신의 죽음을 입에 담았다. 하르젠은 부푼 왕비의 배를 바라보며 생각했다. 이번에도 유산일지, 그녀만 죽을지, 아니면 둘 다 살지를. 혹은 몰랐다. 둘 다 죽을지도.

"유일하게 공작을 속박하고 있는 것들이 사라질 테니까."

에르셀라가 제일 슬퍼할 가정이 그에게는 최상의 미래였다. 카르온이 전부를 헌신했던 누이가 죽으면 하르젠 또한 출신을 빌미로 움직이지 않아도 되었으니. 하지만 그것만으로 정말 끝일지는 모를 일이었다.

영영 끝나지 않을 듯도 했다. 에르셀라가 돌아갈 피사리데가 있는 한.

그녀의 안식처가 건재한 이상 그는 앞으로도 그녀의 가족이 될 수 없을 것 같았다.

"가끔 생각합니다."

하르젠은 물러가기 전 돌아서 에르셀라의 가족을 보았다.

"그녀의 가문을 지우고, 이름을 지우고, 명예를 지우고. 그렇게 나밖에 없다고 한다면."

"……."

"그래서 결국 온전히 제 것이 된다면."

"……."

"나는 그 어떤 미친 짓이든 할 수 있을 것 같다고."

피사리데를 무너뜨릴 수도 있을 것 같다고.

처음으로 드러낸 진심에 왕비는 쓰게 미소 지었다. 슬픈 빛으로 바랜 그녀의 얼굴을 뒤로하고 그는 문을 열었다.

문 건너편에 대기해 있던 가르텐 공작과 눈이 마주친 건 그 무렵이었다.

뜻밖의 객이 그를 찾았다.

"내 제안이 공작에게도 나쁘지 않을 거라 봅니다."

칼릭스 클라이엔테. 그 남자였다. 하르젠의 시선이 대공 옆에 앉아 있는 가르텐 공작에게 미끄러졌다. 제대로 된 대화 한 번 나눈 적 없던 남자가 그날 왕비의 문전에서 맞닥뜨린 이후 그를 찾았다. 대공을 대동한 채.

"쥐새끼처럼 엿듣고 있었나."

"그리 생각하다니. 서운하군, 공."

억울하다는 듯이 가르텐 공작이 어깨를 으쓱였다.

"자네의 말이 내게 들린 걸 어쩌겠나? 내가 귀머거리도 아니고."

느긋하게 중얼거린 공작은 불현듯 몸을 앞으로 뺐다. 욕망으로 질척이는 눈빛이 광기로 번들거렸다.

"그래도 덕분에 서로 원하는 것을 바로 알게 됐으니 참 잘되었지 않나? 속내를 감춘 채 떠보는 것도 나쁘지 않지만 결국엔 시간 낭비지. 자네에게 그런 게 통하지도 않을 듯하고."

그날의 엿들음으로 확신이 섰는지 가르텐 공작은 조심스러워하지도 않았다. 칼릭스 대공이 그에 대한 방증이었다.

"전번에 찾아뵈었을 때 왕비 전하의 건강이 좋지 않아 보이더군. 일설에 의하면 이번이 마지막일 수도 있다고 해. 그 소문이 맞다면 왕비는 아이를 낳을 수 없어."

그때 왕비를 찾아온 것도 용태를 확인하기 위함이었나. 그들의 입장에서는 현왕에게 후계가 있느냐 없느냐에 따라 계획이 갈릴 테니 확인차 봐두고 싶었을 것이다.

그리고 가르텐 공작의 판단대로 에샤힐드 왕비는 길게 버티지 못할 것이다.

"가망 없는 일을 끝까지 붙잡고 있는 이유는 피사리데 때문인가, 피사리데인 공작 부인 때문인가?"

그의 약점이라도 잡은 양 공작은 번번이 에르셀라를 걸고넘어졌다. 성가시다고 느끼며 하르젠은 칼릭스 대공을 보았다.

"번지수를 잘못 짚으셨습니다."

"……."

"돌아가신 빈을 생각하신다면."

사실상 축객이었다. 피사리데와 틀어지더라도 칼릭스의 손을 잡을 일은 없었다. 카르온 피사리데가 문제가 아니라 베델 데먼셔가 문제였다. 베델 데먼셔의 죽음에 하르젠이 일조한 이상 그들이 함께한다는 말 자체가 어불성설이었다. 서로를 향한 불신이 그들이 탄 배를 침몰하게 만들 터였다.

"상관없습니다. 설령 공작이 내 어머니를 죽였다 하더라도."

그러나 칼릭스는 돌아가지 않았다. 분노하지도 않았다. 혈연의 목숨을 제 목숨과 동일시하는 통상적인 사람들과 다른 선택을 함으로써 그에 대한 원한을 깨끗이 지웠다.

기실 원한이 있는지도 알 수 없는 일이었다. 대공은 한순간도 그에게 증오를 드러낸 적이 없었으니.

"공작이 무언가 착각하는 듯하여 말씀드립니다."

지금도 그렇듯이.

"이것은 복수가 아닙니다. 내가……."

"……."

"……왕이 되는 것일 뿐."

"……."

"그러니 그대가 내 어머니를 죽였다 해도 괜찮습니다."

음조는 높고 낮음이 없었으며 왕좌를 찬탈하려는 이답지 않게 열없이 공허했다.

얼핏 꼭두각시 같은 모습이 제정신이 아닌 듯도 보였다.

말이 통하지 않을 것 같아 하르젠은 가르텐 공작 쪽으로 고개를 돌렸다.

"그렇다면 거절은 내 쪽에서 하는 걸로 하지."

"베른하르트령을 공국으로 독립시켜 드리겠습니다."

그 말에 경직된 까만 동공이 칼릭스에게 못 박혔다.

공국. 대공의 입에서 나온 단어의 파편이 귀에 걸렸다. 칼릭스는 물 흐르듯 차근차근 말문을 열었다.

"그렇다면 더 이상 귀찮게 사후 처리를 할 필요도."

"……."

"저지른 죄에 형님에게 덜미를 잡힐 일도."

"……."

"피사리데에 공작 부인을 빼앗길 일도."

"……."

"……없겠지요."

대공의 눈에 희미한 이채가 돌았다. 그리고 이어진 말을 들은 순간.

"일국의 왕이라도 건드릴 수 없는 베른하르트를 약속해 드리겠습니다."

혀끝에 걸린 거절이 부서졌다. 독이라 해도 삼키고 싶을 만큼 단 제안에 목이 졸린 듯 숨이 막히고, 흥분으로 체내의 피가 헐떡였다.

차기 왕이 할 수 있는 최고의 제안이자 신뢰의 증표였다. 거짓을 완벽한 진실로 덮어버릴 수 있는 기회였다.

……에르셀라를 가질 수 있었다.

그것만으로도 그 제안은 그에게 충분히 달았다. 어두운 속삭임이 끊임없이 귓가를 지근거렸다.

그 여자의 삶에서 피사리데를 지울 수 있다.

스스로도 알지 못했던 강렬한 욕망이 내면의 모든 것을 휩쓸어 갈 듯이 휘몰아쳤다. 언제 이렇게 몸을 불렸을지 모를 욕심이 그를 집어삼킬 듯 아귀를 벌리고 있었다.

하르젠은 스스로가 빚어낸 욕망을 처음으로 마주하고 문득 실소를 터뜨렸다. 이렇게까지 해서 갖고 싶었나. 이렇게 추잡해지면서까지…….

여과 없이 드러난 제 밑바닥이 이제 보니 지독한 진창이었다. 그러자 알 수 없는 의문에 그의 눈이 깊게 가라앉았다.

왜 에르셀라인가.

하르젠은 이해하지 못했다. 베아트리스의 딸만 아니라면 특별할 것 없는 여자. 변덕스럽고 손이 많이 가는 여자를 왜 사랑하는지.

그의 인생의 구원인가 하면 아니었다. 저조차도 보살피지 못하는 여자가 타인의 삶을 밝힐 수 있을 리 없었다. 울음에 잠겨 시들기만 하는 여자를 사랑할 리가 없었다.

처음엔 흥미, 그다음은 책임, 죄책감, 정이었다. 그게 하르젠이 에르셀라에게 느끼는 감정의 전부였다.

그런데 어느 순간부터 그 감정 사이에 이질적인 게 끼어들어 있었다. 그것은 아주 낯선 경험이었다. 호수에 나뭇잎을 띄우면 이는 물결처럼 심장이 고요하게 움직였다.

어쩌다 금발이 바람을 타고 살갗에 닿을 때면 그 간지러움이 가슴에까지 닿았다. 바람에 머리가 엉망이 되면 에르셀라는 울상으로 웃었다. 처진 눈썹과 다르게 눈은 예쁘게 웃고 있었다.

하르젠은 그게 좋았다. 이상하냐고 울먹이는 목소리가, 그러면서도 어서 예쁘다 말하라고 대답을 종용하는 장난스러운 눈빛이 그는 좋았다. 그게 그저 좋아서 심장이 뛰었다.

대부분은 눈치채지 못할 만큼 희미한 고동이었다. 그러나 가끔은 감당하기 벅찰 때도 있었다.

그것이 눈물일 때면 고통으로 변했다. 바늘로 아프게 수놓는 것처럼 심장이 욱신거렸다. 그럼에도 그 아픔조차 그는 좋았다.

특별할 것 없는 여자가 그에게는 특별했다.

첫눈에 반한 것도 아닌, 그의 삶을 위로한 적도 없는, 외려 눈물로 그의 기분을 끝없이 추락시키는 그 여자가 그에게는 특별했다. 웃으며 그의 세상을 녹이고, 눈물로 그의 세상을 얼리는 여자가 그에게는 사랑이었다.

심장에 번지는 봄이자 겨울이었다.

그래서 놓을 수가 없었다. 성가시며 비천한 감정일 뿐이라고 정의 내려도 돌아보면 그 감정에 파묻힌 사람은 결국 그였다. 그것이 괴로웠다.

전하지도 지우지도 못하는 감정이 칼날로 살갗을 저미듯 아팠다. 하지만 그래도 괜찮을 듯했다. 돌려받을 수 없는 감정이라 해도 에르셀라가 있다면 이대로 못 살 것도 없을 것 같았다.

철저히 자신의 이기심을 얕본 결과였다. 그럴 수 없다는 걸 안 것은 번연히 떠오른 어떠한 생각 때문이었다.

피사리데가 있는 한 안 될 것 같다는.

언제부터인지 에르셀라에게 무슨 일이 있을 때면 그보다 그녀의 오라비에게 소식이 닿는 게 빨랐다. 후작저에 가는 횟수와 돌아올 때 가볍게 튀는 발걸음을 보면 그녀의 가족은 자신이 아닌 후작인 것 같았다. 돌아오고서 보여주는 환한 미소를 볼 때면 더욱 그랬다.

그때부터 잔인한 가정이 머릿속을 자근자근 차지했다.

그녀의 언니가 죽으면.

그녀의 오라비가 죽으면.

피사리데 성을 달고 있는 이를 모두 죽이면.

거기까지 생각하며 하르젠은 쓰게 미소했다.

결국은 또 피를 봐야 끝날 일이었다. 그것을 그리도 끔찍해한다는 것을 알면서도 그랬다. 하지만 못할 것도 없을 것 같았다.

대공의 제안을 받아들인 까닭도 그러한 욕심에서였다. 왕의 견제도, 동생을 빌미로 한 피사리데 후작의 압박도 모두 뒷전이었다. 이유의 한편은 될 수 있겠으나 축은 아니었다. 에르셀라를 갖고 싶다는 그의 이기심이 가장 많은 이유를 차지했다.

대가를 바라고 시작한 일이 아니었음에도 시간이 지나자 차츰 욕망했다.

어느 날은 그리 생각했다.

내가 이렇게까지 했으면, 너는 날 사랑해야지.

치졸한 바람이었다. 원하지 않는다고 생각했는데, 날이 갈수록 비천하기 짝이 없도록 처절히 대가를 바라고 있었다. 그런 자신이 역겨울 때도 있었다.

그런 주제에 사랑한다, 그 말은 하지 못했다.

사랑하지 않는다. 마음이 같지 않다.

고작 그걸 확인할 용기가 없어서. 고작 그걸 받아들일 자신이 없어서.

죽기보다 무서워서.

처음에는 에르셀라를 위한 것이라 되뇌었지만 깊은 구덩이로 들어가 보면 결국 위선이었다.

어쩌면 베른하르트에 섞이지 못하는 그녀의 처지도 알고 있던 것 같다. 그러나 그는 알려 하지 않았다. 외면당하면 제게 오는 에르셀라가 좋아서. 의지해 오는 자그마한 몸이 가여웠지만 그만큼 기뻐서.

그래서 가두고, 억압하고, 묶어두었다. 그러면 그녀가 제 것인 듯한 저속한 쾌감이나마 느꼈으니까. 그 일시의 것을 영원으로 만들고 싶어서.

……그러다 보면 네가 날 사랑할 것만 같아서.

어렵게 생각할 필요 없이 간단했다. 그녀에게 자신이 필요하도록 하면 되는 것이다. 피사리데를 무너뜨려서 결국 그일 수밖에 없게.

평생을 걸쳐 미워하고 경멸하고 증오하겠지.

하지만 그런 것들은 지금도 종종 에르셀라가 보이던 거였기에 괜찮았다. 그녀의 정신이 조금 망가지는 것도 감수할 수 있었다. 그 불완전한 정신으로 하는 사랑한단 말을 들어도 기쁠 것이었다.

그런데 그걸.

"미안하게도 포기할 순 없겠어."

어그러뜨렸지, 네가.

죽었다, 카르온 피사리데가.

내내 성가시던 남자가 끝까지 성가신 채로. 기가 막히게 좋은 머리로 끝까지 그를 가지고 놀려들며. 기어이 목숨을 버리고 가문을 지켰다.

하르젠은 그가 가족을 두고 죽지 못하리라고 여겼지만 카르온은 그런 예상을 비웃듯 죽음으로써 에르셀라가 하르젠을 버리도록 하는 데 성공했다.

그러면 반란이 성공해도 실패해도 에르셀라는 살 테니까.

비단 카르온의 승리는 그것에만 있지 않았다. 아마 그는 알았을 것이다. 그녀의 오라비를 죽음까지 몰아간 하르젠이 에르셀라가 주인으로 있는 피사리데에 손대지 못할 것을.

카르온의 예상대로였다.

그로써 하르젠은 에르셀라가 정해둔 마지막 허용선을 넘었다. 가족이라는, 그는 절대로 속할 수 없는 선을.

하르젠은 끝을 예감했다.

병사 한 명이 헐떡이며 막사 안에 들어왔다. 천 사이로 들어오는 여명이 끝을 알리듯 찬란했다. 그 눈부신 빛을 등진 채 숨을 고른 병사가 입을 열었다.

"각하, 원군이……."

하르젠은 기다렸다는 듯 조금 웃었다. 곧 그녀에게 영광된 피사리데를 되돌려 줄 수 있어 기쁘기까지 했다.

나는 너를 잃고는 살 수 없으니.

"원군이 오지 않습니다!"

에르셀라, 처음부터 너의 승리였다.

16장
꽃은 춤추고 바람은 노래한다

"저대로 보내도 괜찮겠습니까?"

칸더스 후작이 먼저 살얼음 같은 정적을 깨뜨렸다. 창틈에 시가를 꺼뜨린 아일레스는 바깥의 풍경을 내려다보았다.

"어쩔 수 없지."

그의 눈길이 방금 떠난 마차의 바퀴 자국 위를 배회했다. 어두웠음에도 사라진 흔적이 선명히 보이자 아일레스는 소리 내어 웃음을 터뜨렸다. 아무래도 그 여인을 보내준 것이 퍽 아쉬운 모양이었다. 미련 없이 떠난 이의 발자취나 더듬고 있는 것을 보니.

'뭐, 꽤 취향이었으니. 어쩔 수 없나.'

아일레스는 선선히 수긍하며 칸더스 후작을 돌아보았다. 콘라드 왕가의 상징인 금안이 부드럽고도 냉정한 분위기를 빚어내고 있었다.

"그렇다고 아즈렐을 레나르트에게 줄 수는 없으니 말이오."

그라니아의 그 여자로 인해 계획이 틀어졌다.

"콘라드가 이 결맹을 받아들이지 않겠다면, 본국은 레나르트 왕가에 같은 제안을 할 예정입니다."

겁 없이 콘라드의 땅을 적국에 넘기겠다는 선언으로 모든 게 틀어졌다.

"그라니아에서 파견한 다른 사신이 지금 레나르트에 도착해 있습니다. 일주일이 지나도 제 전언을 받지 못한다면 그자가 레나르트 국왕께 알현을 요청할 것입니다."

아즈렐을, 레나르트에. 망측한 소리에 그 자리에 있던 콘라드인들은 기가 막혀 실소하지도 못했다. 양심이 있다면 그따위 맹랑한 말은 하지 못할 것이다. 명백히 도의에 어긋나는 일이었다. 그러나 여자는 잘되었다는 듯이 부언하기까지 했다.

"마침 레나르트의 적왕녀가 올해로 세 살이 되셨다는군요."

선전포고 비스름한 목소리에는 물러서지 않겠다는 결의가 깃들어 있었다. 레나르트가 거절하지 않을 거라고 자신하는 듯도 했다.

그리고 그건 어느 정도 맞았다. 그라니아에서 제의가 오면 레나르트는 받아들일 것이다. 콘라드에 칼레르를 빼앗긴 이상 불 보듯 빤한 결과였다.

물러서는 쪽은 아일레스가 될 수밖에 없었다.

"아무리 나라도 레나르트가 아즈렐을 갖는다는 데 흔쾌히 받아들일 수 있을 리가."

레나르트와의 결전 끝에 칼레르를 차지했다. 명실상부한 그의 승리였고, 아일레스는 그 승리가 뒤바뀌는 걸 허락할 마음이 없었다.
"아즈렐을 넘겨주면 레나르트에 콘라드로 직접 통하는 관문을 공으로 내어 주는 것이나 마찬가지니까요."
칸더스 후작은 방심하다 의표를 찔린 것이 어처구니없었다. 그라니아와 콘라드의 문제에 레나르트를 끌어들이는 건 예상 밖이었다. 간교한 계책이 누구의 작품인지는 모르겠으나 한 방 먹었음을 칸더스 후작은 부인하지 못했다.
"심지어 피사리데 그 여인…… 콘라드의 고질적인 문제를 언급했지요."
"아, 그랬지."
생각난 듯 아일레스는 심드렁히 대꾸했다.
"멋대로 영지를 이탈해 루델시아로 넘어가는 광신도들을 송환해 주도록 루델시아에 협조를 구해준다고 하였지, 아마."
"예. 아무래도 그쪽과 혈연이니 저 나름의 방법이 있는 모양이지요. 솔직히 조금 놀랐습니다. 마치 이렇게 될 것을 알았다는 양……."
말끝을 흐리며 찝찝해하는 칸더스 후작을 보며 아일레스가 픽 웃었다.
"후작은 놀라기만 했소? 짐은 그 여인이 가지고 노는 장난감이 된 기분에 불쾌했는데. 채찍과 당근을 번갈아 받은 기분이라."
결정적으로 에르셀라가 내민 당근이 자신의 계획을 변경하는 데 큰 일조를 했기에 아일레스는 휘말렸다는 기분을 지울 수 없었다.
그것도 아내로 들이려 했던 여자에게. 결코 긍정하지 못할 오늘을 그는 잊을 수 없을 것이다.
그럼에도 아일레스는 그라니아 사절단을 생채기 하나 없이 고이 보내주어야 했다.
그의 콘라드는 아직 그라니아와의 전쟁에서 이길 수 없었다. 농락당했다지만 섶을 지고 불길에 뛰어드는 천치가 될 생각은 없었기에 아일레스는 담담히 패배를 인정했다.

"이번은 내가 진 것 같군. 변수를 고려하지 못한 짐의 실책이오."

그는 체념하듯이 명령했다.

"후작, 국경에 대기 중인 전군을 회군시키시오."

"처음부터 알고 계셨습니까?"

수도를 가로지르는 마차 안에서 비센테가 물었다.

"콘라드가 반군과 거래한 곳이 아즈렐이 아니란 것을요."

에르셀라는 옅게 미소 지었다. 울고 싶은 듯도 했다.

"그냥…… 알았어."

그래도 그 남자와 같이 살았다고 그런 것일까. 하르젠이 겨우 아즈렐을 걸고 콘라드와 흥정했을 거라 생각하지 않았다.

아일레스가 아즈렐에 움직이는 왕이 아님을 그가 모를 리 없었다. 레나르트를 끌어들이는 대안을 마련해 둔 것은 순전히 에르셀라가 하르젠의 성정에 대해 잘 알았기 때문이다. 레나르트로 콘라드를 자극할 수 있다는 것도.

아일레스는 약속을 지킬 것이다. 그는 향락과 자유를 사랑하지만 지배당하지 않는 왕이었으니. 개인의 감정에 휘둘려 나무를 보다 숲을 놓치는 우행은 저지르지 않을 터였다.

에르셀라는 새벽빛의 경계가 번지는 하늘 저편을 응시했다.

그렇다면 당신은.

가슴이 불안하게 뛰었다. 그녀가 아는 그는 불구덩이에 스스로 발을 담그는 어리석은 이가 아니었다. 그런데도 불안했다. 그녀가 아는 하르젠은 분명 그럴 텐데…….

왜 자꾸 겁이 나는 걸까.

심장이 절벽에 매달린 사람의 것처럼 세차게 뛰었다.

라덴이 보고 싶다.

베델의 일기는 그렇게 시작했다.

라덴이 보고 싶다. 하지만 볼 수 없다.

라덴이 보고 싶다. 하지만 칼릭스와 아를레아가 있다.

아버지의 말씀대로 왕에게 빌었다. 폐하는 나를 믿어주셨다.

라덴이 죽었다. 아버지께서 분명히 살려주신다고……. 아아, 라덴. 라덴. 나의 라덴.

라덴을 선택하지 못했다. 가진 게 없는 슈네이트가의 남자를 선택하지 못했다. 정인을 버리면서까지 앉은 자리였으니 나와 폐하의 아이 칼릭스는 왕이 되어야 했다. 오로지 그것만을 위해 살았다. 하지만 그 대가가 이리 오는가. 나의 과오로 그가…… 죽는가. 그러고도 나는, 살아 있는가. 참으로 허무하구나.

왕에게 고했다. 그날, 라덴을 만났다고. 거짓이었다. 이번에도 폐하는 나를 믿어주셨다.

그리고 마지막.

누군가 나의 기록을 발견한다면 불태우라. 나, 베델은 왕을 배반한 역적으로 라덴의 곁에 남으리니.

마지막 장을 끝으로 일기장을 덮은 칼릭스는 지그시 눈을 감았다. 눈꺼풀이 희열로 파르르 떨렸다.

어머니의 일기장은 온통 라덴 슈네이트 그 남자의 이야기로 점철되어 있었다. 베델 데먼셔가 평생토록 옛 정인을 잊지 못했다는 사실을 알았지만 기실 칼릭스에게 중요한 건 단 하나였다.

"저는…… 아바마마의 자식이 맞았네요."

십 년이 넘도록 찾아 헤맸던 답을 오늘로써 확인했다. 정적의 농간일 뿐이라 치부하려 해도 의심을 지우지 못했다. 꾸민 짓이라기엔 결과가 너무도 참혹했다. 어머니 베델이 죽고 동복동생 아를레아가 죽었다. 왕은 그를 외면했다. 그러므로 칼릭스는 의심할 수밖에 없었다.

만일 자신이 라덴 슈네이트의 자식이라면…….

그 의심의 늪에 허우적대며 지금까지 살았다. 왕과 베델, 아를레아. 가족이라는 울타리가 허상일지도 모른다는 의심에 뿌리째 집어삼켜지며.

"그래."

케니언스가 차분히 대꾸했다.

"그때 말하지 못한 건……."

"괜찮습니다."

칼릭스의 얼굴 위로 온유한 미소가 떠올랐다.

"괜찮아요, 형님."

막상 진실을 알게 되자 별생각은 들지 않았다. 옛날에는 그리도 알고 싶어 광적으로 집착했을 때도 있었는데, 시간이 지나니 고통이 바랬다. 아픔이 퇴색됐다. 베른하르트 공작에게 진실을 묻지 않은 것도 그 때문이었다. 모든 게 길가의 돌조각만큼이나 하잘것없이 느껴졌다. 다만 그가 라덴의 핏줄이라면 곤란했을 뿐이었다.

"이야기를 하나 할까 해요, 형님."

"무얼 말이냐."

"저는 형님이 좋았어요."

케니언스의 표정이 딱딱하게 굳었다.

"그래서 형님이 불쌍했어요."

"……칼릭스."

"어머니가 없고, 아바마마의 사랑도 받지 못하는 형님이 불쌍했어요. ……잘해 드리고 싶었어요. 제 얄팍한 동정에 형님은 얼마만큼의 값을 매기셨는지 모르겠지만, 그래도 좋았다는 말은 진심이에요."

"……."

"자만이었죠. 왕이 되는 건 당신이었는데."

그 순간 체스판이 엎어졌다. 칼릭스가 소매에서 꺼낸 단도를 케니언스의 가슴을 향해 내리찍었다.

"……윽."

재빨리 칼릭스의 양팔을 붙잡아 공격을 막아낸 케니언스의 입에서 짐승 같은 신음이 흘렀다. 팔을 뻗다 칼날에 스친 손에서 피가 줄줄 새었다. 칼릭스가 손아귀에 힘을 실었다.

"칼…… 릭스."

칼릭스를 붙든 팔이 바들바들 요동쳤다. 이를 악문 턱이 떨리고 형제의 시선이 끊임없이 맞물렸다. 맹아 한 줄기 싹 트지 않는 황폐한 땅이 아우의 눈에 펼쳐져 있었다.

"폐하, 저는 끝내려고 왔어요."

"……."

"아우에 관해선 한없이 너그러워 몸수색조차 하지 않는 폐하의 자비를."

저를 한없이 비참하게 만드는 당신의 아량을.

칼릭스가 힘을 주어 칼을 밀어 넣었다.

"으윽……."

날카로운 칼끝이 가슴께에 박히자 케니언스가 비명 같은 신음을 내질렀다. 살을 파고드는 끔찍한 고통에 케니언스가 발을 들어 칼릭스를 찼다.

"윽……!"

칼릭스가 나가떨어지며 놓친 칼이 허공을 갈랐다.

"하아, 하아."

대리석 바닥에 떨어진 칼이 원호를 그리다 멈췄다. 일순, 형제의 눈이 마주쳤다. 서로의 생각을 읽은 듯 칼이 떨어진 곳으로 두 사람이 동시에 움직였다. 칼릭스가 손을 뻗었다. 다만 케니언스가 더 빨랐다.

"아……."

누구의 것인지 모를 나직한 신음이 흐르고…….

"……욱."

케니언스가 칼릭스의 가슴에 칼을 박아 넣었다.

"우욱!"

칼이 찔린 심장과 입에서 피가 후드득 터져 나왔다. 그것을 보는 케니언스의 눈이 주체할 수 없을 만큼 흔들렸다. 형제를 찌른 선득한 감각에 모골이 송연해졌다. 온몸이 차게 식었다. 열이 오르는 것도 같았다. 소름 돋는 적막이 칼릭스의 끊길 듯한 숨 속에서 이어졌다.

"칼…… 릭스."

케니언스의 망연한 부름에 칼릭스가 피가 범벅된 손을 그에게 뻗었다.

"왜……."

다가온다. 가까워져 온다. 그러나…….

"당신이……."

아우의 팔은 눈앞에서 처참히 고꾸라지고 말았다.

끝내 말을 마치지 못한 칼릭스의 몸이 기울어졌다. 허물어지는 칼릭스의 몸을 받아낸 케니언스는 석상이 된 듯 움직이지 못했다. 피비린내가 훅 끼쳐왔다.

죽었나.

그런 듯했다.

원군은 오지 않는다.

에르셀라가 콘라드에 간 이상 그럴 것이라고 예상했다. 어디서 생겨난 믿음인지 몰랐지만 하르젠은 그렇게 믿었다.

모순이었다. 그에게 속했던 에르셀라는 믿지 않았는데, 그를 떠난 에르셀라는 믿었다.

이제 끝인가.

하르젠은 무감한 얼굴로 손에 쥔 칼을 느릿하게 훑었다. 그리고 생각해 보았다. 자신이 얼마나 많은 목숨을 거뒀는지. 벼려진 칼날에 흐르는 피가 환영처럼 반작이다가, 그를 벗어난 여인이 아른거렸다.

선대 공작이 살아 있을 때 그가 처음이자 마지막으로 제 뜻대로 한 것은 고작 청혼이었다. 그래, 고작 청혼 하나였다.

파문 없이 고요했던 그의 바다에 파도를 몰아치게 하고, 잠 오지 않는 밤을 잠들게 했던, 그리고 끝내 떠나간. 그의 삶을 찬란하게 물들이고 잔혹하게 뒤덮은 여자.

하르젠은 에르셀라가 떠나지 못할 것이라고 생각했다. 전부 그의 오만이었다. 그녀는 더 이상 나약하지도, 세상 물정에 어둡지도, 아무것도 모르지도 않았다.

그것이 두려웠던 것 같다. 그녀가 현명하고 지혜로워질수록 그의 추악함을 알고 떠나 버릴까 봐. 그가 가진 결점을 알아챌까 봐.

그래서 하르젠은 에르셀라에게 바랄 수밖에 없었다. 아무것도 모르기를. 나약하기를. 결국 기댈 곳이 저밖에 없기를. 견디다 못해 무너지더라도 제 품에서 바스러지기를.

그런 비틀린 사랑에 종말을 고하듯 에르셀라는 그를 떠났다. 그녀만을 위해 그가 만든 성을 미련 없이 부수고.

덧없는 허망감에 남자의 입매가 뒤틀리며 올라갔다. 끝까지 고매한 여인은 도망치지도 달아나지도 않은 채 그저 뒤돌아 떠났다.

그는 그제야 깨달았다.

애초에 자신이 탐내선 안 될 여인이었음을. 처음부터 그가 가질 수 없었던 여인이었음을. 그가 가진 모든 걸 다 바쳐도, 그녀는 손에 잡히질 않는다. 알고 있었다.

하르젠은 에르셀라를 단 한 번도 가져본 적이 없었다.

그것이 그를 미치게 했다.

막사 안으로 흘러든 새벽빛이 그의 발치에 늘어졌다. 그것이 꼭 해가 뜨기 직전 잠든 여자의 얼굴 위를 비추던 색과 비슷했다.

"에르셀라."

한번 그렇게 불러보았다. 이름의 울림이 낯설었다. 그래서 다시 한번 불러보았다.

"에르셀라."

이내 남자가 피식 웃었다. 낯설었다. 마치 한 번도 불러본 적 없던 이름처럼. 그녀는 그의 이름을 자주 불러주곤 했는데. 이젠 다시 들을 수 없을 것 같다는, 실없는 생각을 해본다.

하르젠은 칼끝에 시선을 주다 검을 쥔 손에 힘을 실었다. 이미 많은 살생을 저질렀다. 죄가 조금 더 얹어진다 해도 차이는 없을 테지.

스며든 빛이 인도하는 대로 밖으로 나가자 푸르른 새벽 여명이 그의 머리 위로 쏟아졌다.

그가 망친 피사리데를 되돌려 주어야 할 시간이었다.

"정말 이래도 되는 건가?"

생뚱맞게 휴식이 생겼다. 모처럼 찾아온 여유가 기꺼우면서도 수행원들은 내심 걱정이었다.

그들의 이목이 일제히 한곳으로 쏠렸다. 외무부 장관의 보좌관은 지체되는 일정이 걱정되지도 않는지 태평했다. 레나르트의 국경 지대에 머문 지 어언 일주일째였다. 출발할 때까지만 해도 여정에 박차를 가하더니 이제는 이리 유유자적이라니. 가히 직무 유기처럼 보이는 광경에 경악이 절로 나왔다. 이러다 윗선에서 경을 칠까 두려운 수행원 한 명이 말을 걸었다.

"저…… 로베르트 경?"

"무슨 문제라도?"

"저희 출발 안 합니까?"

출발 좀 하시라는 무언의 압박이 담긴 질의였다.

후안은 금방이라도 발을 동동 구를 듯 구는 수행원을 보았다. 쉬었다 가자 할 때 제일 신나 했던 자였다.

"쉬고 좋지 않습니까?"

"……전 고국으로 돌아가서 쉬고 싶습니다. 이렇게 어정쩡하게 한 발 걸쳐 있는 게 아니라."

실제로 그들은 몇 시간만 소요하면 그라니아로 돌아갈 수 있었다. 국경을 지난 뒤 마차는 이동하지 않았기 때문이다.

물론 마차는 고장 나지 않았다. 괴짜 한 명으로 인해 멀쩡한 바퀴가 묶였을 뿐.

"이리 게으름 피우시면 안 됩니다."

수행원은 급기야 지위도 막론하고 단호히 꾸짖었다. 근무 태만한 상사에게 이 정도 조언은 할 수 있지 않나. 자칫하다간 제 일자리가 증발될 상황인데.

돌아갔더니 쥐도 새도 모르게 책상과 의자가 사라져 있는 참사는 면하고 싶었다.

"게으름이라니……."

난생 듣도 보도 못한 소리에 후안은 삽시간 멍멍해졌다. 그레이시 반에서도 우수한 성적을 거두었던 그가 들을 소리는 결코 아니었다. 라페인 후작이나 들을 법한 잔소리에 후안은 내심 자존심이 상했다.

'그냥 처음부터 말할 걸 그랬나.'

레나르트와 콘라드를 재는 중인 게 퍼지면 좋을 게 없었기에 비밀로 했던 것이 화근이었다. 말이 새어 나가 불미스러운 일이 벌어지는 건 막았지만, 그 대신 게으름뱅이라는 칭호를 얻고 말았다.

"오해입니다. 실은……."

그는 대답을 끌며 시간을 확인했다. 말 맞춘 시각에서 세 시간 남았다.

'그냥 떠나도 될 것 같군.'

놀랍게도 그 생각을 하자마자 그가 기다렸던 소식을 접할 수 있었다.

"보좌관님! 콘라드에서 전령이 왔습니다!"

피사리데 후작이 보낸 전령이었다. 전령은 다급한 몸짓으로 품을 뒤졌다.

"말을 타고 왔음에도 늦었습니다. 죄송합니다."

"이해합니다. 콘라드에서 아즈렐을 거쳐 레나르트로 와야 했을 테니까요."

"아즈렐은 처음이라 검문이 이 정도로 강한지 미처 몰랐습니다. 여기, 로베르트 경께 도착한 서신입니다."

"주십시오."

후안은 우선 피사리데가의 인장을, 그다음은 필체를 유심히 살폈다. 대조한 결과 그녀의 서신이 맞았다. 그는 서신의 내용을 꼼꼼히 확인했다.

얼마쯤 지났을까. 단정히 편지를 접은 후안이 멀뚱히 있던 수행원을 돌아보았다.

"그대에게 다행이군요. 조만간 고국으로 돌아가서 쉴 수 있겠습니다."

"예? 그게 무슨 말입니까?"

"레나르트에 머물 필요가 없어졌습니다. 돌아가지요."

레나르트에 가기 위해 이 고생을 했는데 편지 한 장에 머물 필요가 없어졌다니. 그간의 고생이 무로 돌아가는 상황에 수행원은 망연자실했지만 어쩔 수 없었다. 루델시아로 넘어온 광신도를 송환하는 문제는 자르데아 백작 영애에게 맡겼다고 하였으니 그의 역할은 여기서 끝이었다.

"먼 길 오느라 수고하셨습니다."

후안은 전령에게 간단한 감사를 전했다.

"아닙니다. 다만…… 그, 이게, 제가 제대로 들은 건지는 모르겠지만……."

전령이 긴가민가한 듯 말을 더듬거렸다.

"……그라니아에 반란이 일어났다는군요."

"반란이요?!"

나라의 내란 소식에 수행원들은 사색이 되어 펄쩍 뛰었다.

"오면서 들은 거라 소문의 진위는 확인하지 못했습니다만…… 듣기로는 클라이엔테 대공이 반란을 일으켰다고……."

후안은 목구멍으로 마른침을 넘기며 물었다.

"반란에 가담한 자들은 어떻게 되었습니까?"

"그게……."

전령은 분명치 않다며 그가 들은 소문을 말했다. 그러나 도저히 소문일 뿐이라 여겨지지 않는 말에 후안의 표정이 드물게 흐려졌다.

"결국……."

한탄하듯 읊조린 후안은 조마조마한 심정으로 입을 열었다.

"말을 빌릴 수 있겠습니까?"

지금 당장 돌아가야 했다.

수도에 도착한 에르셀라에게 카일 로베르트가 두 가지 소식을 전해왔다.

하나는 반란을 일으킨 칼릭스 대공이 죽었다는 것이었고.

다른 하나는…….

"베른하르트 공작께서 반역자의 수급과 함께 승복해 오셨습니다."

내일 해가 뜨면 공작의 처형식이 있을 예정이라고, 그는 덧붙였다.

케니언스가 눈을 떴다. 그러자 시종일관 왕의 곁을 돌보았던 의원들이 반색하며 물었다.

"폐하, 괜찮으십니까? 봉합은 잘 되었으나 혹 출혈이 있다거나……."

"괜찮다."

케니언스는 심상한 어조로 의원들의 근심을 달랬다. 칼릭스가 준 상처라면 괜찮았다. 흉은 졌지만 고통은 희박해진 지 오래였다. 찔린 다음 날도 기이할 만큼 아픔을 느끼지 못했다. 다만…….

그는 자신의 손바닥을 펼쳐 보았다. 손바닥은 묻은 것 없이 깨끗했으나 묘한 끈적임이 느껴졌다. 손을 쥐었다 펴보아도 검질긴 감각은 사라지지 않았다. 칼릭스를 찌르고 얻은 피가 피부에 스며들다 못해 뼈에 각인된 기분이었다. 소름 끼치고 끔찍했다.

참사가 일어난 지 보름이 훌쩍 지났는데도 섬뜩함은 여전했다. 혈육을 죽인 손에서 자꾸만 비린내가 풍겨왔다.

몸을 아무리 씻어내도 어디선가 올라온 피 냄새가 코를 자극했다. 그리고 촉감이었다. 두 팔로 받았던 칼릭스의 무게. 가슴에 얹힌 그 무게가 끊임없이 그날 일을 떠올리게 했다.

칼릭스가 죽었을 때.

칼릭스를 죽였을 때.

그때, 문을 열고 시종장이 들어왔었다. 후에 내려질 처벌을 감수하고 문을 연 시종장은 눈앞에 펼쳐진 광경에 말을 잇지 못했다.

실색하여 새하얗게 질린 낯빛에 대고 그날의 케니언스는 저도 모르게 입을 열었다.

"아우의 장례는 성대하게……."

그는 곧 입을 다물 수밖에 없었다. 반역자의 장례식을 성대하게 하라니. 말도 안 되는 일이었다.

케니언스는 자조 섞인 웃음을 쳤다. 왕에게 반기를 들었으니 그의 죽음은 최하층민보다도 못할 터였다. 최악의 경우 목이 잘려 광장에 전시될…….

"욱."

헛구역질이 솟구쳤다.

"폐하!"

아연해진 의원들이 초조하게 그를 살폈지만 헛구역질은 한참이나 멎지 않았다. 케니언스는 숨을 크게 헐떡였다. 그러나 피 냄새와 토기가 섞인 공기는 역하기만 했다.

"폐하!"

시종장이 들어온 건 스멀스멀 올라오는 신물을 목 아래로 욱여넣었을 때였다. 답지 않게 성급한 태도에 케니언스는 대강 시종장이 전할 말을 짐작했다. 시종장은 어쩔 줄 몰라 하며 고개를 수그렸다.

"……피사리데 후작이 수도에 도착했다 합니다."

알게 되었을 것이다. 베른하르트 공작이 지금 어떤 꼴로 있을지.

그는 현재 왕궁 지하 감옥에 갇혀 있었다. 사로잡을 일 없이 제 발로 들어왔다. 반역자의 수급을 바치며.

그는 왕의 앞에 꿇어 콘라드와 결탁해 반역을 도모한 죄를 선선히 시인했다. 패착 요인이 피사리데 후작이라는 것도.

우습지도 않은 투항이었다. 적진에 제 발로 걸어 들어온 것도 모자라 타인의 공적을 밝히는 속셈이 무언가. 그러나 그리 물으면 공작에게선 마지막으로 누군가를 보는 것 외엔 바라는 게 없다는 대답만 돌아왔다.

에르셀라 피사리데, 그 여자였다.

죽음을 앞두고 바라는 게 겨우 그런 거였다. 각별히 생각한다는 건 알았지만 끝을 바라보면서까지 원할 줄은 몰랐기에 웃음만 나왔다.

듣진 않았지만 어쩐지 반역의 동기까지 알 것 같았다. 케니언스는 그것이 묘했다. 그는 왕이 되기 위해 세실리아를 버렸는데, 언제나 그를 압도했던 공작은 한 번의 만남을 위해 자신의 모든 걸 버렸다.

하여 케니언스는 공작의 승복에 대한 자비를 내렸다. 반역자치고는 처형이 늦었지만 케니언스는 베른하르트 공작을 사절단이 돌아온 다음 날 아침에 처형하겠노라 세상에 알렸다.

그것이 더 잔인한 결말일 테니, 케니언스는 기꺼이 그리할 수 있었다.

그로써 왕은 한순간에 베른하르트의 전부를 손아귀에 넣었다. 유구한 역사의 공작가도, 공작의 목숨도 모두 그의 것이었다. 오래도록 품어왔던 숙원이 마침내 이루어지는 순간이었다.

세실리아.

비로소 그의 복수가 완성되었을 때 그 이름이 떠올랐다.

이번 일에 공헌했으니 피사리데는 살아나겠지만, 어쩌면 그 여인이 아득바득 살려내 다시 권력의 중추에 설 수도 있겠지만, 그래도 카르온 피사리데는 죽었다. 이만하면 꽤 성공적인 복수였다. 세실리아도 만족할.

'……복수.'

가을에 떨어지는 낙엽만큼이나 마른 단어를 케니언스는 나른하게 곱씹었다. 한데 낙엽 부스러기가 목에 걸린 듯 텁텁했다. 이것으로 정말 되었나? 다시 뇌까린다.

'복수.'

그래, 복수.

하지만 이상하게도 공허함은 채워지지 않았다. 속 안의 무언가가 자꾸만 흩어지고 있었다. 환희에 찰 줄 알았던 심장은 변함없이 창백했다.

새벽이었다.

에르셀라는 끝이 없을 듯한 계단을 내려갔다. 빛이 침투하지 못하는 지하는 눈앞의 거리를 가늠할 수 없도록 어두웠다. 무서웠다.

죽는다, 그 사람이.

무서워서 주저앉지 못하고 나아갔다.

죽는다, 당신이.

걸음이 멈추었다.

눈시울이 아파왔다.

창살 너머의 남자가 그녀를 보고 있었다.

감옥 안은 등불이 있지 않아 형태를 구분하기 힘들었다.

그런데도 에르셀라는 하르젠을 알아볼 수 있었다. 이상하게도 그 남자만이 유독 그녀에게 선명했다. 기다렸다는 듯이 그녀를 보고 있는 그가.

"왔군."

벽에 기대앉아 있던 하르젠이 몸을 일으켰다. 죽음을 앞둔 사람 같지 않게 하르젠은 아무렇지 않아 보였다.

어떻게 그럴 수가 있는 걸까. 그녀는 한순간도 이런 순간을 상상한 적이 없었는데. 수도로 돌아오는 길목에서 반란이 일어난 걸 알았을 때도, 일말의 희망을 안고 수도 성문을 통과했을 때도, 에르셀라는 그가 도망쳤을 거라고 생각했다. 이리 무력하게 죽음을 기다리고 있는 것이 아니라.

"하르젠."

하르젠. 꺼져가는 부름에 그가 어렴풋이 미소했다.

평소처럼. 그녀가 알고 있는 모습으로.

그것이 허망하여 에르셀라는 마주 웃지 못했다. 그 대신 에르셀라는 조금씩 입술을 달싹였다.

"하르젠, 나는요……."

나는 말이에요.

"나는…… 당신에게 하고 싶은 말이 많았어요."

아주 많았어요. 이델 칼테아가 당신의 어머니냐고 묻고 싶었어요. 나에게 청혼을 한 것도 그 때문이냐고 묻고 싶었어요. 이델 칼테아를 버렸던 여자의 자식이기 때문이었냐고. 하지만 그렇다고 해도 괜찮을 것 같다고, 그래도 나는 당신이 보고 싶었다고.

이세르타를 위해 시엘린성을 보존해 두었다는 이야기에, 사실 당신은 내가 생각했던 것보다 더, 다정한 사람이었을지 모르겠다고. 그런 당신을 어쩌면…….

꼭꼭 마음에 담아두었던 고백이 이제는 영영 쓸모없게 되어버렸다.

당신은 왜 그랬을까. 끝은 이리도 허무한데. 그것을 모르지도 않았을 텐데.

자신은 뭘 위해 그랬을까.

에르셀라는 이제 알 수 없어졌다. 왜 하르젠을 잃어야 하는지. 그녀가 얻을 것이 하르젠보다 소중한지. 생각했던 대로 이루어졌음에도 왜 모든 것을 잃은 기분인지.

"많았는데……."

이런 걸 바란 게 아니었는데. 구멍이 난 것처럼 가슴이 허전했다.

발을 딛고 있는 차가운 돌바닥이 금방이라도 무너져 내릴 것 같았다. 무너졌으면 좋겠다. 그녀를 놓아주고 비센테를 버리며 홀로 마지막을 준비했던 이 남자와 함께.

"왜 그랬어요?"

죽었으면.

"내가 베아트리스의 딸이라서?"

죽었으면.

이루어질 수 없는 바람이었다. 망연하게 묻는 에르셀라를 하르젠이 물끄러미 바라보았다. 그도 알 것이다. 바보 같은 질문이란 것을. 그녀가 바라는 게 무엇인지도.

"아니."

"이델 칼테아의 복수를 하고 싶어서 그랬어요? 그래서, 내게 그랬어요?"

사실 그것이 아닌 걸 알았다. 그저 그렇게 생각하고 싶었다. 그렇게 해서라도 하르젠의 마음을 알고 싶지 않았다. 모르는 척 평생을 덮어두고 살고 싶었다. 그러나 잔인하게도 하르젠은 이번만은 그녀가 원하는 말을 해주지 않았다. 소용없다는 것을 알 텐데도.

"아니."

그런데도 당신은 왜…….

"사랑해서."

"……."

"사랑해서 그랬어."

이제 와 사랑을 말하나.

"그래서 아무것도 하지 못하도록, 네게 그랬어."

말이, 멎는다. 하르젠이 일컫는 것들이 에르셀라를 얼어붙게 했다.

"이건 비겁하게 당신을 외면한 대가일 테지."

끝내 알고 싶지 않았던 진실에 에르셀라의 어깨가 떨리기 시작했다. 그 자리에 허물어지듯 주저앉은 에르셀라가 얼굴을 무릎에 묻었다. 점점이 떨어지는 눈물이 옷자락을 적셨지만 우는 것 말곤 할 수 있는 게 없었다.

"그게…… 어떻게 사랑이야?"

그게 어떻게 사랑인가. 잔인하게 외면하고, 그대로 있길 바라고, 그녀의 가족을 죽게 하고, 종내 스스로마저 파멸하는 일이, 어떻게.

"그게 어떻게 사랑이야!"

사랑이 아니었다. 에르셀라에게 그것은 사랑이 될 수 없었다.

가끔은 그에게 속해지는 삶도 괜찮을 거라고 스스로에게 되뇌던 날도 있었다. 사유하기가 무서웠고, 자라기가 겁이 났다. 어린아이로 남은 채 그의 그늘로 도망치고 싶었다. 저지른 잘못을 외면하고, 후회하지 않기 위해.

하지만 하르젠, 언제까지 그럴 수 있을 리 없잖아요. 그렇게 사는 것 자체가 말이 안 되잖아.

모든 게 흐르는데 그들만 머물러 있는 것은 처음부터 불가능했다.

무른 땅에 세운 성처럼 언젠가 무너질 관계. 지반 없이 쌓아 올렸으니 내려앉고 말 테지. 그렇게 아슬아슬하게 버텨온 시간들이 서글퍼서 에르셀라는 흐느껴 울었다.

당신과 내 끝은 허망하구나.

그 어린 날의 아이처럼 새어 나오는 울음소리가 적막한 공간을 메우다 흩어지기를 반복했다.

하르젠은 습관적으로 달래고자 팔을 들었지만 닿지 못할 것을 알고 이내 내렸다. 대신 에르셀라의 흐느끼는 등을 묵묵히 지켜보았다. 울다 지치는 건 아닐까 걱정이 들었을 때, 에르셀라는 이미 자리에서 일어서 있었다.

"당신은 날이 밝으면 죽을 거예요."

푸른 눈망울은 여전히 눈물로 흥건했지만 울고 있지는 않았다. 다행이라고, 그는 생각했다.

"보러 올 건가?"

마지막까지도 그다운 질문에 에르셀라는 허탈해졌다.

"……끝을, 확인하는 것뿐이에요."

"그거면 됐어."

이 와중에도 기대하는 하르젠이 원망스러워 에르셀라는 지친 목소리로 중얼거렸다.

"……당신과."

"……."

"결혼하지 말걸."

"당신과의 결혼을 후회하지 않아요."

예전에는 그렇게 말했던 것도 같은데.

"나는 후회해요."

지금은 아니었다.

"알아."

하르젠은 잔인한 에르셀라의 원망을 무덤덤하게 받아들였다. 마지막으로 그녀가 남길 말이었으니 어떤 것이든 기쁘게 들을 수 있었다.

"과거로 돌아간다면 당신과 결혼하지 않을 거야."

"그래. 그래도 청혼, 나는 하겠지만."

"사랑하지 않아요."

"……."

"당신을 사랑하지 않아요."

에르셀라는 이 말이 그에게 가장 잔인한 비수임을 알았다. 전부를 잃고 죽음조차 두려움을 주지 못하는 상황에서 이것만이 저 남자를 갈기갈기 찢어발길 무기였다.

"사랑한 적, 단 한 번도 없었어."

너절해진 마음을 끊어내기 위한 혼잣말이기도 했다.

에르셀라의 말을 들은 하르젠은 희미하게 웃었다.

"알고 있어."

그러니 울지 말라는 듯이.

"알고 있었어."

"……."

"이제 당신은 내게서 벗어나…… 비로소 행복해지겠지."

그것이 진실로 기쁘다는 듯 하르젠이 그녀를 보았을 때, 에르셀라는 아무 말도 할 수 없었다.

"당신이 이겼어."

그게 끝이었다.

에르셀라가 달아난다. 그에게서 멀리. 아니, 달아난다는 말이 맞는지도 모르겠다. 그가 씌운 굴레에서 벗어난 그녀는 그에게서 달아날 필요가 없을 테니. 그러니 그저 가는 것이겠지.

까마득히 높은 곳에 존재하는 철창 사이로 비쳐든 달빛이 그녀가 떠난 자리를 비추었다.

하르젠은 생각했다. 울 것 같은 얼굴로 그와의 결혼을 후회한다 말하던 여자를. 그와 살았던 시간을 통째로 부정하던 여자를.

하면 저는 에르셀라를 사랑한 것을 후회하나.

간혹 그럴 때가 있었다. 지친 날이 반복되고 어느 날부턴가 그조차 헷갈리던 때가.

이 집착이, 너를 놓지 못하는 이유가, 너를 사랑해서인지, 이제 내게 너밖에 남지 않았다는 추악한 발버둥인지.

진실 된 사랑이라면 에르셀라를 놓았어야 하는 게 맞지 않나. 이보다 행복할 수 있도록, 더 많이 웃을 수 있도록, 그에게 의지하기보단 스스로 설 수 있도록 도와주는 게 맞지 않나.

마음이, 처음과 같을 줄 알았다. 보답받지 못해도 괜찮을 줄 알았다. 그렇기에 마음을 죽이는 것이 어렵지 않았다. 그에게 중요한 건 그런 게 아니었으니.

그를 사랑하지 않아도 그녀는 그의 옆에서 잘 살아갔고, 잘 웃었고, 다른 사람에게 마음을 준 것도 아니었으니 하르젠은 그렇게 살아도 괜찮을 줄 알았다.

하지만 가끔 드는, 앞으로도 에르셀라의 진실 된 마음 한 자락 얻을 일 없을 거라는 단편적 생각이 뇌리에 집요하게 달라붙었다.

상관없는 게 아닌가. 깨달았을 때는 늦은 뒤였다. 그를 닮은 아이를 몸서리치도록 싫어하는데 그를 사랑할 수 있을 리 없었다. 그렇게 위하는 마음이 위선으로 변하고, 끝내 밑바닥을 드러냈다.

다시 자문한다.

자신은 에르셀라를 사랑한 것을 후회하는가.

후회한다면 에르셀라의 삶에 끼어든 것을 후회하긴 했다. 저급한 욕망으로 그 여자의 찬란했던 세상을 꺾어버린 걸 후회했다.

그러나 하르젠은 모든 걸 잃은 지금도 에르셀라를 사랑한 것만은 후회하지 않았다.

베아트리스에게 그의 비밀이 드러났을 때도, 그 비밀을 가지고 카르온 피사리데가 그를 이용했을 때도, 왕의 위압이 반경을 좁혀올 때도, 서서히 망가져 가는 가문을 보면서도 하르젠은 후회하지 않았다.

그래도 사랑했다. 그를 사랑하지 못하는 여자를 원망하면서도 사랑했다. 에르셀라의 조각난 기억들마저 그에게는 빛나는 순간들이었다.

그렇기에 그는 분에 넘치는 여자를 탐내다 맞는 종말도 달게 받아들일 수 있었다.

하르젠은 다시 밝아질 하늘을 기다렸다.

에르셀라는 달아나듯 감옥을 빠져나왔다. 끓는 숨이 목 끝까지 차올랐다.

이겼다고? 뭐가? 자신에게는 아무것도 남지 않았는데. 자신은 아무것도 쥐지 못했는데.

"으……."

심장이 과도하게 헐떡일수록 목이 메었다. 눈물이 끝없이 흘렀다. 무슨 생각을 했는지 모르겠다.

에르셀라는 도망치듯이 달렸다. 하르젠의 고백에서, 자신의 마음에서.

왜 그때 말을 타고 베른하르트 저택으로 향했는지도 그녀는 알 수 없었다. 저택을 포위하고 있는 병사 누구도 에르셀라를 막아서지 않았다. 말에서 내린 에르셀라는 그들을 지나쳐 달리고 달렸다.

저택은 그녀가 알던 곳이 아니었다. 부서져 있었고, 헤집어져 있었다. 에르셀라는 침실을, 서재를 거쳐 집무실로 달렸다.

그 역시 망가져 있었다. 그 모든 게.

시간이 멈춘 것처럼 그의 흔적이 묻어나 있는 장소를 훑는 시선은 아주 느렸다. 깨진 유리창을 통해 들어오는 바람이 그녀의 뺨을 서늘하게 스치고 지나갔다. 황량했다.

에르셀라는 고장 난 인형처럼 걸었다. 그러다 툭, 무언가 발치에 걸렸다. 그녀는 무릎을 굽혀 그것을 들어 올렸다.

편지였다. 그것도…….

하르젠.

익숙한 필체에 에르셀라의 눈빛이 흔들리기 시작했다.

오늘도 안온한 날이에요. 당신은 안녕한가요?

색이 바래 있었지만 분명 그녀가 보냈던 편지였다.

'왜 편지가 안 올까?'
'전쟁 통에 누락될 가능성도 있습니다, 작은 마님.'
'그런가. 휴, 다시 보내봐야겠구나. 펜과 종이를 줄래?'

하르젠, 배 안의 아이가 배를 차는 거 있죠? 남자아이인 게 분명해요.

'안 오는데…….'
'전쟁 중입니다, 작은 마님.'
'바쁘려나.'
'그럼요. 전달이 아예 안 되었을 수도 있어요.'

보고 싶습니다.

마지막은 언제나 그렇게 맺었다. 돌아오지 않는 편지였지만 언젠가 답장을 받을 수 있으리라 기대하며 편지를 써 내려갔다. 바람과 다르게 답장은 끝내 오지 않았다. 누군가에게 물으면 누락됐을 거라는 말만 돌아왔기에 에르셀라도 그런 줄 알고 속상함을 묻어두곤 했다.

결코 이런 식으로 답장을 받을 줄은 몰랐다.

보고 싶습니다.

-나도 보고 싶었어.

그녀의 글자 밑에 작게 쓰여 있는 뒤늦은 답장에, 에르셀라는 그 자리에서 무너져 내렸다.

비센테가 카일 로베르트에게 그간 있었던 일을 듣는 사이, 누군가의 발소리가 가까워졌다. 같은 기사단 레머 아카인이었다.

"부단장님! 베른, 비센테 경!"

레머는 습관적으로 비센테를 베른하르트 경이라 부를 뻔한 걸 고치곤 중요한 소식을 전했다.

"지금 당장 가보셔야 할 것 같아 왔습니다. 후작 각하, 그러니까 경의 어머니께서 말을 타고 사라지셨습니다."

지하에서 올라온 에르셀라가 진정할 새도 없이 왕성을 나갔다는 소식이었다.

비센테가 경직된 채 물었다.

"어디로 가셨는지 아십니까?"

"워낙 급박하게 나가셔서 행선지는 잘……."

"가보겠습니다."

레머의 말을 끊은 비센테는 곧바로 말에 올라탔다. 레머가 조심하라 할 새도 없이 비센테를 태운 말이 성문을 빠져나갔다.

비센테는 전속력으로 말을 몰았다. 조급증이 났다. 에르셀라가 극단적인 생각에 잠겨 무모한 짓을 저지를까 봐.

'어디로 갔을까.'

상황이 상황이라 그런지 쉬지 않고 말을 채근하면서도 에르셀라가 갈 만한 곳을 골라내지 못했다. 어느덧 시가지 광장에 들어서자 비센테는 말을 세웠다. 분수대를 중심으로 길목이 사방으로 갈라져 있었다.

'우선 피사리데로…….'

자연스레 후작저로 향하려던 비센테는 문득 멈칫했다. 그는 잠시 고민하다 말 머리를 왼편으로 꺾었다. 왠지 모르겠지만 에르셀라가 그곳에 있을 것 같았다.

베른하르트에.

짐작은 비껴가지 않았다.

아버지의 집무실 바닥에 에르셀라가 주저앉은 채 있었다.

꿈을 꾸었다.

"영지가 조금만 좁았으면 좋겠어요. 당신은 왜 공작인가요? 당신이 그냥 작은 성의 성주였다면 이리 바쁘지 않아도 됐을 텐데."

투정부리는 것밖에 할 줄 모르는 여자와…….

"당신 심심하지 않게 내 시간도 비우라는 소리로 들리는군."

익숙한 듯 받아주는 남자의 일상을 비추는.

"이렇게 말해도 안 빌 시간인 거 알아요."

투정부리고.

"설령 내 시간이 빈다 해도 당신은 연회에서 춤이나 추겠지."

받아주는.

"싫어요?"
"……막을 생각은 없어. 그것이 낙이시라니."
"놀리지 말아요. 그래서 데이트 안 할 거예요? 무려 레이디가 먼저 신청하는 건데?"
"이따……."
"이따 기회가 있을 것……."
"내가 다시 청할게."

아주 달아서 서글프기만 한 꿈이었다. 설탕 막을 씌운 것처럼 아름답지만, 닿는 순간 조각나 부스러져 내릴 환상같이.

예외 없이 깨는 꿈처럼 지친 눈꺼풀은 현실을 자각했다. 눈물에 젖어 엉망이 된 얼굴을 들자 비센테가 보였다. 쓰라린 듯 괴롭게 일그러진 얼굴의 비센테가.

에르셀라의 시선이 비센테를 벗어나 다시 편지로 떨어졌다. 편지 위로 떨어진 눈물로 인해 잉크는 글자를 알아보기 힘들 만큼 번져 있었다. 에르셀라는 눈물 자국에 흐려진 글자를 손끝으로 더듬었다. 더듬을수록 그의 잔상이 눈앞에 어른거리는 듯했다.

"……죽을 거야."

죽은 자의 것처럼 말라비틀어진 목소리가 방 안을 공허하게 울렸다.

"그 사람은 죽을 거야."

의식적으로 되새기듯 에르셀라는 그 말만을 되풀이했다.

"죽을……."

반복은 어느 순간 끊어져 있었다. 목소리를 꺼뜨리고 비집고 나온 눈물에.

"죽……."

차오르는 눈물에 목이 막혔다. 에르셀라는 어느새 그녀의 앞까지 다가와 무릎을 꿇은 비센테의 옷을 잡아 쥐고 악을 쓰듯 소리를 쏟아냈다.

"죽을 거야!"

"정신 차리십시오."

"그 사람은 죽을 거야!"

"어머니, 진정을……."

"죽을 텐데! 죽을 텐데! 그 사람은! 네 아버지는……!"

"어머니!"

비센테의 화가 난 듯한 외침에 에르셀라의 눈동자에 빛이 돌아왔다. 비센테는 찰나 정신을 차린 에르셀라의 어깨를 묵직하게 내리눌렀다.

"그게 싫다면 어머니가 할 수 있는 일을 하십시오."

현실감 없는 조언에 가슴이 아려오며 실소가 새었다. 에르셀라는 원망스러운 듯 비센테를 노려보며 반문했다.

"할 수 있는 일?"

"……."

"내가 할 수 있는 일이 뭔데?"

"……."

"내가…… 뭘 할 수 있는데?"

자신이 할 수 있는 일은 없었다. 왕명으로 내려진 사형을 그녀가 막을 수 있을 리 없지 않은가. 그러니 비센테의 말은 희망 고문일 뿐, 되돌릴 수 있는 건 아무것도 없었다. 아무것도. 끝끝내 변함없는 결론에 도달한 에르셀라는 악에 받친 슬픔을 내질렀다.

"내가 뭘 할 수 있는데?! 설령 할 수 있다 해도 그건 옳은 선택이 아닐 텐데……!"

"옳은 선택이 아니어도 됩니다."

"하지만……."

"사랑합니다."

그 순간, 온몸이 텅 비어버린 사람처럼 흔들리던 고개가 멈추었다. 머리끝까지 달한 절망이 순식간에 가라앉았다. 에르셀라는 충격을 받은 듯이 머리가 멍멍해졌지만, 그녀를 향한 옅은 미소는 거짓이 아니었다.

"사랑합니다, 어머니."

유독 따스한 그 목소리도, 잘못 들은 게 아니었다.

에르셀라가 놀란 듯 눈물을 그쳤을 때 어깨가 당겨졌다. 자신을 단단히 끌어안는 비센테의 행동에 에르셀라는 떨리는 입술을 꽉 맞붙였다. 위로 같았다. 한 번은 무모해져도 괜찮다고, 자신이 뒤에 있을 거라고, 그러니 겁먹지 않아도 된다고.

등을 두드려 주는 감각이, 예전 그녀를 담담하게 위로해 주던 손길과 닮아 있어 멎었던 눈물이 다시 뜨겁게 괴어올랐다.

"정말…… 괜찮을까?"

정말로 내가 할 수 있을까? 나는 이렇게나 나약하고 어리석은데. 우는 것밖엔 할 줄 모르는데. 그런 내가…….

"괜찮습니다."

비센테가 에르셀라를 놓아주며 눈물로 얼룩진 그녀의 눈가를 닦아주었다. 그가 확신을 심어주듯 다시 한번 말했다.

"괜찮습니다. 그러니 그런 내 어머니께서 원하는 걸 손에 쥐시길……."

두 시선이 허공에 맞닿았다. 비센테가 말을 마쳤다.

"……바라고 바랍니다."

그 순간, 매사에 솔직하지 못했던 여자는 일어나 달렸다. 그녀는 아무것도 생각하지 않았다. 에르셀라는 처음으로 자신의 감정만 보며 심장이 터지도록 달렸다.

"흑……."

주변의 풍경이 바뀔수록 눈물이 터져 나왔다.

알고 있다.

알고 있었다. 그녀의 인생에 가장 찬란했던 순간은 그와 함께했던 때가 아니란 걸. 처절하게 외로웠고, 사무치게 쓸쓸했다. 고장난 나침반을 들고 끝없는 사막을 가로지르듯이 모든 게 불분명했다. 아득히 어두워지는 밤도, 밝아지지 않는 한낮도 무서웠다.

그 남자와 함께했던 삶은 아름답지도 찬란하지도 않았다.

그런데…… 있었다.

하르젠이 옆에. 깜깜한 밤에도, 해가 떠오르지 않는 한낮에도 그가 언제나 곁에 있었다.

이것도 사랑이라 할 수 있을까.

뿌옇게 시야를 가리는 눈물을 훔치며 에르셀라는 생각했다.

이것도 사랑일까.

모르겠다.

자신이 아는 사랑의 형태와 너무나 다른 이것을 사랑이라 할 수 있을지. 또다시 확실하지 않은 감정에 매달려 충동적으로 행동하는 것은 아닐지.

'모르겠어.'

그렇지만 에르셀라는 달렸다.

이것이 사랑이 아니라 해도, 그녀는 사랑이라고 정의하고 싶었다. 기억에 남는 것이 괴롭고 반복되는 일상뿐이라 해도, 그래도 그 남자가 차지하고 있는 부피가 너무나 컸다.

그거면 되지 않을까. 그러니, 이것도 사랑이지 않을까. 달릴수록 아스라한 목소리가 그녀의 귀에 대고 속삭였다.

그거면 된다고. 그러니 이것도 사랑일 거라고.

사랑이라고.

자신의 목소리였다. 그래서 에르셀라는 울면서도 달리는 것을 멈출 수 없었다.

에르셀라는 하르젠을 사랑했다.

케니언스는 단상 아래에 있는 여자를 응시했다. 왕성에 한밤중에 쳐들어온 불경을 저지른 것도 모자라 안 된다는 시종을 협박하면서까지 그를 찾았다고 한다.

케니언스는 잠기운을 떨치려는 듯 팔걸이를 두드렸다. 이 시간에 그를 만나야 할 이유는 뻔했다.

"공작을 살려달라?"

저 여자의 소망은 해가 뜨면 저버릴 테니. 에르셀라는 왕의 앞에서 떨리는 입술을 겨우 열었다.

"……그렇습니다."

다리가 후들거렸지만 자비 없는 이 남자 앞에서 그런 내색을 할 수는 없었다.

"반란을 도모한 대역 죄인을 살려달라……."

케니언스는 에르셀라의 청을 가만가만 곱씹었다. 그러나 여러 번 곱씹어도 말이 안 되기는 마찬가지였다.

"돌아가라. 후작에게 무관할 수 없는 사내일 테니 지금의 충동을 이해한바, 오늘 일은 없던 일로 하지."

"뭐든…… 하겠습니다."

그녀의 요청을 불식시키려는 왕을 향해 에르셀라가 묵묵히 고집을 내세웠다. 꺾이지 않는 아집에 왕의 낯빛이 싸늘하게 변모했다.

"대공이 반란을 일으킬 걸 알았으면서 고하지 않은 걸 눈감아준 것만으로도 짐은 후작에게 꽤 호의를 베풀어준 것 같은데."

실제로 자세한 경위를 묻지 않았으니 그는 그녀에게 상당한 선처를 내린 셈이었다. 여기서 더 얻고자 하는 것은 욕심이자 무지였다.

"이번 일의 공적은 피사리데로 돌아갈 예정이니 후작은 그것에 만족하며 물러가라."

그것이 베른하르트 공작이 바라는 것일 테니, 케니언스도 얼마간은 따라줄 생각이었다. 알렉시스를 위해서라도.

그러나 이번에도 에르셀라는 고개를 저었다.

"제가 원하는 건 그것이 아닙니다. 저는……."

"후작."

"……."

"짐은 물러가라고 명했다."

왕은 자꾸만 고집을 피우는 여자의 말을 여지없이 잘라냈다. 그가 밖에 시립해 있는 시종장을 호명하려던 순간이었다.

"피사리데를 드리겠습니다!"

에르셀라가 무릎을 꿇은 채 바닥에 엎드렸다.

"피사리데를…… 피사리데를 드리겠습니다, 폐하."

고귀하다 자부했던, 카르온이 목숨을 버려가며 지키려던 가문을 바친다. 에르셀라는 이기적인 자신이 역겨웠지만 그만두지 못했다.

"제가 가진 것이라면 뭐든 드릴 테니, 공작을…… 부디 하르젠을……."

왕에게 머리를 조아리고 조아렸다. 고매한 자존심이 밑바닥으로 추락했음에도 그 어떤 수치심도 느낄 수 없었다. 하르젠을 살려야 했다. 눈물이 뚝뚝 떨어졌다.

"알아요. 제 오라비가…… 제 언니가, 제 가문이 폐하께 지은 죄가 커요. 알아요. 알아요, 폐하. 잘못했어요. 잘못했습니다. 시키는 건 뭐든지 다 할 테니 한 번만 자비를……."

한 번만 그 사람을.

처절하게 빌었지만 돌아오는 건 침묵뿐이었다. 그것에 덜컥 겁이 났다. 이러다 죽으면…….

그는 죽을.

아니.

안 된다.

죽으면 안 된다.

오로지 그 생각만이 가득해 에르셀라가 절박하게 애원했다.

"콘라드에 갔었을 때, 콘라드 국왕이 저를 빈으로 원했습니다."

"……."

"콘라드 왕께 저를 보내셔도 됩니다."

그 사람을 살려만 준다면 에르셀라는 기꺼이 그리할 수 있었다.

"평생을 폐하를 위해 살겠습니다. 그라니아를 위해 남은 생을 바치겠습니다. 그러니 제발……."

콘라드 왕의 마음에 들도록 사력을 다할 것이다. 그렇게 왕의 총희가 되어 케니언스를 위해 살아갈 것이다. 그것으로 하르젠이 살 수 있다면 자신이야 어떻게 되든 좋았다.

"돌겠군."

케니언스는 바닥을 흥건하게 적신 눈물에 마른세수를 했다. 자신까지 버려가며 그를 위해 살겠다는 여자의 말이 가관이었다.

"돌아가게, 후작. 내 마음은 변치 않을 테니."

"폐하, 제발. 제발……."

단상에서 내려온 케니언스가 엎드린 채 울고 있는 여자를 지나치려 했다. 시종장이 문을 열고 들어온 건 그 순간이었다.

"저, 폐하……."

잰걸음으로 다가온 시종장이 바닥에 이마를 대고 있는 에르셀라를 흘긋대다 목소리를 낮추었다.

"그게…… 손님이 오셨습니다."

"이 밤에? 다들 짐이 누군지 잊은 모양이군. 죄를 달아 돌려보내라."

"그게…… 돌려보내기가 좀……."

시종장이 문밖을 흘끔거렸다. 무척이나 곤란한 목소리로 시종장은 한밤중에 찾아온 손님의 신원을 밝혔다.

"후안 로베르트 경입니다."

세실리아 전하의 동생이신.

이번만큼은 후안 로베르트도 참을성 있게 기다리지 못했다. 그는 좁은 문틈을 벌려 알현실 안으로 성큼성큼 들어왔다. 우아함과는 거리가 먼 데다, 더 나아가 무례하기까지 했지만 후안은 후회하지 않았다.

"폐하, 드릴 말씀이 있습……."

바닥까지 낮아져 있는 여자를 발견한 순간 그의 말은 갈 곳을 잃었다.

긍지는 찾아볼 수 없는 완벽한 굴종 어린 모습으로 에르셀라가 머리를 조아리고 있었다. 사시나무 떨듯 여자는 목덜미부터 시작해 등허리까지 바르르 떨고 있었다. 치욕이 아닌 온전한 슬픔이었다.

애석한 한편 후안은 안도했다. 에르셀라가 저 모습으로 있다는 것은 아직 그가 늦지 않았음을 의미했으니.

"제가 늦지 않아 다행입니다. 후작 각하에게도, 폐하에게도."

후안은 신사처럼 말했다. 서둘렀기에 호흡이 일정치 않았으나 언성만은 부드러웠다. 그 부드러운 언성은 한 번 더 이어졌다.

"공작의 집행을 거두어주십시오."

때아니게 궁에 침입한 것도 모자라 터무니없는 요구마저 하니 케니언스가 헛웃음을 지었다.

그 어떤 신하라도 반역자의 선처를 논하는 즉시 형벌에 처했다. 왕과 신하 간의 불문율을 후안 로베르트가 모를 리 없었다. 그런데도 후안은 뱉은 말을 되돌리지 않고 있었다.

왕의 눈썹이 실그러졌다. 케니언스는 그때까지도 이해하지 못했다.

"피사리데 선대 후작이 돌아가셨습니다. 베른하르트 공작까지 그리 만드시면 폐하는 필시 후회하실 겁니다."

로베르트인 그가 왜 베른하르트를 살리려고 하는 것인지. 공작을 죽이면 왜 후회할 거라고 말하는지.

"폐하께서 바라시는 게 정녕 복수이십니까?"

그때까지도 이해하지 못했다.

"아니면 세실리아 로베르트에게 하는 속죄이십니까?"

왜 세실리아가…… 속죄가, 나오는지. 왜 적나라하게 파헤쳐진 듯한 수치심이 드는지. 그것도 세실리아를 닮은 그녀의 혈육에게.

후안 로베르트는 감히 왕의 시선을 피하지 않고 있었다. 유약하지만 빛에 반사되면 모래알처럼 빛나는 갈색 눈은 세실리아와 빼닮아 있어 케니언스는 숨이 턱 막히는 듯했다.

"처음엔 저도 복수라고 생각했습니다."

후안은 미소했다. 씁쓸하고 서글픈 미소였다.

"……한데 위화감이 들더군요. 어쨌든 공신인 피사리데에 갖는 적의가 지나치게 큰 것도, 로베르트인 저와 제 형에게 지나치게 관대한 것도. 하지만 폐하의 초대로 온실에 갔었을 때 조금은 알 것 같았습니다."

심장이…… 느리게 울렁거렸다.

"온실로 저를 초대한 이유가 세실리아 전하께서 좋아하던 곳이기 때문이라 하셨지만, 사실 저는 폐하도 그곳을 좋아한다고 느꼈습니다. 그 온실에서 폐하는 분명 누군가를 추억하고 계셨지요. 하나 누님과 온실에 온 적이 있냐는 저의 질문에 폐하는 없다고 하셨습니다. 물론 폐하의 추억에 어떤 분이 계신지 로베르트는 상관하지 않습니다. 그것이 가령……."

닥쳐라.

"서너 시간씩 다과를 하여 폐하를 질색하게 만드신 분일지라도 말입니다."

소리를 기워 입지 않은 말이 기도로 넘어간다.

……질식할 것만 같았다. 가시덤불이 그의 목을 조르듯 숨이 쉬어지지 않았다. 케니언스는 거친 숨을 조각조각 들이마시고, 토해내듯 단숨에 내뱉었다.

쿵. 쿵. 두렵도록 요동치는 심장이 터질 듯이 부풀어 오르다 줄어들기를 반복했다.

의식의 절반이 날아갔다. 그는 놓아버리고 남은 의식을 간신히 붙들며 무의식을 통해 들어오려는 저편의 기억을 쳐내려고 했다. 살라 버리고자 했다.

하지만 후안 로베르트가 당긴 방아쇠의 효력은 사라지지 않았다.

"케니언스……."

기어이 그 끊어질 듯한 가녀린 음성이 의식을 점령했다. 그것은 그가 끈질기게 외면했던 단상이었다.

한때 소중했던 추억으로 예쁘게 포장해 태워 버렸던. 태워 버렸다고 생각했던.

"변하셨군요."

……세실리아.

"이제는 절 사랑하지 않으시나요?"

어째서 저는 아니라 하지 못했나. 어째서 그때 그 여자가 떠올랐나.

출구 없이 꼬리를 무는 의문에 속이 메슥거렸다. 아무런 확답도 주지 못하는 그를, 세실리아는 슬프게 바라보았다.

"왕비 전하를 사랑하세요?"

순간 케니언스는 안의 무언가가 와르르 무너지는 듯했다. 그것은 내려앉고 박살 나 영영 꿰매지 못할 감정이었다.

왜…….

케니언스는 구역질 나는 신음을 눌러 참으며 겨우겨우 말했다.

아니. 아니다, 세실. 그렇지 않아. 너를 두고 내가 어찌. 내가 어찌!

절박하게 쏟아내는 목소리가 세실리아에게 하는 말인지 자신에게 하는 혼잣말인지 알기 어려웠다.

그러나 세실리아에게 하는 말이었다 한들 그녀가 믿지 않으니 덧없는 것이었다.

세실리아의 얼굴이 빗발 아래 떨어진 꽃잎처럼 처참했다.

"제가, 어렸네요. ……어렸군요. 어렸어요, 제가. 그때, 어머니의 조언을 들었어야 했는데……."

세실리아는 구슬픈 소리를 내며 목을 떨었다. 울음마저 조용한 여자였다. 이슬 같은 눈물이 왕성 후원의 잡풀 사이로 모습을 감추었다. 세실리아 또한 그랬다.

"물러가겠습니다, 폐하."

폐하. 선을 그은 호칭으로 연인의 증표를 끊으며 세실리아는 자신의 울음처럼 소리 없이 멀어져 갔다.

그때 케니언스는 무언가를 느꼈다.

비겁한 안도감이었다.

"클라이엔테 대공비가 대공저에서 자살했습니다."

곧 비웃음에 묻힐 것도 모르고 그는 감히 안도했었다.

천체가 궤를 그리고 부스러기처럼 떨어지던 달빛이 잦아들자, 안은 차츰 어두워지기 시작했다. 서서히 침범해 오는 짙은 그림자가 남자를 에워쌌다. 공간과 사물이 분간되지 않는, 완벽한 어둠이었다.

적요한 밤이었다. 창살로 들어오는 스산한 바람마저 시끄럽지 않은.

그림자뿐인 비좁은 공간에 인기척이 느껴진 건, 어느 정도 어둠이 눈에 익었을 무렵이었다.

그의 앞에 번듯하게 서 있는 객을 마주하고 얼마간 침묵이 흘렀다. 기대하지 않았던 손님에 하르젠은 적당한 반응을 찾지 못했다.

비센테가 그를 찾아온 건 의외였다.

"……볼 수 있을 줄은 몰랐는데."

뜻밖의 선물이었다. 거기까지 욕심내진 못했으니. 그러나 말 그대로 뜻밖이었기에 하르젠은 하나뿐인 아들에게 할 말을 고르지 못했다. 풀리지 않는 문제에 직면한 사람처럼 그는 드물게 난처했다.

그런 그를 비센테는 표정 없이 쳐다보다 툭 말했다.

"어리석으셨습니다."

책망이나 힐난하는 어투는 아니었다. 냉철함을 유지한 채 그에게 어리석다 하는 것이 비센테답기도 해서 하르젠은 피식 웃었다. 어리석다. 썩 듣기 좋은 어감은 아니었으나 그의 처지에 이만큼 잘 어울리는 표현도 없었다. 하르젠은 별 반문 없이 인정했다.

"네 말대로 어리석었지."

그야말로 어리석었다. 원하면 손에 넣었는데, 세상에 제 뜻대로 되지 않는 게 있다는 걸 안 순간부터 그는 어리석어졌다.

이성이 흩어지고, 판단이 흐려지고, 비이성적인 선택을 한다. 속수무책으로 생겨난 예외의 변칙이 그를 진창에 처박았다. 그걸 알게 해준 에르셀라가 원망스러웠다.

언제나 뜻대로 움직여 주지 않는 여자가. 그래서 더욱 갈망할 수밖에 없는 여자가.

"후회하십니까?"

"후회하지 않으십니까?"

왕이 시종장을 제외한 사람을 모두 물리고 나서 한참 만에야 시종장이 물었다. 그 단순하고도 모호한 문장이 그가 질문할 수 있는 최대치였다.

하지만 케니언스의 침묵은 그대로였다. 시종장의 말을 듣고 있는지도 의문이었다. 창백하게 변색된 피부는 무의식 속에 깊게 침잠한 듯도 했다. 실제로 조금 전 결정은 왕의 안중에 없었다.

그는 오로지 기억에 걸린 여자, 세실리아 로베르트만을 생각하고 있었다.

"후회하십니까?"

하르젠은 지나가 덧없어진 것을 대담에 엮지 않았다. 그는 감정을 섞지 않고 말했다.

하르젠의 대답을 확인한 비센테는 창살로 가까이 걸어왔다. 그는 조금 이상한 상태였다. 심장 언저리에 미지근한 열이 흘렀다. 따듯하고 온화한, 어머니에게서 느꼈던 감각이 마치 새것처럼 가슴 안을 순환하고 있었다.

"마지막으로 너를 보았으니, 되었다."

오직 그뿐이었다. 그뿐이었는데도 발걸음이 가뿐했다. 밤새도록 눈이 내린 새하얀 평원에 이제 막 첫 발자국을 찍으려는 소년처럼.

눈송이처럼, 아버지에게 향하는 발걸음이 가벼웠다.

세실리아의 죽음을 잊지 못한다.

그의 발목을 잡아 수렁으로 떨어뜨리려는 죄악의 덩어리들을 잊지 못한다. 몸에서 진하게 풍겨왔던 악취를 잊지 못한다. 씻어도 씻어도 나는 시취를 잊지 못한다. 칼릭스 때처럼.

세실리아의 죽음을 생각한다.

차라리 증오한다고, 죽을 때까지 용서하지 않을 거라고 저주를 퍼부었다면 뭐가 달랐을까. 아니, 케니언스가 그리하라 부추겨도 세실리아는 그러지 않았을 것이다. 그저 죽을 것이다. 그저.

그렇기에 세실리아의 죽음을 잊지 못한다. 죄 없이 죽었기에, 케니언스는 그녀의 마지막을 지우고 싶었으면서도 지우지 못했다.

아무것도 가진 게 없던 그에게 모든 걸 걸어준 여자였는데, 그가 그 여자를 버렸다. 자리에 눈이 멀어버렸다. 그래서 세실리아는…….

그런데 어느 날 그런 의심이 들었다. 케니언스의 삶을 좌지우지

할 만큼 강렬한 의혹이.

자신의 사랑이 변했던가? 그가 그 여자를 사랑했던가? 그가 왕비를 사랑했던가? 그가 에샤힐드를 사랑했던가? 그래서 세실리아는 죽었나?

떠오르는 의문을 전부 그러모아 케니언스는 세실리아에게 답해주고 싶었다.

자신은 그 여자를 사랑한 게 아니라고. 왕비를 사랑하지 않는다고. 에샤힐드를 사랑하지 않는다고.

그러니…….

너를 죽인 건 내가 아니라고.

그러므로 케니언스는 증명해야 했다. 세실리아에게, 로베르트에, 자신에게. 왕비를, 에샤힐드를 사랑하지 않음을 증명해야 했다.

생각은 강박적인 의무감으로 바뀌었다.

그는 왕비와 지내면서 끊임없이 왕비를 사랑하지 않음을 보였다. 꺾고, 꺾고, 또 꺾고. 부수고 망가뜨리고 엉망으로 만들었다. 그것이 그에게는 그녀를 사랑하지 않는다는 유일한 증명이었다.

그래서 왕비를, 왕비의 가문을, 왕비의 가족을…….

그는 그래야 했다. 에샤힐드를 사랑하지 않았다.

그렇다고 믿었다.

"왕비 전하를 사랑하세요?"

죽어가는 에샤힐드 위에 세실리아의 말이 겹치기 전까진.

겹치고.

겹치고.

겹치고.

에샤힐드가 보이기 전까진.

* * *

돌부리를 밟은 마차가 덜그럭거렸다. 하르젠은 맞은편 좌석에 앉은 비센테를 보았다. 순간순간이 특별할 것 없이 짧아 마치 시간이 쏜살같았다.

창살 문이 열리고, 밖으로 나오고, 마차를 탔다. 밖을 지키는 보초병조차 없었기에 모든 일은 수월하게 진행되었다. 영문 모를 일이었다.

하르젠은 그 영문 모를 일을 묵묵히 받아들였다. 수도에서 떨어진 곳에서 집행하든, 국외로의 추방이든 모든 게 관심 밖이었다. 그는 조금 지쳐 있었다. 아무 생각도 하고 싶지 않을 만큼.

부자간의 대화는 감옥에서보다 적었다. 감정은 배제되어 있었으며 특별한 당부도 나누지 않았다. 곧 헤어질 예정이었음에도 그랬다.

예정대로 마차는 멈추었다. 시간이 얼마나 걸렸는지는 시계가 없어 알 수 없었다.

"내리시면 됩니다."

다만 여명을 거둬간 하늘에는 눈부신 햇살이 넘실거리고 있었다.

* * *

에샤힐드가 보였다.

왕비를 바라보고 있는 자신이 보였다. 에샤힐드를 보고 있었다.

언제부터였나. 정신을 차려보면 시선이 에샤힐드를 향하고 있었다. 대리석 같은 여자. 아름답게 빚어졌지만 그 안에 흐르는 건 피가 아닐 여자를.

그 여자를 사랑하고 있었다. 차갑고 딱딱하기만 한, 진귀한 패물을 주어도 뺨 한번 붉히는 법 모르는 여자를.

예의 몸에 밴 우아한 미소를 지으며 감사하다 말하고 아무 보석함에나 버려두는 여자를.

그를 남편이 아닌 주군으로 생각하는 여자를.

그를 남편이라고 생각한 적 없으면서 그의 적 앞에 서는 걸 주저하지 않는 여자를.

아무리 태우고 태워도 어디엔가 눌어붙어 있는 여자를.

그 여자를 사랑하고 있었다. 우습게도, 에샤힐드를.

그것을 인정할 수 없었다. 인정하는 순간 세실리아를 죽인 게 정말로 자신이 될 것 같았다. 몸에 밴 악취가 더욱 짙어질 것 같았다.

세실리아의 죽음이 에샤힐드를 향한 사랑을 덮었다.

평행선처럼 길어지지만 교차할 수는 없도록. 풍선처럼 부풀지만 터지진 않도록. 그를 가둔 허상에 맞춰 감정을 깎고 다듬었다. 사랑의 단면을 잘라보면 증오도 있었으니 오롯이 그것만을 내보였다.

증오는 사랑보다 편리했다. 에샤힐드를 미워하는 게 사랑하는 것보다 쉬웠다. 자격이 있느냐 없느냐의 차이였고, 그의 증오에는 자격이 있었다. 사랑과 다르게.

그러니 진작 닳고 바래 버린 감정에 매달려 에샤힐드를 망가뜨리는 일은 어렵지 않았다. 되레 폭언을 부어도 술처럼 흘려 버리는 여자에게 화가 날 때도 있었다. 그녀에게 자신은 아무 존재도 아닌 것 같아서.

에샤힐드는 예외 없이 그 사실을 새겨주곤 했다. 여름 잎사귀 같은 따듯한 색의 눈을 가지고 겨울의 눈발처럼.

희한한 여자였다. 가지고 있는 색은 온통 그리 따뜻한데, 들풀 하나 피우지 않았다. 외려 초록빛 녹음을 겨울 서리로 덮었다. 그리도 차갑고 단단했다. 그가 밀고 들어갈 틈 따윈 없어 보였다.

그런 에샤힐드가 본연의 색으로 빛날 때가 있었다. 영글어 즙이 터지기 직전의 과실처럼 물러질 때가, 있었다.

그 남자를 보고 있을 때.

케니언스는 마치 왕비의 소녀 시절을 훔쳐본 듯했다. 비의 눈이 원래 저랬던가. 뺨이, 입술선이, 원래…… 저랬던가.

왕비는 능숙하게 감추는 듯했지만 케니언스는 알 수 있었다. 다른 사람은 몰라도 그만은 그 미세한 변화를 잡아냈다. 항상 시선이 가 있었기에 모를 수가 없었다.

역풍이 불어치는 듯했다. 심장에 금이 쩌저적 갈라졌다. 균열 사이로 불순한 것들이 섞여들었다. 사르면 사를수록 훨훨 타오르는…….

질투였다. 때때로 사람을 무저갱으로 처박기도 하는 감정이 우습게도 그에게도 있었다.

그것은 에샤힐드가 죽어도 없어지지 않았다. 차라리 수없이 많은 사내와 흘레붙었다면 비웃을 수 있었을 텐데. 마음이 값싸기도 하다며 자위할 수 있었을 텐데.

그 빌어먹을 여자는 그러지 않았다. 시녀를 강탈당했을 때도 마찬가지였다. 그에게 복수할 법도 한데 누구도 정부로 삼지 않았다.

그만큼의 존재였던 것이다. 케니언스는, 그녀에게.

그래서 죽이고 싶었는지도 모르지.

흙탕물에 담가뒀던 진심이 비로소 투명해졌다. 그래서 죽이고 싶었다. 후작보다 더. 반란을 일으켰을 때 내심 기쁘기도 했다. 드디어 그 남자를 정당하게 죽일 구실을 찾았다는 생각이 들었다. 하지만…….

"후회하실 겁니다."

눈치가 빠른 것은 알았지만 저 자신이 묵과한 속내까지 들킨 건 모를 일이었다. 그것도 세실리아의 동생에게.

후회하려나.

죽이면, 후회하려나.

그저 막연히 기쁠 듯했는데…….

아닐 듯도 했다. 후작이 죽은 뒤 보이지 않는 환영을 생각하면.

환영이 되어 종종 그를 차갑게 보았던 여자가 그 후에는 찾아오지 않았다. 화가 난 것인가. 생전 내지 않던 화를 이런 식으로 내는 건 반칙이지 않나. 비웃음도 경멸도 짓지 않고 아예 모습을 감추어 버리는 식으로 그를 버리는 건…….

일순 케니언스의 얼굴이 처참하게 일그러졌다.

그 지독한 환영마저 그리워했던가.

자신이 무참히 쓰러지는 탑 같았다. 에샤힐드를 미워하며 보내온 시간들이 아까웠다. 그 시간을 왜 그리 허송했나. 세실리아를 위해? 아니, 자신을 위해서였다. 도망치기 위해서.

그러니 후회할 테지. 죽이면, 영영 찾아오지 않을 테지.

케니언스는 휑한 알현실을 휘둘러보았다. 시종장을 제외하면 아무도 없었다. 에샤힐드도, 세실리아도, 칼릭스도. 그는 이리도 높은 곳에 있는데.

아무도 없었다.

고독한 왕좌의 주인은 고개를 젖혔다. 붉은 머리카락이 내려앉은 눈시울에서 뜨거운 것이 흘러내렸다. 안타까운 듯이 시종장이 그를 불렀다.

"폐하."

"비가."

"……."

"……보고 싶다."

죽은 자의 이름이 허망하여 시종장은 고개를 숙였다.

마차에 빛살이 낀다.

지친 몸을 다정하게 감싸주는 햇살이 나른해, 비센테는 눈을 감았다.

이 이야기의 결말은 정해져 있었다.

마차에서 내린 하르젠은 제게 내려진 선고가 집행인지 추방인지 알 수 없어졌다.

눈앞에 펼쳐진 것은 온통 들판이었다. 아무도 없는 광활한 들판. 루델시아에서도 본 적 없던 거대한 들녘이 그의 앞에 드리워져 있었다.

하르젠은 사위를 둘러보았다. 지형을 파악해 위치를 추려보고자 했으나 주위는 끝이 안 보이는 들판뿐이었다.

하는 수 없나. 풀, 꽃, 이런 것들로는 지표를 세우지 못한다.

하르젠은 걷기 시작했다. 걸을 때마다 무언가가 옷자락을 스쳤지만, 음률을 이루며 사락거리는 소리는 하르젠의 귀에 닿지 않았다.

평야는 보기보다 드넓었다. 지평선까지 너르게 펼쳐진 풀숲은 여전히 끝을 가늠하기 힘들었다.

무의식적으로 시간을 확인하려던 하르젠은 곧 시계를 지니고 있지 않다는 것을 깨닫고 고개를 젓혔다. 해는 아직 떠오르고 있었다. 눈을 찌르는 햇살에 눈살을 찌푸리다 다시 시선을 평야로 내렸다.

괜한 헛수고를 한 듯해 그는 왔던 길로 되돌아가려 했다. 광활한 풀숲을 가로지르는 희미한 말굽 소리가 들리기 전까지는.

하르젠은 자리에 멈추어 섰다. 누군가 그를 옥죄기라도 한듯 한 발자국도 움직일 수 없었다.

풀 소리가……. 옷자락을 부드럽게 스치는 풀 소리가 들렸다. 말굽 소리는 커지는데 그 소리만은 묻히지 않고 점점 더 선명해졌다.

바람이…… 불었던가.

들판을 가로질러 온 바람이 그의 머리칼을 흐트러뜨렸다. 머리카락만이 아니었다. 전부 흔들리고 있었다. 들판의 풀도, 꽃도. 그녀도.

말굽 소리는 어느 시점부터 들리지 않았다. 풀과 꽃이 엉켜 물결치는 소리도, 더 이상 들리지 않았다.

들판 한가운데에서 유일하게 선명하게 존재하고 있는 것에 온 감각이 박혀 있었다. 고요히 박동하는 심장을 의식할 새도 없었다. 손을 들어 올린 여자가 로브를 걷었다.

왜.

왜, 네가…….

울면서.

웃으면서.

로브를 비집고 나온 금빛 머리칼이 햇살 아래 나부꼈다.

강처럼 굽이치는 머리칼에 하르젠은 그제야 지금 바람이 불고 있음을 알아챘다.

솨아…….

여자가 말에서 내렸다. 어디선가 달큼한 향기가 났다. 달게 풍겨 오는 향기에 질식할 수도 있을 것 같아 하르젠은 천천히 숨을 죽였다.

바람에 굽이치는 들판을 가로질러 여자가 천천히 그에게로 다가왔다. 여자가 한 걸음, 두 걸음 가까워질 때마다 그의 심장은 빠르게 박동하기 시작했다.

하르젠은 문득 이 모든 게 꿈은 아닐까 생각했다. 때때로 겪은 일이기도 했다. 어느 날부터 여자가 꿈에 나오기 시작한 것은.

왜 자꾸 나와, 그리 물으면 에르셀라는 웃었다. 당신이 보고 싶어서, 예쁘게 말하며. 그러니 지금도 언제나 그렇듯 닿으면 가루가 되어 사라질 꿈 같은……. 그런데 이상했다. 생생했다. 그의 앞으로 걸어오는 그녀가, 이번만은 생기 있게 느껴졌다.

"……."

평소처럼 이름을 불러볼까. 그러면 너는 또 사라질까.

하르젠은 선뜻 입을 뗄 수 없었다. 눈꺼풀이 떨리고 입가가 딱딱하게 굳었다. 만약 꿈이라면…….

"……에르셀라."

이번 꿈은 지독하리만치 잔인하구나.

그렇게 생각하며 그녀의 이름을 부르자 그를 향해 다가오던 여자가 걸음을 멈추었다. 그것을 바라본 하르젠이 쓰게 웃었다.

결국 꿈인가. 그러나 마지막을 그녀의 허상으로 맞이하는 것도 나쁘진 않아 하르젠은 어렴풋이나마 미소를 지어 보였다.

"이번엔 어쩐 일이야."

꿈결에 여자가 나올 때마다 체념하듯 던지는 말이었다. 그리고 그녀가 보고 싶었다는 농락의 말을 건네며 허상처럼 사라질 다음을 기다렸다.

그러나 눈앞의 여자는 사라지는 대신 달려와 그의 앞에 섰다. 그의 목을 감싸 쥐고 힘껏 발돋움해 입을 맞추었다. 입술이 닿고 숨결이 섞이고 다시 입술이 떨어졌다. 델 것처럼 뜨거웠던 감각에 하르젠의 표정이 굳었다.

"당신……."

그녀를 쳐다보자 여자는 그 시선을 그대로 받아냈다. 마치 눈빛으로 부드럽게 타이르는 듯했다. 꿈이 아니라 현실이라고.

네 앞에 내가 있노라고.

당신이…… 보고 싶었다고.

“하르젠.”

나긋나긋한 목소리가 환상처럼 달았다. 따듯한 미풍이 그에게로 흘러들었다.

그 순간, 불어온 미풍이 그의 세상을 휩쓸어 가고 주위를 환하게 밝혔다. 태양이 뜨면 밀려 나가는 밤처럼, 흑백의 배경에 색이 들어차기 시작했다. 꽃이 흐드러지게 피어 있었다. 막연히 잡초만 무성하다고 생각했던 들판에 꽃이 넘실거리도록 가득 피어 있었다.

그것을 깨닫는 순간, 눈가에 열이 서렸다. 그럴 때마다 에르셀라는 부드러운 손길로 그의 뺨을 어루만져 주었다.

하르젠의 손이 조심스레 그녀의 뺨에 닿았다. 그러다 반사적으로 떨어졌다.

그녀는 살짝 웃으며 그의 손을 잡아 자신의 뺨에 갖다 대었다.

사라지지 않는다.

그리 눈짓하며 에르셀라가 부스러질 듯이 웃었다.

“나…….”

귓가에 바람 소리가 노래하듯 얽혔다.

“당신을 데리러 왔어.”

바람에 흩날리는 꽃들이 춤추는 것도 같았다.

에필로그

말을 이끌고 마차로 갈아타 내리 달렸다. 막아서거나 의심하는 이들은 없었다. 왕이 그리하도록 놔뒀으리라.

날이 어두워지자 마차는 객사에 머물렀다.

"하룻밤 숙박할 예정이에요."

"방은 몇 개로?"

"……하나 주세요."

에르셀라는 마부에게 지시하고, 객실을 잡았다.

하르젠은 그녀가 차분히 객사 주인을 대하는 모습이 낯설었다. 저런 것도 할 줄 알았나. 온실이 깨지면 시들 것 같던 여자는 의외로 할 줄 아는 게 많았다.

그는 그녀의 등을 바라보았다. 그러다 그녀의 뒷모습을 본 적이 별로 없다는 것을 깨달았다. 그랬던가. 기분이 묘했다.

방에 들어서자 눅진한 공기가 그들을 에워쌌다. 삐걱거리는 마룻바닥은 금방이라도 꺼질 듯했지만 에르셀라는 아무렇지 않은 얼굴로 등에 불을 붙였다. 창문 사이로 들어오는 바람에 등불이 옅게 흔들렸다. 꺼질 듯한 등불에 의지해 가며 그녀는 간소한 짐을 정리하기 시작했다.

"급하게 준비하느라 챙긴 건 많이 없어요. 기껏해야 보석 몇 개인데 평생 먹고살 정도인지는 모르겠어요. 보석의 가치만 알지 가격은 몰라서요. 생각해 본 적도 없고, 그럴 일도 없었죠."

불빛이 그녀의 얼굴에 아른거렸다.

"루델시아로 갈 거예요. 물론 신분도 새로 만들어야 하고요. 폐하께 서신을 보냈는데 지금쯤 도착했을지 모르겠어요. 조금이라도 어머니를 생각해 주셨으면 좋겠는데 안 된다면 다른 방법을 찾아봐야 할 거예요. 어쩌면, 예전처럼 살지 못할 수도 있겠죠."

에르셀라는 평소보다 말이 많았는데, 그의 눈엔 침묵 끝에 찾아오는 적막을 무찌르려는 것처럼 보였다.

"그래도 어쩔 수 없어요. 받아들여요. 그게 마음 편할 테니……."

"왜."

하르젠은 그녀의 애처로운 노력을 끊어냈다.

"왜 나를 구했지?"

그는 지금 겪는 일련의 상황을 충분히 이해하지 못했다. 저 여자가 모든 걸 버리고 그에게 온 것부터가 의문이었다.

개척되지 않은 길을 걸은 적 없던 여자가, 왜. 지금도 두려움을 떨치기 위해 애쓰는 게 보이는데, 왜.

에르셀라는 짐 정리를 마저 끝낸 뒤에야 그를 바라보았다. 사위가 이토록 어두운데도 그녀만이 밝았다. 그녀의 눈만이 푸르렀다.

"당신이 죽지 않았으면 해서요."

온기 한 점 배어 있지 않은 대답에 하르젠은 쓰게 실소했다.

"나를 원망하던 것, 아니었나?"

"원망해요, 지금도."

에르셀라는 부인하지 않았다. 인정하는 태도가 평온해 보이기도 했다.

"어쩌면 그 원망이 영원히 지워지지 않을지도 몰라요. 당신을 보면 제롬 파센의 시체가 떠오를 거고, 비참할 정도로 빌던 로베르트 후작 부인을 외면하던 내 모습이, 오라버니를 죽게 만든 그 모습이 날 괴롭히겠죠."

"……그래."

너는 그렇겠지.

에르셀라는 그럴 것이다. 평생을 악몽에 시달려 왔는데 앞으로 아무렇지 않을 리 없었다. 아무리 돌고 돌아도 원점이었다.

한편 그래도 괜찮을 듯했다. 에르셀라가 원하는 게 뭔지 여전히 몰랐지만, 그저 원망할 상대가 죽는 게 싫은 거라면 하르젠은 평생 그 원망을 받아주며 살 생각이었다. 그마저도 그에겐 과분했다.

그러나 이제까지 들어보지 못한 진심이 귓가에 흘러드는 순간…….

"그럼에도 사랑해서요."

지리멸렬했던 삶이 거짓말처럼 씻겨 내려갔다. 하르젠은 에르셀라를 보았다.

"그 원망을 안으며 당신 곁에서 죽어도 좋을 만큼……."

올곧은 눈으로 그를 똑바로 마주하며 에르셀라가 완성한 문장은 그가 그토록 바라왔던 말이었다.

"당신을 사랑해요."

비로소 맞이한 완벽한 봄이기도 했다.

〈완결〉

외전 I
봄

지난한 한 해가 지나가고 나라의 혼란이 정리되었을 무렵 미뤄뒀던 화제가 꺼내졌다.

"충격이 크셨나 봅니다. 고모님께서 그리 떠나신 걸 보면."

개운한 이야기는 아니었기에 라셀리온은 사내의 눈치를 볼 수밖에 없었다.

그 사내란 이제 열아홉이 된 비센테였다. 엄밀히 따지면 성인이 된 라셀리온이 작위를 이어받았기에 비센테의 지위를 상회했지만, 그를 상대로 위계를 내세울 생각은 추호도 없었다. 혈연은 예외이기도 했고 아니더라도 그러고 싶지 않았다. 애초에 그가 후작이 될 수 있었던 이유도 그라니아 전역에 퍼진 해괴한 소식 때문이었으니 말이다.

그 해괴한 소식이란 고모님에 관한 것이었다. 베른하르트 공작이 죽고 에르셀라 피사리데 후작이 루델시아로 망명했다는.

현재 세간의 이목을 아우르고 있는 풍문은 길가의 어디를 가도 떠들썩하게 이야기되었다. 공작 부인이 부군을 잃은 후 미쳤다더라, 새로운 사랑을 찾아 그라니아를 떠났다더라가 주를 이루었다.

그들과 가장 연관이 깊은 사람이 수도에 남아 있음에도 소문의 불길은 꺼질 줄 몰랐다.

"형님은 괜찮으십니까?"

라셀리온이 주춤거리며 물어보았다. 비센테에 대한 심려가 컸지만 어줍은 위로는 하지 않기로 했다. 갑작스레 닥친 비극에는 어떠한 위로도 통하지 않는다는 걸 아버지의 일로 몸소 깨달았다.

"나는 괜찮다."

그러나 대답 후 차를 마시는 비센테는 라셀리온의 걱정이 무색하게도 무척 심상해 보였다. 실은 이루 말할 수 없는 슬픔을 감추고 있는 건 아닐까 생각될 정도로 비센테는 시종일관 같은 태도였다.

형님은 어떻게 그러실 수 있으십니까?

라셀리온은 순간 예의도 잊고 무례를 저지를 뻔한 걸 간신히 참았다.

아버지는 잃었고, 어머니는 떠났다. 하물며 가문조차 온전한 것이 아니었다. 공작의 반란으로 베른하르트 가문은 사라졌으니.

베른하르트뿐만 아니라 수도의 꽤 많은 가문이 물갈이되었다. 가르텐, 판테츠, 레데아가 대표적이었다. 세 가문의 수장의 목은 베른하르트 공작이 거두어 바쳤고, 그 직계 혈육은 연좌제에 엮여 모두 처형되었다.

백 년에 한 번 있을까 말까 한 잔혹한 파란에 라셀리온은 아직도 현실이 믿기지 않았다.

수도의 성곽 외부는 부서져 보수 중이었고, 사람들은 어쩌다 사륜마차가 땅을 울리면 벌벌 떨며 몸을 숨겼다. 정식 연회 또한 반년이 넘도록 열리지 않았다.

치열한 암흑기였다. 침체된 수도의 분위기는 날로 매서워졌고 반년이 지나서야 조금씩 풀려나기 시작했다.

작게나마 축제를 열어 활기를 돋웠고 정식 연회는 아니더라도 비공식 연회를 열어 귀족들을 안심시켰다.

왕은 끊임없이 선정을 베풀었다. 그럼으로써 혈육을 죽인 잔악무도한 인상을 없앴다. 또한 그간 말이 많았던 후계자를 알렉시스 왕자로 세워 백성들의 환호를 받았다.

내심 새로운 왕비를 들여 내란이 일어날까 걱정했던 귀족들도 그제야 안심했다.

몇몇은 이번 반란이 레오폴드 왕자가 죽어 딸이 왕비가 될 기회를 잃은 가르텐 공작이 일으켰다고 생각하고 있었다. 라셀리온과 비센테가 보기겐 터무니없는 낭설일 뿐이지만 그들에겐 아닌 모양이었다.

어찌 됐든 반란이 진압된 지 반년 후 그라니아는 안정기에 들어섰다.

일등 공신은 단연 로베르트가의 차남이었다. 비상한 머리로 젊은 나이에 재무부 장관직까지 차지한 남자. 이 모든 게 그가 민생을 안정시키기 위해 수도 곳곳에 활기를 심어놓은 결과였다. 시기심이 강한 몇몇 관료는 그가 쓸데없이 재정을 낭비하고 있다고 항의했지만 왕은 묵살했다.

처음 그 소식을 들었을 때 라셀리온은 피사리데와 로베르트의 뒤바뀐 처지에 씁쓸하기도 했지만 곧 떨쳐냈다.

로베르트가 잘되기를 바랐고 그 당시 한 가지 교훈을 깨달은 까닭이었다.

"형님과 다르게 저는 강하지 못한 사람이었습니다. 저는 조금도 괜찮지가 않았거든요."

담담히 꺼낸 속내에 비센테의 시선이 라셀리온의 얼굴 위에 머물렀다.

"의젓한 아이인 척 어설픈 흉내를 내고 있었지만 사실 아버지가 돌아가셨을 때 도망치고 싶었습니다."

영원히 찬란할 것 같던 피사리데의 가운이 빛을 잃었을 때 라셀리온은 달아나고 싶었다. 도저히 가문을 이어받아 부강하게 할 자신이 없었다.

"그래서 아버지의 유언을 핑계 삼아 고모님께 작위를 넘겼습니다. 도망친 것이죠."

라셀리온은 씁쓸히 웃으며 소매에 달린 피사리데 문양의 커프스 단추를 만지작거렸다.

"결국 제게로 넘어왔지만요. 작위를 물려받고 후작이 되었을 때 또다시 두려워졌습니다. 하지만 도망칠 수는 없었습니다. 어머니와 로웨나가 있으니까 말입니다. 아이러니하게도 그제야 아버지를 조금 이해할 수 있었습니다. 지킬 게 많던 그분이 왜 물러서지 못했는지."

지킬 게 많아 물러서는 법을 몰랐던 사람. 그것은 카르온 후작을 정의하기에 가장 알맞게 들리기도 했다.

"그 말 아십니까, 형님? 동국에는 이런 말이 있다고 합니다."

"……."

"열흘 붉은 꽃은 없다."

어디선가 들어본 듯도 했기에 비센테는 고개를 끄덕거렸다.

"피는 꽃이 지듯이 권력도 쇠한다더군요."

실제로 역사의 수많은 권력이 패망하여 뒤안길로 사라졌다. 꽃이 지듯, 물이 흐르듯, 해가 떠오르듯 그것이 순리인 것처럼.

문득, 라셀리온은 빙그레 웃었다.

"하지만 지는 꽃은 언젠가 피어나지 않겠습니까?"

희망찬 말을 하며 그는 의지를 다졌다.

"이번엔 졌으니 저는 한번 피워내 보고자 합니다."

무섭지만 나아가 보고자 합니다. 비센테는 결심을 다지는 듯한 라셀리온을 바라봐 주었다. 따뜻한 눈빛이 격려를 담고 있는 듯했다.

그는 조금 젖어 있는 눈을 한 라셀리온을 향해 한마디를 하고 일어섰다.

"잘할 거야."

짧았지만 라셀리온에겐 충분한 한마디였다.

비센테는 후작저에 들른 뒤 수도를 거닐었다. 시내는 이전에 왔을 때보다 활성화되어 있었다. 한차례 일어난 격변에 의해 불안에 떨던 수도는 차츰 안정화되고 사람들은 본연의 일상을 되찾았다.

화창한 오후였다.

비센테는 약간 걸었다. 마지막이었으니 조금 더 돌아다니고자 했다.

그는 에르셀라와 함께 갔던 음식점에도 가보고 사라진 활터에도 가보았다. 활터는 술집으로 바뀌어 있었지만 그 전과 달라진 건 없었다. 퀴퀴한 냄새가 났고 사람들의 웃음소리는 경박스러웠다. 그래도 거슬리진 않았다.

뚜벅뚜벅 걷는 그에게 상인들의 호객 행위가 줄줄이 이어졌다. 비센테는 어떤 소리는 넘기고 어떤 소리는 넘기지 않았다. 상인에게 음식을 사서 길가에 꽃을 팔고 있는 아이에게 주었다.

"또 오셨네요?"

김이 나는 빵을 받아 든 소녀가 환하게 웃었다.

"와, 오늘도 고맙습니다!"

그가 꽃도 사 주자 아이가 꾸벅 인사했다.

비센테는 꽃을 받아 들고 다시 걸었다.

큰 의미는 없었다. 반란 다음 날 거리에 사람들은 모두 숨어버렸는데, 저 아이만 나와 있었던 탓이다. 투석기에 실려 날아온 바위가 거리 곳곳에 박혀 있음에도 무섭지도 않은지 소녀는 꽃을 팔고 있었다.

바위에 떨어져 나온 돌조각에 다쳐 피를 흘리며. 신발을 신기고, 꽃을 사 주고, 음식을 준 것도 그러한 이유였다.

이것도 마지막이었지만 걱정하진 않기로 했다.

"고맙습니다, 고맙습니다!"

아이를 도와주는 어른은 그만이 아닌 듯했으니.

비센테는 꽃을 분수대 근처를 뛰놀던 아이에게 주었다. 대뜸 꽃을 내미는 그를 떨떠름해하며 고개를 갸웃거리던 소년은 그가 입은 옷이 꽤 귀해 보였는지 공손히 꽃을 받았다. 귀족의 말은 되도록 거스르지 말라는 어머니의 조언 때문이었다.

가만히 있던 아이에게 꽃을 강제로 떠넘긴 비센테가 그만 시내를 떠나려고 했을 때였다.

"베른하르트 공자?"

이제는 없어진 가문을 앞에 붙이며 누군가 그를 불러 세웠다.

담비 털로 짠 목도리를 두른 중년 여성이었다.

"자르데아 백작 부인을 뵙습니다."

그녀를 뵐 낯이 없던 비센테는 조속히 자리를 피할 궁리만 했다. 아니나 다를까. 백작 부인은 곱지 않은 시선으로 그를 곤경에 몰아넣었다.

"별일이죠. 그 칠칠치 못한 애가 유학을 가다니."

백작 부인은 딸이 멋대로 루델시아로 떠난 것을 '유학'이라 칭하며 비꼬았다. 어떻게 보면 신학자가 되기 위해 떠났으니 유학이긴 했다.

"아도라는 잘 지내요?"

"저도 잘……."

"공자가 모르면 누가 알죠?"

물론 하나뿐인 무남독녀를 빼돌린 건 그였지만 비센테도 나름 억울한 면은 있었다. 캐론 다트너와의 혼인이 무산된 건 전적으로 그의 탓이었지만, 아도라가 루델시아에 정착한 건 온전히 그녀의 의지였기 때문이다.

그러나 그 말을 곧이곧대로 백작 부인에게 할 순 없는 노릇이었다.

"……죄송합니다."

했다간 강도 높은 화를 초래할 게 뻔해 비센테는 그냥 닥치기로 했다. 이런저런 변명을 대도 백작가의 후계자가 백작의 팔촌으로 낙점된 것은 그의 잘못이었다. 고로 그는 입이 열 개라도 할 말이 없는 처지였다.

"하고 싶은 말은 많지만 참죠. 매번 결혼하기 싫다고 찡찡거리던 아도라의 잘못이 공자보다…… 아."

자르데아 백작 부인은 자신의 실수를 깨닫고 입가에 손을 갖다 대었다. 좀처럼 당혹감이 사라지지 않는 표정에 비센테가 고개를 가로저었다.

"편히 부르셔도 괜찮습니다."

더는 베른하르트가 아니었으니 공자 또한 아닐 터였다.

"가문의 일은…… 유감이에요."

"아닙니다."

순간 소란이 멎은 듯했다. 백작 부인은 머쓱하게 웃었다. 이것을 비극이라 해야 할지 희극이라 해야 할지 갈피를 잡지 못한 게 이유였다.

아이러니하게도 베른하르트 가문에서의 폐적은 그에게 비극이라 할 수 없었다. 반란이 일어나기 직전에 폐적당한 탓에 비센테는 죽음을 면할 수 있었으니 말이다. 그렇다고 비센테가 귀족 사회에서 영구적으로 제명당한 것도 아니었다.

"폐하께서 새로운 작위를 내리셨다고 들었는데요."

왕은 피사리데 후작을 따라 협상을 체결한 공로를 인정하여 비센테에게 백작위를 내렸다. 후한 처사였다. 문제는…….

"거절했습니다."

비센테는 담백하게 말했다. 떠나는 마당에 작위와 영지만큼 거추장스러운 건 없었다.

몰랐던 사실이지만 백작 부인은 크게 놀라지 않으며 수긍을 내비쳤다.

"공작 부인에게 가나 보군요."

백작 부인은 에르셀라를 기탄없이 옛 호칭으로 불렀다. 그리움이었다. 말없이 떠난 친구에게 서운함도 있었지만 그리움보다 클 리가 없었다. 자리를 잡았다 들었는데 편지하기가 조심스러웠는지 도통 에르셀라에게서 들려오는 소식이 없었다.

"가면 내 소식 조금 전해줘요. 편지 기다리고 있다고."

"전해 드리겠습니다."

백작 부인이 툴툴거리자 비센테는 나직한 웃음을 흘리며 대답했다. 그에 기분이 풀린 백작 부인이 주먹을 들며 덧붙였다.

"아도라, 그 계집애에게도 전해주고요. 내가 단단히 벼르고 있다고. 돌아오면 가만 안 둘 거야, 아주!"

그러면 자르데아 백작 영애는 더더욱 돌아오지 않을 것 같지만 비센테는 얌전하게 알겠다고 대꾸했다.

"돌아가면 난 죽을 거예요!"

예상대로 아도라는 백작 부인의 호언에 질겁하는 중이었다.

"죽인다는 말씀은 없으셨습니다."

"그게 그거죠! 영식 앞에서니까 나긋했던 거지 저였다면 머리채가 싹 다 뽑혔을걸요?"

"제 앞에서도 별로 나긋하진 않으셨습니다."

"요지가 그거예요?!"

아도라는 혀를 끌끌 찼다. 하여간 공감 능력이라곤 없는 남자에게 뭘 바라겠나.

"이렇게 된 이상 난 돌아갈 수 없어요. 그리 전해요."

"그런 건 영애가 전하십시오."

비센테의 말을 싸그리 무시한 아도라는 백색의 돌계단에 털썩 앉았다. 신전 계단이라는 점을 고려하면 참으로 신실하지 못한 태도였다.

"지나가다 누가 보면 쫓겨날 텐데요."

"사각지대라 괜찮아요. 사람들이 잘 안 다니는 곳이기도 하고."

껄렁한 태도를 보고 비센테는 그녀가 라페른 신학교에서도 썩 성실한 학생은 아니었을 거라고 확신할 수 있었다.

유유자적 흘러가는 양떼구름을 관찰하던 아도라는 비센테를 올려다보았다.

"그보다 얼마나 놀랐는지 알아요? 연락도 없이 대뜸 찾아와서는 우리 엄마가 날 죽일 거라니."

엄연히 죽인다는 말은 안 했음에도 아도라는 제멋대로 해석했다. 짚어줘도 아도라는 이거랑 그거랑 다르지 않다 열변하여 그를 기진맥진하게 만들었다. 그 때문에 비센테는 이제 그러려니 하기로 했다.

"혈육도 아닌 남자에게 작위를 넘긴다는 게 아쉬우시겠지요."

"그러시겠죠."

아도라도 이해 못 할 바는 아니었다. 어머니라면 속이 무척 쓰라리실 것이다. 차라리 그녀에게 야망이라도 있었다면 작위를 직접 물려받겠다고 졸라댔을 텐데…….

'그런 야망조차 없으니.'

아도라는 한량처럼 살고 싶었다. 비유하자면 운 좋게 대가문의 차남으로 태어나 책임질 일 없이 떵떵거리며 잘사는 캐론 다트너처럼 말이다.

"그래도 전 현재가 좋아요. 부인 덕분에 운이 좋았죠."

정말 운이 좋았다. 에르셀라를 돕기 위해 루델시아로 갔을 때 왕성에서 우연히 신관을 만났으니 말이다. 그녀가 신관이 되는 법을 물었더니 신관은 아주 흥미로워하며 추천서를 써주었다.

하여 현재 그녀는 신전에 들어가 신관이 되기 위한 수행을 하는 중이었다. 비록 신전은 변방의 소도시에 위치해 있었지만 아도라는 어느 때보다 만족스러웠다.

"신관이 되면 부인 모시고 놀러 와요. 푸짐하게 대접할게요."

"그런데 왜 신관입니까?"

불현듯 비센테가 의문을 품으며 그녀의 옆에 걸터앉았다. 아도라는 뭐가 문제인지 몰라 반문했다.

"왜요?"

"신학자가 되신다고 하셨던 걸로 기억합니다."

"아아, 그거요."

그제야 말뜻을 알아들은 아도라가 손뼉을 쳤다. 그리고 새삼 비센테와 친구라는 사실이 와닿았다. 예전 같았으면 질문이고 뭐고 관심 한 톨 주지 않았을 것이다. 이만하면 장족의 발전이었다.

"알아봤는데 별 차이 없더라고요. 신학자나 신관이나. 신관도 신학을 연구하고 책도 내니까요. 중앙 신관이면 권위가 높겠지만 이방인인 제가 중앙까지 진출할 일은 없죠."

왕성 신전에서 일하고 있는 신관들은 정말 대단한 거였다며 아도라는 감탄했다.

"하면 신학자가 되시지요, 영애."

아도라는 신기하기만 했다. 친해지긴 했나 보다. 이 남자가 그녀게 이런 권유도 다 하고. 한데 왜 신학자일까? 중앙 신관이 아닌 이상 별 차이 없다는데.

아도라가 갸우뚱하고 있는 사이 비센테의 설명이 잇따랐다.

"신학자는 신학교를 나와 논저만 내면 학자로 인정받을 수 있지만, 신관은 하급 신관이라도 쉽게 될 수 없습니다."

비센테의 말이 맞았다. 신관이 되려면 몇 년간 수양을 쌓고 심신을 갈고닦아야 한다. 하급 신관이라도 신을 모시기 위해 정양해야 했다. 게다가 신어 및 각종 의학 지식을 꿰고 있어야 하니 만만한 직업이 아닐 터. 어찌 보면 귀족들의 존중을 받는다는 신관이 되기란 하늘의 별 따기일지도 몰랐다.

하지만 아도라는 지레 겁먹지 않기로 했다. 어머니보다 무서운 건 없었다.

"그래도 해보죠, 뭐. 영식은 모르겠지만 저 여기서 꽤 예쁨받고 있거든요. 귀족치고 허드렛일을 잘한다며."

자랑 같지도 않은 자랑을 늘어놓는 아도라의 말에 비센테의 미간이 좁아졌다.

"설마 세탁 일을 시킵니까?"

"네? 아아!"

아도라는 곧 질문의 요지를 알 수 있었다. 비센테의 눈길이 그녀의 손등에 안착해 있었다. 아무래도 손이 부르튼 걸 보고 상상이 그쪽으로 튄 듯했다.

"이건 성수 때문에 그런 거예요. 허구한 날 성수에 손을 담그게 하거든요."

성수라 해봤자 대야물에 성스러운 기운이 담긴 액체를 한 방울 뿌린 거지만 말이다. 이 점은 신전의 권위를 위해 비밀로 하기로 했다.

"허드렛일은 서고의 고대 문서를 정리하는 일 같은 걸 해요. 세탁일은 전담해 주시는 분이 따로 있고요. 그리고 제가 빨래하면 신관 사람들은 입을 옷이 없을걸요? 다 헤질 게 분명해요."

아도라는 '잊었나 본데 저도 귀족이거든요?'라며 키득거렸다. 엉뚱한 오해를 해버린 비센테는 다시 한번 말했다.

"그래도 신학자가 되시지요."

조금 전보다 강경한 어조에 아도라는 허, 하며 황당한 웃음을 터뜨렸다. 괜찮다는데도 왜 저러는 것일까.

'하여튼 속 모를 사람 같으니라고.'

아도라는 어깨를 과장되게 으쓱거리며 대수롭지 않다는 양 설명했다.

"괜찮아요. 기껏해야 결혼할 수 있느냐 없느냐의 차이예요."

그만큼 사소한 차이라는 거다. 그런데 뭔가 이상했다. 비센테가 그녀를 못마땅하다는 듯이 보고 있었다. 할 말이 있어 보이는데, 그는 입을 여닫기만 되풀이할 뿐이었다.

그러나 말하지 않는 걸로 매듭지어졌는지 비센테는 어떤 말도 보태지 않았다. 그저 고개를 살짝 숙인 채 피식 웃으며 고개를 저어댔다.

아도라는 왠지 긴장감이 돌았지만 그것도 잠시였다.

"이만 가보겠습니다."

비센테가 자리를 털고 일어섰다.

"아…… 네."

신전까지 에스코트해 주겠다는 의미인가?

아도라는 버젓이 내밀어진 손바닥을 멀뚱멀뚱 응시했다. 예전에 저 손에 의지해서 마차에 내린 적이 있었다. 그때도 크다고 생각했는데 지금은 더 큰 듯했다.

'그러고 보니 키도…….'

키도 캐론 다트너와는 비교도 안 됐다. 사실 캐론과 비교하는 게 미안해질 정도였다. 이전에도 비교한 적 있었지만 아도라가 그나마 안다고 할 수 있는 또래 남자는 캐론밖에 없어서 어쩔 수 없었다.

그녀는 그의 얼굴도 멍하니 감상했다. 소년 적 느낌은 남아 있었지만 역광 속에서도 수려한 외모가 잘 드러났다.

'역시 유전이 대단하긴…….'

아도라는 저도 모르게 입을 벌리다 튕기듯 벌떡 일어섰다.

"네, 안녕히 가시죠!"

차마 봐줄 수 없는 작별 인사가 입에서 튀어나왔지만 지금 중요한 건 그게 아니었다. 그를 두고 무슨 생각을 했는지 안다면 변태 취급 당할 게 뻔했다. 그녀는 떠밀 듯이 비센테를 내쫓았다.

"공작 부인에게 안부 전해주세요!"

그녀의 어머니와 같은 말을 하는 아도라를 보며 비센테가 성의 없이 고개를 까닥였다.

이대로 끝인가? 그건 왠지 아쉬운데. 아도라는 한마디 덧붙였다.

"또……!"

"……."

"……오고요."

"……."

"……심심하거든요."

개미 목소리만큼 작은 목소리였지만 비센테는 알아들은 듯 대답을 돌려주었다.

"알겠습니다."

확답을 들은 아도라는 발끝을 세워 바닥을 톡톡 쳤다.

밖에 오래 있어도 춥지 않은 걸 보아 곧 봄인 모양이었다.

✻ ✦ ✻

에르셀라는 방의 웅장한 내부에 경탄을 금치 못했다. 신화 속 이야기가 짜여 있는 거대한 태피스트리는 물론이고 천장을 지탱하고 있는 기둥에 조각된 왕실 문장이 인상적이었다. 가히 사치스러운 게 그녀의 취향이라 할 수 있었다. 루델시아는 그라니아보다 소박할 줄 알았는데, 마냥 그런 것도 아닌 모양이었다.

에르셀라는 감탄을 연발하며 방 안을 돌아다녔다. 시녀는 앉아서 기다리면 된다고 했지만 금은보석으로 치장한 방을 두고 무심할 수 있을 리 없었다.

에르셀라가 태피스트리 안의 인물을 두고 이건 누구인지 대조해 보고 있을 무렵이었다. 누군가 문을 열고 들어왔다.

"전하."

자신을 부르는 소리에 에르셀라가 뒤를 돌아봤다.

"각혈은 이제 안 하시는지요?"

"네, 약을 먹은 뒤로 피를 토한 적은 없어요."

하즈리를 복용한 뒤로 피를 토하거나 쓰러진 적은 없었지만 에르셀라는 조마조마한 심정이었다.

"진맥해 보겠습니다. 잠시 팔을."

"여기요."

팔을 내밀자 르만은 맥을 찾아 짚었다. 에르셀라는 침을 꿀꺽 삼켰다.

긴장하여 딱딱해진 피부 너머의 맥박을 느끼며 르만 라데거는 눈을 감고 집중했다. 처음 진단하는 병이니만큼 신중을 기하는 중이었다.

"흐음……."

르만은 침음하며 눈을 가늘게 좁혔다.

'뭐가 잘못됐나?'

심각해 보이는 표정에 에르셀라는 왜 그러는지 물을 엄두도 나지 않았다. 째깍째깍 초침 지나가는 소리가 선명해질 무렵 르만의 손이 떼어졌다.

"확신하기엔 아직 이르나……."

꿀꺽, 침이 넘어갔다.

"병이 호전되고 있는 듯합니다."

기쁜 소식에 비명을 지를 뻔한 에르셀라가 입을 틀어막았다.

호전되고 있다니!

"그게 정말인가요?!"

감격에 차 묻자 르만은 미소로 긍정했다.

그때처럼 맥박은 일반인보다 약한 편이었지만 그래도 정상 범주였고, 무엇보다 얼굴에 돌던 병색이 씻은 듯 사라져 있었다. 사실상 완치나 다름없었다.

"한 달 후에 다시 방문해 주시면 그때쯤 완치 여부를 알 수 있을 것입니다."

"세상에……."

완치! 반가운 소식이 더해지자 에르셀라는 좋아서 어쩔 줄 몰랐다. 르만만 없었다면 벌써 방 안을 활보하고도 남았을 것이다.

"고마워요. 고마워요, 르만."

에르셀라의 거듭된 감사에 르만은 손을 내저었다.

"아닙니다. 저 역시 왕족 여인에게만 내려오는 유전병을 진단할 수 있어 더없는 영광이었지요."

병이 치료된다면 그 기록은 후대인에게 유용하게 쓰일 테니 르만은 오히려 에르셀라에게 감사했다. 베아트리스 왕녀의 딸을 살릴 수 있어 내심 기쁘기도 했다.

"미리 쾌차를 축하드립니다, 전하."

에르셀라는 아무리 들어도 민망한 호칭에 콧잔등을 찡긋거렸다. 대답이 미적거리며 미뤄지자 르만이 껄껄 웃었다.

"뭘 민망해하십니까! 대공 전하!"

르만이 놀리듯 우렁차게 그녀의 직함을 불렀다. 밖에 있는 시종에게까지 들릴 큰 목소리에 에르셀라는 고개를 들지 못했다.

아무래도 이건 미친 게 분명하다. 에르셀라는 내내 들던 생각을 떨칠 수 없었다.

"병이 나았다는데 이번엔 또 무엇이 걱정이냐?"

아까부터 할 말이 많아 보이는 얼굴에 왕이 쯧쯧 혀를 찼다. 에르셀라는 무릎 위로 손을 꾹 말며 준비했던 말을 꺼냈다.

"내려주신 작위가 너무 과분합니다."

"이미 내린 걸 뭐 하러 겸손 떠는지 모르겠구나."

왕은 한심하다는 투로 말했다.

"욕심 없는 성정도 베아트리스를 닮은 건지, 아니면 그 나라 습성을 닮은 건지 모르겠군. 듣자 하니 그라니아는 여인이 작위를 이은 사례가 많지 않다지."

그라니아의 작위 계승법은 주로 모계로 이어지는 루델시아와 다른 양상을 보였다.

"욕심 좀 가지거라. 이쪽은 여인들이 제 어미의 작위를 가지려고 혈안인데 넌 거저 줘도 못 먹으면 나더러 어찌하라는 말이냐? 그런

점까지 네 어미를 똑 닮아선, 원."
베아트리스도 배포가 작았는데 이제는 딸까지 그 성정을 답습하니 어지간히 답답했다.
"그 작은 간덩어리 덕분에 내가 왕좌를 거머쥐긴 했으나 역시 겸손 떠는 꼴은 보기 싫구나. 물러달라는 말은 집어치워라. 듣고 싶지 않으니."
왕은 손을 훠이훠이 내저었다. 계속 주눅 들어 있을 거면 꺼지라는 말과 같았다.
그러나 에르셀라는 꿋꿋하게 제 생각을 주장했다.
"이방인에게 이리 큰 작위를 주시면 형평성에 어긋날 것입니다. 다른 귀족들이 반발할 우려가 있습니다. 저는 그저 후작위 정도만 주시면 만족……."
"뭐라?"
왕이 어이없다는 듯 되물었다. 심지가 꿋꿋한 건가 했는데 '후작위'를 달라는 요구에 그 생각은 깨끗이 지워졌다. 후작이 뭐 시골 영주도 아니고…….
"왜 그러세요?"
정작 에르셀라는 뭐가 문제인지 모르는 듯했다. 그것에 뒷목이 뻐근해졌다. 욕심이 없는 게 아니라 분수를 아는 거였나. 또, 분수를 너무 잘 아는 게 문제였다. 어머니가 왕녀에 아버지가 후작이었으니 백작 아래는 가당찮았을 테다.
"아니다. 작위는 그냥 너 가지거라. 어차피 베아트리스가 받아야 할 것이었다."
밀로아.
베아트리스가 루델시아에 있었다면 받았을 영지였다.
"그동안 주인 없이 방치되었었으니 이제 주인을 찾아주어야 할 때지."

새 주인으로 베아트리스의 딸은 더없이 잘 어울렸다. 아직까지 왕녀 운운하는 것들의 입도 막을 수 있었으니 일거양득이었다.

"코딱지만 한 땅의 운영이 어려운 건 아닐 테고. 아, 혹시 어려우냐? 영지가 급속도로 발전하는 걸로 보아 인재가 없는 건 아닌 듯한데."

누군가를 가리키는 은근한 어조에 에르셀라가 어색한 표정을 지었다. 그녀는 고의로 말을 돌렸다.

"단승 작위도 아니라 부담스럽습니다."

왕의 자식에게는 보통 단승 작위를 내린다. 즉, 왕족의 자식에게까지 작위가 그대로 이어지는 건 아니었다. 그러나 에르셀라가 받은 것은 세습 작위였다. 두 번 말하지만 정말 미친 게 분명하다.

"물려줄 자식 생각은 안 하는가 보구나."

왕은 번복할 생각이 없어 보였다.

"비센테는……."

비센테를 생각하자 에르셀라는 또 자가당착에 빠졌다. 비센테를 위해서라면 세습 작위를 받는 게 맞는데, 양심은 거절하라 하고 있었다. 어째야 하나. 눈썹 사이를 모으며 고민에 골몰하던 에르셀라는 마침내 결정했다. 그리고 내린 결정을 말할 생각에 몸이 배배 꼬였다.

"그럼 염치 불고하고…… 잘 다스리겠습니다."

비센테를 위해서기도 하고, 왕이 강경하게 나오니 거부하기도 힘들었다.

"쯧. 베아트리스가 버릇을 잘못 들여놨군."

끝끝내 겸손을 떨어대는 조카가 가증스러운지 왕은 에르셀라를 못마땅하게 보았다.

마음에 차지 않는 손자를 보는 깐깐한 할아버지 같은 느낌에 에르셀라의 입가에 미소가 걸렸다.

"어머니께 주시는 걸로 받아들여도 될까요?"

처음엔 뭐만 하면 잡는 트집에 겁먹었지만 이제는 그것이 투박한 애정 표현이란 걸 안다. 어머니께 저지른 일을 후회하고 있다는 것도. 그래서 그 딸인 자신에게 관대하게 구는 것도.

그런 그에게 복합적인 감정이 드는 것은 어쩌면 당연했다. 어머니를 생각하면 미운데 이해가 되었다.

여자에게 주로 계승되는 왕위에 환멸이 났을 것이다. 그도 남자로 태어나고 싶어서 남자로 태어난 건 아닐 테니 말이다. 그런 와중 두 번째 국서를 맞이해 기어이 딸을 본 어머니에게 화가 났을 테고, 그 딸인 베아트리스도 싫어했던 게 어쩌면 그에겐 당연한 일일지도 몰랐다.

에르셀라는 한낱 귀족 영애였기에 왕족의 사고를 이해하지 못했지만 사실 가문 내에서도 작위 때문에 장자와 차자가 다투는 일은 흔했다. 그러니 그가 베아트리스를 배척한 것은 숙명이었을지도.

어머니를 생각하면 그와 이렇게 지내는 게 맞나 싶었지만 에르셀라는 받아들이기로 했다. 어머니는 복수가 아닌 딸의 행복을 원할 분이었다. 에르셀라도 이제 마음을 미움과 원망으로 채우고 싶지 않았다. 좋은 생각만 하며 지내기도 모자란 시간이었다.

"……그래."

상념에 잠겼던 왕은 이내 대답을 들려주었다. 둔한 사람답게 자신이 에르셀라에게 잘해주려는 이유를 이제야 깨달은 모양이었다. 알았는데 애써 모른 척했거나.

그때, 왕이 물었다.

"그런데 결혼은 언제 할 거지?"

순간 너무 놀라 간담이 서늘해졌다. 에르셀라는 긴가민가하며 되물었다.

"결혼이라니요?"

"작위를 물려줄 거면 결혼을 해야 하지 않느냐? 한 놈 데려와 결혼하고 네 아들놈을 양자로 입적해야지."

듣고 보니 그랬다. 비센테는 아직 루델시아로 귀화하지 않았고, 따라서 그녀의 자식이 아니었다. 문제는 친자식이라 해도 후계자로 입적하려면 부모 양쪽이 다 필요하다는 법안이었다.

그럼 어떻게 해야 하지? 에르셀라는 자신의 안일함을 탓하며 머리를 굴리기 시작했다. 그러나 마땅히 좋은 생각이 떠오르지 않았다.

아직도 우물쭈물하고 있는 그녀의 모습에 왕은 또 한 번 혀를 찼다.

"생각도 안 하고 있었나 보군. 한 놈 구해주랴?"

"아니요!"

에르셀라는 즉시 거절했다.

무슨 큰일 날 소리를! 기겁하며 도리질하자 그의 눈이 의미심장하게 가늘어졌다.

"반반한 얼굴 데리고 사는 건 좋지만 적당히 지내라. 질리면 버려야 하니."

"대체 무슨 말씀을……."

당황하여 빨개진 얼굴을 양손으로 가리며 에르셀라는 기어갈 듯이 말했다.

"……하시는 거예요."

그러나 왕은 놀리는 걸 멈추지 않았다. 짓궂은 표정에 그녀의 가슴이 빠르게 뛰었다. 그는 그녀의 불길하게 두근대는 심장을 배신하지 않으며 기어이 꿰매고 싶은 입을 열었다.

"왜? 정부가 그러라고 있는 게 아니냐."

역시 왕은 미친 게 분명했다.

새로 하사받은 영지 밀로아는 수도와 국경 중간 지점에 있었다.

에르셀라는 나흘에 걸려 밀로아에 도착했다. 대공이라는 작위치고 영지는 작은 편이었다. 들어보면 원래 왕족이 받는 땅은 공작이나 후작의 땅보다 작다고 한다. 견제를 위해서였다.

하지만 에르셀라는 적당하다고 생각했다. 솔직히 베른하르트만큼 넓은 땅은 다스릴 자신이 없었다. 온종일 일에 파묻혀 살아야 하는 건 끔찍하기도 했고.

'한 달 뒤에 또 가야 한다니.'

에르셀라는 궁에서 있었던 일을 떠올리자 전신이 오싹해졌다. 그러나 르만의 진찰을 받는 건 괜찮았지만 왕을 보는 건 괜찮지 않았다. 르만만 보고 돌아오려 해도 쉽지 않았다. 왕이 그녀가 오는 날은 귀신같이 알아채 에르셀라를 불러들이곤 했으니 말이다. 나이가 드니 그걸 취미로 삼은 듯했다. 에르셀라에겐 불행한 일이었다.

에르셀라는 팔을 교차해 피부에 돋아난 소름을 쓸어내렸다. 입에 담기 힘든 단어가 목 안을 뱅뱅 돌며 발가락을 곱아들게 했다.

그러는 사이 마차가 멈추었다.

"드디어 오셨네요!"

마차에서 내리자 리엔이 반가운 듯 달려왔다. 에르셀라도 환하게 웃으며 인사를 나누었다.

"잘 있었니?"

리엔도 에르셀라를 따라 루델시아에 정착했다.

"저도 갈래요. 고아인 저는 어차피 갈 곳이 없는걸요. 데려가 주실 거죠?"

가슴 뭉클한 말을 떠올린 에르셀라는 새삼 리엔에게 고마움을 느졌다. 끝까지 리엔이 곁에 있어주어 기뻤다. 올해는 기필코 결혼시키리라.

에르셀라의 무서운 속내를 모르는 리엔은 조심스레 물었다.

"아 참, 병은 어떻게 되었어요?"

"거의 완치래."

기다렸던 소식에 리엔의 낯빛이 밝아졌다.

"세상에! 정말 다행이에요!"

방방 뛰며 신나 하는 리엔을 에르셀라도 오늘만큼은 놔두었다. 이로써 한시름 던 듯했다. 에르셀라도 어느 정도 공포감을 떨친 상태였다.

"그래, 이제 너 결혼시키는 일만 남았어."

"……."

에르셀라의 거의 진심인 농담에 리엔의 얼굴이 희게 질렸다. 리엔은 갑자기 맡은 일이 생각난 사람처럼 허둥지둥대기 시작했다.

"아 참! 편지! 아침에 편지가 왔었던 것 같았어요!"

"……."

"우편함 확인하고 올게요!"

왔었다. 같았다. 애매한 말만 해대던 리엔은 이내 부리나케 도망갔다. 꽁무니 빠지게 달리는 리엔을 보며 에르셀라는 웃음을 터뜨렸다.

"뭐 하고 있으려나."

에르셀라는 콧노래를 흥얼거리며 계단을 올랐다. 기쁜 소식을 들려줄 걸 생각하니 한 발 한 발 내딛는 걸음이 하늘을 날 듯 가벼웠다. 걸음은 2층 복도의 두 번째로 위치한 방 앞에서 멈추었다. 에르셀라는 손등을 세워 똑똑 문을 두드렸다.

"들어와."

낮게 들린 반응에 에르셀라가 웃음을 참으며 안으로 들어섰다.

연한 햇살에 둘러싸여 공무에 집중하고 있는 남자는 한참이나 고하지 않는 사용인이 의아했는지 문득 고개를 들었다.
그리고 두 사람의 시선이 마주쳤다.
"……에르."
자신을 부르는 소리에 에르셀라는 예쁘게 웃어 보였다.
"나 왔어요."

순간 펜을 놓칠 뻔한 것도 잊고 하르젠은 장난스럽게 손을 흔드는 여자를 보았다.
내일 도착할 예정이었던 여자가 그의 눈앞에 있었다. 어제 만나고 헤어진 사람처럼, 열흘간의 공백이 느껴지지 않는 인사를 건네며.
그러나 하르젠은 예쁘게 미소 지으며 흔드는 손을 아무렇지 않게 반기지 못했다. 열흘간 이어진 여자의 부재가 생각보다 컸는지, 단지 앞에 에르셀라가 있다는 것만으로 드는 감정에 그는 선뜻 입을 열지 못했다.
"빨리 와서 놀랐죠. 그래서 더 반갑지 않아요?"
좀처럼 인사를 받아주지 않는 그의 모습에 에르셀라는 슬슬 멋쩍어지기 시작했다. 무리해서 도착 날짜를 앞당긴 보람이 없어졌다. 멋쩍음은 곧 하르젠에 대한 서운함으로 변했다.
어색한 동작으로 손을 내린 에르셀라는 불만을 가진 채 테이블을 돌아 그의 앞까지 다가갔다.
"안 반가워요? 나는 보고 싶어서 빨리 왔는데."
솔직한 투정에 그제야 하르젠은 저도 모르게 새는 웃음으로 반응을 보였다. 그러나 에르셀라는 여전히 불만족스러웠다.
끝까지 보고 싶었다는 말은 안 하지.

어쩐지 손해를 본 기분에 에르셀라가 강력히 항의하려던 순간이었다. 팔이 당겨지더니 그녀를 무릎에 앉힌 하르젠이 이마에 입을 맞추었다.

"보고 싶었어."

담백한 키스를 더한 대답에 들뜨고 만 에르셀라는 헤실헤실 새어나오려는 웃음을 감추려 입을 꾹 다물었다. 입술을 비집고 나오려는 웃음 때문에 뺨에 경련이 일었지만 그녀는 꿋꿋이 참아냈다. 겨우 이 정도로 서운함이 풀린 것을 인정할 수 없다는 듯이.

그러나 결국 감정은 겉으로 드러나 그녀의 얼굴은 서운한 것도 웃는 것도 아닌 애매한 표정이 되어버렸다.

그것이 단지 사랑스러워서 그는 그녀의 눈꺼풀 위로 한 번 더 입술을 내렸다. 속눈썹을 스치는 감각에 에르셀라의 어깨가 파르르 떨렸다.

감각은 떨어지지 않으며 점점 아래로 내려와 입술을 집어삼켰다. 체온과 혀가 감겨들어 적나라한 소리가 방 안의 공기와 뒤섞였다.

무덥게 오가는 숨결이 에르셀라의 호흡을 서서히 흐트러뜨리기 시작했다. 입술은 숨 쉬는 게 버거워진 에르셀라가 헐떡일 즈음 천천히 떨어졌다. 달뜬 호흡을 진정시키는 에르셀라의 뺨이 발갛게 상기되어 있었다.

평소와 조금, 달랐던 것 같은데…….

에르셀라는 열이 오른 젖은 눈가를 닦아주는 손끝을 멍하니 보다, 묘하게 즐거워 보이는 하르젠의 표정에 눈을 질끈 감았다.

어쩐지, 평소보다 질척이는 느낌이 이상하다 생각했더니 그녀를 놀리려던 심산이었나 보다. 그것이 열흘 동안 참아온 것에 십 분의 일도 안 되는 욕망인지 모르는 에르셀라는 막연히 그렇게 생각했다.

그녀는 괜스레 입술을 문지르며 조금 전의 감각이 존재하지 않았던 것처럼 입을 열었다.

"시의가…… 병은 안심해도 된대요."

애태우던 문제가 해결되자 병에 대한 얘기는 전처럼 꺼내기 어렵지 않았다.

"그때 말했던 대로 유전이 맞았나 봐요. 약만 꾸준히 복용한다면 완전히 나을 수 있을 거래요."

루델시아에 도착하고 가장 먼저 병에 대해 대화를 나누었기에 하르젠도 모르는 이야기는 아니었다.

"다행이군."

처음 환한 기색을 봤을 때 어느 정도 눈치를 챘는지 하르젠은 놀란 모습을 보이지 않았다. 그래도 고생 많았다는 듯이 머리를 쓸어내려 주는 손길이 좋아 에르셀라는 잠시 눈을 감고 새가 지저귀듯 재잘거렸다.

"아직 할 일 많아요? 보니까 책상에 뭐가 많던데."

"조금."

"뭔데요?"

조금이라고 하면 많았을 가능성이 높았기에 에르셀라는 의아해졌다. 그리고 눈을 뜨자 보이는 서류에 그녀의 고개가 모로 기울어졌다. 서류는 밀로아에 관한 것들로 그의 일 처리 속도라면 진작 끝났어야 했다.

"무슨 문제라도 있어요?"

하르젠은 애매하게 그녀의 시선을 피했다. 그것이 초조함에 일주일간 서류에 손을 대지 못하다 최근에서야 대기 시작했기 때문이란 걸 알지 못한 에르셀라의 의아심은 더욱 깊어질 뿐이었다.

자세한 사정을 알지 못하는 에르셀라는 사람이 그럴 수도 있지 하며 서류 맨 앞장을 살펴보았다. 비교적 자잘한 일만 남은 걸로 보아 역시 중요한 건 처리해 둔 듯했다. 남은 일은 작년에 입은 인적 상해로 일자리를 잃어 수입이 줄어든 영지민들에 관한 것이었다.

"공사 중에 시비가 붙어 다치고 일자리를 잃었는데 밀린 재판이 많아서 아직 손해배상이 이뤄지지 않았나 봐요."

근 몇십 년간 영지의 주인이 없었기에 나라에서 임의로 관리하고 있던 밀로아는 한마디로 질서가 없었다. 그래서 처리해야 할 일이 다른 곳보다 비교적 많았다. 영지를 안정시키고 법을 재정립하는 건 하르젠 덕분에 빠르게 정상화됐지만, 재판관이 많이 없기에 사람들의 억울함을 풀어주는 일이 유독 느렸다.

"생계가 어렵다면 내가 구휼금을 베풀어주는 건 어때요? 빌려주거나."

에르셀라가 의견을 제시했지만 하르젠은 고개를 저었다.

"그건 다른 사람에게 주어지는 불공평함이지."

그녀가 억울한 사람들을 일일이 구제해 줄 수 없다는 말이었다. 알고는 있지만 빌려주는 것도 안 된다 할 줄은 몰랐다.

"냉정하네요."

"관용은 불평등을 초래하고 나태로 이어지니."

조금 무심하게 들리는 어조는 맞는 말이었지만 에르셀라는 이해가 안 가는 점이 하나 있었다.

"흉년이 왔을 때는 세율을 낮췄다면서요."

풍년일 때도 증세하지 않고 평년과 같은 세금을 거두었다고 들었는데 말이다.

"기후는 인간의 영역이 아니니까."

"아."

에르셀라는 작게 탄식했다. 영지민의 사정을 그렇게 명확한 기준으로 생각해 본 적 없다는 깨달음이 새삼 들었다. 한편 신기하기도 했다. 타인의 사정에 관심 없는 그가 나름 사람 간에 차별을 두지 않으려 노력하는 모습이 생소했다.

물끄러미 그를 바라보는 에르셀라의 시선을 어떻게 해석했는지 하르젠은 나직하게 덧붙였다.

"도와주고 싶다면 재판관을 늘려보는 걸로 하지."

아직 발전 중인 밀로아에 재판관을 증원하는 일은 쉬운 일이 아니었다. 겉으론 매정해 보여도 이것이 그만의 배려일 것이다.

에르셀라의 입가에 은은한 미소가 스며들었다. 사랑하는 사람에게 배울 점이 많다는 건 행운이다. 그게 아니더라도 사랑했겠지만.

"좋아요. 내가 알아볼게요."

거절해도 고집을 굽히지 않을 걸 알았는지 하르젠은 순순히 에르셀라의 말을 받아들였다. 그리고 얼마 지나지 않아 그는 다시 일에 집중했다.

그의 다리에 가만히 앉아 있기가 뭐해 에르셀라는 슬슬 일어날 준비를 했다. 식사 시간 때까지 업무를 볼 생각이었다. 방금 막 도착해서 피곤했지만 하르젠이 이렇게 열심히 하는데 자신만 아무것도 안 하고 있을 수는 없었다.

"나도 이만 가봐야겠-"

에르셀라는 나가려고 했지만 순간적으로 무언가 붙잡히는 감각이 그녀를 잡아챘다. 뒤를 돌아보자 하르젠이 그녀의 옷자락을 붙잡고 있었다. 급했는지 의자 끄는 소리도 귀에 들려왔다.

다급한 동작과 함께 방황하는 시선을 마주한 순간, 에르셀라는 황당함보다 웃음이 났다. 하르젠도 그런 자신이 어이가 없었는지 피식 실소를 흘렸다.

"가진…… 말고."

"……."

"……있어. 금방 끝나."

기다려 달라는 얘기를 둘러말하며 그가 멋쩍은 듯 한쪽 눈가를 찡그렸다. 골몰해서 일하고 있던 이유가 아무래도 빨리 끝내기 위해서인 듯했다.

"그럼 난 일하는 거 지켜봐야지—"

뛰듯이 걸은 그녀가 그의 자리 맞은편으로 의자를 끌어왔다. 그는 모르겠지만 에르셀라는 하르젠이 무언가에 집중하는 모습을 지켜보는 게 좋았다.

오늘은 있으라 했으니까 부담스러울 만큼 실컷 봐야지.

그러한 결심을 가지고 자리에 앉은 그녀는 양손으로 턱을 받친 채 그를 유심히 지켜보기 시작했다.

사각사각 펜촉 소리가 조용하지만 다정한 공간에 기분 좋게 울렸다. 타닥타닥 벽난로 안 장작이 타는 소리도 듣기 좋았다.

종이를 향해 지그시 내리깐 검은 눈을 보다 에르셀라는 문득 질문했다.

"왜 이렇게 열심이에요? 자기 영지도 아니면서."

"자기 영지니까."

미묘하게 다른 어감에 에르셀라는 그만 얼어붙고 말았다. 뿐만 아니라 헛기침까지 튀어나왔다.

콜록, 콜록!

난데없이 느낀 당혹감에 자신은 기침이 끊이질 않는데, 정작 하르젠은 고개 한번 들지 않은 채 무덤덤한 얼굴로 서류에 서명 중이었다.

일견 뻔뻔하게 느껴지는 그 모습에 에르셀라는 황당함을 더욱 지우지 못했다. 그녀는 혹시 누가 듣지 않았을까 주위를 흘끔흘끔 살폈다. 당연하게도 방 안엔 그와 자신뿐이었다.

미친 걸까?

차차 침묵은 쌓이는데 여전히 심장은 민망함으로 두근대서 에르셀라는 자리를 지키기가 고역스러워졌다. 처음에는 마냥 얼굴 볼 생각에 좋았는데 이제는 그냥 부끄러워서 미칠 것 같았다. 때마침 에르셀라의 구명줄이 되어준 것은 리엔이었다.

"들어가도 될까요?"

노크와 함께 들려온 반가운 목소리에 에르셀라가 벌떡 일어났다. 대답도 안 하고 문을 바로 연 에르셀라를 리엔이 얼떨떨하게 쳐다보았다.

"왜, 왜 문을 직접 여세요?"

"열어주고 싶어서!"

잔뜩 발개진 얼굴로 에르셀라가 당차게도 외쳤다.

"아…… 예."

리엔은 에르셀라의 과격한 환영에 찝찝함을 느끼며 편지 한 장을 내밀었다.

"이거 전해 드리러 들렀어요."

에르셀라를 피하려 우편함에 갔더니 마침 전령이 와 있는 게 아닌가. 리엔이 내민 편지에 에르셀라는 화색을 감추지 못하며 기대하고 있던 이름을 꺼냈다.

"비센테니?"

"아니요. 로베르트가의 차남이요."

더 기대하기 전에 리엔은 에르셀라의 기대를 미리 무너뜨려 주었다.

"후안 경이?"

에르셀라는 편지의 주인이 비센테가 아니란 점이 아쉬웠지만 금세 표정을 풀었다.

후안에게 온 편지도 좋았다. 그녀는 그 자리에서 편지를 뜯어 읽어 보았다. 편지를 읽어가는 에르셀라의 눈이 살며시 휘어졌다.
"안부 편지구나."
잘 도착했느냐는 안부 인사였다. 루델시아로의 귀화를 도와준 사람이니 연락지를 모르는 건 아니었을 테고, 그도 근래 이래저래 바쁘다 보니 이제야 근황을 보낸 듯했다. 에르셀라는 오랜만에 편지를 쓸 생각에 기분이 좋아졌다.
마침 슬슬 고향 땅의 친구들에게도 잘 있다고 편지를 보낼 참이었다. 어느 정도 자리를 잡으면 밀로아에 한번 초대해도 괜찮으리라.
"전령은 아직 밀로아에 있니?"
리엔은 고개를 끄덕였다.
"네. 이따 점심 지나서 옆 영지로 떠난다고 해요."
"그래? 그럼 지금 답장을 쓸 테니 그 사람에게 전해주렴."
장거리 배달부가 영지에 들르는 건 흔한 기회가 아니었기에 에르셀라는 미리 답장을 쓰기로 했다.
"알겠습니다. 기다릴까요?"
"응. 금방 끝날 거야. 일단 짧게 쓰고 나중에 따로 부치면 되니까."
에르셀라는 서랍장에서 펜과 편지지를 찾아 들곤 자리에 앉았다.
근황만 보내두는 편지니 쓰는 데 오래 걸리진 않겠지. 그렇게 생각하며 이제 막 첫 줄을 써 내려갔을 때였다. 별안간 느껴지는 집요한 시선에 오한이 들었다.
딱딱하게 고개를 드니 하던 일을 멈춘 채 그녀를 보고 있는 하르젠이 보였다. 에르셀라가 조금 느리게 입을 열었다.
"그래도 근황 정도는……."
그런데 왜 자신이 변명하고 있는 것일까? 서늘한 기운에 압도당해 저도 모르게 변명이 튀어나왔다. 대충 왜 저러는지 알았지만 그녀는 나름대로 억울했다. 에르셀라는 당당하게 주장했다.

"언짢을 일이에요? 당신 생명의 은인인데?"

다만…… 아무래도 적절한 어휘 선택이 아니었던 모양이다. 후안에 대한 에르셀라의 표현이 마음에 들지 않았는지 하르젠이 눈살을 찌푸렸다.

하지만 에르셀라는 애써 어쩔 수 없다는 듯이 말했다.

"후안 경에게 도움받은 건 사실이잖아요."

그녀가 허점 없는 논리에 만족하고 있을 때였다.

"그럼 내가 쓰지."

'……응?'

믿기지 않는 말이 들려왔다. 그러나 이어진 말에 에르셀라는 자신이 잘못 들은 게 아님을 깨달았다.

"내 은인이니 당신이 아니라 내가 쓰는 게 맞지. 그러니 당신은 신경 꺼."

그녀가 당황할 새도 없이 하르젠은 후안에게 보낼 편지를 벽난로 안으로 던져 넣었다. 편지는 곧이어 완전히 종적을 감추었다. 에르셀라는 불길에 흔적도 없이 사라진 편지에 할 말을 잃어버렸다.

이게 무슨 짓일까. 순식간에 벌어진 황당한 일에 당황 중인데, 하르젠은 태연히 종이에 펜촉을 움직이고 있었다.

"진짜 쓸 거예요?"

그 종이가 새 편지지라는 것을 알자 에르셀라는 의심스러운 어조로 그에게 물었다.

"은인이라 하니."

그는 성의 없게 대꾸하며 그보다 더 성의 없는 태도로 편지를 쓰기 시작했다. 반듯했던 필치가 평소보다 기울어져 있는 것을 보아 한눈에도 쓰기 싫어하는 게 보였다.

"쓰기 싫으면 차라리 내가……."

말을 마치기도 전에 글씨를 써 내려가는 속도가 느려졌다. 윗줄과 다르게 갑자기 세심해진 글자에 에르셀라는 차오르려는 웃음을 삼켜야 했다.

단 몇 줄로 끝날 줄 알았던 편지는 그녀의 생각보다 길게 이어졌는데, 거기서 의문이 발생했다.

후안과 할 말이 있었던가?

궁금해서 슬쩍 편지의 내용을 훔쳐보려는 순간, 펜을 쥔 손동작이 멈추었다. 글을 마치자 하르젠은 편지를 봉투에 넣고 리엔에게 건넸다.

"바로 전하겠습니다."

수신인과 발신인이 이상해진 편지를 리엔은 떨떠름히 받아 들며 방을 나갔다. 편지에 무슨 내용이 적혀 있는지 보지 못한 에르셀라는 하르젠에게 물었다.

"뭐라고 적었어요?"

"다음에도 내가 답장하지."

제대로 된 대답 대신 신경 끄라는 말을 고상하게도 돌려 말하며 하르젠은 묵묵히 다시 일에 집중했다.

해소되지 않은 궁금증에 에르셀라의 눈초리가 더욱 가늘어졌다. 가늘어진 시선에는 불만도 포함되어 있었다.

'나한테는 저만큼 길게 편지해 준 적도 없으면서.'

심지어 전쟁터에서는 그 많은 편지에 한 번도 답장하지 않았다. 그랬으면서 다른 사람의 편지엔 꼬박꼬박 답장하겠다니?

"싫어요."

불만은 엉뚱한 곳으로 튀어 청개구리 같은 심보를 발동시켰다.

"내 편지니까 내가 써야죠."

삐뚤어진 심술이 나오자 그가 감정을 섞지 않고 말했다.

"일부러 그러는 거면 성공했으니 이쯤 해."

무언가를 내리누르는 듯도 했다. 그러나 에르셀라는 영문을 몰라 의아할 뿐이었다.

"무슨 말이에요, 그게?"

편지 얘기를 하고 있었는데 성공이라니. 에르셀라는 어리둥절했다. 그러다 새삼 잊었던 한 가지 사실이 머릿속을 섬광처럼 지나갔다.

후안을 은인으로 여긴 나머지 한때 수도에 돌았던 소문을 깡그리 잊고 있었던 것이다.

염문. 후안과 입에 담기 민망한 사이로 엮였던 게 이제야 떠올랐다. 물론 소문은 그의 귀에도 들어갔을 것이다. 에르셀라는 억울해졌다.

"설마…… 그 말을 믿어요?"

분별력이 없지도 않으면서 터무니없는 소문을 거르지 않고 있었다니. 사교계에 도는 소문의 절반은 허무맹랑한 이야기란 걸 그도 알 텐데 말이다.

"로베르트를 믿지 못하지."

정 없이 이름이 아닌 성으로 후안을 지칭하며 하르젠은 고개를 들었다. 이제 보니 그의 얼굴엔 약간 차가운 웃음이 번져 있었다. 불길한 예감이 에르셀라의 등줄기를 스치고 올라왔다.

"금발도 믿지 못하고."

설마…….

"왕자도 믿지 못하고. 또……."

"거기까지 하죠?!"

이러다 그녀의 이상형을 줄줄이 나열할 기세에 에르셀라는 다급히 그의 입을 틀어막았다. 두 손을 겹쳐 입을 막자 어느새 거리는 코앞까지 좁혀져 있었다.

그런데…….

정면으로 엮인 시선에 그녀는 입안의 점막을 슬며시 물었다. 손바닥을 간질이는 숨결이 조용한 방 안에서 선명하게 느껴지자 괜스레 기분이 이상했다. 이대로 더 있다간 정말 어색해질 것 같아 에르셀라는 손을 내리며 어물어물 입을 열었다.

"누, 누가 들으면 내가 온 세상 남자는 다 좋아하는 줄 알겠어요."

"아닌가?"

마치 그렇지 않느냐는 듯한 목소리에 에르셀라의 기분이 살짝 상했다. 남자관계에 있어선 누구보다 정숙하게 살아왔다고 자신할 수 있거늘 그 결과가 이렇게 돌아오다니. 울분이 차올랐다.

"이상형은 이상형일 뿐이죠. 당신도 있을 거 아니에요."

사람인 이상 이상형이 없을 리 없다. 분명 그도 한 명쯤은 이상형에 근접한 여자가 있었으리라. 그런데 왜 그리 생각하니 자신이 다 기분 나쁜 걸까. 마음이 심란해진 에르셀라는 괜스레 삐뚤어진 혼잣말을 중얼거렸다.

"자기도 그런 사람이 있을 거면서 만날 나한테만 뭐라 하고."

그리고 혹시 모른다. 제게 지쳐 다른 사람에게 마음이 잠깐 흔들렸었을지도. 충분히 있을 수 있는 일이었다. 여자가 소극적인 그라니아에서 여인이 먼저 춤 신청을 할 정도인데, 그동안 유혹 한번 받은 적 없었을까.

에르셀라는 아니라고 보았다. 건너 건너 들은 이야기로 그녀가 알고 있는 귀족 여인만 해도 여럿이었다. 합리적인 의심에 살짝 짜증 서린 말투가 튀어나왔다.

"정말 왜 나한테만 그래요? 당신은 결백하면 얼마나 결백하다고?"

되레 의심이 돌아오자 하르젠은 인상을 찌푸리며 신경질적으로 말했다.

“난 당신 말고 없었어.”
그에 울컥한 에르셀라도 언성을 높였다.
“누군 당신밖에 있었는지 알아요?!”
억울함에 씩씩거리며 그를 보다, 그녀는 어쩐지 대화가 이상하게 흘렀다는 느낌을 받았다. 지나간 대화를 곱씹은 에르셀라는 차차 민망함으로 얼굴이 붉어지기 시작했다.
본의 아니게 고백을 주고받은 두 사람 사이로 미묘한 정적이 감돌았다. 아직 이런 거에 내성이 없던 에르셀라는 당혹감을 지우지 못했다. 하르젠도 침묵 중인 걸로 보아 적절한 대답을 찾지 못한 듯했다.
“어…….”
순식간에 내려앉은 참담한 정적 속에서 에르셀라의 완성되지 않은 말만이 소리를 이었다.
멋쩍음에 뒷짐을 진 채 발뒤꿈치를 들었다 내리기를 반복하던 에르셀라는 이내 결심한 듯 하르젠에게 짧은 입맞춤을 건넸다.
“이걸로 끝낼까요?”
눈썹을 늘어뜨린 채 웃은 에르셀라는 이것으로 쑥스러운 화해를 청했다. 그동안 감정이 오간 적이 없어 아직까진 말보단 몸이 편했다.
“좀 더 해보지.”
그러나 되돌아온 건 뻔뻔한 요구였다. 하르젠은 아무것도 없이 담백하게 붙고 떨어진 키스에 아쉬운 듯 보였는데, 그에 에르셀라는 얼떨떨해졌다.
정말 어딘가 이상해진 걸까?
그런 에르셀라의 당황을 알아차린 듯 그가 짓궂게 덧붙였다.
“제정신인 상태에서 받는 건 흔치 않은 기회라.”
그 말의 의미를 알아차리자 폭풍과도 같은 부끄러움이 에르셀라에게 몰아닥쳤다. 먼저 키스한 적이 적지 않다고 생각했는데 그게 대부분 술 먹고 난 후였다니. 막연히 괜찮을 거라 여겼던 술주정이 상상 이상으로 질이 안 좋았다. 에르셀라는 쥐구멍에라도 들어가고 싶었지만, 방 안 구석구석을 살펴봐도 그녀가 숨을 구멍은 없었다.

"……그것만 했어요?"

"몸도 원하던데."

에둘러 물었는데 적나라한 대답이 돌아왔다.

"농담하지 말고요."

"좀 신기했거든."

"다른 건 뭐 없었……."

"종마 취급은 처음이라."

저급한 단어가 귓전을 울리자 에르셀라는 기겁하여 두 손으로 얼굴을 가렸다. 자신이 그랬다니 믿을 수 없었다. 또 놀리고 있는 건 아닐까. 하지만 하르젠의 말 말고는 확인할 길이 없었다.

에르셀라는 하르젠이 내뱉은 품위 없는 단어를 곱씹다, 일순 그를 정부라 지칭하던 왕이 떠올랐다. 앓는 소리가 새었다.

왜 갑자기!

도덕적으로 되먹지 못한 인간으로 전락한 느낌에 심장이 세차게 두근거렸다.

뛰박질하는 가슴을 진정시킨 에르셀라는 시야를 가린 손을 약간 펼쳤다. 벌어진 손 사이로 하르젠이 여상한 얼굴로 그녀를 보고 있었다. 에르셀라는 혹시나 하는 마음에 물었다.

"그럼 술 먹고……."

차마 다음 말이 안 나왔지만 그녀는 애써 입술을 떼었다.

"다…… 내가…… 원한 거였어요?"

그녀의 질문에 하르젠은 황당하다는 표정이었다.

"그럼 내가 인사불성인 널 억지로……."

"아니! 대답할 필요 없어요!"

됐어요!

끝내 벼랑 끝에 몰린 에르셀라는 찔끔찔끔 하르젠의 앞으로 다가가기 시작했다. 그녀는 이제 선택권이 없었다. 이제껏 그녀가 원하는 대로 이용한 만큼, 그가 원하는 대로 해줄 수밖에.

창피함으로 덜덜 떠는 손이 하르젠의 얼굴을 감쌌다. 그의 감정을 가지고 놀았다는 죄책감이 심해 입 맞추는 건 어렵지 않았다.

다만 이다음은 어떻게 하는지 익숙하지 않아 멈칫했는데, 얄밉게도 하르젠은 한번 해보라는 듯 가만히 있었다. 체온만을 공유한 채 눈을 뜨니 지그시 내리뜬 새까만 눈동자에는 장난기마저 느껴졌다. 그는 조금도 도와줄 생각이 없어 보였다. 그렇다면 정말 어쩔 수 없었다.

에르셀라는 에라 모르겠다는 심정으로 질끈 눈을 감으며 입술을 맞댄 채 그의 목을 감쌌다. 꼬옥 매달리며 하르젠의 목을 살짝 당기니 맞대고만 있던 입술 사이로 천천히 숨결이 얽혀들었다. 그러나 혼자선 잘하지도 못하는 어설픈 입맞춤이 불편했는지 하르젠이 에르셀라의 턱을 잡고 입술을 벌렸다.

그가 고개를 비틀며 점점 안으로 들어오자 체향이 확 끼쳐와 에르셀라는 순간 정신이 아찔해졌다. 아까보다 더욱 깊어진 입맞춤에 나른한 교성이 귓가에 스며들었다. 몸이 엉겨 붙는 소리도 나직한 신음 사이를 조금씩 메웠다. 끈이 풀리는 느낌과 함께 등에 서늘한 기운이 닿은 건 그때였다.

흠칫한 에르셀라가 조용히 눈을 깜빡였다. 살짝 그를 밀어낸 그녀는 느릿하게 물었다.

"……왜 자꾸 벗겨요?"

"벗지 않고 하는 게 취향이라면……."

"말을 말죠."

아까처럼 뻔뻔하게 돌아온 대답에 에르셀라는 한숨을 내쉬었다. 체념한 듯하면서도 약간 상기되어 있는 뺨을 바라본 하르젠이 입가에 옅은 웃음을 머금었다.

"싫어?"

천연스럽다 못해 시험하는 듯한 질문에 그녀의 고개가 푹 숙여졌다. 겨울인데도 열이 났다. 에르셀라는 도리질하며 기어갈 듯한 목소리로 말했다.

"그건 아닌데……."

"그러면."

다정하게 삐져나온 머리칼을 귀 뒤로 넘겨주며 하르젠이 물었다.

에르셀라는 그에게 파묻힌 채 더듬거리며 입을 열었다.

"방에……."

마차를 타며 쌓였던 피곤은 잊은 지 오래였다.

"……들어가서요."

대답 뒤로 어렴풋한 웃음소리가 이어졌다. 잘했다는 듯 머리를 쓸어내리는 부드러운 손길에 어깨가 움츠려졌다. 동시에 낮게 대답하는 목소리가 그녀의 귓가에 들려왔다.

"그러자."

가슴을 지분거리는 감각을 따라 가느다란 교성이 그림자처럼 이어졌다.

평소보다 집요하게 살을 부딪쳐 오는 남자의 아래에 깔린 채 에르셀라는 격렬하게 몸부림쳤다.

"이제…… 좀 그만……."

그녀는 완전히 지쳤다. 밤새 물처럼 섞인 몸은 이미 한계에 다다른 지 오래였다. 물기 어린 호소가 통했는지 내내 안 놔줄 것 같던 남자는 느긋하게 행위를 멈추었다. 덕분에 위아래로 흔들리던 움직임이 잠시간 멎자 에르셀라는 밭은 숨을 헐떡이기 시작했다.

그만해 달라는 흐느낌이 받아들여진 건 오늘 중 이번이 처음이었다. 물론 멈추려는 그녀 혼자만의 발버둥은 있었지만, 빠듯하게 밀고 들어오는 게 버거워 밀어내려 해도 강하게 얽혀 있는 손가락 때문에 시도는 번번이 실패로 돌아갔다.

그 실패는 투명한 햇살이 비추는 아침부터 서로의 윤곽만을 덧그리던 밤까지 이어졌다. 색색 젖은 숨을 몰아쉬는 숨소리가 고요한 새벽을 꺼뜨렸다. 어느덧 창밖에는 아침이 밝아오고 있었다.

에르셀라는 푸른 어둠과 환한 빛이 섞인 하늘의 경계를 멍하니 바라보다, 마지막 호흡을 고르며 위를 응시했다. 달콤한 휴식을 만끽하자 하르젠을 볼 여유가 생겼다.

그는 어쩐지 묘하게 표정을 굳히고 있었는데, 무슨 일 있나 에르셀라가 걱정하려 할 때였다.

"……언제나 느끼는 거지만."

한숨 섞인 나른한 음성이 흘러들었다.

"체력이 심각할 정도로 없군."

……뭘까. 이 불만 가득한 어조는.

"운동 좀 하지."

삐딱하게 자신을 내려다보는 모습에 에르셀라는 그만 말문이 막혔다.

"지금…… 나한테 불평한 거예요?"

어물어물 항의해 보지만, 하르젠의 눈빛은 더욱 서늘해져 갈 뿐이었다.

"내가 널 언제까지 봐줘야 하지?"

돌아온 냉담한 대답에 에르셀라도 슬슬 억울해지기 시작했다. 아직 정신은 몽롱했지만 아침이나 밤이나 그가 자신을 내버려 둔 적이 없다는 기억만은 선명히 났다. 쏟아지는 땀에 기절하듯 잠들다 깨면 즉시 몰아붙여 왔던 것도.

이렇듯 자신은 최선을 다했는데 하르젠에겐 아니었던 모양이다. 그렇다 해도 그렇지 처음으로 내비친 불만이…… 아니, 이건 불만을 넘어선 힐난이었다.

"하지만 난 지금도 좋은데……."

"저만 만족스러우면 단가?"

"그치만……."

"불공평하지."

틀린 거 하나 없는 말에 에르셀라는 막막해졌다. 운동이라니. 춤추는 걸 가장 격한 운동으로 쳐왔던 그녀였다. 그러나 하르젠의 범주에선 그건 운동으로 치지도 않을 테지. 고단해진 앞길에 눈가를 촉촉이 적시며 울상을 지어보지만 그의 얼굴은 단호했다. 오히려 살짝 인상을 쓸 정도였다.

"이틀에 한 번 정도는 해."

"응……."

그러고서 고개를 낮춰 다시 입 맞춰오는 하르젠을 받아들이는 사이 섬뜩한 감각이 올라왔다. 그녀는 버거웠던 이전의 밤들이 그에겐 배려였을까. 두려운 의심은 따듯해지며 다시 흔들리기 시작하는 몸에 빠르게 지워졌다.

그동안 몸을 쉬으며 에르셀라는 하르젠에 대해 알게 된 사실이 몇 가지 있었다. 살을 겹친 채 키스하는 것이라든가, 끝나면 잔뜩 지친 그녀의 몸을 끌어안고 잠든다거나 하는 것들이었다.

이번에도 다르지 않게 하르젠은 그녀를 품에 가두고 눈을 붙이고 있었다. 어릴 때는 밤새 괴롭히다가 끝에 가서 위로해 주는 듯한 그 행동이 미웠지만 적응은 금방 되어 밉다는 마음도 희미해졌다. 안긴 채 잠드는 게 좋아지기도 했다.

하르젠이 잠이 옅은 편이란 걸 알기에 에르셀라는 그가 깨지 않도록 조심조심 손과 발을 꼼지락거렸다.

졸음이 쏟아졌지만 이대로 잠들어 방에서 나오지 않으면 이상함을 느낀 사용인이 그녀를 찾을지도 몰랐다.

멍멍한 정신에서 서서히 깨어나며 몸도 감각을 되찾아가기 시작했다. 가장 먼저 되살아난 건 통증이었다.

에르셀라는 뻐근한 아랫배에 몸을 웅크리다, 다리 안쪽 깊은 곳에 얼룩져 있는 정사의 흔적에 멍하니 눈을 깜빡였다. 어쩐지 자동으로 어젯밤이 재생되는 듯해 그녀는 딴청을 피우듯 이불을 끌어와 벗은 몸을 덮어버렸다.

목까지 온기가 스며들자 비로소 마음이 안정된 에르셀라는 하르젠이 자는 모습을 보며 골똘히 생각에 잠겼다.

비센테의 승계 문제에 대해서였다. 결혼을 하여 남편을 들이지 않으면 그녀는 비센테를 입적할 수 없다. 왕이 언급한 건 에르셀라도 충분히 인지하고 있었지만, 겉치레일 뿐이라도 다른 남자를 들이는 건 꺼림칙했기에 그동안 문제를 차일피일 미루고 있었다.

그러나 비센테가 곧 돌아오기에 이제 미루는 일에 마침표를 찍어야 했다. 하나뿐인 아들을 후계자로 명명하고 싶은 그녀의 심정을 안 귀족들의 청혼서가 밀물처럼 밀려오고 있기도 했다.

대개 명망 높은 가문은 아니나, 대공의 부군으로서 부귀영화를 누리려는 자들이었다. 물론 그중에는 베아트리스 왕녀의 막내딸이 무척 아름다운 용모를 지녔다는 소문에 미혹되어 용감하게 청혼서를 보낸 대가문의 차남도 있었다.

어느 쪽이든 기쁘게 받아들일 수 없는 청혼에 에르셀라는 착잡해져만 갔다.

한편으로는 성에 도착하는 청혼서를 무덤덤한 태도로 일관하는 하르젠을 속으로 핀잔하기도 했다.

어떻게 흔한 질투조차 보이지 않는 걸까. 그녀가 다른 남자와 결혼해도 상관없다는 듯 청혼서에 대해 한 점의 언급도 하지 않는데, 에르셀라는 그런 하르젠이 조금 야속하게 느껴졌다.

차라리 먼저 청혼할까?

그 방법도 있긴 했다. 다만 그와 결혼한다면 부차적으로 뒤따라오는 문제가 마음에 걸렸다. 그녀가 결혼한다면 소문은 그라니아에게까지 퍼질 텐데, 하르젠은 대외적으로 죽은 인물이었다. 만일 그중 누군가 그를 알아본다면…….

에르셀라는 점점 불어나는 욕심에 맥없이 한숨을 쉬었다. 처음에는 분명 하르젠이 살아 있기만을 바랐는데 한숨 돌리니 어느덧 결혼까지 욕심내고 있었다.

에르셀라의 입가에 미소가 지어진 건, 몸이 맞붙으며 단단한 품이 느껴졌을 때였다.

"숨 막혀요."

웅석 부리듯 하는 말에는 웃음기가 섞여 있었다. 살결을 쓸어내리는 손바닥에 몸을 맡기며 에르셀라는 고민을 잠시 잊기로 했다.

"왜 더 안 자요?"

슬쩍 고개를 들며 그녀가 물었다. 체감상 잠든 지 한 시간밖에 안 된 것 같은데, 그는 벌써 깨어 있었다. 아무래도 그간 잠을 종종 걸렀던 게 습관으로 굳은 듯했다.

하르젠은 밤새 흐느껴 운 에르셀라의 눈가에 입을 맞추는 것으로 대답을 대신했다.

"좀 자지. 이따 피곤할 텐데."

에르셀라가 할 말을 가로채며 그는 엉망이 된 금빛 머리칼을 정리해 주었다.

에르셀라도 똑같이 하르젠 이마 위로 어질러져 있는 흑발을 쓸어주었다. 나른한지 약간 풀려 있는 눈에 그가 그녀를 다시 재우려 할 때였다.

"당신도 나만큼 흐트러졌네."

취한 듯 풀려 있는 눈이 유혹하듯 휘어졌다. 발간 뺨으로 말갛게 웃는 여자를 하르젠은 굳은 듯 바라보다, 이내 맥이 풀려 대강 맞춰주었다.

"그러게."

잠결에 자기가 무슨 말을 하고 있는지도 모를 것이다.

심상한 대답에 입술을 꾹 오므린 에르셀라가 결심이라도 한 듯 입술을 부딪쳐 온 것은 그때였다.

"내가 아직도 당신이 키워야 하는 아이 같아요?"

조금 전에 느낀 게 착각이 아니라는 듯 에르셀라는 그의 가슴팍에 부리를 쪼아대는 새처럼 입술을 묻었다. 그러나 잘 쳐줘도 어설픈 유혹에 그의 입매가 픽 하고 휘어졌다.

"좀……."

유혹이 실패로 돌아가자 에르셀라는 그 어느 때보다 부끄러움이 극에 달했다.

"……자야겠다."

묻지도 않은 말에 대답하며 에르셀라는 이불 속으로 숨어들었다. 그러나 이불은 홍조가 핀 얼굴을 조금 더 보고 싶었던 하르젠의 의지에 따라 걷어졌다.

"예뻐."

"……."

"이런 짓 안 해도."

조금 전 그녀가 했던 행동을 그대로 돌려주며 그는 말했다. 담백한 말과 다르게 담백하지 못한 접촉에 그녀의 발끝이 움츠러졌다.

"……그런데 왜 웃었어요?"

"웃겨서."

"잘래요."

에르셀라는 또다시 이불 속에 숨어들었다. 한번 민망해하면 굴까지 팔 여자인 걸 알기에 하르젠도 그녀를 내버려 두었다. 별것 아닌 일로 하루 종일 그를 피해 다니는 것보단 나았으니. 어디에도 먹히지 않을 그녀의 연극은 얼마 안 가 막을 내렸다.

"맞다. 그때 왜 일찍 왔어요?"

결국 생각해 낸 게 화제의 전환인지 에르셀라는 불현듯 물어왔다. 그러나 두서없이 꺼내진 질문이 무슨 말인지 알 길이 없어 그의 미간이 가늘게 좁아졌다.

그의 표정을 알아챈 에르셀라는 설명이 부족했음을 깨닫고 한 번 더 입을 열었다.

"그때 비센테 교육을 내 멋대로 해서 나한테 화났을 때 말이에요."

"화낸 적은 없는데."

에르셀라가 비센테에게 관여한 사건은 그에게도 낯설었기에 그는 어렵지 않게 기억해 냈다.

"그런가? 음, 아닌데……."

에르셀라는 하르젠의 정정에 미심쩍어하다 재차 질문했다.

"아무튼, 그때 왜 일찍 왔어요?"

그가 화냈느냐의 여부는 중요하지 않았는지 에르셀라는 이상한 곳에서 집요했다. 하르젠은 달리 묻지 않고 대답하기 위해 그날 왜 그랬는지를 떠올렸다.

여느 때처럼 여상한 하루였을 것이다.

아침에 클리프턴이 전한 소식만 아니었더라면.

도합 열한 명의 인사가 착석 중인 회의실 속 하르젠은 가만히 시선을 내리뜨고 있었다.

저 가까이 무의미한 공방을 벌이며 시비를 논하고 있는 다툼이 보이지 않는지 그는 철저히 관조자처럼 존재했다. 시선이 닿은 곳에는 의제를 정리한 문서가 놓여 있었다.

그러나 그의 머릿속에 가득한 건 의제와 조금의 관련도 없는 일이었다.

"마님께서 도련님의 연무장 시간을 통제하셨습니다. 뿐만 아니라 이제 도련님의 교육에 관여하시겠다고 선언을……."

새벽에 들어와 아침 일찍 출타했기에 어제 여자가 저지른 일은 집사를 통해 전해 듣게 되었다.

클리프턴에게 전해 들은 얘기는 다소 난해했다. 변덕이 심한 건 알았지만 평소 여자의 변덕은 어느 정도 그의 예상 범위 안에 있었다. 그러나 연무장을 통제하고 선생을 해임한 행동의 연유를 알 수 없다는 점에 있어서 이번 일은 조금 다르게 다가왔다.

"무슨 문제라도 있나?"

옆에서 들려오는 소리에 고개를 돌리니 카르온 피사리데가 있었다. 하르젠은 떠나가지 않는 의문에 모호하게 웃었다.

"글쎄."

이번엔 또 무슨 변덕일까. 모르겠다. 물어도 답을 하지 않으니 그는 그녀가 무슨 생각을 하는지 알지 못했다.

"그냥 지겨워지는군."

하르젠은 대답을 대충 저쪽에서 일어난 공방 탓으로 떠넘겼다. 그러나 피사리데 후작은 알아들은 듯 하르젠에게 권했다.

"일이 있으면 회의를 마루지. 어차피 지금은 끝나지도 않을 것 같고. 저들도 머리를 식혀두는 게 좋을 테지."

그 말에 그는 잠시 탁상공론을 주시했다. 무엇이 더 중요한가 하면 결론 내리기는 쉬웠다.

"사저에 잠시 들렀다 오지."

그 얼굴이 보고 싶었다.

그 여자가 보고 싶다.

그라니아 대표 귀족들이 자리한 비공식 회의는 그 단순한 바람 속에서 지연되었다.

베른하르트 공작이 지체시킨, 밤중에 재개될 회의에 불만을 표시하는 사람은 없었다. 결론 나지 않을 입씨름에 그들도 슬슬 지겨움을 느끼고 있던 차였다. 공작을 반대할 때 뒤따를 부담감을 지고 싶지 않기도 했다.

"공작이 웬일로 회의를 다 미루고."

웬만해선 회의 도중 귀가하는 일이 없던 공작이 의아했는지 가르텐 공작이 그를 따라 밖으로 나왔다.

"집안에 무슨 문제라도 있나?"

하르젠은 걸음을 멈추었다. 공작이 깊게 생각하지 않고 내뱉었을 말은 의외로 의표를 찔러왔다. 문제는 언제나 있었다. 보이지 않는 듯 외면하고, 존재감을 지워왔을 뿐.

"별건 아니니 짧게 하지."

요지만 하자는 일언에 공작이 혀를 내둘렀다.

"하여간 서먹하게도 구는군."

오만상을 하던 공작은 머지않아 표정을 풀었다. 이윽고 그가 줄인 목소리로 말했다.

"칸더스 후작이 비밀리에 자리를 마련하겠다는 답장을 보냈네. 거기에 판테츠 백작을 보낼 예정이고."

공작은 일전에 나누었던 대화를 의도적으로 다시 꺼냈다. 그는 조금 탐탁지 않은 얼굴이었다.

"그런데 말이야, 공. 준비 기간이 삼 년이라고 했는데 너무 늦는 건 아닌가? 신중히 하는 건 좋지만 그게 좀 부담돼. 더군다나 피사리데까지 고이 두어야 하는 상황에서 말이지."

그러나 공작의 우려는 타협할 수 있는 부분이 아니었다.

"죽은 왕비의 위광은 건재한데, 대공에겐 명분이 없지."

하르젠은 공작의 불만을 일축했다. 안 그래도 명분 없는 반역. 이 이상 살점 하나도 치명적이었으므로. 가르텐 공작은 동감한다는 듯 머리를 끄덕거렸다.

"하긴 그 여자, 평판은 좋았지."

왕비는 번번이 유산하여 폐위가 거론되었지만 질질 끈 게 문제였는지 동정론이 대두되었다. 동정의 여파가 왕비가 남긴 자식에게 미친 건 더 말할 것도 없으리라.

"평소 행실도 트집 잡을 것 없이 완벽했으니 이것 참……."

성가신 계집. 죽은 왕비를 그리 칭하며 공작은 표정을 와락 구겼다.

"그래도 삼 년이면 좀 잊히겠군."

삼 년이 지나도 왕자는 어리겠지만 숙부가 갓난아기인 조카를 죽였다는 오욕보단 나으리라. 하르젠은 공작의 추가 한쪽으로 기우는 무렵, 건조하게 첨언했다.

"어린아이는 쉽게 죽기도 하니."

"그렇긴 하지."

그 점은 공작에게도 나쁘지 않았다. 확실히 그런 요행을 기대하는 것도 나쁘진 않을 터였다. 그사이 왕이 실수라도 해준다면 그들은 더할 나위 없이 만족스러운 기반을 다질 수도 있을 것이다.

"알겠네. 바쁜 사람을 너무 잡아두었군."

설득을 포기한 공작은 별도리 없이 자리를 떴다. 하르젠은 사라져 가는 공작의 뒷모습을 일별하며 사저로 향했다.

클리프턴은 갑작스러운 그의 귀가에 놀라 하며 허둥지둥 주인을 맞아들였다. 무슨 일 있냐고 묻는 클리프턴을 뒤로하고 하르젠은 가장 먼저 에르셀라를 찾았다.

"마님…… 말입니까?"

이른 귀가에, 공작 부인.

심각한 사안이라고 여긴 클리프턴의 얼굴에 그늘이 졌다. 듣기로 그녀는 지금 도련님과의 충돌으로 울적해하고 계셨다. 만일 운 얼굴을 주인이 마주한다면…….

하지만 신하 된 그로서는 뾰족한 수가 없었다. 그저 그대로 이행할 수밖에.

"예, 마님은 곧 모시고 오겠습니다. 그런데 저 이건…… 어찌할까요?"

숙였던 허리를 펴든 클리프턴은 난감해하며 하르젠에게 편지를 보였다. 반나절 내내 그의 골치를 썩였던 것으로 멋대로 처리할 수도 없어 보관하고 있었다. 그게 무엇에 관한 것인지 확인한 하르젠은 심상한 동작으로 편지를 받아 들었다.

"내가 알아서 하지."

"예. 잠시만 기다려 주십시오."

문이 여닫는 소리가 한차례 들리고 그밖에 남지 않은 방. 하르젠은 뜯지 않은 편지 그대로 그것을 촛불 가까이에 가져가 댔다.

친애하는 공작 부인께.

-클로비스 데인.

여느 때처럼 발에 차이는 흔하디흔한 연서를 태운 뒤 그는 소파에 몸을 기대었다. 문이 열리고 인기척을 느낀 건 연일 축적된 피로를 잠시 덜어낼 무렵이었다.

보고 싶었던 얼굴이 눈앞에 있었다.

"비센테가 지금껏 받아온 교육에 대해 들었어요."

등불만 일렁이는 어둠 속에서도 눈동자만은 푸르렀다. 평소와 다른 게 있다면 눈빛이 흐릿하기보단 조금 선명하다는 점이었다. 그 선명한 시선이 자신만을 담고 있다는 사실이 나쁘지 않았다.

다만 비센테에 관한 걸 아무렇지 않게 그의 앞에서 논하는 태도에 답해주기는 쉽지 않았다.

이제 와서 무슨 심술일지.

"당신의 교육 방식은 너무 가혹해요. 비센테는 아직 어린 나이예요."

우습기만 한 주장에 감흥은 들지 않았다. 한 삼 년 전에 말했더라면 조금 달랐겠으나.

"당신 말대로 해."

그러나 어차피 한철뿐인 심술. 손바닥처럼 뒤집힐 변덕.

하르젠은 특별히 제지할 필요를 느끼지 못했다. 변덕은 변덕일 뿐이니 계획 또한 이변 없이 진행될 것이다.

그는 저 여자를 사랑하지만 믿진 못했으니.

반란 역시 버젓이 존재하는 문제를 덮기 위한 임시방편에 불과하다는 것을 알았다. 하지만 그리할 수만 있다면 그는 기꺼이 유리의 성을 지을 생각이었다. 시간이 지날수록 깨지고 부서지겠지만 그때마다 새로 지어질 아늑할 온실을. 벗어나면 시들 수밖에 없게. 그리하여 영원히 그곳에서밖에 살 수 없게.

삼 년 후면 왕비의 죽음도 희미해질 테니 조카가 죽어도 견딜 만큼은 되겠지.

자조는 에르셀라가 안겨온 순간 온기처럼 찾아왔다. 그가 어떤 끔찍한 생각을 하고 있는지 안다면 이리 안겨오지 못할 텐데. 에르셀라는 너무도 쉽게 웃으며 엉겨들었다.

울었는지 붉은기가 도는 눈시울을 바라보며 하르젠은 속으로 뜻없이 미소했다. 셀 수 없이 보아 눈물은 익숙한데, 언제나 달갑지가 않았다.

여전히 너는 우는구나. 나는 멈추는 법을 모르는데도.

그는 알지 못했다. 지날수록 공허해질 뿐인 무의미한 감정이 왜 이토록 오랫동안 지속되는지. 끊어지지 않는지.

안고 있음에도 왜 이리 괴로운지.

에르셀라, 너와 내 끝은 어디일지.

그사이에 이미 들킨 변명을 숨기려는 에르셀라의 노력이 이어졌다. 운 사실을 감추기 위한 것인지 그녀는 소설 속 내용을 열심히도 재잘거리고 있었다.

"마지막엔 어떻게 됐는데."

한 점 낭만 없는 질문에 에르셀라는 가는 시선으로 그를 흘겨보다가, 마지못해 중얼거렸다. 하르젠은 조금 웃었다.

토라진 듯한 목소리와 달리 소설의 끝은 나쁘지 않았다.

언젠가 보았던 아름다운 동화의 결말처럼.

"정말 그게 끝이에요?"

그간의 의문이 터무니없이 쉽게 풀리자 에르셀라는 얼떨떨해지고 말았다. 그로 인해 바뀐 미래 때문에 얼마나 혼란스러워했는데, 겨우 보고 싶어서였다니. 맥없이 풀린 실처럼 허무함이 몰려왔다. 그러나 하르젠은 그게 정말 다였는지 별다른 말은 붙이지 않았다.

"당신…… 나 너무 좋아하는 거 아니에요?"

다만 황당하다는 듯 묻는 에르셀라가 어이없었는지 그의 미간에 미세한 굴곡이 생겨났다. 에르셀라는 매정한 반응에 머쓱해졌지만 애써 당당하게 나가기로 했다. 곰곰이 따져봐도 그녀가 민망해할 건 없었다.

"그렇잖아요. 누가 보고 싶다고 그렇게 해요."

게다가 그렇게 화내놓고 말이다. 화낸 건 아니라 해도 그때 얼마나 긴장하고 있었는데. 그래도 기분은 좋아 에르셀라가 은근하게 놀리는 사이 하르젠은 어느덧 그녀의 위에 자리했다.

팔을 뻗은 에르셀라가 하르젠의 얼굴을 부드럽게 감쌌다. 이상한 일이지. 얼굴을 가만가만 쓸 때마다 자꾸만 웃음이 났다.

그 일은 여전히 가슴에 남아 있고, 아주, 정말 아주 가끔은 당신이 밉고 나 자신이 미운데. 그런데도 사랑하는 내가 미친 걸까.

매 하루 젖어들었던 마음에 내리는 햇살이 더없이 포근해서, 그것이 더없이 행복해서 눈물이 날 것 같았다.

에르셀라는 벅차오르는 기쁨이 걷잡을 수 없어지기 전에, 그래서 눈물이 나오기 전에 아주 환하게 웃었다.

"그래도 대답이 마음에 드니 상 줄게요. 소원이 뭐예요?"

아이를 칭찬하듯 머리를 쓰다듬는 손길에 하르젠은 피식 웃으면서도 더 고개를 낮춰 에르셀라의 어깨에 얼굴을 묻었다. 그에 에르셀라가 한 번 더 웃을 때였다.

"살찌는 거."

귓가에 나직하게 엉기는, 속이 적나라한 대답에 그녀의 웃음이 뚝 끊겼다. 이상함을 감지한 에르셀라가 빠져나가기 위해 슬금슬금 몸을 움직였지만 밤중의 실패가 한 번 더 추가됐을 뿐이었다.

어깨에 묻었던 머리를 들어 올린 하르젠은 깨끗하지 못한 속을 감추지도 않고 있었다. 보다 못한 에르셀라가 한 번 더 기회를 주었다.

"음…… 좀 진지하게 생각해 보는 건 어때요?"

"충분히 숙고했다만."

그러나 농담이 아니었는지 하르젠에게선 다른 대답은 나오지 않았다. 이러다 정말 말릴 게 분명해 에르셀라는 부러 단호함을 꾸며 내 말했다.

"기각하죠. 대신 내가 하고 싶은 거 할까요?"

"소원을 비는 주체가 왜 당신에게로 넘어간 건지 이해가 안 되는군."

"내 마음이에요."

하르젠은 손쉽게 넘어간 소원이 마음에 들지 않는 듯 보였지만 어쩔 수 없었다. 운동하라. 살쪄라. 원하는 게 너무 많지 않은가? 해도 해도 너무했다.

"사실 예전부터 하고 싶은 거 있었거든요. 들으면 당신도 좋아할 텐데, 싫어요?"

이미 선택권이 없다는 것을 안 그는 체념하듯 고개를 저었다.

"뭔데."

"음-"

노래하듯 말을 끌며 에르셀라가 그의 목을 끌어왔다. 코끝과 코끝이 맞닿자 간지러움이 숨결에 얽혀 폐부까지 스며들었다.

"곧 있으면 밀로아에서 축제가 열리는 거 알죠?"

그녀가 보는 세상을 꽉 채운 남자를 향해 에르셀라는 싱긋 웃었다.

"우리도 돌아다닐까요?"

"……."

"손잡고, 연인처럼."

이번만큼은 거부하기 힘든 유혹에 하르젠도 픽 하고 웃어버렸다.

"그래."

마주 웃는 연인을 보며 에르셀라는 영원히 변하지 않을 다짐을 되새겼다.

역시 이 남자가 아니면 안 될 것 같았다.

밀로아의 축제는 5일 동안 열린다. 잘하면 축제일에 맞춰 비센테가 도착하지 않을까? 에르셀라는 부푼 희망을 안고 축제의 마지막 날까지 기다렸지만 비센테는 감감무소식이었다.

"이상하네. 이쯤이면 올 거라고 생각했는데."

길을 잃은 걸까? 모종의 이유로 변방 소도시를 경유해서 오느라 비센테가 늦는다는 걸 모르는 에르셀라의 얼굴에는 걱정이 만연했다.

"사람을 보내야 하나."

고심 끝에 정말 사람을 보낼 낌새에 리엔이 기함하여 소리쳤다.

"안 돼요! 도련님이 어디 계신 줄 알고요! 가뜩이나 인력도 없는데!"

"……매정한 것. 넌 그 아이가 걱정되지도 않니?"

"알아서 잘하시겠죠."

가차 없이 몰인정한 대꾸였다. 리엔은 마지막으로 에르셀라의 살짝 말려 올라간 소매를 펴주었다.

"도련님이 나이가 몇인데 설마 길을 잃겠어요."

"리엔, 잊었나 본데 여긴 루델시아란다. 길 정도야 충분히 잃을 수 있지."

"네네, 아무렴요."

리엔은 듣는 둥 마는 둥 하며 건성으로 내뱉었다. 제 자식 아니라고 너무나 태평한 모습이었다. 그것이 얄미워 에르셀라는 시선을 뾰족하게 모았다.

비센테가 마부에게 사기를 당하거나 중간에 험한 일을 겪고 있는 건 아닐까 걱정인데 아무래도 그녀 혼자만의 걱정인 듯했다. 하르젠도 별생각이 없어 보였으니.

"어쨌든 도련님은 무사하실 테니 전하는 축제에 다녀오세요. 부군과 손잡고. 알겠죠?"

손잡고 하루 종일 돌아다니기로 했다는 그녀의 자랑을 잊지 않았는지 리엔은 살뜰하게도 써먹었다.

……어쩌자고 자랑을 했을까. 어쩐지 말하고 나서 불길한 예감이 든다 했다. 에르셀라는 후회했지만 때는 늦었다.

"맞다, 그건 챙기셨어요?"

리엔이 깜빡했다는 듯 묻자 에르셀라는 가볍게 외투 주머니를 두드렸다.

"응."

"휴, 다행이다. 그럼 잘 다녀오세요."

자칫 일이 틀어질 일은 없을 듯해 리엔은 아차 한 가슴을 달래며 당부했다.

"길 잃어버리지 마시고요. 여긴 루델시아잖아요?"

놀려댈 기회를 놓치지 않는 발칙한 하녀는 마지막의 마지막까지 알뜰하게 놀려대며 에르셀라의 등을 떠밀었다.

오랜만의 외출을 맞이해 주듯 시리지 않은 겨울바람이 에르셀라의 잔머리를 훑고 지나갔다.

하르젠은 마차 앞에서 에르셀라를 기다리고 있었다. 그녀가 당부했던 대로 평범한 차림새였다. 다만 검정 바탕의 외투는 장식이 없어 밋밋했지만 옷감이 고급스러웠고, 흰 셔츠 사이로 보이는 볼로타이 때문에 완전히 평민 같은 느낌은 주지 않았다.

얼굴만 제외하면 적당히 평범한 귀족 같았으며 에르셀라의 차림도 그와 비슷한 분위기였다. 대단하지 않은, 그저 여느 평범한 부부가 모처럼 야유를 나온 듯한.

눈에 띄지 않는 옷차림이 마음에 쏙 들자 에르셀라의 걸음걸이가 가벼워졌다. 가뿐가뿐 날개라도 달린 듯 걸음은 금세 하르젠 앞에 다다랐다.

"자."

봄에 피어난 꽃송이처럼 싱그럽게 웃은 에르셀라는 그의 앞으로 손을 턱 하고 내밀었다.

하르젠은 지난번의 약속을 지키기 전에 느슨하게 둘러 있는 에르셀라의 목도리를 꼼꼼히 다시 매주었다. 느닷없이 갑갑해진 목에 에르셀라가 눈매를 설핏 찌푸렸다.

"답답해요."

"추워."

그 말대로 루델시아의 겨울은 그라니아보다 추운 편이었다. 하지만 너무 꽁꽁 동여매는 바람에 지금 입고 있는 옷과 조화가 맞지 않았다. 일부러 평범하면서도 예쁘게 보이도록 맞춰 입었는데. 그것을 아무렇지 않게 무로 되돌리다니.

"그래도 이 옷에는 조금 여유롭게 매야……."

이대로 외출하긴 싫어 에르셀라가 목도리를 다시 손보려고 할 때, 하르젠이 올라오는 손을 잡아 내리며 그대로 깍지를 꼈다.

"뭘 해도 예뻐."

꽉 얽힌 손이 단단하게 쥐어졌다. 에르셀라는 빈틈없이 촘촘히 얽힌 하르젠과 자신의 손을 내려다보았다. 조금 신기한 기분이었다. 하르젠에게서 평생 들을 예쁘다는 말을 몰아서 듣고 있는 듯했다.

"음, 그런가……."

쑥스러운데 입꼬리를 주체하기 힘들었다. 하르젠은 웃음 섞인 목소리를 못 들은 척해주며 손을 내밀었다.

"가지."

에르셀라는 우아하게 에스코트하는 손길을 따라 마차 안에 올라섰다.

살얼음이 끼어 있던 공기가 광장을 북적거리는 사람들로 후덥지근해졌다. 에르셀라는 조심조심 발을 내디디며 주변을 둘러보았다. 밀로아의 온 인구가 한 장소에 모였는지 조심하지 않으면 바로 옆 사람과 부딪힐 정도였다.

"이렇게 사람이 많은 건 처음 봐요. 마지막 날에 제일 화려하게 한다고 들었는데 정말인가 봐요."

관리가 제대로 되지 않아 삭막한 만큼 며칠만은 즐기자는 취지에서 축제가 만들어졌다고 한다. 그렇다 보니 오늘의 밀로아는 그라니아의 수도 못지않은 활기를 머금고 있었다.

"그런 것 같군."

단조롭게 대꾸한 하르젠은 간간이 지나다니는 사람을 피해 에르셀라를 제 쪽으로 끌어왔다. 어깨가 아닌 손을 잡고 있어 불편했지만 놓지는 않았다. 에르셀라에 의해 그네처럼 흔들리는 팔이 나쁘지 않았으므로. 신이 난 듯 생생하게 반짝거리는 푸른 눈동자를 보는 하르젠의 입가로 옅은 미소가 번졌다.

"하르젠, 저것 봐요. 안 위험할까요?"

분수대 앞에서 벌어지는 묘기를 발견한 에르셀라는 곧 사람과 부딪히는 건 신경 쓰지 않게 됐다.

"광대는 처음 봐요."

불붙은 병을 돌리며 공중제비를 하는 광대의 재주에 에르셀라는 놀라면서도 간간이 박수를 보냈다.

"그거 알아요? 옛날에는 궁에도 광대가 살았대요. 귀족들도 광대를 저택에 불러 놀기도 했고요."

그가 알기로는 여전히 몇몇 가문은 광대를 고용해 비밀리에 유희를 즐겼다. 다만 품위와는 거리가 먼 유희거리였으니 밖으로 새지 않도록 쉬쉬할 뿐.

"우리도 성에 한번 불러볼래요?"

헛기침이 나온 건 그때였다. 천진한 제안에 하르젠은 어떤 대답을 꺼내야 할지 잠시간 고민했다. 귀족이 광대를 불러 무슨 짓거리를 하는지는 알고 하는 말일까. 귀족의 부름을 광대가 어떻게 받아들이는지도.

"비센테에게도 보여주고 싶어요."

모르는 듯하다.

"……영지가 안정되면."

무작정 안 된다고 하면 왜 안 되는지 캐물을 게 뻔해 하르젠은 애써 돌려 말했다.

"아쉽네요. 비센테도 오늘 왔으면 좋았을 텐데."

에르셀라는 특별히 의심하지 않으며 순전한 아쉬움을 드러냈다. 연락도 없이 늦는 비센테가 또다시 걱정되기 시작했다. 가족끼리 도란도란 거리를 활보하는 건 언제든 할 수 있으니 별일 없어야 할 텐데 말이다.

물론 크게 걱정되는 건 아니었다. 비센테의 늦어지는 일정에 무덤덤한 하르젠을 보면 왠지 안심이 되었다. 그가 걱정하지 않으니 비센테는 안전하다. 이상하지만 그럴듯한 믿음이었다.

그사이 광대의 묘기가 끝났다. 광대는 사람들의 빼곡한 박수갈채를 받으며 감사 인사를 전하고 있었는데, 그러면 사람들은 광대가 벗은 모자 위로 동전을 던져 넣었다.

"하르젠, 잠시만요."

하르젠의 손을 놓은 에르셀라도 잰걸음으로 광대 근처로 다가갔다. 즐겁게 구경했는데 박수만 치고 있기가 좀 그랬다.

그녀가 품 안의 주머니에서 금화 세 닢을 꺼내 광대의 모자에 넣었다. 무려 평민의 한 달 치 생활비에 광대가 과장된 아부를 떨며 폴짝폴짝 뛰었다.

"오, 세상에! 루델시아 님이 여기 계셨을 줄이야! 신이시여, 감사합니다!"

발밑에 스프링이라도 달린 듯 허공으로 높이 뛰어오른 광대는 이내 에르셀라의 손등에 키스를 건네었다.

"우리의 여신님, 즐거운 시간 보내시길."

순간 하르젠의 미간이 구겨졌지만 그 모습을 보지 못한 에르셀라의 얼굴은 신선한 경험에 환하기만 했다.

손등 키스를 받은 에르셀라는 다시 종종걸음으로 하르젠의 곁에 다가갔다. 에르셀라는 재빨리 자랑했다.

"들었어요? 나보고 여신이래요."

"값을 과하게 치렀군."

툭 핀잔하며 하르젠은 다시 에르셀라의 손을 잡았다. 손등을 문지르는 느낌을 인지하지 못한 에르셀라는 그의 동문서답에 집중했다.

웬 돈? 이제껏 돈에 인색하게 군 적 없었으면서 광대에게 쓰는 건 아까운 걸까. 에르셀라도 밀로아의 물가를 알기에 금화 세 닢이 광대가 보인 재주에 비해 많다는 건 알았다. 하지만 오늘은 특별한 날이지 않은가. 에르셀라는 하르젠과 마주 잡은 손을 앞뒤로 흔들며 싱긋 웃었다.

"즐거운 날이잖아요."

하르젠은 그녀의 말을 부정하지 못했다.

거짓 한 점 없는 명제처럼 새가 지저귀는 하늘은 쾌청했고, 겨울 햇볕은 따스했다. 그리고 에르셀라가 있었다. 그에게도 즐거운 날일 수밖에 없게.

그 무렵 그가 즐거운 이유를 너끈히 차지하고 있는 여자는 스스럼없이 돌아다녔다. 간혹 에르셀라는 몰래 사찰을 나온 관리처럼 굴었는데,

"당신 말대로 이곳은 마차가 지나다니기엔 너무 좁은 길이네요."

"그럼요, 불편해 죽겠다니까요! 건의해도 저희 말은 말도 아닌지 시정해 주지도 않고!"

"저런."

그녀는 상인들에게 말을 붙이고 형편을 묻곤 했다. 그 모습을 보는 하르젠은 지금 하고 있는 게 데이트인지 일의 연장선인지 분간이 안 가기 시작했다.

"그래도 새로운 영주님이 오시고 사정이 많이 괜찮아졌어요. 무

뢰배도 없어지고, 돌아다니는 경비대 덕분에 장사를 방해하는 치도 이제 많이 없거든요. 듣자 하니 왕녀님의 따님이시라는데, 그런 분이 영주가 됐으니 저희에겐 기쁜 일이죠."

젊은 여자는 새로운 영주를 아낌없이 칭찬했다. 경비대가 제 역할을 다한다는 게 그녀의 가장 큰 기쁨인 듯했다.

한편 예상치 못하게 얻은 칭찬에 에르셀라의 입꼬리가 씰룩 올라갔다. 판매대 위를 가리킨 에르셀라는 다소 어수룩한 칭찬을 건네었다.

"예쁜 게 많네요."

훤히 보이는 속에 피식거린 하르젠은 모자 하나를 집어 들었다. 챙이 작은 붉은색 벨벳 모자였다. 하르젠은 그것을 에르셀라의 머리 위에 씌워준 뒤 짧게 감상을 내렸다.

"잘 어울리는군."

"뭐예요, 갑자기."

뜬금없는 감상에 당황한 것도 잠시였다. 양손으로 모자의 챙을 잡은 채 고갤 숙인 에르셀라는 이내 소리 내어 웃어버렸다.

"오늘따라 왜 이렇게 맞춰줘요?"

하르젠과 길거리 축제도 처음이었지만 쇼핑은 상상도 못 했다. 왜 자꾸 다정하게 굴까. 챙이 조금만 더 넓었으면 좋겠다. 빨개진 얼굴이 가려지도록.

그러나 좋아서 어쩔 줄 모르겠는 얼굴은 앉아 있는 주인의 시야에 고스란히 들어찼다. 아름다운 두 남녀를 번갈아 바라본 여자는 소리 없이 미소했다.

"두 분께서 오랜만에 외출했나 보네요. 부부예요?"

화가의 역작에서나 볼 수 있을 남녀가 저러고 있으니 기분이 좋았다. 그러나 포근하고 절로 따듯해지는 기분도 잠시였다.

"아니요, 이혼했어요."

현실을 되찾은 기온이 뚝 떨어졌다. 주인의 머릿속이 새하얗게 얼어붙었다. 그녀가 보기에 남자는 고개를 끄덕이려던 것 같았는데…….

스산한 정적이 고요하게 휘몰아치는데, 붉은 모자를 쓰고 금발을 늘어뜨린 여자는 봄처럼 화사했다.

"얼마죠?"

"……은화 일곱 닢이에요."

"여기 있습니다."

주인이 얼떨떨한 기분으로 돈을 받아 드는 사이, 싸늘하게 언 공기를 헤치고 남자와 여자는 자리를 떠났다.

사람들과 적당히 멀어졌을 때 에르셀라를 돌아보며 그가 물었다. 하르젠은 대놓고 언짢은 기색이었다.

"연인이라 하지 않았나?"

"그렇죠. 그래도 이혼한 건 맞잖아요."

에르셀라는 태연하게 대답해 주었다. 외려 그게 뭐가 문제냐는 듯한 천진한 말투에 하르젠의 낯이 사정없이 구겨졌다.

"……그러면 당신이 생각하는 우리 사이는 뭐지?"

에르셀라는 고개를 갸웃하며 검지로 턱을 톡톡 두들겼다. 뭐라 대답해야 할지 고민하는 듯했다.

"음……."

"……."

"……정부?"

그 순간 침묵이 영원할 것처럼 내려앉았다. 고민 끝에 나온 대답은 당연히도 그의 마음에 들지 않았다. 하르젠은 가라앉은 목소리로 입을 열었다.

"남편은 따로 두겠다는 말이군."
"비센테를 위해서라도 결혼을 해야 하긴 하겠죠?"
에르셀라는 이번에도 태평하게 대답했고, 그 뒤는 순탄치 않았다.

"저건 어때요?"
"별로."
"이건?"
"이상하군."
하르젠은 에르셀라가 가리키는 족족 성의 없이 대답하거나 트집 잡기 일쑤였다. 말을 잘못한 대가는 가혹한 데이트로 이어졌다.
그녀가 틱틱거릴 때 그가 이런 느낌이었을까. 얼음장 같은 하르젠을 보며 에르셀라도 조금 삐딱선을 탔다. 그게 싫으면 청혼하면 될 거 아닌가.
'남의 속도 모르고.'
에르셀라는 외투 주머니 안에 있는 물건을 만지작거리다, 이전보다 어두워진 주변을 깨닫고 위를 올려다보았다. 생각보다 시간이 많이 지났는지 하늘이 황금빛 노을로 흐드러져 있었다.
설마 이대로 돌아가는 걸까. 분위기가 좋지 않은데.
어쩐지 지금 분위기만 봐선 실패로 돌아갈 듯해 그녀는 눈앞의 가게를 가리켰다.
"저녁은 저기서 어때요?"
마침 운이 좋게도 술집이 그곳에 있었다.

하르젠은 내키지 않아했지만 에르셀라의 끈질긴 요구에 마지못해 고개를 까닥였다. 가까스로 얻어낸 동의가 번복되기 전에 에르셀라는 그를 허름한 술집으로 이끌고 들어갔다.

"와, 사람이 많네요."

다툼이 길어지는 걸 막기 위해 임시방편으로 선택한 술집은 썩 조용하지 않았다. 잔이 부딪는 소리와 욕설이 낭자한 주점은 만석인 듯 사람이 즐비해 있었다.

에르셀라는 빈자리를 직접 찾아서 앉아야 하는 건지, 주인이 안내해 주기까지 기다려야 하는 건지 고민이 됐다.

"기다려야 하는 걸까요?"

조금 추워서 그녀는 입김으로 언 손을 녹였다.

"나가지."

사람이 많아서 싫은 걸까. 하르젠은 들어오자마자 주변을 잠깐 보더니 그녀를 데리고 나가려고 했다. 당연하게도 에르셀라는 반갑지 않은 제안을 뿌리쳤다.

"잠시만 기다려 봐요."

나가면 바로 성에 돌아갈 텐데 그건 싫었다. 기껏 야심 차게 준비한 계획이 허사가 되도록 만들 순 없지 않은가. 왜 원하는 대로 상황을 조립하는 일은 항상 힘든 걸까. 알 수 없는 일이라고 생각하며 에르셀라는 하르젠의 팔에 팔짱을 꼈다. 기다리자는 확고한 뜻이었다.

하르젠은 다시 한번 여자 쪽으로 고정된 수십 쌍의 눈길을 둘러보다 툭 내뱉었다.

"주인도 안 보이고 자리도 없는 것 같군. 차라리 다른 델……."

그러나 주인이 이곳에 이물감처럼 섞여든 그들을 알아보는 건 어렵지 않았다.

"아이고, 두 분이십니까?"

사람 좋은 인상을 가진 중년 남자가 다가왔다.

반면 그가 가까워질수록 하르젠은 좋지 못한 인상이 되어가고 있었는데, 그것에 파리해진 에르셀라는 얼른 고개를 끄덕이려고 했다. 뒤이어 나온 하르젠의 언사만 아니었다면.

“가게를 빌릴 테니 사람을 전부 물려라.”

무슨!

누구나 들으면 기함할 발언에 에르셀라가 하르젠의 팔을 잡고 흔들었다. 그리고 그만하라는 제스처가 마음에 들지 않는 듯 보이는 남자를 향해 귀엣말을 속삭였다.

“잊었어요? 평범하게. 평범하게 데이트하는 게 오늘의 목적이란 말이에요.”

“에르.”

“나와 한 약속 안 지킬 거예요?”

“……미치겠군.”

눈을 휘며 웃자 하르젠이 신경질적으로 머리를 쓸어 넘겼다. 자못 예민해 보이는 반응에 에르셀라는 편법을 쓴 비겁자가 된 듯한 기분이 들었다.

그러나 그녀도 억울한 점은 있었다. 자신이 밉다는 듯 볼 때마다 웃음기 없는 얼굴로 피식거리며 얼러댄 건 벌써 잊은 모양이다.

주인은 남녀 사이에 감도는 미묘한 냉기에 진땀을 흘리며 목소리를 냈다.

“어떻게, 자리를 안내해 드릴까요?”

속으로는 제발 나가주었으면, 하는 간절한 바람도 담아서.

“그러죠.”

하지만 주인의 소망과 달리 그들은 떠나지 않고 주점에 남았다.

편히 싸우라는 배려였는지 주인은 그들을 구석진 자리로 안내해 주었다. 테이블이 일렬로 길게 놓여 있어 사실상 주인의 배려는 무용한 것이나 마찬가지였지만.

에르셀라는 옆 사람과 부딪히지 않으려 노력하며 의자를 테이블 가까이 끌어 앉았다.

쭈뼛거리며 시야의 왼편을 보니 사람들은 너 나 할 것 없이 축제의 밤을 즐기고 있었다. 이래선 목소리가 제대로 들릴지 모르겠다. 개인 공간 없이 강제로 옆 사람과 시각과 청각을 공유해야 한다는 점에서 불편하기도 했다. 그나마 좋은 점이라 하면 둘만 있지 않아도 된다는 것일까. 지금 분위기에 둘만 있다간 더 참담해질 게 분명했다.

잠시 후 직원으로 보이는 남자가 술과 간단한 요깃거리를 가지고 나왔다. 투박한 잔에 담긴 호박빛 액체와 먹음직스러워 보이는 해산물 스튜가 테이블에 착착 놓였다. 그리고 다시 정적.

"……."

주변은 떠들썩한데 하르젠과 에르셀라 주위는 결계가 쳐진 것처럼 적막이었다.

소란에서 떨어져 세상과 격리된 느낌에 에르셀라는 충동적으로 잔을 들어 올렸다. 하르젠이 제지하기도 전이었다. 차가운 액체를 조금씩 들이켜자 긴장으로 굳은 몸이 느슨하게 풀어졌다.

하르젠이 빈속에 술을 흘려 넣는 에르셀라를 체념하듯 보다, 곧 자신도 잔을 기울였다.

"……밀로아 말인데요."

두 손으로 잔을 탁, 내려놓은 에르셀라가 눈꺼풀을 내리깔며 일얘기를 끌어왔다. 하르젠은 별말 없이 사무적인 내용에 보조를 맞춰주었다.

밀로아에서 시작된 이야기는 흘러 흘러 아카데미를 건립할 거라는 당찬 포부로 이어졌다. 그레이시반 못지않은 아카데미를 세워 전국의 인재를 밀로아에 집결시킬 거라는.

앞으로 비센테가 다스릴 영지에 인재가 있어서 나쁠 건 없으니 하르젠은 이의 없이 긍정을 표했다. 졸업하면 돌아가는 이가 태반이겠지만 그중 정착하는 학생도 있을 터였다.

그렇게 겉보기에는 도란도란 이야기를 나누는 듯이 보이는 순간도 잠시, 서로 그러자고 한 것도 아닌데 그 뒤의 대화가 싹둑 끊겨 버렸다.

에르셀라는 포크로 새우를 푹 찍어, 천년만년 씹을 것처럼 천천히 입안에 굴렸다.

"……맛있다."

이 와중에 크림을 섞은 게 그녀의 취향이었다. 맛있는 음식이 화해의 원초적인 방식이란 걸 퍼뜩 떠올린 에르셀라가 슬쩍 기지를 발휘했다.

"당신은 어때요?"

"나쁘지 않군."

그러나 정작 하르젠은 미동도 없었다. 여전히 미지근한 온도에 그녀가 실의에 젖어갈 무렵이었다.

"음식은 어떠세요?"

부부가 하는 주점이었는지 이번에는 중년 여성이 그들에게 다가왔다. 남편과 마찬가지로 푸근한 인상이었다.

"어휴, 입맛에 맞을까 모르겠네요."

귀족처럼 보이는 옷차림이 신경 쓰인 듯했다. 살살 그들의 눈치를 살피는 걸 보면. 그간 얼마나 귀족의 행패가 만연했는지 보여 에르셀라는 안쓰러움을 느꼈다. 주인은 에르셀라의 침묵을 마음에 안 드는 거라고 해석했는지 안절부절못한 채 입을 열었다.

"다시 해드릴까요? 남편이 오늘 손을 다쳐서 아무래도 요리가 좀……."

"맛이 좋습니다."

그때 정중한 대답이 그녀의 목소리를 잦아들게 했다. 하르젠이었다.

"그래요?!"

"네. 맛있어요, 부인."

에르셀라도 얼결에 호평을 얹었다. 염려했던 것과 상반된 대답이 안심됐는지 주인의 안색은 아까와 다르게 밝아졌다.

"다행이네요. 편히 즐기다 가세요."

하르젠의 음식 평이 감명 깊었는지 주인은 그의 얼굴을 쉼 없이 흘끔거리다 멀어져 갔다.

사실 그게 아닌 걸 에르셀라도 알지만 그것에 신경 쏟을 겨를이 없었다.

에르셀라는 주인이 사라진 직후부터 입을 다물지 못하고 있었다. 아까 그녀가 물었을 때와 딴판인 대답에 기가 찼다. 다른 사람 말은 비꼬지 않으면서 저한테만 그런다. 에르셀라는 스튜를 휘휘 저으며 그를 흘겨보았다.

"왜 나한테만 말 그렇게 밉게 해요?"

"네가 미운 짓만 골라 하니까."

고민하는 기색도 없이 그녀의 의문을 말끔하게 해결해 준 남자는 고상하게 스튜를 떠먹었다.

못됐어.

입 밖으로 뱉진 못했다. 시작은 자신이었으니까. 하지만 애초에 그가 청혼했으면 일어나지 않았을 일이었다. 그리고 정부면 뭐가 나쁜가. 자신이 매일매일 사랑해 줄 텐데.

아냐, 나쁘긴 하지.

에르셀라는 자책과 책임 전가를 속으로 반복하다 자신의 잘못이라고 결론지었다.

"크, 좋다!"

그때 옆에서 큰 소리가 났다. 우락부락한 사내가 술을 벌컥벌컥 들이켠 뒤 낸 소리였다.

뒤이어서 그가 잔을 테이블에 세게 내려놓자 에르셀라의 잔도 따라서 진동했다.

곧 그녀는 이 일련의 과정이 파도의 물결처럼 곳곳에서 일어나는 광경을 목격할 수 있었다. 바통 터치하는 것도 아닌데 그들은 술을 마신 뒤 연신 '크, 좋다!'를 외쳐댔다.

그러고 보면 에르셀라도 저 우람한 구호를 알고 있었다. 주점을 지날 때면 마차 안까지 저런 구호가 종종 들려오곤 했으니 말이다.

그때는 그렇구나 하며 넘겼던 게 막상 직접 목격하니 궁금해졌다. 왜 저렇게 티를 내며 마실까. 저런다고 술이 더 맛있어지는 것도 아닐 텐데.

고민만 거듭한다고 해결될 문제는 아니라 그녀는 직접 실천해 보기로 했다.

실천은 고민보다 쉬웠다. 에르셀라는 옆 사람을 따라 술을 벌컥벌컥 들이켠 뒤 술잔을 탁자에 팍 내려놓았다.

"크, 좋다."

차마 걸걸한 목소리까지 따라 하기는 민망해 모기만 한 소리였다. 하지만 이렇게까지 했는데 애석히도 품위를 버린 보람은 찾아오지 않았다. 술맛은 그대로였다.

"역시 그냥 하는 건가 보네."

실망한 듯 빈 잔을 뚫어져라 쳐다보는 에르셀라를 하르젠은 어이없다는 듯이 보다, 잔을 쥔 손을 이마에 가져다 댄 채 고개를 저었다.

'어…….'

그러나 그 사이로 얼핏 입가에 스치는 웃음을 잡아챈 에르셀라는 얼떨떨한 심정이 되었다.

웃었다.
거짓말처럼 술맛이 좋아진다.
계획이 무사히 성공한다는 징조일까?

"어머, 드디어 오셨군요!"
리엔은 저녁 식사 중에 예고 없이 도착한 손님을 환하게 반겼다.
"늦으셨네요. 전하께서 얼마나 기다리셨는데요!"
"갑자기 일이 생겨서."
"자르데아 영애에게 다녀오신 건 아니죠?"
"……."
"전하께 말씀은 안 드렸으니 걱정 마세요. 어떻게 말해요. 알게 되면 엄청 서운해하실 텐데."
"……고마워."
친근하게 인사를 주고받는 두 사람을 보며 집사와 하녀장, 사용인들이 시선을 빠릿빠릿하게 교환했다. 느닷없이 찾아든 불청객. 그 사람을 격하게 반기는 리엔. 그녀는 주인님의 측근 시녀. 곧 그들의 머릿속에서 하나의 공식이 만들어졌다. 가장 먼저 나선 건 하인스였다.
"리엔, 저분이……."
"네, 도련님이세요."
생각만 한 신원이 확실시되자 그가 허리를 숙이며 자기소개를 했다.
"이리 뵈어 무한한 영광입니다, 도련님. 저는 밀로아의 이슬라 성을 총괄하고 있는 집사 하인스입니다."
집사라 하기엔 앳된 외양 때문이었을까. 외모를 보고 사람의 능력을 판가름하지 않던 비센테도 약간의 당혹감을 느꼈다. 표정 변화가 적어 하인스가 눈치채지 못한 점이 다행이라면 다행이었다.

"반갑네. 앞으로 잘 부탁하지."

"물론입니다. 성심성의껏 모시겠습니다."

하인스가 인사를 마치자 하녀장 및 사용인들이 차근차근 자신을 소개했다.

"하녀장, 마이에나입니다."

"앞으로 공자를 보필할 시종인 파테아가의 시렌입니다."

"저는 주인님의 전담 하녀인……."

성에 도착하자마자 생각도 못 한 통성명을 치른 비센테는 귀찮은 기색 없이 그들을 한 명 한 명 독려해 주었다. 이제까지 나오지 않는 걸 보니 아무래도 그의 부모님은 농땡이를 치는 중인 듯했다.

비센테는 간명한 소개가 끝나자 리엔을 돌아보았다.

"어머니는?"

없으면 어쩔 수 없다. 찾으러 가는 수밖에.

쏟아지는 졸음에 하품이 나온 건 막 네 번째 잔이 채워질 즈음이었다. 입가를 가린 채 하품을 문 에르셀라는 머리를 한 번 세차게 흔들었다. 다량의 술이 한꺼번에 넘어간 탓인지 눈이 자꾸 깜빡거렸다. 바닥없이 부유하는 의식의 끈을 간신히 붙잡은 에르셀라는 손을 말아 이마를 두드렸다.

자면 안 된다.

자면…….

"어이쿠! 조심하시지요!"

에르셀라의 몸이 기울려 하자 까무러친 옆자리의 남자가 주의를 주었다. 맞은편의 남자가 달가워하지 않을 걸 본능적으로 알았기 때문일까. 위태롭게 비틀거리는 어깨까지 잡아주진 못했다. 여자의 동행은 주점에 들어선 처음부터 지금까지 내내 기분이 안 좋아 보였으니 말이다. 무표정이었지만 그는 확신할 수 있었다.

시비도 되도록 차단하고자 했다. 얼굴이나 차림새는 귀족처럼 우아했지만 잔을 기울일 때마다 드러나는 손목이나 옷에 가려진 체격은 마냥 곱상한 도련님으로 자란 건 아닌 듯했으니.

그는 여자가 제 쪽으로 기울 때마다 자신도 반대편으로 몸을 쭉 내뺐다. 다소 매정했지만, 경험상 이럴 땐 기사도 정신을 발휘하기보단 피하는 게 상책이었다.

"어머, 미안해요."

소프라노 톤의 사과가 불길하게 귓가를 녹였다. 책 속에서나 사는 요정 같아 감히 음심도 생기지 않는 여자가 웃자, 분위기가 처참하게 가라앉았다. 원래는 그 반대여야 하지 않나?

"결례를 용서하시길, 영식."

아닌 듯했다. 게다가 여기가 무슨 파티장이라도 되는지 여자는 맞지 않는 존칭을 입에 걸고 있었다.

"예, 뭐……."

취한 채 눈웃음 짓는 여자를 더 감당하기 어려워 그는 고개를 돌려 버렸다. 자고로 언감생심. 못 오를 나무는 쳐다보지도 말아야 한다는 게 그의 신조였다.

생긴 건 우락부락한 남자가 자신을 사력을 다해 피하고 있다는 걸 모르는 에르셀라는 그를 향해 한 번 더 웃어주었다. 웃는 도중 눈이 깜빡거려서인지 본의 아니게 요사한 눈짓이 되어버렸지만 술은 창피함까지 앗아 갔다.

그녀는 늘어지는 몸을 가눌 곳을 찾다 반대편 벽면에 머리를 기대었다.

아, 좋다.

귀는 시끄러운데 마음은 편안했다. 깊은 숙면에 취한다면 이런 느낌일까.

에르셀라는 잔을 쥐기 위해 흐느적흐느적 테이블을 더듬었다. 그러나 손에 잡히는 건 허공뿐이었다. 맥없이 뜬 눈 사이로 그녀의 잔을 낚아채듯 가져온 하르젠이 보였다.

"취했어. 술 좀 깨면 바로 돌아가지."

에르셀라가 놀란 듯 눈을 크게 뜨다, 이내 사르르 미소 지었다.

"나는 당신이 왕자보다 좋아요."

잔을 빼앗을 마음은 없는지 이어진 건 난데없는 고백이었다.

"금발 남자보다 당신을 더 좋아해요."

취기를 동반한 고백이 나쁘지 않아 잠깐 웃은 하르젠은 그녀의 잔을 빙빙 돌리다 입가로 기울였다.

"당신은 날 왜 좋아해요?"

입술 끝에 술이 흐르는 건 질문이 역으로 날아왔을 때였다.

손등으로 입가에 흐른 술을 쓸어낸 그는 요요하게도 웃고 있는 에르셀라를 쳐다보았다. 취하여 우는 것보다 웃는 게 더 고역이라는 생각은 오늘이 처음이었다.

"내가 얼마만큼 좋아요?"

"글쎄."

그는 다소 무심하게 대꾸했다. 취한 사람에게 어울려 뭇사람 앞에서 취중 고백을 나눌 마음은 없었으므로.

그러나 주변 시선을 의식하지 않는 질문은 계속되었다.

"왜 내게 반했어요? 왜 나만 사랑했어요?"

“깨어나면 한동안 이별이겠군.”

걸핏하면 피해 다닐 테니.

자체적으로 부끄러운 역사를 갱신하는 에르셀라가 이제는 놀랍지도 않았다.

그를 피할 장소가 성내라는 것에 안도할 뿐이었다. 적어도 한봄에 휴양지를 갔다는 소식은 들려오지 않을 테니. 별개로 꿈인 줄 알고 재잘댄 말이 실은 현실이었다는 걸 깨닫는 순간 세상 무너지는 표정을 짓는 그녀를 보는 재미가 있기도 했다.

“나한테 왜 춤 신청했어요?”

하르젠은 묘한 시선으로 에르셀라를 바라보았다. 춤곡이 시작될 때 남편이 부인에게 한 곡 청하는 일은 당연한 일이지만 에르셀라의 질문은 그보다 거슬러, 더 거슬러 머나먼 기억에 머물러 있었다.

그의 성년회에서 우연히 마주쳤을 때. 그때를 말하는 듯했다.

다만 이번 답은 알고 있었는지 에르셀라는 잔망스럽게 웃었다.

“내가 베아트리스의…….”

“예뻐서.”

에르셀라는 말을 끝까지 잇지 못했다. 그녀는 아무렇지 않게 빈 잔을 채우는 남자를 멍멍하게 보다, 바람 빠진 웃음을 흘려보냈다.

“그게 뭐야. 다른 남자와 이유가 같네.”

그에 하르젠이 피식 웃었다.

“왜, 시시한가?”

“응, 시시해.”

발그레하게 눈가를 붉힌 채 그녀는 배시시 웃었다.

그사이 그녀의 오른쪽 뺨은 하르젠의 손안에 있었다. 웃을 때마다 딱딱한 벽면에 쓸리는 볼이 거슬린 듯 보였다. 사포 같은 벽에 쓸린 살결을 받쳐주는 손길이 다정해서 에르셀라가 또 한 번 웃으려는 찰나였다.

“예뻐서.”

은근한 손길에 솜털이 쭈뼛 곤두섰다.

“그러다 보니 말 한번 섞고 싶고…….”

“…….”

“몸도 그렇지.”

……흐끅.

“위층이 여관이던데, 자고 갈까.”

딸꾹질과 함께 술기운이 싹 달아났다. 바짝 정신을 차린 에르셀라는 허둥지둥 사방을 두리번거리기 시작했다.

“미쳤어요? 어떻게 그런 말을 해요?”

“본래 태생이 천하여.”

말 같지도 않은 소리에 뭐라 더 버럭거리려는 때, 에르셀라는 문득 하르젠이 그라니아어로 말하고 있다는 것을 깨달았다. 사람들이 알아듣지 못했을 거라고 생각하니 안심이 된 에르셀라는 조용한 으름장을 놓았다.

“귀, 만지지 말라고 했죠.”

미운 짓을 골라 하는 게 자기라는 생각은 못 하는 걸까. 아니, 백의 백 일부러 그러는 것일 터였다. 에르셀라는 결국 하르젠이 원하는 대답을 해줄 수밖에 없었다.

“술 다 깼어요. 나가죠.”

그 말이 만족스러웠는지 하르젠은 그제야 그녀의 얼굴을 놓아주었다.

“그럼 아쉽지만.”

몇 번을 생각해도 말려들었다는 찝찝함을 지울 수 없었다.

에르셀라는 그것이 이상했다. 분명 자신이 주도하는 데이트인데 그녀의 뜻대로 흘러가는 건 하나도 없다는 게. 그나마 마음에 드는 건 손은 꼬박꼬박 잡는다는 것일까. 깍지 낀 손이 겉옷 자락에 스칠 때마다 기분이 좀 나아졌다.

저녁이었지만 바람이 차지 않아 그들은 조금 걸었다. 취기는 바람에 날아가 에르셀라도 차차 맑은 정신으로 돌아왔다.

정신이 또렷해지자 사람들의 말소리 또한 들리지 않는다는 게 인지되었다. 걷다 보니 축제 거리에서 멀어진 모양이었다.

에르셀라는 주머니 안에 감기는 물건을 만지작거리며 한숨을 삼켰다.

하르젠은 오늘 즐거웠을까. 자신은 적당히 즐거웠다고 생각했는데, 그는 아니면 어떡하지.

이대로 돌아가는 게 나을지 아닐지 몰라 갈피를 잡을 수 없었다. 그때 풍겨오는 물 냄새에 에르셀라가 천천히 고개를 들었다. 분수대가 있었다. 그러고 보니…….

그녀는 조급한 마음으로 품 안의 시계를 찾았다.

"……잠깐만요."

운이 좋은 걸까. 시간을 확인한 에르셀라는 저도 모르게 하르젠의 손을 놓고 분수대 앞으로 달려갔다.

"어디를……."

망설임 없이 빠져나간 손에 그의 시선이 찰나 흔들렸지만 에르셀라는 그에게서 멀어지고 있었다.

멀어진다.

그 사실을 인지하자 그의 걸음 또한 빨라졌다.

하르젠이 그녀를 붙잡은 건 바람결에 나부끼는 에르셀라의 발걸음이 분수대에 가까워졌을 때였다.

“어?”

몸이 돌려세워지고 보이는 얼굴에 에르셀라는 환하게 웃었다. 그의 속도 모른 채.

“당신도 이거 알아요?”

에르셀라의 말과 동시에 두 사람의 머리 위로 물안개 같은 빗방울이 내렸다. 하르젠은 분수대에서 뿜어져 나오고 있는 물에 헛웃음을 흘렸다. 지금 이걸 보겠다고…….

“달과 분수대. 나름 낭만적이죠?”

하르젠은 천연스레 낭만을 떠드는 에르셀라에게 이번만큼은 동조해 주지 못했다.

어딘가 망연하게 굳은 그의 얼굴에 에르셀라는 의아한 듯 미소하다, 두 손으로 그의 손을 꼭 잡았다.

“그러니까…….”

손안에 무언가 걸렸다. 하르젠은 제 손을 물끄러미 내려다보았다.

반지였다.

“다시 결혼할까요?”

현실감 없는 청혼이었다. 반지를 향했던 그의 시선이 느릿하게 옮겨 갔다. 그곳에는 달보다 아름답게 웃는 여자가 있었다.

에르셀라가.

“이번에는 내가 먼저 청혼하는 거예요.”

에르셀라는 말하면서도 뒷머리를 긁적였다.

사실 더 멋있고 낭만적이게 해주고 싶었다. 달빛이 흐르는 분수대도 예쁘지만 그보다 더 아름다운 장소에서. 그녀의 청혼이 더욱 빛나도록.

하지만 완벽할 거라 믿었던 하루는 완벽하지 않았고, 오늘도 어김없이 삐걱거렸다. 그렇기에 에르셀라는 알았다. 완벽한 순간은 찾아오지 않으리란 걸.

그렇다면 차라리 기다리지 않기로 했다.

에르셀라는 언제나 그녀의 바람대로 움직여 주지 않는 삶을 원망하기보다 순간순간을 최선으로 만들기로 했다. 그리고 바로 지금이 그녀의 최고의 순간이었다.

형편없을지라도, 멋지지 않을지라도, 그래도…….

"물론 결혼하면 당신은 대공 못 해요. 그건 내가 할 거라서. 그래도……. 그래도, 하르젠."

"……."

"당신에겐 내가 있으니까…… 괜찮지 않을까."

비록 당신은 다 잃었지만, 그것을 조금쯤 후회하고 있을지도 모르지만, 자신이 곁에 있을 테니 부디 그걸 위안으로 삼아주었으면. 그랬으면 좋겠다. 그녀도 그를 향한 마음이 연민이 아닐 것이니.

"사랑해요."

에르셀라는 사랑스럽게 웃어보았다. 사랑하는 연인에게 청혼하는 연인답게.

"사랑해요, 하르젠."

이 감정은 연민이 아니다. 애증도 아니다. 오로지 사랑으로 빚어 사랑으로 불어넣은, 오래전 전해주었어야 할 늦어버린 마음일 뿐.

하르젠을 사랑한다. 잔인하지만 다정했던, 절대자라고 여겼지만 한낱 인간이었던, 그래서 어리석었던 그를.

그의 모든 것을 에르셀라는 사랑했다.

에르셀라는 아직 받아들여지지 않은 청혼에 조마조마했다. 두 번 결혼하기는 싫은 걸까.

그러다 문득 그녀의 눈이 크게 뜨였다.

"어…… 귀 빨개요."

술 마실 때도 그대로였던 색이 어둠 속에서도 보일 정도로 붉게 물들어 있었다. 말문이 막혀 에르셀라는 입만 벙긋거렸다. 청혼에 부끄러워하는 건 각본에 없던 일인데…….

"지금 혹시……."

"붙지, 좀…… 말지."

흔하게 볼 수 없는 모습에 그녀는 하르젠에게 가까이 다가가려 했다. 그러나 그런 그녀를 하르젠이 밀어냈다. 황당한 일이었다. 지금까지 붙으려 했던 게 누군데. 고작 청혼, 아니, 사랑한다는 말에…….

그녀의 어깨를 잡고 있는 팔이 떨리는 듯했다. 그 떨림을 따라 에르셀라의 가슴도 조금씩 두근거리기 시작했다.

용기를 낸 그녀가 하르젠에게 한 발 다가갔을 때였다. 달빛을 따라 훅 불어온 바람에 모자가 날아갔다. 에르셀라는 모자가 날아간 방향을 따라 시선을 돌렸다. 이내 그녀의 얼굴이 차차 파리해졌다.

천천히 허릴 굽혀 발치에 떨어진 모자를 주운 비센테가 얼떨떨한 얼굴을 한 채 그곳에 있었다.

사랑스러운 불청객의 난입이었다.

에르셀라는 벨벳 모자를 집어 든 청년이 누구인지 알자 하마터면 비명을 지를 뻔했다. 그녀는 슬금슬금 뒷걸음질 치며 하르젠과 거리를 벌렸다.

저 아이가 왜, 지금, 여기에?

목이 빠지게 기다릴 때는 와주지도 않았으면서!

누구 하나 쉽사리 움직이지 않는 시간 속에서 약속한 타이밍에 대한 에르셀라의 원망은 비대해져 갔다.

거리가 있는 만큼 비센테는 그녀가 청혼하는 목소리는 못 들은 듯했다. 하지만 그건 그것대로 이상했다. 달라붙지 못해 목마른 여자로 보였어도 할 말이 없으리라. 그것도 공공장소에서.

비센테 앞에서 하르젠과 정답게 있어본 적도 없었기에 에르셀라는 이 상황이 더욱 지옥 같았다.
“다음에 다시 얘기하지.”
가슴을 바짝 조인 긴장감을 완화시킨 건 너무도 덤덤한 목소리였다. 믿을 수 없다는 에르셀라의 시선이 비센테를 지나 하르젠에게 멈추었다. 다음에 다시 얘기하자는 건…….
“그러니까…… 거절이에요?”
파르르 떠는 눈빛으로 그를 보았으나 하르젠은 뱉은 말을 뒤엎지 않았다.
“보류지.”
한순간 바람 앞의 등불 신세가 되어버린 청혼에 에르셀라는 망연자실해졌다.
“……진심이에요? 내가 청혼 거둬들이면 어쩌려고요?”
지금만 해도 자신에게 들어오는 청혼서가 몇인데, 초조하기는커녕 보류라니. 관계의 우위를 차지하고 싶은 마음은 없다지만 이건 너무했다. 상황만 봐선 아쉬워해야 하는 사람은 그 아니었던가. 그러나 하르젠은 되레 당당했다.
“당신이 날 사랑하는데, 어찌.”
언뜻 오만하게 들리는 말에 에르셀라는 화들짝 발끈했다.
“누, 누가 그래요?”
“글쎄, 입 연 본인이 제일 잘 알겠지.”
……그래. 방금 제 입으로 그랬지, 사랑한다고.
“하지만 그게 그만큼 사랑하는 건 아닐지도 모르는데…… 어떻게, 내 청혼을 그렇게…….”
울상이 된 에르셀라는 수습해 보려 했지만 횡설수설로 시작한 말은 갈수록 꼬이고 있었다.

"어떻게 그렇게 쉽게……."

인생 처음으로 한 결혼 고백이 단칼에 거절당하니 갈수록 울먹이는 소리만 나왔다.

차였다. 그것도 자신을 사랑한다는 남자에게. 에르셀라는 어이없어서 눈물도 흘릴 수 있을 것 같았다.

"다음에."

넋이 나간 듯한 에르셀라의 머리 위로 하르젠의 손이 얹어졌다.

"다음에 얘기하자."

동그란 뒤통수를 한 번 쓰다듬어 준 하르젠은 그녀를 지나쳐 비센테에게로 발길을 옮겼다.

위로조차 못 되는 손길에 에르셀라는 진심으로 조금 전의 청혼을 없던 일로 되돌리고 싶어졌다. 하지만 반지가 하르젠에게 있어 증거인멸도 할 수 없었다.

이도 저도 못 하는 허무함에 어안이 벙벙했다. 하나 그 순간도 찰나, 저 가까이 상봉하고 있는 두 사람을 보자 어쩔 수 없이 미소가 지어졌다. 어깨를 다독이는 무뚝뚝한 손길은 빈말로라도 정답다고 할 수 없었다.

하지만 그게 하르젠이 보여줄 수 있는 최대의 애정 표현이라고 생각하니 그 사무적인 손길이 한없이 다정하게만 보였다. 그런 애정을 묵묵히 받아들임으로써 저 역시 티 안 나는 애정을 표현하는 비센테도 마찬가지로.

모든 게 다정하게 느껴졌다.

어색했지만 이상하게 또 어울려서 에르셀라는 웃음을 터뜨리며 걷기 시작했다. 가족에게 향하는 걸음이 유독 사뿐했다.

그도 눈치 없는 바보가 아닌 이상 돌아가려고 했다. 발치에 떨어진 모자만 아니었다면. 하지만 모자는 바람과 함께 날아왔고, 비센테는 주워 들었다. 그것만 아니었다면 스리슬쩍 밤 속으로 사라질 수 있었을 텐데.

비센테는 자신이 있음으로써 조화롭지 못한 공간이 된 분수대를 다시는 찾지 못할 듯했다. 분수대만 보면 어머니와 아버지가…… 생각날 테니.

서로가 사랑한다고 해도 행동으로 목격한 적은 없었기 때문일까. 생각보다 충격이 있었다. 침묵만 건재했던 식사 시간과 비교하면 더더욱.

졸지에 방해꾼이 돼버린 처지 역시 찝찝하여 아버지가 가까워졌을 때 그는 사과하기까지 했다.

"……죄송합니다."

죄송할 건 없지만 왠지 죄송해야 할 것 같았으므로. 깍듯한 사과에 하르젠은 한차례 웃었다. 그 어떤 질책도 없이.

사실 아버지가 아들을 이런 걸로 질책하는 것 자체가 말도 안 되는 일이긴 했으나, 지금의 비센테가 그것을 알 도리는 없었다. 그에게 하르젠은 여태껏 상하 관계로만 대했던 아버지였으니 말이다.

그 뒤로는 소소한 안부가 오갔다. 고생이 많았다며 어깨를 툭툭 두드려 주는 감각이 간지러워 비센테는 한 번 끄덕이면 될 고개를 두 번 끄덕이기까지 했다. 마치 어머니가 하루아침에 상냥해진 날을 다시 겪는 듯했다.

"비센테, 왔니? 얼마나 기다렸는데."

뒤늦이 걸어온 에르셀라가 그를 안으며 인사했다.

“조금 늦었습니다.”

“그래, 어쩌다가. 중간에 문제라도?”

“그건…….”

절대로 아도라를 먼저 만났다는 말은 하면 안 된다는 리엔의 당부가 떠올라 비센테는 대답 대신 뺨 인사를 건넸다.

“어머.”

부드럽게 맞닿는 양 볼에 에르셀라는 한 질문도 잊어버린 채 실실 웃음 지었다. 안 본 새에 기특한 짓도 할 줄 알고.

“다 컸구나.”

“이제 아셨습니까.”

뿌듯함에서 우러나오는 칭찬을 웃음기 어린 대꾸로 받으며 비센테는 에르셀라의 머리 위로 모자를 씌워주었다.

예전 같았으면 바라지도 못할 일에 에르셀라는 감격이 왈칵 차올랐다. 이제 이런 사이구나. 비센테와 자신이. 그녀는 뜨거워지려는 눈시울을 훔치며 애써 밝은 목소리로 말했다.

“장가보내도 되겠어.”

“……두 분은 이제 돌아가십니까?”

찔끔 떠오르는 상상에 비센테는 말을 돌려 버렸다. 어차피 두 사람을 목격한 걸 들켜 버렸으니 두 사람은 빨리 보내고 자신은 따로 갈 속셈이었다.

“그래.”

“아니?”

상반된 대답이 들려왔다. 무슨 말을 하는 거냐는 눈으로 에르셀라가 하르젠과 비센테를 보고 있었다.

“너도 이왕 왔으니 축제를 즐겨야지.”

그로 인해 계획에 없던 세 사람의 나들이가 실현되었다.

비센테는 알 수 없었다. 가뜩이나 비현실적인 가족 소풍에 왜 자신이 가운데에 있어야 하는지.

양옆에 에르셀라와 하르젠을 둔 그는 지금 상황이 자못 어색하고 민망했다. 이런 건 다섯 살 먹은 아이가 하는 게 맞지 않나. 그렇게 주장하면 에르셀라는 우울한 얼굴로.

"미안. 네가 다섯 살 때 내가 모질어서……. 그렇지, 맞아. 진작 해줬어야 했는데. 내가……."

땅을 파면 바닥에 닿을 듯한 자책을 함으로써 비센테가 자신의 주장을 철회하게 만들었다.

물론 뒷맛은 개운하지 않았다. 그 일을 이용한다면 이용할 수 있는 자격은 엄연히 제게 있는 게 맞지 않나. 에르셀라가 아니라. 그러나 번번이 지는 건 그였다.

"이건 어때?"

사람이 들썩거리는 거리에 오자 에르셀라 혼자만의 축제가 시작되었다. 세 명이서 축제에 오면 하고 싶은 게 많았다는 말과 함께 그녀는 차근차근 길가의 음식부터 섭렵했다.

에르셀라가 비센테에게 건넨 꼬치를 하르젠에게도 하나 내밀었다.

"예전에 먹어봤을 때 맛있더라고요."

"예전?"

"당신과 싸우고 집 나갔을 때요."

"……."

"농담이랍니다. 정말 맛있는데, 안 먹어볼래요?"

웃는 얼굴로 속을 긁는 에르셀라가 건네주는 과일 꼬치를 하르젠은 얌전히 받아 들었다.

"맛있지 않아요? 울고 나서 먹었기 때문인지 난 그때가 더 맛있었지만."

……아무래도 보복인 듯한데.

비센테는 대충 아버지가 어머니에게 잘못한 게 있겠거니 생각하며 설탕으로 싸인 과일을 베어 물었다. 에르셀라가 맛있다며 야단인 만큼 맛은 있었다. 역시 달았지만.

"루델시아와 그라니아의 입맛이 크게 다르지 않구나. 그날 내가 봤던 음식이 몇 개 있어."

"예, 한 대륙에 있으니 비슷한 부분은 존재하겠지요. 그래도 저는 처음 먹어보는 음식이라 신기하군요. 아버지는 드셔본 적 있으십니까?"

"아니, 이건 나도 처음이구나. 맛은……."

에르셀라를 흘긋 쳐다본 하르젠은 나직이 한숨을 내쉬었다.

"……있는 듯하군."

다분히 아첨 섞인 대답이었다. 비센테가 알기로 아버지는 단것을 좋아하지 않았다.

기사 훈련을 하다 보면 땀 흘리는 일이 잦은데, 그때마다 입안이 달아지곤 했다. 그 느낌이 썩 좋지 않아 비센테도 초콜릿이나 사탕 같은 건 즐겨 먹지 않는 편이었다. 그의 아버지도 그 때문인지는 모르지만.

사실 지켜본바 그간 식탁에 내오던 느끼한 음식도 아버지는 별로 선호하지 않는 듯했다. 에르셀라가 저택에 없는 동안 주방장이 느끼하고 단것과 거리가 먼 음식만 준비했기 때문이다.

이십 년 가까이 식탁이 한 사람의 선호도에만 맞춰져 있었다는 걸 알자 비센테는 조금 막막해졌다.

기호를 몰랐던 시절이라면 몰라도 지금은 옛날처럼 살아갈 자신이 없었다. 비센테는 조만간 각자의 취향에 따라 돌아가며 식사를 꾸리도록 건의할 것을 다짐했다.

"하르젠, 저기 봐봐요. 비센테, 저거 보이니?"

길거리 음식 섭렵은 그새 끝내셨는지 에르셀라의 관심거리는 빠르게 바뀌었다. 음식에서 놀이로.

에르셀라가 왜 그렇게 신났는지는 알 것 같았다. 활터였다. 예전 비센테와 가보았던 활터와 비슷하게 꾸며진.

"우리도 저거 해봐요."

가족끼리 왔다는 기분에 심취한 듯 에르셀라의 얼굴에서 웃음이 떠나가지 않았다. 내심 이런 걸 원했나. 원하신다면 하는 수밖에. 어려운 일도 아니니. 하르젠도 싫은 내색 없이 활대를 잡았다.

'정말 잘못한 게 많으신가?'

오늘따라 유독 순순하신 것 같은데. 비센테는 미심쩍어하면서 줌피가 벗겨진 활을 바꿔 왔다.

"이걸 쓰십시오."

"세상에……."

비센테가 반들반들한 활대를 주자 그에 감동한 에르셀라가 한 손으로 입가를 가렸다.

"누가 키운 건지……."

비센테는 재빨리 그녀의 감동을 밀어 넣었다.

"어머니는 아닙니다."

"……그래, 나는 아니지."

에르셀라는 매몰찬 사실 정정을 담담하게 인정했다. 과거까지 날조하면 어떤 벌을 받을지 모른다. 당초 그녀가 키웠다고 생각하지도 않았다. 그저…… 못한 만큼 앞으로 더 잘해줘야겠다는 생각뿐이었다. 비센테가 그녀의 용서를 받아들여 준 것을 후회하지 않도록.

“어쨌든 고마워.”

에르셀라가 웃으며 활시위를 통 당겨보았다. 역시나 배려해 준 것인지 활시위가 그녀의 역량에 맞춰 느슨하게 풀려 있었다.

주인의 신호에 맞춰 순서대로 화살이 쏘아졌다. 다만 이 게임이 저번과 다른 게 있다면.

“탈락입니다, 부인.”

“왜죠?”

“그야 5라운드 안에 7점 이상을 하나도 맞히지 못하셨기 때문이지요. 하나도.”

“그, 그렇군요…….”

중간 탈락이 있다는 점이었다. 주인의 말에 에르셀라는 떨떠름히 활대를 놓았다.

‘하나도’에 굳이 악센트를 넣은 이유가 있었을까, 속으로 고민하고 있을 게 보여 비센테는 옅은 미소를 머금었다.

그렇게 아홉 번은 되었을까. 시위를 당기고 활을 쏘자 옆에서 박수소리가 들렸다. 에르셀라였다.

“역시 잘하는구나. 그때보다 거리도 먼데.”

“연속으로 십 점만 맞추는 손님은 저도 처음입니다.”

에르셀라만큼 주인도 크게 감탄 중이었다. 그다지 열의에 차 있지 않은데도 9라운드까지 화살을 쏘는 족족 10점이라니. 그것도 두 사람이나. 모처럼 나타난 실력자에 주인은 호쾌하게 소리쳤다.

“하하! 결과가 어떻게 나올지 제가 다 두근거리는군요! 과연 ‘최고의’ 명사수는 누구일지!”

그때 화살 하나가 과녁의 9점에 박혔다. 주인이 침이 튀기도록 외치며 박수를 쳤다.

"이런, 아드님이 바로 밀로아 최고의 명사수였군요!"
그러자 두 사람의 시합을 지켜보고 있던 사람들의 박수갈채가 거리를 메웠다.
짝짝짝짝짝—!
그러나 박수가 쏟아질수록 비센테의 입가에 흐르는 헛웃음은 짙어져 갈 뿐이었다. 보았기 때문이다. 쏘기 직전 하르젠이 활의 방향을 모로 트는 것을. 그랬으면서 그의 아버지는 너무나 아무렇지 않게 그에게 박수를 건네고 있었다.
……뭐 하십니까?
비센테가 소리 없는 시선으로 묻고 있는 사이 하늘 위로 폭죽이 솟아올랐다.
"와아아!"
축제의 피날레인 불꽃놀이의 서막이었다.

궁정 복도를 기품 있게 걷는 소리 위로 현란한 발걸음 소리가 섞여들었다.
"장관님!"
앞서가던 상관을 따라잡은 남자는 요란을 떨며 숨을 골랐다.
"잠시, 허억, 시간 좀."
책상에 진득하게 앉아 있는 건 잘하지만 체력은 부족한 부관을 보는 후안의 미간이 가늘게 좁혀졌다.
"내 누누이 말하지만 클레드 경, 여유롭게 하십시오. 저 어디 안 갑니다."
"하지만 전 미리미리 처리하는 게 마음이 편합니다!"

"아."

이 일중독이 내 부관이라니. 게으른 라페인 후작을 겪고 나니 이제는 일중독 클레드가 그에게 왔다. 늘 중간을 지향하는 후안에겐 시련이 따로 없었다.

후안은 잠시 장관직을 때려치울까 고려했지만 그러면 카일이 길길이 날뛸 게 뻔해 곧바로 고려를 접었다. 안 그래도 결혼하라는 카일의 독촉을 바쁘다는 핑계로 외면하는 중이었다. 실직하면 더한 고비가 그를 기다리고 있으리라.

"그래서 무슨 일로 찾아왔습니까?"

그는 카일의 잔소리를 피하기 위해 클레드가 넘겨주는 업무를 택했다.

"아, 별건 아니고 본가의 시종이 이걸 장관님에게 전해주라고 해서요."

다행히 클레드가 넘겨준 건 업무가 아니었다. 웬일로 기특한 행동을 하는 부관을 다시 봤다는 눈으로 바라봐 준 후안은 클레드가 내민 것을 받아 들었다. 종이봉투 안에 들어 있는 우편물은 꽤 묵직했다.

"책?"

봉투를 반 정도 개봉하니 그 안에는 책이 있었다. 정확히는 자국어로 번역된 학술책이.

봉투에 책을 집어넣은 후안은 바로 봉투 상단에 적혀 있는 주소를 찾았다.

"루델시아에서 온 우편이군요."

"루델시아에 아는 분이 계셨습니까?"

"친구가 있습니다."

"참, 렌투아 유학을 하셨다고 했죠. 그럼 루델시아의 귀족?"

흔치 않은 후안의 인맥에 출세를 꿈꾸는 부관의 눈빛이 반짝 빛났다.

"할 일이 많은 걸로 아는데요, 클레드 경."

후안은 클레드의 호기심을 채워주지 않았다. 그만 궁금해하고 네 일이나 하라는 모진 압박에 상처받은 클레드의 어깨가 추욱 늘어졌다. 야망이 큰 클레드에게 후안은 가장 이상적인 상관이었다.

똑똑하지, 어리지, 가문 좋지, 장관이지. 여러모로 배울 점이 많아 우상으로 삼고 있는데 슬프게도 후안은 그에게 관심이 없는 듯했다.

클레드의 눈썹이 비 맞은 강아지처럼 처졌다. 죄책감을 일게 하는 눈썹이었다. 결국 후안은 져버렸다.

"일을 하다 막히는 부분이 있으면 찾아오십시오. 기꺼이 도울 테니."

"정말이십니까?"

단념하듯 건넨 호의에 클레드의 눈썹이 원상 복구되었다.

'일부러 저러는 거 같은데.'

그러나 이미 엎질러진 물, 후회하기엔 늦었다. 부관의 입이 간사하게 휘어져 있었다.

"기다리고 있겠습니다."

뒤돌은 클레드의 발걸음은 언제 그랬냐는 듯 씩씩하기만 해서 후안은 함정에 빠졌다는 찜찜함을 지울 수 없었다.

'그래. 좋은 게 좋은 거니.'

두 시간쯤은 근면한 부관에게 할애하는 것도 나쁘지 않다고 생각하며 후안이 찜찜함을 걷어냈을 때였다.

"고모님께서 보내신 우편입니까?"

후안은 시선을 들어 앞을 응시했다. 정복을 차려입은 젊은 피사리데 후작이 그곳에 있었다. 제 아비를 닮은 백금발을 깔끔하게 넘긴 채로.

"그렇습니다, 후작님."

선대 후작의 흔적이 고스란히 남아 있는 외견을 보는 후안의 눈동자에 짧은 안타까움이 스쳤다.

“제게 공대하실 필요 없습니다. 편하게 말씀하셔도 됩니다.”

“저는 작위 없는 귀족, 그럴 수야 없습니다.”

후안의 꼿꼿한 심지를 익히 들어 알고 있던 라셀리온이 먼저 포기했다.

“예, 알겠습니다. 고모님이 뭘 보내셨는지 궁금한데, 말씀해 주실 수 있습니까?”

“책입니다.”

“책이요?”

후안은 봉투 안의 내용물을 보임으로써 인증했다.

“루델시아의 그분께서는 현재 각지의 저명한 저서를 번역하고 계십니다. 공용어나 그라니아어 위주로요. 번역서를 찾는 사람들에게 도움이 되었으면 한다더군요. 저는 번역서의 내용이 잘못되지 않았는지 수정하는 일을 하고 있고요.”

“고모님이 그런 일을…….”

고모님이 책을 번역하다니 의외였다. 사실 라셀리온은 고모님이 번역서를 쓸 정도로 수준급의 언어를 구사하신다는 것 자체가 놀라웠다. 고모님이 뽐내는 모습을 본 적이 없었으니까. 티타임의 주제는 항상 가십거리나 자수, 보석, 자식 얘기로 고정되어 있었다.

“나중에 보면 아시겠지만 정말 잘하십니다. 그분도 만족하고 계시더군요. 배운 것을 쓸 일이 생겨 얼마나 기쁜지 모를 거라고, 그러십니다.”

“그렇군요.”

솔직히 남편이 죽고 가문을 버리다시피 했으니, 슬픔에 잠겨 죽은 듯 살고 계시는 건 아닐까 생각했다. 그러나 라셀리온의 걱정이 무안하게도 고모님은 아주 잘 살고 있었다. 생산적인 일에 힘까지 쏟으며.

왜 막연히 잘 살지 못할 거라고 확신했을까. 라셀리온은 에르셀라의 삶을 멋대로 치부한 스스로가 부끄러워졌다.

"그렇다면 다행입니다."

잘 살고 계신다면 아버지도 기뻐하실 것이다.

"걸음을 잡아두어 죄송합니다. 폐하를 알현하러 가십니까?"

"그렇습니다."

"그렇군요. 저도 집무실로 가려던 참입니다."

후안이 가는 곳과 반대 반향을 가리킨 라셀리온이 등을 돌리려 했을 때 후안의 말에 발목이 붙들렸다.

"약혼을 축하드립니다."

"아."

후안의 축언에 라셀리온은 얼굴을 붉혔다. 차마 막을 수 없는 미소가 그의 입술에 그대로 새겨져 있었다.

"헤리트 백작 영애와 하셨다지요."

"네……. 그렇게 됐습니다."

후작이 되고 고대하던 헤리트 영애와의 약혼을 지난주에 올렸다.

헤리트 백작가는 피사리데와 결속하기에 부족하다는 평을 받고 있지만 라셀리온은 상관없었다. 상대가 헤리트 영애이기만 하다면.

그의 결혼을 주관하는 에이레네도 반대 없이 라셀리온의 의견을 지지해 주었다.

"네가 원하는 사람과 결혼하렴."

라셀리온이 오래전부터 품은 연정을 아는 에이레네는 아들의 풋 사랑을 꺾지 않았다. 피사리데에 헤리트 백작가가 아무런 도움이 되지 못한다 해도 그랬다.

에이레네는 라셀리온이 가문을 위해 살다가 죽는, 제 아버지와 같은 외롭고 쓸쓸한 길을 걷지 않길 바랐다. 그렇기에 탐탁지 못한 가문의 며느리라도 라셀리온이 원한다면 에이레네는 기꺼이 맞아들일 수 있었다.

"언제나 네 행복을 최우선으로 두렴. 가문이 아니라."

가문을 짊어지고 있는 아들에게 하기엔 적절하지 않았으나 에이레네는 언제나 행복을 우선으로 둘 것을 명심하라 했다. 풍파를 겪어 지친 그녀에게 이제 가문의 안위는 중요하지 않았으므로.

의식을 따라가다 보니 라셀리온의 입가에 씁쓰레한 미소가 걸렸다.

끝났다. 아버지를 추억하며 이따금 슬픈 표정을 짓는 어머니를 제외하면 모든 게.

'지금쯤 형님은 고모님을 만났을까?'

라셀리온은 루델시아로 귀화한 비센테를 생각했다. 에르셀라를 생각했다. 하나씩 깊은 상처를 지니고 있는 그들을.

새겨진 상처만큼이나 깊은 겨울이었다. 겨울이 지나면 괜찮아질까. 그랬으면 좋겠다.

라셀리온의 말간 초록빛 눈이 후안을 담았다.

"축하해 주셔서 감사합니다."

꾸벅 고개를 숙인 라셀리온은 잠시 후 후안의 반대 방향으로 걸어갔다. 라셀리온의 마지막 안색이 지극히도 밝았으므로 후안도 걱정 없이 몸을 돌렸다.

후안은 왕에게로 가는 복도를 거닐며 내용물을 확인했다. 매번 귀가 시간이 들쑥날쑥하니 시종이 우편물을 아예 그의 집무실로 보내기 시작했다.

그가 맡은 임무만큼이나 전달되는 우편물의 중요도도 높아졌기 때문이다. 중요한 서신을 예전처럼 책상에 방치해 둘 수는 없는 노릇이었다.

봉투 안에는 책과 짧은 글의 안부 편지가 들어 있었다. 후안은 그것에 의아해졌다.

"어떻게 보내신 거지?"

분명 공작이 못마땅해할 텐데. 일전 에르셀라가 보낸 줄 알고 받은 편지가 실은 베른하르트 공작, 그 남자가 보낸 편지라는 걸 알고 어찌나 놀랐는지 모른다.

편지를 펼쳐 읽어본 후안은 마음의 준비를 할 틈도 없이 바로 아연해졌었다. 공작은 무려 한 장을 꽉 채워 보냈는데, 쓰인 말이란 하나같이 같았다.

호의엔 감사하나 앞으로 편지는 받지 않겠다.

연락을 원치 않는다는 말이 그토록 여러 표현으로 쓰일 수도 있다는 사실을 후안은 그때 처음 깨달았다.

이건 뭐, 쓰인 언어만 우아하고 고상했지 정중하게 꺼지란 소리와 다를 바 없었다. 되돌아보면 라페인 후작의 집무실에서 만났을 때도 계산된 행동이 아닌 단순한 질투에 불과했던 게 분명하다.

그 책이 자신을 위해 번역됐다는 것을 깨달은 날 후안은 에르셀라에게 반하지 않은 걸 천만다행으로 여겼다. 그 눈부시게 아름다운 여자를 마음에 담았다면 로베르트의 앞날은 더욱 비참해졌으리라.

후안은 우여곡절 없이 제 수중에 편히 안착한 우편물을 응시했다. 그저 신기했다. 공작이 싫어하는 걸 알면서 아무렇지 않게 편지를 보내는 에르셀라가 대단하게 보이기도 했다.

"확실히 휘어잡고 살고 계신가 보군."

상상은 안 되지만. 그것에 일단 안도한 후안의 걸음은 한층 여유로워졌다.

지금 그가 향하고 있는 곳은 왕자의 방이었다. 왕자의 거처는 본궁으로 옮겨진 지 오래로 왕의 집무실 근처에 위치했다. 왕이 오가기 번거롭다는 이유로 왕자의 거처를 본궁으로 옮기라고 명했기 때문이다.

이례적인 명을 내려 시종들을 깜짝 놀라게 한 왕은 매일 두 시간씩 왕자를 직접 돌보곤 했다.

왕비 자리는 공석이었다. 세글리에는 피테츠가로 돌려보내졌고, 왕은 새로 왕비를 들인다는 발언 없이 알렉시스 왕자를 후계 자리에 앉혔다. 뜻이 확고한 그의 행동에 다른 귀족들도 제 딸을 들이미는 일은 포기한 듯했다.

이로써 알렉시스 왕자는 왕실 유일의 적법한 왕자가 되어 왕위를 이어받을 것이다. 에샤힐드 왕비의 자식이.

복도 중간에서 잠시 멈추어 선 후안은 창밖을 바라보았다. 옷을 입지 않은 나뭇가지들이 바람에 파르르 흔들리고 있었다. 그리고 그 흔들리는 마른 가지 위로 싹튼 맹아를 발견한 순간, 후안의 걸음은 다시 이어졌다.

참으로 긴 겨울이었다고 생각하며.

펜을 쥔 에르셀라의 손이 잘게 떨렸다. 수도에 다녀오고 축제를 감상하느라 밀린 업무를 진행해야 하지만 도무지 서류가 눈에 들어

오지 않았다. 이윽고 그녀는 머리채를 잡고 자학했다.

'왜 말이 없지?'

에르셀라는 알 수 없었다. 청혼을 한 지 무려 하루가 지났는데도 답을 주지 않는 하르젠의 저의를.

'역시 결혼하기 싫은 걸까?'

급기야 극단적인 상상을 펼친 에르셀라는 깊은 자괴감에 빠져 허우적댔다.

처음엔 '왜?' 의문을.

그다음엔 '그럴 수 있지' 이해를.

마지막은 '데리고 살아주겠다는데, 왜!' 분노가 그녀의 감정을 좀먹었다.

차였다. 하르젠에게.

그 사실이 온종일 에르셀라를 괴롭혀 댔다. 왜 차인 건지 이유도 알지 못했다. 분위기도 나름 좋았고, 마지막 불꽃놀이까지 탈 없이 즐기지 않았는가. 심지어 돌아온 뒤 밤을 같이 보내기도 했다.

그런데 왜?

에르셀라는 하르젠에게 당장 따져 묻고 싶은 마음이 굴뚝같았으나 마음과 달리 몸은 집무실을 벗어나지 못했다.

일이 너무 많아서가 아니었다. 그가 어젯밤에 속삭인 말이 그 이유였다.

에르셀라의 불편한 기억은 거슬러, 밤중 응접실에 멈추었다.

불꽃놀이를 관람한 후 세 사람은 순조롭게 성으로 돌아왔다. 그대로 방에 돌아가면 되는 상황이었지만 기분 좋은 오늘을 이대로 떠나보내기가 아쉬웠던 에르셀라의 주도하에 그들은 각자 포도주를 한 잔씩 마셨다.

완벽한 하루였다. 처음부터 끝까지. 중간에 생겨났던 다툼과 자신의 무산된 청혼은 술기운에 잊어버린 채 에르셀라는 하르젠이 따라주는 포도주를 계속해서 홀짝였다.

얼마쯤 마셨을까. 이미 한차례 술을 들이켰던 몸에 수마가 찾아왔고, 깜빡거리는 눈꺼풀을 본 하르젠이 술자리를 마무리 지었다. 그는 에르셀라를 일별하며 잔을 내려놓았다.

"취한 듯하군."

"그런 것 같습니다."

비센테는 새삼스러울 것도 없는 사실에 고개를 끄덕였다. 도수가 높은 술인 데다가 들뜨시긴 했는지 마시는 속도가 평소보다 빨랐다. 취하지 않으면 그게 더 이상한 거였다.

"저 먼저 들어가 보겠습니다."

비센테는 술자리의 끝을 흔쾌히 받아들였다. 축제 내내 그들 사이에 놓이던 고비를 드디어 면한다고 생각하는 그 얼굴에는 어렴풋한 해방감마저 어려 있었다.

"어디 가니?"

취한 와중에도 용케 희색을 잡아챈 에르셀라가 집착하려고 했을 때였다. 그녀의 몸이 일으켜 세워지며 팔이 목에 둘렸다. 그 상태로 작아지는 비센테의 등을 하염없이 보는 에르셀라의 눈빛에 서글픔이 고였다.

"왜 가……."

"에르셀라."

"왜 나만 두고 가."

손을 뻗으며 아련하게 중얼거리는 에르셀라를 하르젠이 어이없다는 듯 바라보았다.

에르셀라는 곧 강제로 이끌려 침실까지 왔다. 쓰러지듯 침대 위로 눕자 한숨 소리가 어둠 속에서도 선명하게 들렸다. 에르셀라는 그 한숨 소리를 자장가 삼아 시트 위에 얼굴을 비비적거렸다.

그사이 발소리는 멀어졌다가 다시 가까워졌다.

술을 먹어 무거워진 상반신이 단숨에 들어 올려진 에르셀라는 가물가물한 시야 사이로 하르젠을 보았다. 그녀를 침대맡에 기대게 한 그가 드레스 끈을 풀어 내리고 있었다.

"갈아입고 자."

눈을 내리깐 에르셀라는 그가 가져온 아이보리색 침의를 의미 없이 만지작거렸다. 보들보들한 촉감이 중독성 있었다.

"응."

말 잘 듣는 착한 아이처럼 에르셀라는 가만히 그 손길을 받아들였다. 끈을 푸를 때마다 하르젠의 손끝이 가슴을 스쳤다. 이제는 익숙해져 서로에게 별 의미 없어진 접촉이었지만 취했기 때문인지 가슴이 간질거렸다. 그래서였을 것이다. 두 손으로 하르젠의 목을 감은 에르셀라가 키스한 것은.

부드럽게 목을 잡아당긴 에르셀라가 하르젠의 아랫입술을 살짝 무는 것을 시작으로 긴 입맞춤이 이어졌다.

약한 힘에도 순순히 끌려오던 그는 이내 에르셀라의 머리를 감쌌다. 침대맡 마호가니 목재 결을 따라 그녀의 머리를 감싼 그의 손이 세게 부딪히며 아래로 내려왔다.

침대 머리와 마찰하는 손을 따라 미끄러진 에르셀라는 좀 더 팔에 힘을 실었다. 입안의 점막을 쓸어내리며 혀를 섞는 감각에 에르셀라의 발끝이 곱아들었다.

그녀가 고개를 옆으로 돌린 건 입술 끝에 침이 고이기 시작한 무렵이었다. 그만하라는 신호에 응한 하르젠이 에르셀라에게서 떨어졌다.

"숨 쉬어."

에르셀라는 젖은 입술을 살짝 벌린 채 자신 위에 있는 하르젠을 바라보며 호흡했다. 반쯤 벗은 가슴이 그의 아래에서 부풀다 가라앉았다. 잠시 그곳에 머물던 하르젠의 시선은 이내 환하게 웃고 있는 에르셀라의 얼굴 위에 멈추었다.

어느덧 그의 볼로 타이를 풀어낸 에르셀라가 그것을 얼굴 앞에서 흔들고 있었다. 사내를 유혹하는 듯한 발그레한 웃음에 그들이 섞여드는 건 오랜 시간이 걸리지 않았다.

자신이 벗긴 드레스 사이로 드러난 속살을 빨아들이자 들려오는 짧은 신음이 그의 귓가를 자극했다.

에르셀라는 외설적인 감각을 받아들이며 하르젠의 셔츠 단추를 풀어 내리기 시작했다. 흐린 시야로 인해 손이 자꾸 미끄러졌지만 집중하자 셔츠를 벗겨낼 수 있었다. 하르젠이 걸친 것을 하나하나 벗겨낼 때마다 에르셀라는 말갛게 웃었다.

"나도 잘하죠. 벗기는 거."

칭찬을 바라듯 눈웃음 짓는 에르셀라의 모습에 짧게 웃은 하르젠이 다시 입을 맞춰왔다. 이윽고 드레스의 마지막 끈이 끌러졌다. 그리고…….

"그러게."

픽 하고 웃는 하르젠의 얼굴을 마지막으로 그 뒤의 기억은 잘 나지 않았다. 쿵쿵 뛰는 심장을 따라 몸이 움직였다.

"아. 아……."

저릿한 감각에 온몸을 내맡길 수도 있을 것 같았다. 실제로 그러고 있기도 했다. 끊어질 듯한 호흡과 달음박질한 심장 소리가 살 소리와 섞이며 방 안에 스며들었다.

교성을 지르며 팔을 뻗어오는 에르셀라를 내려다보는 그는 웃고 있는 듯했다.

그녀의 팔에 순순히 감겨주며 상체를 낮춘 하르젠이 에르셀라의 귓불을 깊게 빨아들였다.

"응……."

자극적인 감각에 에르셀라의 달뜬 신음이 더욱 짙어져 갈 때였다. 낮은 속삭임이 귓가에 들려온 것은.

"전하. 만족이 되셨는지."

현실로 돌아온 에르셀라의 온몸이 확 달아올랐다. 에르셀라는 등을 굽혀 아릿한 배를 감쌌다. 다리도 자연스럽게 모아졌으나 몸을 웅크렸음에도 쿵쿵 뛰는 심장은 멎을 생각을 안 했다.

아무래도 그녀가 '정부'라 칭한 게 심기에 단단히 거슬린 모양이었다. 고약한 심술에 에르셀라는 두 손으로 감싼 얼굴을 무릎에 묻었다.

만족이라니. 마치…… 꼭 지체 높은 귀부인이 제 욕정을 채우기 위해 숨겨둔 애인을 침대로 끌어들인 것 같지 않은가. 그가 경애하듯 부른 존칭 때문에 더 그렇게 느껴졌다.

당황하여 시선을 맞추지 못하는 에르셀라를 놀리듯 하르젠은 끝내 그녀의 발등에 입을 맞추기까지 했다. 존경의 입맞춤이 아닌 정염이 담긴 입맞춤이었다. 지금 에르셀라가 발등을 덮는 구두를 신고 있는 이유기도 했다.

온몸을 그 남자로 덮었던 어젯밤의 기억은 오감으로 거슬러 올라왔다. 씻었음에도 하르젠의 체취가 살에 배어 있는 듯했다.

시선을 내리면 발목에 입술을 묻고 있는 남자가 하필 기억에 선명히 남아 그런 것일 수도 있었다. 어둠 속에서도 눈에 띄는 흑발이 살을 간질이는 감촉과 마찬가지로.

그리고 자신과의 밤이 만족스러웠냐는 물음.

에르셀라는 정말로 정부 행세를 하고 있는 하르젠이 슬슬 얄미워졌다. 정부가 그렇게 싫었다면 청혼을 받아들이면 될 거 아닌가.

"왜……."

어느새 다시 청혼으로 이어진 생각에 에르셀라는 급격히 우울해졌다. 청혼하면 좋아할 줄 알았는데…… 아닌가 보다. 반지도 고심

해서 고른 건데. 항상 받기만 해서 이번엔 주고 싶었는데.

주는 것도 받는 사람의 마음이 중요한 것이라는 교훈을 에르셀라는 이번 경험으로 똑똑히 깨우치게 되었다.

"전하, 들어가도 될까요?"

문을 똑똑 두드린 리엔의 목소리가 문을 타고 넘어왔다. 에르셀라는 우울하게 대답했다.

"들어와……."

작은 목소리에도 용케 잘 들은 리엔이 문을 열고 안으로 들어왔다.

리엔은 에르셀라의 피골이 상접한 모양새에 흠칫 발을 멈추었다.

"……."

자세히 캐물어봤자 말할 기운도 없어 보이는 에르셀라를 리엔은 그냥 못 본 체하기로 했다.

"주치의께 진찰받을 시간이에요."

에르셀라가 퍼뜩 고개를 들었다.

"벌써?"

"몸이 어떤지 일주일마다 확인하고 왕성에 보내야 하니까요."

진단을 받은 지가 엊그제 같은데 시간은 빠르게도 흘렀다. 상태가 호전되고 있기에 크게 중요한 진찰은 아니지만 에르셀라는 자리에서 일어났다. 르만의 연구에 협조하기로 했으니 말이다. 미래의 후손들을 위한 일이기도 했다.

"가자."

에르셀라는 선선히 주치의의 방으로 걸어갔다. 주치의의 방까지 가는 데는 이십 분도 채 걸리지 않았다.

지난번에 진찰했을 때보다 더욱 건강해 보이는 에르셀라의 모습에 주치의의 안색이 몹시 환해졌다.

"오셨습니까, 전하."

주군이 건강하다는 건 그녀의 안녕과 직결되는 일이었다. 에르셀라는 사람 좋은 인상의 주치의 앞에 앉으며 마주 인사했다.

"이번에도 잘 부탁해요."

"예. 잠시 실례하겠습니다."

에르셀라의 상세를 살펴보는 주치의의 눈빛이 진지하게 빛났다. 이상 증세가 발견되지 않은 만큼 진찰은 짧게 끝이 났다.

"이번에도 특별한 증상은 발견하지 못했습니다. 건강하십니다. 다만……."

에르셀라의 손목에서 맥을 짚던 그녀는 조금 애매한 얼굴을 했다.

"요즘도 피임을 하시는지요?"

전혀 생각지 못한 질문에 에르셀라는 잠시 말을 잇지 못했다. 에르셀라는 더듬더듬 입을 열었다.

"그렇기 한데, 그건 왜……."

에르셀라의 눈빛에 어린 불안감을 읽은 주치의는 부드럽게 미소 지으며 고개를 저었다.

"염려하시는 그건 아닙니다. 하지만 피임약은 이만 끊으시는 게 어떠신가요? 너무 오래 복용하면 나중에 몸에 무리가 올 거예요. 지금도 충분히 장기 복용 중이시니."

피임약은 공작 부인인 시절 당시 가주였던 하르젠의 허락하에 비센테를 낳은 이후로 꾸준히 먹고 있었다. 가급적 몸에 무리가 가지 않는 선에서 지은 약이었지만 그녀의 말대로 장기 복용하면 또 모를 일이었다.

"혹시 아기를 가지시는 게 싫은가요?"

에르셀라는 기운 없이 눈꺼풀을 내리깔았다.

아기를 가지기 싫은 게 아니었다. 두려웠다. 또 학대할까 봐. 악몽 같았던 그날로 되돌아갈까 봐. 그래서 주변인이 그녀 때문에 다시 힘들어질까 봐. 생길 기회가 몇 번 있었음에도 회임하지 않은 건 그 때문이었다.

어쩌면 운이 좋은 거였다. 약을 먹는다고 피임이 확실히 되는 것은 아니었으니.

"싫으시다면 복용 주기를 늦추는 것도 방법이 될 수 있습니다. 그러려면 관계 시기는……."

"아뇨. 그런 건 아니에요."

에르셀라는 차분하게 고개를 저었다. 싫으시다면. 그 말이 잔상처럼 머릿속에 맴돌았다. 그녀에겐 단순히 두려워서인 게 남들 눈에 그리 보일 수도 있다는 걸 처음 깨달았다. 그러면 하르젠도 그렇게 생각했을까. 자신의 아이는 가지기 싫어한다고…….

"한번, 생각해 보죠."

조금 전보다 가라앉은 에르셀라의 얼굴을 리엔이 걱정스럽게 바라보았다.

하르젠은 탁자 위에 올려둔 반지를 만지작거렸다. 장식 없이 단조롭게 세공된 은반지였다. 여자의 취향은 아닐 것이다. 군더더기 없이 깔끔한 반지는 그의 취향을 배려한 것에 가까웠다.

닳는 건 아닐까 이제야 꺼내 만져보는 그의 입가로 희미한 미소가 머물렀다. 그러나 미소는 곧 사그라지고 말았다.

하르젠은 반지가 상기시킨 그날 밤의 청혼을 떠올렸다. 다시 결혼하자는, 어떻게 해야 어색해지지 않을까 고민한 흔적이 엿보이는 청혼을.

고백하기까지 그 여자가 얼마나 떨었을지를 생각하면 사랑스러운 고백이 아닐 수 없었다.

그러나 하르젠은 에르셀라의 기대에 부응해 주지 못했다.

에르셀라와의 결혼을 생각하지 않은 건 아니었다. 그녀와의 혼인을 바랐고 원했다. 한순간 이델 칼테아의 작위를 복권시키면 어떨지 고민할 만큼.

하르젠은 알았다. 왕녀의 딸 옆에 서기엔 현재 그의 신분은 모호했고, 그에 대한 의심은 빠르게 루델시아 전역을 돌 것이다. 추문의 칼끝이 향하는 곳은 그가 아닌 에르셀라일 터였다. 그에겐 더없이 고귀한 여자가 타인의 험담에 의해 추락하는 게 유쾌할 리 없었다.

한 번도 어머니라 생각해 본 적 없는 이델 칼테아의 지위를 욕심낸 것도 그 때문이었다.

칼테아 공작가.

쉽진 않겠지만 되찾을 방법이 아예 없는 것은 아니었다. 반역을 꾀해 멸문당했다 하지만 실제로 반역이 일어난 건 아니었으니.

그 당시 증거는 베아트리스의 고발뿐이었고 그 뒤로 자금의 출처와 군사 이동 경로가 탄로 났다지만 모른 척 잡아뗄 수 있는 수준이었다. 단순히 죄를 부인하면 반감만 깊어지는 정도에서 없던 일로 할 수 있는 상황이었지만 이델 칼테아는 죄를 인정했다.

거짓 고발로 처벌당할 베아트리스를 위해서였다. 기실 왕이 목적했던 바도 처음부터 거기에 있었던 듯했다. 이델의 약점인 베아트리스를 인질 삼아 눈에 거슬렸던 공작가를 치워 버리는 것에.

지나치게 맞아떨어져 도리어 수상스러운 고발과 수긍이었지만 어느 귀족도 함부로 의심을 표하지 못했다. 비록 명쾌하게 밝혀지지 않은 반역에 루델시아의 대가문이 몰살당하는 참극을 겪었을지라도.

그러나 역사의 뒤안길로 사라진 가문에 대한 의심은 아직 유효했고, 그 허무한 끝에 안타까워하는 이도 많았다. 되찾으려고 하면 되찾을 수 있을 것이다. 불가하다면 전쟁을 일으키는 방법도 있었다. 어디엔가 아득바득 살아 있는 이두르인을 색출하여 타진하면…….

어쩔 수 없이 살상으로 이어지는 생각에 헛웃음이 지어진 건 그때였다.

하르젠은 그럴 수 없었다.

또다시 피를 묻히고 그 여자 옆에 설 수는 없다. 과거에 그를 보았던 에르셀라의 눈빛이 어땠는지를 생각한다면 더더욱.

한편 두렵기도 했다. 옆에 서도 될지. 감히 속해도 될지. 그런 것들이. 벌을 받을 것 같았다. 행복하게 지내다 보면 어느 날 발밑이 무너질 것 같았다.

그녀의 가족을 죽음으로 몰고 간 이전을 생각하면 에르셀라의 손을 잡는 게 옳은지 어쩔 수 없이 망설여졌다.

에르셀라를 사랑한다.

그녀가 마음을 바꿔어 죽어달라고 애원하면 기쁘게 죽어줄 수 있을 만큼. 처음의 원망이었고 슬픔이었고 갈망이었던, 그의 모든 것에 처음이었던 여자를 하르젠은 사랑했다.

그래서 결국 에르셀라의 명예를 더럽히는 것도, 한 번 더 밑바닥을 보여 그녀의 옆에 서는 것도 그는 선택하지 못했다.

단지 에르셀라의 아무것도 되지 않기로 결심했다. 밝아오는 태양 아래 함께 서지 못한다 해도 그렇게 해서 에르셀라의 찬란한 세상이 견고해진다면 하르젠은 그럴 수 있었다.

반지를 만지던 손길이 천천히 멈추었다. 반지를 지난 그의 시선은 어느덧 짙푸른 하늘을 향해 있었다.

밀로아의 이슬라성에 한 화공이 초대되었다.

티우네 크리스찬이라는 이름의 베아트리스의 초상화를 그린 적도 있는 그 화공은 무려 궁정 소속으로 국왕이 친히 보내준 자였다. 베아트리스의 직계인 에르셀라는 엄연히 왕가에서 인정한 왕족이니 생전의 모습을 남길 의무가 있다고 하면서 말이다.

왕족이라 하기엔 애매한 에르셀라의 위치를 생각해 보면 파격적인 호의였다. 에르셀라는 부담스러웠지만 거절은 예의가 아님을 알고 티우네 크리스찬을 성에 들였다.

“폐하의 명을 받잡고 전하를 찾아왔습니다. 번거로우시더라도 부디 제게 전하의 시간을 내주시기를 간곡히 바라옵니다.”

젊었을 적 상당히 미남이었을 듯한 인상의 남자가 에르셀라에게 정중히 부탁했다.

“어찌 시간을 내주지 않을 수 있겠어요. 밀로아에 온 걸 환영해요. 머무르는 동안 편안하길 바라요, 크리스찬 경.”

그가 화가의 신분으로 기사 작위를 받았다는 것을 들은 에르셀라도 그에 맞는 예우를 갖추었다. 오만하지 않고 예의 바른 에르셀라의 인사에 티우네는 부드러운 미소를 지으며 입을 열었다.

“듣던 대로 아름다우시군요. 저 티우네는 전하의 미모를 훼손하는 일 없이 최선을 다할 것입니다.”

훈훈한 분위기 속에서 에르셀라도 가볍게 미소 지었다.

“고마워요, 경. 그런데…… 한 가지 부탁을 드려도 될까요?”

에르셀라가 보인 망설임에 티우네의 눈빛에 의아심이 서렸다. 간혹 보이는 것보다 매혹적으로 그려달라는 부탁을 받았지만 눈앞의 여인은 그런 부탁을 할 필요가 없었기 때문이다. 오히려 그림에 다 담지 못할까 걱정될 만큼 여자의 외모는 아주 미려했다.

“예에, 말씀하시지요.”

그렇다면 조금 더 어려 보이게 그려달라는 것일까.
그러나 에르셀라의 부탁은 티우네의 추측과 몹시 동떨어진 것이다.
"개인 초상화가 아닌 가족 초상화를 그려도 될까요?"

그리하여 티우네 크리스찬은 개인 초상화와 가족 초상화 둘 다를 그리기로 했다.
그는 사실 드높은 명성에 맞지 않게 아주 한가로운 화공이었다. 왕실에 저당 잡힌 몸이니만큼 그가 다시 붓을 들 때는 리하드 왕자가 즉위한 이후일 것이다.
티우네는 모처럼 생긴 일감에 기분 좋게 에르셀라의 부탁을 들어주었다. 나이가 든 이후로 체력이 안 따라주긴 했지만 제자들이 작업을 도울 테니 상관없었다.
한 가지 의문점은 그녀가 언급한 '가족'이라는 것에 있었다. 그가 알기로는 대공은 장성한 자식이 한 명 있지만 대공의 부군 자리는 공석이었다. 그렇다면 그 남자는 누구란 말인가.
그때 티우네의 걸음을 멈추게 하는 소리가 들렸다.
"너희 들었니? 이번에 가족 초상화를 그릴 때 전하의 그…… 분도 함께하신다는 거?"
"그분이라고 하면…… 전하의 애, 애……."
"전하의 애인 말하는 거 아니야?"
애인?
"레이든, 너, 너, 어떻게 그런……."
차마 애인이라는 소리는 낯부끄러웠는지 하녀는 말을 잇지 못했다. 남자 하인은 부끄러워 어쩔 줄 몰라 하는 그녀의 모습에 대수롭지 않은 태도로 어깨를 으쓱였다.
"뭘 그렇게 더듬어. 원래 지체 높으신 귀족분들은 옆구리에 몰래 정부 하나씩 끼고 사는 거 아니야?"

티우네는 그제야 자신이 그릴 사람이 대공의 정부란 것을 확신할 수 있었다.

노인은 벽에 다닥 붙어 귀를 좀 더 기울였다.

"그래도 그렇지! 아직 남편도 없으신데 그 고귀하신 분이 어떻게!"

우리의 고귀한 대공 전하께서 그럴 수는 없다고 바락바락 부정하는 하녀를 보며 남자는 심드렁하게 대꾸했다.

"글쎄, 메즈나, 남편이 없다고 할 순 없지 않을까? 듣자 하니 그라니아에서 위세가 어마어마했던 공작가의 안주인이셨다고 하던데."

"무슨 말이 하고 싶은 거야?"

"그만 전하의 사생활을 존중하라는 거지. 어디 가서 떠들고 다니지나 말고. 소문이 새어 나가면 잘리는 걸로 끝나지 않는 거 알지? 그분은 왕족이야. 우리 같은 사람들 입에 함부로 오르내릴 분이 아니라고. 지금도 누가 들으면 어떡하려고."

훔쳐 듣고 있던 티우네는 어깨를 흠칫 떨었다.

"그래. 나도 레이든의 말에 동감이야, 메즈나. 근데 한 가지 이상한 점이 있어. 이번에 오신 도련님 있잖아…… 그분과 닮지 않았니?"

닮아? 뭐가? 티우네는 대화에 좀 더 집중했다.

"어, 맞아. 판박이더라."

레이든이라는 소년이 진지한 긍정을 드러냈다.

"뭐야, 그러면 도련님이 두 분의 아이일 수도 있다는 거야?"

"그렇지. 어떻게 된 건진 모르겠지만 어쩌면 공작 부인 시절에 몰래 가진 아이일 수도. 아무튼 전하께서 엄청 총애하시나 봐. 이번 초상화도 그렇고, 도련님과 닮은 것도 그렇고."

"그럴 수밖에……. 나, 난…… 살면서 그렇게 잘생긴 분은 처음이거든. 그래서 난 전하가 이해가 돼……."

기도하듯 두 손을 맞잡으며 황홀해하는 소녀의 얼굴에 레이든이 한탄했다.

“에일라, 그렇다면 넌 잘생겼으면 바람도 용서가 된다는 거야? 그럼 너도 나중에 그럴 거야? 남편이 있는데도 애인을 따로 둘 거야?”

“그, 그건 아니지만…… 저 정도면 이해 못 할 정도는 아니란 얘기지…….”

레이든이 한숨을 푹 쉬며 고개를 저었다.

“하여튼 여자들이란. 얼굴이 뭐라고.”

“그러게 레이든, 너도 저렇게 태어났으면 좋았을 텐데…….”

“멕이냐? 아무튼 됐어. 얘기는 이쯤 하고 더 이상 하지 말자. 집사님께 걸리면 아주 혼쭐이 날 테니!”

다들 동의한다는 듯이 ‘맞아, 그만하자’라는 속삭임이 들려왔다. 이윽고 그들의 발소리는 티우네에게서 아주 멀어졌다.

우연히 대공가의 사정을 엿들은 티우네는 경악하고 있었다. 왕성에서 산 짬밥이 있던 그는 저들과 조금 다른 결론을 유추해 냈다.

베른하르트 공작이 살아 있다. 죽은 줄 알았던 공작이 비밀리에 살아 있을 줄은 꿈에도 몰랐다.

그 남자를 끼워서 가족 초상화를 그리고 싶다는 에르셀라의 말을 생각해 볼 때 아마 국왕도 알고 있는 듯했다.

도대체 어쩌다가 가족을 가족이라 하지 못할꼬. 티우네는 진심으로 안타까워했다. 젊었을 때는 동정심이 많은 편이 아니었으나 나이를 먹고 가족의 소중함을 알게 된 노인은 마음에서 우러나오는 안타까움에 발을 동동 굴렀다.

그는 자신이 해줄 수 있는 일이 뭐가 있을까 고민하다 번뜩 떠오른 생각에 해맑게 웃었다. 그는 다시 없을 최고의 걸작을 그리리라고 다짐했다.

그 그림은 루델시아 궁정 화가 티우네 크리스찬의 마지막 역작이 되리라.

✵ ✦ ✵

비센테는 불편했다. 뭐가 불편하냐면 온통 휘황찬란한 연무장이 불편했다. 옛날에 사라진 이리스 공작가의 보검이 제게 쥐여 있다는 것도 불편함의 이유를 차지했다.

모두 에르셀라의 작품이었다.

에르셀라는 근래 그에게 무언가를 주지 못해 안달 난 사람처럼 굴었는데, 나날이 쌓이는 진귀한 물품은 그가 감당할 수 없는 지경까지 이르렀다. 아버지에게 이건 과하지 않냐고 넌지시 일러도 하르젠은 그게 네게 왜 과하냐는 얼굴로 고개를 기울일 뿐이었다.

어머니에게 물든 게 분명하다고 생각하며 비센테는 에르셀라의 집무실을 허락도 없이 열었다.

"비센테?"

"그게……."

뒤늦게 예의를 차리지 않은 걸 알아차린 그는 하려던 말을 바로 하지 못했다.

"날 보러 온 거야? 고마워라."

에르셀라는 이 시간에 찾아온 비센테가 그저 반가운지 자리에서 일어나 그를 소파로 이끌었다.

"앉으렴. 기다려 줄래? 하인에게 다과를 내오라 할 테니."

"예."

무례를 저지른 비센테는 할 말이 없어 얌전히 앉았다. 생각해 보니 어머니와 약소한 티타임을 보낸 다음에 말하는 것도 좋을 것 같았다. 게다가 주신 성의를 생각하면 오자마자 따지는 건 경우가 아닌 것도 같고…… 여하튼 비센테는 얌전히 기다렸다.

잠시 후 다과가 마련되었다. 에르셀라와 비센테가 찻잔을 들어 올렸다.

"혹시……."

"예."

비센테는 대답하며 언제쯤 과한 선물 공세를 멈춰달라고 말해야 할지 고민했다.

"혹시 말이야……."

"예."

아무래도 티타임이 끝날 때쯤이 좋을 듯했다. 상처받으실 수도 있으니.

괜찮다고 생각하며 차를 들이켰을 때 무언가 결심한 듯한 에르셀라의 목소리가 들려왔다.

"혼자라서 외롭진 않니?"

비센테는 그만 차를 뿜을 뻔했다.

방 안에 정적이 서렸다.

비센테는 입안의 찻물을 밀어낼 뻔한 입술을 손등으로 문질러 닦아냈다. 그리고 에르셀라를 바라보았다. 긴장이 역력해 있는 에르셀라의 얼굴은 말하고 있는 듯했다.

싫니?

그럴 리는 없겠지만, 비센테는 혹시나 하는 마음으로 물었다.

"제가 후계자로 인정받으려면 결혼을 해야 한다고 왕께서 그러셨습니까?"

에르셀라는 절레절레 고개를 저어댔다. 부끄러움과 쑥스러움이 번갈아 떠오르는 그 얼굴에 비센테는 생각을 확고히 굳힐 수밖에 없었다.

결혼이 아니라면 저 말의 의미는 하나였다. 열아홉의 나이에 동생을 가지게 될 줄 몰랐던 비센테는 에르셀라의 돌발 선언을 어떻게 받아들여야 하나 고민했다. 그는 한참 심란해하다 일단 해야 할 말을 건네기로 했다.

"회임이라면 축하드립니다. 전 기꺼이 어머니의 선택에 따르겠……."

"아직 아니야!"

"예?"

비센테의 얼떨떨한 반문에 에르셀라가 고개를 푹 숙였다. 그녀는 비센테의 한참 앞서 나간 축하가 민망해 죽을 것 같았다.

"아직 그런 건 아니고…… 생각만. 생각만 하고 있어."

"아."

그제야 심란함이 한풀 꺼진 비센테는 안도할 수 있었다.

"그냥 네가 싫어할 수도 있다고 생각해서 미리…… 얘기해 본 거야."

"그렇군요."

아직 회임한 건 아니라는 말에 안심한 듯 보이는 비센테의 모습에 에르셀라는 조심스레 되물었다.

"……혹시 싫으니?"

아직 나오지 않은 대답에 에르셀라는 지레 겁먹은 듯했다. 대답이 늦어질수록 그 겁은 그녀 안에서 점점 몸집을 불릴 걸 알았지만 비센테는 선부르게 대답하지 못했다. 그는 아직 있지도 않은 동생을 처음으로 상상해 보았다.

남자? 여자? 어머니를 닮았을까. 아버지를 닮았을까.

……역시 상상이 잘되지 않았다.

성별이 어떻든 이 나이에 로웨나 같은 애를 동생으로 둔다는 게 그는 영 어색했다. 그렇다고 싫은가 하면…… 그것도 아닌 것 같다.

낯설긴 했지만 싫진 않았다. 태어나지도 않은 동생이 조금 기대되기도 했다. 남자아이면 나중에 그가 검술을 가르쳐 주면 되고, 여자아이면 피아노를 가르쳐 주면 될 것이다.

그래, 그러면 되겠지. 머릿속에 어렴풋하게나마 그려지는 상상이 썩 나쁘진 않아 비센테는 천천히 고개를 끄덕였다.

"전 괜찮습니다."

비센테는 담백하게 긍정했다. 그러나 에르셀라는 걱정을 떨치지 못한 듯이 보였다.

"정말? 정말 괜찮은 거 맞아?"

"어머니?"

"그게 아니라, 나는……."

비센테는 두서없이 배회하는 말들을 의아스럽게 경청했다.

에르셀라는 곤궁에 처한 사람처럼 지나치게 과민 반응을 하고 있었다. 그것에 당혹감을 느낀 비센테는 확신을 주듯 눈짓했다. 자신은 정말 괜찮다고.

사실 아들인 그가 어머니와 아버지의 자식 계획에 관여할 자격은 없었다. 그러니 에르셀라는 그의 허락을 구하지도, 눈치를 보지도 않아도 될 텐데.

"걱정돼."

뭐가 그렇게 걱정이실까.

"만약 아이가 생긴다면…… 나는 사랑해 주고 싶어."

이내 조곤조곤 속을 털어놓는 말에 비센테는 에르셀라가 머뭇거린 이유를 이해할 수 있었다.

"하지만 그 과정에서 네가 서운해할까 봐, 그래서 네가 상처받을까 봐…… 걱정이 돼."

그게 너무 미안해.

에르셀라는 겁이 났다. 아이를 갖는다면, 이번에는 사랑해 주고 싶었다. 하지만 자신이 아이를 사랑하는 모습이 비센테에게 상처로 남을까 봐 그게 두려웠다.

온전히 비센테에게 주어도 모자랄 애정이 아이에게로 옮겨 갈까 봐. 그래서 비센테가 저를 소홀히 대한다는 느낌을 받을까 봐.

그러한 종류의 두려움이 에르셀라가 아이를 갖는 것을 망설이게 만들었다.

그 과정에서 비센테가 상처받는다면 약을 계속 복용할 생각이었다. 몸에 안 좋다 해도 이제 그녀는 비센테가 느낄 감정을 조금도 간과하고 싶지 않았다. 지나치고 싶지 않았다.

눈에 스며든 죄책감은 눈물이 되어 흘렀다. 에르셀라는 눈물이 고여 뜨거워진 눈으로 비센테를 바라보며 울먹였다.

"그리고 혹시 모르잖아. 그 아이를 낳고, 사랑하다 보면 과거에 저지른 죄 대신이라고 나 스스로 합리화할지도."

"……."

"그건 너무 끔찍한 짓인데. 정말 끔찍한데……. 그런데, 내가, 내가…… 그러지 않을 거란 자신이 없어."

그동안 그렇게나 이기적으로 살아왔는데 앞으로도 그러지 않을 거라는 확신이 들지 않았다.

또다시 비센테에게 몹쓸 짓을 하는 것은 아닐까.

아이는 축복이 맞았다. 그러나 그들 사이의 아이는 축복이 아닌 재앙이 될 수도 있었다. 행복한 지금의 관계를 파탄 낼. 그리고 그 근본적인 원인은 아이가 아니라 에르셀라 자신이 될 것이다.

"그래서 제게 굳이 물으셨던 거군요."

에르셀라의 불안을 읽은 비센테는 그것 말고는 할 말을 찾지 못했다. 만감이 교차했다.

에르셀라가 과거에 그에게 주지 못한 사랑을 아직도 신경 쓰고 있었을 줄은 몰랐다. 다시 아이를 갖는 걸 두려워할 만큼이나.

에르셀라가 그토록 자신을 가슴 깊이 염두에 두고 있다는 걸 알게 되자 비센테는 어쩐지 웃을 수가 없었다. 그 대신 그는 가슴속에서 울컥 치미는 무언가를 느꼈다. ……좋아서. 그저 좋아서. 좋아서 울 수도 있다는 게 이런 기분일까.

비센테는 낯설지만 싫지 않은 감각을 그대로 받아들이며 잠시 생각했다.

"저는 괜찮습니다."

하지만 다시 생각해도 마음은 변하지 않았다. 그는 정말로 괜찮았다.

"하지만 비센테."

"제가 사랑하겠습니다."

자신이 사랑하면 된다. 그 아이를.

"유년 시절 받지 못한 사랑만큼 제가 그 아이를 사랑하겠습니다. 그래서 그 아이가 절 사랑한다면 그것을 그때 받았어야 했던 사랑이라고 여기겠습니다."

그러니 그 아이의 존재는 그에게 기쁨일지언정 상처가 될 수 없다. 에르셀라는 앞으로 생길지도 모르는 아이가 재앙일 수도 있다는 불안에 떨고 있지만 비센테의 생각은 확연히 달랐다.

축복일 것이다. 축복일 수밖에 없다, 모두가 사랑할 그 아이는.

비센테는 그것만은 바보같이 생각하지 못하고 있던, 그의 말에 멍해져 있는 어머니를 향해 한쪽 눈썹을 슬쩍 들어 올렸다.

"그리고 그 아이는 분명 사랑스럽겠지요. 당신들처럼."

장난스러운 웃음기가 스며든 목소리는 에르셀라의 눈시울을 더욱 뜨겁게 만들었다.

비센테가 웃고 있었다.

아주 환하게.

그래서 에르셀라는 울보가 되지 않을 수 없었다.

어디선가 훅 끼쳐오는 단내에 에르셀라는 주변을 두리번거렸다.

'어디서 나는 거지?'

에르셀라는 솔솔 풍기는 달콤한 향기의 출처를 찾기 위해 무작정 걸었다. 따로 길이 나 있지 않아 구두에 초록빛 풀 내음이 가득 묻어났다.

에르셀라는 코끝을 간질이는 싱그러운 풀 내음을 맡으며 그 속에서 단 향을 찾아 헤맸다.

왜일까?

구름을 밟는 것처럼 걸음이 가벼웠다. 날 수도 있을 것 같은 가뿐한 걸음이 멈추어 선 곳은 에르셀라가 한 번도 와본 적 없는 장소였다.

커다란 복숭아나무가 그녀의 앞에 있었다. 살면서 보지 못한 거대한 크기의 나무에 에르셀라의 눈이 휘둥그레졌다. 그녀는 입을 다물지 못한 채 고개를 위로 젖혔다. 그러자 튼실하게 뻗은 나뭇가지에 주렁주렁 매달린 복숭아 열매가 보였다.

'달콤하다.'

동글동글하게 자란 복숭아를 바라보며 에르셀라는 기분 좋게 눈을 감았다. 복숭아의 감미로운 향기가 그녀의 머리 위로 하늘하늘 넘실거렸다. 스르르 눈꺼풀을 들어 올렸을 때 그녀의 시야에 들어온 열매는 하나였다. 옅은 분홍색 빛이 예쁜 복숭아였다. 에르셀라는 유독 또렷하게 보이는 그 복숭아에 저도 모르게 싱긋 웃었다.

복숭아에게 인사하듯이.

그림 작업은 개인 초상화가 아닌 가족 초상화부터 먼저 시작되었다.

초상화는 에르셀라를 중심으로 각각 하르젠과 비센테가 양옆에 자리를 잡는 구도로 그려질 예정이라고 티우네가 전했다.

"전하, 조금만 웃어보십시오."

티우네의 부탁에 에르셀라는 눈과 입술에 부드러운 곡선을 만들었다. 인위적인 웃음이었지만 몹시 자연스러웠으므로 티우네는 흡족해하며 붓을 들었다.

인자했던 눈빛이 붓을 들 때면 날카로워지자 에르셀라는 저 화공의 명성이 거짓이 아니란 걸 새삼 깨달았다. 노인이 저리 열정을 보이는데 그녀가 협조하지 않을 수 없었다. 에르셀라는 열심히 웃었다.

"몸은."

하르젠이었다. 그는 에르셀라의 옆에 앉아 있었다.

"몸이요? ……아."

에르셀라는 하르젠의 염려에 갸웃거리다 이내 자신이 아침 식사를 부실하게 했다는 사실을 떠올렸다.

"별거 아니에요. 그냥 입맛이 없었나 봐요."

아침은 해산물 크림 스튜와 올해 렌투아 궁정 요리사가 개발한 와인에 숙성시킨 새우 요리로, 그녀의 기호에 꼭 맞았음에도 에르셀라는 음식을 잘 넘기지 못했다.

체했나? 하지만 딱히 체한 것 같지는 않았다. 처음엔 음식을 먹자 묵직해지는 가슴 한편에 체한 줄 알았지만 체한 상태와는 어딘가 결이 달랐다.

그녀는 복숭아가 먹고 싶었다. 꿈에 나온 복숭아가. 달콤한 내음을 풍기는 무른 과육을 베어 물면 울렁이던 속도 개운해질 것 같았다. 그러나 겨울에 무더운 여름에나 먹을 수 있는 과일인 복숭아가 있을 리 없었다. 에르셀라는 아쉬웠지만 없는 걸 구해 오라고 할 수는 없어 주방장에게 복숭아에 대해 언급하지 않았다.

"끝나면 의원에게 가자."

하르젠이 말했다. 아침에 보였던 그녀의 행동이 염려스러운 듯했지만 에르셀라는 하르젠과 함께 주치의에게 가는 게 꺼려졌다.

"나중에. 나 혼자서요."

"……."

하르젠은 미덥지 못한 듯 보였다.

하지만 에르셀라는 그녀가 최근 피임약을 끊었다는 사실을 하르젠이 주치의의 입을 통해 듣게 하고 싶지 않았다. 그녀가 직접 말하고 싶었다.

물론 청혼이 받아들여진 후에.

또다시 거절당한 청혼이 상기되자 에르셀라의 눈이 뾰족해졌다.

"전하?"

매끄럽게 휘던 입술이 반대로 휘려고 하자 티우네는 어리둥절함을 표시했다.

"……아니에요."

에르셀라는 다시 웃었다. 그리고 하르젠을 생각했다.

도대체 뭐가 문제일까. 이렇게 유혹하기 어려운 남자는 처음이었다. 이쯤 기다렸으면 슬쩍 넘어와 주는 게 인지상정 아닌가?

하지만 겨우 일주일 안 되게 기다려 놓고 과거 그녀가 부렸던 심술을 전부 감당해 준 하르젠에게 양심상 채근하지는 못했다. 물론 과거를 끌어오자면 하르젠도 잘한 것은 없었다. 그렇지만…….

이러다간 끝이 안 날 것 같아 에르셀라는 잘잘못을 따지지 않기로 했다. 그녀와 그 둘 다 잘못이 있었으니 쓸데없기도 하였다.

그리고 역시 속으로 꽁해 있기보다는 직접 부딪히는 게 경험상 더 나았다.

“이따 시간 있어요?”

하르젠이 고개를 끄덕이는 게 보였다. 일말의 망설임도 없는 동작에 에르셀라는 조금 마음이 풀렸다. 청혼 때문에 자신을 피해 다니면 어쩌나 내심 고민했는데 피해 다닐 생각은 없는 듯했다. 곰곰이 따져보면 피해 다니는 쪽은 언제나 그녀였지만 에르셀라는 자잘한 건 따지지 않기로 했다.

에르셀라는 티우네가 알아차리지 못하는 선에서 살짝 입술을 움직여 말했다.

“그럼 이따가 나랑 같이 놀아요.”

오늘은 기필코 청혼에 대한 답을 받아내리라 다짐하면서.

티우네가 붓을 놀릴 때마다 에르셀라의 등허리는 고통을 더해갔다.

언제까지 앉아 있어야 하는 건지.

에르셀라는 등이 굽을 것만 같았다. 약속한 두 시간은 체감상 훌쩍 지난 것 같은데 화공의 손에선 붓이 놓일 기미가 보이지 않았다.

곧 슬며시 눈동자를 굴린 에르셀라는 화공의 열정에 괴로운 건 자신만이 아니란 걸 알 수 있었다. 하르젠과 비센테도 그녀와 다르지 않은 얼굴이었다.

에르셀라는 바닥나려는 인내심을 감내하며 허리를 약간 수그렸다. 그녀의 고충을 이해하는지 티우네에게서 오는 잔소리는 없었다.

만일 그가 정중하게 ‘전하, 허리를 펴주십시오’라고 말했다면 에르셀라는 초상화고 뭐고 다 엎어버렸을 것이다.

그도 그럴 것이 그녀는 지금 몹시 허기진 상태였다. 부실한 식사를 한 벌인지 위가 쓰라렸다. 뭐라도 먹으면 해결될 문제였지만 이 와중에도 입맛은 까탈스러워 가리는 게 있었다.

나이를 먹으면 고집스러워진다는데. 이것이 전조일까.

못 먹는다는 걸 알면서도 머리에는 자꾸 복숭아를 구할 생각만 떠다녔다. 아이러니하게도 방법은 구체화될수록 점점 추상적이 되어갔는데, 그 예로.

'신력으로 복숭아 키우면 안 되나?'

고대에는 신력이 존재했다는 허황된 전설을 끌어오기까지 했다.

빈속과 쌩쌩했던 유년 시절과 확연히 다른 체력으로 인해 에르셀라의 사고는 정상 범주에서 벗어나 있었다.

인내는 차츰 동이 나 허기진 배가 불만으로 부풀어 오를 때였다.

"다들 지치신 듯 보이는군요. 오늘은 여기서 마치겠습니다."

아쉬운 듯 입맛을 다신 티우네가 붓을 내려놓았다. 환희가 온 마음 깊숙이 퍼지는 순간이었다.

고단한 몸을 등받이에 기댄 에르셀라는 아무에게나 물었다.

"몇 시간이 지났지?"

"딱 두 시간이에요."

에르셀라가 기절할 듯하자 후다닥 달려온 리엔이 그녀의 어깨를 주물러 주며 대답했다.

"오늘따라 왜 이렇게 기운이 없으세요."

"몸소 체험해 보면 나를 이해할 거란다. 하겠니?"

"하녀인 제가 어찌 그러겠어요."

리엔은 좋지 않게 들리는 제안을 직책을 핑계로 천연스럽게 빠져나갔다. 대꾸할 기력도 없어 에르셀라는 실없는 웃음만 흘려댔다.

"첫날인데, 괜찮으십니까? 아, 힘들긴 하지요?"

옆에서 죽을상인 비센테를 본 티우네가 껄껄 웃었다.

"당분간 계속 힘드실 겁니다."

티우네의 자비 없는 선언에 세 사람의 안색이 어두워졌다. 그러나 이런 광경을 수십 번도 넘게 본 티우네의 동정심을 끌기엔 역부족이었다.

"그래도 좋지 않습니까. 한 번 남겨진 초상화는 역사에 대대로 남을 테니까요."

"그건…… 그렇죠."

에르셀라는 영혼 없이 대꾸했다.

"그리하여 길이길이 누구나 알겠지요. 전하와 전하의 식구들을."

길이길이 누구나…….

에르셀라는 피식 웃었다. 그건 마음에 들었다. 하르젠과 비센테와 자신이 한 가족임을 모두가 안다는 건.

'정말 좋네.'

이참에 결혼에 쐐기를 박을 수도 있고.

어딘가 흡족해 보이는 에르셀라 보자 티우네의 입가에 부드러운 미소가 떠올랐다. 티우네는 덧붙여 말했다. 마치 친애하는 손녀를 대하는 듯이.

"머지않아 또 한 번 그릴 날이 오길 염원하겠습니다. 그땐 제 제자 살로아를 보내겠습니다. 저를 닮아 실력이 출중한 아이이니 분명 만족하실 테지요."

묘한 어감을 느끼지 못한 에르셀라는 그저 웃었다.

"그럴게요."

말은 그렇게 했지만 그녀는 생각했다.

가족 초상화를 또 그릴 날이 올까?

'설마.'

에르셀라는 아니기를 바랐다.

이 힘든 걸 다시 한다는 건 그녀로서는 무리였다. 한데 이상했다. 무리인데, 그럴 리 없는데, 왜 속은 떨떠름한 걸까?

왜인지, 자꾸만 어제의 꿈이 떠올랐다.

점심 정찬은 열두 시 정각보다 이르게 차려졌다. 아침도 먹지 않은 채 꼼짝 못 한 노동에 배가 고팠기 때문이었다. 여전히 입맛은 없었지만 에르셀라는 열심히 생선 살을 발라냈다. 식사량을 늘린 상태가 적응됐는지 이제는 굶는 게 힘들었다.

음식은 훌륭했다. 딸기와 와인을 섞어 만든 소스가 일품인 송어구이는 비센테도 곧잘 입에 가져갔다.

다만 에르셀라는 그러지 못했다. 깨작깨작하다 마는 포크에 비센테가 물어온 건 그 무렵이었다.

“어디 편찮으십니까?”

“그냥, 생각이 없구나.”

배는 고픈데 생각이 없었다. 하지만 아픈 건 아니었기에 에르셀라는 하르젠이 뭐라 하기 전에 재빨리 피력했다.

“그냥, 복숭아가 먹고 싶어서.”

에르셀라는 아까부터 먹고 싶지만 참았던 것을 토해냈다. 역시나 두 사람의 반응은 그녀의 예상과 다르지 않았다.

“복숭아…….”

황당한 소릴 들었다는 목소리였다.

비센테는 이성적으로 말했다.

“죄송하지만 복숭아는 지금 구할 수 없습니다.”

비센테도 마음 같으면 구해다 주고 싶었지만 안 되는 건 안 되는 거였다. 불가능한 걸 가능하다고 억지 부리는 성정은 아니었으므로, 비센테는 일찍이 에르셀라를 단념시켰다.

"안단다. 구해달란 소리는 아니었어. 마음만 고맙게 받을게."

에르셀라는 물론 비센테의 매정한 언사를 납득했다. 그녀도 애먼 사람을 잡을 만큼 몰상식하진 않았다.

에르셀라는 주제를 전환하기로 했다. 마침 적당한 주제가 있었다.

"그보다 밀로아가 안정되면 성에서 연회를 열 생각인데, 비센테 넌 어떠니?"

에르셀라는 조만간 루델시아 귀족들에게 비센테를 소개하는 자리를 마련할 생각이었다. 밀로아에서만 지내도 큰 문제는 없지만 변화가 없다면 일상은 지루해질 것이다. 아카데미를 짓는 이유도 그 때문이었다. 비센테의 세상을 넓혀주고 싶었다.

그러나 강요는 아니라, 에르셀라는 그 점을 분명히 하기로 했다.

"물론 전적으로 네 선택을 존중하마."

싫다 둘러 말할 줄 알았던 비센테는 의외의 답을 내놓았다.

"자르데아 영애를 초대해도 되는지요?"

"아도라를?"

에르셀라는 어리둥절해 되물었다.

"신전에서 지내느라 심심할 겁니다."

'그 애가?'

연회라면 울상부터 짓고 보는 아도라의 모습이 떠오른 에르셀라에겐 납득이 안 되는 말이었다. 그러나 그녀도 오랜만에 아도라를 보는 건 좋아 흔쾌히 허락했다.

"그러자. 서로 아는 얼굴이니 그게 좋을 것 같구나. 어쩌면 거기서 아도라도 마음에 맞는 상대를 만날 수도 있을 테니."

비센테가 쥔 나이프와 포크가 접시 표면에 우뚝 선 건 그때였다.

"그 영애는 결혼 안 합니다. 결혼하기 싫어서 구태여 신전까지 들어간 처지이고요."

왠지 모르게 단호함이 느껴지는 목소리가 아도라의 미래를 못 박았다.

'뭐지?'

에르셀라의 머리 위로 물음표가 떠올랐다.

"그건 나도 알지만……."

그건 그렇다 치더라도 비센테의 저 제 무덤을 판 듯한 표정을 뭐란 말인가. 울컥 짜증이 난 것도 같았다.

에르셀라는 곧이어 나타난 집사에 의해 비센테가 왜 저리 못마땅해하고 있는지 알 수 있었다.

"주인님, 하인스입니다."

"들거라."

허락이 떨어지자 문을 열고 뚜벅뚜벅 들어온 하인스의 손에는 은쟁반 하나가 놓여 있었다. 하인스는 그 은 쟁반 위에 올려둔 편지를 비센테에게 보였다.

"도련님, 방금 편지가 왔습니다. 자르데아 영애라고……."

하인스의 말이 끝나기도 전에 편지는 비센테에 의해 낚아채졌다. 맹금류의 발톱이 자그마한 동물을 낚아챌 때의 속도와 비슷한 빠르기였다.

편지는 그토록 빠르게 손에 넣었으면서 정작 편지를 읽는 속도는 더뎠다. 속독법을 익힌 걸로 알고 있는데 종이를 훑는 푸른 눈은 느릿느릿하기만 했다.

모를 수가 없는 반응에 에르셀라는 그것을 '친구 간의 정다운 우정'이라며 훈훈하게 바라봐 줄 수 없었다. 외적으론 눈에 띄는 변화는 없었기에 하인스는 그의 마음에 깃든 연정을 알아채지 못한 듯싶었지만, 부모인 그녀는 알아챘다.

언제부터일까.

저 무뚝뚝한 아이가 타인에게 마음 쓰는 모습을 보게 될 줄이야. 서운함도 있었지만 그보단 진기한 광경을 목격해 놀란 마음이 더 컸다. 비센테가 희귀 생물체처럼 보였다. 내심 평생 홀로 늙어 죽는 건 아닐까 걱정했는데…… 걱정을 한 스푼 덜었다.

고작 한 장의 편지를 어찌나 꼼꼼하게 읽었는지 비센테는 한참 후에야 고개를 들었다.

"급한 편지라, 답장을 보내야 할 것 같습니다."

빨리 답장을 보내고 싶은 거겠지.

마치 거기에 제 의지는 없다는 듯한 투에 에르셀라의 눈매가 가느스름히 변했다. 아무렇지 않은 척하는 무표정이 어찌나 내숭 같은지 그녀의 눈엔 가증스럽게만 보였다.

그래도 영영 삭막할 줄 알았던 황야에 싹이 트는 건 기뻐 비센테를 보내줄 수밖에 없었다.

"가렴."

비센테는 뒤도 돌아보지 않고 나갔다. 순식간에 비센테의 관심에서 배제된 에르셀라가 기가 찬 한숨을 토했다.

"저 애가 저럴 줄은 정말 몰랐어요."

에르셀라는 충격과 함께 하르젠을 돌아보다, 이내 눈을 깜빡였다. 하르젠이 아도라의 편지에 뛰쳐나가다시피 한 비센테를 가련한 이 보듯 보고 있던 것이다. 심지어 고개를 젓기까지 한다.

"아도라 영애가 마음에 안 들어요?"

아도라가 하르젠에게 실수한 기억은 없는 것 같은데. 나쁜 아이도 아니고.

"그건 아니지만……."

하르젠은 웬일로 말끝을 흐렸다. 그리고 내키지 않는다는 듯 한

숨을 내쉬었다.

"일방통행은 좀…… 그렇더군."

그 말에 숨어 있는 의미가 명약관화하여 에르셀라는 허, 어처구니없는 헛웃음을 토해냈다.

그녀는 탓할 수도 없었다.

"다 먹었으면 산책하는 게 어때요?"

오늘만은 다투어선 안 되었으니.

그들은 오랜만에 함께 성 주변을 걸었다.

아직 발전 중인 밀로아에는 놀 거리라 할 만한 것이 크게 없어 두 사람의 행동반경은 기껏해야 성 안팎이 다였다.

하지만 밀로아가 발전해도 그와의 행동반경은 크게 넓어지지 않을 터였다. 놀거리가 풍부했던 그라니아의 수도에 살았을 때도 하르젠과의 추억은 베른하르트 저택에 전부 고여 있었으니.

"앉을래요? 볼 건 없지만."

하르젠의 소매 끝을 약하게 잡아당긴 에르셀라가 가까이에 있는 긴 의자를 가리켰다.

바람이 차지 않았기에 하르젠도 반대하지 않았다. 나란히 의자에 앉자 차지 않은 실바람이 그들을 맞았다.

"날이 슬슬 풀리려나 봐요."

"그런 것 같군."

"꽃은 언제 필까요?"

에르셀라는 아직 아무것도 피어 있지 않은 눈앞의 고적한 후원을 가리키며 물었다. 왕성에서 받아온 에우리피테의 개화는 한참이나 멀어 보였다.

"사시사철 피어 있다는 속설도 있던데."

"그편이 더 듣기 좋을 테니까."

하르젠은 심상하게 대답했다.

봄의 에우리피테. 지지 않는 연정처럼 지지 않는 영원의 꽃.

그러나 그것은 사랑이 영원할 거라는 사람들의 믿음이 빚어낸 환상일 뿐이다. 그 찰나의 환상에 기댄 어떤 사내의 고백이기도 했다. 스스로도 알지 못하는.

"그렇구나."

실망한 듯한 목소리가 바람을 타고 그에게 닿았다. 하르젠은 무심결에 이어 말했다.

"그래도 곧 피어날 테지."

실망을 달래려는 것 같은 그 어설픈 위로에 에르셀라는 작게 키득거렸다.

"당신에게 전하는 내 마음이에요."

하르젠은 소녀처럼 킥킥거리고 있는 에르셀라를 보았다.

"비밀로 하려고 했는데, 이러다간 정말로 차일까 봐."

"……."

"이렇게까지 했는데 정말 결혼 안 해줄 거예요?"

하르젠에게선 잠잠한 수면처럼 대답이 없었다. 침묵으로 돌려 거절하는 것 같아 서운함이 왈칵 일었지만 에르셀라는 일부러 더 밝게 웃었다.

"감동받았어요? 그럼 울어도 되는데."

웃지만 조마조마하게 떨고 있는 눈동자. 에르셀라는 천진하게 물었다. 그것 때문에 대답이 없는 게 아니란 걸 알 텐데도.

"울 것 같아서 대답 못 하는 거면 울어도 돼요."

"……뭐?"

천연스러운 에르셀라의 말에 하르젠도 조금은 웃었다.

"왜, 그때도 울었잖아요. 내가 그때 얼마나 놀랐는지 알아요?"

그러나 그 말에는 웃지 못했다.

"당신이 죽는다는데 그럼 내가……!"

아.

에르셀라는 그제야 그날의 상황이 그다지 좋지 않았다는 걸 상기했다. 이제라도 실수였다며 사과하려 했지만 하르젠의 얼굴은 이미 무섭도록 굳어 있었다.

실수였다고 해도 하르젠이 들었다. 그런데 고의가 아니었다며 잘못을 눙쳐 없앨 수 있을 리 없었다. 지금도 그녀에게 화를 내지 않기 위해 억지로 감정을 갈음하고 있는 그를 본다면 더.

에르셀라는 알지 못했다. 그녀가 간간이 입에 담곤 했던 죽음이 그에게 얼마나 큰 상처였는지. 얼마나 끔찍한 협박이었는지.

……영원히 알지 못했을 것이다.

하르젠이 그녀를 안으며 어깨에 얼굴을 묻어오지 않았다면.

조금씩 젖기 시작하는 목덜미가 아니었다면.

뜨겁게 토해내는 목소리가 안쓰러울 정도로 떨리고 있지 않았다면.

"나는…… 두려워."

아…….

"네가 정말 죽을까 봐……."

무서워.

하르젠에게서 넘어오는 건 깊은 슬픔이었다. 바닥이 보이지 않는 절망이 해일처럼 밀려왔다. 그녀쯤은 가뿐히 잠겨 죽게 할 깊이였다.

눈앞의 풍경이 무너지며 새롭게 세워진다. 지금 이 순간 그들의 기억이 돌아간 장소는 다시 그곳이었다.

베른하르트 저택의 그 작은 공간. 지독한 슬픔과 절망이 점철된 그 작은 공간이 그들을 에워쌌다.

그리고 보였다. 죽고 싶다고 흐느끼는 여자와 그녀를 안고 있는 남자가. 그녀를 안고 있는 남자의 젖어 있는 눈시울이.

하르젠이 잔뜩 일그러진 얼굴로 이를 악문 채 그녀를 안고 있었다. 그녀만이 아니었던 것이다. 그날 눈물을 흘리고 있던 사람은.

하르젠이 숨을 죽여가며 참아왔던 감정들이 지금에서야 보였다. 그가 그때 쏟아냈어야 했던 목소리가 지금에서야 들리기 시작했다.

"나는…… 두려워. 나 따위는 언제든 이곳에 두고 죽을 수 있다고 말하는 당신이……."

아. 나는 당신에게 무슨 짓을 저지른 걸까.

"가끔 진짜로 죽을 것처럼 구는 에르셀라, 네가……."

목덜미를 타고 떨어지는 눈물이 심장에 고였다.

그것이 괴로워 에르셀라는 자신을 수몰시킬지도 모르는 슬픔을, 하르젠을, 있는 힘을 다해 끌어안았다. 으스러져도 좋으니, 잠겨 죽어도 좋으니, 이번에는 자신이 하르젠의 버팀목이 되어주고 싶었다.

하르젠을 놓을 수 없었다. 겁먹은 아이처럼 두려움에 떠는 이 남자를.

하르젠은 에르셀라의 어깨에 더욱 깊숙이 얼굴을 묻었다. 전보다 한층 감정이 실린 목소리가 그녀를 거세게 두드렸다.

"당신을 마주하면 내가 가장 되고 싶지 않은 모습이 되는데도, 그게 미치도록 싫은데도…… 당신을 보면 어김없이 그런 내가 돼."

다른 사람의 인생을 훔친 그가 가장 되고 싶지 않은 모습이 있다. 떠올리면 그를 어린 시절로 돌려놓는 비천한 감정의 덩어리가 있다.

"어쩌실 생각이십니까."

"죽으려고."

그를 미련 없이 버린 여자가, 보잘것없는 감정에 휘둘려 비참하게 삶을 포기한 어리석었던 여자가 그가 가장 되고 싶지 않은 모습이었다. 그래서 감정을 죽였다. 견고한 이성을 세워 그 남자가 기대하는 모습으로 성장했다.

그런데도…… 그 노력을 모조리 무너뜨리는 여자가 있었다.

이성을 흩뜨리고, 판단이 흐려지게 하고, 사고를 망가뜨리는 여자가. 그가 가장 되고 싶지 않은 모습으로 만드는 여자가.

에르셀라였다.

그 작은 여자가 그를 스스로도 알지 못했던 온갖 날것의 감정들에 압도당하게 만들었다. 증오, 절망, 원망, 슬픔, 갈망, 환희, 사랑이 모두 에르셀라로부터 나왔다.

하르젠은 숨김없이 쏟아냈다.

"두려워. 또다시 찰나의 욕망에 휩쓸려 널 망칠까 봐, 그래서 네가 죽으려 할까 봐…… 나는 그게……."

젖어든 목소리의 끝이 잘게 떨려왔다.

"견딜 수 없이 두려워."

그 말에 에르셀라는 입술을 깨물고 눈에 힘을 주었다.

그제야 자신의 청혼에 망설였던 하르젠이 이해가 갔다. 무서웠던 것이다. 그들의 관계를 아득한 수렁으로 끌고 갈지도 모르는 자신이. 그 때문에 죽을지도 모르는 그녀가. 그것이 하르젠이 가장 두려워하는 미래였다.

"그렇게 말해서…… 미안."

왜 그렇게 잔인했을까. 왜 그렇게 못됐었을까.

악에 받친 그 말이 하르젠에게 어떤 상처를 남겼을지 생각하지 못했다. 생각해 보려고 한 적도 없었다. 아무리 죽고 싶다고 소리쳐 봤자 돌아오는 건 절제된 화였으니, 그에게서 끄집어낼 수 있는 감정은 오로지 그것뿐이라 여겼다.

그녀의 생각보다 더 잔인한 말이었다.

과거에 뱉은 말의 무게에 곧이곧대로 짓눌리며 에르셀라는 눈을 감았다. 눈물이 뺨을 타고 흘러내렸다.

"약속할게요. 다시는…… 다시는 그런 말 하지 않겠다고."

"……."

"이제는 죽고 싶지 않아요."

"……."

"당신이 있어서 죽고 싶지 않아요."

어렸고, 무지했으며, 어리석었다. 에르셀라는 그런 자신이 밉고 또 미웠다.

시간은 되감겨 그날로 돌아갔다. 소년의 모습을 한 하르젠이 그녀 앞에 있었다. 그녀는 한 번도 보지 못했던, 외로웠던 유년시절의 하르젠이.

이델 칼테아의 뒷모습에서 시선을 떼는 법을 모르는 그가 가여워, 에르셀라는 아무도 위로해 준 적 없는 그 소년을 가득히 끌어안았다. 그 소년이 청년이 될 때까지. 그 청년이 어른이 될 때까지. 그가, 마침내 현재의 모습으로 돌아올 때까지. 에르셀라는 온몸이 부서질 각오로 그를 꽉 끌어안았다.

세월이 지나도 그들이 있는 공간은 그대로였다. 방은 그들이 지내던 모습 그대로 보존되어 있었다. 그저 따분하여 기억도 나지 않을 거라고 여겼는데. 정말 이상하게도 그 어떤 기억보다 강렬했다.

분명 샹들리에는 정교하고 아름다웠고, 음식들은 감미로웠고, 홀에는 배려 있는 웃음이 만연했는데도. 모든 게 흐려지고 그와 보냈던 평범한 날들만 남아 있었다.

에르셀라는 파노라마처럼 지나가는 단상들에 숫제 울음을 터뜨렸다.

하르젠이 미웠던 나날. 어김없이 심술을 부리면 달래주던 손길. 그것조차 미워 끝끝내 터뜨렸던 눈물. 우는 자신이 못난 걸 알기에 날카롭게 쏘아댄 모진 말들.

진창에 묻힌 관계였지만 알았다. 그 깜깜했던 구덩이에 드리우는 유일한 빛 또한 그였음을.

그러니 내가 어떻게 당신을 사랑하지 않을 수 있을까.

하르젠을 사랑한다. 그가 아무리 자신을 기만했다 해도 그것만은 부정할 수 없는 진심이었다. 그 진심을 거짓 없이 인정한 순간, 방 안의 가구들이 햇살에 바래며 스러졌다. 먼지처럼 부서지다 별처럼 흩어졌다.

장막이 벗겨진 공간은 다시 현실이었다. 울컥 가슴을 저미는 감각에 에르셀라는 입을 열었다.

"나도 얼마나 무서웠는지 알아요? 당신이 내게 질릴까 봐…… 당신이 날 버릴까 봐……."

얼마나 무서웠는데. 얼마나 불안했는데.

"왜 예쁘다는 말은 잘 안 해줄까, 날 좋아하긴 하는 걸까, 다른 여자가 있을까, 하루 종일 그것만 생각한 적도 있어요."

예쁘장한 하녀가 들어오면 초조해지곤 했다. 젊고 아름다운 영애의 입에서 그의 이름이 나올 때면 불편해지곤 했다.

하루하루가 불안했지만 그녀는 말할 수 없었다. 이 볼품없는 질투심을 그가 알지 않길 바랐다. 아는 순간 그녀에게 가지고 있던 일말의 정마저 떨어져 나갈 것 같았다.

오랜 시간 심어져 있던 불안감을 꺼뜨린 건 이어진 그의 목소리였다.

"예뻤어."

가슴을 가득 채우는 환희에 더욱 눈물이 흘렀다.

"그 연회에서 당신만 보였을 만큼, 나는 네가 가장 예뻤어."

한참 늦어버린 고백에도 에르셀라는 그저 기뻐 웃었다.

처음엔 비센테에게 잘해주고 싶다는 간절함에 신이 그녀의 소원을 들어준 줄로만 알았는데. 이 마음을 알게 하기 위해서이기도 했을까.

여전히 목덜미에 남아 있는 물기에 에르셀라가 하르젠의 등을 쓸어내렸다.

"내가 죽었으면 당신은 매일매일 울었겠어요."

부러 장난기 섞인 목소리로 말해도 하르젠은 웃지 않았다.

"그래."

담담한 인정에 심장이 덜컥 내려앉았다.

"그럴 거니, 죽지 마. 나만 이곳에 두고……."

"죽지 않을게요."

끝 모르게 두려워하는 그에게 에르셀라가 해줄 수 있는 말은 이것뿐이었다.

"아이를 가지려 해요."

"에르셀라, 그건……."

하르젠이 경직되는 게 고스란히 느껴졌지만 그녀는 내뱉은 말을 다시 담지 않았다.

"당신 아이라서 갖기 싫어했던 게 아니에요."

자신의 아이라서 갖기 싫어한다고, 정말로 그렇게 생각하고 있었는지 하르젠에게선 대답이 없었다.

하르젠은 묻었던 고개를 들고 에르셀라를 바라보았다.

"가지고 싶어요. 당신과 내 아이니까."

에르셀라가 진심이라는 듯 그와 눈을 맞추고 있었다.

"나는 이제 언제 생길지 모르는 아이가 두렵지 않고, 그 아이를 사랑하지 못할까 봐 겁나지도 않아요."

에르셀라의 얼굴에는 아이가 태어나 또다시 고통스러웠던 과거를 겪을지도 모른다는 두려움이 없었다.

실제로 에르셀라는 두렵지 않았다. 비센테가 그 아이는 분명 사랑스러울 것이라고 말해준 순간부터 아무것도 두렵지가 않아졌다. 그리하여 가슴 깊은 곳에 있던 상처를 완벽히 떨쳤다. 비로소 과거에서 벗어났다.

"날 닮아도 되고, 당신을 닮아도 돼요. 누굴 닮았든 분명 예쁠 거예요. 당신과 나는 그 아이를 사랑하겠죠. 비센테만큼이나."

"……."

"아이가 자라면 내가 옛날에 좋아했던 동화책을 읽어줄 거예요. 물론 당신도 그 자리에 있어야 해요. 육아는 함께여야 하니까. 비센테와 리엔도 껴서 아예 역할극을 할까요? 리엔이 연기하는 건 진짜 잘하거든요."

조곤조곤 꿈결 같은 미래를 재잘거리는 에르셀라의 눈은 더없이 반짝 빛나고 있었다. 별만큼이나 아름답게.

"봄이 되면 다 같이 소풍을 가요. 그때 축제에서 만난 상인들에게 들었는데, 밀로아의 봄이 무척 아름답대요. 영주가 없는 동안 벌목하고 다듬지 않아 봄마다 꽃이 아주 많이 핀다고, 꼭 구경 가라고 그러던걸요. 그리고 여름에는 잠깐 수도에 머무르는 것도 좋을 거 같아요. 폐하도 뵙고, 비센테의 사교계 데뷔도 시킬 겸. 괜찮죠? 가을에는, 음……."

이전 가을에는 무엇을 했나 되짚어보는 에르셀라의 미간에 주름이 졌다. 뭘 하면 좋을까. 그렇게 한참을 진지하게 고민하다 머릿속에 떠오르는 붉은 잎사귀에 손뼉을 쳤다.

"단풍나무를 보러 가요. 베른하르트 저택만큼 아름다운 풍경일지는 모르겠지만, 그래도 보러 가요. 거기서 다 같이 손잡고 걸어요."

그러자. 하르젠은 소리 없이 대답했다.

"겨울에는 눈 놀이를 해요. 여긴 눈이 많이 내려서 좋아요. 저번에 내가 빙판길에 넘어질 뻔했다고 싫다고 하면 안 돼요. 그때처럼 당신이 잡아주면 되니까요. 그렇죠?"

그렇게 하자.

지난해 막바지에 내렸던 눈을 추억하는 에르셀라는 한껏 들뜬 채 앞으로의 일상을 그려 나갔다.

"행복할 거예요."

에르셀라는 확신하듯 말했다. 우린 분명 행복할 거라고.

"그런데 진짜 청혼 안 받아줄 거예요?"

그러니 두려워하지 않아도 된다고. 조금 더 욕심내도 괜찮다고.

바람이 불어 조금씩 흔들리는 여자의 옷자락을 여며주며 하르젠은 에르셀라가 그려본 그들의 미래를 상상했다. 더없이 풍요롭고 결핍 없이 사랑으로만 이루어진 관계는 그림자 없는 햇살만 가득하여 그를 더욱 벅찬 세상으로 이끌었다. 감당하기에 버거울지언정 괴롭지는 않을 세상으로.

거기까지만 생각해도 알 수 있었다. 행복할 수밖에 없다는 것을.

에르셀라가 있는 한 그는 행복할 것이다. 그래서 하르젠은 입을 열어 대답할 수밖에 없었다.

"봄에."

"……."

"봄에 하자."

마침내 듣게 된 대답에 에르셀라는 환하게 웃었다.

신이 난 에르셀라의 다리가 왔다 갔다 할 때마다 그의 심장도 잔잔하게 흔들렸다. 불어온 바람이 그녀의 가벼운 발놀림을 도와주었다. 어쩐지 봄기운이 깃든 듯한 따스한 바람이었다.

그 평안함 속 하르젠은 에르셀라를 가만히 바라보다, 그녀의 이마에 천천히 입술을 맞추었다.
"……사랑한다."
입술이 떨어지며 들려오는 고백에 에르셀라의 입가에 숨길 수 없는 미소가 아로새겨졌다.
그것을 본 하르젠도 부드럽게 웃었다.
지극한 행복이 그들 사이로 내려앉은 순간이었다.

결혼식은 봄 깊은 날에 치러졌다.
머리에 새하얀 꽃으로 엮은 화관을 쓴 에르셀라는 분주한 주변을 둘러보았다. 봄날의 신부를 치장하는 사용인들의 움직임이 부산스러웠지만 에르셀라의 귀에는 어떤 소리도 들려오지 않았다. 그녀만을 제외하고 세상이 느리게 굴러가는 것 같았다.
두근두근. 바람에 일렁이는 물결처럼 뛰는 심장 소리를 들으며 에르셀라는 꽃다발을 꽉 움켜쥐었다.
좋은 날인데, 왜 울 것 같지.
꿈같았다.
"예쁘구나."
그녀를 둘러싼 모든 것이.
에르셀라는 고개를 들어 올렸다.
"저런, 좋은 날인데 왜 우느냐?"
고개를 젖히자 흘러내릴 듯한 화관을 고정해 준 왕이 끌끌 혀를 찼다. 왕의 말에 자신이 울고 있다는 걸 깨달은 에르셀라가 허둥지둥 눈물을 훔쳐냈다.
"오셨습니까, 폐하."

"그래. 한데 왜 울지? 누가 보면 하기 싫은 결혼 억지로 등 떠밀려 하는 사람처럼."

적절한 비유를 댄 왕의 핀잔에 에르셀라는 아니라는 듯 열심히 고개를 저었다.

"그럴 리…… 없지 않습니까. 좋아서. 좋아서 우나 봐요."

그런가 봐요, 폐하.

"내 모처럼 허락한 보람이 사라지기 전에 그만 눈물 그치거라. 객관적으로 예쁘긴 하다만 주관적으론 못나 보이니."

칭찬인지 타박인지 모를 말이 결국 에르셀라를 웃게 만들었다.

"그래, 웃거라. 오늘은 보일 사람도 많으니까."

신부가 못난 모습을 보여서 되겠냐며 꾸지람한 왕은 곧 그녀를 창가로 이끌었다.

그 행동은 에르셀라가 눈물을 그치도록 하는 데 효과가 있었다. 성의 입구를 줄지어 통과하는 마차의 행렬에 에르셀라는 놀람을 금치 못했다. 머리가 핑 돌았다.

"폐하, 이게 대체……."

하르젠의 신원에 대한 우려 탓에 소규모로 열려던 에르셀라의 계획과 다르게 대공성에 초대된 하객의 수는 한눈에 보아도 상당했다.

"제겐 적당한 인원이라고 하지 않으셨나요?"

왕이 눈썹을 찌푸렸다.

"적당하지 않느냐?"

뭐가 잘못된 건지 모르는 눈치였다. 에르셀라는 어안이 벙벙해져 할 말을 놓쳐 버렸다.

물론 왕족의 성혼에 비하면 많다고 할 수는 없지만…… 그녀는 어찌 됐든 이방인이지 않은가. 루델시아 왕녀의 딸이라 해도 그라니아에서 태어난 이상 제대로 된 왕족 대우를 받을 생각은 없었다. 그러나 이건 아무리 봐도 '평범한 귀족'의 결혼식이 아니었다.

"그들의 시종들이 시내를 오갈 테니 밀로아의 상권도 발달하고 좋지 않으냐. 자고로 영주는 영지민들에게 너그러워야 하는 법이다. 앞으론 좀 베풀며 살렴."

자못 악덕 영주를 대하는 태도였다. 억울하게 뒤집어쓴 누명에 에르셀라는 이제 해탈의 단계를 밟고 있었다.

외람되지만 폐하께서 하실 말씀은 아니지 않나요?

그리 대꾸하면 더하실 분이었다. 대신 에르셀라는 간접적으로 자신의 자비로움을 피력했다.

"영지는 잘 커나가고 있습니다, 폐하."

물론 온전히 제힘은 아니었다. 조금 더 솔직해지면…… 8할이 하르젠 덕분이라 할 수 있었다. 다스릴 지혜가 부족해 아직 배움의 단계를 딛고 있는 에르셀라로서는 어쩔 수 없는 일이었다. 애초 체득된 지식의 양이 크게 차이가 났다.

그것만이 아니었다. 경험에서 오는 간극은 무시할 것이 못 됐는지 에르셀라가 기발하다며 자찬했던 안을 들고 오면 하르젠은 망설임 없이 반려했다. 그것도 친히 하나하나 짚어주며. 왜 안 되는지, 무엇이 현실과 동떨어져 있는지, 무엇이 어떤 문제를 일으킬지 차근차근 설명해 주는 그의 얼굴에는 귀찮은 빛이 없었다.

진정으로 위하는 조언에 에르셀라는 자신이 부족해도 한참 부족하다는 것을 깨달았다.

"그래그래."

왕도 밀로아의 발전에 공헌한 이가 누구인지 눈치챘지만 구태여 짓궂게 굴진 않았다.

"무겁진 않느냐?"

토라짐을 돋워 아기에게 좋을 건 없을 테니. 아직은 부풀지 않은 배 위로 노인의 눈길이 머물렀다.

그 시선이 무얼 의미하는지 안 에르셀라는 얼굴을 붉혔다.

"이제 두어 달인걸요……."

회임 사실을 안 건 한 달 전이었다. 그 묘했던 꿈이 실은 태몽이었다는 것도.

처음엔 태기가 느껴진다는 주치의의 진단이 당황스러웠다. 헛구역질을 하긴 했지만 그쪽으로 의심하지 않은 건 피임약을 끊은 지 며칠 되지 않았기 때문이다.

그녀가 마음의 준비를 하여 아기도 거기에 응해준 것일까.

에르셀라는 작은 생명이 자라고 있을 배 위로 손을 가져갔다. 또 울 듯한 얼굴에 왕이 떨떠름히 물었다.

"왜, 왜 그러느냐?"

"벌써부터 예뻐서요. 어쩌죠?"

"너도 참 중증이구나……."

그는 흐린 눈으로 고개를 절레절레 저었다. 왕은 아이는 아직 태어나지도 않았다고 지적하려다 관두었다. 벌써부터 팔불출의 싹이 보이는데 지적했다간 어떤 구박을 받게 될지 모를 일이었다. 말년은 편하고 싶었다.

왕이 '아기가요……' 하며 감격의 서두를 늘어놓으려는 에르셀라를 두고 뒷걸음질하려던 참이었다. 때마침 반가운 얼굴이 눈에 보였다.

"가봐야겠구나. 네 아들이 왔으니."

껄껄 웃으며 하는 말에 돌아보니 정말로 비센테가 문 앞에 대기해 있었다.

비센테는 루델시아 국왕에게 예를 취한 채였다. 왕은 당장 문 쪽으로 달려갈 듯한 에르셀라를 소파에 붙잡아 앉혔다.

“앉아 있어라. 좀 있으면 진절머리 날 만큼 돌아다니게 될 터이니. 내가 가겠다.”

“그러실 필요는…….”

“신을 원망하는 일도 오늘로써 끝인가 싶다.”

갑작스런 혼잣말이 에르셀라를 미궁 속으로 빠뜨렸다.

에르셀라는 왕을 보았다. 입은 웃고 있는데 눈은 그렇지 않은 그를. 회한이 그득한 눈길이 그녀에게 닿았다 떨어졌다.

“베아트리스가 있는 듯하구나.”

왕은 그 말을 끝으로 등을 보였다. 그의 어깨 위에 걸쳐진 황금색 망토가 드높게 펄럭였다.

에르셀라는 왕이 사라질 때까지 한참 동안 시선을 놓지 못했다.

왕을 보좌하는 시종들이 그를 따라 계단을 내려갈 즈음에야 비센테는 에르셀라에게 다가갔다. 오른 무릎을 굽혀 앉은 그가 에르셀라를 올려다보며 손을 내밀었다. 레이디를 모시러 온 신사처럼.

“모시러 왔습니다.”

벌써 시간이 그렇게 되었구나. 에르셀라는 비센테의 손 위로 손을 얹은 다음, 지그시 쥐었다.

“……고마워.”

한 박자 느린 대답에 멈칫한 비센테가 에르셀라를 살피기 시작했다.

“어디가 편찮으십니까? 의원을 불러…….”

“괜찮아. 이제 두 달이잖니.”

에르셀라는 웃는 얼굴로 그를 안심시켰다. 그녀가 홑몸이 아니란 걸 들은 이후로 비센테에게는 예사를 예사로 넘기지 못하는 버릇이 생겼다. 최근에는 유리가 깨지면 불길하다는 미신을 어디서 듣고 왔는지 그녀의 방 안에 있던 거울이나 유리로 된 장식품을 모조리 치워 버렸다.

"그래도 예방해서 나쁠 건 없지요."

대비해서 손해 볼 건 없다는 게 그의 지론이었지만 에르셀라는 완강하게 거부했다. 결혼식 당일만큼은 주치의를 보고 싶지 않았다. 회귀 전 죽을 때까지 의원과 얼굴 맞대고 있던 과거의 환멸을 완전히 도려내지 못했기에 더욱 그랬다.

에르셀라가 작게 꿍얼거렸다.

"고맙다는 말에도 이리 반응하니 앞으로 무슨 말을 하고 살아야 할지 모르겠다."

"그 말, 아버지에게도 부디 똑같이 해주십시오."

작은 줄 알았으나 작지 못했던 불만은 비센테에게도 들렸다. 비센테는 그 말이 자신보다는 아버지에게 어울린다며 단정했다.

"정말로 겨울에 복숭아를 구해 오는 사람이 있을 줄은……."

비센테는 말하기도 질린다는 듯 뒷말을 흐렸다.

그때는 말씀이 없으시기에 듣고는 있나 싶었는데 괜한 기우였는지 며칠 뒤 식탁 위에 복숭아가 보란 듯이 올라와 있었다.

어디서 구하셨느냐, 꺼림칙한 기분으로 물었더니 콘라드의 품종 중 하나라는 대답만 돌아왔다.

비센테는 나중에 따로 알아보고 나서야 그것이 온실을 이용해 기른 복숭아임을 알았다. 인위적인 재배인 만큼 가격도 부르는 게 값이라 주로 콘라드의 고위 귀족이나 왕실에만 납품된다는 것도.

에르셀라가 보기엔 미신만 듣고 방 안의 유리란 유리는 전부 정리해 버린 사람이나, 한겨울에 복숭아를 구해 온 사람이나 같았지만 별말은 하지 않았다.

그렇게 따지면 매번 왕에게 아기에 대한 기대로 편지 열 장을 꼬박꼬박 채워 보내는 그녀도 정상은 아니었다.

"전하! 이제 슬슬 나가셔야 해요!"

기다려도 에르셀라가 나오지 않자 리엔이 후다닥 달려왔다.

에르셀라도 지체할 수 없음을 알고 비센테에 의지하며 자리에서 일어났다.

"그럼 부탁할게."

"예."

이만 나갈 시간이었다.

결혼식은 야외에서 치러졌다. 원래 왕족의 결혼은 대신전에서 올리는 게 관례였지만, 임신한 몸으로 왕성까지 마차를 탈 수는 없었다. 결국 대신관인 왕이 대공성에 직접 행차하는 것으로 타협을 보았다.

비센테의 에스코트를 받으며 하르젠의 옆에 선 에르셀라가 장난스럽게 물었다.

"떨리지 않아요?"

"……조금."

장난스럽게 물었는데 진지한 답변이 돌아와 그녀를 벙어리로 만들었다. 어색한 듯 하르젠이 목덜미를 문지르는 게 보였다. 이제 보니 표정도 무표정인 게 아니라 굳은 것 같았다. 사람이 많아서 떨리는 것은 아닐 테니 그도 다시 하는 결혼식이 낯선 모양이었다.

"괜찮을 거예요."

옅은 미소를 띤 에르셀라가 슬며시 손깍지를 껴왔다.

"큼큼."

그 모습을 지켜보던 왕이 못마땅한 헛기침을 토해냈다. 그리고 몹시 심기 불편한 목소리로 주례를 읊기 시작했다.

"나의 누이 베아트리스 아베트리나 크리스티의 셋째 자식 에르셀라 피네아 크리스티……."

하르젠의 표정도 썩 좋지는 않았다. 두 달 전에 체결한 계약이 그 이유였다.

이번 혼사를 허락해 주고 주례를 직접 주관해 주겠다는 조건으로 왕은 하르젠에게 군서(軍書) 열 권을 집필해 왕실에 헌납할 것을 요구했다. 실상 노예 계약이었지만 이편이 그나마 유혈 없는 평화로운 해결법인 것을 안 그도 왕의 제안을 받아들였다.

문제는 그 이후에 있었다. 루델시아의 군력이 담긴 기밀문서를 검토한 하르젠의 평가는 박하기만 했다. 그는 한마디로 짧은 총평을 내렸다.

"엉망이군."

이걸 왜 이렇게 하는지 이해할 수 없다는 얼굴이었다. 그는 천 년의 역사를 지닌 나라가 이리 낙관적인 군사 체계를 지녔다는 것에 한숨을 내쉬었다. 결국 하나부터 열까지 비효율적이니 군사 체계를 재편하는 게 낫다는 조언을 올린 모양이었다. 그것도 꽤나 직설적으로.

한 나라의 군사력을 폄하하는 서신을 읽은 왕은 잘난 게 재수 없다며 에르셀라에게 그에 대한 흉을 보았고 말이다.

그로써 두 사람 사이에 흐르는 호감은 영에 수렴하게 되었다.

알게 모르게 오가는 고요한 서슬에 에르셀라는 어서 이 주례사가 끝나기를 빌며 하객들을 힐끔거렸다. 왕이 많은 귀족을 불러 모은 만큼 사람이 많긴 많았다. 왕가의 방계 가문부터 시작해 펠리피 후작가까지. 하나같이 고위 귀족들이었다.

물론 그들에게 이 결혼이 좋게 보일 리는 없다는 것을 그녀는 알고 있었다. 그들은 에르셀라가 왕족의 품위를 지키지 않은 것을 탐탁지 않아 했다.

아무리 왕이 하르젠에게 후작위를 내렸다지만 알 만한 사람들은 그것이 눈 가리고 아웅이란 것을 알았고, 혹자는 어디서 굴러먹다 왔는지 모르는 남자와 결혼한다고 천박한 결혼이라 혹평하기도 했다.

그러면서도 하르젠을 직접 보자 낯에는 얼떨떨한 수긍의 빛이 떠올랐는데, 부채로 가린 얼굴은 자존심이 상한 듯도 보였다.

그가 베른하르트와 칼테아의 마지막 핏줄인 걸 안다면 고작 보이는 것에 홀려 버린 자신을 수치스러워하지 않아도 될 텐데. 안타까운 일이었다.

하지만 이제 와 그들의 시선을 어쩔 수는 없었다. 미련 없이 가문의 영광을 버린 사람이 다름 아닌 하르젠 그였으니.

에르셀라는 문득 걱정이 되어 물었다.

"후회하지 않아요?"

그 모든 걸 버리고 나를 택한 것을 후회하고 있지 않나요?

에르셀라가 그렇게 말하고 있다는 것을 안 하르젠의 고요한 시선이 그녀에게 닿았다.

가끔 에르셀라는 묻곤 하였다. 후회하지 않는지. 정말로 괜찮은지. 그의 마음을 안다면 하지 못할 우스운 질문이란 것도 모르고.

너는 알까.

그러나 그는 말하지 못했다.

잃었다는 생각조차 들지 않는다고. 잃은 게 아닌 얻은 것 같다고. 그리고 가끔은…… 자신이 가진 것을 다 잃어야 얻을 수 있는 마음이었다면 진작 그렇게 했을 것이라는, 그런 생각을 한다고.

스스로가 생각해도 저열해 답하지 못한 진심을, 그는 끝끝내 숨겼다. 오히려 그가 물었어야 할 질문이었다. 후회하지 않느냐는 그 물음은.

문득 얽힌 손 사이에서 에르셀라가 힘을 주는 게 느껴졌다.

"난 후회하지 않아요."

묻지 않은 뒷말을 들은 것처럼 그녀가 말했다.

에르셀라는 후회하지 않았다. 아팠고, 슬펐지만 과거로 돌아간다 해도 그를 선택할 자신을 알았다. 가문이 아닌 하르젠을 선택할 자신을, 알았다.

하르젠이 아무것도 아니었다고 해도 그랬을 것이다.

그래도 사랑했을 것이다.

감미로운 아이들의 노랫소리를 들으며 에르셀라는 엇갈렸던 시간들을 떠올렸다. 서로를 이해하지 못하고, 서로가 가진 결핍을 알지 못했던 시간들을. 그 과정에서 생긴 수많은 상처를.

그러나 지난했던 삶은 새가 퍼덕 날아감과 동시에 함께 날아올라, 그녀의 마음 안에서 걷어졌다.

바람이 지나가는 길을 따라 고개를 돌린 에르셀라는 하르젠을 보았다.

"피로연이 끝나고 사람들이 돌아가면 셋이서 여행 가지 않을래요?"

비밀 얘기를 하는 것처럼 몰래 속삭였다.

"사실 가까운 데는 마차 타도 되거든요."

비밀 아닌 비밀을 들으며 하르젠은 그 옛날 그의 성년회에서 그와 춤추었던 한 소녀를 상기해 냈다. 그의 입술 위로 어렴풋한 웃음이 떠올랐다.

그러자 소리 없는 대답을 읽은 에르셀라도 여느 때처럼 환하게 미소 지었다.

에우리피테가 흐드러지게 핀 아름다운 봄날이었다.

외전 2

그녀의 소원

그녀는 명문가의 첫째 딸로 태어나 여인이 오를 수 있는 가장 높은 자리에 올랐다. 그리고 그것이 그녀의 가장 큰 불행이었다.

세상에는 태어난 순간부터 자리가 정해진 사람이 있다. 피사리데 후작과 루델시아 왕녀 사이에서 여인으로 태어난 에샤힐드 피사리데가 그런 사람임을 의심하는 사람은 누구도 없었다.

“레오네스 제국이 4개국으로 갈라진 계기는 무엇입니까?”

“멜리오크 공국의 독립선언입니다. 당시 공국령은 바다와 인접해 있어 해상무역에 능했는데 공국이 이를 독점하고자 제국이 혼란한 틈을 타 최초로 독립을 선언했습니다. 이 일로 레티우스 대공은 레오네스 황제 케르시우스에 의해 피살되었지요. 그리고 황제의 이러한 행동은 방계 황족들이 반기를 드는 명분이 되었습니다. 결과적으로 방계 황족들은 레오네스 제국을 나누어 가져 렌투아, 레나르트, 콘라드, 그라니아를 건국했지요."

"그런데 현재 멜리오크 공국은 존재하지 않습니다. 대공에겐 장성한 아들이 한 명 있었는데요. 왜입니까?"

"레나르트의 종속국으로 존재하긴 합니다만 현재 명칭은 레오르 공국으로 변경되었습니다. 다만 선생께서 존재하지 않는다고 말씀하신 연유는 그것이 유명무실하기 때문인지요?"

소녀의 반문에 선생은 흡족하게 웃었다. 듣던 대로 제 가문에 누가 되지 않을 소녀였다.

"과연 왕비의 자질을 타고나신지라 어린 나이에도 참으로 영특하십니다."

그의 칭찬에 에샤힐드는 조용히 웃음 지었다. 그림 같은 미소였다.

선생은 말라 굳은 물감처럼 생기가 없는 미소를 무어라 일컬어야 할지 몰라 머쓱하게만 있었다. 기실 에샤힐드가 그에게 보여주는 표정은 그게 다였다. 색색의 물감처럼 다채롭지만 어딘가 버석 말라 있는 듯한 표정.

느껴지는 거리감에 선생은 종종 그녀가 명화 속 인물 같다는 인상을 받았다. 차이가 있다면 말을 할 수 있느냐 없느냐 뿐이리라.

그는 어색하게 웃었다. 제자에게 달리 할 말이 없었던 선생은 이만 책을 덮었다.

"교습은 여기까지 하지요."

에샤힐드는 조금 전과 별반 다르지 않은 웃음으로 선생을 배웅했다.

"네. 안녕히 돌아가시길."

부드럽지만 따듯하진 않은 언사가 그의 귀가를 알렸다.

수업이 조금 이르게 끝났다. 에샤힐드는 미리 약속된 일정에 따라 별관의 서재로 향했다. 그곳에서 카르온과 만나 같이 점심을 먹기로 했다.

서재에서 먹을 수 있는 음식은 한정되어 있기에 다들 건강을 해칠까 염려했지만 에샤힐드와 카르온은 그곳에서의 식사를 꽤 운치 있다고 여겼다. 남매는 샌드위치나 다과 따위를 손에 들고 독서를 했다. 어쩔 땐 노을이 지도록 서재에서 열띤 토론을 하기도 했는데, 에샤힐드는 그 순간이 나쁘지 않았다.

"세릴, 주방에 가서 간식을 가져오너라."

본관 주방을 지나는 길 가운데 멈춰 서서 그녀가 전담 하녀에게 말했다. 카르온이 오면 바로 식사할 수 있도록 음식을 마련해 둘 생각이었다.

"네, 아가씨."

하녀는 곧바로 주방으로 이어지는 뒷문을 향해 갔다. 에샤힐드는 다시 걸었다. 시킨 적이 한두 번도 아니었으니 알아서 서재로 가져올 터였다.

그러나 동생에 대한 배려가 무색하게도 에샤힐드가 카르온을 발견한 곳은 별관 앞뜰이었다. 카르온은 어머니와 함께였는데, 두 사람의 얼굴이 그다지 좋지 못했다. 에샤힐드는 그들에게로 다가갔다.

"날이 좋습니다."

에샤힐드의 존재를 알아차린 두 사람의 얼굴이 동시에 어두워졌다.

"교습이 끝나고 오는 길인가 보구나, 에샤힐드."

후작 부인은 잠시간 굳었던 표정을 풀며 에샤힐드를 다정하게 맞아주었다.

"조금 이르게 끝이 났답니다. 한데 무슨 일이 있나요?"

"아무것도 아니란다. 그저 네 동생과 대화를 하고 있었을 뿐이야."

에샤힐드는 그 말을 믿어줘야 할지 잠시 고민했다. 후작 부인은 대화라 말했지만 두 사람 사이에 흐르는 분위기가 심상치 않았다. 대화라 해도 살가운 대화는 아니리라. 고민 끝에 에샤힐드는 묻기로 했다.

"카르온이 무슨 잘못을 했나요?"

"전 잘못하지 않았습니다, 누님."

온유한 음성이 후작 부인의 대답을 가로막은 건 그때였다.

"카르온."

후작 부인이 못마땅하다는 듯이 카르온의 이름을 불렀다. 카르온은 표정 변화 없이 후작 부인을 돌아보았다.

"어머니, 그 애가 먼저 저를 막아서지 않았습니까?"

세간에서 입 모아 칭찬하는 지극히 귀공자다운 자태였지만 후작 부인은 그저 막막하기만 했다.

"에르는 아직 아홉 살이야. 오라비인 네가 좀 놀아줄 수도 있잖니."

"사리 분별은 할 나이입니다. 제 시간만 귀한 것이 아님을 알 나이기도 하지요."

"지금 네 시간을 동생과 나누기 싫다는 걸로 들리는구나."

"어머니, 저는 그저 나눌 여유가 없을 뿐입니다."

카르온이 당치도 않다는 듯이 평연한 미소를 흘리자, 후작 부인의 고운 미간이 깨질 듯이 갈라졌다.

"동생과 사이좋게 지내라고 내 누누이 말했잖니."

후작 부인의 목소리는 이제 꾸중이 아닌 애원에 가까웠지만, 카르온은 그녀의 절실한 바람을 외면하듯 눈을 내리깔았다. 그들의 대화를 통해 일의 윤곽을 파악한 에샤힐드는 그녀를 진정시키고자 했다.

"카르온을 너무 나무라지 마세요. 배우고자 하는 열의가 에르와 시간을 보내고자 하는 마음보다 앞섰을 뿐, 결코 그 아이를 건성으로 여기는 것은 아닐 겁니다."

"누님."

에샤힐드는 그 즉시 반박하려는 카르온을 싸늘한 시선으로 막았다. 카르온의 입술이 신경질적으로 비틀렸지만 에샤힐드는 계속 말을 이었다.

"에르셀라는 어디 있나요? 제가 그 아이와 잘 얘기해 보지요."

"내가 방금 달래주긴 했다만 족할진 모르겠구나."

"아직 울적해하고 있을 테지요."

에샤힐드는 막냇동생을 생각했다. 한 번 위로해 주었다고 그 여린 아이의 다친 마음이 아물진 않았을 것이다.

베아트리스도 그것을 알았지만, 아이에게 아이를 맡기는 게 못 미더웠기에 흔쾌히 에샤힐드의 말대로 하지 못했다.

"아니다. 내가 한 번 더 가볼 테니……."

"오늘 선왕비 전하와 오찬이 있다고 들었습니다. 입궁하려면 지금부터 준비하셔야지 않나요?"

후작 부인은 난색을 표했다. 안 그래도 그것 때문에 곤란하던 차였다.

"어머니께서 가지 않으시면 그 외로운 분께서 상심이 크실 거랍니다."

"하지만 얘야……."

딸아이의 말에 그녀의 고민이 깊어졌다. 피사리데 출신인 선왕비가 마음 통하는 말벗 없이 외로이 지낸다는 사실을 잘 알았기 때문이다.

"……후, 그래."

그녀는 폐부로 깊은 숨을 들이마시고 내쉬었다. 이 아이의 말이 맞았다. 불참했다간 서운해하시리라. 그녀는 에샤힐드의 머리를 다정하게 쓰다듬어 주었다.

"대견하구나. 그런 생각도 하고."

"아닙니다."

"아니기는. 가지고 싶은 게 있니? 모처럼 선물을 주고 싶구나."

에샤힐드는 고아하게 웃었다.

"그리 말씀해 주신 것만으로도 기쁩니다. 하지만 모든 것이 이 피사리데에 있는데 원하는 것이 있을 리가요. 걱정 마시고 다녀오시지요."

사려 깊은 딸의 말에 후작 부인은 애매한 표정을 지었다. 조금은 아이답게 행동해도 좋을 텐데. 나이에 비해 조숙한 아이였다. 그 애처럼.

왕녀의 과거 속에나 존재하는 희미한 편린들이 그녀의 눈앞을 긁어내렸다. 갈수록 선명해지는 잔상이 괴로워, 후작 부인은 에샤힐드를 쓰다듬던 손을 내렸다. 그녀는 서글픈 기색을 감춘 채 웃었다.

"……그래. 언제나 믿고 있단다, 내 딸."

손길은 강물에 떠밀려 내려가는 꽃잎처럼 그녀의 머리에서 떠났다. 에샤힐드는 그 찰나의 순간을 되새기다가, 다시 그림처럼 웃었다.

"전하와 좋은 시간 되시길."

따스한 눈빛으로 화답한 후작 부인은 저택으로 걸어갔다. 카르온의 목소리가 들린 건 그녀가 완전히 사라진 이후였다.

"왜 누님이 그 아이를 달랩니까?"

목소리는 높낮이 없이 부드러웠지만 옮은 짜증이 배어 있었다. 에샤힐드는 어깨를 가볍게 들었다 놓았다. 구태여 힘 빠지는 말씨름을 하고 싶지 않았다.

"동생이잖니. 이제 고작 아홉 살인."

"하녀가 있습니다."

"하녀가 가족이 될 수는 없는 법이다, 카르온."

져주지 않는 누이가 야속했는지 카르온은 한 점의 웃음마저 끌어

내렸다. 그럼에도 에샤힐드는 단호했다.

“심술은 그만 부리거라.”

“누님께선 이것을 심술이라고 보는군요.”

“어린아이의 행동을 네 기준으로 재단하는 게 심술이 아니면 뭐란 말이냐.”

“누님과 약속이 있었습니다. 제게는 그 약속이 더 중요했을 뿐입니다.”

입술 주변으로 침음이 흘러나왔다. 카르온의 눈빛은 진지했지만 에샤힐드의 눈에는 심술 그 이상도 그 이하도 아니었다. 사실 그녀는 이 일을 왜 이렇게까지 깊이 논해야 하는지도 이해하지 못했다.

“그러면 어머니께 나와 약속이 되어 있다고 하지 그랬니. 행동의 연유를 충분히 잘 설명하면 어머니도 이해하셨을 것을.”

“그래도 잠시만 시간을 내줄 순 없었겠느냐는 말이 돌아왔을 테지요.”

“그게 무어라고.”

“저는 싫습니다.”

황당하다 못해 철부지 같은 발언이었다. 에샤힐드는 충격이라도 받은 듯이 말이 없었다. 의젓하다고만 여겼던 카르온이 처음으로 막냇동생과 맞먹는 나이로 보였다.

“그 애를 싫어하니?”

“…….”

카르온은 입술을 꾹 다물었다. 타고나기를 자존심이 강하게 태어난 소년은 꽃이라도 된 양 햇살만을 맞았다. 그것이 불만을 드러내는 방식 중 하나인 것을 안 에샤힐드는 혼곤함을 느꼈다. 이대로는 대화가 안 될 듯했다.

“내 일이 끝나면 얘기하자.”

"누님 일이 보모는 아닐 텐데요."
"기다리고 있거라."
카르온의 빈정거림을 묵살한 에샤힐드는 몸을 돌렸다.

"아가씨? 여, 여긴 어쩐 일이신가요?"
에샤힐드를 발견한 하녀가 얼떨떨한 목소리로 물었다. 그 하녀를 흘끗 바라봐 준 에샤힐드는 알 만하다는 듯이 입을 열었다.
"동생이 속이 많이 상해 있나 보구나. 네가 이리 나와 있는 걸 보면."
들어갈 엄두를 못 내는 하녀를 보니 동생이 단단히 토라진 모양이었다.
"그게……."
차마 제 아가씨의 품위 없는 행동을 일러바칠 수 없던 하녀는 말끝만 흐렸다. 에샤힐드는 고하지 못하는 하녀를 이해해 주었다.
"말하지 말렴. 들어가 보면 알겠지."
"……."
"설마 그 아이가 아무도 들어오지 말라고 했니?"
말하기를 머뭇거리던 하녀는 대답 대신 몸소 문을 두드려 보였다.
"아가씨, 에……."
하녀가 미처 고하기도 전이었다.
"……아이린, 나 수업 중이야."
문 너머에서 빠르게 대답이 들려왔다. 희한한 건 그 작은 목소리가 지나치게 가까이서 들린다는 것이었다. 마치 문 앞에서 속삭이는 듯이.
에샤힐드는 문고리에 손을 얹었다. 살짝 당겨보니 역시나 잘 열리지 않았다.

"아, 아이린. 나 수업 중이라니까……."

절박한 애원을 무시한 에샤힐드는 다시 한번 문고리를 잡아당겼다. 중간에 턱 걸리는 느낌이 들었지만 그녀의 힘이 더 셌다. 온 힘을 다해 문을 확 젖히자 '무언가' 주르르 끌려 나왔다.

"……."

자연스럽게 두 자매가 마주했다. 에샤힐드의 시선이 그녀보다 족히 두 뼘은 작아 보이는 소녀의 얼굴로 미끄러졌다. 어디서 죄를 짓다 온 표정이었다.

"안, 안녕하세요, 언니. 그런데 저 지금 수업 중이라……."

"코넬 교수의 역사학 교습은 오전에 끝난 것으로 알고 있단다."

1초도 못 가 탄로 난 거짓말에 어린 동생의 눈이 지진 난 듯 떨렸다.

"어, 어……."

에샤힐드가 자신의 교습 시간을 알고 있을 줄은 몰랐는지 에르셀라는 한참을 어, 어, 했다.

"어……."

옹알이를 뗀 지는 오래전일 텐데.

'……글렌 부인에게 말해둬야 할까?'

에샤힐드는 글렌 부인에게 에르셀라의 부족한 화술을 어떤 식으로 돌려 말해야 할지를 고민했다. 화술이 유려할 필요는 없지만 피사리데의 딸이 벙어리 취급을 받는 건 곤란했다.

그렇게 얼마나 지났을까. 다행히 아홉 살의 옹알이는 마침표를 찍었다.

"죄송해요."

변명도 해명도 없는 깔끔한 인정이 나왔다. 에르셀라는 눈치를 보다 또 말했다.

"……거짓말해서."

소심하게 이실직고를 한 소녀는 구부정하게 고개를 숙였다. 말한 것처럼 소녀의 뒤로는 당연히 선생 같은 건 있지 않았다.

에샤힐드는 주인을 제외하면 아무도 없는 방과 주눅 든 동생을 번갈아 보다, 한숨을 내쉬며 말했다.

"혼을 내러 온 것이 아니야."

거짓말 하는 건 좋지 않다, 주의를 주는 대신 에샤힐드는 말했다. 어찌 됐든 오늘 방문의 목적은 혼을 내기 위함이 아니었고, 훈육은 그녀가 아닌 글렌 부인의 몫이었다.

그러다 에샤힐드의 눈에 엉망이 된 에르셀라의 머리띠가 들어왔다. 아까 끌려 나올 때 머리가 문에 부딪혔는지, 검은색 머리띠가 흘러내리고 있었다. 원래는 리본 모양인 듯했다.

"네? 그럼, 언, 언니?"

혼을 내러 온 것이 아니란 말에 놀란 에르셀라는 제게로 가까워지는 하얀 손에 더 화들짝 놀라 버렸다.

에샤힐드는 그 반응에 연연하지 않으며 천으로 된 머리띠에 두 손을 가져갔다. 에르셀라는 어쩐지 꼬마 숙녀가 된 양 얌전했다. 숨은 쉬고 있을까. 에샤힐드는 설핏 의아해하며 매듭짓기를 마무리했다. 그리고 아까와 다르지 않은 얼굴로 말했다.

"하녀 앞에서 할 말은 아닌 듯한데, 이 언니에게 오랜만에 차를 대접해 주지 않으련?"

그러면서 그녀는 에르셀라와 단둘이 차를 마신 적이 언제였는지를 떠올려 보았다.

"차요? 잠, 잠시만요! 아이린, 차!"

언제였더라.

"네, 아가씨!"

기억이 나지 않았다.

후룩, 방 안은 차 마시는 소리만 면면했다. 에샤힐드는 기울인 잔 너머로 에르셀라를 바라보았다. 이리저리 움직이며 몸을 가만히 놔두지 못하고 있는 동생을.

흡사 에르셀라에겐 이 자리가 가시방석이라도 되는 듯이 보였다. 그리고 그 가설을 뒷받침해 주듯 사파이어빛 푸른 눈은 도르르 사방을 떠돌았다. 그러다 에샤힐드와 눈이 마주칠 때면 에르셀라는 흠칫 놀라거나 허겁지겁 차를 들이켰다. 방금은 후자였다.

"앗, 뜨거!"

에샤힐드의 두 눈이 반사적으로 샐그러졌다. 에르셀라가 찻물을 입에 들이붓다시피 쏟은 것이다. 식지 않은 차였으니 데이는 건 당연했다.

"으."

뜨거웠는지 에르셀라가 얼얼한 혀를 내밀었다. 또다시 목격한 예의에 어긋난 행동에 에샤힐드는 고민이 깊어졌다.

지적해서 바로잡아 줘야 하나.

그게 옳을 듯했지만 넋을 빼놓은 듯이 행동하는 에르셀라를 보면 지금 말해도 소용이 없을 것 같았다.

'……이 또한 글렌 부인에게.'

에샤힐드는 결국 이 일도 글렌 부인 손에 맡기기로 결정했다.

"천천히 마시렴."

"네."

혀를 집어넣은 에르셀라는 곧 제 행동의 결과에 울상을 지었다.

"차를 흘렸나 봐요. 어머니가 사 준 건데……."

크림색 드레스에 붉은색 찻물이 물들어 있었다. 히비스커스를 우린 찻물이었다. 에샤힐드는 자신이 대접해 달라 부탁했던 차를 물끄러미 보다, 슬며시 테이블에 내려놓았다.

"조만간 재단사를 부를 예정이야. 그날 네 것도 맞추렴."

분명히 에샤힐드의 잘못은 아니었지만, 그녀는 말했다.

"정말이요?"

에르셀라는 얼떨떨한 낯이었다.

"거짓말할 이유는 없지."

"어…… 감사, 합니다."

"무얼."

그 대화를 끝으로 자매의 간격은 재차 멀어졌다. 시간이 거꾸로 흐를 것처럼 방 안에는 다시 차 마시는 소리만 났다.

내키지 않는 차를 들이켠 에샤힐드는 문득 카르온과 함께했을 땐 느낄 수 없던 수상한 이질감을 잡아챘다.

어색함, 불편함, 낯섦.

이제 보니 의도한 것이 아니고야 그녀를 둘러쌀 리 없는 공기가 그녀 주위를 부유하고 있었다. 그녀는 미간을 옅게 찌푸렸다. 찝찝함이 가슴에 몰려들고 온갖 단상이 머릿속을 훨훨 날아다녔다. 어째서 이렇게나 어색한 걸까.

그때 미미한 수준의 목소리가 들렸다.

"저어."

"……."

"혼을 내러 온 게 아니라 하셨는데, 카르온 오라버니 일로 오신 게 아닌가요?"

멍한 듯해도 그녀가 온 목적은 파악하고 있는 모양이었다. 에샤힐드는 그렇다는 뜻으로 고개를 끄덕였다.

"카르온과 다툼이 있었다고 들었다."

"죄송해요……."

울진 않았니? 다음 말은 아직 하지도 않았는데 사과가 날아들었다. 쏜살같이 건네진 사과에 한숨을 삼킨 에샤힐드가 다시 입을 열었다.

"탓하려는 게 아니야. 난 네가."

괜찮은지 보려고.

"화…… 내셔도 돼요. 제가 잘못한 게 맞으니까."

말이 다시 뭉텅 잘려 나갔다. 상대의 말을 끊었다는 자각이 없는 건지 에르셀라는 잘못을 빌기만 했다. 한결같은 반성에 에샤힐드는 두 눈 사이를 지그시 눌렀다.

에르셀라는 그 모습마저 겁이 났던 모양이었다. 묻지도 않았는데 술술 부는 것을 보면.

"오라버니와 언니가 만나기로 한 걸 알고 있었는데, 제가 놀아달라고 떼를 썼어요. 오라버니는 거절했는데 전 너무 심심해서……."

지금 당장 예절을 깨우치는 것부터가 급급해 보이는 아이가 심심하다니.

역시 글렌 부인의 교습에 문제가 있는 걸까?

에샤힐드는 이제 진지하게 예절 선생을 교체하는 것을 고려하기까지 했다. 에르셀라의 엉망인 예의범절이 글렌 부인 탓처럼 보였다.

'아버지가 돌아오시면 잠시…… 그땐 나도 시간이 되니.'

보는 눈, 듣는 귀가 많으니 식솔이 한자리에 모이는 식사 시간은 좋지 않았다. 하는 수 없이 에샤힐드는 시간을 내어 따로 아버지를 뵙기로 결심했다.

그녀에겐 오로지 그것만이 중요했기에, 떼를 쓴 연유에는 크게 관심 두지 않았다. 그녀는 무심한 어조로 말했다.

"다음부턴 그러지 말렴."

운 기색은 없으니 좋은 말로 다독인 후 자리에서 일어날 생각이었다. 에르셀라가 울먹이며 외치지만 않았더라면.

"하지만 저도 함께 있고 싶었어요!"

에샤힐드는 일어나기 직전에 얼어붙었다.

"알아요. 언니는 곧 성인이 되시고, 오라버니도 후계 수업 때문에 저와 다르게 한가하지 않다는 걸. 저도 알고 있어요. 하지만, 언니와 오라버니가 아주 바쁘다는 걸 알지만, 그래도, 그래도……."

"……."

"그래도……."

"……."

"……그래도요, 언니."

서러움을 꾹꾹 눌러 담은 듯 목소리는 흐렸다가도 또렷해졌고, 낮았다가도 높아졌다.

에샤힐드는 다물린 채 그대로 우그러지려 하는 에르셀라의 입술을 가만 보았다. 저 입에서 나온 거라곤 그런 것들이었다.

뒤죽박죽인 음조와 정연하지 못한 문장. 혹은 고스란히 표출된 감정.

하나같이 예법에 맞지 않았지만 그녀는 그 순간만큼은 글렌 부인을 떠올리지 못했다.

그저 깨달은 게 있었다. 같은 가족이지만 카르온과 에르셀라는 차이가 있음을. 그 차이는 자신이 할애한 시간에서 나왔다. 누구에게 시간을 더 내주었는지는 자명했다.

하지만 당연한 일 아닌가. 네 살 터울보다 한 살 터울의 동생을 말벗 삼는 것은. 더 빈번히 찾는 것은. 그것이 잘못은 아닐 것이다.

"서재에……."

입을 연 에샤힐드는 멈칫 말을 멈추었다.

서재에 함께 왔으면 되었잖니.

그렇게 말하려고 했다. 하지만 동시에 생각했다. 와봤자 다르지 않았을 거라고.

에르셀라가 습득한 지식만으론 그들의 대화에 끼어들 수 없었다. 분명 주변을 헛돌기만 하다 돌아갈 테지. 저 아이도 그걸 아니 서재까지 쫓아오지 못한 것이리라.

"동생과 사이좋게 지내라고 내 누누이 말했잖니."

카르온을 타이르던 어머니의 목소리가 마치 그녀를 향하는 듯했다.

골똘히 생각에 잠기듯 그녀의 눈꺼풀이 내리깔렸다. 잠시 후 결론을 내린 에샤힐드의 시선은 어느덧 에르셀라에게 멎어 있었다.

"다음엔 와도 좋아."

함께해도 좋다는 허락에 에르셀라의 얼굴은 단숨에 희색이 돌았다.

"정말요?"

"대신 읽을 책은 가져와야 한다. 거기엔 아직 네가 읽을 만한 게 없으니."

에르셀라는 고개를 두 번이나 씩씩하게 끄덕였다.

"네! 저 책 정말 좋아해요!"

"동화책은 곤란해."

"……그럼요."

정곡을 찔려 시무룩해진 대답에 에샤힐드는 타성적으로 미소 지었다. 그녀는 곧 일어섰다.

"왜, 왜 일어나세요?"

"이만 가봐야지."

에샤힐드는 아무렇지 않게 대답했다. 그녀의 일정은 빠듯했고 카르온에게도 들러야 했다. 아이도 그것을 모르지 않을 텐데.

"가, 가지 않으면 안 되나요?!"

소파에 앉아 주름진 실내용 드레스를 가다듬는 사이 에르셀라가 다급히 말했다. 그녀를 어려워하던 동생이 가는 길을 붙잡는 건 예상에 없던 일이어서 에샤힐드는 잠시 멈칫했다. 가지 말아달라니.

"조금만 더 같이 있어주면……."

왜냐는 시선으로 보자 에르셀라가 수줍은 듯이 뺨을 붉혔다.

"처음이어서요."

"……."

"언니와 제 방에서 이렇게 차를 마신 적은."

아.

기억이 나지 않는 게 아니라 기억에 없는 거였나. 처음 안 사실이 그녀의 머리를 세게 치받았다. 에샤힐드는 사실을 곱씹을수록 얼얼해지는 혀끝을 이로 내리눌렀다.

카르온과는 여러 번 함께 차를 마셨기에 에르셀라와도 그것이 당연한 줄 알았는데…… 아니었다. 왜? 그녀는 자문을 얼버무리며 다시 자리에 앉았다.

"그럼 조금만 더 차 대접을 받으마."

아마 그리 말한 까닭은 어머니의 목소리가 의무처럼 들렸기 때문일 것이다. 그녀가 마땅히 수행해야 할 의무.

"아이린에게 다과를 가져오라 할까요? 뭘 좋아하세요?"

"말을 편하게 해도 된단다."

"아, 정말…… 그래도 될까?"

적응 기간 없이 바로 편하게 하는 에르셀라에 에샤힐드는 약간의 당혹감을 느꼈다. 인지가 빠른 걸 좋게 받아들여야 할지 알 수 없었다. 그때였다.

"아가씨, 허억, 저예요, 세릴!"

문 너머에서 숨넘어갈 듯한 세릴의 목소리가 들렸다. 들어와도 된다고 허락하자 문을 열고 나타난 세릴은 뭍에 던져진 물고기처럼 파닥거렸다.

"세릴?"

"샌드위치를, 가지고, 허억, 왔는데…… 헉, 서재에, 안 계시더라고요!"

세릴의 가느다란 팔뚝에 걸린 바구니가 달그락 흔들렸다. 그것을 본 에샤힐드는 뒤늦게 자신이 시킨 심부름을 상기해 냈다.

"네게 괜한 수고를 끼쳤구나, 세릴. 미안하지만……."

"샌드위치?"

불현듯 맞은편에서 들리는 발랄한 목소리가 세릴의 고생을 물리려던 그녀를 주춤하게 했다. 고개를 돌리니 에르셀라가 기대 어린 눈으로 세릴의 팔에 걸린 바구니를 보고 있었다. 먹고 싶다는 얼굴이었다.

"저거 먹어도 되나요? 음- 아니…… 돼?"

그 열렬한 시선을 맞닥뜨린 에샤힐드는 얼떨결에 고개를 끄덕거렸다. 세릴은 그런 아가씨를 신기해하며 속으로 키득거렸다. 그녀는 힘차게 바구니를 들어 올리며 크게 말했다.

"그럼요!"

그렇게 세릴이 고생해서 가져온 샌드위치는 자매의 몫으로 돌아갔다. 에르셀라는 노래를 흥얼거리며 바구니를 열었고, 에샤힐드는 동생의 신이 난 모습을 얼떨떨히 감상했다. 샌드위치를 좋아하는지 그 많은 샌드위치가 접시에 턱턱 올려졌다.

에샤힐드는 간식이라는 개념을 넘어버린 샌드위치의 양에 아연했지만 티를 내진 못했다. 오래오래 같이 있고 싶다는 에르셀라의 속마음을 알았기 때문이었을까.

그날 그녀는 에르셀라의 바람에 맞춰 평소보다 많은 양을 먹어야 했다.

카르온은 그들이 마지막으로 헤어진 자리에 그대로 있었다. 반항으로밖에 비치지 않는 그의 행동에 에샤힐드의 표정이 차갑게 변했다.
“지금까지 거기 있었니?”
“기다리라고 하셨으니까요.”
두 시간은 훌쩍 지났음에도 카르온에게서 지친 기색은 보이지 않았다. 다만 사교적인 웃음을 거둔 걸로 보았을 때 가식은 접어두기로 한 듯했다.
“누님은 제게 그 애를 싫어하느냐, 물었지요.”
카르온은 두 시간 전의 질문을 끌어왔다. 에샤힐드는 심상하게 대답했다.
“그래.”
잠시 비식 웃은 카르온은 이내 미소를 지우고 고개를 저었다.
“결론만 말하자면, 아니요. 싫어하지 않습니다.”
그녀에게 하는 말은 온통 모순투성이였지만, 한편으론 꽤 진실하기도 했다.
“하지만 싫어하지 않는다 하기엔 네 태도가 그리 보이지 않는다.”
“그거 아십니까? 이 저택에서 그 아이를 돌보는 사람은 셀 수 없이 많습니다.”
그녀가 달리 원한 답은 아니었지만 에샤힐드는 카르온이 내뱉은 진부한 사실들을 너그럽게 경청했다.
카르온은 계속 말했다.

"그런데 구태여 저까지 그 애의 눈물에 매달려 안달할 필요가 있겠습니까? 제가 아니더라도 그 애의 놀이 친구는 많고, 마찬가지로 그 아이를 우선시할 사람은 이곳에 수두룩합니다. 하지만 누님은 아닙니다. 그러니 저만은."

그러니 저만은.

그의 입술이 다물어졌다. 모래를 씹어 삼킨 듯 입안이 텁텁했다. 순백의 대리석으로 곱게 빚은 듯한 누이는 감정 없는 인형처럼 그의 말을 듣고만 있었다.

카르온은 이보다 훌륭할 수 없이 완벽하게 우아한 얼굴을 향해 고집스레 내뱉었다.

"저만은 그 애를 누님보다 우선시하고 싶지 않았습니다."

에르셀라를 싫어하지 않는다. 단지 에르셀라보다 중요했을 뿐이었다. 눈앞의 혈육이.

에샤힐드는 답하지 않았다. 그녀는 모르는 문제를 직면한 사람처럼 고개를 기울였다. 그를 이해할 수 없다는 얼굴이었다.

"무슨 말을 하는지 모르겠구나."

"누님."

"동정으로밖에 들리지 않는다."

그녀는 수수께끼 같은 동생의 말을 조금도 받아들이지 못했다. 말은 틀리지 않았으나 가슴에 닿지 않았다. 닿기도 전에 흩어졌다는 게 옳을 것이다.

부모가, 사용인이 그 아이를 조금 더 신경 쓰는 게 뭐가 문제인가. 기실 온 세상 사람들이 저보다 그 아이를 우선시한다 해도 상관없었다.

그녀는 첫째로 태어나 왕비가 될 여인이었다. 모든 사람이, 더하여 신조차도 그 애를 더 귀애한다고 해서 그 사실이 뒤바뀌진 않을 것이다. 그런 하잘것없는 투기심에 사로잡혀 일을 그르치는 천치가 될 생각은 조금도 없다. 하여 그녀는 진실로 카르온을 이해하지 못했다.

"그 애와 다르게 나는 돌봄이 필요하지 않아."

그녀는 첫째였고, 왕비가 될 여인이었고, 그러니 그런 건 한 번도.

한 번도.

"필요하다고 생각한 적 없어."

문득 에샤힐드는 숨을 훅 들이마셨다. 그러나 오히려 바짝 마르는 느낌이었다. 숨은 쉬고 있는데 몸속으로 공기가 돌지 않았다. 폐부가 통째로 뜯겨 나간 것처럼 안이 텅 비어 있었다.

에샤힐드는 그 불쾌한 감각을 들키기 전에 카르온을 지나쳤다. 카르온이 제 뒷모습을 보고 있는 것을 알았지만 뒤돌아보지 않았다. 멀어지는 제 걸음이 어쩐지 도망치는 것 같다고, 그녀는 생각했다.

"궁은 어떤 곳이야?"

에르셀라는 언니에게 몸을 바짝 붙이며 물었다. 올해 열여섯이 된 언니가 벌써 궁에 드나들다니.

성인이 될 때까지 시간이 넉넉한 소녀의 눈에는 정말로 대단하게만 보였다. 간혹 귀족 여인들이 왕족의 시녀로 입궁하는 경우는 있었지만, 시녀도 아닌데 언니처럼 궁을 언제나 드나들 수 있는 여인은 흔치 않았다. 에르셀라는 그런 언니가 자랑스러워 헤실헤실 웃었다.

"나도 가고 싶다. 근데 어머니는 아직 걱정스러우신가 봐."

에르셀라는 한 번 아쉬워하고, 다시 눈을 빛냈다. 흥미로운 책을 발견한 것처럼 기대로 가득한 눈동자에 에샤힐드는 관성적으로 미소 지었다.

"글쎄, 어떤 곳이라 해야 할지."

"에이, 그게 뭐야."

허무한 대답에 에르셀라는 심통 난 듯 입술을 삐죽였다.

하지만 정말 에샤힐드는 궁을 어떤 곳이라 설명해야 할지 몰랐다. 시시하고 지루하다는 평은 동생의 기대를 저버리는 일밖에 되지 않을 것이다.

그녀는 선왕비의 허락으로 언제든 왕성을 드나들 수 있는 권한을 얻었지만 그 권한을 써본 적은 전무했다. 그녀가 왕성에 들 때는 오로지 선왕비의 초대가 있을 때뿐이었다.

아들이 왕이 되었는데도 외로우신 분. 그리고 가여운 분.

에샤힐드는 선왕비를 그렇게 평했다. 한낱 후궁에 빠져 어머니의 조언을 칼같이 쳐내는 왕을 보며 선왕비는 하루하루 시들어가고 있었다.

왕성 방향으로 귀 기울여 보면 데먼셔를 사랑하다 보니 그 가문의 대척인 피사리데를 미워한다더라, 그런 일설이 들리기도 하였다.

선왕비는 그 사실 같은 소문을 듣고 몹시 애통해했고, 에샤힐드는 가끔 그녀의 하소연을 들어주는 식으로 그녀와의 관계를 유지했다.

그런 에샤힐드에게 거는 선왕비의 기대가 결코 작지 않았다. 혈육인데다 외모가 아름다우며 거기다 현명하기까지 하니 기회였다. 또 한 번 가문에서 왕비를 배출할 수 있는 기회. 그리하여 피사리데가 더없이 영광스러워질 기회. 손쉽게 들어온 기회를 놓칠 사람은 없었다.

"다음 왕비는 너여야 한다. 너를 서출에게 보내는 것이 마음에 걸린다만

어쩔 수 없구나. 왕비에게 아들만 있었어도……."

선왕비는 왕비면서도 아들 하나 낳지 못하는 왕비를 가여워했다. 그리고 그만큼 한심하게 여겼다.

선왕비의 탄식을 들을 때마다 에샤힐드는 관성적으로 웃으며 대답할 뿐이었다. 네. 그리 대답하는 건 쉬웠다. 그 말은 하나 틀린 것이 없으므로.

"왕자님은 어때? 만났어?"

평소 동화에 빠져 왕자에 대한 상상을 무럭무럭 키운 에르셀라가 수줍게 물었다.

"어떠셔? 당연히 멋지겠지? 잘생기셨을까? 성격도 분명 다정하실 거야. 언니, 나는 매일매일 데뷔탕트만 기다려. 하루빨리 왕궁 무도회에 가서 전하를 뵙는 게 내 소원이야."

소원이란 게 참 보잘것없었다. 에르셀라의 열뜬 기대를 들으며 에샤힐드는 무심코 생각했다. 왕자를.

궁에 들를 때 가끔 왕자를 본 적이 있긴 했다. 머리는 노을보다 짙은 붉은색이었고, 눈은 밝지 않은 푸른색이었던 걸로 기억한다. 그러나 그것 말고는 기억에 남는 게 없었다.

에샤힐드가 왕자를 보았을 땐 왕자는 언제나 2왕자만 챙기는 부왕의 뒤를 좇고 있었다. 그것이 꼭 버려진 아기 새 같기도 했다.

그 초라한 모습을 새겨뒀을 리 없지. 에샤힐드는 왕 앞에서 하염없이 작았던 왕자를 생각하며 에르셀라의 머리를 쓰다듬어 주었다.

"좋은 분이시란다."

동생의 기대를 망가뜨리지 않기 위한 최선의 답이었다.

"평이 후하시군요."

책에 집중하는 듯 보였던 카르온이 비웃듯이 툭 내뱉었다.

"내가 보기엔 별로던데."

"오라버니, 질투하시나요? 추해요."

에르셀라가 가차 없이 제 오라비를 평했다. 세 살 어린 동생의 한심하다는 듯한 눈빛에 카르온은 어처구니없어졌다.

"네가 사람 보는 눈이 없구나."

"사람 보는 눈이 없는 건 글라디엠 백작 영애 같은데요."

"왕자라고 다가 아니야."

"공자라고 다도 아닌데."

"하아, 이래서 내가 들이기 싫었는데. 누님, 들으셨습니까? 저 아이, 눈에 뵈는 게 없습니다. 조금만 시간 지나보세요. 아주 바락바락 대들 겁니다."

지지 않고 말대꾸를 하는 에르셀라 앞으로 딸기 케이크가 담긴 접시를 밀어주며 카르온이 짜증을 냈다.

"글라디엠 영애가 안쓰러워요. 오라버니같이 말 못되게 하는 사람한테 코 꿰인 거잖아요."

"너 그런 말은 어디서 배웠냐."

"성격 파탄 난 사람에게서요."

싱긋 웃은 에르셀라가 포크로 케이크를 떠먹었다.

"파탄, 하아……."

벌써부터 될성부른 싹을 틔우는 에르셀라의 말버릇에 카르온이 탄식조로 말했다.

"누가 데려갈지 걱정이군."

"난 예쁘니까, 누구라도 데려가겠죠."

카르온이 인상을 구겼다. 저 예쁜 건 알아가지고. 그가 까칠하게 불평했을 때였다. 별안간 가까운 곳에서 웃음소리가 났다.

그들의 말다툼을 지켜보고 있던 에샤힐드가 모처럼 소리 내서 웃고 있었다. 동생들이 몹시 대견하다는 듯이.

카르온은 에르셀라와 같은 부류로 엮였다는 게 억울해 시선을 책으로 처박았다.

“그래도 아니야, 왕자는.”

꿋꿋하게 왕자를 별로라 주장하는 오라비에게 에르셀라가 반문했다.

“대체 왜요?”

“가진 게 없는데, 왕자지.”

그는 책장을 넘기며 웃었다. 조소인지 미소인지 분간할 수 없는 웃음이었다.

“누님에 비하면 한참 모자란데, 모자라고 모자란데 고작 왕자 그 지위 하나 가졌다고…….”

담담한 척하는 음성에는 얼핏 노기가 깔려 있었다. 에르셀라는 그제야 카르온이 왕자를 싫어하는 이유를 이해했다.

누님에 비하면 모자라고 모자란데.

에르셀라는 에샤힐드를 돌아보았다.

“언니는 왕자비가 될 거지?”

이제 어린 동생도 알 만큼 그녀가 왕자비로 낙점된 거나 다름없다는 말이 온 세상을 떠돌았다. 언니가 동화 속 공주와 같은 삶을 산다니 에르셀라에게는 그만큼 기쁜 소식이 없었지만, 에르셀라는 어쩐지 우울했다.

“성인식을 치르면…… 못 보겠네.”

언니가 궁에 들어가면 앞으론 이렇게 못 있을 것이다. 그것에 한도 끝도 없이 슬퍼진 에르셀라는 차라리 빌고 싶었다. 언니의 결혼이 영원히 미뤄졌으면 좋겠다고.

“아니면 내가 언니 시녀로 들어갈까?”

급기야 말도 안 되는 소리를 하는 동생이 귀여워 에샤힐드는 보일 듯 말 듯 웃었다. 몸 쓰는 일엔 영 재주가 없는데, 시녀라니. 가당치도 않았다.

설사 재주가 있다고 해도 고된 일을 시킬 생각은 추호도 없었다. 이 아이만은 누군가의 비위를 맞추는 일 없이 피사리데의, 그녀의 비호 아래 온전한 삶을 누리다 갔으면 했기에.

에샤힐드는 상냥하게 다독임으로써 동생의 의지를 꺾었다.

“약혼을 한다고 해도 달라지는 건 없어. 만일 헤어져도 언제든 만날 수 있단다. 우린 가족이잖아.”

에샤힐드의 말에 에르셀라의 안색이 눈에 띄게 밝아졌다. 단순했지만 그녀가 그렇게 말해준 것만으로도 안심이 된 듯했다.

“정말?”

“거짓말 같니?”

“아니! 진짜 같아!”

경쾌하게 대답한 에르셀라가 장난스럽게 웃었다. 걱정이 사라진 소녀는 다시 케이크를 퍼먹기 시작했다.

그 달.

1왕자 케니언스와 세실리아 로베르트가 연인이라는 소문이 항간에 파다하게 퍼졌다. 왕자 케니언스가 약혼을 조금 더 미뤄달라는 말을 부왕에게 요청하자 그 소문은 더욱 신빙성을 얻었다. 국왕 바우레스는 관심 없다는 얼굴로 그러마, 하며 허락했다.

에샤힐드는 성인식이 지나고도 왕자비가 되지 못했다.

“오랜만이야, 에쉬.”

에샤힐드는 눈앞의 남자를 보며 습관적으로 웃었다.

“안녕, 트리벤.”

남자의 이름은 트리벤 하페르트로 피사리데의 먼 친척 가문인 하페르트가의 삼남이었다. 같은 교습 선생을 둔 것을 계기로 인연이 이어져 왔다. 트리벤은 모자를 벗으며 손부채질을 했다.

“수도는 서부보다 더 더워.”

“오는 길 고단하지 않았니?”

“그랬는데, 후작 부인께서 잘 챙겨주셔서 싹 다 잊었어. 후작님도 반겨주시고.”

“다른 누구도 아닌 트리벤 너니까, 편히 있다 가게 하는 건 당연하지.”

“네가 그리 말해주니 감동인데?”

트리벤이 너스레를 떨며 웃었다. 그러나 그 웃음은 조금씩 왜곡되다 어색해 보일 지경에 이르렀다. 그가 조심스럽게 물었다.

“그보다…… 괜찮아?”

한때 들끓었던 소문은 이제 수도뿐만 아니라 지방까지 퍼져 있었다. 그러나 에샤힐드는 아무것도 못 들은 양 고요히 미소만 지을 뿐이었다. 그녀는 입을 열었다.

“난 괜찮아.”

정말로 아무렇지 않아.

목적이 사라졌으니 길을 잃었을 뿐. 그게 다일 뿐.

에샤힐드는 웃고, 웃었다. 나이를 먹은 그녀는 제법 사람을 부릴 줄 알았고, 사람들은 그녀에게 여러 소식을 물어다 주었다. 그랬기에 에샤힐드는 알 수 있었다. 왕자는 세실리아 로베르트와 일 년 전부터 만남을 이어가고 있었으며, 이젠 공식적인 자리에서도 함께 다닌다는 것을.

"하지만 에쉬……."

"트리벤, 난 정말 괜찮아. 애초에 오만이었던 거지."

당연히 그 자리가 제 것일 거라는 오만.

그녀는 그 수준에 맞는 교육을 받아왔고, 그리하여 그 자리에 앉을 자격을 갖추었다. 그러니 당연히 왕자비가 될 줄 알았을 뿐이다. 들리지 않는 비웃음이 저를 진탕에 처박을 줄 모르고.

트리벤은 감정 없이 깨끗한 에샤힐드의 표정을 바라보았다. 그는 잠시간 머뭇거리다 결심한 듯 입을 열었다.

"내가 보기에 넌 출중해. 그 어떤 또래들보다. 내색은 안 하시지만 레이오 교수님도 네가 피사리데만 아니었더라면 학자가 되고도 남았을 거라고 그러셨고."

"……."

"그러니까 에쉬, 내 말은……."

낮게 내리깔린 목소리가 꽤 신중해서 에샤힐드는 트리벤의 말이 농담이 아님을 알 수 있었다.

"너만 괜찮으면 같이 그레이시반에 입학하지 않을래?"

생경한 제의는 얼마간 에샤힐드의 사고를 멎게 했다.

"그레이시반이라면, 아카데미 말이니?"

고명하지만 가까이 할 일 없던 이름을 트리벤을 통해 들을 줄은 몰랐다.

"응. 이번에 내년 신입생을 모집한다는 공고가 올라왔거든. 난 지원해 보려고 해."

대가문의 여식에게 아카데미를 제안한다는 게 어떤 의미인지 모르는지 트리벤은 떳떳하게 말했다.

"흔히 그레이시반은 열넷부터 들어가곤 하지만 우리도 열여섯이니 늦은 나이는 아니야. 넌 명석하니 고등부도 노려볼 수 있을 거고."

에샤힐드는 난감함에 굳은 입매를 가까스로 끌어 올렸다.

"하지만 트리벤, 난 고작 그레이시반에 들어가기 위해 공부한 게 아니야."

난 왕비가 되기 위해.

거절로 댈 수 없는 이유에 그녀의 입꼬리가 끌어 내려졌다. 그것이 트리벤을 설득하지 못할 걸 알았기에 에샤힐드는 차라리 얼버무리기를 택했다.

"……학자가 되고 싶은 마음도 없고."

완곡한 거절에도 트리벤은 실망한 기색 없이 웃었다.

"그래도 한번 생각해 줘, 에샤힐드. 난 네가 나와 같이 그레이시반에 가줬으면 좋겠어."

"트리벤, 난 분명."

"네게 무리한 부탁인 거 알아. 이 일을 아시면 후작님이 당장 날 내쫓으시겠지. 어쩌면 널 가장 아끼는 이 집안의 소후작께선 날 죽이려 들지도 몰라."

그가 방문할 때마다 흉흉하게 어는 녹색 눈을 떠올린 트리벤의 잇새로 웃음소리가 커져갔다.

"솔직히 말해 아카데미는 대가문 영애가 가기엔 쓸모없다 여겨지는 곳이니까. 특히나 기대가 큰 너에겐 더더욱."

"……."

그러다 어느 순간 웃음이 뚝 끊겼다.

"솔직히 난 너처럼 피사리데도 아니고 가문의 첫째도 아니라서 책임 따윈 별로 없어. 그래서 이런 말을 한다고 생각할지도 몰라. 하지만 에샤힐드, 내가 결코 가볍게 제안한 건 아니란 걸 알아줬으면 좋겠어.”

“…….”

“왕자비는 분명 대단하지만 생각해 보면 그게 무슨 영광인가 싶어. 한평생 궁 밖을 마음대로 나갈 수도 없고, 하루하루를 할지 말지 모르는 실수에 떨며 살아야 하는데, 그 대가가 고작 역사서에 남길 한 줄이라니.”

“…….”

“난 네가 그리 살지 않길 바라.”

실없이 웃기를 잘하는 트리벤이 이때만큼 웃지 않은 적은 처음이었기에 에샤힐드도 이만 고개를 끄덕였다.

“생각은 해볼게.”

마음은 변치 않겠지만.

그 생각과 다르게 트리벤의 말은 생각보다 깊은 흔적을 남겼다.

의식은 며칠 내내 트리벤의 말을 붙잡았다. 염두에 두지 않던 세상으로 눈을 돌리니 그레이시반에 대해 알아보게 됐고, 입학 시험지도 따로 구해 풀어보았다. 그 결과 능히 입학할 성적이란 걸 알게 되었다. 합격할 확률이 가까워지자 상상은 보다 구체적으로 구축되었다.

에샤힐드는 머릿속에서 분별없이 뭉쳐져 있던 단어들을 소리 내어 나열해 보았다.

입학, 생활, 학기, 졸업…….

알아본바, 졸업하면 가문으로 돌아가거나 교수가 되거나 학자가 되는 게 일반적이었다. 방랑자가 되어 세상 곳곳을 떠돈다고도 한다. 그 외에도 다양했다. 의원, 관료, 상인. 큰길에서 여러 갈래로 찢어지는 선택지가 에샤힐드의 혼란을 가중했다.

선택지가 많았다. 하여 될 수 있는 미래도 많았다. 생전 처음 해

본 상상들이 그녀를 낯선 세계로 잡아당겼다.

물론 그렇다 하여 그녀가 정립해 온 신념이 단번에 무너지는 것은 아니었다. 그것은 고작 얕은 물줄기에 불과했으며, 강물이 아닌 물줄기는 둑을 무너뜨릴 수 없었다.

그러나 그녀가 남몰래 다른 미래를 그려볼 때마다 물의 양은 불어났고, 걷잡을 수 없이 불어난 물의 양은 둑 밖으로 넘칠 듯 말 듯 할 정도는 되었다.

"그레이시반?"

갑자기 꺼내진 화두가 당혹스러웠는지 에르셀라의 고개가 갸우뚱 넘어갔다.

"그냥, 트리벤이 제안하기에. 이번에 입학시험을 치른 듯하더구나."

예상했던 반응에 에샤힐드는 어물쩍 트리벤을 앞세웠다. 그녀도 몰래 입학시험을 치르긴 했지만 아직 누구에게도 알리지 못한 상태였다. 에샤힐드는 차마 떳떳해질 수 없었다. 시녀인 에블린 자작 영애에게도 알리지 못해 시험장에 세릴을 데리고 갔을 정도니.

이 일이 사람들의 귀에 들어가면 어찌 될지는 그녀도 잘 알았다. 왕자비가 되지 못해 아카데미로 도망친 대가문의 영애. 사실이 새어 나갔다간 피사리데를 웃음거리로 전락시키는 꼴밖에 되지 않을 것이다.

감독관에게 뇌물을 얹어주어 시골 귀족들로만 채워진 시험장에서 시험을 칠 수 있었지만 혹시 모를 일이었다. 그녀를 아는 누군가가 알아봤을지.

"그 하페르트 남작님의 셋째 영식 말이야? 저번에 방문하신? 그 분이 그레이시반에 가시는구나. 그런데 그분이 언니에겐 왜?"

에르셀라는 관심사가 아닌 듯 대수롭지 않은 투였다.
“그냥, 트리벤이 제안하는데 괜찮을 것 같기도 해서.”
그러나 뜻밖에 기울어져 있는 에샤힐드의 마음을 알자 에르셀라의 고개가 퍼뜩 돌아갔다. 에샤힐드를 뚫어져라 쳐다본 에르셀라는 걱정스러운 목소리였다.
“언니, 만일 이번 일 때문이라면…….”
그녀가 염려했던 지극히 일반적인 반응이었다. 역시 그렇게 보이려나. 어쩌면 정말로 도피일지도 몰랐다. 그녀도 왕자비가 되었다면 아카데미는 거들떠도 안 봤을 테니. 그러나 실제론 그렇다 해도 중요한 건 그렇게 보이느냐, 보이지 않느냐였고 에샤힐드의 경우엔 전자의 시선을 피할 수 없었다.
에샤힐드는 흐릿하게 웃었다.
“그런 건 아니란다.”
역시 안 될 듯하다. 하물며 에르셀라도 이해하지 못하는데 카르온이, 어머니가, 아버지가 이해해 줄 리 없었다.
“친한 친척의 말을 흘려 넘길 순 없어서 잠깐 고민해 봤을 뿐이야.”
“아, 그렇구나.”
에르셀라는 해사하게 웃었다. 그게 안도의 웃음 같기도 해 넘칠 듯했던 것이 수그러들었다. 에샤힐드는 단념하며 입을 열었다.
“……이만 가자.”
“그런 거라면 난 괜찮을 것 같아, 언니.”
에르셀라의 목소리가 좀 더 기꺼워져 있었다. 에샤힐드는 고개를 돌려 에르셀라를 보았다. 후원 벤치에 나란히 앉은 자매는 곧 시선도 나란히 마주했다. 에르셀라는 티 없이 웃고 있었다.
“멋지겠다.”
미소가 드리운 표면 위로 꺼려 하는 감정은 없었다. 비웃음 없이 선했다. 숫제 진심이라는 듯이.

"……뭐?"

"난 잘 모르지만, 거기 굉장히 똑똑한 사람들이 가는 곳 아니야? 내 선생들도 대부분 거길 나왔는걸. 언니가 학자가 된다니. 기분이 조금 이상하지만 된다면 자랑스러울 것 같아. 들어가게 된다면 꼭 말해줘. 친구들에게 자랑해야지."

아. 그렇구나, 너는…….

나무랄 데 없는 말이 가슴에 신랄하게 꽂히는 듯했다. 에샤힐드는 새려는 헛웃음을 힘겹게 틀어막았다.

"언니가 어떤 선택을 하든, 난 다 좋아."

어쩐지 아무것도 몰라 하는 덧없는 응원 같았다. 고작 열두 살 된 아이에게 의견을 물었던 자신이 바보 같기도 했다.

뭘 기대한 걸까. 저 말을 카르온에게 들었다면 좀 더 나았을까. 에샤힐드는 입매를 올려 웃었다. 습관, 관성, 타성으로 뒤덮인 미소가 또다시 그녀를 지탱했다. 그녀는 동화책을 읽어주듯 나긋나긋한 목소리로 말했다.

"내가 꼭 왕자비가 되었으면 좋겠다면서. 책 속처럼 아름다운 왕관을 쓰고, 보라색 망토를 두르고, 왕자의 옆에 서서. 그렇게 말하지 않았니?"

그녀의 말은 타인이 듣기엔 비단처럼 고왔지만 목소리의 주인은 알았다. 이것은 배배 꼬이다 못해 잔뜩 뒤틀려 있다는 것을. 약자에게 하는 화풀이에 지나지 않다는 것을.

그러니 어서 멈춰야 했다. 찰나 엉망이 된 감정으로 이 아이를 상처 입히기 전에.

"아니다. 괜한 말이었어. 이제 정말로 일어나자. 오늘은 아버지도 오시니……."

"언니, 왕자비가 되지 않아도 난 언니를 사랑해."

늦지 않도록…….

"그러니까, 그렇게 웃지 않아도 돼."

에샤힐드는 말을 내뱉지 못했다. 아무것도 모른다고 생각했던 동생에게 속을 들킬 줄은 정녕 몰랐기에. 이제 보니 에르셀라의 웃음 속에서 울 듯한 눈매가 보이는 듯도 했다. 슬프게 웃는 얼굴이었다.

"난 언니를 사랑해."

에르셀라는 천천히 자리에서 일어났다. 햇살을 등져 생겨난 에르셀라의 그림자가 에샤힐드 위로 번져 내렸다. 에르셀라는 자신의 그림자로 그녀를 온전히 덮은 채, 에샤힐드의 목을 꼬옥 감싸 안았다.

"왕자비가 되지 못해도, 내가 언니를 사랑해."

그 한마디가 뭐라고.

자신보다 훨씬 작았던 동생이 태산처럼 거대해 보였다. 또래보다 아담하여 걱정스럽기만 했던 체구가 이 순간만큼은 걱정되지 않을 만큼.

무조건적인 믿음이 실은 텅 비어 있지 않았다는 걸 알았기 때문일까. 에샤힐드는 더 이상 에르셀라를 비웃지 못했다. 속을 시커멓게 채우지도 못했다. 동생의 말은 더없이 진실 되어서, 그저 자신을 안고 있는 에르셀라를 마주 안으며 에샤힐드는 생각했다.

"……나도."

이 아이가 있어서 참 다행이라고.

"나도 너를 사랑해."

참 행운이었다고.

그레이시반에서 세릴의 손을 통해 합격 통지서가 날아오고, 에샤힐드가 그레이시반에 입학하기로 결정한 날이었다. 그보다 먼저 후작이 에샤힐드를 찾았다.

"만나는 사람이 있느냐?"

모두가 모여 있는 식사 자리에서 후작의 질문이 에샤힐드에게 꽂혔다. 에샤힐드는 사실대로 아니요, 대답했다.

가벼운 식사 자리, 가볍게 한 질문. 모두가 그저 하는 질문이겠거니 하며 넘겼지만, 의외로 후작은 식사가 끝난 후 그녀를 따로 불렀다.

"만나는 사람이 없다 하였지."

"네. 없어요, 아버지."

후작은 다행이라는 듯이 웃었다. 불길한 기운에 심장이 두방망이질했다. 에샤힐드는 후작보다 먼저 입을 열려고 했다.

"사실 아버지, 드릴 말씀이……."

"1왕자와 너를 결혼시킬 생각이다."

그러나 그보다 후작이 말을 맺는 게 빨랐고, 그의 입에서 기어코 1왕자가 나왔을 때 에샤힐드는 입술을 깨물 뻔한 걸 간신히 참아야 했다.

"……저를 모욕 준 자입니다."

"너와 1왕자 사이에는 약혼도 결혼도 없었다. 그런데 그게 어찌 모욕이 될 수 있겠느냐."

후작은 밖에서 돌고 있는 비웃음이 들리지 않는 양 말했다.

"처음부터 네 자리였다. 로베르트 따위보다 네가 왕자비가 되는 게 더 가치 있는 건 두말할 것도 없지."

후작은 네 가치가 더 높다며 타일렀지만 에샤힐드는 알 수 없었다. 지식을 얻었다 하여 제 가치가 더 높은 게 과연 맞는지. 기껏해야 낡은 역사서에 한 줄 남기는 게 무슨 가치가 있는지. 수천 년이 지나다 보면 언젠가 사라질 가문이 의미가 있긴 한 건지.

"너도 되길 바랐던 일이다."

되고 싶었던 걸까. 아니, 그보단 될 거라고 믿었던 것에 더 가까울 것이다.

"사랑놀음에 갈아치워질 자리란 걸 알았다면 처음부터 생각하지 않았을 겁니다."

그깟 왕자의 변덕에 왔다 갔다 할 자리였다면 애초에 목표로 하지도 않았을 것이다.

그때 조각난 무언가가 에샤힐드의 눈앞으로 던져졌다.

"너 홀로, 꿈에 젖어 있구나."

갈기갈기 찢겨 땅바닥에 나동그라진 것은 그레이시반 합격 통지서였다.

산발적으로 흩어진 종잇조각은 에샤힐드의 구두 끝에도 걸렸다. 에샤힐드는 발을 뒤로 물렸다. 급하게 물러서느라 펄럭거리는 치맛자락을 살필 겨를도 없었다. 그것을 밟지 않는 게 무슨 의미가 있는지 모르겠지만 그녀는 그랬다.

후작은 허락이 있기 전까지 발을 떼는 법을 모르던 딸아이의 기행을 말없이 지켜보았다. 그는 헛바람이 들었다며 노하지도, 한심하다며 혀를 차지도 않았다. 그저 에샤힐드가 행한 일련의 과정을 덤덤히 지켜보다 말문을 열었다.

"네 아비는 현재 병쇠하다. 지금은 멀쩡해 보여도 아마 몇 년 못 가 사직하고 침실에만 처박혀 지내야 하는 신세가 될 테지."

후작이 끌어온 건 그들의 현실이었다. 후작의 환후는 극비에 부쳐졌다. 그 때문에 에샤힐드로서도 처음 듣는 얘기였다. 강건해 보였던 후작은 스스로의 미령함을 인정했다. 그의 긍지를 생각하면 쉽지 않은 일이었다.

후작은 거리낌 하나 없이 굳건한 눈을 하고 말했다.

"나의 한참 손위 누이이신 엘리에제 전하 또한 노쇠하셨고 지병도 있으시니 얼마 못 사실 터다. 카르온은 약관이 되기도 전에 관직에 오를 것이다. 그러고 얼마 지나지 않아 내가 죽으면 가주위에 오르겠지. 그리고 물어뜯길 거다. 사방이 적 천지인 곳에서, 누군가의 비호 하나 없이. 그럼 에르셀라의 처지를 말해주랴?"

무거운 후작의 음성은 천하를 호령하는 황제라 해도 부족함이 없을진대 쇠한 육체는 아니었다.

"고작 스물을 갓 넘긴 애송이가 이끄는 가문, 왕실의 큰어른이었지만 이젠 돌아가신 피사리데 출신 선왕비, 루델시아 국왕이 버린 네 어미. 예서 에르셀라를 보호해 줄 수 있는 사람이 어디에 있지?"

꿈이 사그라지고 현실이 생생해진다. 에샤힐드는 눈을 감았다. 날붙이같이 날카로운 아버지의 목소리가 마음을 할퀴었다.

"사내야 꼬일 것이다. 내 딸이라 하나 미색이 출중하니 피사리데가 기운다 하더라도 그 아이를 거둬가 줄 이야 차고 넘치겠지. 한데 사내의 사랑이 평생 갈 것 같으냐?"

코웃음 친 후작이 고개를 저었다.

"아니, 아니란다, 딸아. 그 언젠가 사랑은 식는다. 한때의 낭만이 네 동생의 안위를 보장해 주진 못한단 말이다. 그러다 제 오라비가 자빠지면, 그리하여 피사리데가 꺾이면 그 아이는 평생 멸시를 견디며 살아야 할 것이다. 저택 밖의 시선만을 두려워할 순 없단 애기야. 저택 안에서도 떨어야 한다."

에샤힐드는 입을 열었다.

"아버지, 그 아이는……."

귀족입니다. 그러나 소리는 뿔뿔이 흩어졌다.

"집사, 하인, 주방장, 마구간지기. 그 미천한 것들에게 무시당한 귀족 여인이 정녕 없을 줄 아느냐?"

에샤힐드는 후작의 언사를 맞받아치지 못했다. 그녀도 모르지 않았던 탓이다.

그들의 발칙한 행각은 때때로 들려왔으나 한편으론 놀라우리만치 흔했다. 세숫물을 오물로 가져온다거나, 부러 드레스가 없다며 하녀가 입을 만한 것을 내민다거나, 향수에 오줌을 타 뿌리는 식의 괴롭힘이었다.

듣자 하니 그것은 일종의 놀이라고 한다. 주인에게 불만이 있거나 귀족층에 대한 혐오를 가진 하층민의.

그들의 건방은 대개 사랑을 잃고 보호막 한 꺼풀 없는 이에게 향했다. 괴롭혀도 아무 말 못 하는 부인들. 혹은 천대받는 사생아들. 심히 모욕받아도 쉬쉬하는 이유는 명확했다. 사실이 알려져도 그것이 곧 자신에게 돌아올 모욕임을 아는 까닭이었다.

결국 이도 저도 할 수 없는 고단한 처지인 것이다. 스스로 눈뜬 장님이 되어 사는 법밖에 없는.

"하면 그 아이를 저보다 지위가 한참 낮은 종자에게 보내랴? 그러면 상황이 좀 다를 것이라 생각하느냐? 하나 그것 또한 아니다. 처음엔 황송해할지언정 곧 아무렇지 않아 하며 그 아이를 전리품으로 여길 버러지들이 세상천지에 넘쳐난다."

자작, 남작, 하물며 평민에게 보낸다고 해도 확신할 수 있는 건 아무것도 없다고, 그녀의 아버지는 말하고 있었다.

후작은 이마를 짚으며 숨을 깊이 들이쉬었다.

"딸아, 네 아비는 운이 좋았다. 비록 내 아버님은 이르게 돌아가셨지만 나의 누이인 엘리에제가 왕비 전하셨고, 나의 아우는 자리에 욕심이 없었다. 또한 나는 루델시아에서 온 왕녀 전하를 감히 아내로 맞아들였다. 내 배경이 건재하고 내가 건재하니 라페인과 다트너는 자연히 복종했다. 하지만 내가 죽고, 선왕비 전하가 죽으면 피사리데가 언제까지 갈 것 같으냐?"

"……."

"지금의 위광이 너희를 평생 보호해 줄 수 있을 것 같으냐?"

에샤힐드는 그 답을 알았지만 답하지 못했다. 그 답이 실로 비굴하기 짝이 없었다.

"피사리데는 홀로 서지 못한다. 전쟁이 일어나도 활약할 수 없는 가문이며 오로지 동맹, 혈맹, 결맹만이 이 가문을 지탱한다. 누구 하나 자리에서 벗어나면 그 역할은 남은 이들에게 고스란히 돌아갈 것이다. 가문이 의미 없다 생각하느냐? 하나 네 동생이 이끌 가문이다. 이것마저 의미가 없느냐?"

에샤힐드는 부정하지 못했다. 기껏해야 명부에 남길 한 줄, 한철뿐인 영광, 죽으면 스러질 이름. 그토록 의미 없는 것투성인데, 사랑하는 카르온, 사랑하는 에르셀라, 사랑하는 혈육만은 그렇다고 단정할 수 없었다.

갈림길이 쩌저적 내려앉으며 절벽을 만들어냈다. 그 아래에는 발 한번 삐끗하면 그녀를 집어삼킬 파도가 넘실댔다. 벼랑 끝에 몰린 그녀에게 후작은 마지막일 자비를 베풀었다.

"그래도 가겠다면 말리지 않으마. 그럼에도 네 뜻이 확고하다면 기꺼이 너의 뜻을 존중하마. 네가 되고 싶은 미래도 기쁘게 지원하마. 네가 꿈을 찾아 떠나도록, 자유로워질 수 있도록 최선을 다해 도우마. 그리하여 행복하다면 나 또한 후회 없다 여기겠다."

어떤 때는 선택의 순간이 더욱 잔혹하다.

"넌 내 사랑하는 딸이니 말이다."

그녀의 아버지는 그것을 모르는 듯했지만.

후작은 조용히 에샤힐드의 대답을 기다렸다. 에샤힐드는 치기 가득한 행동을 반성하며 선택을 손에 쥐었다.

“제 생각이 짧았습니다.”

독이 든 성배라도 몇 번이고 쥐었을 잔이었다.

엘리에제 선왕비가 살아 있고, 겉보기엔 피사리데 후작이 아직 정정했다.

국왕이 1왕자와 로베르트 후작 영애의 만남을 천명했다고는 하나 살아 있는 권력인 피사리데를 모른 척하기엔 댈 명분이 없었다.

1왕자와 피사리데. 상당히 골치 아픈 조합에 바우레스는 밤낮 내내 머리를 쥐어짜야만 했다.

왕위는 베델의 아들 칼릭스에게 양위할 의향이었다. 그렇다고 사랑하는 아들 칼릭스를 피사리데의 손아귀에 쥐여 주고 싶진 않았다. 무엇보다 총애하는 베델의 반발이 컸다.

왕은 거듭 확답을 미뤘지만 시간이 흘러도 뾰족한 해답은 나오지 않았고, 명가라 하나 딱히 별 볼 일 없는 가르텐과 로베르트를 밀어내는 건 피사리데에 일도 아니었다.

피사리데는 처음부터 다친 자존심 따윈 안 보인다는 양 다시 1왕자에게 손을 내밀었다. 왕자는 이제 그 손에 잡혀 굴욕적으로 끌려가는 신세였다.

순식간에 정리된 상황에 맞춰 에샤힐드는 일말의 기대 없이 성혼을 준비했다.

그러던 어느 날이었다. 붉은 머리의 왕자가 그녀에게 처음으로 만남을 요청했다.

오가다 마주친 적은 있었지만 정식 만남은 처음이었다.
에샤힐드는 대낮부터 찾아온 왕자와 그의 행색에 할 말을 잃었다. 왕자는 다소 헐거운 모습으로 정식 착장도 하지 않은 채였다.
"뵙게 되어 영광입니다, 왕자 전하."
마음에도 없는 말로 맞이하자 픽 하는 비아냥조가 들려왔다.
"영광이라면 내가 영광 아닌가? 나 같은 촌뜨기 왕자가 감히 발 들일 곳은 아니잖나."
처지를 잘 아는 건 좋지만 시비는 반가워할 것이 못 되어, 에샤힐드는 가벼이 무시했다.
"누추하나 응접실로 모시겠습니다."
퍽 잘도 떠는 겸양에 그는 신경질적으로 저택의 골조를 훑었다. 시선은 곧 에샤힐드에게로 굴절했다. 사람에게 향하니 눈빛은 경멸에 가깝게 물들었다. 이를 한 번 꽉 문 케니언스가 입을 열었다.
"가서 말해. 이 결혼, 네가 하지 않겠다고."
짐승이 그르렁거리는 듯한 목소리였지만 에샤힐드는 귀머거리가 된 양 평온한 얼굴이었다.
"이미 결정된 사안입니다."
"너와 내가 결혼하는 게? 웃기지 마. 이 결혼에 내 의사는 없어."
에샤힐드는 비웃음조차 나오지 않았다. 그저 바보 같아서 안쓰러울 따름이었다. 당사자의 의사 없이 하는 결혼이 태반이거늘. 그런데 왕자면서, 결혼을 저 좋을 대로 할 수 있을 것이라 생각했다니.
"폐하께서 이미 허락하신 일입니다. 전하께서 가타부타하심은 옳지 않습니다."
"너희로 인한 허락이야. 그것 하나 거두지 못하리라 생각하지 않아."
"피사리데가 필요하실 겁니다. 저희가 도움이 되어드릴 수 있습니다."

거절이 각인된 앵무새가 되풀이하는 말 같았다. 왕자의 얼굴이 험악하게 찌그러졌다.

"도움?"

"……."

"나를 허수아비로 처박아놓고 저들끼리 권력을 잡는 게 너희들 사이에선 도움이라고 하나?"

"로베르트나 피사리데나 다르지……."

"내 마음이 다르다!"

왕자의 언성이 높아진 건 그녀가 무기물처럼 중얼거렸을 때였다.

원성으로 뒤범벅된 소리에 그녀의 정신이 퍼뜩 깼다. 그가 마구잡이로 소리치고 있었다.

"내 마음이 다르단 말이다! 설령 그 가문이 피사리데와 다르지 않다고 해도! 내 머리 꼭대기에 올라 가지고 놀려 들어도! 내가 원하는 건 피사리데가 아니라! 너 따위가 아니라!"

"……."

"네가, 아니라."

손아귀에 가슴을 쥔 왕자는 원독에 찬 얼굴이었다. 극한에 몰려 매서운 눈은 한편 간절해 보이기도 했다.

제발 여기서 멈춰달라고. 네 한마디면 모든 게 끝난다고. 그 여인은 아무것도 없는 내가 유일하게 가질 수 있는 것이라고. 그녀를 사랑한다고. 너는 가진 게 충분히 차고 넘치니 부디, 나를 놓아달라고. 한 번만 포기하라고.

사납게 애원하는 눈빛이 소리 없이 부르짖었지만, 에샤힐드는 그 절절한 심경을 들여다봐 주지 않았다.

그녀는 단지 생각했다.

한때의 열렬한 마음은 언젠가 지치게 마련이라고. 지나고 보면 왕자도 이것이 저를 위한 길이었음을 알 것이라고. 깨달을 터라고.

"아니요. 저는 왕비가 될 겁니다. 하니 전하는 왕이 되실 겁니다."

실로 어리석었던 건 자신이었는데.

에샤힐드 피사리데는 왕자비가 되었다.

"전하."

에샤힐드는 등의자에 앉아 뭉그적대는 케니언스에게 주의를 주었다. 그들이 지금 있는 곳은 왕궁 온실로, 오후에 왕비와 티타임을 함께할 예정이었다.

곧은 자세로 바르게 앉아 있는 에샤힐드를 본 케니언스는 거칠게 허리를 폈다. 그는 무감각하게 내뱉었다.

"지루하군."

일전에 길길이 날뛰었을 때와 사뭇 다른 태도였다. 현실적으로 자신이 할 수 있는 건 아무것도 없다는 것을 깨달은 순간 그는 지독한 무기력감에 사로잡혔다.

"익숙해지세요. 앞으로 세 시간은 더 있으셔야 합니다."

이 짓을 장차 세 시간이나 더 해야 한다는 통고에 케니언스가 테이블 위로 손을 까닥거렸다.

결혼한 지 얼마 안 됐지만 에샤힐드는 그 손동작의 의미를 알았다. 무언가 골똘히 생각에 잠기거나 싫증이 날 때마다 하는 습관 같은 것이었다. 그러나 별로 좋은 습관은 아니라 에샤힐드는 한마디를 얹었다.

“되도록 고치시는 게 좋습니다.”

갑자기 날아드는 참견에 케니언스의 눈썹이 삐쭉 올라갔다. 에샤힐드가 그의 손가락을 턱으로 가리켰다.

“그거.”

참 고고하기 짝이 없는 동작이었다. 누가 보면 그녀가 왕이고 그는 그녀를 모시는 천하기 짝이 없는 시종으로 착각할 만큼.

케니언스는 보란 듯이 더 까닥거렸다. 대놓고 싫다는 뜻이었지만 에샤힐드는 강경했다.

“말을 따라주시는 게 좋을 겁니다. 아무리 이 왕궁에서 촌뜨기처럼 지냈다지만, 기본 채신은 지켜주셔야지요.”

“촌뜨기? 지금 말 다 했나?”

“스스로 촌뜨기라 자학하셨지 않았습니까.”

“그건 당연히 네 거지 같은 가문 때문에…….”

“왕비 전하, 오셨나요?”

왕비 전하. 그 호칭에 케니언스의 고개가 헐레벌떡 돌아갔다. 그러나 헬레나 왕비는 그 어디에도 보이지 않았다. 케니언스는 제 눈이 잘못된 건가 싶어 두 눈을 꽉 닫았다 열었지만 왕비는 정말로 없었다. 인지가 천천히 찾아왔다. 그러니까…….

“…….”

속은 것이다. 백발이 되고 이가 죄 빠져도 농담 하나 할 줄 몰라 보이던 여자에게. 케니언스가 불쾌한 낯으로 물었다.

“농담도 할 줄 아나?”

“조금 할 줄 압니다.”

허, 사람이었어?

매번 안 된다, 하지 말라, 같은 말만 지껄이기에 앵무새인가 했는데 사람이었나 보다. 케니언스는 그 새삼스러운 사실을 한껏 비꼬았다.

"주인을 닮아 농담도 재미없군."

에샤힐드는 표정 없이 케니언스를 바라보았다. 번번이 볼 때마다 같은 온도를 품고 있는 녹색 눈은 말하고 있는 듯했다. 너 재미있으라고 한 거 아니라고.

그 오만불손한 눈빛에 케니언스는 다시 심사가 비틀렸다. 저 마녀 같은 여자에게 놀림거리가 됐다 생각하니 기분이 좋지 않았다. 물론 마주하고 있는 것조차도.

그는 건들거리며 휘파람을 불었다. 에샤힐드의 신경에 거슬리는 일이라면 케니언스는 무엇이든 할 수 있었다.

"전하가 오시는군요."

"내가 그따위 장난질에 또 속아 넘어……."

"기분 좋은 일이라도 있나 보군요, 1왕자."

정 없는 목소리가 그가 만들어낸 선율을 가로막았다. 케니언스의 입술이 스르르 닫혔다. 남몰래 아랫입술을 깨문 그를 보며 헬레나 왕비가 우아한 몸짓으로 착석했다.

"왕비 전하, 오셨나요?"

그사이 그의 사악한 아내는 왕비를 반갑게 맞아들였다. 마치 그의 한량 같은 모양새는 저와 아무 연관 없다는 양.

저만 미친놈 된 거라는 걸 알자 케니언스는 어안이 벙벙해졌다.

"그래요, 왕자비. 반갑군요."

"왕녀 전하는 같이 오지 않으셨나 보군요."

"헤르미아는 잠시 베른하르트 영식을 만나러."

헬레나는 자랑하듯이 부채를 팔랑였다.

"그러고 보니 베른하르트가의 영식이 이번 전쟁에 참가한다고 들었습니다."

에샤힐드는 왕비가 좋아할 주제만을 골라 화두를 꺼냈다. 쉬웠다. 왕비가 요사이 가장 관심을 기울이고 있는 주제는 제 딸이 한눈에 반한 사내였으니까.

비단 왕비뿐만은 아니었다. 베르덴의 시엘린성에 거주하다가 수도에 올라온 베른하르트가의 공자. 공작을 따라 우연히 궁에 들른 공자에게 마음을 빼앗긴 왕녀. 그 둘의 이야기는 사람들의 귀를 황홀하게 할 훌륭한 가십이었으니, 부인들 사이에서도 오래오래 떠돌았다.

"왕녀를 위해서라도 무사하기를 기원해야겠군요."

얼씨구. 케니언스는 질린다는 듯이 에샤힐드를 쳐다보았다. 평생 남의 비위 한번 맞춰볼 일 없던 여자가 아첨은 또 어찌나 잘하는지 처세가 뛰어났다.

"그렇지요. 그토록 훌륭한 인재를 잃는다면 나라의 손실이 크니."

예상할 수 있는 대로 왕비는 만족을 감추지 못했다. 직접적인 말은 안 했지만 그 남자가 왕녀의 것이란 걸 기정사실화하고 있는데 왕비로서는 모나게 받아들일 이유가 없었다.

미친 거지.

케니언스는 코웃음 치며 촌평했다. 두 사람 다 베른하르트 가문이 어떤 성향인지는 까마득히 잊은 모양이었다. 잊은 척하거나.

그런 그에게 상냥한 목소리가 날아왔다.

"필요하신 거라도?"

에샤힐드였는데, 케니언스에겐 표정 풀어라 같은 협박으로밖에 들리지 않았다. 아니, 실상 협박일 것이다. 저 징글징글한 화법에 당한 적이 수차례였으니 그도 이것이 협박임은 잘 알았다.

"없, 어……."

말하고서 케니언스는 후회하고 말았다. 더듬대는 제 목소리가 상당히 멍청하게 들렸다.

그러나 어쩌겠는가. 잘 보여야 할 이가 저 앞에 있는데. 그는 왕실에 적통 왕자도 없는데 굳이 헬레나의 양자가 돼야 할 필요성을 못 느꼈지만, 에샤힐드는 그것에 꽤나 공을 들였다. 정말 자기가 왕자라도 되는 줄 아는가 보다.

그가 지루한 감상을 늘어놓고 있을 때였다. 시야에 스치듯 한 여인이 들어온 것은. 온실 밖을 지나치는 인영으로 그의 시선이 뚝 박혔다. 그녀가 궁에 왜 온 건지, 그런 당연한 의문까지 날아갈 정도로 아무 생각도 들지 않았다.

"……전하."

주변의 소음은 차단된 지 오래였다. 그는 소년처럼 환하게 웃었다.

"잠시 실례하겠습니다."

케니언스는 앞뒤 재지 않고 달렸다. 에샤힐드가 자신을 바라보고 있다는 것도 잊은 채 주저 없이 세실리아에게 달려갔다.

"들으셨나요? 로베르트의 세실리아 양이 2왕자 전하와 혼인을……."

"세상에나. 그 로베르트 영애 말이에요? 하지만 그 영애는 분명 1왕자 전하와, 그렇지 않나요?"

"말을 삼가세요, 영애. 궁에는 귀가 많답니다. 헛소문을 퍼뜨렸다간……."

"헛소문이라니요! 제 눈으로 똑똑히 봤는걸요! 지난번 왕자비 전하를 뵈러 갔을 때 그 두 사람, 온실 앞에서 함께 있었다고요!"

"맞아요. 목격자가 있으니 헛소문은 아니에요. 듣자 하니 1왕자비와는 동침도 안 하신다고 그러던데요."

"우려스럽네요. 만일 세실 양이 회임하면 그건 누구의……."
"……."
"……."
"……더러워요."
"……."
"귀를 더럽혀 죄송해요, 레번 영애. 하지만 가정일 뿐이잖아요. 그럴 리 없지요."
"아, 가여우신 왕자비 전하."

칼릭스의 비, 세실리아 로베르트가 회임했다.
기괴한 소문이 괴물로 둔갑해 왕성을 집어삼켰다.

"왕자 전하께서는 오늘도……."
에샤힐드의 손에 레이스 장갑을 끼우던 손길이 멈칫 떨렸다.
"저, 전하? 이게 뭔가요?"
숨길 수 없는 경악이 세글리에의 입술을 비집고 튀어나왔다. 손끝에서 거슬러 올라가 보니 팔목에 시퍼런 자국이 있었다.
누군가 힘주어 움켜쥐지 않고서야 생겨날 리가 없는 흔적에 세글리에의 눈망울이 부풀었다.
"감히 묻습니다. 왕자 전하가…… 손을 대시나요?"
에샤힐드는 감각을 느끼지 못하는 무기물처럼 손목 위의 멍 자국을 내려다봤다.

"자중하셔야지 않겠습니까. 이제 이런 만남은."

고작 그 한마디였을 뿐이었다. 잠이 안 와 우연히 간 후원에서 두 그림자를 발견하고, 슬슬 지나칠 수 없어 내뱉은.

아무런 위협을 가하지도 않았는데 그 여자, 세실리아는 몹쓸 정도로 약했다. 훅 바람 불면 날아갈 민들레 홀씨처럼 세실리아의 몸이 비틀거렸다. 겁에 질려 파들거리기 시작한 가냘픈 어깨는 누구에게라도 절로 연민을 자아낼 듯했다.

그러나 그녀에게 향할 동정 한 움큼 가지고 있지 않은 에샤힐드는 차갑게 시선을 내렸다. 세실리아의 부풀지 않은 배 위로.

케니언스가 에샤힐드의 손목을 낚아챈 건 그때였다. 그 이후는 강제로 인한 이끌림이었다.

걷고, 걷고, 걸었다.

끌리고, 끌리고, 끌렸다.

억세게 쥔 손목이 아파와 놓아달라고 사정해도 왕자는 듣지 않았다. 그의 머릿속에는 오로지 그녀를 세실라아의 눈앞에서 치워 버려야 한다는 생각밖에 들어 있지 않은 듯했다.

"다신 그녀 앞에 나타나지 마."

그가 매섭게 경고하는 순간까지도 에샤힐드는 강제로 잡힌 손에 의해 비척거렸다. 에샤힐드는 고통을 인내한 채로 왕자의 눈을 똑바로 마주 보았다.

그 아이가, 누구의 아이입니까.

시선을 먼저 피한 건 그녀였다. 결국 묻지 못한 그녀는 알겠다며 경고를 받아들였다. 해명도, 자기변호도 없었다.

꿈결 같은 기억에서 빠져나온 에샤힐드는 레이스 장갑을 가능한 끝까지 올렸다. 섬세하게 수놓인 레이스 사이로 푸른 멍이 드문드문 존재를 드러냈다.

“아니다.”

그 폭력의 상흔마저 옷소매에 숨긴 에샤힐드가 단조롭게 일축했다. 그에 세글리에 피테츠가 울상을 지었다.

“전하, 이 일을 어찌하여 그대로 두시는지 저는 모르겠습니다. 전하의 뜻을 헤아리기에 저는 너무나 미욱합니다. 이게 맞는 건가요?”

시녀가 이건 아니라는 듯이 종알거렸지만 에샤힐드는 분란을 틔울 마음이 없었다.

“소후작님껜 정녕 알리지 않으실 건가요? 왕자 전하께서 2왕자비와 그리도 애틋한데…… 죄송합니다.”

순간 자신의 말실수에 아차 한 세글리에가 질끈 눈을 감았다. 에샤힐드는 말이 없었다.

애틋하다.

그녀는 그 낯선 단어를 몇 번이나 곱씹어보았다. 보잘것없이 가련한 낭만이 혀 위를 구르다 목 뒤로 툭 넘어갔다.

세실리아의 유산 소식이 들려왔다.

열아홉. 그녀가 그 남자를 인식한 순간은 단순했다.

그녀가 앉은 단상 한층 아래에서 무릎을 굽히고, 왕의 치하를 묵묵히 받던 남자. 흑발 아래 기꺼움 없이 무감각한 얼굴이 눈에 들어왔다. 출정 얘기로 떠들썩했던 게 얼마 전 같은데 귀환한 모양이었다.

하르젠 베른하르트.

줄줄이 이어지는 왕의 축언이 그 이름 아래 찬란하였다. 에샤힐드는 덧없이 뇌까렸다.

벌써 삼 년이 지났던가.

삼 년이…… 아니, 삼 년인가? 사 년이 다 되어가나? 이 궁에, 이 자리에 온 지.

에샤힐드는 무엇을 뇌까리는지도 모르고 생각했다. 트리벤은 고등반에 들어갔으니 내년이면 졸업하려나. 렌투아로 가서 의사가 되고 싶다고 했는데. 에르셀라는 내년이 성인이지. 혼처는……. 카르온은…….

어느덧 찬사받는 이는 생각하지 않고 있었다. 느리게 흘러가는 의식 속에서 그녀는 물속의 물고기라도 헤아리듯이 주위를 감상했다.

우아한 미소를 띠며 기쁨을 감추느라 연신 노력 중인 헤르미아, 마찬가지인 헬레나 왕비, 기대에 젖어 크게 치하하는 왕, 피로한 듯 등받이에 기대어 조는 베델, 그리고 눈과 눈을 맞추고 남몰래 서로 미소 짓는 연인.

에샤힐드의 굳은 눈빛에 흠칫한 세실리아의 얼굴이 힘없이 돌아갔다.

더러워라.

누군가의 경멸이 귓가에 메아리쳤다.

태기는 보이지 않느냐는 후작의 편지가 왔다. 결혼한 지 삼 년이었으니 슬슬 근심을 내비칠 시기였고, 에샤힐드도 인정하는 바였다. 확실히 아들이 한 명 필요하긴 했다. 왕자가 없으면 아무 소용 없었으니.

그날 에샤힐드는 케니언스에게 권했다.

"이제 저와 동침하심이 어떠십니까."

왕자비와 동침하라는 잔소리는 귀에 딱지가 내려앉을 정도로 들어왔기에 케니언스는 크게 놀란 눈치도 아니었다. 그는 그저 귀찮은 듯 일에만 몰두했다.

"나중에 생각해 보지."

"그렇게 삼 년을 미뤄왔습니다. 이제 사 년이 다 되어갑니다."

"비에게 몸이 동하지 않는데 나더러 어찌하라는 건지."

그는 비웃음도 걸지 않은 채 비스듬히 고개를 까닥였다.

"나는 모르겠군."

"전하."

에샤힐드가 힘을 실어 부르고서야 케니언스는 그녀를 올려다보았다.

차가워 보이는 인상마저 아름답다는 평을 받는 여자를 그는 동요 없이 바라보았다. 그리고 툭 말했다.

"그럼 네가 유혹해 보든가."

별 기대 없는 목소리였다. 그러기를 바란 것도 아니었기에 그의 관심은 다시 내일 왕에게 올려야 할 문서에 고정되었다.

"고결하신 부인께서 그럴 리는 없겠지만…… 너, 지금 무슨."

비웃음은 곧 당혹감으로 뒤덮였다. 부스럭거리는 소리에 시선을 드니 에샤힐드가 드레스와 연결되어 있는 어깨끈을 풀어내고 있었다. 그것도 집무실에서.

"……하."

케니언스는 헛웃음을 흘렸지만 에샤힐드는 옷 벗기를 주저하지 않았다.

미친 건가.

그리도 생각해 봤으나 수치심으로 떨리는 손끝을 보면 그건 아닌 듯했다.

에샤힐드는 그 손길로 잘도 태연하게 말했다.

"아이가 한 명 필요합니다."

그게 마치 목적이라는 듯, 잠자리를 원하는 목소리가 무미건조했다. 케니언스의 얼굴이 아주 느리게 일그러졌다.

지긋지긋한 계집.

그가 신경질적으로 크라바트를 끌어 내렸다.

피사리데가 차녀의 성년회가 초대객의 환성 속에서 막을 내린 겨울이었다. 봄 햇살이 땅에 이르기도 전, 베른하르트 공작가에서 청혼서가 바쳐졌다.

희한한 일이었다. 하르젠 베른하르트 그 남자와 친애해 마지않는 동생이 결혼한다는 것은.

에르셀라는 실낱같은 연줄도 닿아 있지 않은 가문에서 도착한 혼서가 얼떨떨했는지, 편지에는 믿을 수 없다는 말만 쓰여 있었다.

이상해. 언니, 정말 이상해. 믿을 수 없어. 왜? 나를 언제 봤다고. 조금 나쁘게 생각하면 그분, 전쟁터에서 머리라도 다친 게 아닐까? 그러지 않고서야 무도회에서 한 번 본 나를……

이걸 보면 우리 가문에 뭔가 큰 걸 바라는 건 아닐지 걱정돼.

그런데 왜 연락이 없을까? 정식으로 찾아뵙겠다는 편지도 없었어. 아니다. 다른 편지라도 있으면 다행일 거야. 편지 자체가 없어. 이게 뭐야! 역시 이상해.

편지는 처음부터 끝까지 불신으로 가득했지만 에샤힐드는 차분하지 못한 편지가 어쩐지 들뜬 것 같다고 느껴졌다. 떨림이 묻어난 글자와 숙녀 행세 없이 써 내려진 글귀가 그랬다. 바람 불면 휘날릴 듯한 글자 모양에 한 번 웃은 에샤힐드는 편지를 마지막 서랍장에 고이 넣었다.

데먼셔와는 끝내 안 됐구나.

에샤힐드는 좋지도 나쁘지도 않은 소식을 느리게 되짚었다. 가장 쉬운 길이 틀어막혔으니 아쉬움은 있었지만 아버지의 결정을 이해 못 하는 바는 아니었다.

데먼셔를 선택하면 불필요한 아귀다툼은 피할 수 있겠으나 카사로 데먼셔의 마음만을 믿고 손 놓고 있기엔 변수가 많았다. 그 변수 속에서 고통스러워하고 있는 산증인 또한 있지 않은가? 세실리아 로베르트가.

그러자 제 것이 아닌 왕자를 향했던 시선이 천천히 떠올랐다. 조금은 애틋하고, 조금은 눈물겨웠던, 투명한 연갈색 눈동자가.

에샤힐드는 그 위대한 사랑이 얼마쯤 가엾기도 했다. 케니언스와의 첫 만남을 상기하자 연민은 좀 더 선명한 형상을 띠었다.

"내 마음이 다르다!"

케니언스는 그렇게 소리쳤지만, 사실 그가 직접 찾아오지 않아도 혼약을 깰 방법은 얼마든지 있었다. 그를 가장 먹음직한 먹잇감으로 포장한 요소가 무엇인지를 생각해 보면 간단했다.

왕위계승권. 그것만 포기했다면 피사리데도 떨어져 나가주었을 텐데. 그는 그러지 않았다.

또한 로베르트도 그러도록 부추기지 않았다. 어쩌면 고고한 길만 걸어왔던 그들을 단념시키기엔 부족한 사랑이었는지도 모르지.

그래, 결국 그 정도밖에 되지 않는 사랑. 그들이 부르짖는 사랑이 왕좌 앞에서는 한없이 초라하여. 혹은 너절하여.

그녀는 궁에 떠도는 더러운 소문들에서 한 발치 멀어졌다. 그녀는 그저 기다렸다. 아이를. 케니언스와의 아이를. 그와 의미 없는 행위를 거듭하며 그녀는 아이를 기다렸다.

아이를.

에르셀라의 임신 소식이 들려왔다.

해가 바뀌었다.

아들이라고 한다.

며칠 지나지 않아 아버지의 예언처럼 카르온이 작위를 계승했다.

에샤힐드는 이제 태기가 없느냐는 아버지의 편지에 답장하지 않아도 되었다.

슬픔 속에서, 안도감이 밀려왔다.

"회임이신 듯합니다."

첫 임신을 알았을 때 마주한 감정은 텅 비어 있었다.

"경하드립니다."

"아, 드디어!"

"축하드립니다, 전하! 어서, 어서 왕자 전하께!"

의원을 비롯해 여기저기서 감격의 언사가 들려왔지만 에샤힐드는 감격과 먼 얼굴이었다.

이상했다. 기쁘긴 한데, 기쁘지 않았다. 모순된 말이지만 분명 그것 말고는 이 마음을 설명할 길이 없었다.

그러나 한 가지 확신할 수 있는 건, 그 희미한 기쁨조차 안도감에서 뿌리내린 기쁨이라는 것이었다. 그 속에 어머니가 아이를 가진 것에서 생겨나는 본질적인 환희는 없었다.

에샤힐드는 약간의 붕 뜬 의식을 뒤로하고 입술을 조금 움직였다.

"기쁜 소식이로군요."

그녀는 표면적으로 기뻐하고 표면적으로 웃었다. 이제 아들이기만 하면 전부 끝나니 웃는 건 어렵지 않았다.

아이를 가진 후에도 일상은 평화롭지 못했다. 축복만큼 경계도 많았기 때문이다.

긴장의 굴레 속에서 에샤힐드는 자주 배를 쓰다듬었다. 임신하고서 생긴 습관 중 하나였는데, 아직 초기였지만 미약하게나마 부푼 것 같은 착각이 들었다. 가끔은 이 안에서 아기가 존재를 드러내는 듯도 했다. 그러면 그녀는 때때로 상상했다.

점점 더 자라나면 어떻게 될까? 어떤 느낌일까? 바다 위의 부표처럼 두둥실 자신의 배 속을 떠다닐까?

잘 되지 않는 상상을 하며 에샤힐드는 가끔 표정 없는 얼굴 위로 미소를 그려 나갔다.

곧 둥글어질 배로부터 뻗어 나간 충일감이 전신을 휘감았다. 이 만족감이 책임을 다했기 때문인지 아이와 함께 싹튼 어떤 것 때문인지는 알지 못했다. 구태여 구분할 필요성도 느끼지 못했다.

아이만. 그냥 아이만 낳으면…….

그녀는 첫 번째 아이를 유산했다.

에샤힐드는 울지 않았다. 아이가 배 속에 있을 때 대단한 애정을 준 기억은 없었으니 그녀는 슬프지 않았다.

그러나 에르셀라의 아이를 보고 난 후에도 그런가 하면 그녀는 대답하지 못했다.

그녀는 그 아이를 보았다. 하품 한 번 힘겨워하는 모습이 어여쁘다고, 무의식적으로 읊조렸다.

눈은 에르셀라를 닮았구나. 아이에서 그 아이의 어미로 시선이 미끄러졌다. 에르셀라를 보았다. 그리고 멍하니 생각했다.

이 아인 어쩜 이리도 운이 좋을까.

내 아기. 내 아기는 어디로 갔을까.

에샤힐드는 울지 않고 멍하니 생각했다.

그녀는 왕비가 되었다.

변혁의 물결이 수도를 한차례 휩쓸고 지나가, 수많은 죽음이 탑처럼 쌓였다.

켜켜이 쌓인 층에는 아를레아도 있었고, 베델 빈도 있었고, 바우레스도 있었다. 칼릭스는 살았다. 새로운 성을 달고, 새로운 영지를 받음으로써. 자신의 비와 함께.
얼마 후 세실리아의 죽음이 밀려왔다.

"지금 가시면 안 됩니다."
에샤힐드는 새파랗게 질린 낯으로 밖을 나서려는 왕을 만류했다. 세실리아에게 향하는 발걸음을 막기 위함이었다.
"비켜."
케니언스가 싸늘하게 말했지만 에샤힐드는 물러설 수 없었다.
"폐하, 지금 가시면 소문은 걷잡을 수 없이 불어날 것입니다. 왕좌에 오른 이상 마음 가는 대로 행하시면 안 됩니다. 우선 위로의 서신을 보낸 뒤, 대공이 훗날 초대하면, 이 소문들이 조금은 잠잠해질 때쯤이면, 그때……."
에샤힐드는 저도 모르게 말을 멈추었다.
"너만."
……폐하.
"너만 아니었다면."
핏발 선 눈동자에 스며들어 있는 원망이 정확히 자신을 겨누고 있는데…… 에샤힐드는 그가 왜 그런 눈으로 자신을 바라보는지 알지 못했다. 아기가 머릿속에서 맴돌았다.

왕이 혀를 찼다.
"송구합니다."

그녀는 뭘 잘못했는지도 인지하지 못한 채 사과했다. 사실 알고 있는데, 알지 못했다. 분명, 아이를 잃었었는데…….

왕은 약간의 환멸, 경멸을 섞어 내뱉었다.

"아이도 낳지 못하는 석녀를 왕비라고. 차라리 네가 낫겠군. 밤에 들어라."

왕이 말했다. 그녀는 그런 왕을 보다, 아연해진 세글리에에게 무기물처럼 말했다.

"잘 모시려무나."

그 뒤, 나가 있겠다는 그녀의 말에 왕의 입매가 삐뚜름히 휘어졌다.

"왕비에게 박수라도 쳐줘야 하나 싶군. 널 그 자리에 있게 하려는 후작의 정성이 참 갸륵해. 그렇지 않나? 그 자리에 언제까지 있을 수 있을진 모르겠지만."

날이 갈수록 경멸이 깊어져 가는 듯했다. 원하는 것을 이루었으니 이제 자신은 성가신 존재라는 걸까. 그렇다 하기엔 무언가…….

하지만 상관없었다.

"그렇다 해도 이 자리에 세실리아가 오진 못하겠지요. 그녀는 칼릭스 대공의 비이며, 죽었으니까요."

에샤힐드는 가시처럼 받아치고 문을 나갔다.

"아이도 낳지 못하는 석녀를 왕비라고."

숨통이 턱 틀어막혀서, 숨이 쉬어지지 않았다. 그녀는 어디로든 거닐었다. 어디로든. 걸음을 멈춘 순간은 한계에 다다랐을 때였다.

깜깜한 웅덩이에 몸을 담그듯이, 에샤힐드는 바닥에 깊게 웅크렸다.

아가.

이름도 지어주지 못한 아기가 허상 속에서 어른거렸다.

아가. 아가. 어디 있니.

고작 몇 달 품었던 연약한 생명체가 잊히지 않았다. 그리하여 영혼을 좀먹는 건 지독한 상실감이었다. 그녀는 아이를 잃은 후 처음으로 슬픔을 흘렸다.

따라오던 걸음이 멀어지는 소리가 들렸다. 그리고 들리지 않았다.

깊어져 가는 경멸과 반대로, 무슨 까닭인지 그가 에샤힐드를 찾는 횟수는 잦아졌다. 에샤힐드는 힘겹게 말을 토해냈다.

"몸이 좋지 않습니다."

"왜, 네가 원하던 게 이런 거 아니었나?"

케니언스를 보았다. 그러나 알 수 없었다.

"아이, 갖고 싶어 했잖아. 그러니 가지라고. 생길 때까지 하면 되니까."

죽은 세실리아 대신인지는 그건 중요하지 않았다. 왕이 원하였으니 아이를 한 번 유실한 왕비는 거절할 권한이 없었다. 그가 끌면 그녀는 끌릴 뿐이었다.

그렇게 견디기 힘든 밤이 열리고, 그가 깃들고, 아물지 못한 상처는 다시 벌어진다. 그녀를 짓부수는 불면의 밤에 파묻히다 보면 온몸은 상처의 향연이었다.

비릿한 정사의 흔적이 눈가를 적시고 가슴에 흐드러진 붉은 머리칼이 전신을 물들였다. 온몸이 피투성이가 된 것 같다고, 그녀는 생각했다.

두 번째 유산을 했다.

에샤힐드가 그 남자를 인식한 순간은 단순했다. 전쟁에 출정한 자, 전쟁에서 귀환한 자, 에르셀라에게 청혼한 자. 동생의 남편 되는 자.

"궁에 오랜만에 들르셨군요."

에샤힐드는 단조로운 어조로 물었다. 흔히 하는 인사치레는 그를 정의한 명칭 밖으로 벗어나는 법이 없었다. 그것은 당연했고, 앞으로도 그러리라고 그녀는 믿어 의심치 않았다.

공작은 살짝 고개를 숙였다.

"폐하의 부름이 있었습니다."

"그렇군요."

에샤힐드는 그 말을 어렵지 않게 수긍했다. 그가 사직한 후에 리벤트라 경이 대체자가 되었지만 일처리가 썩 만족스럽지 못한 탓에 왕은 군사와 관련하여 공작을 불러들이곤 했다.

"에르셀라는 빌레네에서 잘 지내고 있나요?"

이번에도 그녀는 단조롭게 물었고, 공작은 단조로운 대답을 내놓았다. 주변의 눈을 의식한 간명한 치레가 끝나자 에샤힐드는 치맛단을 살며시 잡아끌었다. 이만 걸음을 돌리겠다는 무언의 표시였다.

그러나 이어진 목소리에 에샤힐드는 발을 멈췄다.

"전하의 소식을 잠시 들을 수 있겠습니까."

그 남자를 인식한 순간은 단순했다.

에샤힐드는 그녀의 소식을 듣고 싶다는 공작의 요청이 이상하게 들렸다.

동생의 남편과 차 한잔 마시는 건 대수롭지 않은 일이지만, 그걸 저 남자에게 적용한다고 하면 모든 게 이상하기만 했다.

처음엔 그냥 하는 소리인가 했지만 그녀는 곧 알게 되었다. 공작이 진심이란 것을.

그것을 알게 되자 에샤힐드는 선뜻 빈말을 내뱉지 못했다. 상한 과실을 베어 문 것처럼 입안이 떫었다. 결국 옆에서 눈치를 보던 시녀가 '전하……' 하며 그녀를 부르고 나서야 에샤힐드는 치맛단을 놓을 수 있었다.

"그러도록 하죠."

이 나라의 공작이자, 동생의 남편 되는 이에게 차 한잔 대접하는 게 어려운 일은 아닐 테니 말이다.

차 한잔 대접하는 게 이렇게 어려운 일인 줄은 처음 알았다.

에샤힐드는 석상처럼 손을 까딱하지 못했다. 손뿐만 아니라 머릿속도 그랬다. 뇌가 석화된 것처럼 그녀는 아무 생각도 할 수 없었다.

소식을 물었는데 떠오르는 게 하나도 없다. 벼락이라도 맞은 듯이 지난날이 새카맣게 타 사라져 있었다. 에샤힐드는 그 공백에 당혹감을 느꼈다. 하다못해 조찬에 뭘 먹었는지도 그녀는 기억하지 못했다.

내가, 뭘 했더라……. 그녀는 필사적으로 자신이 무엇을 했는지 떠올리려 했지만 마땅히 기억나는 게 없었다. 그저 왕비의 업무를 보고, 궁에 틀어박혀서……. 하나같이 곧이곧대로 말할 수 없는 것들이었다. 끝내 내놓아진 답들은 하나같이 초라하기만 했다.

"소식이라 할 만한 건 별로 없어요. 내궁 안건에 대해 처리하고 책을 읽은 게 다이니. 전번에 열린 왕궁 무도회 이후로 그리 바쁜 날은 오지 않는군요."

단 몇 문장으로 끊긴 대화는 면구스러운 데가 있었지만 에샤힐드는 굳이 말을 보태지 않았다. 왕비인 그녀가 어색한 공기를 환기할 의무는 없었다. 그녀는 침묵이 오래가도록 내버려 두었다.

"그렇습니까."

공작은 심히 초라한 대답에 상세한 설명을 요구하지 않았다. 어떤 말을 끌어내려고 유도하지도 않았다. 그저 말없이 듣다 그렇습니까, 그 한마디가 다였다. 그 모습이 꼭 새겨듣는 듯도 했다. 하지만 그럴 리는 없어 에샤힐드는 길게 생각하지 않았다.

뭐 때문에 그녀의 소식을 들으려고 한 건지는 모르겠지만 이번 한 번이니 괜찮을 것이다. 그녀는 그저 그렇게 믿었다.

그러나 다음 달에도 공작은 그녀를 찾아왔다.

"전하의 소식을 들을 수 있겠습니까."

저번과 다르지 않은 요청에 에샤힐드는 모욕이라도 당한 기분에 사로잡혔다.

이번이 네 번째인가. 그녀는 또다시 전번과 같은 답을 내놓을 수밖에 없었다. 툭 잘려 나가 백지가 된 일상을 억지로 그려내 붙인 대답이었다.

"내궁을 관리했어요."

살얼음 한 조각 실지 않은 목소리였지만 사실 속은 그렇지 않았다. 에샤힐드는 공작이 성가셨다. 성가시다 못해 못마땅했다. 스스로가 형편없게 느껴지는 대답을 내놓게 만드는 그가.

그가 방문할 때마다 시녀들은 기뻐했지만 에샤힐드는 피로하기만 했다.

물론 그녀는 왕비였으므로 만남을 청한다고 다 맞이할 의무가 있는 건 아니었다. 그저 왕비라 하여도 함부로 축객하기엔 베른하르트 공작의 위치가 너무도 드높았을 뿐. 그녀가 누구 덕에 이 자리에 있는지 생각해 보면 더더욱 그랬다.

더군다나 찾아온 이유가 에르셀라에게 언니의 소식을 알려주기 위함이었다. 선한 이유를 들고 온 사람을 어찌 쫓아낼 수 있을까.

“날이 좋으니 후원을 한 번 거니는 것도 좋겠지요. 그곳엔 에르셀라가 좋아하는 꽃도 많답니다.”

그러니 결국 나가란 말은 이렇게나마 전달되었다. 다행히 돌려 말하면 정색을 하는 왕과 다르게 공작은 그 뜻을 선선히 받들었다.

에샤힐드는 그가 나가기 전 애써 입꼬리를 올리며 물었다.

“다음에 또 올 건가요?”

공작은 여상히 고개를 끄덕였다.

“폐하께서 부르신다면.”

에샤힐드는 낮게 한숨을 뱉었다. 숙제가 생긴 기분이었다.

그녀는 그날 이후 자신의 하루를 의식하기 시작했다. 의식할 수밖에 없었다. 공작이 방문할 때마다 알맹이 없는 일상을 되풀이하는 일이 얼마나 고역인지 알았으므로.

그 때문에 에샤힐드는 자신의 일이라면 뭐든 뇌에 집어넣었다. 심지어 정찬 때 먹었던 음식이 뭐였는지도, 맛이 어땠는지도 머리에 새겨두었다.

순간순간에 집중하다 보니 인형처럼 의식을 놓고 있는 날이 확연히 줄어들었지만, 그 변화를 깨닫지 못한 에샤힐드는 불시에 닥칠 공작의 알현 요청이 까마득할 뿐이었다.

매 순간 그날을 준비하며 살게 된 결과는 나쁘지 않았다. 나쁠 수가 없다는 게 맞을 것이다.

“렌투아 사절단이 나흘 이르게 도착한다더군요. 덕분에 일정이 앞당겨져서 관료들이 한동안 바빠요. 서신에는 사절단인 클레망스 백작이 아내도 동반한다고 하니 나도 당분간은 바쁘겠지요.”

“루델시아의 라리사 루에노 백작 부인에게 편지가 도착했어요. 그녀는 한때 어머니의 친구분이었던 리시아 부인의 딸이에요. 자, 여기. 내게 온 편지긴 하지만 에르셀라에게도 보여주면 좋아할 거라 생각해 보관해 두었습니다. 에르셀라에 대한 걱정도 많아서.”

“낙엽이 지는 걸 보아 이제 곧 겨울이네요. 에르셀라에게 조심하라 전해주세요. 그 아이는 더위뿐만 아니라 추위도 많이 타니. 나도 예전에는 여름이 좋았는데…….”

답을 모조리 암기한 모범 학생처럼 딱딱 내놓던 에샤힐드는 어느 순간 말끝을 흐렸다.

제 몸 구석구석에 새겨진 잇자국을 떠올리면 그녀에게 여름은 이제 끔찍하리만치 수치스러운 계절이 되었다.

에샤힐드는 그 수치심을 겉으로 드러내지 않은 채 공작을 보았다. 겹겹이 걸쳐 입은 그녀에게 실수로라도 덥지 않느냐고 묻지 않는 그를. 그녀는 가끔 배려인지 무관심인지 모를 그의 행동을 저도 모르게 되짚곤 했다. 그 사소한 것이 지나치다 달칵, 가슴께에 한 번씩 걸렸다.

공작은 그녀의 말을 묵묵히 경청했다. 그녀의 말 한 번 끊는 일 없이. 가끔 질문할 때도 있었지만 그 역시 대화를 이어나가기 위한 최소한의 질문이었다.

에샤힐드는 이 일방적인 대화가 이상하기만 했다. 이상한 일이라서, 그래서였을까.

공작 스스로가 아예 없는 이처럼 행동하자 에샤힐드는 조금 더 솔직해지고 말았다.

"카르온, 그 아이는 모르는 척해주는 법이 없어서 거짓을 말하기에 난감할 때가 있어요. 가끔은 나도 비밀을 만들고 싶은데 말이죠."

그러다.

"비공식이나 가르텐 공작이 나의 폐위를 거론했다죠. 다행히 카르온이 잘 막아줘서 수그러들었다고 하지만…… 글쎄요. 그것을 바란다고 하면 이상할까요? 나는 이리되기 위해 평생을 살았는데, 정작 공작의 그 말이 기꺼운 건 왜인지……."

그러다.

"꿈을 꿔요. 나는 구덩이로 아기를 집어 던지고, 아기는 깜깜한 구덩이에서 나를 부르죠."

그러다.

"울음소리를 들어요. 누구의 것일지 모를. 가끔은 그 울음소리가 폐하께서 흘린 눈물 같기도 해요. 이상하죠. 그분은 내 앞에서 한 번도 운 적이 없는데. 나를 원망하는 그 눈에 어떨 때면 눈물이 고여 있는 것도 같아서…… 나는 그 모순이 우스워서 웃어요. 그리고 가만히 있죠. 세실리아가 아닌 나는."

그러다.

"나는…… 지쳤어요."

나약한 면까지 드러내게 되었다.

그 남자를 인식한 순간은 단순했다.

전쟁에 출정한 자, 전쟁에서 귀환한 자, 에르셀라에게 청혼한 자, 동생의 남편 되는 자, 그녀의 소식을 물은 자.

그리고 그녀의 이야기를 처음으로 들어준 자.

깨달음의 순간 에샤힐드는 자신의 얼굴에 떠오른 민낯을 감추려 무던히도 노력해야 했다. 표정 없이 물기가 내려앉은 뺨을 닦아낸다.

하지만 에샤힐드는 그 뺨에 열이 있다는 것까지 모른 척하지 못했다.

그것은 눈물로 올라온 열이 아닌 심장으로부터 뻗어 온 열이었다. 허깨비 같던 심장이 뛰고 있다는 걸 알리는 증거이기도 했다.

주체 없이 한편으로 내몰리는 감정이 괴로워 그녀는 두 손에 얼굴을 묻었다. 처음 갖는 감정이지만 명료하게 알 수 있었다.

그녀의 고통을, 수치를 마주해 준 남자를 사랑하고 말았음을. 사랑하는 동생과 결혼한 남자를 마음에 담았음을.

그녀는 알고 말았다.

"전하, 좋은 일이라도 생기셨나요? 요즘 차림새가 화사해지신 것 같아요."

단장 중인 왕비의 의자맡에 무릎을 굽혀 앉으며 다트너 영애가 기쁜 듯이 말했다. 평소 차분한 색이 아니면 입지 않던 왕비가 근래 들어 밝은색 옷을 찾아 입으니 시녀 된 자로서 기쁘기 그지없었다.

"장신구도 최소한으로만 하고 다니셨는데, 요즘은 이것저것 막 차시고. 즐거움을 나눠주실 생각은 없으신가요?"

다트너 영애가 놀리듯 말했다. 즐거움을 알려달라는 그 속뜻이 음흉하여 에샤힐드는 답하지 않았다. 왕비에게 정부가 생기는 일쯤이야 흔했으니 슬슬 그것이 궁금했던 것이리라. 그녀는 표정 없이 물었다.

"네가 보기엔 별로느냐."

"아, 아니요! 좋아서요! 만날 폐하께 잘 보이고 싶지 않은 사람처럼 입으시다가 이렇게 입으시니까 정말……."

선을 긋는 질문에 다트너 영애가 횡설수설 말머리를 돌렸다.

에샤힐드는 번거롭게 군 적 없는 세글리에가 그리워졌지만, 왕의 정부가 된 세글리에를 시녀 삼을 수도 없는 노릇이었다.

그녀는 안타깝게 여기며 거울을 보다가, 문득 얼어붙었다. 그제야 자신의 옷차림이 전반적으로 색채가 밝다는 것을 깨달았다. 시녀가 괜한 소리를 한 것이 아니라는 듯 평상시보다 치장이 많았다. 귀걸이도, 목걸이도, 팔찌도 으레 하던 것보다 과했다.

시녀들은 좋은 현상이라고 흥얼거렸지만 에샤힐드는 이것이 마냥 순수한 차림이 아니란 걸 알았다.

역겨워.

그녀는 거울 속의 아름다운 여자를 경멸하듯이 보았다.

"단장을 다시 하마."

냉기가 뚝뚝 떨어지는 음성에 시녀들은 감히 반대하지 못했다.

에샤힐드는 이전 차림으로 돌아갔지만 차림이 돌아갔다고 마음까지 돌아간 것은 아니었다.

어느 날은 그랬다.

그가 왕을 배알할 때 겸사겸사 처리하는 일처럼 그녀에게 들르는 것일 뿐이란 걸 알면서도 염치없고 수치스러운 마음이 고개를 쳐들었다.

왜 그는 꼬박꼬박 직접 방문하는가 하고.

"다음부턴 시종을 보내세요. 공작이 몸소 방문하기엔 수고스러운 일이지 않나요."

배려하듯이 권하고 있지만 에샤힐드는 자신이 하는 게 진정한 배려가 아님을 잘 알았다. 단지 기대였다. 산산이 박살 날 게 분명한 저급한 기대. 그것이 우스워 에샤힐드는 자조했다.

그녀의 확신은 점차 굳었다. 잠깐이지만 그의 입가에 스친 미소와 함께.

공작이 웃었다. 아주 작지만, 분명하게.

"그녀에게 직접 들려주고 싶었습니다."

에샤힐드는 그 순간, 동생이 너무 부러워 단 하루만이라도 에르셀라로 살고 싶어졌다.

에르셀라가 빌레네에서 돌아오자 공작은 발길을 끊었다.

전쟁에 자원한 공작 대신 에르셀라가 그녀를 찾아왔다. 에샤힐드는 그녀를 공작만큼 반기지 못했다.

십 년 넘게 국지전으로 이어지던 전쟁이 종식되었다.

베른하르트 공작이 종전 협정을 맺은 뒤 그녀의 폐위 주장은 언제 그랬냐는 듯 말끔히 사라졌다.

그리하여 에샤힐드는 카자라이넬의 성을 잃지 않을 수 있었다.

일 년에 한 번뿐인 축제, '글로리아'의 날이었다.

왕궁 무도회장에서 열리는 파티에 참석한 에르셀라는 불만이라도 있는 듯 입술을 비죽이고 있었다. 그 이유가 불 보듯 뻔해 에샤힐드는 살포시 미소 지었다.

"공작이 오지 못해 내 동생의 심기가 언짢은가 보구나."

베른하르트 공작은 본디 무도회에 잘 참석하지 않는 성정이었고, 에르셀라는 그와 정반대였다. 그러니 갈등이 생길 수밖에.

아니나 다를까, 에르셀라가 볼멘소리를 냈다.

"언니, 그 사람은 내가 다른 사람과 춤추거나 말거나 신경도 안 쓸 거야. 오늘이 글로리아의 날인 것을 알기나 할까? 왕궁에서 크게 불꽃축제를 여는 것도 모를걸?"

"최근 국경 분쟁에 파견되기도 했고, 할 일이 많은 사람이잖니."

"난 정말 레나르트가 너무 싫어."

종전을 했는데 그게 끝이 아니라 국경 또한 협상을 봐야 한다니. 에르셀라로서는 레나르트가 원수로 보일 만도 했다.

"날 부인이라고 생각하기는 할까?"

저 투정이 괜한 것임을 안 에샤힐드는 부러 짓궂게 웃었다.

"이미 알잖아. 그가 얼마나 널 생각하는지."

그 말은 한편 자신에게 하는 말 같기도 했다.

그가 전쟁에 출정한 이유는 널 위해서가 아니라 에르셀라를 위해서라고, 에르셀라가 널 사랑하기 때문이라고. 스스로를 다독이는 말.

"네가 빌레네에 내려가 있을 때 공작에게 얼마나 시달렸는지. 틈만 나면 입궁해서 내 안부를 묻더구나. 난 이제 왕자비도 아닌 일국의 왕비인데 말이야. 바쁜 나를 더 바쁘게 만들었지 뭐니?"

에샤힐드는 장난스러운 어조를 꾸며내려 노력했다. 동생에게 이 마음을 들킬 순 없었다.

다행히 에르셀라는 이상함을 눈치채지 못했다.

"그럴 필요까진 없었는데……."

"내 소식이 그나마 네게 위안이 될 거라 생각한 모양이지."

"그래 봤자 매번 잘 지낸다는 얘기뿐이었는걸."

에샤힐드는 잠시 멈칫했다. 말하지 않은 건가. 그녀가 그에게 털어놓았던 것들을. 그러고 보니 모른 척해주고 있다고 하기엔 에르셀라의 행동이 지나치게 자연스러웠다. 정말로 그녀의 사정을 모르는 사람처럼.

그때 토해낸 게 거의 음울함으로 점철된 얘기였기 때문인지, 공작이 그것까지 말하진 않은 듯했다. 안 좋은 소식을 전하면 에르셀라가 걱정할까 봐 그리한 것이리라. 그러나 약간은, 그 침묵이 자신을 위한 배려인 것도 같아서, 에샤힐드는 그러한 착각에 또다시 서글퍼졌다.

"심술은 이쯤 해두렴. 사실 너도 탓하고 싶지 않잖아. 이럴 시간에 공저로 돌아가는 게 어때? 그도 네가 없어 심심할 거야."

에르셀라는 그 말에 잠시 고민하는 시늉을 했다.

에르셀라의 결정을 이미 알고 있던 에샤힐드는 덤덤히 기다려 주었다. 공연히 투정 부리지만 에르셀라가 내심 그 남자를 얼마나 좋아하는지 알았기 때문이다.

예상대로 에르셀라는 무릎을 굽혔다 펴며 인사를 건네왔다.

"그럼 저는 이만 가보겠어요, 왕비 전하."

그 뒤 에르셀라는 서두르는 걸음으로 궁을 빠져나갔다. 점이 되어 작아지는 뒷모습을 보는 에샤힐드는 더 이상 웃고 있지 않았다.

죄책감은 날이 갈수록 불어났다. 그 남자를 향한 감정이 커질수록 그랬다.

에샤힐드는 맞은편에 놓인 잔을 물끄러미 쳐다보았다. 열이 식은 차의 주인은 조금 전에 도착한 에르셀라였다. 그녀는 부드럽게 미소 지었다.

"조금 늦었구나."
에르셀라는 면목 없다는 얼굴로 한숨을 내뱉었다.
"……많이 늦었다고 해도 괜찮아. 차 다 식었는걸."
"차야 다시 끓이면 되지."
"많이 기다렸을 텐데, 정말 미안. 늦잠 잔 거라 변명거리도 없네……."
에샤힐드는 미안쩍은 낯으로 사과하는 에르셀라를 보며 웃었다.
치장이 덜 된 걸로 보아 정말로 급했던 모양이다. 흔들리는 마차에서 화장을 한 건 아니어야 할 텐데.
"나도 마냥 기다리기만 한 건 아니니 너무 사과하지 않아도 돼. 네가 올 때까지 해야 할 일을 조금하고 있었어."
에샤힐드가 협탁에 놓인 문서들을 가리키자, 에르셀라는 포르르 숨을 내쉬었다.
"그리 말해줘서 고맙지만, 그래도 늦은 건 늦은 거지. 미안해, 정말."
그 사과가 마치 바늘인 것처럼 그녀의 심장을 꾹꾹 찔러댔다.
에샤힐드는 목걸이를 만지는 척 가슴 언저리를 지그시 눌렀다.
"괜찮아."
네가 무슨 짓을 하든 난 용서할 수 있어.
에르셀라가 어떤 끔찍한 짓을 저지른다고 해도 그녀는 용서할 수 있었다. 어쩌면 그러기를 바라는지도 몰랐다. 이 죄책감을 조금이나마 덜어낼 수 있다면 무엇이든 감내할 수 있을 듯했다.
"너무 자비로우신 거 아닌가요, 왕비 전하?"
언니의 속마음을 알지 못하는 동생은 키득키득 웃었다. 그 천진한 미소에 그녀는 쓴 차를 털어 넣은 양 입안이 텁텁해졌다.
에샤힐드는 문득 물었다.
"행복하니?"
뜬구름 같은 질문에 에르셀라의 두 눈이 휘둥그레졌다.

"행복?"

"어렸을 때 넌 사랑하는 사람과 결혼하고 싶어 했지."

"아!"

뒤늦게 사랑 타령했던 유년 시절을 자각하자 에르셀라는 크게 경악했다.

"……그게 언제 적 일인데."

부끄러움을 띤 목소리는 한결 뾰로통하게 변했다.

"그게 두고두고 놀려먹을 일이야?"

잔뜩 불만스러워하는 동생을 향해 에샤힐드는 입을 열었다.

"이 결혼으로 네가 행복하다고 말해주면 좋을 것 같아서."

제아무리 그 남자를 사랑한다 해도 이 마음이 동생의 행복보다 우선할 리 없었다. 그래서 에샤힐드는 에르셀라의 입으로 듣고 싶었다. 행복하다고. 그녀가 동생의 행복을 오래오래 빌어줄 수 있도록.

에샤힐드는 이만 홍수처럼 불어나는 사랑을 말려 죽이고 싶었다.

한데 왜였을까.

"언니, 그 사람은 날 사랑하지 않아."

그는 널 사랑해.

그 말을 하지 못한 건.

가진 자 앞에 놓인 빈자처럼 그녀는 끝없이 비루해졌다. 에샤힐드는 비참한 꼴을 한 자신이 추하다고 생각하면서도 진실을 전하지 못했다. 확신 없는 에르셀라의 목소리가 들려온 뒤에도 그랬다.

"나도…… 그 사람을 사랑하진 않는 것 같아."

그 남자는 그녀의 동생을 사랑한다. 이유는 알 수 없었다. 남들처럼 외모에 매료된 것인지, 다른 특별한 이유가 있는 것인지. 다만 공작이 에르셀라를 사랑한다는 것만은 분명한 사실이었다.

혹은 모를 일이었다. 사랑하지 않는다고 말하는 에르셀라도 사실 같은 마음일지.

만일 지금 그의 마음을 전해준다면, 그들은 좀 더 명확한 미래를 만들어갈 수 있을지 몰랐다. 세간의 아첨 가득한 혀보단 그녀의 말이 더 신뢰성 있을 테니, 에르셀라도 그녀의 말은 믿으리라.

그러나 불현듯 목격한 광경에 다짐은 새처럼 날아가 버렸다. 에샤힐드는 저도 모르게 주춤했다. 그 간격을 메꾼 건 에르셀라였다.

"그렇지만 이 결혼을 후회하진 않아. 이 결혼으로서 내가 지킨 게 무엇인지 생각하면 후회가 되지 않아. 내가 자라고 가족들과 행복했던 날이 담겨 있는 곳이잖아, 피사리데는."

정말로 에르셀라에게서 후회하는 빛은 찾아볼 수 없었다. 외려 티 없이 맑은 얼굴은 명료해 보이기까지 했다.

"물론 지나간 일들을 생각하면, 다 같이 결혼하지 않고 지내는 게 더 즐거웠을 것 같기도 해. 아무럴 것 없는 날에, 오라버니와 언니와 함께……. 얼마나 좋을까? 좋아하는 사람과 결혼했어도 그것만큼 행복하진 못하겠지. 하지만 그럴 수 없으니까."

"……."

"그래도 우리를 이어주는 피사리데가 있다면, 그거면 되지 않을까? 나는 그것만으로도 충분한 것 같은데."

에르셀라는 주저 없이 말을 맺었다. 그러고서 약간 민망했는지 잔머리를 만지작거렸다.

"언니는 아니야?"

솔직하게 말했다면 뭔가 달라졌을까. 하지만 결국 솔직하지 못했으니 쓸데없는 고민이었다.

에샤힐드는 허전한 빈자리를 쳐다보았다. 마치 방금 떠난 에르셀라가 그 자리에 있는 것처럼.

사실 덧그리는 건 에르셀라가 아닌 그녀를 찰나 멈칫하게 만들었던 것이었다. 아마 에르셀라가 늦은 이유일, 천 사이로 언뜻 드러났던 불그스레한 흔적들.

그 남자가 에르셀라의 살결에 남긴 흔적을 보자 자연스레 밤의 장면이 연상됐다.

두 사람도 그랬을까. 케니언스와 자신처럼. 에르셀라를 물고, 빨아들이고, 에르셀라의 귓가에 낮게 신음하고……. 더러워.

에샤힐드는 동생을 두고 불결한 생각을 한 스스로에 소스라치게 놀랐다. 소름이 끼쳤다. 어떻게 동생을, 아니, 그 남자를…….

더러워.

그러나 더러운 상상은 종종 그녀의 무의식에 침투했고, 자신의 위에서 흔들리는 케니언스를 보며 그런 상상을 하기도 했다.

에샤힐드는 그런 스스로가 혐오스러웠다. 하지만 생각은 멈추지 않았다. 그따위 천박한 육욕을 몰아내기가 어려웠다. 어느 날은 울고 싶었다. 아니, 죽고 싶었다.

연정을 품었다면 조금 더 깨끗하게…… 무슨 소리야. 이미 그 남자에 대한 마음부터가 깨끗하지 못하잖아.

더러워, 끔찍해, 천박해.

"누굴 생각하고 있지?"

어둠을 낮게 가르는 목소리에 에샤힐드는 제 위의 남자를 올려다보았다. 거먼 밤 속에서도 선명한 붉은 머리칼이 꼭 피 같았다.

자신과 그를 온통 물들일 잔인한 피.

에샤힐드는 그것을 멍하니 보다, 느리게 숨결을 내뱉었다.

"……아무도."

"……."

"아무도 생각하고 있지 않았어요."

시체가 말해도 이보단 살아 있을 듯한 목소리에 케니언스의 눈빛이 무겁게 침잠했다. 그 눈동자 안에서 일렁이는 경멸이 반가워, 에샤힐드는 화사한 미소를 흘렸다.

"짐은…… 너를 증오한다."

저도 제가 증오스럽습니다, 폐하.

사랑. 꺼낼 수 없는 그것은 급기야 체내에서 곪기 시작했다. 한번 지저분한 것이 썩으니 살가죽 위로 악취가 올라왔다. 그 고약한 냄새가 어찌나 짙은지, 어떨 때는 자신이 사는 곳이 왕궁이 아니라 쓰레기장인가 하는 착각이 들 정도였다.

에샤힐드는 그 썩은 내에 둘러싸인 채 생각했다. 무럭무럭 자라다가도 썩어 문드러지고 마는 사랑을.

알 수 없는 일이었다. 사랑을 자각하는 횟수만큼 자기혐오가 그녀를 파먹었다. 그런데 썩은 사랑을 양분 삼아 새로운 싹은 다시 돋아났다.

어찌하여. 제 마음대로 되지 않는 사랑에 그녀는 심장을 뿌리째 도려내고 싶었다. 그래, 뽑아내고 싶었다. 온전한 사랑만을 담고 있지 않은 그것을.

기실 사랑으로부터 갈라져 나온 온갖 추악한 것이 그녀를 괴롭혔다. 그중 가장 사악하다 할 수 있는 것은 다름 아닌 질투였다. 사랑하는 친동생을 향한 시기.

만일 그 아이처럼 눈이 푸르렀다면, 그 아이만큼 예뻤다면, 그 아이만큼 사랑스러웠다면. 그 아이로 태어났다면.

돌아보면 어느새 에르셀라의 모든 걸 부러워하는 자신이 있었다.

그것을 처음 알아차렸을 때 그녀는 분노했다.

대체 그 찰나의 감정이 뭐길래.

에샤힐드는 세상 사람들이 에르셀라를 우선시해도 들지 않던 시기가 고작 한 사람으로 인해 생겨났다는 게 화가 났다. 그토록 서슬 푸른 화를 품고 사는데, 아기가 오래 머물 수 있을 리 없었다.

"유산…… 이십니다."

세 번째 유산을 알리는 시의의 낯빛이 창백하게 질렸다.

시의는 더 이상 그녀의 얼굴을 볼 수 없었는지 바닥에 엎드렸다. 그의 머리는 왕을 향해 있었다.

"폐, 폐하, 정말로 면목이 없습니다. 전하께서는 원체 아기가 잘 들지 않는 몸이시라……."

시의가 벌벌 떨며 고했다. 케니언스는 발 앞에 놓인 시의의 머리를 무감각하게 보았다. 그를 내려다보는 왕의 얼굴에는 이렇다 할 만한 감정이 없었다. 그 눈은 이내 죽은 듯이 누워 있는 왕비에게 향했다. 무표정인 그가 비웃듯 내뱉었다.

"비의 몸이 망가진 건가, 시의가 돌팔이인가."

에샤힐드는 천장만을 바라보았다. 하혈했던 적이 없는 것처럼 몸이 나른했다. 너무 많이 잃어 무뎌진 걸까. 이제는 죽은 아기에 대한 그리움도 들지 않았다.

왕은 당장 죽을 듯이 구는 왕비를 보고 마른 웃음을 흘렸다. 그러나 웃음은 곧 사그라지고, 웃음 대신 자리한 선득한 눈만이 근처에 선 위병을 향했다.

"시의가 신통치 못한 걸로 하지."

"폐, 폐하! 저는 최선을!"

위병이 단숨에 시의를 일으켜 세웠다.

"폐하! 폐하!"

시의가 절박하게 외쳤으나 케니언스는 눈길 한 줌 주지 않았다. 단지 왕비가 누워 있는 곳을 향해 반쯤 돌아섰을 뿐이었다.

"……."

그가 에샤힐드의 이마에 살며시 손바닥을 얹었다.

비현실적인 감각에 에샤힐드는 두 눈을 느리게 깜박였다. 이마에 머무르던 손은 이내 땀을 타고 미끄러지며 그녀의 목덜미를 감쌌다.

조르려는 건가. 에샤힐드는 잠시 그리 생각했지만, 목에 가해지는 힘은 없었다. 잠깐 손끝에 힘이 실렸던 것도 같은데, 그게 숨통을 끊으려는 행위였는지, 맥박을 확인하려는 것이었는지 알 길이 없었다.

뭐든 상관없어 의문은 오래가지 않았다. 지금 이 순간 그녀가 바라는 건 죽거나 쉬는 것 말곤 없었다. 손은 여전히 목에 닿아 있다.

에샤힐드는 가만히 있었다.

"후작이 고생 좀 하겠군."

자신을 단념하지 않는 그를 알 수가 없어서.

그녀가 아기를 세 번 잃는 사이 에르셀라의 아이는 점점 자라났다.

에샤힐드가 그것을 떠올린 건 아이가 벌써 열 살이 되었을 무렵이었다. 그 남자를 빼닮아 본능적으로 피했기 때문일까. 에르셀라의 아이를 다섯 살 이후로 본 적이 없었다.

에샤힐드는 문득 말했다.

"언제 한번 비센테와 함께 와주겠니?"

"……."

대답은 들려오지 않았다. 에샤힐드는 살짝 인상을 썼다. 에르셀라가 어느 순간부터 아이 얘기만 나오면 대답을 회피한다는 걸 알고 있었다. 그 문제에 대해선 누누이 일러두었지만, 동생과 큰 갈등을 빚고 싶지 않아 그녀도 그냥 넘기곤 했다. 하지만 이제 두고 볼 수만은 없었다.

"에르, 이제 너도 슬슬……."

"싫어."

그때 강렬한 거부감이 에샤힐드 앞으로 벽을 세웠다. 에르셀라가 날카로운 시선으로 그녀를 노려보고 있었다.

"난 그 아이가 싫어."

"에르셀라."

에샤힐드가 단호히 불렀지만, 에르셀라의 자기방어적 태도는 사라지지 않았다.

"날 닮은 눈으로 날 그렇게 쳐다보는 게 소름 끼쳐. 걔도 날 엄마라고 생각하지 않아."

"비센테는 이제 열 살이야. 더 늦기 전에……."

"내가 왜? 왜 나만? 나 자신을 앗아 간 그 아이를 왜 내가."

에르셀라는 찰나 머뭇거리다, 목소리를 짜내듯이 꾸역꾸역 말을 이었다.

"……사랑해야 해? 내가 그 아이를, 어떻게 사랑해?"

"네 아이야!"

에샤힐드가 저도 모르게 소리를 높인 건 그 찰나였다.

"……언니?"

당황한 에르셀라가 흠칫 떨었다. 그러나 한번 터진 감정은 수그러들지 않았다.

"네 아이야! 내가! 내가 널, 널 얼마나!"

에샤힐드는 소리치려 했지만,

"얼, 마나."

소리가, 허공에 날려 흩어졌다. 그녀는 뼈마디가 도드라질 정도로 옷자락을 움켜쥐었다. 체내에서 받은 숨이 역류해 호흡이 들썩였다. 실수했음을 알아차렸을 때는 에르셀라의 눈동자에 원망이 돈 뒤였다. 단순히 꾸중받은 것에 대한 미움이 아닌 그 이상의 슬픔이 에르셀라의 눈물이 되어 나타났다.

그 눈물에 덜컥 세상이 내려앉은 것 같다고 느꼈을 때, 에르셀라는 이미 자리에 있지 않았다.

이제 그녀 앞에는 온기를 잃어가는 빈자리만이 있었다.

그날을 기점으로 에르셀라가 궁에 오는 횟수가 현저하게 줄어들었다. 특별한 기념일이 아니면 동생은 왕비궁에 방문하지 않았다.

에르셀라의 이면을 알게 된 건 그녀를 모시는 하녀를 은밀히 불러들인 날이었다.

에샤힐드는 아득한 상념에 그대로 파묻혔다.

그때, 빌레네로 요양 간 게 괜한 휴식이 아니었나. 그즈음 우울해한 건 알았지만 단순히 기력 문제로 내려간 줄로만 알았다. 하루도 거르지 않고 울다 지쳐 쓰러질 정도로 심각한 일이라고는 조금도 생각지 못했다. 무언가, 잘못되고 있었다.

"주인님은 행복하지 않으셨습니다."

만일 그날 그 사람의 마음을 일러주었다면, 뭔가 달라졌을까. 투기심에 사로잡혀 동생의 행복을 망친 것일까?

에샤힐드는 더 이상 에르셀라를 부르지 않았다.

그녀는 나중에 공작을 따라 입궁한 비센테를 보고서야 깨달았다. 자신이 아이를 기피했던 건 공작을 닮아서가 아니었다는걸.

그 아이는 에르셀라를 닮아 있었다. 그래서였던 것이다. 두렵도록 말간 푸른색 눈동자가 자신을 향하는 것이. 그것이 경멸로 변질되는 것이.

자신은 무서웠던 것이다.

카르온이 공작의 비밀을 들고 온 건 어느 날이었다.

"알게 된 지는 몇 년 됐습니다."

카르온은 별것 아닌 듯이 말했지만, 비밀은 결코 가볍다 할 수 없었다.

"그래서 공작이 우릴 도왔구나. 이걸 알았음에도 에르셀라를 이혼시키지 않은 이유는…… 역시 나를 위해서겠지."

에샤힐드는 슬프게 읊조렸다. 에르셀라보다 자신을 우선시하는 카르온이 오늘만큼 달갑지 않은 적이 없었다. 그 아이에게 빚을 하나 더 지웠다는 압박은 고스란히 그녀를 짓눌렀다.

누이가 걱정하는 것처럼 보였는지 카르온은 안심하라는 듯 말했다.

"걱정 마세요. 일만 잘 해결되면 이혼시킬 테니."

어르듯 한 말에 에샤힐드는 실소를 머금었다.

이미 세 번의 유산을 했다. 여기서 아이를 낳을 수 있을 리가. 그런 기적이 일어날 리가, 없다.

나를 폐하려무나. 하지만 그녀는 그렇게 말할 수 없었다. 한번 왕비가 된 이상 그녀는 폐해져서도, 스스로 내려와서도, 스스로 죽어서도 안 되었다. 그녀의 죄는 피사리데의 죄가 될 것이고 그것은 곧 카르온의 죄로 직결될 터이다.

에샤힐드는 사랑하는 동생의 삶에 오점으로 남고 싶지 않았다.

결국 폐하라, 그리 명할 수 없으니 튀어나온 건 다른 말이었다.

"……그 사람에게 참 잔인하구나."

"……."

"그는 에르셀라를 사랑해."

"알고 있습니다."

이미 마음먹은 결정인 듯 카르온은 동요 없이 침착했다.

"하지만 영원한 비밀은 없습니다, 누님. 시간문제일 뿐 진실은 언젠가 밝혀질 것이고, 반쪽짜리인 그자는 그 언젠가를 피하지 못할 것입니다. 반역을 일으켜 제 지위를 인정해 줄 왕을 세우지 않는 이상 끊을 수 없는 고리인 것입니다. 저는 그 위험한 곳에 에르셀라를 둘 마음이 전연 없습니다."

"카르온……."

"먼저 우리를 기만한 건 공작입니다."

카르온의 말은 틀리지 않았다. 사생아라 떳떳하게 밝혔다면 피사리데는 결단코 에르셀라를 내주지 않았을 터였다. 한데 그것을 속였으니 이 결연은 기만일 수밖에 없었다.

에샤힐드는 씁쓸함에 짓물러진 채 입을 열었다.

"네가 내게 비밀을 털어놓은 일 또한 잔인하단 걸 알고 있느냐."

카르온은 그녀 앞에 무릎을 숙인 뒤 가슴에 손을 얹었다.

백금발 위로 쏟아져 내린 햇빛이 더없이 찬란하여 에샤힐드는 눈을 감았다.

"전하, 저는 언제나 죽음을 대비하고 있습니다. 하지만 그 죽음이 에르셀라를 데려오기 전이라면 저는 선대를 뵐 면목이 없습니다. 그 아이와 전하를 지키겠다고 몇 번이고 맹세했는데 제가 어찌 그 맹세를 어길 수 있을까요."

"그래서, 내게 알렸다……."

"만일 그 전에 제가 죽으면 그때, 전하께서 그 아이를 피사리데로 데려와 주십시오."

그 순간 드는 생각은 하나였다.

그 사람은 내가 죽으면 기쁘겠구나.

살아 있는 것만으로도 사랑하는 이에게 죄가 된다니. 연정에 그 것만큼 서글픈 게 있을까.

비단 공작만을 뜻하지 않았다. 그녀를 가장 영광된 자리에 두기 위해 사력을 다하고 있는 카르온에게도, 그녀로 인해 홀로 울음을 감내해야 했던 에르셀라에게도 죄가 되는 삶이었다.

그 지독한 허무함에 그녀는 바짝 마른 헛웃음을 흘렸다. 자조였다.

아아. 너의 인생은 덧없구나, 에샤힐드.

속절없이 바뀌는 계절 속에서 그녀는 네 번째 임신을 했다. 왕이 없는 자리에서 궁의가 두려움에 떨며 고했다.

"낳으시든, 낳지 않으시든 이번이 마지막이실 겁니다."

"내가 죽나요?"

"물론 기적이 일어날 수도 있겠지만……."

"내가 죽는군요."

에샤힐드는 환희에 젖어 미소 지었다.

궁의가 헐레벌떡 고개를 조아렸다.

"전하, 부디 그런 말씀은……."

"폐하와 다른 이에게 알릴 생각은 없습니다."

특유의 자애로운 목소리가 궁의를 안심시켰다. 그는 삼 년 전 왕비의 해산을 담당하다 목이 잘린 의원의 일로 공포에 질린 상태였다.

"약속하지요."

왕비가 한 번 더 약조하자 궁의는 그제야 긴장의 끈을 풀었다. 왕비를 담당할 의원이 누가 될지는 모르겠으나, 그만은 왕의 화를 면할 수 있으리라.

"그럼 소신은 물러가옵니다."

그는 왕비에게 극진한 예를 올린 뒤 물러갔다. 궁의가 나간 방에는 그녀만이 덩그러니 남은 채였다.

이번이 진짜로 마지막이구나.

에샤힐드는 화려한 만큼 공허한 방을 둘러보다, 기묘한 얼굴로 맑게 웃었다. 이제 그녀의 삶을 마무리 지을 차례였다.

왕은 시종장이 취합해 둔 보고서를 읽어나가다가, 맞은편의 여자를 보았다.

왕의 집무실에 온 뒤로 에샤힐드는 쭉 저 상태였다. 양손을 다소곳이 무릎 위에 둔 채, 한마디도 하지 않는. 드물게 그녀가 그를 먼저 찾았지만 에샤힐드가 그에게 말을 거는 일은 없었다.

케니언스는 힐긋 에샤힐드를 보았다. 입이 없는 양 앉아 있는 꼴이 석회질을 부어 굳힌 조각상 같았다. 무엇을 보는지도 모르겠는 에메랄드빛 눈만이 여상하게 여닫힐 뿐. 그러다가, 그는 나직한 헛웃음을 터뜨렸다. 그의 아이를 세 번이나 유산한 여자인데, 그런 여자가 무결하게 보이는 자신이 어이가 없어서.

"언제까지 그러고 있을 거지? 귀한 걸음 했으니 할 말이 있을 거 아냐. 말해, 용건."

기분이 저조해진 케니언스가 끝내 먼저 침묵을 흩뜨렸다.

"……."

에샤힐드는 바로 답하지 않았다. 미적거리는 기색은 아니었다. 그것보단 신중히 말을 골라내는 작업에 가까웠다.

그 예상대로 잠시 후, 거슬릴 것 없이 결 고운 목소리가 그의 귓가를 울렸다.

"한 달간 정양을 할까 합니다."

그는 그녀 쪽을 보지도 않은 채 심드렁히 고개를 까닥였다.

"해."

"궁이 아닌 동부에 있는 왕실 별궁에서요."

그제야 그가 그녀를 보았다.

"그 몸으로? 말이 되는 소릴. 불허한다."

"궁의가 제게 안식을 취하라 하였습니다."

준비해 온 듯 공백 없이 읊어지는 답에 케니언스의 눈썹이 삐딱한 선을 그려냈다.

"세상에서 가장 안전한 곳에서 안식을 취할 수 없다니. 비의 저의를 알 수가 없군."

그는 다시 한번 못 박았다.

"불허한다."

연이은 거절까진 예상 범주가 아니었는지 에샤힐드의 미간이 미약하게 일그러졌다. 조금이나마 사람 같은 얼굴에 그는 기이한 만족감을 얻었다.

케니언스는 재차 시종이 올린 보고서를 읽어나갔다. 아까보단 글자가 잘 읽히는 듯도 했다.

"폐하."

에샤힐드가 다시 불렀지만 케니언스는 흘려 넘겼다.

이럴 때 보면 미련한 것도 같았다. 그 부름에 간절함, 절실함이 조금이라도 담겨 있었다면 신기해서라도 들어주었을 텐데. 왕비의 목소리는 사막에서 건너온 것처럼 메마르기만 했다.

"필요한 게 있으면 말해. 구해다 줄 테니."

"제겐 안식이 필요합니다. 다른 곳이 아닌 역대 왕비들이 휴양하던 트리세나 별궁에서요."

"그럼 비의 궁을 트리세나처럼 꾸미면 될 테지."

말도 안 되는 헛소리에 에샤힐드의 눈이 서늘하게 가라앉았다.

"말장난을 하러 온 것이 아닙니다."

"말장난 같나?"

"……."

"세실리아가 살아 돌아오지 않는 한 넌 여기서 한 발자국도 못 나가."

그는 한번 에샤힐드와 눈을 맞춘 뒤, 시선을 그녀의 뒤로 비꼈다.

"얘기 다 했으면 나가."

문 쪽을 향해 눈짓한 케니언스가 완고하게 명령했다. 나가지 않으면 시종을 부를 것이니, 제 발로 나가는 게 이로울 거라는 경고이기도 했다.

그는 왕비가 그의 뜻대로 하리라 믿어 의심치 않았다. 아랫사람들 앞에서 수모를 겪는 것만큼은 있을 수 없다 생각하는 여자니까, 그 믿음은 당연했다. 그러나 그 생각이 틀렸음은 깨달은 건 한참 동안 나가지 않는 왕비를 알아차렸을 때였다.

"마지막일지도 모르는 저와 폐하의 아이입니다."

그 순간, 그의 모든 움직임이 멈추었다.

끌려 나갈지도 모르는 와중에 하는 소리라곤 하나같이 허튼소리였다. 그런데 그 허튼소리가 그의 몸을 꽁꽁 묶었다. 영락없이 천치 같은 모양새로.

빌어먹을. 그는 강제로 조각상 같은 누군가를 흉내 내다가, 재빨리 손을 들어 얼굴을 쓸어내렸다. 성마른 동작 사이사이로 당황이 묻어났다. 그사이 달갑지 않은 헛소리는 또다시 들렸다.

"이 아이만은 잃고 싶지 않습니다."

미련한 줄 알았는데, 아니었다. 언뜻 그 말이 간절하게도 들리자 케니언스는 그때 깨달았다. 에샤힐드가 그동안 옳은 소리도, 그럴싸한 논조도 지껄이지 않은 이유를.

자신이 그런 말을 해보았자 왕의 신경에 거슬리는 부작용만 초래할 것을 알았던 것이다.

케니언스는 으스러질 정도로 펜대를 세게 쥐었다. 차라리 저를 두고 피사리데와 흥정한 것을 거론했다면 이리 휘둘리지도 않았을 텐데.

하필 에샤힐드는 간절함을 내보였고, 그는 휘둘렸다. 그러므로 그가 할 수 있는 대답 또한 하나였다.

"……그리하라."

아마도 마지막일 허락에 에샤힐드는 공손히 고개를 숙였다.

"감사합니다."

자그마한 인사를 전한 그녀는 한 번도 뒤돌아보지 않은 채 왕과 있던 공간을 나갔다.

그 이후로 준비는 비밀리에 진행되었다. 에샤힐드는 자신과 외모와 체격이 비슷한 여인을 찾고, 곁에서 모실 수행원들도 왕의 입김이 닿아 있는 자라면 모조리 갈아치웠다. 정당한 사유가 없으면 이유를 만들어서라도 쫓아내었으니 그들은 항명하지 못하고 대체되어야만 했다.

그리하여 트리세나행 수행인들은 그녀, 혹은 피사리데의 세력으로 은밀히 이루어졌다.

일부러 시기를 카르온이 영지 시찰을 갈 즈음으로 잡아, 그녀는 동생의 눈도 피할 수 있었다.

"괜찮을까요?"

전말을 아는 한 시녀가 초조해하며 물었다. 일국의 왕비가 몰래 국경을 넘다니. 일이 잘못되기라도 했다간 제명을 유지하지 못할 텐데도 그녀가 모시는 사람은 너무도 의연해 보였다.

"이미 결정된 일이다."

대수롭지 않은 사안을 두고 하는 말처럼 왕비의 음성은 몹시 침착했다.

시녀는 무언가 보태려다, 차라리 침묵하기를 택했다. 이미 한배를 탄 몸이었다. 발설 시 자신의 안위를 보장할 수 없으니 이 이상 입 밖으로 꺼내지 않는 게 현명하리라.

노을이 지고 시녀를 내보낸 에샤힐드는 천천히 창가로 걸어갔다. 발치에 놓였던 낙조가 이내 그녀의 전신을 완전히 덮었다.

그녀는 저 멀리 동쪽을 향해 시선을 던졌다. 어머니의 나라가 있을 그곳으로.

"나의 고국에는 어떠한 소원이든 들어준다는 신석이 존재한단다."

루델시아로.

"어머니는 빌고 싶으신 소원이 있으셨는지요?"

"그래, 누군가의 행복을 빌고 싶었지. 나의 어리석음을 돌이키고 싶었지."

"그런데 왜 빌지 않으셨나요?"

그녀의 어머니, 베아트리스는 금방이라도 깨질 유리처럼 위태롭게 웃었다.

"나는 두려웠단다. 신석이 이루어주는 불완전한 소원이, 그 대가가 나는……."

불완전한 소원을 감내할 자신이 없었다는 어머니의 말을 모두 이해한 건 아니다. 하지만 그녀는 생각했다.

저는 그래도 빌고 싶습니다, 어머니.

이 죄악감을, 과거의 행적을 지울 수만 있다면 그 어떤 대가도 치를 수 있었다.

슬프게도 그녀는 더 이상 알 수가 없었다. 아무리 책을 읽고 지식을 익혀도 에샤힐드는 알 수가 없었다. 어떻게 해야 에르셀라가 행복해질 수 있는지. 어떻게 해야…….

"나는 그 어떤 미친 짓이든 할 수 있을 것 같다고."

그 사람이 행복해질 수 있는지.

멀어질 대로 멀어진 그들의 관계를 돌이킬 수 있는 방법이 과연 있긴 한 건지, 자신은 죽을 때까지 깨닫지 못할 것도 같았다.

하여 그녀는 루델시아에 소원을 들어주는 신석이 있다는, 허깨비 같은 이야기에 모든 걸 걸었다. 누군가는 허무맹랑하다며 미련한 짓일 뿐이라고 비웃겠지만 그녀는 이만큼 절박해져 본 적이 없었다.

그러니 가야 했다, 루델시아에. 소원을 빌기 위해.

✵ ✦ ✵

하나 남은 동생의 자리를 찬탈한 자.

그녀가 실제로 본 루델시아 국왕의 인상은 세간에 퍼져 있는 잔인한 소문과 다소 맞지 않았다. 금빛이 섞인 백발을 지닌 노인은 탐욕스럽지도 흉포해 보이지도 않았다. 외려 강건한 기백에 그녀는 낭패감을 숨겨야 했다. 저런 자는 회유하기 힘들었다.

"그라니아의 왕비가 예까진 무슨 일로 오셨소이까."

국왕은 타국의 왕비인 그녀에게 알맞은 공대를 보였다. 비밀리에 방문한 게 수상쩍어 보일 법한데도 그는 아무것도 묻지 않았다.

그것만으로도 왕의 성정이 어떨지가 파악되어 에샤힐드는 준비해 온 그럴듯한 언사들을 전부 소거했다. 거짓이 통할 자가 아니었다.

"루델시아의 국왕께 한 가지 청이 있어 왔습니다."

그녀의 조용한 요청에 왕이 갑자기 대소를 터뜨렸다.

"하하하하하."

걸걸한 웃음소리가 사방으로 뻗어 나갔다. 그에 에샤힐드는 잔뜩 긴장했지만 애초에 왕은 그녀에게 두려움 주고자 웃은 것이 아니었다. 믿기 어렵겠지만 그 웃음은 다분히 순수함에서 우러나온 웃음이었다. 눈가에 맺힌 물기를 훔친 왕이 웃음기 섞인 목소리로 말했다.

"보나마나 신석 때문이겠지. 그것이 웃겨 웃은 것이니 오해는 말길 바라오."

"……제가 신석을 원할 걸 아셨습니까?"

왕이 인자하게 웃으며 자리에서 일어났다.

"그야 종종 있는 일이니. 이만 일어나지 않겠소? 같이 가주어야 할 곳이 있는데."

그가 그녀를 데리고 간 곳은 대신전의 어느 깊숙한 곳이었다.

그녀를 뒤에 두고 걷던 그가 걸음을 멈춘 건 열여덟 번째 문을 통과할 무렵이었다. 에샤힐드는 어두운 주변 풍경이 눈에 익기를 기다렸다. 창문이 존재하지 않아 사위가 이전 방들보다 어두웠다.

“어둠을 두려워할 필요 없다오. 그대가 찾는 건 언제나 빛나고 있으니.”

왕이 손을 뻗은 곳을 따라 에샤힐드의 시선이 움직였다.

그러다 일순간 그녀의 눈가가 파르르 떨렸다. 이 어둑한 그림자 속에서, 무언가가 홀로 희미하게 빛나고 있었다.

“저건…….”

“아티넬 신석이라오.”

왕은 어렵지 않게 답을 알려주었다.

“가까이 가서 보시오.”

에샤힐드는 순순히 알려주는 왕의 저의가 의심됐지만 별말 없이 발걸음을 옮겼다.

그라니아에선 소망석이라고도 불리는 아티넬 신석은 투명한 유리관 안에서 다채로운 색으로 빛나고 있었다. 지금까지 어떤 광물도 이런 빛을 뿜어내는 것을 본 적이 없어 에샤힐드는 조금 당황스러웠다.

“밝은 곳에선 티가 안 나지만 어두운 곳에서는 이리 바로 티가 나지.”

경이롭다고 해야 할까. 다섯 가지 색으로 뒤섞인 빛이 어둠 속에서 산개하고 있었다. 그것을 다소 멍멍해진 기분으로 홀린 듯 보고 있을 때였다.

“가지고 가시게.”

믿을 수 없는 왕의 말이 들려왔다. 신석을 가지고 가라니. 수상쩍은 호의에 경계의 빛을 띤 에샤힐드가 왕의 면면을 살폈다. 그러나 왕은 진심이라는 듯 빙그레 웃기까지 했다.

"내게는 필요 없는 것이라오."

마치 처음부터 이럴 작정이었다는 듯이 신석을 넘겨주는 손길에는 주저함이 없었다. 에샤힐드는 받아들여야 할지, 거절해야 할지 갈피를 잡을 수 없어 마음이 혼란해졌다.

한 나라의 국왕이, 본국의 보물을 거리낌 없이 내주었다. 결코 보편적이라 할 수 없는 친절이 그녀를 한결 신중하도록 만들었다. 그녀는 여전히 신석에 손대지 않은 채 의문을 표했다.

"……제게 왜 이것을 주시려 합니까?"

"그거 아시는가?"

그런 그녀의 머릿속을 들여다보기라도 한 듯이 왕은 자못 유쾌하단 투였다.

"나는 매일 밤 소원을 빌었다오."

왕의 목소리는 꿈속을 헤매듯 몽롱하고도 차분했다.

"그래, 간절히 소망했지. 사랑하는 이의 삶을, 나의 그림자를, 지난했던 후회를……."

가물가물 스러져 가는 목소리에는 곧 희미한 노여움이 들어찼다.

"하지만 신께서는 한 번도 이 늙은이의 바람을 이루어주지 않았다오."

그는 부술 듯이 신석을 그러쥐었다. 하지만 그러면 그럴수록 손틈을 비집고 새어 나오는 빛은 더욱 찬연하게 뻗어 나갈 뿐이었다.

"소원이 이루어지면 색을 전부 잃는다는 돌조각이 이렇듯 신성성을 유지하고 있어 알 수 있었지."

그의 소원은 전혀 이루어지지 않았음을 증명하듯이. 왕의 경멸을 비웃듯 신석은 영원할 듯이 눈부신 빛으로 둘러싸여 있었다.

소원이 이루어지면 평범한 돌로 돌아간다는 속설은 들어본 적 없어 에샤힐드는 잠시 주춤했다.

"그러면 지금까지 소원을 빈 왕족들은……."

"아무도 이루지 못했소."

왕의 단언에 에샤힐드의 시선이 가늘게 떨렸다. 진짜일 리 없다고 생각하면서도 품었던 막연한 희망이 와르르 박살 나며 발치에 나동그라졌다. 에샤힐드는 그제야 미련 없이 신석을 버리려는 왕의 심중을 조금 알 듯했다.

이제는 상징뿐인 신물로 전락한 돌덩이에 허탈한 웃음을 지으며 왕이 말했다.

"그러니 몇 번을 빌어도 그대의 소원은 이루어지지 않을 거라오."

내가 그랬듯이.

달리는 마차 안에서 손을 쥐었다 펴자 신석의 형태가 고스란히 느껴졌다. 에샤힐드는 손쉽게 얻은 신석에 뜻 모를 기분을 느꼈다.

나라의 국보를 아무런 대가 없이 얻은 게 꿈만 같아 가품이 아닌가 하는 생각도 들었지만, 그렇다 하기엔 국왕 자체가 진정성이 있었다.

에샤힐드는 살며시 미간을 모았다.

"그 아이의 자식에게 이 정도 호의쯤 베푸는 것도 나쁘지 않을 것 같고 말이지. 병색이 없는 걸로 보아 개인적인 호기심이 충족된 것도 있고."

그 아이라 하면 베아트리스, 그녀의 어머니를 뜻하는 것 같은데, 어머니를 타국으로 쫓아내기까지 했으면서 그 자식에게 이런 친절을 베푸는 까닭을 알 수가 없었다.

마지막에 운운한 개인적인 호기심과 마찬가지로.

어쩌면 정말 터무니없는 미신이었을지도 몰랐다. 애초 신석에 대한 설화가 사실이라면 주변 나라들이 호시탐탐 노리고도 남았을 테니.

'헛걸음한 건가.'

에샤힐드는 허망해진 속내에 깊은숨을 내쉬었다. 결국 미신일 뿐인 이야기에 휘둘린 스스로가 바보 같았다.

묵직하게 불러온 배를 쓰다듬은 그녀는 가만가만 신석을 내려다보았다. 그래도, 라는 생각이 잠깐 들었다.

그녀는 손아귀의 돌을 쥐고 속삭이듯이 소원을 빌어보았다.

"나는 에르셀라가 행복하길 바라."

하지만 소원이 이루어지면 색을 전부 잃는다는 신석은 여전히 찬란하게 빛나고 있었다.

그녀의 마차는 수도로 직행하지 않고 트리세나 별궁으로 향했다. 오가는 시간을 제외하고 왕과 약조한 날짜에서 3주가량 남았으니 구색은 맞춰야 했다.

세간에서 완벽한 외관을 갖췄다고 칭송이 자자한 트리세나였지만 에샤힐드가 궁 밖을 나가는 경우는 전무했다. 에샤힐드는 별궁에 틀어박혀 지내며 차근히 자신의 죽음을 대비했다. 재산을 정리할 필요는 없어 큰 수고가 들진 않았다.

어차피 재산이란 아이가 태어나면 아이에게, 태어나지 못하면 케니언스에게 귀속될 예정이니. 크게는 토지부터 작게는 패물까지 예외 없이 그럴 것이다.

에샤힐드도 이 점에 대해선 이견이 없었지만 딱 한 가지, 루델시아에서 가져온 신석만은 따로 처리해야 할 필요성을 느꼈다. 아무래도 다소 특이한 외양을 지닌 돌이었고, 이상함을 느낀 왕이 출처를 찾다 보면 그녀가 루델시아를 방문했다는 사실이 들통날지 몰랐다. 죽은 그녀가 받을 처벌은 없을 터이나 왕의 칼이 죄 없는 이를 향하도록 둘 순 없었다.

'카르온에게 맡겨야겠어.'

본래 의탁할 곳은 하나인지라 고민은 길지 않았다.

에샤힐드는 흔들의자에 몸을 기대었다. 잠깐의 나른함 속에서 왕의 얼굴이 스쳐 지나간 듯도 했지만, 그녀는 눈을 뜸으로써 안개처럼 흐드러진 상을 지워냈다.

짧은 휴식을 취한 뒤 에샤힐드는 품속에서 신석을 꺼내 들었다.

금, 은, 적, 청, 흑. 각각의 빛깔이 뒤섞여 일렁이는 돌을 향해 그녀는 숨결을 불어넣듯 속삭였다.

"나는 그 사람의 행복을 바라."

그 소원을 조롱하듯 신석은 더욱 영롱한 자태를 띠었다.

그 이후로도 에샤힐드는 틈날 때마다 소원을 빌었다.

에르셀라가 행복하길 바라.

그 남자가 행복하길 바라.

두 사람이 행복하길 바라.

그럴 때마다 신석은 반응하지 않았다. 배가 차츰 부풀어 거동이 힘겨질 때까지도 그녀는 어떠한 응답도 받지 못했다. 마치 그 돌멩이가 질책이라도 하는 듯했다. 공작에게 품었던 연정을. 질투심에 굴복했던 과거를. 그녀가 의도했을지 모르는 그들의 관계를.

그럴 때마다 에샤힐드는 음절 마디마디마다 절절하게 되뇌었다.

에르셀라를 행복하게 해다오.

그 남자를 행복하게 해다오.

두 사람을 행복하게 해다오.

양손을 신석에 포개며 기도하는 모습은 얼핏 광인처럼 보이기도 했다. 별궁 시종들은 왕비가 미친 게 아니냐며 가까이 가길 꺼려 했지만, 에샤힐드는 포기하지 않고 매 하루를 반복했다.

에르셀라가 행복하길 바란다.

그 남자가 행복하길 바란다.

두 사람이 행복하길 바란다.

그것 말고는 도무지 속죄할 방법을 찾지 못한 여자는 매일 아침 기도로 하루를 보냈다. 속이 한차례 울렁이며 목구멍을 통해 열기가 왈칵 쏟아진 건 어느 날이었다.

"우욱……."

입안에서 토해진 피가 사방으로 튀며 배 속이 끓어올랐다. 허물어지듯 주저앉은 에샤힐드는 곧이어 바닥에 엎드렸다.

"쿨럭, 컥, 켁켁."

목에 용암을 들이부은 듯이 타들어가는 느낌에 그녀는 다급히 목을 감싸 쥐었다. 아니, 감싸 쥐려 했다.

그녀의 두 팔이 허공에 우뚝 정지했다. 눈앞의 광경에 에샤힐드의 동공이 흔들렸다. 신석이…… 폭발하듯 빛나고 있었다.

에샤힐드는 멍멍한 얼굴로 경이로운 광채에서 눈을 떼지 못했다. 그녀가 흘린 피를 흡수하면 흡수할수록 신석이 방출하는 빛은 더욱 격렬하게 산란했다. 빛나고 있었다, 신석이. 마지막 발악처럼.

에샤힐드는 비현실적인 현실을 넋이 나간 듯이 마주하다, 그 빛이 수그러지기 전에, 완전히 사라지기 전에 있는 힘을 다해 입을 움직였다. 목 안이 불길에 휩싸인 것처럼 뜨거웠지만 그녀는 입술을 벌렸다.

“소원을…….”

그녀는 소리쳤다.

“내 소원은!”

소리치고 소리쳤다.

“에르셀라가 행복해지는 것이란다! 그 남자가 행복해지는 것이란다! 두 사람이 행복해지는 것이란다! 그러니 소원을 이루어주렴! 부디, 소원을 이루어주렴! 내 소원은……!”

에샤힐드는 끊어질 듯한 숨으로 몇 번이고 소리쳤다. 비명 같은 목소리가 찢길 듯했지만 그녀는 개의치 않았다. 배 속의 아기도, 자신의 안위도 생각하지 않고 오로지 그 두 사람의 행복만을 빌었다.

에르셀라를 행복하게 해다오!

그 사람을 행복하게 해다오!

나는 오로지 그것 외엔 바라는 게 없으니!

어떠한 대가라도 치를 테니!

그리고…… 마침내 빛이 사그라지기 시작했다. 마법처럼, 영원할 것 같았던 신석의 빛이 그녀 앞에서 색을 잃어갔다. 광란하던 빛은 차분해졌고 찬연한 색채는 옅어졌다.

어느덧 신석은 하나의 빛만 남은 상태였다. 두 눈이 의심되는 광경에 에샤힐드는 느릿하게 고개를 저었다.

소원이 이루어지면 색을 전부 잃는다는데, 하나가 남아 있었다. 심장처럼 붉은빛이. 무언가 잘못된 건가.

“안…… 돼.”

그럴 수는 없다.

에샤힐드는 찌르듯이 목을 눌러 피를 좀 더 토해냈다. 왜 각혈을 했는지, 몸에 무슨 이상이 있는 건지 조금도 궁금하지 않았다. 어차피 자신은 죽을 것이다. 더 이상 살고 싶지 않기도 했다. 이제 피사리데도, 왕비의 자리도, 아무것도 생각하고 싶지 않았다.

그녀는 핏빛의 질척한 액상을 신석 위로 끊임없이 쏟아냈다. 하지만 신석은 더는 그녀의 피를 흡수하지 않았다.

그녀의 역할은 끝났다는 듯 신석의 외적인 변화 또한 볼 수 없자 자연히 알게 되었다. 모든 게 끝났다는 걸.

……끝났다.

결과가 어찌 됐든 끝난 거였다. 그것을 무력하게 인정하자 혼곤함이 해일처럼 밀어닥쳤다. 바닥을 기다시피 걸은 에샤힐드는 줄 끊어진 인형처럼 벽에 기대앉았다. 시야가 어지러웠다.

그녀는 손에 쥐고 있던, 심장의 형상을 띠고 있는 신석을 바닥에 내려놓았다. 그 대신 천천히 배에 손을 얹었다. 문득 울컥 가슴에 치미는 무언가에 눈가가 시려왔다.

소원이 이루어질까? 도무지 현실 같지 않은 일에 에샤힐드는 배를 감싸 안고 울음을 터뜨렸다.

그렇다면 아가야, 너를 위해 소원을 빌어주지 못해 미안해.

뒤늦게 흘러드는 깨달음에 그녀는 태어나서 처음으로 아이처럼 엉엉 울었다.

하지만 걱정 말렴. 살아서 나오면 고맙겠지만, 그렇지 않더라도 내가 너와 함께 죽어줄 테니. 그러니 걱정 말렴.

에샤힐드는 엉엉 소리 내서 흐느꼈다. 목이 뒤로 꺾이고 얼굴을 끝없이 가로지른 눈물이 그녀를 애처롭게 적셨다. 사람들이 그녀의 울음소리를 듣고 몰려올 때까지도, 그녀의 눈물은 그치지 않았다.

외전 3
그 여자가 죽은 후

비센테는 침상 위의 여자를 보았다.

아름다웠던 얼굴은 병색으로 뒤덮여 있었고, 끊어질 듯 색색거리는 숨결은 생을 잇기 위한 연약한 발버둥과 다르지 않았다.

말없이 고개를 젓는 의원을 보니 이제 버티는 것도 한계인 듯했다. 신분 고하를 막론하고 다정다감했다는 평판에 맞게 사용인들은 죽어가는 그녀의 모습에 눈물을 삼켰다.

모두가 다가오는 그녀의 죽음을 숙연히 애도했다.

비센테의 시선이 슬픔에 잠긴 사람들을 권태롭게 지나쳤다. 시선의 끝은 침상 옆에 있는 남자였다.

어제오늘 종일 여자의 곁을 지키는 걸 보아 그녀의 죽음이 슬픈 걸까.

그러나 알 수 없었다. 표정 없이 그녀를 내려다보는 모습만으론 슬퍼 보인다고 말하기엔 무리가 있었으니. 그저 아내였던 여자에 대한 예의라고 보는 게 더 정답에 가까울 것이다.

그는 아버지에게 의미 없이 두었던 눈길을 거두었다. 그러다 보게 된 기이한 착시에 그의 시선이 허공 한가운데에서 멈추었다. 그에게로 뻗어 오는 듯한 손길에 비센테의 눈이 조금 위쪽으로 향했다.

착각인가. 죽어가는 여자의 눈에 한 점의 불씨가 일렁이는 것도 같았다. 덧없이 찬란한 생명력이 푸른 눈동자 안에서 휘돌았다. 곧 죽을 여자의 것이라고는 믿을 수 없을 만큼 강렬하게.

그러나 눈이 마주쳤다는 착각이 드는 순간.

손은 침상 위로 힘없이 떨어졌다.

잠시나마 타올랐던 불씨는 꺼지고, 여자의 눈꺼풀은 영원한 안식에 감겼다.

에르셀라 베른하르트.

그 여자가 죽었다. 526년 겨울의 끝을 맞이하며.

그해 겨울, 그라니아에 반란이 일어났다.

526년 12월 반란이 일어나다.

527년 3월 국왕 케니언스 카이사르 카자라이넬이 시해되다. 대공작 칼릭스 클라이엔테가 스스로 제왕의 위에 오르다.

527년 4월 폐왕자 알렉시스 레윈 카자라이넬이 처형당하다. 선왕의 사생아 레오폴드 피테츠가 의문의 독에 죽임당하다. 선왕의 정부 세글리에 피테츠가 슬픔을 못 이겨 탑에서 떨어져 죽다.

527년 5월 알렉시스 왕자를 지키려다 고문의 여파로 병을 얻은 카르온 피사리데 후작이 피사리데 본성으로 낙향하다.

527년 6월 그라니아의 명가 세 가문이 멸문하다. 스물여섯 가문이 오등 공신에, 일곱 가문이 삼등 공신에, 두 가문이 이등 공신에, 두 가문이 일등 공신에 임명되다.

527년 7월 베른하르트 공작이 그라니아로부터의 독립을 거절하다. 다트너령 절반이 가르텐 공작에게, 절반이 베른하르트 공작에게 귀속되다. 라페인 후작위와 영토가 국가에 환수되다.

527년 8월 그라니아의 북서부 땅 로베르트령, 피사리데령의 일부가 콘라드 국왕 아일레스에게 귀속되다.

527년 9월 국왕 칼릭스가 가르텐가의 여식 올리비아와 국혼을 올리다.

527년 10월 콘라드의 칸더스 후작이 사절로 그라니아에 찾아오다. 형제의 조약이 깨지다. 아즈렐이 콘라드에 귀속되다.

527년 11월 제1공신 하르젠 베른하르트 공작이 기사단장 직책을 사임하고 본성에 칩거하다.

528년 1월 베른하르트령에서 279명의 의원이 산 채로 땅에 묻히다.

단상 아래에 무릎을 굽히고 있는 남자를 보는 칼릭스의 얼굴 위로 지겨움이 떠올랐다.

"렌투아 사신이 찾아왔습니다."

지극히도 제 아비를 닮은 사내는 묵묵히 있었다. 렌투아 사신이 한바탕 요란을 떨고 갔다는 소식을 모를 리는 없을 테니 그저 침묵하는 것이다. 칼릭스는 미미하게 날 선 음성을 숨기지도 않고 말했다.

"그대의 아비가 죽인 의원 중에 렌투아 셰베스 공작가의 사남이 있었다더군요. 렌투아로 돌아가던 공작가의 사남을 굳이 잡아 와 죽이는 정성을 들였어야 했는지 그대 아비에게 묻고 싶습니다만…… 참지요."

화를 눌러 없애듯 칼릭스의 목소리가 한 단계 낮아졌다.

"그대의 아비가 죽인 렌투아의 의원 스물셋도, 레나르트의 의원 열다섯도, 콘라드의 의원 넷도, 루델시아의 의원 셋도. 그것으로부터 야기된 그들의 항의와 요구도 다, 넘어가지요, 내가."

그것이 말 그대로가 아님을 이 자리에서 모르는 사람은 없었다. 그는 참아주는 것이 아니라 참아야 하는 것이었다.

그것을 알고 있는 비센테는 판에 박힌 대답을 내놓았다.

"추단하셔도 달게 받겠다는 전언이 있었습니다."

"지금 이 나라에서 그대의 아비를 치죄할 수 있는 자가 정녕 있나?"

칼릭스의 입술에 허탈한 웃음이 스쳤다. 케니언스를 왕위에 세우고 자신을 왕으로 추대했다. 기사단장직을 사임했을지라도 이 나라 최고의 권력자가 베른하르트 공작인 것은 다섯 살배기도 다 아는 사실이었다.

"폐하가 있으십니다."

비센테는 기계처럼 말했다. 기만 그 이상도 그 이하도 아닌 대답에 칼릭스의 자조가 더욱 짙어졌다.

새로운 왕을 옹립하고 공신들이 활개 칠 건 예상했던 바이다. 그러나 국적을 막론하고 산목숨을 대대적으로 땅에 묻는 미친 짓은 그의 예측 범위에 들어가 있지 않았다.

"그 외의 사람들도 대거 죽었다는 소문이 있던데."

비센테 베른하르트는 대답하지 않았다. 칼릭스는 헛숨을 들이켰다.

"하나만 묻지요."

그는 줄곧 수도에 떠도는 소문 하나를 입에 담았다.

"공작이 미쳤습니까?"

왕의 집무실에서 나온 비센테는 황금색 비로드를 걸었다.

칼릭스의 즉위와 함께 새롭게 단장한 궁은 이전보다 더 웅장한 위엄을 뽐내고 있었으나 비센테에겐 그저 벽과 천장, 바닥에 지나지 않았다. 화려할지라도 권력의 근원이 이곳에 있지 않으니 빛바랜 건축물일 뿐이었다.

실상 실권은 칼릭스에게 있지 않았다. 정무는 가르텐 공작에게 위임되다시피 하였으며 그 나머지도 판테츠와 레데아가 독식했다. 눈엣가시던 로베르트, 라페인, 다트너가 몰살되고 공신가의 가신 가문 전부가 오등 공신 자리에 올랐으니 그들의 세상이라 불러도 부족함이 없을 것이다.

그리하여 누구나 예견하기 쉬운 미래만이 남았다. 그들이 탐욕을 숨기지 않으니 국운이 기울 것은 자명했다. 가르텐 공작이 피사리데 후작만큼의 위인이었다면 더 나았을까.

비센테의 발걸음은 정확히 그 생각을 한 순간에 멈추었다. 낯설지 않은 얼굴이 있었다. 한 번도 본 적은 없지만 누군지 알 것 같은.

상대방도 같은 생각이었는지 비센테를 물끄러미 바라보았다. 시선에는 적의가 담겨 있었다.

잠시 후 백금발의 머리칼이 조금 휘날렸다. 턱 끝만을 살짝 끄덕인 인사를 받은 비센테가 그를 지나치려고 했다.

"부끄럽습니다."

작지만, 또렷한 목소리가 비센테의 귓가에 박혔다. 비센테는 고개를 돌렸다. 이제 보니 후작을 닮은 부드러운 인상은 의외로 강팍한 구석이 있었다.

"당신과 같은 피가 흐르고 있다는 게 정말로 부끄럽습니다."

그들은 사촌이기도 했으므로 같은 피가 흐르고 있다는 말에는 틀림이 없었다.

이름이 라셀리온이었던가. 어디서 들었지. 식사 때였나. 누구에게…….

찡하게 울리는 머리에 비센테의 미간이 살며시 좁아졌다. 흐릿한 누군가의 인영이 아지랑이처럼 시야에 어른거렸다.

라셀리온이 말했다.

"저희를 배신한 건 원망스러우나 탓하진 않았습니다. 도움을 바라지도 않았습니다. 아무것도 바라지 않았습니다. 하지만 공작령에서 일어난 일만큼은 막으셨어야 했습니다."

잔상이 선명해질수록 비센테의 두통은 더욱 짙어졌다.

"왜 막지 않으셨던 겁니까? 고모님이 살아 계셨더라면 분명 막으셨을 겁니다. 어떻게 그런 잔혹한 일을 그분의 아들인 당신이……."

"무언가 잘못 알고 있구나."

그는 더 이상 원망을 들어주지 않았다. 애초에 전제가 틀렸다.
"나는 그분의 아들이 아니다."
비센테는 자신이 그 여자의 아들이라고 생각한 적이 없었다.
그 여자가 그를 자신의 아들이라고 생각한 적 없듯이.

베른하르트 본성으로 내려가는 마차 안에서 비센테는 라셀리온의 원망을 상기했다.

"왜 막지 않으셨습니까?"

왜 막지 않았냐는 라셀리온의 비난과 다르게 비센테는 그의 아버지 앞에서 처절하게 빌었던 때가 있었다.

"당신께서 지금 무슨 짓을 하고 계시는지…… 아십니까?"

고개를 조아리고 엎드려 빌던 때가.

"안 됩니다. 죄 없는 목숨을 그리 죽이시면 그 일의 여파는 결국 베른하르트에게 돌아올 것입니다."

전장에서는 일백이든 일천이든 자유로이 목을 거두어도 괜찮지만 여기서는 아니었다. 생목숨을 그리 끊었다간 후환을 면하지 못할 것이다. 두려움은 다스리는 데 효율적이지만 극도의 두려움은 존경을 앗는다. 영지 또한 사람들이 모여 이룩한 것이거늘 사람들이 경외하지 않는 군주가 진정한 군주이던가.

풋내기인 그도 알고 있는 사실을 그의 아버지가 모를 리 없을 텐데도 하르젠은 뜻을 굽히지 않았다.

"본분을 다하지 못한 것이 어찌 죄가 없다 할 수 있느냐."

그해 의원 279명과 수십 명의 사용인이 산 채로 땅에 수장되었다. 죄 없는 사람의 피를 묻혔으니 역사의 기록은 그의 편이 되어주지 않으리라.

비센테는 이제 돌이킬 수 없다는 것을 알았다. 자신들 앞에 닥쳐올 미래도.

그러다 문득, 스머드는 생각에 비센테의 눈이 서늘하게 가라앉았다. 흐릿했던 착상이 선연해질수록 그림 같은 여자는 그의 머릿속에 가득 자리했다.

결국 이 모든 일의 시작일, 죽은 여자가.

에르셀라 베른하르트, 그 이름을 곱씹어도 떠오르는 기억은 없었다. 그저 차가운 눈, 두려운 눈, 경멸하는 눈. 그게 다일 뿐.

그게 다이니 그 여자의 대한 기억의 끈은 어느 순간 끊어져 있었다.

비센테는 얼굴을 쓸어내리며 달갑지 않은 착상의 잔여물을 걷어냈다.

"공작이 미쳤습니까?"

그는 창밖으로 드러나기 시작한 거대한 성을 바라보았다.

온 땅에 피비린내가 진동하는 듯했다.

수도에서 돌아온 비센테는 곧바로 하르젠을 찾았다. 형식적으로나마 보고를 올리기 위함이었다.

그러나 처음부터 정해져 있던 결론을 그의 아버지가 궁금해할 리는 없어, 그는 현재 방 안의 장식물 신세였다.

방의 주인은 그를 세워둔 채 제 할 일을 해나갔다. 비센테는 그의 손안에서 일정한 간격으로 서걱거리는 펜과 그를 두고 떠도는 소문과 괴리가 있는, 지나치게 단정한 얼굴을 바라보았다.

정말 미쳤을까.

그가 미쳤냐고 묻는 왕에게 비센테는 아무런 대답도 해주지 못했다. 진실을 함구하기 위함이 아니라 아들인 그조차도 모르기 때문이었다.

아버지가 미쳤는지, 아닌지.

사람들의 통곡은 매일같이 들리는데 그의 일상은 기이할 정도로 변함이 없었다. 정해진 시간에 정해진 일과를 오차 없이 처리하는, 가히 이전과 다르지 않은 삶.

당장 흐트러짐 없는 저 모습만 봐도 그랬다. 미쳤다고 단정하기엔 무리가 있었다. 달라진 게 있다면 그저…….

"……."

펜촉이 종이 긁는 소리가 멎었다. 정신이 들고 보니 하르젠이 그를 응시하는 중이었다. 비센테는 자신이 여기에 서 있는 목적을 상기하며 입을 열었다.

"왕께서 시혜를 베푸셨습니다."

"네 나이가 올해 몇이지?"

왕의 전언은 생각하고 있지 않았다는 듯 하르젠이 되물었다. 느닷없다 못해 일절 관계없는 하문에 비센테는 내심 당황했지만 순순히 답했다.

"스물입니다."

"스물이라……."

하르젠은 무언가를 가늠해 보듯이 그의 대답을 되풀이했다. 그러다가.

"가문을 이끌 때가 된 것 같구나."

피할 길 없이 그가 말했다.

가주가 건재한데, 가문을 이끈다. 그 터무니없는 말을 한 박자 더디게 이해한 비센테는 마른침을 삼켰다. 그는 고작 스물이었다. 그의 아버지가 열아홉에 베른하르트를 지배했다지만 그것이 보편적인 승계는 아닐 것이다.

그런데 어째서.

퍼뜩 스쳐 간 의문에 정체 모를 불길함이 끌어 올려졌다. 푸른 핏줄이 튀어나오도록 주먹을 쥔 비센테는 거의 본능으로 말했다.

"저는 아직 부족합니다."

제 미숙함을 내세운 항명이었다. 부족함이 많은 자신은 베른하르트를 물려받을 수 없다는, 그리하여 당신은 아직 그 자리에 있어야 한다는 그런.

의외로 하르젠은 불복종과 다름없는 그 말을 걸고넘어지지 않았다. 반쯤 내리뜬 시선이 비센테를 벗어나고 그가 대답했다.

"……그래."

숨결 하나하나가 살아 있음과 요원한 대답을 마지막으로 비센테는 고개를 숙였다.

늘 그렇듯이 부자 사이의 대화는 그것으로 끝이었다.

소란은 없었고 두려움은 많았기에 성안의 시간은 죽은 듯이 흘러갔다.

수백 년의 역사를 밟으며 더없는 위광을 떨쳐온 베른하르트의 고성은 아름답지만 지나치게 정연했고, 그렇기에 이곳의 시간만은 정체된 듯한 묘한 느낌을 주었다. 하여 누구도 말소리, 발소리 하나 함부로 내지 못했지만 아무리 조심한다 해도 본디 사람의 입은 완전히 틀어막기 어려운 법이었다.

기괴한 소문은 하인들의 입으로 알음알음 퍼져 나갔다. 비센테가 우연히 그들의 말을 엿듣게 된 것은 어느 오후였다.

"정말 돌아가신 공작 부인일까?"

"글쎄, 하지만 역시 수상하지 않아? 집사님이 4층에 못 올라가게 하는 것만 봐도 그래. 뭔가 이상……."

그들의 말이 뚝 잘려 나간 건 그때였다.

"무슨 말이지?"

"……도, 도련님."

눈앞에 버젓이 존재하는 소공작의 모습에 두 하녀의 얼굴이 새하얗게 질려갔다.

"저, 저희가 못 할 말을……."

"말하지 않으면 처벌을 면치 못할 것이다."

핏기가 죄 빠진 얼굴로 이를 덜덜 떠는 모습은 가련했지만 비센테는 넘기지 않았다. 저들의 입에서 나온 한마디가 그 신경을 긁다 못해 부스럼 천지로 만든 탓이었다.

공작 부인. 그 죽은 여자가 또다시 그의 앞에서 고개를 쳐들었다.

그의 얼굴 위로 떠오르는 염증을 읽었는지 하녀는 바들바들 떨면서도 진실을 고했다.

"그, 그게…… 얼마 전에 여자의 모습을 한 유령이 4층 복도를 떠돌았다고 합니다……. 그런데 본 사람이 말하기를 그 모습이 꼭……고, 공작 부인의 초상화를 닮았다고……. 저, 저희는 그게 너무 이상하고 섬뜩해서…….”

하녀가 쩔쩔매며 꺼낸 밑도 끝도 없는 말에 비센테가 눈살을 찌푸렸다. 유령이라니. 이보다 더 신빙성 없는 헛소리가 있을까.

“4층은 출입 금지일 텐데.”

무엇보다 죽은 공작 부인이 수도 저택에서 지낼 때 쓰던 물건을 전부 본성 4층으로 옮겨 온 날부터 지금까지 4층은 봉쇄령이 내려진 상태였다.

비센테가 그것을 지적하자 하녀는 어물어물 변명을 늘어놓았다.

“……냄새가 나서.”

“냄새?”

“예, 예. 목을 축이러 나왔는데 이상한 냄새가 나는 바람에 호기심에 실, 수로 올라갔다고 합니다. 물론 청소한 지 오래되어서일 거예요. 도, 도련님, 그 아이가 들어온 지 얼마 안 되어서 규율을……잠깐 잊은 모양입니다. 제가 잘 가르칠 테니 부디…….”

하녀의 파란 눈망울이 물기에 젖어 번들거렸다.

비센테는 혈색을 완전히 잃은 얼굴을 열없이 보다가 입을 열었다.

“너와 그 하녀의 처분은 집사에게 맡기겠다.”

“예, 예! 알겠습니다.”

비교적 관대한 처분에 하녀가 연신 고개를 꾸벅였을 때였다. 불시에 귓가로 소음이 밀려들었다. 소리의 진원지로 고개를 튼 비센테는 이내 걸음도 그쪽으로 향했다.

로비였다. 불길한 예감을 지닌 채 로비에 접어들자 그의 발걸음은 차츰 느려졌다.

노년의 한 사내가 그의 아버지께 읍소하고 있었다.

"각하, 이제 그만두셔야 합니다."

베른하르트 방계 가문 가주 중 가장 연장자인 베르그 남작이었다. 하르젠이 방계를 도륙 낼 때 몸소 납작 엎드림으로써 그의 칼을 피한 몇 안 되는 이 중 하나이기도 했다.

"의원들은 평민이나 평민이라 할 수 없습니다. 그들은 대개 준귀족의 대우를 받는 자들이며, 귀족 또한 적잖게 존재합니다. 실제로 이번에 죽은 렌투아의 대귀족이 그러한 경우였습니다. 각하, 더는, 더는 안 됩니다. 그들을 죽이는 건 베른하르트에 실이 큽니다."

노인은 성치 못한 다리를 끌고 그날처럼 바닥에 엎드렸다. 그것은 오로지 충정이라, 그의 민낯에서 수치심은 발견할 수 없었다.

"또한 누구도 의원을 부를 수 없다는 명을 거두어주십시오. 그로 인해 병을 치료하지 못한 수많은 영지민이 고통에 처해 있습니다."

이 땅 모든 이의 목숨보다 한 사람의 목숨이 귀했던 남자가 내린 명에 베르그 남작이 반박했다. 그는 숨넘어갈 목소리를 하면서 주저 없이 충언을 쏟아부었다.

"선대께서는 베른하르트의 유구한 역사를 시간에 바래게 하지 말라, 그리 말하셨습니다. 부디 선대의 유지를 이으십시오."

충직한 노인은 움푹 파인 두 눈을 부릅뜬 채 표정 없는 남자를 올려다보았다. 그는 다시 한번 단호한 충고를 올렸다.

"이것은 옳지 못합니다."

그리고 피가 사방으로 빗발쳤다.

"꺄아아악!"

케이런의 허리춤에서 칼을 빼 든 하르젠이 그를 칼로 베어 죽였다. 광기 없이, 아주 차분하게.

뻣뻣하게 고꾸라진 시체에 비명이 사방을 찢었지만, 모든 게 순식간에 일어나 외려 감각은 느리게 움직였다.

비센테의 시선이 피 묻은 칼끝을 더듬어 올라갔다. 하르젠은 피가 튄 손을 묘한 얼굴로 내려다보다 보고 있었는데, 그다음 이어진 그의 불가해한 행동이 비센테를 얼어붙게 했다.

초점 없는 그의 시선이 어느 한곳에 멈추어 있었다. 아무도 존재하지 않는 빈자리에. 물속을 유영하는 듯한 시선은 마치 누군가를 찾는 듯도 보였다.

비센테의 턱 끝이 살짝 떨렸다.

'누구를…….'

시선은 얼마 안 가 돌려졌고, 하르젠은 시체를 지나 멀어졌다.

잘린 목에서 줄줄 흐르는 피가 바닥에 흥건히 고였지만 그가 사라질 때까지 아무도 발을 옮기지 않았다.

비센테는 바닥 틈새로 줄기를 이루는 핏물을 보며 굼뜨게 눈을 감았다 떴다.

그는 생각했다. 아버지가 달라진 건 없다. 달라진 게 있다면 이제 목숨을 취하는 데 주저하지 않는 것일 뿐. 그리고 그건, 미쳤다고 하기엔 아직 일렀다.

'……그래.'

이른 것이다, 아직.

비센테는 늘어진 주검을 치우라 명함으로써 참혹한 살상을 없던 것처럼 되돌렸다.

* * *

"비센테 님, 각하는."

섣불리 말을 꺼내기가 조심스러운지 남자의 목소리가 줄어들었다. 하지만 이런 상황을 더는 견딜 수 없었던 그는 끝내 입을 열었다.

"……더 이상 자격이 없으십니다."

발칙한 주장을 필두로 방 안의 모든 사람이 무릎을 꿇었다.

"이제 물러나심이 옳지 않겠습니까."

"더는 이 의미 없는 살육을 두고 볼 수 없습니다."

"이는 전부 베른하르트를 위함입니다."

"선대께서 살아 계셨더라면 이를 좌시하지 않으셨을 겁니다."

그것은 일종의 탄원이었다. 가주인 아버지를 끌어내리고 그 스스로 작위를 이으라는.

저들이 슬슬 경각심을 갖는 건 예상했던 바였기에 비센테는 놀라거나 불쾌한 표정을 짓지 않았다. 실제로 그들의 탄원은 어느 정도 일리가 있었다. 아들이 아비를 죽이는 건 패륜이지만 베른하르트가 이 사태까지 치달았다면 얘기는 달라진다. 그가 아버지를 죽이고 공작위를 승계해도 아무도 그를 비난하지 못할 것이다.

하지만 안타깝게도 저들이 하나 간과한 것이 있었다.

그의 아버지는 이미 그 자리에 있을 생각이 없다는 것과 저 역시 아직 그 자리에 있을 생각이 없다는 것.

……사소한 일 아닌가. 고작 사람의 목숨 몇은.

수천 명을 죽인 것도 아닌데 겨우 몇백의 죽음을 명분이라 대기엔 조야했다. 조야했기에 아버지를 밀어내는 것은 아직 때가 아니었다. 그렇게 판단을 내리다, 문득 비센테가 입술을 비틀어 올렸다.

조소와 실소가 뒤섞여 결국엔 자조밖에 남지 않은 미소였다.

지끈거리는 머릿속으로 여자가 물안개처럼 흘러들었다. 비센테는 이제 죽은 여자를 되살려 내 다시 죽이고 싶을 정도로 그 여자가 짜증이 났다.

"나중에 다시 얘기하지요."

비센테는 그들의 탄원을 신경질적으로 일축했다.

누구를 겨냥한 분노인지는 명확했다.

죽음조차 도움 안 되는 여자. 그 여자를 향한 것이었다.

한편 그를 이용해 지금의 가주를 몰아내려는 세력과 다르게 좀 더 온건한 방식을 택한 이들도 있었다.

다만 그 방법 역시 경멸스럽기는 마찬가지라 그들의 방식을 목도할 때마다 비센테는 환멸을 느꼈다. 그들의 논지는 어렵게 꼴 것 없이 간단했다.

새 여인이 생기면 되지 않겠는가.

즉, 죽은 공작 부인과 닮은 여자를 찾아내 죽은 공작 부인처럼 치장하고 주군의 침실로 밀어 넣는 식이었다.

공작과의 하룻밤이면 영원한 부귀영화를 누리고도 남을 테니 모여드는 여자는 많았고, 그들은 기꺼이 죽은 여자의 모조품이 되기를 희망했다. 그들은 죽은 여자의 하녀에 의해 한껏 꾸며지고 침실로 등 떠밀렸다. 그때마다 하르젠은 여지없이 돌려보냈는데, 어느 날은 돌려보내지 않았다.

그날 아침, 죽은 여자와 꽤나 닮은 여자가 공작의 침실에서 나왔다.

여자는 침의 차림이었다. 그리고 해가 뜨고 가주의 침실에서 나왔다. 단 두 가지만으로도 비센테는 저 안에서 벌어진 일들을 유추할 수 있었다.

"아……."

방에서 나오자마자 사람을 맞닥뜨릴 건 예상 못 했는지 여자가 주춤주춤 뒷걸음질을 쳤다. 그러다 무언가 떠오른 게 있는 듯 그녀의 발길은 얼마 안 가 그쳤다.

"소공작님이신가요?"

밤새 잠을 못 자 반쯤 풀려 있던 눈은 당황으로 휘둥그레진 채였다. 곧 여자는 거의 반으로 접힐 만큼 허리를 숙였다.

"안, 안녕하세요."

아버지의 침실에서 나온 주제에 그 아들에게 할 인사로 적절한 것은 아니었다.

비센테는 여자가 건넨 황당한 인사에 답하지 않았다. 그저 여자의 가느다란 발목 부근에서 나풀거리는, 죽은 여자의 것일 치마를 뜻 없이 본 다음 그대로 시선을 올렸다. 마침내 종착지인 여자의 얼굴을 보게 되자 찬웃음이 그의 얼굴에 선연하게 뻗어갔다.

지독한 환멸이었다.

밤새 들여놓은 걸로 보아 얼마나 닮았나 했더니, 꽤 닮아 있었다. 죽은 여자가 젊었을 때 저런 모습이었을까 싶을 정도로.

구불거리지 않고 가늘게 내리뻗은 머리칼이 벼 익은 금색이었다. 그의 것보다 묽은 눈동자가 바닷빛이었다. 한 손에 거뜬히 쥐어 잡힐 듯한 목덜미가 가늘었다. 전체적으로 색채가 연한 인상이 숨결에도 스러질 공기 같았다.

그 전부가 꼭 죽은 여자의 거죽을 뒤집어쓴 듯해 비센테는 그만 헛구역질을 할 뻔했다.

역겨웠다. 제 어머니의 그림자를 지우기 위해 눈앞의 여자를 죽기 살기로 빚었을 이들을 생각하면 더더욱.

여자가 아침이 되어서야 나왔다는 소식에 가장 먼저 반색을 표한 이는 게리언 클레이먼트 자작이었다. 아침 일찍 성에 든 그는 침실 앞에서 선 채 이도 저도 못하고 있는 여자의 모습에 뛰듯이 걸어왔다.

기쁨에 젖은 게리언 자작이 여자의 어깨를 움켜잡았다. 짐짓 광기 어려 보이는 몸짓이었다. 여자는 어깨 옷자락이 말려 드러난 맨살을 가리려 했지만 게리언 자작은 아랑곳하지 않았다.

"각하께서 너를 안으셨느냐?"

게리언 자작은 다짜고짜 물었다. 날것 그대로의 질문은 천박했지만 그의 참을성은 바닥난 지 오래였다.

기실 그에게 중요한 건 귀족적인 체면이 아니었다. 몇 번의 고배를 마시는 동안, 사람이 죽어나갈수록 그의 초조함은 극심해졌다.

선대를 이어 그가 깍듯이 받들어온 군주였다. 그들이 걸을 길을 자신이 닦는 데 일조했으며 그의 한평생을 베른하르트에 바쳤다.

그게 어디 비단 그뿐인가? 그의 선조들 또한 다르지 않았을 것이다. 클레이먼트의 기틀이 베른하르트에 있다고 해도 과언이 아니다. 그런데 이제 와서 씻을 수 없는 오명을 묻혀 그동안의 노력을 물거품으로 만들다니. 있을 수 없는 일이었다.

그는 애가 닳아 뭐라도 해야 했다. 실로 고지식한 충정은 죽은 여자나 모방하는 흉측한 결과로 이어졌지만 그는 후회하지 않았다. 주군이 전처럼 돌아온다면 그는 몇 번이고 그럴 수 있었다.

게리언은 목소리를 잃은 듯 말 없는 여자를 향해 소리쳤다.

"대답하거라!"

위협적인 호통에 여자의 어깨가 움츠러졌다.

"자작."

그 모양새가 보기 좋지는 않아 비센테가 게리언의 어깨를 뒤로 잡아 뺐다.

게리언은 그제야 흥분을 가라앉혔다. 위협하던 자가 물러서자 안심한 여자는 눈썹을 늘어뜨린 채 웃었다.

실로 애매한 웃음이었다.

그녀의 이름은 에르이나로 지방 변두리에 살고 있는 가난한 소작

농의 딸이었다.

딸린 다섯 동생의 끼니를 위해 삯바느질을 하던 어느 날이었다. 한눈에 봐도 귀족임을 알 수 있는 자들이 그녀를 찾아왔다.

"성공하면 네 식구가 대대손손 누릴 수 있는 영화를 얻게 될 것이다."

그들은 먼 지역의 영주와 밤을 보낼 여인을 찾고 있다고 말했다. 그때까지만 해도 그녀는 왜 하필 자신이어야 하는지 알지 못했다.

예전부터 입이 마를 정도로 예쁘다는 칭찬을 듣긴 했지만 그것도 주변 사람에게 국한된 평가지 귀족 나리들의 귀에까지 들어갈 정도는 아니었다. 게다가 누더기를 기워 입고 숯가루에 묻혀 살며 한 달째 씻지 못한 몸뚱이는 스스로 봐도 영주가 탐할 만큼 예쁘지는 않았다. 한데 근방의 영주도 아니고 먼 지역의 영주라니.

에르이나는 그들이 평민을 상대로 거짓말을 하는 게 아닌가 했지만, 사실 선택권은 없는 것이나 마찬가지였다. 굶고 있는 동생만 다섯이었다. 그녀는 그들을 따를 수밖에 없었다.

다행히 운이 좋았는지 그녀는 어떤 험악한 일도 당하지 않고 무사히 성에 올 수 있었다.

성은 제 더러운 몸뚱이를 들이는 것 자체가 미안해질 정도로 호화스러웠다. 에르이나는 차마 들어갈 수 없어 제자리에서 서성였지만, 부질없는 발버둥이었다. 그녀는 기사들에 의해 등 떠밀려 성에 들어갔다. 성에 들어가자 같은 옷을 입은 사람들이 그녀를 둘러쌌다. 하녀들은 제일 먼저 그녀를 씻겼다. 몸에서 냄새가 날 텐데도 그들은 일절 불만을 토해내지 않았다.

묵은 때를 벗겨내고 머리를 가지런히 빗자 에르이나는 생각보다 제 얼굴이 봐줄 만하다는 걸 알고 크게 놀랐다. 흡사 다시 태어났다고 해도 무방했다. 어서 이 모습 그대로 살던 곳으로 돌아가 사람들에게 자랑하고 싶다는 마음에 들뜨기도 했다.

그러나 그녀는 그날 공작의 침실에 들지 못했다.

"이게 아니에요. 부족해요."

갈색 머리의 어떤 여자가 그녀를 반려한 것이다. 마치 물건처럼.

에르이나는 그 이후로 몸을 열한 번 씻고, 살을 7파운드 정도 빼고, 매일 아침 머리카락을 꽃물에 담갔다.

갈색 머리 여자가 매일매일 말했기 때문이다.

"좀 더 말라야 해요. 머리색은 좀 더 밝아야 하고요. 피부도 마찬가지예요."

에르이나는 이해할 수 없었지만 순종적으로 따랐다.

집에 돌아가고 싶었지만 아직 아무것도 얻지 못했다.

그러나 침묵이 호기심이 없음을 뜻하는 건 아니었다. 몸은 더러우니까 씻고, 살은 빼야 한다니까 뺐다. 몸 씻는 건 좋았고 굶는 건 익숙했기에 상관없었다.

하지만 매일 아침 금빛 꽃물로 머리카락을 더 밝게 물들인다거나 수은을 먹어 피부를 창백하게 하는 것은 이해할 수 없었다. 자신이 보기에 금발은 충분히 아름다웠고, 피부는 충분히 하얬다.

그들이 자신을 어떤 여자로 만들려고 한다는 것은 우연히 알게 되었다.

"조금 더 부족해요. 마님은 이보다……."

마님. 그 사람이 죽었다는 공작 부인일까? 공작님이 그분을 너무 그리워해서 나를 그분처럼 만들려고 하는 것일까?

에르이나는 거울을 볼 때마다 이상한 감상에 잠겼다. 거울 속 여자가 자신이 아니라 꼭 죽은 공작 부인 같았다.

그 이후로도 그녀는 많은 것을 깨우쳐야 했다. 먹는 법, 말하는 법, 잠자리하는 법, 웃는 법, 시선 처리하는 법까지.

먹을 땐 한 번에 말고 조금씩 나눠서. 말할 땐 숨결이 부서질 듯이 연약하게. 입 맞출 땐 팔을 목에 두르며. 웃을 땐 그린 듯이 사랑스럽게. 바라볼 땐 시선을 살짝 내리뜬 채 흘끔거리는 식으로.

에르이나는 그 여자를 닮기 위해 애쓰다 안 될 때마다 기진맥진했다.

"그분은 요정인가요?"

어느 날은 그리 투정하자 갈색 머리 여자는 소리 없이 빙그레 미소했다. 처음 보는 미소에 에르이나는 바보처럼 입을 다물지 못했다.

"리엔이라고 불러요."

다행히 갈색 머리는 여자는 꾸중 대신 이름을 들려주었다. 이곳에 온 지 한 달 만에 듣는 이름에 에르이나는 감격스러워 고개를 끄덕였다.

리엔, 그 여자가 말했다.

"많이 힘들죠? 그래도 참아요. 당신이 그분과 밤을 보내면 당신은 물론 당신의 가족들까지 일하지 않고 풍요롭게 살 수 있을 테니까. 해석하기에 따라 다르겠지만, 어쨌든 손해 보는 거래는 아니잖아요. 그렇죠?"

그 말이 어쩐지 비관적으로 다가왔다. 에르이나는 불현듯 물었다.

"리엔 님은 괜찮나요?"

"……."

"돌아가신 부인을 곁에서 모셨다고……. 어쩌다 알게 되어서요."

조심스러운 에르이나의 말에 리엔은 픽 가볍게 웃었다.

"저밖에 할 수 없는 일이에요."

"네?"

"저만 남겨두고 다 땅에 처박으셨거든요. 위대하신 공작 각하께서."

반쯤은 자조, 반쯤은 빈정거림이었다. 에르이나의 머리를 곱게

빗질하며 리엔은 이어 말했다.

"그분이 이곳에서 유일하게 애착을 가진 사람이었으니 유품으로 남겨두고 싶었을 거예요. 그 결과 저는 떠나지도 못하고 당신 같은 여자들이나 단장하는 신세지만."

"저 같은 여자라는 건 무슨……."

"설마 당신이 처음인 줄 알았어요?"

리엔이 비웃었는데, 그 위악은 에르이나를 상처 입히지 못했다. 냉소의 기반에는 꾹꾹 욱여넣은 슬픔이 있었다. 아무리 거센 악의도 물렁하게 만들어 버리는 비통함이.

그래서 에르이나는 불쾌할 수가 없었다.

"게리언 자작이 그분과 조금이라도 닮은 사람이라면 이 잡듯이 뒤져 데려오는데 한 명일 리가요. 벌써 몇 번이나 거쳐 갔어요."

"……."

"안타깝게도 전부 실패했지만."

안타깝다 말하는 여자의 표정은 전혀 그래 보이지 않았다. 체념일까. 위안일까. 그렇다면 무어라 말을 주어야 할까.

그분은 저 또한 내보내실 거예요. 그분의 유일한 사랑은 공작 부인밖에 없을 거예요. 그리 말해줘야 할까.

에르이나가 무슨 위로를 건네야 할지 망설이고 있을 때였다. 리엔은 마지막으로 그녀의 잔머리를 귓바퀴 뒤로 넘겨주었다. 자신의 피조물을 감상하는 눈은 슬퍼 보였다.

"나는 당신이 선택받길 바라요."

그 눈만큼 목소리 또한 슬펐다. 얼핏 진심처럼 들릴 만큼.

하지만 그 눈 안의 고통을 들여다본 순간 에르이나는 알고 말았다.

"내 손으로 그분을 닮은 사람에게 그분의 옷을 입히고 그분이 하던 화장을 하는 거."

“…….”

“지긋지긋하거든요.”

눈앞의 여자가 진심이라는 것을.

그날 밤 에르이나는 도둑고양이처럼 몰래 공작의 침실에 들었다.

이것이 몸 파는 짓거리와 차이가 없다는 걸 알았지만 평민의 자존심이란 언제나 그렇듯 하찮았다. 빵 한 조각에, 친절 한 줌에 몸뚱이를 잃는 것은 일상이었다.

그래도 헐값은 아니니 괜찮다고 자위하면 좀 나아지려나.

에르이나는 쓰게 자조하며 두 손을 겹쳐 쥐었다. 귀족이 원했다고 해도 손가락질을 받는 건 자신이라는 걸 안다. 여기까지 온 이상 돌아갈 수 없다는 것도. 그러니 차라리 감수해야 했다. 어떤 더러운 욕정이라도 감수해서, 대가를 받아내야 했다.

그녀는 굳게 의지를 다지며 공작을 기다렸다.

그러나 문이 열리고 들어온 공작의 모습은 그녀가 그동안 쌓아 올렸던 상상과 달라 에르이나는 많이 당황했다.

남자는 정말 그녀의 상상과 무척 달랐다. 노인도 아니고, 배불뚝이도 아니란 언질은 들었지만 잘생겼다는 언질은 듣지 못했다. 아니, 고작 잘생겼다는 말로 퉁쳐도 되나 싶을 정도로 고고하고, 고결하고, 고귀하고, 아름답고…….

에르이나는 배운 게 없어 이렇게밖에 표현하지 못하는 자신이 한심했지만 어쨌든 그랬다.

온갖 현란한 수식을 갖다 붙여도 도리어 그것이 비루해질 만큼, 남자는 그녀가 상상해 왔던 귀족적인 모습의 집합체 같았다.

그녀가 넋이 팔려 있을 무렵이었다. 돌연 낮은 목소리가 들려온 것은.

"아."

"……."

"그래."

말보다는 인지에 가까운 소리였다. 여자가 제 침실에 들어와 있는 현 상황을 인지했다는. 이런 일이 한두 번이 아니라는 리엔의 비웃음에 맞게 공작은 태연해 보였다.

외려 건조한 반응에 긴장한 쪽은 그녀였다. 공작의 침대에 앉은 채 에르이나는 땀이 찬 손을 조심조심 꾸물거렸다.

자기소개를…… 해야 할까. 별것 아닌 고민이 찰나 의식을 지배했다.

하지만 사족을 안 좋아하신다는 리엔의 조언이 떠오르자 의식은 다시 눈앞의 남자에게 사로잡혔다.

그녀는 가만히 있기로 한 대신 손과 발을 얌전히 모으고 시선을 약간 아래로 내렸다. 숨결이 사랑스럽게 보이도록 숨을 조금씩, 들이마시고 내쉬었다.

다만 열심히 연습했다 해도 죽은 공작 부인 흉내란 여간 어려운 일이 아니라, 호흡만으로도 에르이나는 지쳐갔다. 몸에 열이 좀 돌아야 한다는 당부로 극소량의 미약까지 먹은 탓에 심장은 평소보다 빠르게 뛰기까지 했다.

정말 요정이 아닐까?

보통 사람은 감히 따라 할 수조차도 없는 외양과 행동에 에르이나는 그분은 틀림없이 요정이었을 거라는, 합리적인 의심이 들기 시작했다.

그게 아니라면 사람이, 사람이 이럴 수는 없었다.

리엔의 묘사만 들어도 그렇지 않나. 죽은 공작 부인은 과거에 실존했던 사람보다 환상 속 생명체에 가깝게 느껴졌다. 그러니 아쉬울 만도…….

"……."

그때 저벅이는 발소리에 에르이나가 화들짝 놀랐다.

슬며시 눈동자만 움직이니, 침대 옆 테이블 앞에 앉은 공작이 잔에 술을 따르고 있었다.

"마시라 둔 것 아닌가?"

그녀의 곁눈질을 알아챘는지 묻지도 않았는데 공작이 답했다. 물론 마시라 둔 건 맞지만…….

당장 침대에서 침의를 벗을 일만 염두에 두던 에르이나에겐 당혹스러운 전개가 아닐 수 없었다.

침대에서 벌떡 일어난 에르이나는 재빨리 공작의 맞은편에 앉았다. 쭈뼛쭈뼛 자리에 앉자 새삼 아까보다 더 가까워진 거리가 체감됐다.

"제가 하겠……."

에르이나는 어정쩡한 동작으로 팔을 뻗었으나 공작의 잔은 이미 채워진 뒤였다. 허공에 붕 뜬 팔을 스르르 가져오며 그녀는 자신의 몫일 잔을 응시했다.

에르이나는 자신의 잔에도 술을 채워야 할지가 고민됐지만, 골똘한 생각 끝에 비워두기로 결정했다.

요정님은 술을 안 좋아하실 테니 말이다.

그도 딱히 그녀에게 마시라고 요구하지 않는 걸 보니 그녀의 예상이 맞는 듯했다. 게다가 지금 술을 마셨다간 몸이 더 달아올라 실례를 끼칠 것만 같았다. 물론, 실례를 끼치는 게 목적이기는 하지만…….

'……왠지.'

먼저 몸에 손대는 건 좋은 방식이 아닐 것 같다는 본능적인 예감이 들었다.
말소리 없는 정적 속에서 그녀를 앞두고 공작은 잔을 기울였다. 에르이나는 방 안의 공기에 압도당한 채 살며시 머리를 굴렸다.
쫓아내지는 않는 건가……. 지금까지의 여자들은 전부 들어가자마자 나왔다고 들었다. 하지만 공작은 아직까지 그녀를 내보내지 않고 있었다. 더구나 이상한 건, 간혹 눈길을 준다는 점이었다.
눈은 반쯤 내리뜬 상태였지만 무심한 듯 집요하게 붙박이는 시선만은 느낄 수 있었다. 어쩌면, 하녀들의 들뜬 말처럼 자신이 정말 닮은 걸지도.
'잘된…… 건가.'
그리 안심하며 그녀가 무심코 눈꺼풀을 밀어 올렸을 때였다.
"……."
눈길이 맞닿고 시야에 가득 찬 남자의 모습에 에르이나는 모로 시선을 피해 버렸다. 어쩐지 나쁜 짓을 하다 들킨 아이 같았지만 너무 갑작스러워 피할 수밖에 없었다.
애초에 평민이 귀족의 얼굴을 함부로 쳐다보는 것 자체가 죄였다. 귀족 나리를 독대하는 경우도 흔치 않았고 말이다. 무엇보다 그녀 주변 남자들은 대부분 밭일하다가 흙은 예사로 묻히고 다니는 자들뿐이었다. 그러므로 당황하는 건 당연하다.
변명이 덕지덕지 묻은 위안이지만, 그래도 펄떡이던 심장은 조금씩 자리를 되찾아갔다.
아직 남아 있는 맥박의 여운을 지우기 위해 그녀는 굶고 있는 동생들을 생각했다. 다행히 효과가 있었는지, 굶주림에 허덕이는 아이들을 떠올리자 전처럼 가슴이 요동치지 않았다.
사실 이건 당연한 현상이긴 했다. 제아무리 눈멀 정도로 아름다운 것이라도 그리움엔 당해낼 수 없을 테니.

그러니 당신도 당해내지 못하겠지.

속으로 읊조린 그녀는 마음이 약간 울적해졌다. 그제야 그가 왜 자작의 만행을 제지하지 않고 모르는 척 놔두는지 알 것 같았기 때문이다.

그 여자가 죽었다는 걸 알면서도, 같은 사람이 아닌 것을 알면서도 찰나 닮았다면 그것만으로도 잠시 곁에 둘 만큼 그는…….

그걸 알고, 자신이 해야 할 일을 알자 바늘이 콕콕 쑤시듯 가슴이 아파왔다. 그녀는 조금 웃었다.

"저, 잘할게요."

공작의 약점을 파고드는 건 에르이나에게 너무나 쉬웠다. 그녀 자체가 그의 추억을 위해 빚어진 사람이었으니, 쉬울 수밖에 없었다. 그러니 흔들 수 있을 것이다.

"잘…… 할 수 있어요."

흔들릴 것이다. 다만 처음인 주제에 잘한다는 거짓말은 스스로도 민망해, 머리 꼭대기까지 열이 올랐다. 에르이나는 뒤늦게 찾아든 부끄러움에 고개를 푸욱 수그렸다. 낮은 웃음소리가 들린 건 그때였다.

"못하는 게 좋을 텐데."

희미했지만 분명 웃음소리였다. 아니나 다를까, 고개를 확 들어올리자 공작이 가볍게 웃고 있었다. 웃음기 없는 얼굴이라 그걸 웃었다고 할 수 있을진 모르겠지만.

"공작 부인께서 못하셨나요?"

무언가 이상한 질문이었지만 에르이나는 꿋꿋이 고개를 들었다. 흘끔거리던 시선은 이제 노골적으로 눈앞의 남자를 향하고 있었다.

시선과 질문이 불쾌하진 않았는지 공작은 별말 없이 턱을 까닥였다.

"그 점이 어여뻤다만. 하나 어차피 혼자서는 의미 없는 기억이지."

무슨 말일까. 그녀의 얼굴에 도는 의문점을 읽은 듯 그는 덧붙여 말했다.

"내 곁을 별로 좋아하지 않았거든."

"……."

"나도 그렇고."

그녀의 귀엔 자조로밖에 들리지 않는 음성에 에르이나는 테이블 밑의 주먹을 꼭 말아 쥐었다.

"제가…… 어떻게 하면 각하의 마음에 들 수 있을까요?"

그녀는 꼭꼭 다짐하듯 한 번 더 말했다.

"뭐든 할 수 있어요."

그러자 공작의 시선이 그녀의 눈동자에 멈추었다. 그녀의 푸른 눈 위로 누군가를 투영하듯이.

자작의 질문에 대한 대답을 보류하는 동안 에르이나는 신중히 말을 골랐다. 새벽을 지나 태양이 떠오를 때까지 고민이 깊었다.

어떻게 해야 할까. 하지만 결국 생각을 거듭해도 결론은 하나인지라, 더 이상의 주저함은 무의미한 것이나 마찬가지였다.

결심을 굳힌 그녀는 천천히 고개를 가로저었다.

"아니요. 손대지 않으셨어요."

명확한 고갯짓과 그것보다 더 명확한 말이었다. 게리언은 황당하다는 어조로 되물었다.

"밤새, 말이냐?"

여자가 고한 말은 게리언에게 여러 의문을 남겼다. 밤새 남녀가 한 공간에 있었는데 아무 일도 일어나지 않았다는 게, 그의 상식으론 납득이 가지 않았다. 하지만 여자의 눈빛은 사실이라는 듯 견고

했다.

"예, 자작님. 다만……."

여자는 비센테와 자작, 두 사람을 번갈아 보다 어물어물 입을 열었다.

"무언가를 시키시기에…… 밤새 그대로 하고 왔습니다."

게리언 자작이 이해할 수 없다는 듯 눈살을 팍 찌푸렸다.

"무얼 시키셨다는 말이냐?"

자작의 짜증스런 물음에 에르이나는 한여름 밤의 꿈같았던 어젯밤을 상기했다. 순간순간이 꿈결 같기만 했던 시간을. 끝내 꿈은 아니어서 기어이 가슴이 먹먹해지고 말았던 시간을.

전날 밤을 되새기는 그녀의 입술에는 어쩔 수 없는 쓴 미소가 머물러 있었다.

공작이 그녀에게 바란 것은 단 하나였다.

"사랑한다고…… 말해보라고."

몸도 마음도 아닌 그저 그 한마디.

"사랑한다고 말해보라고, 그러셨습니다."

그녀는 표정이 굳은 자작과 비센테를 향해 한 번 더 입을 열어 고했다. 거짓 없는 진실처럼 밤새 에르이나는 그가 바라는 대로 그 말만을 되풀이했다.

"사랑해요."

말하고.

"사랑해요."

말하고,

"사랑해요."

말하고.

"사랑해요, 하르젠."

말한다.

그가 사랑했던 여자를 흉내 내어, 그가 가장 듣고 싶었던 말을 에르이나는 밤새도록 반복해 말했다.

그때 그의 표정이 어땠더라.

모르겠다.

자신은 영영, 알 수 없으리라.

그녀는 마지막으로 미소 지었다.

"그래서 밤새 각하와 있었지만 내내 그 말만 해드렸을 뿐, 신체 접촉은 없었습니다. 그리고 다시는 올 필요 없다는 말씀도 하셨고요."

"기다렸다가 날이 밝으면 나가거라."

"……."

"나가서 뭐라 고하든 책하지 않겠다."

그것이 일종의 보답이란 걸 알았지만 에르이나는 없었던 일을 꾸며내 말하지 못했다. 그녀는 굶주린 동생들을 위해 몸을 팔 순 있어도, 거짓을 대 누군가의 진심을 짓밟는 짓만은 할 수 없었다.

아무것도 손에 쥐지 못하고 돌아갈 처지였지만, 누군가는 비렁뱅

이의 선의를 멍청하다며 비웃을 테지만 그녀는 알았다. 오히려 거짓말을 했다면 두고두고 마음에 얹힌 짐이 됐을 거란 걸. 어쩌면 담대하지 못한 평민 여자는 그날 일을 평생의 빚으로 생각할지도 모른다.

하여 초라하게 돌아가기로 마음먹은 여자는 남자를 향해 정중하게 인사했다. 공작 부인의 눈을 닮은 남자였다.

"공작 부인의 침의를 어지럽혀서 죄송합니다. 원래대로 돌려놓고 떠날 테니 부디 용서해 주세요."

그간 배운 것을 토대로 씩씩하게 말하자 제법 교양 있어 보였다. 그래도 헛배운 건 아니라 다행이라고 생각하며 에르이나는 씩씩하게 반대편으로 걸어 나갔다. 마음이 후련했다.

"아니……."

떠나는 에르이나를 보며 게리언 자작은 나직한 한탄을 내뱉었다. 그 뒤로 연거푸 더듬거리긴 했지만 자작은 그 이상 말하진 않았다.

비센테는 혼이 쏙 빠져 있는 자작을 두고 침실 문짝을 바라보았다.

폭풍우가 몰아치듯 마음이 술렁거리는데, 이 마음이 뭔지 알 수가 없었다.

에르이나에게 그녀의 가족이 평생 살 수 있는 재화를 들려 보낸 뒤 비센테는 가끔 어머니의 초상화가 있는 방에 갔다.

비센테는 그림 속 여자를 바라보았다.

부드럽고 온기 있는 색감들로 감싸인 여자는 금방이라도 그림 속에서 걸어 나올 듯했지만, 그의 마음에선 이미 죽은 여자라 비센테는 아무런 감흥도 느낄 수 없었다.

그는 물끄러미 그림 속 여자를 바라보다 방을 나왔다. 창밖을 보니 낙조가 내려앉고 있었다.

해가 저무는가.

그 여자처럼.

그런 실없는 생각을 잠깐 했을 때, 설핏 기이한 냄새가 그의 코끝을 스치고 지나갔다. 무어라 딱 정의할 수 없는 냄새에 비센테는 미간 사이를 가늘게 좁혔다.

냄새의 출처를 따라가 보니 어느덧 그는 4층으로 향하는 계단 앞에 멈추어 서 있었다. 4층 계단에는 출입을 금한다는 의미의 줄이 쳐져 있었다. 하녀들이 떨며 고한 소리가 떠오른 건 그때였다.

"그, 그게…… 얼마 전에 여자의 모습을 한 유령이 4층 복도를 떠돌았다고 합니다……. 그런데 본 사람이 말하기를 그 모습이 꼭…… 고, 공작 부인의 초상화를 닮았다고……."

유령?

그저 헛소리라 치부했던 것이 떠오르자 비센테는 인상을 찡그렸다.

엄밀히 따지면 냄새와 유령은 연관성이 없었지만, 그 말은 지나간 기억 속에서 되살아났다. 그리고 그럴수록 부풀어 오르는 반감이 비센테의 헛웃음을 자아냈다.

죽은 공작 부인의 유령이라니.

완벽한 헛소리였다. 죽은 자의 망령이 돌아와 봤자 그것은 허깨비에 불과했다. 실존하지 않는.

그런데 그 여자는 왜 사라지지 않을까.

별안간 훅 치미는 염증에 비센테는 계단을 막고 있는 줄을 쳐 내렸다. 그는 뚜벅뚜벅 계단을 올랐다. 충동이라고밖에 설명할 길이 없었으나 이성은 무의식에 순종하고 있었다.

죽어도, 죽여도 어디엔가 존재하고 있는 여자. 그 지긋지긋한 환멸 속에서 비센테는 성마른 걸음을 내디뎠다. 한 계단, 한 계단 오를수록 그림자는 베일처럼 그를 감싸 안았다. 비센테는 스르르 내려앉는 그림자를 두르며 걷다, 일순 어떠한 기이함을 감지했다.

"……."

해는 아직 저물기 전인데 주변이 지나치게 어두웠다. 영원의 밤에 갇힌 것처럼.

그는 4층에 다다르자 그 이유를 알 수 있었다. 4층의 모든 창문에 장막이 쳐져 있었다. 빛 한 줄기 새어 들 틈 없이.

비센테는 암막에 싸인 복도 끝을 응시하며 미간을 좁혔다. 사람들이 오가는 길이 아니라고 해도 굳이 이럴 필요는 없을 텐데, 뭔가 석연찮았다.

어떤 향이 난 것은 그때였다.

'……무향초?'

눈이 어둠에 익고, 뒤늦게 복도 가녘에서 피어오르는 연기가 시야를 잡아챘다.

아마 향은 저 연기에서 나는 것이리라. 또한 비센테는 이 향의 재료가 무엇인지 알았다. 루델시아에서만 재배되는 것으로 근래 그라니아에 대거로 들여온 식물이었다.

무향초. 그 자체가 무취란 뜻이 아닌 다른 냄새를 무로 되돌리는 특징에서 붙여진 이름이라 알고 있다. 사람들은 이것은 농축한 뒤 향초로 굳힘으로써 주변의 혹취를 덮는 데 사용했다. 혹은 어떤 흔적을 지우기 위해서거나.

이 경우, 아마 이렇게 많은 무향초를 사용하는 이유는 후자에 근접할 것이다. 무언가를 감추기 위해서. 그의 아버지, 하르젠 베른하르트가.

'감춰?'

그는 더욱 깊어진 위화감에 떠밀리며 밤의 장막이 드리운 복도를 걸었다. 내디디면 내디딜수록 바닥에 널린 무향초의 양은 기하급수적으로 불어났다.

어둠마저 한가득 덮은 희뿌연 연기가 은연중 섬뜩하다고 느꼈을 때였다. 무향초 사이로 희미하게 섞여든 향이 그의 후각을 자극했다.

비센테는 후각신경에 집중했다. 하지만 이미 뒤범벅돼 버린 향은 알아차리기 어려웠다. 약간은 메스껍고 비릿한 게 시궁 냄새 같기도 한데, 정확히 무슨 냄새인지 정의할 수 없었다.

이윽고 모퉁이를 돈 비센테는 어렵지 않게 냄새의 근원지를 찾을 수 있었다. 살짝 덜 닫힌 문 틈새로 노을빛이 기울어져 있었다.

비센테는 세로로 길게 뻗은 빛줄기를 가만히 보다, 멈칫했다. 그는 한 뼘 거리만 두고 노을이 새는 방 앞에 섰다. 수도 저택에서 뭐가 그대로 옮겨졌는지에 대해 무지한 비센테도 이곳이 어떤 방인지는 잘 알았다. 죽은 여자의 침실을 재현한 방이었다.

그래서일까. 새삼 이곳에 금지령이 내려진 이유가 떠오르자 불시에 거부감이 치솟았다. 내키지 않는 마음으로 팔을 뻗자, 손끝은 차가운 금속성의 문고리에 살며시 닿았다. 그의 손가락이 둥근 문고리를 느리게 훑었다. 망설이듯이.

그러나 이내, 손끝에 서린 망설임은 아까부터 거슬렸던 것들에 의해 우수수 떨어져 나갔다. 비센테는 문고리를 감싸 쥔 손에 힘을 실었다. 문은 경첩 소리 없이 매끈하게 열렸다. 그렇게 문이 반쯤 젖혀지고 부드러운 석양이 밀려왔을 때.

밀려온 석양과 함께 훅 들이치는 향에 그는 재빨리 소매를 코로 가져갔다.

무슨 향이…… 아니, 아니다. 이건, 향이 아니었다. 이건…….

"……냄새가 나서."

비센테의 푸른 눈에 옅은 파문이 일었다.

악취였다.

맨정신으론 도저히 견딜 수 없는 악취가 그의 코를 들이받은 채 스며들고 있었다. 비센테는 찍어 누르듯 팔등으로 코를 완전히 틀어막고, 숨을 죽였다. 누군가 장기를 잡아 쥐고 흔드는 것처럼 속이 쉼 없이 울렁거렸다.

그 역함을 되새길 겨를도 없이 비센테는 눈치챘다. 이것이 무엇인지. 기실 그는 이 냄새를 똑똑히 알았다.

반란을 일으켰을 때 수도 없이 들이켰던 것. 피가 고인 살가죽이 상온에서 마르면 더더욱 지독해지는 것. 산 자에겐 결코 날 수 없는 것.

둔탁한 충격이 그의 머리를 치고 지나갔다. 비센테는 영원 같은 침묵 속에서 아무 말도 하지 못했다.

그저…… 보았다.

부서지는 노을빛을 맞으며 '그 여자'를 안고 있는 아버지를…….

아니, 그걸 과연 그 여자라 명명할 수 있을까.

전신이 부패해 진물이 나며 구더기가 들끓어 본래 형태조차 알 수 없겠는 그것을? 무향초로도 덮을 수 없는 악취를 풍기고 있는 그것을?

뒷덜미가 차게 식었다. 죽어 땅에나 묻혀 있어야 할 여자가 왜 성안에 모셔져 있는 건지에 대한 의문은 휘발된 지 오래였다.

단지 마주한 진실에 비센테는 좁은 관에 갇힌 사람처럼 꼼짝도 할 수 없었다.

그러니까, 시체였다. 부패하고 진물이 나고 구더기가 들끓는 그것은. 부패를 막기 위해 꽤 애를 썼는지 몇 군데 성한 곳은 남아 있었지만 잘 쳐줘도 그것은 썩어가는 것에 불과했다.

혼탁해져 가는 의식 속에서 그는 힘겹게 숨을 들이마셨다. 시취가 팔뚝에 파고들어 폐부에 들 때마다 장기가 썩어 내라는 것 같았다.

비센테는 이제 여자의 몸을 기어 다니는 벌레마저 제 몸으로 옮겨온 듯한 착각이 들었다.

그렇듯 끔찍한 것투성이였다. 그렇듯 저곳 자체가 더러움의 온상이었다.

하지만 비센테는 온갖 역겨운 것으로부터 달아나지 못했다. 혈관에 못이 박힌 듯 다리가 제멋대로 뿌리박혀 있었다. 경직되어 멋었던 그의 벽안이 바르르, 정처 없이 흔들렸다.

썩어가는 시체가 보이지 않는다는 듯, 방 안을 채우고 있는 시취가 맡아지지 않는다는 듯. 하르젠이 죽은 여자를 끌어안은 채 울고 있었다.

비센테는 숨죽여 우는 남자를 눈도 깜빡이지 못하고 쳐다보았다. 고개를 숙여 흘러내린 새까만 머리칼 사이로 젖은 목소리가 내려앉았다.

"……사랑한다."

여자의 뺨 위로 부서지는 눈물과 함께 그 고백이 머물렀다.

비센테는 찰나 얼어붙었다. 눈물은 계속 떨어졌다.

"사랑한다."

그 고백과 함께.

"사랑한다."

시체 위로 낙하하는 눈물이 황혼에 반짝였다.

"……사랑한다."

죽은 여자가 그것을 들을 리 없다는 것을 알 텐데도, 눈물 젖은 썩은 뺨에 입술을 묻은 남자는 절박하게 되뇌었다.

사랑한다.

사랑한다, 사랑한다, 사랑한다.

사랑한다, 에르셀라.

노을이 저물어가며 금빛 황혼이 두 남녀를 감싸 안았다.

결코 아름답다고 할 수 없는 광경을 비센테는 멍하니 바라보다, 도망치듯 뛰쳐나왔다.

비센테는 정신없이 뛰었다. 처음 보는 아버지의 눈물이 그의 목덜미를 꽉 움켜잡고 놔주지 않았다.

질식할 것 같았다. 심장이 뭍에 버려진 물고기처럼 팔딱팔딱 뛰었다.

비센테는 그길로 계단을 내려가 미친 듯이 달렸다. 달리기의 종착지인 초상화가 전시된 방에 이르자, 그중 가장 눈에 띄는 그림을 보자, 제일 먼저 튀어나온 건 욕설이었다.

빌어먹을 여자.

그에겐 한 번도 보여주지 않은 미소가 그림 속에선 잘도 흐드러져 있었다. 숫제 그를 비웃듯이.

그에 경멸은 걷잡을 수 없이 불어나, 비센테는 그만 벽에서 떼어낸 그림을 바닥에 내려쳤다. 액자의 유리가 와장창 깨지고 파열음에 놀란 사용인들이 떼로 몰려왔다.

"도, 도련님!"

"마님의! 마님의 초상화가!"

사용인들이 필사적으로 말렸지만 그는 여자의 그림이 담긴 액자를 부수기를 주저하지 않았다.

비센테는 그림이 모조리 박살 날 때까지 그것을 내려치고 내려쳤다. 이미 죽은 여자를 그렇게나마 죽이고 죽였다.

그 행위는 거센 힘을 견디지 못한 액자가 부서져 그의 손에서 떨구어지고 나서야 멈추었다. 그림과 틀이 헐겁게 분리된 액자가 그의 발치에서 달그락거렸다.

비센테는 그것을 보다가, 조각조각 뜯겨 간신히 형체만 남은 그림 위로 엎드렸다. 그림 옆에 두 팔을 짚자 망가진 여자의 모습이 눈에 들어왔다.

그럼에도 그 아름다운 얼굴은 선명하여, 그는 시뻘게진 눈으로 그림 속 여자를 노려보았다.

한 뼘을 두고 마주한 초상화 위로 단정치 못한 숨결이 흩어졌다. 뜨거운 눈물이 그림을 불태워 버릴 듯이 떨어져 내렸다. 자신이 울고 있다는 것도 인지하지 못한 채 비센테는 일그러진 얼굴로 웃었다.

당신은 제게서 그분마저 앗아 가려 하십니까.

오늘로서 그는 외면해 왔던 진실을 마주했다. 그의 아버지가 진정으로 원하는 게 무엇인지 알게 되었다. 알고 말았다.

하르젠은 죽고 싶어 했다. 그림 속 여자를 따라.

그래서였던 것이다. 그에게 이르게 작위를 넘기려던 것도.

"……베롬과 수면제입니다."

매일 밤 다량으로 복용하고 있는, 도저히 약이라 불러줄 수 없는 것들도.

그 모든 게 죽음을 위한 기반이었다.

그러니 그는 결국 죽을 테지. 고작 그런 여자 때문에, 자신은 유일했던 가족을 잃을 테지.

그 변치 않을 사실에 비센테는 억지로라도 웃음 짓지 못했다. 대신 그는 그림에 얼굴을 묻고 괴롭게 흐느꼈다.

깨진 유리 파편에 생채기가 났지만 외려 고통이 달게 느껴질 정도로 온 마음이 죽어 내려갔다. 제 눈물이 번져 그림은 차츰 완벽하게 망가져 가는데, 이상하게도 망가지는 건 자신 같았다.

그 지독한 박탈감에 비센테는 끝내 너절한 현실을 인정하고 말았다. 아버지가 바라는 대로 해드리는 게 그의 의무일 현실을.

그는 죽여 드려야 했다, 아버지를.

그리고 미쳐 버린 가주를 도려내 완벽한 베른하르트의 가주로 군림해야 했다. 그는 그래야만 했다.

에르셀라 베른하르트.

그 여자의 이름이 빛바래지 않도록. 그 여자의 명예가 세상이 종말 할 때까지 고고하도록. 그것이 그의 아버지가 그에게 바라는 유일한 것일 터였으므로.

그러니 나의 어머니, 당신은 죽어서도 고귀하게 될 테지요.

비센테는 절망에 허우적대며 슬프게 웃었다.

영주의 폭정은 계속되었다.

계절이 바뀌어도 사람들은 죽어갔고, 의원을 부를 수 없는 병자의 병은 곪아 손쓸 수 없는 사태까지 이르렀다. 하여 영민들은 성토했다. 그자는 자격이 없노라고. 베른하르트를 다스리기에 걸맞지 않다고.

그런 사람들의 시위에 따라 이따금 가신들은 은밀히 모였다. 공론하는 탁상 가운데에는 항상 젊은 소공작이 함께였는데, 모두가 그가 올바른 차기 군주가 될 것이라 믿어 의심치 않았다.

비센테는 그 믿음을 벗 삼아 차근차근 군림할 준비를 했다. 얼기

설기 얽힌 믿음은 단단했으므로 그 일은 몹시 순조로웠다.

바야흐로 모든 일이 공들여 쌓이는 돌탑처럼 진행되고 있을 때였다.

피사리데 후작이 작고했다는 소식이 베른하르트령에 당도했다.

사인은 고문 후유증이었다. 아마도 죽은 왕비의 아들만은 살리려고 했을 때 생겼을 것일.

그때 고문의 여파가 컸는지 후작은 가을에 접어들 무렵 임종했다고 한다.

비센테는 인편을 통해 온 서한을 받은 뒤 후작령에 갈 채비를 했다. 왕래가 적었다 하여도 죽은 생모의 가문이다. 그는 혈육으로서 마땅히 적당한 조의를 표해야 했다.

그 때문에 계획이 지연되자 가신들은 일을 그르칠까 초조해했지만, 굳세게 반대하진 못했다. 그들도 알기 때문이었다. 비센테가 조문하는 게 옳다는 것을.

계획과 달리 죽은 자의 장례는 미룰 수 없었고, 지금은 명성이 중요한 시기였다. 베른하르트가 혈육의 죽음조차 돌보지 않는다는 세평이 돌면 그들로서도 난감했다. 외숙부의 장례 중에 아비를 살해했다는 오명과 마찬가지로. 결국 가신들은 반강제적으로 찬동할 수밖에 없었다.

그때 느낀 감정이 안도였는지 알려 하지 않은 채 비센테는 여로에 올랐다.

사실 가나 가지 않으나 세인들의 손가락질은 예정된 일이었다.

이러나저러나 후작의 죽음은 베른하르트와 무관하지 않았고, 공작가가 어린 왕자를 죽이는 것에 암묵적으로 동조한 것도 사실이었으니.

"외가의 피는 묻혀놓고 명예는 필요했나요?"

예상대로 후작 부인은 위문하러 온 비센테를 향해 냉연한 조소를 보냈다.

"돌아가세요. 피사리데가 베른하르트의 명예에 보탬이 될 일은 없을 거니까."

글라디엠의 적녀로 태어나 피사리데의 안주인까지. 칼 한 번 잡아본 적 없이 곱게 자랐을 여자는 이보다 날카로울 수 없게 벼려져 있었다.

베른하르트 공작, 그의 아들을 손님으로 맞지 않겠다는 일종의 선언이었다.

"돌아가신 후작께서 안식하기를 기원하겠습니다."

비센테는 겸허히 신랄한 축객을 받아들였다. 애초에 조문하러 오는 데 진정성은 없었다. 단지 늦추고 싶었을 뿐이다. 언젠가 오고 말 그날을.

"안식?"

위로 같지 않은 위로에 후작 부인의 한쪽 입꼬리가 뒤틀리며 올라갔다. 비센테를 직시한 그녀의 시선이 모멸감으로 불타올랐다.

"염치없는 놈! 어느 안전이라고 감히!"

그녀는 금방이라도 혼절할 듯한 기색을 하고 악담을 퍼부었다.

"네 아비는 죽어서도 구원받지 못할 것이다! 내 평생토록 저주하겠다! 그럴 것이다! 네놈들이 결코! 죽어서도 편치 못하게, 내가!"

눈앞의 이를 당장에라도 찢어발기고 싶다는 듯이 그녀는 소리쳤다.

역정으로 채운 일갈을 들으며 비센테는 무심코 동의했다.

그 말이 옳다고.

그를 구원할 여자는 이미 죽었다. 그러니 그는 영원히 구원받지 못할 것이다.

비센테는 외려 그녀의 저주가 안타깝기까지 했다. 후작 부인이 구태여 마음을 써주지 않더라도 그의 삶은 행복과 요원했다. 그토록 쥔 게 많았음에도 사랑한다, 그 한마디를 듣지 못해서. 우습게도.

비센테는 넌더리 나는 사랑을 불가해한 영역으로 밀어 넣으며 마지막 예를 표했다.

"돌아가 보겠습니다."

"잠시만 기다리십시오!"

마차에 오르기 전이었다. 뒤를 돌자 피사리데의 공자가 이쪽으로 다가오는 게 보였다.

"전해 드릴 게 있어 왔습니다."

사무적이고 딱딱한 음성은 날 서 있진 않았지만 그렇다고 무디지도 않았다. 라셀리온은 내키지 않는다는 얼굴로 품을 뒤적였다.

"가져가십시오."

이윽고 그가 내민 것은 당혹스럽게도 돌이었다. 붉은빛을 내지만 투명하진 않아 루비로도 착각할 수 없는 돌.

단지 이것만으로도 비센테는 라셀리온의 의중을 짐작할 수 없게 됐다. 증오스러운 혈육에게 주는 조롱이라기엔 유치했으며, 조문객에게 감사를 표하기 위한 답례라기엔 그럴 사이가 아니었다.

그러나 그것도 잠시.

"귀중한 것이나 제가 가지고 있을 물건은 아니라 생각해 드립니다."

라셀리온의 대답은 비센테가 돌에 대해 내린 평과 궤를 달리했다.

비센테는 어디가 귀중한 건지 모르겠는 돌을 물끄러미 바라보았다. 그런 비센테의 감상을 눈치챘는지 라셀리온이 덧붙여 설명했다.

"선 왕비 전하께서 지니셨던 물건입니다. 전하께서 트리세나 별

궁에 잠시 기거하시고 환궁하시기 전 후작저에 들른 적이 있습니다. 그때 아버님께 이걸 맡기셨다는군요."

"……."

"압니다. 저도 처음엔 그랬으니까요. 하지만 왕비 전하는 신중한 분이십니다. 저는 그런 분이 아무 이유 없이 아버님께 이걸 맡겼을 거라 생각하지 않습니다. 다 뜻이 있으셨을 겁니다. 실제로 트리세나 별궁에 머무르기 전 루델시아 왕성에 들르셨다고도 하고요."

난데없는 소리에 비센테는 몇 초간 혼란해졌다.

"루델시아? 전 왕비가 생전 국경을 넘었다는 기록은 없다."

"비공식적인 기록입니다."

"그걸 내게 얘기하면 곤란해질 텐데."

"말해도 상관없으니까요."

비센테의 경고를 단칼에 맞받아친 라셀리온의 입매가 피식 휘어졌다.

"이미 그분은 폐해지셨는데 거기서 더 떨어질 명예가 있겠습니까?"

냉소가 버무려진 반문에 비센테는 반박을 찾지 못했다. 실제로 전대 국왕 케니언스가 시해되고 폐위당함으로써 그의 부인 에샤힐드 왕비도 자연스레 왕족 지위를 박탈당했다. 그 이후 피사리데 후작이 그녀의 이름을 다시 후작가의 적에 올렸다지만 이미 땅끝까지 실추된 명예가 회복될 리는 만무했다.

피차 개운한 얘기는 아니라 비센테는 이만 본론으로 들어가기로 했다.

"그래서 내게 이걸 주는 이유가 뭐지?"

같은 생각이었는지 라셀리온도 별말 없이 고분고분 대꾸했다.

"큰 뜻은 없습니다. 전하께서 저보다 공자를 더 친애하셨으니, 전하의 유품은 공자에게 돌아가는 게 옳다고 생각했을 뿐입니다."

황당무계한 논리에 비센테의 표정이 잠시 이상하게 변했다. 생전 전 왕비가 그를 친애했다는 말은 듣도 보도 못했기 때문이다. 만난 횟수만 따져도 그렇지 않나. 그보단 라셀리온 피사리데와의 교류가 더 빈번했을 터였다. 그런데 친애라니.

여전히 그는 진실의 단편에 손가락 하나 닿지 못했지만 유감스럽게도 거기까지였다.

"모르셨나 보군요."

라셀리온은 그 이상의 설명 없이 성안으로 종적을 감추었다.

⁂

영문 모를 유품을 습득한 채 마차는 북쪽이 아닌 동쪽으로 내달렸다. 문턱에도 들지 못하고 내쫓긴 탓에 시간은 여유로웠고, 그도 일찍이 돌아가고 싶지 않았다.

물론 그 이유를 어렴풋이 알았지만 비센테는 들추지 않기로 했다.

"아이고, 도련님! 정말 돌아가지 않으시렵니까?"

"출발하지."

마부는 별도로 생긴 일정에 얼떨떨해하면서도 작은 주인의 말을 충실히 섬겼다. 그렇게 졸지에 말 머리는 생뚱맞은 방향으로 돌려졌지만 비센테는 후회하지 않았다. 일탈의 목적지는 수도였다.

가을이 되니 왜 그곳에 가보고 싶어졌는지 모르겠으나 비센테도 이번만큼은 마음 가는 대로 하고 싶었다. 어차피 처음이자 마지막 일 반항이었다.

마차는 쉬지 않고 내리 달려 정확히 일주일째 되는 날 수도에 도착했다.

칼릭스 왕을 뵌 이후로 처음 온 수도는 그때와 다르지 않았다. 분주함 속에서 묘한 긴장감이 거리를 압박하고 있었고, 사람들은 전체적으로 음울한 낯빛이었다.

창밖을 스쳐 가는 풍경을 보며 비센테는 한숨처럼 웃었다. 중간에 마차를 바꿔 타고 오길 잘한 듯하다. 베른하르트의 문양을 보았다면 저들은 경기를 일으켜 댔을 테니.

"어디로 가면 될까요?"

주인이 목적한 곳에 도달하고 이정표를 잃어버린 마부는 떨떠름히 물었다. 비센테는 당연히 그곳으로 향하려다가, 돌연 마음을 바꾸었다.

"여기서 가장 가까운 보석점으로."

그는 먼저 보석점에 들르기로 했다. 라셀리온에게 건네받은 것 때문이었다. 보석은 아니지만 그래도 왕비가 지녔던 것이다. 무려 그 정도의 물건이었으니 수도의 보석점 주인 중 한 명쯤은 이게 무언지 알 터였다. 사실 딱히 궁금한 건 아니었지만 어쨌든 비센테는 이 일을 우선하여 처리하기로 했다.

이정표가 생기자 마부는 기억을 더듬어 바지런히 보석점을 찾아댔다. 각고의 노력 끝에 그가 안내한 곳은 평민이 운영하는 한 가게였다. 죽은 마님이 병을 앓기 전에 마지막으로 왔던 가게라 선택한 장소였다.

'공작 부인이 찾았던 곳이니 도련님이 발 들여도 괜찮겠지 뭐.'

마부는 진땀을 훔치며 중얼거렸다.

물론 모자의 관계를 알았던 마부가 진실을 함구했기에, 비센테는 그 사실을 모른 채 가게 문을 열었다.

"어서 오십시오."

기대 없는 걸음으로 가게 안에 들어서자 종이 울리고 연이어 인사말이 잇따랐다. 비센테는 턱짓으로 주인으로 보이는 자의 인사를 받으며 진열대 앞에 섰다.

가게의 목적에 맞게 유리로 된 진열대 안에는 이름 모를, 평소 거추장스럽다고 여기던 것들이 옹기종기 모여 있었다. 비센테의 시선은 잠시 그 안에 갇혔다. 그러나 그것도 찰나였다. 이내 이런 걸 몸에 장식하기를 즐겨 하던 사람은 그의 머릿속에서 빠르게 잊혀졌다.

다시 목적을 되새긴 그가 품을 뒤적거렸다. 그에 부드럽게 미소 지은 노인은 정중한 손짓으로 비센테를 말렸다.

“잠시만 기다려 주십시오, 나리. 먼저 온 손님이 계십니다.”

비센테가 옆을 슬쩍 보니 정말로 선객이 와 있었다. 진열대 유리에 턱을 괸 채 시큰둥한 표정을 짓고 있는 여자였다.

비센테는 고개를 까닥였다.

“기다리지.”

“오래 걸리진 않을 겁니다.”

웃음으로 감사를 표한 노인은 곧바로 천이 쳐진 곁방으로 들어갔다.

그사이 비센테는 품에서 꺼낸 것을 의미 없이 만지작거렸다. 보석과 돌, 그 경계에 애매하게 걸쳐 있는 그것을. 분명 보석은 아닌데 표면에 도는 빛이 심장처럼 붉었다. 당연하게도 따듯하진 않았고.

나름대로 심각해하고 있는 비센테의 주의를 끈 건 다소 엉뚱한 소리였다.

“……아티넬?”

귓가를 잡아채는 소리로 시야를 뻗자, 제일 먼저 그의 세상을 채운 건 보랏빛이었다.

제비꽃처럼 자색의 눈동자. 머리는 새벽녘의 밀빛이었다.

그녀는 그의 손안을 뚫어져라 응시하고 있었는데, 수수한 색으로 뒤덮인 것에 반해 꽤 당찬 성미인 듯했다. 하지만 그것도 잠시, 흥미는 끈기 있게 잇대어지지 못했다. 탐색을 다 마쳤는지 그녀의 고개가 살래살래 흔들렸다.

"아니다. 그럴 리가 없지."

자신이 착각했다는 투였다. 더하여 그녀는 착각한 물건의 주인에게도 '사과를 전했다.

"실례했어요. 제가 아는 건 줄 알았지 뭐예요."

귀족치곤 가벼운 사과였다. 비센테는 그 사과를 받아들이는 대신 입을 열었다. 아티넬. 그냥 지나치기엔 찝찝한 명칭이었으므로.

"이것이 신석과 닮았습니까?"

"신석을 아세요?"

초면인 남자가 신석을 언급하니 여자의 눈망울이 단숨에 부풀어 올랐다.

"책에서 봐서 약간은 압니다."

책. 그것만으로도 충분했는지 그녀는 아아, 하며 고개를 주억였다. 그제야 그라니아인은 모를 그의 지식이 이해가 된 듯했다.

"하긴. 루델시아 신화는 그라니아에 동화로도 번역되어 있으니 모를 것도 없겠네요."

비록 약간의 오류는 있었지만 말이다. 동화책이 아닌 역사서를 통해 습득한 거지만 비센테는 잘못된 추측을 바로잡지 않았다. 그러자 의도했던 대로 여자는 신나게 떠들기 시작했다.

"하지만 제가 착각했어요. 루델시아에 갔을 때 신전을 방문한 적이 있는데 그때 신석을 본뜬 그림을 봤었거든요."

그 그림과 대조해 보듯 그녀의 검지가 손안의 돌과 허공을 왔다 갔다 움직였다.

"그런데 그건 그림과 모양은 닮았지만 색이 달라요."

"색이요."

비센테가 잠자코 뒷말을 받았다. 신석의 기원은 알지만 외관에 대해선 자세히 아는 바가 없었다.

“네. 신석은 오색을 품는 게 특징인데 이건 붉은색밖에 없잖아요. 아예 다른 거라 봐야겠죠. 무엇보다 루델시아의 보물이 여기 있을 리도 없고요.”

글쎄. 에샤힐드 왕비가 루델시아에 갔다 오고 이것을 카르온 후작에게 맡겼다. 아예 연관성이 없다고 할 수 있을까.

말도 안 되는 가정이지만 점점 그쪽으로 심증이 굳혀지고 있었다.

어쩌면 모를 일이었다. 이것이 신석이었으면 하고 은연중 바라 그런 것일지도.

“……어떠한 소원이라도 이루어준다고 들었습니다.”

어떤 소원을 빌고 싶은지도 알지 못하는 주제에.

“어떠한 소원이라도……. 그건.”

비센테의 말을 곱씹은 여자는 턱을 괸 고개를 갸웃거렸다.

“저도 처음엔 마냥 현혹될 때가 있었는데, 깊이 파고들다 보면…… 글쎄요. 이런 말은 들어본 적 있으신가요? 신이 죽은 연인의 심장을 꺼낸 뒤 자신의 피를 불어넣어 굳힌 게 신석이라는 말.”

“대충 알고는 있습니다.”

“재밌는 건 거기서 소문이 하나 파생되었다는 거예요. 신의 것이 깃들었으나 근원은 인간이기에 신석이 들어주는 소원은 불완전할 것이라는.”

그건 모르는 얘기였다. 들어만 보면 회의론자들의 주장에 불과해 보이는데, 진지한 여자의 눈은 논거 약한 주장을 믿기라도 하는 듯했다.

“궁금해서 평소에도 생각하곤 했거든요. 이상하잖아요. 신은 전지전능한데 그릇이 인간의 것이라고 소원이 불완전할 거라니. 왜 소원은 불완전할까요? 그래서 저 나름대로 결론을 내봤죠.”

추리하듯 혼잣말을 하던 여자는 불현듯 해사하게 웃었다.

"신은 전능하지 않다로."

루델시아의 기틀을 단번에 뿌리 뽑는 발언이었다. 즉, 헛소리.

문제는 그 주장이 신화 자체를 허상이라 박아두던 그에게도 다소 신선하게 다가왔다는 것이었다.

"초점을 인간이 아닌 신에게 맞추는 거예요. 그래서 어떻게 소원이 불완전한 거냐면…… 예를 들면 이런 거 아닐까요? 사람들이 신석을 손에 넣는다면 제일 많이 비는 소원이 이거일 거예요."

"……."

"행복하게 해주세요."

흔하디흔할 소원을 예시로 댄 여자는 어깨를 으쓱였다.

"하지만 이건 너무 추상적인 소원이잖아요. 살면서 어떻게 해야 자신이 행복할지 아는 사람이 얼마나 있을까요? 당장 나만 해도 알지 못하는데. 또한 행복해지는 방법도 너무 무궁무진하고요. 그러니까 단순히 행복하게 해주세요, 이 명제만으로는 신도 모른다는 거죠. 그 사람이 행복할 미래를."

허무맹랑해 더 생경해진 감각은 뇌리에 미열처럼 흘렀다. 겉보기에 변화는 없지만 비센테는 내심 혼란했다.

자비, 헌신, 자애.

이런 것들을 제외하고 신에게 결여된 인간적 특징을 부여한 사람은 처음이었다. 하나 전능하지 않은 신이 어찌 신일 수 있을까.

"영애의 말을 듣다 보면 루델시아가 신이 아닌 인간처럼 느껴지는군요."

비센테는 터무니없다는 어투를 숨기지도 않고 말했다.

가설 자체가 버석한 흙더미인 것이다. 켜켜이 쌓아봤자 산이 되기 전에 무너져 버릴.

반면 비센테의 비소 섞인 반박에도 여자는 화사하게 웃을 뿐이었다. 그녀는 타인과 이런 얘기를 하는 것 자체가 즐거운 듯 보였다.

"맞아요. 전 신이 완벽한 존재가 아니라고 생각해요. 정말로 완벽했다면 필멸자를 사랑하지 않았겠죠. 아니면 그 인간을 영원히 살게 했거나. 하지만 루델시아 님은 그러지 못했어요. 기껏해야 연인의 심장을 빼내어 사랑의 상징으로나 두었죠."

신 자체가 완벽하지 못하기에 신의 산물 또한 온전한 게 아니다.

"그래도 소원이 이루어진다고 한다면 사람들은 빌겠지만요. 완벽하지 못한 자신들의 신에게."

그런 그녀의 말을 마지막으로 노인이 돌아왔다.

"기다리게 해서 죄송합니다."

노인은 의례적인 감사를 표한 뒤 여자 앞에 놓인 반지를 가리켰다.

"감정 결과 금화 50개입니다."

그가 찰그랑대는 주머니를 내미는 걸 보니 여자는 패물을 매도하려고 온 듯했다. 다만 썩 만족스러운 금액이 아니었는지 그녀의 어깨가 부들부들 떨렸다.

"말도 안 돼! 겨우 그것밖에 안 된다고요?"

귀족가의 패물치고 금화 50개는 저렴한 축에 속했다.

비센테도 금액이 너무 적은 게 아닌가 생각했지만, 노인의 부드러운 결기는 꺾이지 않았다.

"어떡하겠습니까, 영애. 아르키 광산에서 나왔으니 분명 가치는 있겠으나, 원래 보석은 그 기원에 따라 값어치가 천정부지로 뛰는 것을요."

"……."

그녀는 노인의 입에서 '기원'이 나오자 입을 다물었다. 기원이 어떻게 되는진 몰라도 그 점은 스스로도 인정하는 부분이 있는 모양이었다.

마지막으로 단안경을 내려놓은 노인은 자신의 확고부동한 뜻을 알렸다.

“안타깝지만 이 이상은 쳐드릴 수가 없군요. 아마 다른 곳에 가셔도 마찬가지일 겁니다.”

노인의 결연한 표정에 여자의 패색이 짙어졌다. 앞으로 몇 시간을 흥정해도 실패로 돌아갈 걸 아는 듯했다. 그게 마지막이었다. 그녀와의 만남은.

“어쩔 수 없죠…… 처분해 주세요.”

시무룩한 동의를 끝으로 여자의 우울한 거래가 성사되었다.

비센테는 여자가 터덜터덜 기운 빠진 모양새로 나간 문을 쳐다보았다.

“저분은 자르데아가의 영애로 예전 다트너가의 차남과 약혼한 분이셨습니다.”

사정을 궁금해한다고 생각했는지 노인이 말벗을 자처했다. 비센테는 노인의 목소리에서 스쳐 간 이름을 음미하듯 뇌까렸다.

다트너.

그러자 대충 일의 경위를 알 듯도 했다.

“한데 운이 나쁘게도 다트너가 멸문하는 바람에 혼담이 엎어졌지요. 이 반지는 약혼식 때 주고받은 약혼 반지고요. 이제 마음 정리를 마치셨는지 처분하러 오셨더군요.”

마음 정리라. 그렇다 하기에 그녀는 약혼자를 잃은 여자의 모습과는 거리가 있어 보였다. 유리관에 턱을 괸 채 죽은 약혼자와 나눠 꼈을 반지를 탁, 탁 손가락으로 튕기던 것을 보면. 아무리 심심하더라도 그게 일반적인 행동은 아닐 터였다.

“다만…….”

노인은 안타깝다는 듯 뒷말을 흐렸다.

“다트너의 명성에 맞게 반지는 틀림없이 훌륭했지만 값은 많이 쳐드릴 수 없었습니다. 만일 결혼을 하고 백작 부인이 되어 자식을 낳았다면 영애의 생애가 담긴 이 반지는 이보단 가치가 높았을 겁니다. 하지만 그럴 수 없었죠. 영애의 약혼자는 죽었고, 그의 가문은 사라졌으니까요.”

그 덕에 의미를 잃은 반지는 이제 헐값에나 팔리는 신세라고 노인은 덧붙였다. 반지에 시선을 둔 비센테는 침묵으로 일관했다. 묘했기 때문이다. 우연히 만난 여자의 결혼을 망친 사람이 자신이라는 게.

그게 그녀에게 불행하게 작용했을까. 그렇다면…….

“나리는 무슨 볼일로 찾아오셨는지요?”

문득 침묵을 뚫은 노인이 그에게 용건을 물어왔다.

비센테는 손안의 감촉을 느끼다, 그것을 지그시 소매 안으로 밀어 넣었다.

“……아니다.”

그는 왕비의 유품을 노인에게 내보이지 않은 채 밖으로 나왔다.

비센테는 조금 울렁이는 기분으로 마차에 올라탔다. 그를 태운 마차는 분수대를 지나 익숙한 곳으로 달려갔다. 베른하르트 수도 저택으로.

“준비가 미숙하여 면목이 없습니다.”

작은 주인이 찾아들 거라는 전갈을 받지 못했던 집사가 급히 달려왔다. 그는 몹시 황망해하고 있었는데, 뒤에 도열해 있는 사용인들의 반응도 그것과 다르지 않았다.

그러나 비센테는 개의치 않았다. 애초에 연락을 안 한 건 그였고, 오래 머무를 것도 아니었으니.

“한번 둘러보도록 하지.”

실제로 그는 곧바로 저택에 들지 않았다. 집사가 만류했지만, 비센테는 여독도 풀지 않은 채 뚜벅뚜벅 정원을 향해 나아갔다. 그렇게 느긋하게 걷다가 바스락, 발치에 걸린 소리에 그의 걸음은 찬찬히 그쳤다.

그 자리에 멈춰 선 비센테는 잠시 주변의 풍경을 둘러보았다. 하늘을 가리는 잎사귀가 붉었다. 땅을 덮고 있는 것과 마찬가지로.

그의 시선이 바람에 나부껴 흩날리는 단풍잎을 지나다 차츰차츰, 과거의 순간으로 미끄러져 들어갔다.

시선이 멎은 곳엔 과거의 상이 맺혀 있었다. 삶을 계절로 치환하면 가을에 막 접어들었을 남녀가.

비센테는 온통 붉은색 천지인 배경에 묶인 채 속절없이 과거로 빨려 들어갔다.

가을이 되면 가끔 그 여자는 남자를 이끌고 나들이를 하곤 하였다. 사부작 낙엽 지르밟는 소리, 작은 웃음소리, 그리고 말소리. 그것들이 부드럽게 엉킨 소리를 따라가다 보면 비센테는 어렵지 않게 그들을 목격할 수 있었다.

먼발치에서 본 그들의 모습은 어렸던 그에게 이질적이기만 했다.

여자가 팔짱을 끼고 재잘대면, 남자가 그녀의 머리칼에 걸린 잎사귀를 가볍게 쓸어주던 모습 같은 게.

그때 알았어야 했을까. 그것이 사랑이었음을.

상이 겹치듯 그들 주위로 노을이 너울거렸다. 붉은 단풍처럼 눈부신 황혼이 내려앉았던 그 장소도 눈앞에 펼쳐졌다.

비센테는 그날처럼 조금씩 숨을 죽였다. 지독했던 시취도, 참혹했던 몰골도 노을에 묻혔다. 오로지 여자의 뺨 위로 떨어지던 눈물만이 뇌리에 선연했다.

그래, 선연했다. 사랑이 증오스러워질 만큼.

그는 반투명한 베일처럼 흔들리는 상을 보다, 조심스레 손을 말았다. 거친 촉감이 덜컥, 손바닥에 걸렸다.

정말 신석일까. 에샤힐드 왕비는 무슨 소원을 빌었을까. 그 여자의 피를 이어받은 자신도 소원을 빌 수 있을까.

한편 우습기도 했다. 허상에 매달려 무의미한 사고를 지속하는 자신이. 이것은 신석이 아니었다. 만일 신석이라 하더라도 희석되고 희석된 왕족의 피를 받은 그는 자격도 없을 터였다.

하지만 비센테는 이루어지지 않을 걸 알면서도 나직하게 말했다.

"그 여자를 살려줘."

아버지가 슬프지 않게.

그의 아버지가 행복해지는 방법이 그것밖에 생각나지 않았다.

그게 그가 할 수 있는 최선이었다. 죽음조차 이기적이었던 여자를 되살리는 것이.

한데 착각일까. 표면에 도는 빛이 한 번 출렁이더니 점차 옅어지는 것도 같았다. 미약한 변화였지만, 비센테는 그렇게 느꼈다. 하지만 육안으로 확인할 만한 뚜렷한 변화는 없어, 일말의 기대는 부스스 흩어졌다.

피식 실소한 그는 돌을 땅에 떨어뜨렸다.

꿈에서 깨어날 시간이었다.

결심과 동시에 낙엽은 떨어지고, 만들어낸 환영은 바스러졌다.

비센테는 미련 없이 몸을 돌렸다.

버려진 신석이 빛을 전부 잃을 때까지 그는 한 번도 뒤돌아보지 않았다.

외전 〈완결〉